藍小說43

天譴者的女王

安・萊絲＝著
洪凌＝譯

DAMNED

目次

THE QUEEN OF THE

天譴者的女王

黝黑百年的孤絕與噬咬

——吸血鬼小說的世紀交接點

洪凌

從全球性的暴動與騷亂、去疆域化的這個層面看來，無論在經濟、文化、國族、身分政治等議題，對於文學書寫造成強烈的衝擊與碰撞，形成重重的波瀾。大一統的「主宰敘事」（master narratives）已經被各種戰鬥力與顛覆性高亢的「微觀敘事政治」（micro-narrative politics）所亂刀闖入；在這個當下，二十世紀即將隨著主體性液化與客體回返❶的身姿，以倒數計時的丰采，數落著世紀末／千囍年（fin de siecle / the end of the millenium）的降臨。我們在世界性的、跨國性又雜質紛生的文本迷宮，看到一幢幢龐大又妖邪的身影——它們的無所不在（omni-presence）與更逼近眞實的「無所在」（absence）、無實體性且無本質性，彷彿是電子高速公路上無意間滑落的一道金屬流痕，在百年間的文化、歷史、社會、性別、情慾等網脈之間牙牙學語……或者，這種非人的客體，會以咧嘴笑開的幽黑深洞，將刀刃與魍魎切入精神版圖上乍現的白亮電光，毫無保留地爆入頸項，流衍出無數的文本交會。

無論在木樁與大蒜項鍊交互繁生的崔蘭西法妮雅（Transylvania）、在惡龍與上帝的基督教戰場／聖地（Armageddon）、在陰溼雨霧繚繞如附身魂骸的倫敦、在聲色幻魅之間，以及天使從蛆蟲的彩色蛹殼翩然脫胎的歌德／後現代迷境（fantasy-land of the Gothic and the post-modern）❷，它們的眼角眉梢不斷地勾取妳的記憶，轉譯妳的閱讀／悅瀆，在汁液與體魄互換的剎那，所有關於主客體的宰制／被宰制、歷史碑塔與失憶症、原初身體／身分與複合性人工物的交互纏鬥，體現於炯炯燃燒如火的瞳孔，打從爆破權力結構、語言系統、父權制度、母體深洋的無中生有之物——獠牙——的尾端探出。它穿入一切也刺探一切，同時追尋著被木樁或十字架刺入骨髓的「受虐性快感」（perverse pleasure of the masochistic sadist）。隨著在世界各處的流轉，這個物種道盡百年間的烽火流轉、故事百態；而書寫者、敘事者、論述者，以及睜著那雙深淵般眼睛的讀者，也都是它的顯影——那個頂著多重變身與永生／死亡並存性的僭越者，它既在體內，也同時在世界與歷史輪轉之外。它被某些論述者驚嘆爲「宛如異物的上帝」（the God as the THING）❸——吸血鬼！

故事的鏈結，也許從沒有道統與言說之前就已經開始。但是，最關鍵性的劇情，發生於一八九七年的蘇格蘭，在一個臉色幽冷蒼白的古怪作者想像——從英國的維多利亞時代、壓抑與噴發的二元角力之間，《德古拉》（*Dracula*）的齒痕隨著橫渡黑海的棺木，進駐井然有序、工業化前期、資本主義即將勃發的英國。就在歇斯底里症候（hysteria）與慾力（libido）被維也納的佛洛依德所揭發舉證，如同太古時代便浮遊於太空的黑石板，吸血鬼的傾巢出櫃，對應著那個嚴謹有序的歐洲——後者在擴張疆界，抬舉理性、陽具唯理中心（phallgocenreism）以及殖民地數量的同時，不可能不往內部蔓衍，滋長出一灘腫殤般的多餘物（left-over）。假若沒有這個精神分析系統所謂的「既內在於我、又早已不是我的一部分」的小物體（objet petit），所有的人類根本無法航向繁華又充滿規訓的秩序界（symbolic order）——也就是二十世紀的文明港口。所以，在布藍·史鐸克（Bram Stoker）的工筆描繪，我們會看到精細體系與蠕動混沌的並生共存。而在慾望／性別的架構上，也處處滿溢著對仗的張力——德古拉的過度性陽物（excessive phallus）對比著強納森的制式化異性戀男性本位；露西的張牙武爪、致命陰性對比著米娜的去性化聖女／新時代女性；大不列顛的正當中心位置，對比著羅馬尼亞狂亂、未開化性；神的律法對比對應著魔的不從……就文學書寫的典律來看，《德古拉》也拉出一個斜曲線般的陰晦傳承，對立於英國文學史上的正統經典。

從十九世紀的後期開始，以英法爲環心的歐洲文學文化，掀起一股濃烈無比、如同死前最後一杯美酒的超現實

／頹廢文學（surreal / decadent literature）風潮。在英國，以王爾德爲主的嘲諷式身體美學，葉慈的愛爾蘭國族、神祕主義詩學，爲世紀末書寫的兩股雙螺旋軸線。這些從主流文學中歪生出去的質料，自然也成爲吸血鬼文類的養分。更往前推的話，還有浪漫派詩人的拜倫、雪萊、濟慈，以及波里杜利（John Polidori）以拜倫爲主角摹本的中篇小說《吸血鬼》（*The Vampyre*，一八一六）、愛爾蘭恐怖小說作者拉法奴（Sheridan Le Fanu）的女同性戀吸血鬼《卡蜜拉》（*Carmilla*）、羅赫雅蒙（Lautreamont）的《瑪朵火之頌》（*Les Chants de Maldoror*）……以十九世紀末的兩道漩渦而言，王爾德的路徑集結於對禮教的穿刺、身體政治的狎戲玩世，擾動了向來以深度與意義、自我追尋與成就超越性爲終極目標的英國書寫傳統。至於葉慈，除了帶出國族身分的異端性，更將自身沉浸把玩的祕教系統——如神哲會社（The Theosophical Society）、「黃金黎明」（The Hermetic Order of the Golden Dawn）等鑽研並實踐黑魔術的祕密社群，藉此突圍從羅馬帝國崩滅以來、就撤下重重禁制的宗教掌控。魔教系統的動能，將這些不馴的議題與材料化入書寫，貫穿在世紀瀕臨終點時的基督教典制。有趣的是，十九世紀的最後數年——大概從一八九五年到一八九〇年——歐洲的政經文化變動，不但促成身分／本體之一貫性的崩裂，也養殖了魔性從最森嚴體制中酣然竄生的吊詭：一些關卡——無論是批判性理論、或者是面對人類無意識的密林時的解讀門道——也剛好從這個時空點的驛站出場。最精采的，莫過於佛洛依德的精神分析，以及馬克思因應資本主義的抽長所延展出來的左翼犬齒……

世紀的終點將至，從《德古拉》的文本紙頁與肉身指掌所溢出的動力，卻橫亙世紀，雜生出這一百年來的風華變貌——它的後繼作品包括從二次世界大戰之間開始風行的「好萊塢吸血鬼電影」——以冷峻剛性的男吸血鬼爲權力的借喻（trope），以性慾強旺的女吸血鬼爲酷異政治（queer politics）的恐怖份子化身；到了七〇年代，石牆事件串連著同志解放運動與女性主義，以安．萊絲（Anne Rice）的「吸血鬼紀事」（The Vampire Chronicles）爲代表。

洋洋灑灑的鮮紅血滴形成千百年來一直悍然跨步於萬象紅塵的貪婪異物，從一九七六年的《夜訪吸血鬼》到一九九五年的《魔鬼蒙摩克》（*Mamnoch the Devil*）甚至於最新作《吸血鬼阿曼德》（*The Vampire Armand*）。背景場域從狂囂躁動的舊金山卡斯楚街，蔓延至陰鬱詭美的紐奧爾良，以「世界漫遊者」（Flaneur）的視角，穿插入線性時間的各處暗角，以全景圖的綜觀敘事來鋪陳敷衍出一個沒有眞正原生點、也沒有滅絕之期的異質情慾譜系，改寫了「歷史第一人與最後一人」的神話。在這六冊的故事中，或以存在主義的告白、詩意的尼采式酒神慾力，或以慾望／權力的渠流衝撞，活靈活現地勾勒出某個非異性戀機制之情慾社群的愛恨情讎、追探原初與身世的本體論耽迷，以及這些魔鬼它者之間、細膩又暴烈的鬥爭與纏綿。整個圖譜的伸張，以主角黎斯特（Lestat）爲「多重變體慾望」（polymorphous perversion）的符標（icon），以及社群張力的拉鋸場，演繹出令人咬牙切齒又震懾沉醉的結論——吸血鬼不但是人類（本來就不穩定的）性別／身分之魔怪化，更進一步地彰顯出，吸血鬼／酷異社群之撕裂與越界，不可能不和既有的權力機構交互作用，從中產生微妙的互動與形式美學。

就在即將覆／附身的二十世紀終點，文化工業在面對吸血鬼這個看似永恆年少、但又深沉得踰越時間與歷史爪痕的客體，或以粉身碎骨的狂喜趨前擁抱，或者以曖昧微妙的另一種齒痕對應。從一八九七年到一九九九年，身體政治的規訓與歧異，無不侵入通俗文化與文本互涉的蛛巢迷徑，既而吞吐更多的百年、無盡的噬咬。

❶對於客體回返（return of the object）並凌駕於主體，造成嘲諷式操演效果的論述，可參考布希亞（Jean Baudrillard）在《擬仿物與擬像》（*Simulacra and Simulation*）、《邪惡的透明度》（*The Transparency of Evil*）等著作。

❷就吸血鬼小說所召喚出的次文化銘刻而言，無非以歌德音樂及實踐來「演出」身體形構的這些切面，最為奇幻迷人。詹明信（F. Jameson）曾經就此現象下過精準的評論——「後現代文化基模（以吸血鬼文類為例）最殊異的一點，就是它歇斯底里的昇華。在這其中，人類生命的『它者』壓制了我們再現的能力，將我們推擠到某種堪稱為『歌德式狂喜』的境地。」

❸這番說辭來自於以齊泑克（S. Zizek）與考普劫克（J. Copjec）等人為主的捷克派精神分析論述者。

〈導讀〉

潮溼眼瞳冒出的朵朵血玫瑰

——漫談安・萊絲及其噬血作品

洪　凌

紐奧爾良（New Orleans），濃馥花叢掩埋腥腐屍骸、斑斕城市底下竄流種種妖魅魔物的歌德式背景，哺餵出一批批戀慕肉身百態的創作者：電腦龐客（Cyber-punk）三部曲《重力也無能爲力》（*When Gravity Fails*）、《太陽烈燄》（*A Fire in the Sun*）和《放逐之吻》（*The Exile Kiss*）的科幻作者喬治・艾芬格（G. Effinger），鋪陳繁華與朽壞於一體的二十一世紀貧民窟，將紐奧爾良的騷媚香味植入生化晶片的程式密碼，展現出近未來頹廢眾生的浮世繪；法藍妮・奧康諾（Flanney O'connor）的聖邪競技場、天使和魔鬼彼此交媾的險惡場域，也是煤氣燈燃放刺烈光暉、染遍受蠱惑獵物通體上下的官能城市，紐奧爾良。之於安・萊絲（Anne Rice），紐奧爾良是吸血鬼築巢定居的場所——在溼氣蒸騰的盛夏夜晚，異國風情的爵士樂與法國區（French Quarter）的精美建築之間，掩映一根根無邪、散發體熱的光潤頸脖，邀請非人魔物恣意品嘗由肉體所釀製的醇酒。

在《夜訪吸血鬼》（*Interview with the Vampire*）這部「吸血鬼紀事」（The Vampire Chronicles）的創世紀，在舊金山的同性戀愛慾集散中心卡斯楚區（Castro Distinct）的某棟破舊樓房，定格於永恆畛域的美麗吸血鬼路易斯（Louis），以時而熱情、時而諷世的口吻，對那位在同性戀酒吧「捕獲」他的少年記者丹尼爾（Daniel），告解他從十八世紀末到一九七六年，近二百年的迷狂生涯。這段故事自從路易斯還是人類的歲月開始述說，他和想成爲聖芳濟第二的弟弟充滿痛楚的愛憎關係，吸血鬼王子黎斯特（Lestat）對他的迷戀、擁有與轉化，吸血生涯的激情、狂亂感受，以及最驚心動魄的經驗——和吸血鬼愛人黎斯特以及六歲大就被轉化為吸血鬼的小女孩克勞蒂亞（Claudia），共同度過十九世紀的顛狂、絕美時代。

以本書敘事的時空背景（十八世紀末的紐奧爾良）為坐標原點，安．萊絲上下挪移，橫越法國大革命時期的失序風光、中古世紀的陰沉動亂、羅馬紀元的歐斯底里饗宴，直逼古埃及王朝的殘酷壯麗全景，編出一幅縱橫上古前歷史，到後現代二十世紀末的群魔繡帷，組嵌為《夜訪吸血鬼》、《吸血鬼黎斯特》、《天譴者的女王》以及《肉體竊賊》，洋洋四部長篇小說❶，裝載超自然世界的淫慾、絕望與狂夢，交相撞擊出邪惡結晶成的顆顆血紅鑽石。

最光燦、最挑逗人心的血鑽，當然連結四部小說的輻輳點，宛如莎士比亞（Shakespeare）和瑪丹娜（Madonna）混血兒、同時身為創作者與搖滾巨星的吸血鬼黎斯特！他的狂妄意志與無止境的好奇心，推動所有故事的肇發、變化和終結。

黎斯特，眾多吸血鬼小說裏最調皮、最純眞、最奔放不馴的主角兼「作者」。在《夜訪吸血鬼》，由於路易斯陰鬱的觀點主導全書的故事軸線，讀者可能會情不自禁地認定黎斯特是個外形俊麗、姿態優雅造作、心靈僵固（甚至愚蠢）的虐待狂吸血鬼。沒錯，這位號稱「最天譴小魔鬼」（The Damnedest Brat）的淘氣吸血鬼誠然任性縱慾、我行我素、盡其所能地遂行各種詭誕異端的肉慾實驗，也頗為殘酷非情，熱好各式各樣的SM（Sadomasochism）遊戲花招，但是他絕不愚蠢——何以路易斯的敘述觀點和其他三部小說的落差這麼巨大？根據萊絲本人宣稱，這種予盾來自於不同心靈的互異切面，她喜愛這些角色的歧異與對立，由是，它們才會淬擊出豔光熠熠的情愛雕塑。

主筆黎斯特的生命（無論是人類或邪魔）的最重要質素是「不顧一切的意志」（Sheer will）。衝動之下，他可以將生母卡布瑞（Gabrelle）轉變為不朽的愛侶、也可以實驗十足地創造年僅六歲大的娃娃吸血鬼、登上舊金山的搖滾舞台接受千萬樂迷的熱辣激情，書寫「自傳」（即《吸血鬼黎斯特》）和「紀實小說」（即《天譴者的女王》）、和黑魔術師互換肉體享受重新身爲人類的滋味……這位戀母戀童、男女皆愛的貪婪惡魔，唯一弱點就是他所摯愛的兩位男吸血鬼：法國大革命時期的小提琴家、虛無憤世的尼古拉斯（Nicolas），以及令他又愛憐又惱怒的對手，路易斯。

當初萊絲剛起草本書時，設定路易斯是「厭世、文雅，言談舉止彷彿十九世紀末頹廢時期的王爾德」；然而隨著情節的刪改與流變，她所定稿的路易斯是「絕望地尋覓不可得救贖的犬儒式存在主義者，綠眼黑髮輻射出受傷的美感，飲酖解渴型的自毀藝術家」。他同時是最「人性」也最狂暴的吸血鬼，不似其他冷靜自抑的高明魔物，路易斯就像是嗑藥上飮的墮落貴族，一旦陷入血慾的網羅，必定將獵物吸到精血不賸一滴爲止。他在《夜訪吸血鬼》的第一人稱告解，曾比較過人類的作愛和吸血式的性愛悸動，認爲前者不過是後者的模擬（Parody），眞正劇烈的快感還是來自於同性情慾（homoerotic）暗示強烈的吸血愛慾。貫串全書的，未嘗不可視爲某個愛慾邊陲份子試圖建構身份定位的歷程：從人類時期的兄弟愛，對死去弟弟屍體的愛撫，到吸血鬼時期的主人／愛奴（Master / Slave）經驗，對黎斯特的傾慕與反抗，和克勞蒂亞之間近乎父女戀的曖昧關係，構成本書的經緯骨幹與情境肌里。

克勞蒂亞這位玲瓏可愛到令人屏息以視的小女孩吸血鬼，原型來自萊絲的小女兒米雪莉（Michele），六歲就因爲血癌死亡。萊絲之所以會開始撰寫吸血鬼小說，幾乎完全是企圖在想像世界角度擁有米雪莉的緣故。於是，黎斯特的意志與路易斯的飢渴合力塑造克勞蒂亞，法國洋娃娃造型的吸血花苞，恰似鮮嫩幼蝶永遠被定格於透明琥珀脂，殘忍異常卻精緻絕倫的命運意象。然而，克勞蒂亞的心智不可能永駐於六歲，形體與精神的杆格以血意森森的悲劇樣態開展。在本書中，克勞蒂亞和路易斯的親人／戀人雙重屬性，直接反映到現實生命的米雪莉和安・萊絲；克勞蒂亞的復讎與破壞也反映了萊絲心靈的動盪。最後，恍若文藝復興時期的天使，少年吸血鬼阿曼德（Armand）登場，解放克勞蒂亞畸零痛苦的存在方式，也順理成章地成爲本書的大反派（arch-villian）。

在《吸血鬼黎斯特》一書，對於阿曼德的身世有詳盡介紹——他是俄羅斯農村出生的男孩，被貧苦父母出賣給威尼斯的男妓院。在他抗拒接客，幾乎瀕死的情況下，自從羅馬時代就存在的吸血鬼主人（Vampire Master），馬瑞斯（Marius）出面買下他，夜夜授予阿曼德心蕩神馳的致命血吻。由於他們彼此互愛過深，馬瑞斯在阿曼德未成年時便賜予他「永世暗夜」，但是他們旋踵又因故分離。阿曼德在身心劇變的情形深受傷害，從此成爲冷靜無情、心機深沉的吸血鬼。

在《夜訪吸血鬼》一書，阿曼德迷戀純眞無邪、對事物及知識充滿熱烈欲求的路易斯，不動聲色地設計克勞蒂亞的死亡，並嫁禍黎斯特。雖然他得到路易斯，但在長久冷漠的相處以及意識到路易斯徹底的無情，他感傷地離開路易斯。在此書結束時，阿曼德的爆發與痛苦是相當引人震撼的篇章。他是個永遠的少年，似乎只能不斷游移在孩童與成年人之間，永遠找不到確定的身分符碼。萊絲認爲阿曼德和路易斯是錯誤的搭配，因爲彼此都需要主宰，也都誤以爲對方可以扮演領導、駕馭的角色。一直到《天譴者的女王》，阿曼德和本書的訪問者丹尼爾遇上之後，他才找到眞正能夠彼此支配的愛人同志。

在吸血鬼小說的歷史譜系，自從詩人拜倫的私人醫生約翰·波里杜利（John Polidori）以他和拜倫之間的愛慾過往爲材料，寫出*Vampire*一書，正式開啓英文吸血鬼小說的創作。在此書，深濃的男同性戀情慾（male homoerotic）氣味，反映出吸血鬼鬆動異性戀機制的革命氣質；到了十九世紀中葉之後，愛爾蘭作者雪利登·拉芬奴（Sheridan Le Fanu）的《卡蜜拉》（*Carmilla*），更是纖美勾勒女同性戀（Lesbian）如同鑲絲黑鞭的玫瑰花刺，以吸血獠牙的姿態穿刺柔嫩的少女頸項；一八九七年出版的《德古拉》（*Dracula*），以歌德體小說（Gothic Fiction）的姿態挑戰維多利亞時期的枯燥禮教，蔚爲吸血鬼小說的跨世紀作品。布藍·史鐸克（Bram Stoker）以集體潛意識的神話詩學，磅礡地建構羅馬王子德古拉的淫惡行逕。到了二十世紀之後，吸血鬼小說的類型愈發多樣化，著力開發愛慾／死慾辯證的作品，以一九七〇年代爲起點，誕生安・萊絲這種不但吸引黑色文類讀者，也攻陷主流市場的作者。

簡言之，整套「吸血鬼紀事」講究的是對固著倫理關係與神話的反叛以及顛覆。橫生於四部小說的吸血鬼宇宙，縱橫六千年，在在充斥著離經叛道的亂倫關係，從母子戀（黎斯特和卡布瑞）、母女戀（《天譴者的女王》裏出現的吸血鬼始祖瑪赫特和她的後代潔曦）、父子戀（黎斯特和他追尋的父性形象、靈異調查機構泰拉瑪斯卡的總裁大衛）、姊妹愛（瑪赫特對雙生姊妹瑪凱的永摯不渝）……戀童癖與戀屍癖亦在此得以充分的彰顯；至於更邪門的肉體置換（黎斯特和大衛共享一具身體），隱約透露出法國竊賊作家惹內（Jean Genet）的風格。

除了亂倫，在宗教層面實踐倒錯的儀式，亦是本作品系列的特質之一。例如路易斯的弟弟、保羅的聖徒執迷，黎斯特在扮演搖滾巨星時，激灼如耶穌基督和戴奧尼索斯（Dionysus）混血兒般地吶喊：「這是我的鮮血，這是我的肉軀！」（This is my Blood, This is my Body！），邀請信徒分屍他、享用他，宛如天主教聖餐儀式的狂亂版本。此外，在作品中還提及多種神話，如埃及法老王奧賽瑞斯（Osiris）、愛爾蘭黑色祕教督以德教（Druidism）、中古世紀的撒旦狂熱（Satanic Fanaticism）……種種色慾與肢解激情，揉雜出一雙因慾望而潮溼迷離的瞳孔，隨時冒出朵朵熱燙血玫瑰！

❶筆者在撰寫本文時，「吸血鬼紀事」只出版到第四部《肉體竊賊》。

人物介紹

1.黎斯特（Lestat）

《夜訪吸血鬼》的大反派；在《吸血鬼黎斯特》以第一人稱主角登場，從此占據主角地位。號稱「吸血鬼世界的〇〇七」，出身於法國大革命時代的鄉野貧窮貴族，與小提琴家好友尼古拉斯到巴黎闖天下，在劇場的演出風靡眾生，竟連古老的吸血鬼也看上他，從此得到不朽的「黑暗贈禮」。在這兩百多年間，他闖蕩世界，化身爲作家與搖滾巨星，製造災難與愛恨情仇；在吸血鬼一族則惹禍多端，將自己的親生母親變成同類，也在一時的衝動下將六歲的克勞蒂亞化爲永生不死的小女孩。本書的肇始就是他以小提琴聲喚醒吸血一族的始祖，超過六千歲的埃及女王阿可奇（Akasha）……

2.馬瑞斯（Marius）

羅馬時代的知識份子，在一場吸血鬼的宗教之戰當中被捲入，從而變成不死者。他的外觀是個具有哲學家智慧的盛年男子形象，性好探究未知的一切，但沒有黎斯特那麼狂野粗暴；鍾情於美女（例如潘朵拉）以及美少年——在文藝復興時代，他化身爲追求極至的藝術家，並且調教出少年吸血鬼阿曼德。兩千年來他最神聖的使命，便是照料雕像般的女王（阿可奇）與國王（恩基爾）。

3.路易斯（Louis）

《夜訪吸血鬼》的主角，黎斯特最鍾愛的伴侶，是所有不朽者當中最具有人性（humanity）、但同時也最狂暴渴血的一位。他與黎斯特獨特無比的搭檔關係可由本書的結局窺見端倪。

4.卡布瑞（Gabrille）

黎斯特的母親，在他們的人類時代便與黎斯特有著超乎尋常的亂倫曖昧關係；當黎斯特成爲吸血鬼時，第一件事就是將瀕死的母親轉化爲他「黑暗的女兒」——詳情見《吸血鬼黎斯特》。

5.阿可奇（Akasha）

埃及時代的女王，第一位吸血鬼——本系列的源頭可從她在六千年前被精靈侵入體內轉化爲不死異類開始；在本書中，她化身爲充滿革命激情的「天堂女王」，意圖以殺死全世界百分之九十的男性來解決大多數的不公不義。在所有的吸血鬼角色當中，她既是魅力無窮的尼羅河畔佳人，也是令眾人膽寒的惡女。

6.珍克斯寶貝（Baby Jenks）

吸血鬼族群中的Y世代化身，身爲人類少女時就是活脫脫的酷形屌樣，與「獠牙幫」可謂本書難得一見的街頭文化之聲，與全書洋溢的中世紀冷峻貴族風情形成強烈的對照。

7. 潘朵拉（Pandora）

馬瑞斯的吸血一族伴侶，在本書中以黑色女神的形象登場，具有殺人不眨眼與憂鬱厭世的兩種矛盾氣質。

8. 丹尼爾（Denial）

他就是《夜訪吸血鬼》中的那個少年記者，在本書中正式粉墨登場，成爲阿曼德五百年來最爲迷戀的情人以及破誡對象。

9. 阿曼德（Armand）

貫穿吸血鬼紀事（The Vampire Chronicle）三部曲的邪門迷人要角：外形是一位秀麗如天使的少年，性情深沉叵測，心思精細但也愛恨強烈，與黎斯特、路易斯分別在《夜訪吸血鬼》與《吸血鬼黎斯特》有過驚心動魄又性感非常的交手。在某種層次而言，他與克勞蒂亞可分別被視爲安・萊絲吸血鬼譜系中的情慾象徵——永生不死，如同被封緘於琥珀中的幼小蝴蝶，具有殺人不見血的美貌、丰采，以及無敵的意志。

10. 凱曼（Khayman）

「首代血族」的第一號人物，原先爲阿可奇女王的侍衛長，在漫長六千年的生涯中與這群古老無比的吸血女子愛恨糾纏，歷久彌堅。不知爲何，作者特別喜愛以他來象徵時間的漫長網羅，同時也暗示他看上了阿曼德。

11. 潔曦（Jesse）

三部曲中所有吸血鬼當中最年輕的一位，她的身份具有多重屬性，同時是超自然感應者、「泰拉瑪斯卡」靈異調查組織成員、長達六千歲的太古吸血鬼瑪赫特的人類後代。她與瑪赫特、馬以爾之間的關係迷離動人，充份顯示出萊絲作品中甚少出現的女同性戀情慾之曼妙氛圍。

12. 瑪赫特（Marhart）

原本爲六千年前巴勒斯坦地帶的部族女巫，由於能力過於強大而遭致阿可奇的覬覦，與雙胞胎姊姊瑪凱從此遭到一連串的劫難。六千年來，她一直都是自己部族的守護者，建構起橫跨全世界的「偉大家族」。她與其他的男吸血鬼（如馬以爾、凱曼）的關係似乎充滿權力與情慾的交織，但對於雙胞胎姊姊與她的人類女兒潔曦，她似乎全心全意地珍愛——可以說是吸血鬼角色中的女性情慾代表，與天譴女王形成對比與敵視的二元結構。

13. 瑪凱（Mekare）

瑪赫特的雙胞胎姊姊，是全書的關鍵角色，也是最後對於女王施以絕地大反攻的人物。

14. 馬以爾（Mael）

原爲愛爾蘭的督以德教士，在兩千多年前成爲吸血鬼，與馬瑞斯是好友。在本書中，他的重要任務之一就是成爲潔曦初嚐吸血鬼情慾的性慾對象（sexuaobject），以及伺候瑪赫特的情夫兼小白臉。

15.克勞蒂亞（Claudia）

雖然在第一部《夜訪吸血鬼》已然死去，但她在本書仍有相當的影響力：潔曦在泰拉瑪斯卡的重要任務之一就是到紐奧爾良去訪查她的遺跡，從此掉入腥香血味的無底淵藪……

16.大衛．泰柏特（David Tilbert）

雖然在本書中他只是一位看似串場的人類男性，但絕對不可小覷。一方面，他是下一部《肉體竊賊》的三位主角之一；再者，他所代表的組織「泰拉瑪斯卡」（Talamasca）可以說是與吸血鬼一般永生不朽的「超自然慾力化身」（supernatural drive）。

悲劇性的兔子

悲劇性的兔子　那是一幅繪畫
厚實的綠耳朵像是玉米卷
黑色的額頭朝向星辰
這幅畫作就掛在我的牆上，孤獨地

如同兔子會有的
以及不會有的。紅嫩的雙頰，
全都是藝術性的結果，顫抖的鼻子
難以打破的積習呀！

你也可能化身為一隻悲劇性的兔子；紅綠相間的
背部，藍色是你幼小的男性胸腔。
然而　如果你當真被刺激成如此這般

務必留意真實的肉身，它

將會把你從你悲劇的馬背上摔下來
並且如同鬼魂般地擊碎你悲劇的色彩
擊碎大理石；你的傷口將會癒合
如許地迅速，水流

也不禁嫉妒。

繪於白紙上的兔子
其魅力甚於天然野生的品種
而牠們玉米卷般的耳朵變成號角。

所以　留心呀　如果你覺得悲劇性生命是美好的——
身陷於兔子的陷阱
所有的色彩看上去像是陽光的劍刃，
而剪刀就如同活生生的上帝。

——原載史丹·萊絲，《某隻小羔羊》（一九七五）

前言

我是吸血鬼黎斯特。記得我嗎？就是那個金髮灰眸，寫了一本自傳，搖身變成搖滾樂巨星，渴望現身並享受喝采的貪婪吸血鬼。你當然記得。我企圖在這個光燦奪目、讓眞實邪魔毫無容身餘地的眩麗世紀，化身爲邪惡的象徵。我甚至覺得自己這樣做，還算成就了一些美德哩——在裝扮過的舞臺上，「扮裝」爲惡魔！

在前一本書裏，當我們結束時，我正邁向美妙的前景：我們——我和我的人類樂團——即將以舊金山爲起點，展開一連串的、「活生生的」現場演唱會。音樂專輯十分賣座，我的自傳更是恰如其分地，同時在陰陽兩界掀起波瀾。

接著，卻發生了完全在意料之外的變局。唔，至少「我」並未料想到。待會兒，當我離開你時，不妨說我正掙扎於要命的生死夾縫。

只不過，現在一切都結束了。我熬過來了——顯而易見，如果我翹辮子了，就無法在此和你談心，不是嗎？然後，全宇宙的灰燼都各自歸位；而理性信仰被割裂出的隙縫現已封印妥當。或者說，至少已經闔上了。

我比以往更加憂傷，也更惡劣；同時，意識卻更加敏銳。我還無以計數地功力大增——雖然，體內的那個人類前所未有地貼近皮膚表面，呼之欲出。我變成某個傷慟、飢渴的傢伙，對於囚住我的不朽身軀感到愛憎交織。

至於血慾？那簡直是難以遏抑。雖然就生理需求而言，我已經不再需要飲血維生。然而，我對於所有會走動的生物的強烈慾念告訴我，這可難說得很！

你知道的，這已經不再只是對血液的渴求，雖說血液是所有生命慾望的官能化身。但是，最蠱惑的感受就在於吸血那一刻的纏綿：吸飲、殺戮、華美的心臟交媾舞蹈。當獵物軟化潰倒時，我覺得自己彷彿飽滿起來。我所咀嚼下的死亡，在我迷醉恍惚的瞬間，好像燃燒得和生命等量齊觀。

然而，那只是自欺罷了。死亡從未及得上生命，這也就是我不斷地劫掠生命的理由。如今，「救贖」和我已經分道揚鑣、天人兩隔。我明白得愈清楚，情況愈糟糕。

當然，我還是可以偽裝成人類。我們都行，無論再古老的吸血鬼都有這能耐。衣領豎起，帽沿壓低，墨鏡架上眼眶，雙手插進口袋裏——詭計屢試不爽！現在，我喜歡以質料纖細的皮外套和緊身牛仔褲來打點自己，再加上一雙適合步行的純黑皮靴。只是某些時候，我會打扮得囂張些，吻合我居住的當地南方人士喜好。

如果有人類靠得太近，一陣精神感應的嘈雜波動就從我身上散逸出來。**你所見到的，是完全正常的「人類」**。微笑閃現，獠牙輕易地掩藏起來。於是，人類就繼續走她／他的陽關道。

有時候，我會甩開所有的保護措施，逕自以原貌外出。狂亂的長髮、披著一件讓我想起古老時光的呢絨風衣、右手戴上一兩個翡翠戒指。我疾行過這個可愛、頹廢的南方城市中心，穿過熙攘人群，或者沿著海岸緩緩踱步，品嘗溫熱的南方微風，欣賞和月色一般潔白的沙灘。

沒有人會多看我一秒。我們周遭已經環繞太多神祕莫測的事物——恐怖、脅迫、祕辛！它們會冷不妨地揪住你，然後又無可避免地喪失魔力，把你扔回傖俗無趣的現世。每個人只怕都心照不宣：王子早已溜掉，而睡美人大概早就死翹翹了！

對於那些和我一起生存下來的吸血鬼伴侶們，一切照舊。他們和我分享這個熾熱又鮮嫩的宇宙角落：北美洲大陸的東南角，絢麗的都會，邁阿密。對於嗜血的不死者而言，這裏眞是再棒不過的狩獵場——如果眞有這樣的場所。

有他們陪伴，眞是太好了。這是很必要的，眞的。我老早就嚮往這樣的魔窟，包含智者、堅忍的生存者、太古前輩，還有奔放純眞的雛兒。

只是，變回這個匿名的不死者身份，眞是讓我心痛。尤其，我又是如此貪婪的小怪物。超自然的柔情蜜語無法撫慰我，無法取代美味無比的人類歡呼與崇拜。櫥窗裏的專輯唱片、樂迷在舞臺下激情叫好！無論這些人類是否相信我眞的是個吸血鬼，那並不重要。最棒的是，在那一刻，我們融合爲一。我的名字是樂迷們呼喊的符咒！

現在嘛，已經沒有專輯唱片，我再也不聽那些歌曲了。我的自傳《吸血鬼黎斯特》，連同《夜訪吸血鬼》安全地僞裝成小說。或許應該如此。我已經惹太多麻煩了，如你即將所見。

災厄：那就是我那些小小的惡戲所造就的成果。我這個原本可望成爲英雄或殉道烈士的吸血鬼，終於得到那瞬間的結合……

你會想，我現在多少學乖了，是嗎？嗯，是的。這倒是眞的。

只是，重返陰影世界的滋味可眞夠難受。黎斯特再度變成藉藉無名的惡鬼，爬伏在可憐的、對他一無所知的人類獵物身上。再度成爲令人感傷的邊緣族群，永遠在角落處，困在自己古老的地獄化肉身裏面，掙扎著善惡聖邪的道德課題。

在我孤寂的此刻，我夢想著某一間浸浴著月光的密室，住著一個甜美的孩子——套用現代的謂稱：溫柔的青少年——她會閱讀我寫的書，聆聽我的歌曲，是個用薰香信紙寫信給我的理想主義小可愛。在那段惡運的榮光裏，她談論著詩情與幻境的偉大，告訴我，她希望我是眞正的吸血鬼。我遐想著潛入她光線黯淡的臥室，我的書就擺在床頭几上，包裹美麗的天鵝絨書套。我碰觸她的肩頭。當我們四目相視時，我微笑著。

「黎斯特！我一直相信你的存在。我知道，你一定會來找我。」

當我俯身吻她時，我用雙手撫摸她的面頰。

「是的，親愛的孩子。」我回答她：「你可知道，我有多愛你，多渴望你。」

或許，她會認為我在歷盡折磨之後，顯得更加誘人。經過我所目睹的、那些意料之外的恐怖，我所承受的無可避免的痛苦、災難使我們更有深度，擴展我們的心靈。這可眞是天殺的眞相！是的，如果這些苦難沒有毀掉我們，沒有燒光樂觀、靈性、保有異象的能力，還有之於單純但是不可或缺的事物的敬意。

如果我說得太苦澀，請原諒我。

我沒有權利以被害者自居，禍患是我掀起的。而且，正如他們所言，我好歹還保住小命；但是多得數不清的同族卻死得很慘，更甭提那些遭到池魚之殃的人類。我罪證確鑿，非得付出代價不可。

但是，你知道嗎？我還是不全然理解所發生的一切。我不知道這究竟是一場悲劇，或者只是毫無意義的瞎鬧；還是，某些晶瑩美麗的東西將因為我闖的禍而誕生，救我逃出殘敗的惡夢，將我投入灼灼燃燒的救贖光華。

我永遠都不會知道答案。重點是，已經結束了。而我們的世界——我們詭密的巢穴——變得比以前更小、更幽黯、也更安全。我們的世界再也難以回復以往的盛況了。

令人困惑的是，我居然完全沒有料到這場災變。但是，我眞的從未預知任何由我起動的事件的結局。就是那種危機蠱惑著我，那無限的可能性，使我在永恆的懷抱裏流連忘返、難以自拔。

畢竟，我還是那個兩百多年前的黎斯特呀！那個躁動、沒有耐心、濫愛又好鬥的傢伙。當我在十八世紀末奔赴巴黎、渴望成為舞臺劇演員時，我所渴慕的是起始——幕掀的時刻。

也許，那個認為我有能耐活過千年的吸血鬼的話是對的：我們不會隨著歲月改變，我們只是愈來愈像自己。換言之，當你活了幾百年，你是會增添一些智慧。但是你也有充分的閒暇時光，讓自己惡化得連敵手都額手稱慶。

我還是那個不折不扣的惡魔，佔據舞臺的年輕男子，想讓你仔細注視我、甚至愛上我。我竭盡所能，只求能夠逗你開心、魅惑你，使你原諒我的一切惡行。恐怕偶爾的祕密辨認與接觸永遠是不夠的，我不得不這麼說。

但是，我說的太快了。不是嗎？

如果你讀過我的自傳，你就會明白我在說啥。

好啦，讓我們來溫習一下。誠如我所言，我寫書與出音樂專輯的目的是要現身，要讓自己曝光——即使只是在象徵性的層次。

至於說到人類會眞的逮到眞相，領悟到我的眞正身份，我可是被那個可能性弄得很亢奮！讓人類來追獵我們、殲滅我們。在某方面，這是我愚蠢的夢想：我們沒有資格存在，人類應該宰掉我們。還有，想想那些戰役！噢，要和那些眞正明白我為何物的人類作戰……

只是，我並未眞的期待它成眞。搖滾樂手的扮相是我這種魔物最完美的包裝。

唯有我的同類會當眞，會決定要懲罰我的所作所為。當然，我可是仰賴這一點喔。

畢竟，我在自傳裏說出我們的歷史，告解我們最深沉的祕辛——那些原本是我發誓永不洩露的事蹟。而且，我在白熱燈光與攝影機前大步招搖！如果萬一有個科學家摸到我，或者某個激灼過頭的警察，在日出前五分鐘，因為我觸犯微小的交通規則而困住我，將我監禁、檢驗、查明正身、歸類入檔——在我無助的日光沉眠期——結果，將會滿足大眾最糟糕的疑慮。

再怎麼樣，那實在不太可能。過去與現在皆如此。雖然那可眞是有趣，眞的！

然而，我的同族會因爲我所招惹的危機而氣壞了。他們會想要活活燒死我，或者把我撕裂成千萬片不死的碎屑。大多數是那些年幼的吸血鬼。他們太笨了，不知道我們其實安全得要命。

當演奏會之夜愈發逼近的同時，我發現自己也在夢想著那些戰役——摧毀那些和我一般獰惡的東西，是多麼快悅呀！在罪徒的身上刮下傷口，一次又一次地肢解我自己的意象。

然而你知道，光是在那裏的純然喜樂——創造音樂、創造劇場、創造魔法！那是最終的憑藉。我只是想要「活著」！我只想再次成爲人類。那個兩百年前到巴黎去求發展的人類演員，在那裏遭逢他的死亡，但是，他應該在最後的關頭得到他的時機。

繼續我們的前情提要：演唱會很成功。在一萬五千名尖叫的人類樂迷面前，我得到了我的時機。而且，我最鍾愛的兩位不朽者，路易斯與卡布瑞——我所製造的吸血族，同時也是我的情夫與情婦——也在場觀看。我已經和他們分離太多年了。

在那個夜晚終結之前，我們席捲那些想懲罰我的不入流吸血鬼。但是，在這些小衝突中，我們多出某個隱形的同盟。在能夠傷害我們之前，那些死敵就爆成一團團的火燄。

然後，早晨逼近了。我實在太興高采烈，所以無法認眞思索危險的可能性。我忽略卡布瑞的冷靜警示——眞想再擁抱她一次！而且，正如以往，我忽略路易斯陰沉的疑慮。

然後，就是那窘境，以及吊人胃口的懸疑……

正當陽光灑近卡梅爾谷地，而我就像每一個吸血鬼一樣、必須閉上眼睛休息時，我驚覺到自己不是唯一在地窖的生物。不只那些年幼的吸血鬼，我的歌曲更喚醒了最古老的沉眠的始祖。

接著，我發覺自己就處在最驚心動魄、充滿各種危機與或然率的時刻。我就這樣死滅？還是，或許我會再次重生？

現在，為了告訴你完整的故事，我得將時間往前推一點點。

我必須從演唱會的十夜前左右開始，讓你進入那些其他的角色的心靈。他們對於我的書或我的音樂各有反應，而我當時卻幾乎完全不知情。

換言之，我得重新建構當時發生的許多事件。而以下提供你閱讀的篇章，就是我重組的成果。

所以，我們會跳脫過往那種纖窄、詩意的第一人稱單數敘述。我們將利用許多人類作者已經玩過的技法：進入許多角色的心靈世界。我們會疾馳過所謂的「第三人稱」與「多重敘述觀點」。

最後順便一提的是，當那些角色認為我美貌無比、或魅力不可抗拒等等……可別以為那是我要他們這麼說的。那是他們事後告訴我的，或是我運用超感知力，從他們的腦袋裏挖掘出來的訊息。我不會說這種謊言……或者其他謊言！我只能當這樣一個美豔的小惡魔，那是我抽中的籤牌。那個將我變成這德性的老怪物，就是看上了我的長相。大約是如此，而這種意外在全球各地也不時發生。

終究，我們活在一個充滿意外的世界，唯有美學準則是可確定的。我們永遠會不斷地掙扎於善與惡的議題，竭力締造一種倫理的平衡點。但是，像在夏日雨後的街道上、街燈閃爍的光華，或者在夜空爆發的煙火——這種殘忍的美感卻是無庸置疑的。

現在，請確知這一點：雖然我要離去了，但在恰當的時機，我會帶著完整的洞察力回來。坦白說，我真恨自己不是從頭到尾的第一人稱敘述聲音。引用大衛·考柏菲德❶的話：我真不曉得自己是這故事裏的英雄，或是受害者！但是，無論是那一種，不都是我在掌控情節嗎？畢竟，我才是眞正在說話的敘事者。

噯，我身爲吸血鬼族的特派行動員，並非整個故事的重心。虛榮的慾念得等一等。我要你知道，我們究竟發生了什麼事——縱使你從未相信其眞實性。如果只能生存於小說的場域，我也要有一點點意義，一點點連貫性，否則，我會瘋掉！

所以，在我們再度相逢之前，我會一直思念你。我愛你，我希望你就在這裏……在我的懷抱裏。

---

❶英國作家狄更斯的小說《塊肉餘生錄》一書中的主角。

序章

（以牆壁塗鴉畫形式寫成的宣言）

——以黑色沾水筆，寫於血紅色的牆上，就在舊金山的一家酒吧，名爲「德古拉伯爵的女兒」——

黑暗的孩子們，務必留意以下的勸誡：

第一部：《夜訪吸血鬼》出版於一九七六年，是一部真實的故事。這是我們其中任何一個都能夠寫出的事蹟，記述著主角如何變成我們吸血族的一員，以及其中的傷愁與追尋。然而，路易斯——講出這個故事的兩百歲不死者——堅持著他那種人類式的同情心。而黎斯特，那個贈予路易斯黑暗禮物的惡徒，卻吝於告訴他更多關於吸血鬼的解釋與安慰。聽起來很熟悉吧？雖說如此，路易斯並未就此放棄他的救贖之道。然而，即使是阿曼德——這位他所能找到的最古老吸血鬼——也無法告訴他，何以我們會現身於這個世界，是什麼塑造了我們？也不怎麼令人訝異吧，吸血男孩與女孩們？畢竟，對於吸血鬼來說。從未有什麼巴爾帝摩式的教義。

就是如此，直到後來出版了——

第二部：《吸血鬼黎斯特》就在這個星期現世。副標題是「他的早期教育與冒險故事」！不敢相信嗎？只要去瞧瞧臨近的人類書店就行啦，然後，再到附近的音樂行，去看看本週剛進貨的音樂專輯——標題也是《吸血鬼黎斯特》，帶著可預期的端莊模樣。或者，如果這些方法都不可行，你只要轉開電視頻道——如果你並不輕蔑這種玩意——你將會看到，打從昨天開始，黎斯特那些大量放送的音樂錄影帶。你將會立刻知曉，何謂黎斯特；而且，對於他意圖結合這些從未發生過的惹人惱火之舉，並即將在本城舉行一場「活生生的」演唱會，你可能不會感到訝異。沒錯，就在萬聖節之夜。你猜對啦！

不過，姑且讓我們忘記，他那雙橫掃每一家音樂行櫥窗口的超自然眼眸；或者，他那強勁有力的聲音，唱遍我們之中最古老者的祕辛與故事。為什麼他要這麼做？他的歌曲告訴了我們些什麼？在他的書中，所有的一切都歷歷在目——他不只是給予我們教義，同時也給我們一部聖經。

深入太古的聖經世界，我們被引領著，面對所有吸血族裔的父母——恩基爾與阿可奇。早在那塊土地被稱呼為「埃及」之前，他們就是尼羅河流域的統治者。就不要管他們是怎麼變成最早先的吸血鬼罷——這樣的追索，並沒有比生命如何在這個行星上形成——或者，嬰兒的胚胎如何在母親的子宮內，從微細胞形成軀體——來得更有意義。真相就是，我們都來自於這對可敬的始祖；而且，無論你喜不喜歡，我們美妙且不可或缺的力量，其曠古的根源，就深植於他們兩具身軀的其中之一。講白一點，如果說，阿可奇與恩基爾手牽著手，走入熔爐之中，我們的全體終將與他們一起焚為灰燼。如果把他們剁為碎屑，我們也將因此灰飛煙滅。

噢，不過，尚不用絕望。這對始祖已經有五十個世紀沒有移動分毫。是的，完全正確——除了說，黎斯特聲稱他曾經把他們喚醒。他在他們的聖殿前，拉著一把小提琴。不過，只要我們忽略掉他那個奢侈華麗的狂想——阿可奇將他攬於她的懷中，與他分享著最始初的血液——我們能夠確定的，就是和古老的敘事加成起來：早在羅馬帝國殞滅之前，這兩個身軀就沒有眨動過一次眼皮。在這段漫長的時間，他們被馬瑞斯存護於一個私密的地窖。馬瑞斯，那個在羅馬時代就出生的吸血鬼，當然知道什麼是對於大家都有利的做法。而且，也就是他告誡黎斯特，千萬不能夠洩露出我們的隱祕。

看起來，這個黎斯特不是什麼良好的守祕者。而且，他弄出那些書本、專輯、錄影帶，以及演唱會的目的何在？這個惡魔的內心在思忖些什麼，實在令人叵測。我們只知道，他想要做他想做的，以不變的一貫性。畢竟，他不也曾經搞出一個吸血鬼小孩，更甚者，他還把自己的母親——卡布瑞——變成他的吸血愛侶！只要是基於純然的刺激，這個惡魔便會將他的眼界放在主控一切的位置。

所以，這就是重點：路易斯，這位無人可覓及的流浪哲學家，將我們最深沉的道德性祕密洩露給無數的陌生凡人。而黎斯特更過分，竟敢把我們的歷史披露出去。就在那些凡人的大眾眼前，他招搖著超自然的盛典。

現在，問題在於：為何這兩個至今還存在？為什麼他們並沒有早就被消滅？噢，對於我們來說，凡人世界所可能帶來的威脅，並不是什麼問題。村民並沒有帶著火炬，集結在門口，想要燒毀這座城堡。然而，那個怪物正想要讓人類的視野從此改變。而且，雖然我們還算夠聰明，不會因為他那愚蠢的紀錄而被人類對號入座，但是，這樣的作為真是令眾生髮指！他不可能不受到懲罰就逃之夭夭。

更進一步地觀察：如果說，吸血鬼黎斯特所敘述的故事句句屬實——而且，有許多同族發誓，那絕對是真的；雖說到底是基於何等理由，他們也無法告訴你——難道說，那位已經兩千歲的馬瑞斯不會親自出動，懲罰黎斯特的叛變嗎？或許，國王與女王——如果他們還有耳朵可以傾聽——將會因為橫跨這個星球的廣播電波網，不斷地複誦他們的名字而甦醒過來……如果這些可能性都當真發生了，我們的命運將會如何？我們會在新的王國中生長壯大嗎？還是說，他們將會掀起一場宇宙與時間的大滅絕？不論如何，黎斯特的迅速死亡，就足以抵擋這些變化。

計畫：只要他們一露面，就立刻摧毀吸血鬼黎斯特與他的支持者。毀掉所有給予他助力的傢伙。

警告：無可避免地，將會有一些非常古老的吸血族前來此地。目前，我們已經或多或少地感應到他們的形影，或者瞥見他們的行蹤。即使是黎斯特的啓示錄，也不足以比擬他們在我們的心靈所掀起的無意識覺醒。而且，以他們超絕的能力，這些古老的吸血族當然能夠聽到黎斯特的音樂。到底會有多少蒼老而恐怖的存在者，因為歷史的召喚、各自的目的，或純粹的辨視，前來呼應他的召念？

這份聲明已經傳送到全世界各地的吸血鬼聚會所，以及所有的聚集巢穴。然而，你必須注意，並且盡量發送這道指令：吸血鬼黎斯特必須被處死，連同他的母親——卡布瑞，他的密友，路易斯與阿曼德，以及任何對他輸誠的不死者。

萬聖節快樂，吸血男孩與女孩們。我們將會在演唱會上碰面，我們將會看到，黎斯特永遠離不開他的演唱會場。

從酒吧遠端的那個舒適角落，那個穿著紅色天鵝絨外套的形影反覆地閱讀這份聲明。被暗色的鏡片與灰色帽簷所遮擋，他的眼睛幾乎不可辨識。他戴著灰色的麂皮手套，當他仰躺回黑皮製的椅背時，他交叉著雙手，一隻穿著皮靴的腳跟踏在椅子的腳背上。

「黎斯特，你這個最要命的小鬼！」他低語著：「你眞是個被慣壞的魔鬼王子呀！」他對著自己詭祕地笑起來，然後掃覽著這個暗色調的場所。

他覺得不賴，那些繁複的黑色圖案被超凡的技巧所刻劃，如同爬在雪白石膏牆的黑色蜘蛛。他也欣賞著那些傾頹的城堡、墓地、在月影下垂搖的枯槁樹木。那些原本是俗套的景致，被重新安排得不同凡俗。他可是相當賞識這些呢！至於在天花板上所繪製的惡魔淫宴圖繪，也是非常的精美。至於那甜美的香料——早在許久之前，他自己也曾在「必須被守護者」的殿堂之前，焚燒這樣的古老印度混合香料。

沒錯，這個地方堪稱是所有的吸血鬼聚會所中，最美麗的所在。

不過，比較不佳妙的是這些光顧者。那些四處散落的細瘦形體，環繞在小黑桌前的白蠟燭之前。對於這個文明且現代化的都市來說，他們的數目算是過多了。而他們也知曉這一點。今夜若要狩獵，他們必須散佈到各個偏遠角落，而那些新生兒總是需要狩獵。他們太過飢渴，無法按捺住自己。

不過，現在他們只注意著他。他是何者，來自何處？他是否非常的古老，力量強盛？在他離開此地之前，他會做些什麼呢？這些問題總是會浮現出來，雖然他試圖以某個藉藉無名的吸血族模樣溜入他們的「吸血鬼酒吧」，將眼睛遮擋起來，將心靈封鎖住。

該是離去的時候了。他們的問題將不會有所解答。他已經取得想要之物：他們的那份聲明、黎斯特的錄音帶擱在他的外套口袋裏。在他回家之前，他會去弄一部黎斯特的搖滾樂錄影帶。

他起身欲離去，而那些吸血族的其中一個也站起來。當他和那個年幼者趨近門口時，言語與思維的沉默同時覆蓋下來。唯獨蠟燭的光燄搖曳著，投映它們的光澤於黑色的門扉，如同水色光影一般。

「請問你來自何方，陌生朋友？」那個年幼者有禮貌地詢問著。當他的人類生命消逝時，他可能未滿二十歲。而他變成吸血鬼的時光可能也未超過十年。他以濃妝塗抹面孔，將頭髮染成野蠻的色彩，彷彿說超自然的贈禮本身尚不足夠。他看上去是多麼地誇炫呀，多麼不像他該有的模樣；他應該是一個憔悴而有力的魔物，如果運氣夠好的話，大概能夠活過這個千囍年。

他們是怎麼以現代化的俚語給予他承諾的？他是否應該知曉靈體、星光體、靈幻之域、星體的樂符，以及手掌拍擊時的音響？

他接著問下去：「關於那份對於吸血鬼黎斯特的聲明，你的立場何在？」

「你必須讓我告退，我要走了。」

「不過，你一定知道黎斯特幹了哪些好事吧？」那個年幼者如此堅持著，擋在他與門口之間。嗯，這就不是什麼良好的禮儀。

他較為仔細地觀察這個鹵莽的年輕男吸血鬼。是否他應該牛刀小試一番，讓他們驚惶失措，談論一整個世紀。他無法抑止自己的微笑。但是，還是算了，刺激已經夠多了，多虧他心愛的黎斯特。

「為了回報起見，讓我給你一個小小的勸告，」他安靜地告訴這位年幼的宗教審判官：「你無法摧毀吸血鬼黎斯特，沒有誰有這等能耐。但是，原因究竟何在，我也無法告訴你。」

那個年輕小鬼被弄得有點慌亂，也感到被侮辱。

他繼續說下去：「讓我反問你一個問題吧，你們為什麼把所有的執迷放在吸血鬼黎斯特身上？關於他所揭露出來的，你們覺得如何呢？難道說，你們這些小孩們沒有興致去尋找馬瑞斯，那個守護著『必須被守護者』的祭司？你們不想要親眼看到原生母親與父親嗎？」

那個小鬼起先是困惑，後來顯示出輕蔑。他無法回嘴一個巧妙的答案，但是他的回應是如許地清楚分明，就在他的內裏──就在這些所有觀望著與傾聽著的吸血鬼內心。所謂的「必須被守護者」，天曉得他們是否當真存在；馬瑞斯也是如此。然而，吸血鬼黎斯特卻是貨真價實的存在，是這個粗糙的不朽者所能掌握的眞實；況且，黎斯特是個貪婪的惡魔，他為了要讓凡人愛慕與目睹他的存在，不惜透露他的種族的深沉祕辛。

他幾乎要當著那小鬼的面前大笑出聲。多麼不堪一擊的戰役呀！黎斯特確實明白這個沒有信仰的時代，如此美妙地瞭解它，你必須承認這一點。沒錯，他的確說出那些他曾經發誓要守護的祕密；不過，就算這樣做，他還是沒有背叛任何事物或任何人。

「務必要小心吸血鬼黎斯特，」他最後笑著丟給那小鬼一句話：「在這個星球上，可能僅有少數眞正的不朽者漫遊其中。黎斯特可能就是其中之一。」

然後，他把那個小鬼提離地面，再把他放下來。接著，他安然地步出門外，走向前面的酒廊。

前方是一間由黑色天鵝絨與黑色油漆所裝飾的寬敞房間，擠滿了囂鬧的人類。就在喧嘩的笑語與酒醉的譫語之間，流洩出熱情的托卡塔曲與巴哈的賦格。他喜愛這種豐饒奢華的生命情調，他甚至喜愛那陳年的威士忌酒液與葡萄酒的氣味，以及煙草的味道。當他走向前方時，他也愛著那些柔軟的人類肌膚拂過他的感受。他熱愛那些人類根本無知於他爲何物的這個事實。

就在潮濕的空氣間，這裏是卡斯楚街的人行道，時值黃昏。天空還是有著某種粉刷過的銀色亮光。人們匆忙地行走，閃避傾斜下落的雨勢；他們最後被擠在角落，等待氣泡一般的交通號誌燈閃起。對街的音樂店面，播放起黎斯特的歌曲。他的嗓音穿過馳過路面的巴士、潮濕街道的輪胎聲響：

在我的夢寐之間，我緊緊地擁抱她，
我的天使、情人、母親。
同樣地，在夢境裏，我親吻她的雙唇，
我的情婦、繆思、女兒。
她賜予我生命，
我賦予她死亡。

我美麗的女侯爵。

就在魔鬼的道路上，我們一起奔馳；
相互依偎的一對孤兒。

今夜她可聽見我歌曲的旋律？
關於國王、女王，以及古老的真相？
關於破碎的誓言與憂傷？

又或者她攀附著某道遙遠的路徑，
在那裏，韻律與歌曲也無法企及她？

回到我身邊，我的卡布瑞
我美麗的女侯爵，
城堡已然在山崖上傾頹，
村莊掩埋於雪地之內，
但是你永遠與我相屬。

是否她已然來到此地，他的母親？

最後，音樂的最後音節是一連串柔和的電子音符，終於被他身邊的間或噪音所吞噬。他漫步走向潮濕的微風，進入邊角處。這條繁忙的小街道可眞是漂亮，花販還是賣著花，肉攤子和那些關門的店面一起並列。就在咖啡店的窗口，人類享用他們的晚餐，或者流連於報紙的閱讀。有許多人在等候一班下山的巴士，就在某一家老戲院的門口，候車的人群已經形成一道橫跨線。

她就在這裏，卡布瑞。他體驗到某種雖然微弱、但卻無可置疑的感應力。

當他能夠抑制自己時，他的背部倚靠著鐵製的街燈，呼吸著從山上吹拂過來的新鮮涼風。這眞是美好的城中心景觀，連接著市場街的寬廣街道，它看上去更像是巴黎的某條大道。而所有的一切都環繞於柔和的城市坡道，到處可見閃耀發亮的櫥窗。

沒錯，不過她究竟在那個位置呢？卡布瑞，他低語著；他閉上眼睛，聆聽著。起先，無以計數的奔騰音流湧向他，然後是意象重疊著意象的畫面。整個大千世界威脅著要打開自身，以無盡的哀鳴將他吞噬殆盡。**卡布瑞**。雷鳴般的洪流逐漸逝去。從某個經過身旁的人類身上，他捕捉到一絲痛苦的微光。就在山上的一棟高樓上，某個瀕死的女人死寂地坐在窗邊，夢見她幼年時代的衝擊。然後，就在微渺而平穩的寂靜，他看到了自己想見的人物：卡布瑞，從她的腳步停歇下來。她聽見他的呼喚，也知道自己正被注視著。她是一位高眺的金髮女子，頭髮紮成一束直垂背後的馬尾，站立於城中心的某一條乾淨空曠街道上，離他不遠之處。她穿著一件卡其布外套、相同質料的長褲，以及一件陳舊的褐色上衣。她還戴著一頂與他類似的帽子，襯著高舉的領口，只有一小部份的臉龐顯露出來。如今，她有效率地閤上她的心靈，以某種不可見的防護罩包圍住自己。她的意象逐漸褪去。

沒錯，她就在這裏等待著黎斯特，她的兒子。他何必爲她感到恐懼呢——這個冰冷的人兒不害怕任何事物，她只爲黎斯特感到恐懼。很好，馬瑞斯感到很滿意，而且黎斯特大概也是如此。

不過，另外一個呢？路易斯，那個有著黑色頭髮與墨綠眼球的溫柔孩子。當他在暗夜的街道上行走時，會發出不經心的聲響，甚至會對著自己吹口哨，好讓人類知道他就近在咫尺。**路易斯，如今你在何處**？

幾乎是立刻的同步化，他看到路易斯走入一間空盪盪的畫室。他才剛從牆壁後的某道樓梯走上來，底下就是他白天睡眠的地下室。他在那間布滿灰塵的房間內輕盈行走，然後站在窗前，凝視著外面的繁密車流。那是一間位於狄維薩德羅街的老房子。事實上，對於這個以《夜訪吸血鬼》一書掀起不小的騷動、優雅而感性的吸血鬼而言，一切都沒有什麼變化。只除了他現在正在等候著黎斯特，某些惡夢困擾著他。他爲黎斯特感到害怕，而且感到某種古老、不熟悉的渴望。

他不太情願地讓這抹意象溜逝。不知爲何，對於路易斯，他有著某份難以形容的關愛。況且，付出這份愛意並不是聰明之舉，因爲路易斯是個溫柔、有教養的人兒，他缺乏卡布瑞與她那個惡魔兒子的燦亮光華。不過，路易斯很可能會活得與他們一樣長久，他很確定這一點。他很好奇，這種長久以來的忍耐力究竟是肇生於何等的勇氣？也許那就是對於一切的接受。不過，黎斯特的話又是怎麼一回事呢？被擊敗，充滿傷痕，但還是不斷地再起？那是因爲黎斯特從未對任何事情認命？

卡布瑞與路易斯還沒有發現到對方的存在。但是，那無所謂。他應該要怎麼做，把他們聚在一起嗎？不是什麼好主意……況且，再沒多久以後，黎斯特就會這麼做了。

他現在又開始情不自禁地微笑起來：「黎斯特，你這個最要命的傢伙！沒錯，你這個小惡魔。」慢慢地，他開始召喚出黎斯特的音容顏面：冰藍色的眼珠，因爲笑意而深暗起來；開朗的笑容；由於男孩氣的怒意，兩道眉毛聚攏在一起；驟然間出現的高亢精神與褻瀆意味的幽默感。他甚至能夠描摹出那具身軀的貓樣形態，對於一個肌肉強健的男體而言，眞是難得呀。如此難得的力量，黎斯特總是具有無與倫比的力量與樂觀的性情。

事實上，他也並不知曉自己鉅細靡遺的心情，只知道自己被驚動與眩惑。當然，對於黎斯特將他的祕密洩露出去一事，他並沒有報復的念頭。而且，當然黎斯特就是倚仗著這一點吧——不過，誰曉得呢？也許黎斯特眞的什麼都不在乎，就這一點來說，黎斯特所知道的並不會比那個酒吧的愚蠢吸血鬼來得多。

對於他自己而言，眞正重要的是，經過如許久遠的歲月之後，他首度想到過去與未來。他發現自己更加敏銳地感知到這個時代的本色。「必須被守護者」對於他們的子民而言，甚至也等同於虛構的小說！那些古老的時光——粗野不羈的吸血族到處狩獵，尋覓著聖殿與其神力之血的時代——已經飄然遠去。現在，根本沒有誰會相信，甚至在意這些玩意！

不過，那正是這個世代的精華。身處其中的人類愈發地務實，拒絕信仰任何形式的神蹟。以這樣前所未有的勇氣，他們在物理肉身的層次上，建構起最偉大的倫理演進。

這些狀況，就是在兩百年前，他與黎斯特在地中海的那個小島上所討論的：某個無神的、眞正道德性的世界之夢。在這樣的世界，愛你的同類是唯一的信條。**這是一個我們無法隸屬的世界**。而現在，這個世界幾乎要整個實現了。吸血鬼黎斯特正式進駐流行文化，所有的古老魔物也應該要與他前往，讓他帶領這整個天譴的族群，包括「必須被守護者」——雖然說，他們可能一無所知。

如此的協調性讓他微笑起來。他知道自己不單是驚懼、更是被黎斯特的所作所爲強烈地誘引著。他當然瞭解聲名的魔力。

眞是的，當他看到自己的名字被銘刻於酒吧上的牆壁時，他感到一股無恥的快意。他是笑出來，沒錯，但是他也徹底享用了自己的笑聲。

就讓黎斯特去成立那場激發性靈的劇碼吧，沒錯，就是如此。黎斯特，這個古老王朝的暴烈街頭演員，如今在這個美妙而純眞的紀元，成就自身的巨星光采。

不過，他在酒吧中對那個幼小吸血鬼所說的話是否屬實呢——沒有誰可以摧毀魔鬼王子？那不過是純粹的浪漫，全然的廣告。**事實就是，我們的任何一員都可能被摧毀，以某種方式。甚至就連「必須被守護者」亦如是然。**

當然，那些以「黑暗孩童」自居的小嘍囉們相當虛弱，不堪一擊。他們的數目也無益於增加他們的戰力。然而，那些古老無比的族裔呢？誰叫黎斯特寫出馬以爾與潘朵拉的名字？而且，難道說沒有更加古老、他自己也一無所知的吸血鬼嗎？他想起牆壁上的警語：「古老而恐怖的存在體……緩慢而不可阻擋地前來，呼應他的召喚。」

某一道裂縫驚動了他。在那一瞬間，他以爲自己看到了叢林——某個綠意盎然、散發著腥臭的地方，瀰漫著令人窒息的熱氣。不旋踵之間，那影像又不見了，就像是他隨時會接收到的許多信號與訊息。早在許久之前，他就已經學會要關上自己的心門，以免受到無止境、隨時撲面而來的意向與聲音的襲擊。不過，間或地，總有一些暴烈而無法預期的事物，如同一聲尖利的哭嚎，插入他的意識底層。

不管怎樣，他已經在這個城市待得夠久了。不管將會發生什麼事情，他並不打算要插手。突然間，他對於自己溫暖的感情感到惱怒。他想要現在就回到家，他已經離開「必須被守護者」太久。

不過，他是多麼喜愛那些精力充沛的人群，笨拙的交通行列。即使是城市的染毒氣體，他也不感到介意。比起古老的羅馬、安提克、或者雅典，這種情況並不算更糟糕——就在彼時，無以計數的人類排泄物到處堆疊，而且空氣中漫佈著疾病與飢餓的氣味。他喜愛加州的這些乾淨亮麗城市，如果可能的話，他想要一直廝混於這些眼神明亮、充滿目標的居民之間。

不過，他必須回家。再過幾夜，演奏會便會舉行，到時候他就會見到黎斯特——如果他選擇如此的話……那種不知道自己究竟會怎麼做的滋味，眞是曼妙無比呀！他和那些並不信仰他的族類一樣，什麼都還不知道。

他橫跨卡斯楚街，來到市場街的寬廣人行道。微風輕拂，空氣甚至顯現暖意，他的步伐矯健，甚至如同路易斯那樣，一邊走路一邊對著自己吹口哨。他感覺很棒，這就是人類的感受。然後，他停步於那家販賣電視與電訊用品的商店：在那家店面擺設出來的每一架或大或小電視機之前，黎斯特正在唱歌。

看著那場經由姿態與動態所組成的偉大演唱會，他情不自禁地笑了。聲音逐漸淡去，埋葬於音響器材的微小發亮光點之內。他得要運用力量去把聲音搜尋出來。不過，光是在沉默的背景中看著那個金髮的惡魔王子，不也別有魅力嗎？

鏡頭轉回來，照出黎斯特的全身特寫，他正在一個類似於虛空的場所拉著小提琴。某種星光暈染的黑暗，不時地籠罩著他。接著，冷不防地，一道門扉打開來——通往「必須被守護者」的聖殿！而在那裏，阿可奇與恩基爾——其實是由演員所扮裝的——他們那對蒼白的埃及人偶，有著長而黑的頭髮，配戴著閃耀晶亮的寶石。

原來如此。他早就該料想到，黎斯特可能會搞到這等俗麗不堪的極端局面。他傾身向前，聆聽著聲音的傳導。

在小提琴的伴奏之上，他聽見黎斯特的聲音：

阿可奇與恩基爾！
守護著你們的祕密
保持你們的沉默
比起真相，那會是更好的贈禮。

正當那個小提琴手演奏完畢、沉湎於他的音樂時，阿可奇從她的王座站起來。黎斯特看到她，小提琴從他的手上滑落。她如同一位舞者，將自己的手臂環繞在他的頸間，將他拉向自己；她俯身吸吮他的血液，同時也將他的牙齒推往自己的喉嚨。

那眞是令他嘆爲觀止，眞是高妙的技藝！如今，恩基爾被喚醒了，如同一具機械玩偶般地行走。他往前搶回他的女王，黎斯特被推倒在地板上。接著，電影就此告終，馬瑞斯的營救場面並沒有出現。

「噢，我並沒有因此成爲一個電視明星啊！」他帶著些微的笑意低語著。他走進那間暗下來的店面。那個年輕的女店員正等著他進來，她的手上拿著黑色的塑膠製錄影帶。

「一共是十二卷。」她說。她有著柔滑的暗色肌膚與迷濛的褐色眼睛，手腕上的銀色鍊條映現出光亮。他覺得那樣子很誘人。她感激地收了錢，並沒有數數目。「他們在各個不同的頻道上播放這些ＭＴＶ。我把全部的都錄下來了，昨天下午才完成任務。」

「你服務週到，」他說：「我眞是感激不盡。」他又推給她另一疊厚厚的鈔票。

「這不算什麼啦。」她說。她並不想拿那些額外的錢。

你會拿的。

她聳聳肩，然後把錢放入口袋。

不算什麼。嗯，他眞是喜歡這些流暢的現代用語。他喜歡看到她聳肩的時候、胸部突然間的震動、以及在棉布衣料之內的臀部輕巧的轉動。那些衣服讓她看起來更加光滑且脆弱。眞是一朵嬌弱的小花。當她爲他打開門的時候，他撫摸她柔軟的褐髮。要在這個滿足你需求的人類身上飽餐一頓，眞是無可想像，尤其是對這麼一個無辜的人兒。他當然不會這麼做！不過，他轉過身，他那雙帶著手套的手掌伸入她的髮稍，托著她的頭顱：

「輕輕的一吻，我親愛的。」

她的眼睛闔上。他的尖牙立即刺穿動脈，舌尖舔及血液。不過是淺嚐即止，就在轉瞬之間，那股熱力就在他的心臟處燒灼殆盡。然後他退回來，他的口唇擱淺在她的喉嚨，他可以感受到她的脈搏。那股欲求痛飲一頓的渴望遠超過他所能承受的程度。罪惡與贖救的並存。終究，他還是放走她。當他凝視著她起霧的眼神時，他梳理著她柔軟鬈曲的頭髮。

切勿記得這些。

「再會。」她微笑說著。

就在冷清的街道上，他毫無動靜地佇立著。那股飽漲而不被理會的飢渴，慢慢地漸行漸遠。他凝視著錄影帶上的殼鞘。

「在各個不同的頻道上，」她是這麼說的：「我總算把它們都錄下來了。」如果當眞如此，他的守護對象八成已經看到黎斯特，就在聖殿裏放置於他們前方的大型螢幕。早在許久之前，他就在屋頂上的斜坡安裝好衛星天線，好爲他們帶來全世界所播放的節目。有個精巧的電腦設施會每隔一個小時就更換一次頻道。這麼多年來，他們冷漠無神的眼瞳就瞪視著那些掃掠過他們眼前的意象與顏色。當他們聽到黎斯特的聲音、或者看到自身的影像出現在螢幕上，是否將會興起最微弱的震動？或者，當他們聽到自己的名字被吟唱著的時候，又會如何呢？

嗯，他馬上就可以知道了。他會在他們面前播放這些錄影帶。他會專注地觀察他們的面孔，他們冰凍而發亮的面孔；他要看看，是否會有什麼——任何東西——出現，不只是光線的折射。

「噢，馬瑞斯，你永遠不會絕望，是吧？你並沒有比黎斯特好到那裏去，你那些愚蠢的夢想啊！」

當他回到家的時候，已經過了午夜時分。

他關上門，好抵禦肆虐的風雪，而且他靜靜不動地站著數分鐘，就讓暖熱的空氣包圍他。他所穿越過的風暴已經割裂他的面孔與耳朵，甚至於他戴上手套的指頭。在這時候，暖意是多麼地舒服呀！

就在寂靜之中，他聆聽著巨大電力發動機的熟悉聲音，以及電視機的微弱電子脈動——那就置放於他腳下數百呎的神殿之內。那會是黎斯特的吟唱嗎？沒錯，毫無疑問地，他聽到另一首歌的最後哀悼之詞。

他緩慢地脫下手套，摘下帽子，手指撫摸過自己的頭髮。他審視著巨大的大廳，以及連接著的畫室，搜尋著任何可能的人類蹤跡。

當然，那幾乎是不可能的。他與現代世界的距離已經無比邈遠，就在這一大片經由冰雪覆蓋的殘墟之中。不過基於長年來的積習，他總是縝密地觀察事物。總會有能夠抵達這個堡壘的人們，只要他們知道它的坐落地點。

一切都沒有問題。他站在巨型的水族箱之前——它像是一臺抵住南邊牆壁、足有一個房間大小的坦克車。他是以最厚重的玻璃與最優美的器材來建構這個玩意。他看著成群的斑爛魚群游過他身邊，然後，牠們隨即在人造的光暈中更改游動的方向。巨大的海藻從某一邊角晃到另一邊；某一座海之森林被捕獲於某種催眠般的韻律，由於溫和的壓力器將它驅動於各個方向。那種情景總是讓他神迷目眩，突然間將他封鎖於那種奇觀式的單一律動。魚兒的黑色圓潤眼珠讓他感到全身顫慄；海藻的細嫩樹枝以及它們的黃色樹葉讓他感到些微的悚然。不過，其實它們恆常的運動才是讓他如此著迷的重點。

終於，他把注意力轉回來，回到那個純淨、無意識、而且在不經意之間顯得美麗非常的世界。

沒錯，一切都很好。

又回到這些溫暖舒適的房間，感覺眞好。無論是那些散佈於酒紅色地毯的皮製家具、堆滿柴火的壁爐、排滿一整面牆壁的書本，都沒有任何誤差。而且，還有那些神妙的電器設施，好讓他安放黎斯特的搖滾樂錄影帶。這就是他想要做的：躺在火爐旁邊，陸續看著黎斯特的音樂錄影帶。那樣不凡的技術和歌曲本身一樣吸引著他，混合著古老與現代的化學祕法——眞不曉得黎斯特是如何運用那種媒體的扭曲型態，好讓自己完美地扮演成一個人類的搖滾樂手，扮演成神的人類搖滾樂手。

他脫掉自己灰色的長大衣，把它扔到椅子上。爲何這整個事件帶給他如此意料不到的愉悅呢？難道說，我們都嚮往著冒瀆，將自己的拳頭砸向上帝的面孔？也許，就是如此。早在千百年之前，在那個被叫做「古代羅馬」的地方，當時他是個教養良好的男孩，但是他總會因爲別的壞孩子的行止感到開心。

他知道，在從事任何事情之前應該先到聖殿一趟。不過是一會兒的功夫，爲的就是要確認事情如同以往一樣。在焚禱的香爐之內放入新鮮的煤炭與香料……如今，要爲他們維護這樣一個樂園是多麼地容易呀！只要有那些人造光線，就能夠滋潤那些沒有見過白日天光的花朵與草木。不過，香料的添加必須由他親手操作。如今，他再也不會像第一次那樣，把香料灑到煤炭裏面去。

是該換上一件柔軟外衣的時候了，然後再小心地、尊敬地，從父母的身上把灰塵拂去——從他們堅硬冰涼的身軀，甚至從他們的雙唇與眼珠、他們那眨也不眨的眼珠。而且，想想看哪，已經有一個月了，感覺上還眞有點慚愧。

你們可有些想念我，摯愛的阿可奇與恩基爾？噢，這些老把戲。

他的理智告訴他，他們是既不知道、也不在意他的來來去去。不過，他的傲慢總是把玩著另一種可能性。不是說，某些被關在瘋人院裏的精神失常者，能夠不時感受到幫他們送水的奴僕嗎？或許，那不是什麼恰當的比喻，當然更不是個仁慈的說法。

是的，他們因爲黎斯特而震動，因爲那個小惡魔王子，那是眞的——阿可奇賜予他神力之血，恩基爾因此想要報復。如此，黎斯特當然可以永遠去搞他的音樂錄影帶。但是，那豈不就是再度證明、再也沒有任何存留於他們體內的心智？當然，偶爾閃現的神性光芒還是有的。不過，要將他們趕回荒蕪王座上的寂然與沉默，實在太過簡單了。

只不過，那還是讓他感到苦澀不堪。畢竟，要超越一個思考者並不是他的目標，他毋寧是想要細部琢磨、再度創造，以某種不可限量的瞭解之心來享用它們。如此，每一瞬間，他都禁不住想要以人類式的怒火朝向黎斯特。

小鬼，既然「必須被守護者」對你如此示好，你何不帶著他們遠走高飛！我真是迫不及待要擺脫他們。自從基督紀元的開啓，我的肩頭就被加諸上如此的負擔。

不過，說實話，那不是他眞正內在的想法。當時並非如此，現在也不然。那不過是短暫的沉湎。他當然一直都愛著黎斯特，每個世代都需要一個魔鬼王子。而且，或許國王與女王的沉默不盡然是詛咒、而是福祉。黎斯特的歌曲唱得對極了。但是，要讓誰來安頓這些問題呢？

嗯，等一下他自己會到下面去觀看那些錄影帶，當然。倘若，到時候在他們的永恆眼底，閃現出最微弱的光澤、最微渺的異動……

不過，你又來這一套了。黎斯特讓你變得年輕而愚蠢。你變得容易相信純眞，冀望發生巨大的變動。

就在過往的無數世紀，他不知道升起多少次這樣的盼望，換來的結果卻只是受傷、甚至於心碎。幾年前他爲他們安裝上電影設施，上映一部有著高升烈日、蔚藍天空、以及埃及的金字塔的影片。噢，如此的奇蹟！就在他們的眼前，被太陽燒灼的尼羅河濤濤不絕地流過。他自己曾經因爲那麼完美的幻覺而流淚不止，甚至害怕電影中的太陽可能傷害到自己，雖然他當然知道，那是不可能的。不過，這就是新發明的神妙之處！他竟然可以站在這裏，看著打從他不是人類以來就無法見識到的太陽。

不過，「必須被守護者」只是以冰凍凝結的無感瞪著這一切；或者說，那是他們表示的驚異——巨大無倫的無感驚異，足以將空氣中紛飛的塵埃分子轉換爲某種無止境眩惑的起源？

天曉得呢！早在他出生之前，他們已經活了四千年啦。或許這整個世界的繁雜聲響都迴繞於他們的腦際之間，由於他們的超感應聽力是如此的敏銳；也許那成千上億的意象將他們盲目遮蓋於一切之外。當然，在他學會控制這些狀態之前，這些東西曾經快把他逼瘋。

他甚至想到，要帶著當代的醫學器材來測試他們的組成物質；他也想要用那些電子設施來測驗他們的腦波。然而，那實在太過醜陋了，想到要將那些不堪而難看的器材用在他們身上！畢竟，他們是他的國王與女王，他們所有吸血鬼的父母。就在他的屋簷下，他們已經冷然不動地待過兩千年。

他必須承認自己的某個錯失，也就是說，近來當他在對他們說話的時候，他的語氣是酸澀的：當他跨進那間殿堂的時候，他再也不是那個高位的教士。在他的腔調中，多出了某種憤惱之色與嘲諷之意，那些都隱藏於他自己體內。或許，那就是所謂的「現代人的脾氣」。當你活在一個能夠以火箭衝上月球的時代，如何能夠避免那種無可抑遏的自我意識，威脅著每一道微弱的形骸？況且，對於世間的變遷，他向來都與之同步互動。

無論如何，他必須到神殿那裏去。他會在那裏淨化自己的思緒，他不能夠帶著憎厭或絕望的心情去見他們。稍後，當他看完錄影帶之後，他會爲他們播放這些，觀望著他們。但是，現在他並沒有這份精力。

他進入鐵製的電梯，並且按下按鈕。那種電子式的聲響與突然失去重力的感覺，帶給他某種官能上的愉悅。現今的世界充滿這麼多的音色，那些都是他從未聆聽過的事物。那眞是新鮮的體驗哪。接著，衝往地底下數百尺的厚重冰層、來到電子燃送的房室，也是非常愉快的輕鬆感受。

他走出電梯外，踏入鋪著地毯的走廊。在神殿裏又傳出了黎斯特的聲歌，某種較爲快速、歡愉的嗓音。他的嗓音抗衡著某種擊鼓般的雷霆之音，以及扭曲而縈繞不絕的電子哀鳴。

不過，好像有些不對勁。光只是看著那長長的走廊，他就可以感受到這種不祥的預兆。那聲音實在太嘹亮、太清晰。通往神殿的前廳之門，竟然是打開的！

他立即走向入口。電子門已經被開鎖而且撞開。有誰能辦得到呢？只有他自己知道，經由電腦所操控的密碼呀！第二道與第三道門也一樣地被打開。事實上，他可以看到神殿本身，他的視野被裏面小室的白色大理石製牆壁所遮蔽。越過那些，紅色與藍色的電視螢幕閃光，就像是某種古老的煤炭壁爐的燄火。

而黎斯特的聲音，強而有力地越過大理石製的牆壁，以及圓頂拱形的天花板：

殺了我們吧，兄弟姊妹們

戰爭已然開始。

當你凝視我的時候，

務必瞭解你所見證的本相。

他深而緩地吸一口氣。除了音樂之外，並沒有別的聲音——現在的樂聲也被沒有特色的人類雜音所遮蓋住，漸漸地消退。沒有任何人會知道這裏，他的私屬祕地。他的本能如此告訴他。

他的胸膛傳出一陣灼熱的疼痛，臉上甚至感到暖意。眞是不可思議極了！

他走過大理石製的前室，然後停步於洞穴的門口。他是否正在祈求？或者是在作夢？他知道，沒多久之後，他將會看到「必須被守護者」一如往常地在那裏。而某個令人不快的解釋（例如短路現象或是小小的喧鬧），將會解釋門被打開的狀況。

然而，他一點也不覺得害怕，只感到類似於年輕的異能者即將見識到異象的期待——至少，他將要看到活生生的上帝，或者祂手上的聖血印。

他平靜地步入神殿之內。

剛開始的瞬間，並沒有什麼異狀。他看到了理應如此的景象：滿室的花朵與樹木，以及充當王座的長形石椅；就在盡頭處，是一座巨大的電視螢幕，飽漲著眼目唇舌，以及無關緊要的笑語喧嘩。接著，他體認到那個事實：就在王座上，只坐著一個形體，而這個軀體幾乎是完全透明的。遠方電視機所散發的激烈色彩正穿過他的身體！

不，這是不可能的！馬瑞斯，仔細觀察，即使是你的感知能力，也不盡然是完全無誤的。如同一個挫敗的人類，他把雙手放到頭上，彷彿要抵禦所有的挫折。

他正在凝視的，正是恩基爾的背部。除了那頭黑色的長髮，恩基爾幾乎變成某種牛奶狀的玻璃塑像，所有的光線與色彩都以某種些微的扭曲穿透過他。突然間，某種不均整的光爆把這個塑像變成某種輻射光線的源頭。

他搖著頭。不可能。然後，他緩緩地搖動著自己的全身。「好吧，馬瑞斯。」他緩緩地說：「慢慢來。」

但是，各種不成形的疑慮正在他的腦海中盤桓不去。某個人物來過這裏，某個比他更古老、更有力量的存在。那個人物發現了「必須被守護者」，並且對他們做出無可言喻的事情！而這一切都是黎斯特闖的禍，就因爲他告訴了全世界這個祕密。

他的膝蓋發軟，天哪。試想看看，他不知道有多久的時間沒有感覺到那種人類式的徬徨無力，幾乎要被遺忘掉的感受。他慢慢地從口袋取出一條亞麻製手帕，擦拭掉額頭上那一層薄薄的血色汗水。接著他走向王座，繞著它行走，直到他與國王的形體面對面。

如同他這兩千年來的模樣，恩基爾的黑色長髮編成許多小型的辮子，垂到肩膀處。那個寬廣的金色項圈掛在他平滑無毛的胸膛上，褶裙上的亞麻布依然光整無比，戒指還是好端端地戴在他的手指上。

但是，那個身體本身卻變成玻璃！而且，他完全被掏空了。即使是他眼中閃亮著的球體也是透明空洞的，只有陰影般的環圈護衛著虹膜。不，等等，觀察每一個細節。就在這裏，你可以看到骨頭也轉化和肉身一樣的質地。不僅如此，細微的動脈與血管、以及內部某個像是肺臟的東西，都已經變成那種透明的質地。到底是誰幹的好事？

而那種變化還在繼續。就在他的眼前，它失去牛奶狀的色暈，逐漸乾縮枯萎，變得無比透明。

他小心翼翼地觸摸這東西。不再是玻璃塑像，根本就是個空殼！

但是，他不小心的舉止把那東西惹惱了。那具身體開始搖晃，然後倒在大理石地板上，他的眼珠睜得大大的，肢體還是保持著先前僵硬的姿勢。當他就位時，發出某種類似於昆蟲括搔的聲響。

只有那頭柔軟的黑色長髮移動著。但是連它也在變化，破裂爲無數的碎屑，微小而閃耀著的碎片。一道冷涼的氣流將它砍碎如稻草。當頭髮從喉部移去時，他看到頸子上的兩個圓形咬孔。那傷口並沒有如期所然地痊癒，因爲所有可療傷的血液都已經被吸取殆盡。

「誰會幹這種好事？」他低語著，緊緊捏著右手的拳頭，彷佛要防止自己叫喊出聲。誰會把他吸得連一滴血都不剩？

而那個東西已經死了，毋庸置疑。藉著這個恐怖的奇觀，有沒有什麼啓示被揭舉出來？

我們的君父已經被毀滅了，不過我還是活著，呼吸著。這表示她還保持著原初的力量。她才是首先的第一者，力量其實都居留在她身上。**而某個人物帶走了她！**

搜尋地窖，搜索這整個房子！不過，那其實是慌亂而愚昧的想法。沒有任何東西踏進這裏過，而他也知道。只有某個東西才有可能做出這種事，只有那個東西才知道這種事情可能辦得到。

他沒有移動，只是瞪視著躺在地板上的那個形骸，看著他失去最後的一絲實質屬性。他可能為那個東西哭泣嗎？當然，應該要有人為他哭泣。他所知道、所目睹過的一切，現在都隨之煙消雲散。連他也不免如此地滅亡，有這樣的結局。似乎馬瑞斯自己無法接受這樣的事實。

但是，他並非單獨一人。某個人或某個東西從洞窟裏走出來，他可以感受到那個東西正在看著他。

在某個刹那——當然是非理性的刹那——他把視線專注於潰倒的國王身上。他試圖要平靜地了解發生於周遭的一切。那個東西正朝向他移動，無聲無息地移動。就在他的眼角，那東西已經化為一抹優雅的影子，當它走向王座、站在他身邊的時候。

他知道它是誰，它必然是何者。而它以某種活物的樣態靠近他。然而，當他抬頭看到她的時候，那一刻還是無可比擬的震懾。

阿可奇只距離他數步之遠。她的肌膚如同以往一般，雪白、冷硬，而且堅實；當她微笑的時候，面頰如同珍珠般地閃耀發亮；她的黑色眼睛濕潤而活力十足，周遭的皮肉微微地緊縮著。她周身都閃爍著生命力。

他說不出話地瞪視著她，看著她伸出配戴寶石的手指，觸摸他的肩膀。他閉上眼睛，然後再張開。在這千年的歲月中，他曾經以無數的語調對她訴說著：祈禱、乞求、抱怨、告解……然而，現在他一個字也說不出來。他只能看著她靈活的雙唇、一閃而逝的雪白獠牙、她眼中冰冷的辨視光芒，以及在頸鍊之下、胸部的柔軟蓓蕾。

「你的服務周到無比，」她說：「我很感謝你。」她的嗓音低沉、嘶啞而美妙，但是那語調、那字句……那是在數小時之前，他對著舊金山的音樂店女店員說的話！

她的手指逐漸揑緊他的肩膀。

「噢，馬瑞斯，」她說，再度完美地摹仿他的語調：「你從不絕望，是吧？你那愚蠢的夢想，可不輸給黎斯特啊！」

又是他自己的話，就在舊金山的街道上，他對自己說的話。她在譏笑他！

他所感受到的，究竟是恐懼或是憎恨——等待他無數世紀的憎恨，混雜著厭惡與疲乏，以及對於他那人類之心的傷愁——那股憎恨如今高熱地爆發出來，直抵他根本無從想像起的程度。他根本不敢移動，或者說話。那恨意是如此的新鮮而怵目驚心，以致於他全然被它操控，根本無法控制或瞭解。所有的判斷力都已經離他而去。

但是她知道。她知道所有的事情、思緒、字句、作爲，那正是她要告訴他的。她一直都是知道的，只要她選擇上的，她就會知道一切。而她更知道，她身邊的那個空洞軀殼已經無法防禦自身。這應該是一個勝利的時刻，同時也是一個恐怖的時刻。

當她凝視著他的時候，她輕笑起來。他無法忍受她的笑聲。他想要傷害她、毀掉她，讓她所有的怪物後代都隨著她灰飛煙滅！如果他辦得到的話，他的確會摧毀她。

看起來她好像點著頭，告訴他，她瞭解的。這眞是變態的侮辱！他自己就不明白這是怎麼一回事，在另一個時間點，他可能會像個孩子般地哭泣起來。某個猙獰的錯誤已經造成，某個恐怖的、被流產的目的。

「我親愛的僕人，」她的嘴唇拉出一道苦澀的微笑：「你從來沒有可以阻擋我的能力。」

「你想要什麼？你意圖做什麼？」

「你必須原諒我，」現在她所說的話，正是他在酒吧裏對那個吸血小鬼說的：「我必須離去了。」

就在地板震動之前，他聽見金屬被撕裂的聲音。他正往下墜落，而電視螢幕也被轟炸開來，玻璃碎片如同細小的匕首一般地戳刺著他。他叫喊出聲，如同一個平凡的人類，而這一次是因爲恐懼。冰層正在倒塌、轟隆作響，朝著他覆沒下來。

「阿可奇！」

他掉入一個巨大的裂口，撞入那個痛徹心肺的冰冷之域。

但是她已經離去了，而他還是繼續往下掉。然後，那破碎的冰塊攫向他、包圍他，並且將他埋葬，就在他的手腳顏面都被它們撞碎的時候。他感到自己的血液流向銳利的表層，然後逐漸冷凍下來。他無法移動，也無法呼吸。而那痛楚是如此的激烈，他根本無法承受。他再度看到那個叢林，就像先前那樣。那個灼熱發臭的叢林，有個東西正穿越過它。然後，那影像也消失了。當他這次叫喊出聲的時候，他是朝向黎斯特呼叫：**黎斯特，千萬要小心，我們都身處危險之中**。

然後，隨之而來的只有冰寒與痛苦，而他的意識也逐漸消失。某個夢境開始啓動，關於溫暖陽光照著草坪的夢境，眞是一個可愛的夢境。是的，受到祝福的陽光啊，那夢境已經抓住他。而那個女子的紅色頭髮是多麼動人啊。但是，就在枯萎的草葉之間，那個躺在祭壇上的東西又是什麼呢？

第一部

通往吸血鬼黎斯特的道路

被誘使在一致性的拼貼圖塊中放置
蜜蜂，山峰的地盤，我屋簷的陰影——
被誘使要加入他們，被邏輯性所收編
巨大而閃爍的分子
透過網羅
透過所有的實質——

被誘使著說
在我所見的全體當中　我看到
針頭開始織錦的那一個地方——但是啊
那看上去既是全體也是部份
但願眼球與清明之心永生不滅

——史丹·萊絲，〈另一個城市的四天〉

1 雙胞胎傳奇

以饒富韻律的恆持性，訴說出來吧
鉅細靡遺地，說出活生生的生命體
以必須的樣態來訴說吧
節奏便在形體之間充實起來
女子的手臂高舉　食影者

——史丹．萊絲，〈悼歌〉

「幫我打電話給她，」他說：「告訴她，我作了個最奇異的夢，那是關於雙胞胎的夢境。妳一定得打電話告訴她。」

他的女兒並不想照著他的話去做。她看著他翻弄著書本。他總是說，如今他的雙手是他的敵人。以九十一歲的高齡，如今他很難握住一枝鉛筆或是翻動書頁。

「爹，」她說：「那位女士八成已經不在人世了。」

他所認識的所有人幾乎都已經死去。他比他的同事、兄弟姊妹，甚至他的兩個孩子都活得更久。以某種悲劇性的形態，他也比那對雙胞胎長命，因為現在已經沒有人會去閱讀他的作品了。沒有任何人在意「雙胞胎傳奇」。

「不，你打電話給她就是。」他說：「你必須打電話告訴她，我夢見那對雙胞胎。我在夢境當中看到她們。」

「她怎麼會想要知道這些呢，爹？」

他的女兒拿起電話本，慢慢地翻閱紙頁。那些記載其上的人們都死去，早就死去。那些與她父親工作的人們、那些與他合作那本書的編輯與攝影師，即使是他的敵手們、聲稱他的研究生涯根本就是一場浪費的人們——包括那些最嚴厲指控他、認爲照片與洞穴都是贋品的批評者——也都已經死去。

所以說，那個女人怎可能還活著呢？那個在許久以前資助他研究的女人，那個多年以來，都寄送大筆金額給他的女人。

「妳必須請她過來一趟，告訴她這是非常重要的事情。我必須向她描繪我所見到的事物。」

過來一趟？只因爲這個老人的夢境，就要人家千里迢迢地來到里約熱內盧？他的女兒找到電話，沒錯，就是那個名字與號碼，上面記載的日期只不過是兩年以前。

「她住在曼谷，爹。」曼谷現在的當地時間是幾點？她根本不知道。

「她會過來看我的。我知道她會。」

他閉上眼睛，並且躺回枕頭上。現在的他雖然看起來衰弱瘦小，但是當他張開眼睛的時候，以往的父親又在那裏注視著她——縱使現在的他，皮膚乾縮枯黃、手背上長滿黑斑、而且頭顱也都禿了。

他似乎正在聆聽著音樂，從她的房間傳來的「吸血鬼黎斯特」樂團。如果那音樂干擾他的睡眠，她會去把它關掉。她並不怎麼喜歡美式搖滾，不過，這個樂團還眞是對她的胃口。

「告訴她，我必須和她說話。」他突然這麼說，彷彿回過神來。

「好啦，爹，如果你眞的想要這麼做。」她把床頭燈關掉。「現在，你先睡一覺。」

「一定要找到她，告訴她……雙胞胎，我看到那對雙胞胎。」

當她要離開房間時，他以那種總會驚嚇到她的呻吟聲叫住她。藉著大廳流出的燈光，她看到他的手指向牆上書架的那些書本。

「把它拿給我。」他又掙扎著要坐起來。

「哪本書，爹？」

「雙胞胎，照片……」

她把那本舊書拿下來，放在他的膝蓋上。她幫他把背後的枕頭墊高，然後再把燈點亮。當她感受到如今的他是多麼瘦弱、看著他掙扎著拿起銀框眼鏡時，她不由得心痛起來。他把鉛筆拿在手上，準備要寫些東西，就如同他向來的模樣。但是，沒多久他的書就從手中滑落，而她把它撿起來，放回桌上。

「妳去打電話給她！」他說。

她點點頭。不過她還是留在這裏，以防他有什麼需要。從她書房傳來的音樂變得大聲些，是一首較為重金屬而烈性的歌曲。不過，他似乎沒有注意到那些。她輕柔地為他打開書本，翻到最前面兩幅彩色照片。其中一幅填滿了左邊那頁，另一幅填滿右頁。

她是多麼熟知這些照片啊！她記得自己還是個小女孩的時候，與她的父親攀爬到卡梅爾山谷的洞窟內。在那裏，他帶領著她進入乾燥而瀰漫塵埃的黑暗之內；他的閃光燈照映出牆面上的那些壁畫。

「看到了嗎，那兩個人形，那對紅髮女子？」

起初，要在黯淡的光線下辨視出那些粗糙刻畫的形態，是很不容易的；後來當攝影機美妙地拍下它們的特寫鏡頭時，就顯得容易許多。

然而，她永遠不會忘記當時的那一天，他依照次序地向她顯示那些圖像：就在烏雲密布的大雨中，雙胞胎翩然起舞；在祭壇上，躺著一個不知道是睡著或死去的形體，雙胞胎跪在祭壇的左右側；雙胞胎被俘虜，站在一群聲勢囂張的判官之前；雙胞胎的逃亡……然後，就是那組無法修復的、被毀去的圖畫……最後的一幅是雙胞胎的其中一個正在哭泣著，淚水如同雨點般地灑落，從黑色水潭般的眼底落下。

這些圖像都被刻鏤於岩石壁上，添加上油彩——橙紅色的頭髮、白色的外袍、綠色的顏料用來塗抹周遭的植物，甚至還有藍色的繪料，用來裝點她們頭頂上的天空。自從這些圖形被雕刻於深邃的黑暗洞窟以來，已經流逝了六千年。

而且，就在世界的另一端點——胡瓦納．皮克胡的山坡上的某個石室——也有近乎完全雷同的古老雕畫。一年以後，她與父親共赴那趟旅程，跨越烏魯班瑪河流，來到秘魯的叢林地帶。她自己親眼見到那兩個女子的繪圖，雖然不是完全的相同，但卻是無比類似的風格。

在那光滑的牆上，有著相似的場景：雨滴從天上墜落，那對紅髮的雙胞胎狂喜地舞蹈著，接著，是以細膩筆法描繪的陰鬱祭壇景致：在上面躺臥著一個女人，而雙胞胎的手上各自握著一個小小的、被細緻描繪的盤子；士兵們對著祭典朝拜，他們的劍尖往上高舉；然後，雙胞胎被俘虜起來，她們哭泣著。然後到來的，是那群懷著敵意的審判官，以及熟悉的逃亡場景。在另一幅畫作，雖然模糊不清但尚能辨認，雙胞胎的懷抱裏有一個嬰兒，那是一個小小的包裹，以細小的黑點表示眼睛，也畫出些微的紅髮。然後，當那群惡意的士兵到來時，她們將珍愛之物交託給他人。

最後是雙胞胎其中一個，她身處於枝葉茂密的叢林中，手臂伸展出來，似乎是要迎向她的另一個半身。塗抹著血紅色顏料的頭髮，觸及那道沾滿乾涸血跡的石牆。

如今她依然能夠栩栩如生地呼喚起當時的亢奮。她分享著父親的狂迷，因爲他在世界的兩個端點同時發現這對雙胞胎，她們正在搜索彼此的模樣被刻畫於那些古老的壁畫，分別被掩埋於巴勒斯坦與秘魯的山洞裏。

這就像是最偉大的歷史事件，沒有別的事情能夠與之爭鋒。接著在一年以後，某個從柏林博物館被發掘出土的花盆，上面也描繪著類似的圖案。那些跪拜的形體，盤子舉在手上，就在那個石製的祭壇前方。那是一個粗糙的玩意，根本沒有任何文獻記載。然而，那又有什麼了不得的呢？根據最可靠的方法顯示，它出產於西元前四千年；而且，毫無疑問地，根據被新近翻譯的蘇美語言，上面的文字就是對他們來說最爲重要的：

「雙胞胎傳奇」

沒錯，看起來是如此要命的光耀動人。這是一輩子學術研究生涯的基地，直到他呈報出他的研究成果。他們對他極盡譏笑之能事，或者乾脆嗤之以鼻。這種連繫著舊世界與新世界的串鍊，根本就是不可置信的。六千年前，眞的呢！他們把他編派到那群「瘋學究」，他們成天談論著古老的太空人、亞特蘭提斯，以及已經失傳許久的「穆」王國。

他竭盡全力地爭辯、教授、乞求他們要相信，和他一起到那些洞窟去親眼目睹。他是多麼用心地搜羅證據，例如顏料的品種、實驗室報告、雕畫中的植物報告書，甚至還有雙胞胎穿著的白色長袍。

如果是另一個人，很可能早已放棄。每一所學校與基金會都不收留他，他甚至沒有錢照料小孩。他接下一個可以餬口的教職，然後在晚上時寫信給全世界的博物館。然後是一個土製畫板，上面有著繪圖，就在曼徹斯特被發現，另一個則是在倫敦出土——兩者都清楚勾畫著那對雙胞胎。帶著借貸的錢款，他到那些地方去拍攝那些人造品的照片。他爲這些東西寫出許多論文，在不知名的刊物上發表。即使如此，他還是持續著他的研究。

然後就是她的到達，那個聲音柔細的怪異女子。她傾聽著他、閱讀他的資料、然後給他一個古老的紙草，那是來自於本世紀的初期，就在埃及的一個洞穴中被發現；那個器皿也包含某些非常相似的畫作，以及那些字句「雙胞胎傳奇」。

「那是一個給你的贈禮。」她說。然後，她從柏林博物館那裏買下那個花盆，也從英國那裏購下那些板畫。不過，在秘魯的發現最讓她感到神迷目眩。她供給他無限量的金錢，好回到南美洲去持續考掘的工作。

在這些年來，他已經搜索過無數的洞穴，爲的就是要找到更多的證據，和村民們聊到他們最古老的神話與故事，檢驗已成廢墟的城市、廟堂，甚至古老的基督教堂——因爲有可能在其中發現一些從異教徒那裏得來的石頭。

不過，數十年流轉而去。他什麼也沒有發現。

那終究造成他的殞落。即使是她、他的贊助者也要他放棄尋找這些古蹟。她不願意看到他的生命就這樣耗費於此。他應該把這個工作留給較爲年輕的人。但是，他根本不肯聽勸。這是他的發現——雙胞胎傳奇！於是，她還是繼續開支票給他，而他就這樣一直下去，直到他太老而無法攀爬山脈、無法在叢林中跋涉而過。

在他生命的最後時光，他偶爾會去教課。他無法激起學生的興致，即使他把那些器物都拿出來擺在他們眼前。畢竟，那些東西根本就無法眞正地適合任何地方，他們並沒有確切的年代。而那些洞穴呢？現在還有人能夠發現它們嗎？

但是她——他的贊助者還是對他一往如常地照料。她幫他在里約熱內盧買下一棟房子，幫他設立一個信託基金，當他死去之後也會留給他的女兒繼承。她所給予的金錢讓他的女兒能夠接受教育，還有許多其它的事物。奇怪的是，他們竟然可以生活得如此舒適豪華，彷彿他早已獲得成功。

「打電話給她。」他開始變得躁動起來，空洞的雙手抓取著照片。可是他的女兒並沒有移動，她站在他的肩旁，往下看著雙胞胎的照片。

「好吧，父親。」她去打了，留下他與他的書本。

翌日的下午，他的女兒走進房間來親吻他。他的護士告訴她，他哭得像個小孩子似的。當他的女兒揉搓撫摸他的雙手，他張開眼睛。

「現在，我知道，他們對她們做了些什麼！」他說：「我親眼看到，那是一場冒瀆的祭典。」

他的女兒嘗試要撫慰他，告訴他說，她已經打電話給那個女士。現在，她已經啓程出發。

「現在她已經不住在曼谷，爹。她已經搬到仰光的布爾瑪。我是打到她那邊的新電話，她很高興接到你的消息。她說，她會在幾小時內就出發。她想要知道關於那些夢境的事。」

他是多麼高興於她的到來。他閉上眼睛，把他的頭倚上枕頭。「日暮之後，夢境就會再度開始。」他低語著：「整齣悲劇將會再次搬演一回。」

「爹地，休息吧。」她說：「她馬上就要來了。」

就在半夜時分，他去世了。當他的女兒進房裏時，他已經僵冷了。護士正等著她的指示。他的眼睛就像是那些死者一樣，是那種呆滯的半張瞪視。他的鉛筆擱在書皮上，而那裏有一張紙——他珍貴的書籍封面——就掉落在他的右手上。

她沒有哭泣。她闔上他的眼睛，親吻他的額頭。他在那張紙上寫了一些字。她移開他已經冰冷僵硬的手，取出那張紙，閱讀著他以不穩定如蜘蛛的雙手所寫出的幾個字：

「就在叢林裏，行走著。」

那是什麼意思呢？

但是，現在已經來不及通知那個女人。她可能在今晚的某個時段就到達這裏。眞是一段漫長的旅程……

好吧，她會把這張紙交給她——如果那有什麼重要性的話——然後告訴她，關於他所說的、雙胞胎的事情。

2 珍克斯寶貝與獠牙一幫的短暫快活生涯

謀殺者的漢堡
就在這裏上菜
你無須在天堂的門檻等待
那毫無作用的死亡
就在這個角落
你就死翹翹了
美乃滋、洋蔥、肉身的主宰
如果你希望品嚐它
你必須餵養它
「你會再回來的。」
「等著瞧！」

——史丹・萊絲，〈德州套房〉

珍克斯寶貝將她的哈雷機車飆到時速七十哩，狂烈的風勢讓她赤裸的白色手臂感到冰凍。去年夏天，當他們將她轉變爲不死者的一員時，她才十四歲，而她的「死時重量」是八十五磅。自從那時候開始，她就沒有再梳理頭髮——沒有那個必要——而她那兩條金色的小髮辮，正被風勢掃到黑色皮夾克的肩膀後。她俯身向前，嘟起來的小嘴往下一扯，喃喃地咒罵著。她看上去狠勁非常，而且具有讓人上當的可愛魅力。她那藍色的大眼睛實際上是一片空洞。

「吸血鬼黎斯特」的搖滾樂從她戴的耳機裏面流洩出來。所以，除了機車引擎的震盪、以及五個夜晚之前她從「槍砲城」一路行駛而來的孤寂感，她什麼都沒有感受到。不過，有個夢境一直困擾著她。當她每個晚上睜開眼睛之際，那個夢境也剛剛退去。

在她的夢中，那對美麗的紅髮雙胞胎總是會出現，而接下來，就會發生所有恐怖的事情。不，她一點都不喜歡這樣，而且她是這麼地寂寞，簡直快要抓狂。

獠牙幫並沒有如同承諾所言的，在達拉斯的南方等她。她在墓場等候了兩個晚上，然後才覺得大事不妙。他們決不可能把她一個人丟下不管，就一夥人到加州去。他們計畫好要到舊金山去看吸血鬼黎斯特的演唱會，但是他們的時間非常充足。不，一定是發生了什麼事情。她就是感覺得到。

即使當她還是活生生的人類時，珍克斯寶貝還是可以感受到諸如此類的事情。如今，她以不死之軀所能感應到的，遠超過生前的十倍以上。她知道「獠牙幫」遇到天大的麻煩。殺手與戴維斯從來不會甩下她不管。殺手說他愛她，如果他不愛她的話，那他幹嘛把她變成不死族的一員？如果不是拜殺手所賜，她早就死在底特律。

當時她流血到快死的地步。醫生所操作的手術並沒有失誤，嬰兒也已經拿掉了。但是，她也即將跟著死去，他切割到身體的某個部位，不過她因爲海洛英的效果而暈陶陶的，根本不在意任何事情。接著，有意思的事情發生了。「她」浮升到天花板上面，看著自己的身體。但是，那並非藥物的效果。看起來，好像有一大堆事情要發生似的。

但是，就在此時，殺手衝進房間內。以她這種靈體出遊的狀態，她可以感應到他是個不死者。當然，當時她並不知道他是這樣稱呼自己的。她只是知道，他並不是「活人」。除此之外，他看起來就像一般人：黑色牛仔褲、黑髮、深邃異常的黑眼。在他的皮夾克後面，寫著「獠牙幫」這些字眼。他坐在床邊，彎身挨向她的身體。

「你眞是可愛得很哪，小女孩。」那個皮條客也說過這些該死的讚美話語，在他幫她編頭髮、然後捲上塑膠髮捲，讓她上街拉客之前。

然後，嘩！她立刻回到她的身體內，感覺到有某種溫暖美好的事物流馳在她的身體周圍。接著，她聽到他說：

「妳不會死去，珍克斯寶貝，永遠不會！」她將自己的牙齒擱在他的頸項，天哪，眞是銷魂無比！

不過，關於那「永遠不會死去」的說法，她現在可不敢太過確定。

就在她放棄與「獠牙幫」會合的希望、離開達拉斯之前，她看到瑞士大道上的聚會場所被燒毀成一堆餘燼。所有的玻璃都被爆破開來。在奧克拉荷馬城也是如此。在這些屋子中的不死者，到底下場如何？況且，他們可是大城市的吸血一族，稱呼自己爲「吸血鬼」的聰明傢伙呀！

當殺手與戴維斯告訴她，那群號稱自己是「吸血鬼」的傢伙們穿著三件式西裝、聽古典音樂時，她簡直笑翻天了。珍克斯寶貝認爲自己可以笑到氣絕爲止，戴維斯也覺得那很滑稽。不過，殺手警告過他們，要小心這些傢伙，不要靠近他們。

就在她獨自啓程到槍砲城之前，殺手、戴維斯、提姆以及盧絲，大家一起帶她到瑞士大道的聚會場所。

「妳要知道這種地方的所在地，」戴維斯告訴她：「然後避開它。」

他們告訴她每一個他們知道的、大都會的聚會場所。不過，直到他們在聖路易首度告訴她這地方時，他們才告訴她全盤的眞相。

自從她跟著「獠牙幫」離開底特律以來，她眞是快樂無比。他們靠著吸取路旁啤酒站的人們血液維生。提姆與盧絲都是不錯的傢伙，但是殺手與戴維斯是她特別的朋友，而他們是「獠牙幫」的領導者。

有時候，他們一夥會發現某個被棄置的小房屋，也許會有一兩個流浪漢在裏面。那些男人看起來有點像是她的老爹，戴著球帽，雙手因爲重度勞動而磨得非常粗糙。而「獠牙幫」就會在那些浪人身上舉行一場饗宴。你總是可以這樣過活，殺手告訴她，因爲不會有什麼人去管那些流浪漢的死活。他們會快速地襲擊——砰地一聲，急促地飲血，吸食到最後一聲心跳止息方休。這樣地折磨這些人類並不有趣，殺手如是說，你必須爲他們感到遺憾。做完你必須做的，然後，你放一把火把那屋子給燒了，或者把屍體拖到屋外去，挖個洞把他們給埋起來。如果，以上這些你都辦不到，那就運用那小小的詭計：在你的指頭上割一刀，以你的不死血液瞞天過海，彌合他們脖子上被噬咬的傷口；然後，瞧瞧看，那兩個圓形小洞就這樣被補起來了。太妙了！根本不會有人猜得到是怎麼一回事。那樣的死法看起來像是中風或心臟病發作。

從此之後，珍克斯寶貝像是參加一場華美的舞會。她可以駕馭一輛哈雷機車，單手提起一具屍體，打開車子的千斤頂。這一切都太神妙了！而在當時，她並沒有那些要命的夢境。那些夢境是打從她到槍砲鎭以後才開始的。關於那對紅髮雙胞胎，還有那個躺在祭壇上的女人。**她們到底在搞些什麼呢**？

如果她找不到「獠牙幫」的話，那該怎麼辦呢？從現在起的兩個晚上之後，吸血鬼黎斯特就要在舊金山登臺獻唱。而且，每個不死的傢伙都會集結於此——至少那是她所認爲的，也是「獠牙幫」所想像的，而且，他們應該要一起過去。所以，與「獠牙幫」走散之後，她一個人前往那個鳥不生蛋的聖路易做啥？

該死的，她所希望的只是一切都如同往常。噢，血液倒是一如往常的鮮美，即使她現在必須獨自行事，到某個加油站釣取老男人。噢，要得，當她把手伸向他的脖子、血液流湧出來的時候，那滋味眞是棒呆了——那是漢堡與薯條與草莓奶昔，那是啤酒與巧克力聖代。那也是大麻、古柯鹼與「草」。那滋味比上床幹一場要來得更棒，那是一切。

但是，當「獠牙幫」與她在一起的時候，一切都比現在更好。當她厭倦老芋頭般的流浪漢，想要點青春鮮嫩的對象時，他們可以瞭解她。沒問題，嘿，她所需要的就是一個年輕的離家出走孩子，只要妳閉上眼睛許個願就成，殺手這麼說。就像他所說的，才一下子，他們就發現那個想要搭便車的少年，就在距離北邊、某個叫穆索利的鎮上幾哩的大路上。他的名字叫帕克。那是個長滿一頭黑髮的好看男孩，才十二歲，但是就他的年紀來說長得很高，下巴有點鬍鬚，想要冒充十六歲。他爬上她的機車，然後他們把他載到樹林裏。之後，珍克斯寶貝躺在他身上，非常地溫柔，接著，啪地一聲，帕克就這樣被了結。那的確是無比的美味，生鮮多汁。不過，當妳長驅直入時，她還眞的無法分辨那和老男人們有什麼差別。與老男人的話，還會有一番搏鬥。那是優良的老男孩之血，戴維斯這麼說。

戴維斯是個黑人，同時是一個好看得要命的黑種不死者。他的皮膚上有一層金色的光暈，那種不死者的光暈——如果是一個白種的不死者，那會讓他們看起來像是站在鎂光燈之下。戴維斯還有著不可思議的美麗睫毛，既長又濃密；而且，他以黃金來打點自己的全身上下。他會在死去的獵物身上取走黃金製的戒指、手錶、項鍊等等。

戴維斯喜歡跳舞。他們每個不死族都熱愛跳舞，不過戴維斯是其中最棒的舞棍。大概在半夜三點的時候、飽飲血液並且把屍體料理妥當之後，他們會跑到墳場去跳個痛快。把收音機放在一塊墓地上，從中流瀉出喧囂火爆的音樂，他們會隨著吸血鬼黎斯特的歌曲〈壯麗的安息日〉翩然起舞，那可眞是一首適合跳舞的歌曲呀。而且，天哪，那種滋味眞是妙透了——扭動、轉身、在空中旋舞，或者光是看著戴維斯與殺手舞動，以及盧絲繞著圈子轉到不支倒地。這可眞是貨眞價實的死者之舞！

如果那些大城市的吸血族不來這一套，那他們的腦袋一定有問題。

天哪，現在她多麼希望告訴戴維斯，她在槍砲鎮時所做的夢。第一回的時候，開始於她坐著等候她母親的行蹤。對於一個夢境而言，那眞是太過清晰——那兩個紅髮女子，以及那個躺在祭壇上的屍體，皮膚發黑且乾癟。在夢中的那個地方究是哪裏？而且，那些盤子又是怎麼一回事——對了，有兩個盤子，分別裝盛著心臟與腦髓。所有的人們都圍繞著屍體與盤子下跪。那眞是個毛骨悚然的情境。自從那一回開始，她就不斷地夢見相同的情景。要命，每當她閉上眼睛之後、從任何一個藏身的坑洞裏醒過來之前，她總是被那個夢境纏身。

殺手與戴維斯會明白的。如果那個夢彰顯任何意義，他們會知道是怎麼一回事。他們會教導她所有的事情。

當他們首度朝往南方的旅程、來到聖路易時，「獠牙幫」從大道上轉向其中一條黑暗的街道。在那裏，是被稱爲「私有領地」、有著鐵門守護的地方。那是在西方中央大道的盡頭，他們這麼說。珍克斯很喜歡那些高大的樹木，在德州南方就沒有足夠的樹木。在德州，幾乎什麼都是不足夠的。在聖路易，那些樹木是如此的高大，以致於它們可以在你的頭頂上打造一個屋頂。街道上充斥著沙沙作響的樹葉聲，而那些屋子都相當寬大，有著尖峰般的屋頂，燈光深邃而暗淡。那些聚會所的房屋都是以磚塊砌成，殺手說它們有著摩爾式的拱門。

「不要靠近它們。」戴維斯說。殺手只是笑著，他並不害怕那些大城市的吸血族。殺手成爲不死者已經有六十年，他相當高齡，幾乎什麼都知道。

「雖然不必害怕，但是要小心：他們會想要傷害妳。」殺手說道，一邊把他的哈雷機車停在街口。他的臉形瘦長，一邊的耳朵戴著金耳環，眼睛細長，顯得思慮周密。「知道嗎，這是一個老舊的聚會所，自從本世紀開始就成立於聖路易。」

「但是，他們幹嘛要傷害我們呢？」珍克斯寶貝不解。她對於那棟房子感到很是好奇，不知道生活在裏面的不死者究竟在做些什麼？他們的家具是什麼樣子？還有，是誰付各種帳單的錢，天哪！

透過窗簾，她似乎在其中一間的前廳房間看到吊燈，豪華巨大的吊燈。要命，這才是生活！

「噢，他們通常都不點燈。」戴維斯讀出她的心思，這麼告訴她：「妳總不至於認爲鄰居們會以爲他們是活人吧？看看車道上的那輛車，妳知道是什麼品牌嗎？波加提，寶貝。還有旁邊的那一輛，是賓士。」

擁有一輛粉紅色的凱迪拉克又有什麼不對？那是她的夢想：一輛馬力超強的凱迪拉克，一加速就可以跑上一二〇哩。不過，那就是讓她遇上麻煩的原因：某個駕駛凱迪拉克的混帳把她載到底特律去。不能只因爲妳是個不死族，就表示妳非得騎著哈雷跑車，每天睡在泥濘中吧？

「我們是自由的，親愛的。」戴維斯又讀出她的心思：「妳不明白嗎？生活在每個大都會的感覺，就像是隨時隨刻拖著個大行李箱。告訴她，殺手，誰都不可能要我住在那種房子，每天睡在地板下的棺材。」

他們全都加速起動車子。然而，到底是怎麼樣的人住在那棟大房子內？他們會去看晚場秀，以及吸血鬼電影嗎？戴維斯疾馳在路面上。

「事實是這樣的，珍克斯寶貝，」殺手這麼說：「他們想要掌管一切。對於他們來說，我們是叛徒。他們認爲我們沒有當不死族的資格，而當他們造就一個新的吸血鬼，那是盛大的祭典。」

「就像是一場婚禮嗎？」

他們兩個笑得更厲害了。

「更精確地說，」殺手說：「更像是一場葬禮。」

他們的機車製造出太多噪音了。當然，在那棟房子裏的不死族一定聽得見。不過，要是殺手不怕他們的話，珍克斯寶貝也不會害怕。盧絲和提姆跑哪裏去了，去獵食嗎？

「重點是這樣的，珍克斯寶貝，」殺手這麼說：「他們的規矩森嚴，而且想要告知全世界，他們會在演唱會的那一夜逮住吸血鬼黎斯特。但是妳知道嘛，他們簡直把他那本書當成聖經，使用他所撰寫的所有語彙：黑暗贈禮、黑色技倆……我跟妳說，那眞是最愚蠢的事情——他們既想要把那傢伙活活燒死，但又把他的書奉為圭臬，像是《禮儀小姐手冊》、《艾蜜莉郵報》之類的。」

「他們不可能逮住吸血鬼黎斯特的，」戴維斯嗤笑著：「不可能，小子。你殺不了吸血鬼黎斯特，那是完全不可能的事。你知道嘛，以前有人嘗試過，不過失敗了。他簡直是一隻道道地地的不死九命貓。」

「該死的，他們的目的地和我們一樣。」殺手說：「如果那頭不死貓要我們的話，那就加入他的陣營吧！」

珍克斯寶貝啥都不懂。她不知道什麼是《艾蜜利郵報》或《禮儀小姐》，而且我們不早就是不死者了嗎？況且，吸血鬼黎斯特幹嘛要跟「獠牙幫」混在一起？意思是說，他是一個搖滾巨星耶，要命！他很可能有著私人房車，而且他是個那個好看的傢伙，無論是死是活，光是那頭迷死人的金髮以及要人命的微笑，就足以讓你衝上前去，把脖子伸出來貢獻給他！

她試著去讀吸血鬼黎斯特的書——關於所有不死族的歷史，以及回歸太古時代的紀事——但是，那裏面有太多艱深的用字，沒多久她就睡著了。

殺手與戴維斯告訴她，現在只要她願意的話，她就能夠以飛快的速度閱讀。他們隨身帶著吸血鬼黎斯特的書，還有那本書的前傳——她老是搞不懂書名眞正的意思，大概是介於「與吸血鬼對話」、「與吸血鬼交談」、或者「與吸血鬼會面」之類的。有時候戴維斯會把其中的段落讀出來，但是她還是不懂，眞是的！那個不死族——路易斯，或者管他是誰——在紐奧爾良被變成吸血鬼。整本書寫的都是香蕉樹葉、鐵門，以及西班牙青苔。

「珍克斯寶貝，他們什麼都知道，那些歐洲的吸血鬼。」戴維斯這麼說：「他們知道這一切是怎麼開始的，而且，他們也知道假設我們願意的話，可以永續不絕地活下去，直到數千年後變成石膏像。」

「哼，那可眞是不得了，戴維斯，」珍克斯寶貝這麼說：「以現在來說，要走進一家便利商店，同時避免讓那些人類瞪著沐浴在燈光下的你，已經是不可能的事了！誰要長得像石膏像呢！」

「珍克斯寶貝，妳不需要便利商店賣的任何東西。」戴維斯平靜地說。他眞是正中要害。

不管那些書本的話，她倒是愛透了吸血鬼黎斯特的音樂。那些歌曲給予她許多感觸，尤其是那首關於「必須被守護者」——關於古老的埃及女王與法老王——雖然老實說，在殺手爲她解釋歌詞之前，她壓根就不懂那在唱什麼。

「他們是我們所有不死族的父母，珍克斯寶貝，懂嗎？我們每一個都來自於埃及女王他們的直系血統。他們之所以被叫做『必須被守護者』，就是說如果你摧毀了他們，也等於摧毀了每一個不死者。」

「黎斯特見過女王與父王，」戴維斯說道：「他在某個希臘島嶼發現他們，是以他知道了眞相。藉著這些歌曲，他告訴每個人——這就是眞相。」

「而且，女王與父王早就不會移動、說話，或者飲血，珍克斯寶貝。」戴維斯這麼說，他看起來非常地深思熟慮，幾乎有些悲傷。「他們就光是坐在那裏瞪著兩眼，持續了好幾千年。沒有人知道他們所知曉的一切。」

「也許他們什麼都不知道。」珍克斯寶貝作嘔地說：「而且，這算哪們子的不朽啊！你說那些大都會的不死族可以宰掉我們，他們要怎麼樣做才能成功呢？」

「火燄與陽光就足以宰掉我們。」殺手以些微的不耐煩回答她：「不想聽的話就不用理會我。當然，你可以和大都會的不死族戰鬥，你可是很強悍的。但是，事實是，大都會的不死族會非常怕你，就如同你畏懼他們。只要是碰上不認識的不死族，你就得和他們戰鬥。這是不死族的千年規訓。」

當他們離開聚會所的房子時，她又從殺手那裏得知一個巨大的驚喜：他告訴她關於吸血鬼酒吧的事情。那是在紐約、舊金山、以及紐奧爾良的某些光鮮場所。在那裏，不死族在後廂房祕密聚會，而那些愚蠢的人類在前面跳舞喝酒。在那裏，沒有任何不死族可以開殺戒，無論是大城市的漫遊者、古老歐洲的吸血族、或是像她那樣的浪蕩者。

「如果那些大都會的吸血鬼要對你動手，」殺手說：「你就跑到那樣的地方去避難。」

「我的年齡還不足以進去酒吧呢。」她說。

那眞是太絕了。殺手與戴維斯笑不可遏，從機車上摔了下來。

「只要你找到一家吸血鬼酒吧，珍克斯寶貝，」殺手說：「然後就丟給他們一道妳獨家的『魔眼』，說聲『讓我進去』就行啦！」

沒錯，她是有對一些人施加過「魔眼」，要他們遵照她的指令行事，那當然沒有問題。不過，他們一群沒有誰知道吸血鬼酒吧在那裏，只是聽過它的所在地而已。當他們終於要離開聖路易時，她的腦中塞滿各種問題。

但是當她回到這個相同的城市時，她唯一在乎的事情只是趕快到那棟聚會房屋去。大都會的不死族，我這就來了！如果她必須單槍匹馬地闖關，還眞要有洗乾淨脖子的覺悟呢。

耳機內的音樂停止，錄音帶播放完畢。就在狂風怒號的景況，她無法忍受那股沈默。那個夢境又回返了：她看到那對雙胞胎，士兵們逐步逼近。耶穌！如果她無法把夢境擋開，一切的場景就會像是重複播放的錄音帶一樣，再度上演開來。

以一手扶穩機車，她調整著夾克內的隨身聽，把錄音帶換面。「繼續高歌吧，老兄！」她說著。如果自己能夠聽見的話，她會知道在風聲咆哮中、自己的聲音是微弱的嘶喊。

對於「必須被守護者」

我們能夠知道些什麼呢？

有任何留給我們的解釋嗎？

要得，這是她的愛歌。這是她在槍砲城等著她母親回來時、邊聽邊入睡的那首曲子。並非歌詞讓她有什麼感觸，而是他唱歌的模樣，就像是布魯斯．史賓斯汀嚎叫入麥克風的嗓音，讓你心神俱裂。那有些像是某種哼唱。但是黎斯特還是在其中對著她唱。而且，還有某種穩定的鼓聲，持續不斷地通透她的骸骨。

「很好，老兄，現在你是我身邊唯一的不死族。黎斯特，繼續唱下去吧！」

再五分鐘就到聖路易。現在她又想起了母親，多麼奇異而可憎啊。

珍克斯寶貝並未告訴殺手與戴維斯，爲什麼她要返家一趟。但是他們知道，他們瞭解一切。她必須對她的父母下手，就在「獠牙幫」馳向西部之前。即使是現在，她依然沒有後悔——大概，只除了她母親死於地板上的那個奇異瞬間。

珍克斯寶貝一直很痛恨她母親。她覺得母親是個眞正的大蠢蛋，每天只會用粉紅色貝殼與玻璃碎片製作十字架，然後到跳蚤市場，以十元的價格販賣它們。那些鬼東西的中央部位還弄上紅色與藍色珠子做成的扭曲耶穌像，眞是醜陋無比，道地無比的垃圾。

不只如此，她母親的所作所爲都讓珍克斯寶貝感到作嘔。上教堂已經夠糟糕了，還用那種和顏悅色的德性與人交談，忍受丈夫的酗酒，對每個人都只有好話沒有惡言。

珍克斯寶貝一點也不賣帳。以前她常常躺在活動拖車上的臥鋪想著，要怎麼樣才會讓這個女人抓狂？要怎麼樣，才會讓她像一桶炸藥般地爆破開來？還是說，簡而言之她就是太笨了？多年以來，珍克斯寶貝的母親早就不正眼看她。在她十二歲的時候，她對母親說：「我已經做了，知道嗎？希望老天保佑，你知道我再也不是處女了！」不過，她母親不是掉頭他顧，就是用她空洞而愚蠢的眼睛往別處看，然後又回到她手邊的工作，對著自己哼著歌。她在做貝殼十字架的時候，通常都是如此。

有一次，某個從大都市來的人跟她母親說，她做的是民俗藝術。「他們把你當傻瓜看，」珍克斯寶貝這樣說：「你不懂嗎？他們根本沒有買那些醜陋的東西！你想知道就我看來，那些玩意像什麼嗎？我告訴你好了，就像是十毛錢一對的廉價耳環！」

她母親根本一句話都不睬她，只是轉過來問道：「要不要吃晚餐，甜心！」

那就像是一個看似打開、但是永遠關閉的箱子，珍克斯寶貝這樣認爲。所以她就盡早離開達拉斯，不到一小時，就到了西達克里湖。在那裏，她看到了甜蜜老家鄉的熟悉標誌：

歡迎來到槍砲城。我們與你同步射擊。

當她到家時，她將哈雷機車停在拖車後面。沒有人在，她躺下來小憩一番，黎斯特在她的耳邊唱著，而那個燒燙的熨斗在她手邊待命。當她母親一進來，就迎頭砸去，碰地一聲，謝謝妳，老媽，任務達成。

然後，那場夢境出現了。奇怪的是，當它開始的時候，她甚至還沒有睡著。就像是黎斯特的聲音消去，而那個夢境一口氣把她拖進來：

她在一個充滿陽光的地方。那是山崖的其中一邊，那對雙胞胎就在那裏，美麗的紅髮女子。她們如同教堂上的天使一樣，合掌跪下。有一大群人就在周圍，穿著聖經人物的那種長袍。接著，音樂開始演奏。那是某種詭譎的重擊聲，以及號角吹奏的聲響，像是哀悼的音樂。但是，最可怕的部分是那具死屍，躺在石床上被燒焦的女屍。她就躺在那裏，看上去就像是活活被煮爛！旁邊的兩個盤子，擺著的是一顆肥大的心臟與一個腦髓。沒錯，心臟與腦袋。

珍克斯寶貝被嚇醒了。最敗的是，她的母親剛好站在門口。她跳起來，把熨斗重重地砸向她母親的腦袋，直到她不再移動。眞的是迎頭痛擊。這樣的程度應該早就死人了，可是她母親還沒有死！然後，就是那個瘋狂的瞬間。她的母親躺在門邊，即將死去，瞪視著她，就像是後來她老爹的樣子。珍克斯寶貝大剌剌地坐在椅子上，一隻腳擱在椅臂上，手肘托著臉，玩弄著髮辮，等待著她母親翹辮子。她一邊想著夢中的雙胞胎，以及那具屍體，那兩個盤子上裝的東西。到底是什麼意思呢？不過，她大部分的注意力還是集中於等待。快給我死，你這個愚蠢的母狗！快死掉，我可不想再砸你一次！

即使是現在，珍克斯寶貝也搞不清楚發生了什麼事。彷彿是她母親的思維轉變了，變得廣闊巨大。也許她已經浮在天花板上，就像是那時候，珍克斯寶貝快要死去、還沒有被殺手救起來時。不論如何，那股意識眞是太驚人了！完全不得了，她母親好像知道所有的事情，包括所有的善惡是非，以及眞愛的重要。那是眞正的愛，不是那些不喝酒、不抽菸、向耶穌祈禱之類的規則。那不是傳教的玩意，而是驚天動地的事物。

她的母親躺在那裏，所想的是她女兒珍克斯寶貝是多麼缺乏關愛，結果就像是壞基因的影響，使得珍克斯寶貝變得盲目且殘障。不過，那都不要緊，事情終究會好轉。珍克斯寶貝會從目前的狀態浮升起來，如同那時候，殺手還沒有把她變成吸血鬼之前。最後，一切都能夠獲得美好的諒解。那究竟是什麼意思？難道是說，我們這一切都是某個巨大事物的一部分，如同組成地毯的紋理、窗戶外的樹葉、滴向水槽的水流、環繞著西達克里湖的雲層，以及枯槁的樹木，它們其實不像珍克斯寶貝所想像的醜陋。不，所有的一切變得美不勝收，根本難以言喻。而她的母親早就知道這一切！如此，她原諒珍克斯寶貝所作的任何事情。可憐的寶貝，她什麼都不知道。她不知道綠色草坪的美好，也不知道燈光輝映下的貝殼光芒。

然後，她的母親終於死去，感謝上帝！然而，珍克斯寶貝卻在哭泣。她把屍體拖出拖車外，挖了一個很深的洞穴埋進去。身爲強壯的不死族眞是太棒了，能夠不費吹灰之力就挖出一鏟鏟的泥土。

接著，她的父親回家了。這回就眞的很好玩，她活埋了他。她永遠不會忘記當他看到她與那根斧頭的時候、臉上的表情。

「那不就是麗茲．玻頓❶嗎？」

麗茲．玻頓？那是什麼鬼東西？

接下來，他的下巴抬起，拳頭飛向她。他可眞有自信呀！「你這個小賤貨！」她把他該死的額頭劈成兩半。耶，感受到頭蓋骨的滋味眞是太棒了——「給我躺下吧，你這混帳！」還有，當他還活生生看著她、就把泥土往他身上倒的滋味，也是超級得不得了。他已經動彈不得，完全癱瘓，以爲自己是個孩子，又回到新墨西哥的那個農莊。一切都像是兒語。**你這個狗娘養的，我早就知道你的腦袋裏全是屎糞。現在，我可以嗅得出來！**

但是，她實在不該就這樣落單，離開了獠牙幫。

如果她沒有脫隊，現在不就和殺手與戴維斯一起到舊金山，等著吸血鬼黎斯特上臺演唱？如果到不了演唱會現場，至少他們還可以在舊金山找到吸血鬼酒吧哩。可是，事情似乎變得非常不對勁。

那她現在到底在搜索些什麼蹤跡？或許她應該要自己獨身上路，前往西方。只剩下兩個夜晚而已。

該死，或者她應該在某個汽車旅館租個房間，當演唱會開始的時候，還可以看看電視轉播。不過，在此之前，她至少要在聖路易找出某些不死族。她不能夠就這樣孤身上路。

要怎麼找到西方中央大道呢?那條路在哪裏?

這條街道看起來很熟悉。她一邊沿街亂繞，一邊祈禱著，可不要跑出什麼礙事的警察。當然，她絕對可以擺脫他們，雖然她常常夢想著有一天，在一條無人道路上能夠撞見其中一隻狗娘養的，好好地整死他。不過，現在她可不想在聖路易的街道上被追趕。

現在的道路看起來就像是她知道的，太棒了。這就是他們說的西方中央大道，或者什麼類似的玩意。她轉向右手邊，進入其中一條綠蔭環繞的舊街道。綠樹與雲朵的景致又讓她想起母親，喉嚨出現哽咽之聲。

如果現在的她不那麼孤寂就好了!接下來，她看到了大門，哇!就是這條街道。殺手曾經告訴她，不死者的腦袋是過目不忘的，就像一具小型電腦。也許那不是瞎掰的。那個壯觀的雕花鐵門大大地開著，被綠色的常春藤覆蓋著。大概他們從來不會關上某個「私人領地」。

她把車速降低，然後熄掉引擎。在這條充滿豪宅的街道上，哈雷機車的確太吵了，也許某個賤人會去報警。因爲雙腿不夠長，她必須下來扶著機車走。不過她並不在意，走在這條充滿枯葉的街道上倒是不錯，她喜歡這條安靜的道路。

哼哼，如果我是個大都會吸血鬼，現在不也就住在裏面?她想著。就在街道的盡頭，她看到那棟聚會所，紅磚砌造的牆與摩爾式的拱門。她的心跳乍時凍結起來。

燒毀殆盡!

起先，她根本不敢相信。等到她眞切地看到，沒錯，磚頭上到處都是黑色的焦紋，窗戶全都震碎了，沒有任何一片完整的玻璃殘存下來。耶穌基督，她快要哭出來了。她把車子往前推進，緊咬著嘴唇，直到她嚐到自己的鮮血。看看這片光景，究竟是誰幹的？玻璃碎片撒滿整個草坪，甚至連樹上都是。整個地方都以某種人類不可見的狀態閃閃發亮著，就她看起來簡直就像是恐怖聖誕夜的裝飾成果。還有那木頭燒焦的臭味，繚繞在每一處。

她幾乎要哭喊尖叫出來，不過她剛好聽見某個聲音。那不是人類的聲音，而是殺手教過她聆聽的那種不死族之音。有個不死者就在裏面。

她簡直不敢相信自己的好運。耶，眞的有個不死者在裏面。不管如何，她就是要進去一瞧。沒錯，是有個人在裏面。她多走幾步，在枯葉中的腳步聲非常顯明。沒有燈光，不過裏面的確有東西在移動，它也知道她正要進去。就在她心驚膽顫地舉步欲進，有個人從裏面竄到前面。一個不死者和她四目相對。

讚美天主，她悄聲說道。他可不是那種穿著三件式西裝的呆頭鵝，他是個少年，當他被變成不死族時，大概只大她兩歲左右。而且，他看起來眞的非常獨到。譬如說，他那雙銀色的眼眸，以及剪裁漂亮的灰色短髮——在一個少年的身上，這些特質眞是不得了。他大概有六呎高，身材纖瘦，看上去非常優雅。他的眼神冷冽，襯映著過度白晰的膚色；穿著是一件暗褐色的套頭毛衣，時髦的棕色皮外套與長褲，一點都不像那種機車騎士的皮衣。這傢伙眞是個天生的領袖，而且長得比任何一個她見過的不死族都來得誘人。

「進來裏面，」他嘶聲說著：「快一點！」

她恨不得飛躍那些階梯。空氣中瀰漫著塵埃，讓她的眼睛發痛，嗆咳起來。有半個庭園倒塌了，她小心地走入廊道。有些階梯已經不見了，頭上的屋頂整個敞開。吊燈整個垮下來，佈滿彈痕。這個地方簡直鬼魅幢幢，像是個古老的鬼屋。

那個不死族正在類似客廳的地方，從一片燒焦的家具殘骸中踢出一條通道。他看上去非常震怒。

「珍克斯寶貝，嗯？」他丟出一抹虛假的古怪笑容，閃露出他珍珠白的牙齒，包括那對小小的獠牙。「你迷路了，是吧？」

好極了，另一個類似於戴維斯的讀心者，而且帶有異國口音。

「沒錯，怎麼著？」她說。讓她訝異的是，就像是他丟了一顆球給她，她的心靈接住他的名字：羅蘭。眞是一個古典的名字，很有法國味。

「待在那裏不要動，珍克斯寶貝。」他的口音八成也是法國腔：「這棟聚會所本來有三個同族，其中兩個被燒毀了。警察無法檢視那些殘骸，但是如果你不愼踩到他們，那種滋味可不好受。」

基督！他說的是實話，因爲就在大廳後面就有一具殘骸，看起來是一套半燒焦的西裝，隱約浮現出人形的輪廓。不過，她自己就可以嗅出來，曾經有個不死族就在那個只剩下殘餘衣物的容器內。就在衣物的中央，有一團像是膏脂與粉末的東西。滑稽的是，襯衫的袖子竟然還好端端地從外套袖口伸出來。那可能曾經是一套三件式西裝。

她覺得作嘔。當你已經死去，還會感到嘔心嗎？她只想離開這個地方，萬一那個肇事的東西又回來了呢？不朽，去他的！

「不要移動，」那個不死族對她說：「我們會儘速離開，一起動身。」

「現在就走，好吧？」天殺的，她正在發抖。這就是他們說的、冒冷汗的滋味。

他找到一個錫盒，正從裏面拿出沒有被燒掉的鈔票。

「嘿，老兄，我要走人了。」她感覺到周圍的那股異物，無關乎地板上的那團燒毀屍燼。她想著位於達拉斯與奧克拉荷馬、同樣被燒毀的聚會所，以及消失無蹤的獠牙幫。他感應到了，看得出來。他的臉變得柔和，非常可愛。他丟下那盒子，迅速地跑向她，快得讓她更加害怕。

「沒錯，我親愛的，」他以美妙的聲音說著：「所有的聚會所。整個東岸被燒成一條蜿蜒的電纜線。至於巴黎與柏林的聚會所，也沒有任何音訊。」

他牽著她的手，一起走向前門。

「到底是誰幹的？」她說。

「天曉得，親愛的。它把所有的聚會所、吸血鬼酒吧，以及各種場子都給毀了。我們得快點離開，趕快發動車子吧。」

但是她的腳步猛然一頓。**有個東西在那邊**。她就站在庭院的邊角，感受到某個東西。她不敢再走下去，也不敢回到屋裏。

「怎麼回事？」他低語著。

籠罩著那些大樹與房子的此地，眞是黑暗無倫。所有的東西都像是魔物附身，而她可以聽到某個東西，非常低沉的聲音，像是某個呼吸的聲音。

「珍克斯寶貝？快走吧！」

「但是要去哪裏？」那東西，不管它是什麼，就是一股聲音。

「到我們唯一的避難所，到吸血鬼黎斯特的所在。他就在舊金山等著，沒有被傷害。

「是嗎？」她說著，瞪視著眼前的黑暗。「沒錯，就是去黎斯特那裏。」只剩下十步，珍克斯寶貝，加油，他已經快要自己開溜了。

「不，給我住手，你這個狗娘養的，不要碰我的機車！」

現在那隱約的念波變成聲音。她以前從未聽過這種聲音，不過假如你是個不死族，你會聽到許多意想不到的東西，例如遙遠的火車聲，從頭頂上經過的飛機內、人們的談話聲。

那個不死族也聽到了。不，他感應到她聽到那聲音，低聲問道：「那是啥？」然後，他自己也聽見了。

他拖著她跑下階梯。她差點摔倒，不過他將她抱起，放在機車上。

那股噪音愈來愈大聲，而且變化爲饒富節拍的音樂。聲音巨大到她無法聽見那個不死族說的話，她轉動鑰匙，運轉把手，想要盡快加速，那個不死族坐在後座。但是，老天爺，那噪音眞是太厲害了，她根本無法思考，甚至聽不見引擎的聲音。

她往下看，想要弄清楚怎麼一回事。不過她實在無法感知它的蹤影。然後，她抬頭往上一瞧，正好看到了傳送噪音的那個「東西」，它就在樹叢中望著他們。

那個不死族跳下車去，閃向一邊，彷彿他看得見那個東西。其實他什麼也看不見，像個自說自話的瘋子。不過她根本聽不見他說的話，只知道那東西就近在咫尺，看著他們。那個不死族眞是白費力氣。

她停下動作，哈雷倒向一旁。噪音停止了，不過耳邊有一股鈴聲。

「任何你所想要的，」她身旁的那個不死族說著：「只要你說出來，我們就會謹遵諭令。我們是你的下僕──」

然後他倉皇逃跑，差點把珍克斯寶貝撞倒，搶著開她的機車。

「嘿！」她正要走向他的時候，他突然尖叫出聲，焚燒起來。

然後珍克斯寶貝也尖叫起來，她無法停止叫喊。那個火燄焚身的不死族倒在地上，像輪胎般地轉動個不停。就在她身後，聚會所的房子爆炸開來。她感受到背後沸騰的熱流，物體在空中飛濺。天空如同白晝高懸般地灼灼發亮。

噢，甜蜜的耶穌，讓我活下去！讓我活下去！

就在電光石火的一瞬間，她覺得自己的心臟已經爆裂開來。她想要往下看看自己的胸口是否已經裂開，而她的心口正泌泌不絕地冒出血液，如同火山口噴出洶湧的岩漿。接著，熱流在她的腦中蓄勢待發，然後「轟」地一聲，她完蛋了。

通過一道幽暗的隧道，她不斷地往上升起。就在飄渺的高處，她漂浮著，望下看去。

沒錯，就像是以前的臨死經驗。那個殺死他們的東西，是一個佇立於樹叢上的白色形體。那個不死族的衣服在人行道上冒煙，而她自己的身體，也逐漸地燃燒殆盡。

透過火燄，她看到自己黝黑的頭蓋骨與骨頭輪廓。但是，她沒有被嚇到，那景況並不怎麼有趣。

吸引她魂魄的是那個形體，它看上去就像是天主教教堂的聖女瑪麗的塑像。她瞪視著從那個形體散逸到四面八方的光線網脈，以某種舞動光芒所組成的光網。當她升得更高時，她看到那些光線網脈也延伸向其他的光網，組成一道橫跨全世界的碩大網羅。就在那些網脈中，死去的不死者像是被捕獲的蒼蠅，無助地陷落其中。光點推擠紛飛，全都連向那個白色的形體。那景致幾乎是美麗的，只是太過憂傷。噢，可憐的不死族，他們的靈魂被囚禁於那個不老不死、無堅不摧的物質塊體。

不過，她是自由的。那道網絡已經離她遠去，現在，她看得見好多東西。

這裏彷彿還有成千上萬的死者浮游著，一起沉浸於那道灰色朦朧的切面。有些死者迷失了，有些在相互征伐，有些則回首於當初死去的地點，多麼可憫，像是不願意承認自己的死亡。甚至還有一兩個靈魂嘗試與活人接觸，但那是行不通的。

她知道自己已經死去，以前就發生過這樣的情景。她穿過那個經由憂傷、盤桓不去的人們構成的深暗洞穴，筆直上路。而她還活著的時候的可悲生命，讓現在的她感到哀傷。不過，這已經無關緊要了。

光線繼續閃爍著，那是她在首次的瀕死經驗中窺見的壯麗光亮。她朝向它移動，進入光亮之內。眞是美絕人寰，她從未看到如此的色彩、光澤，聆聽過如許的音樂。根本沒有言語能夠描摹，那光景超越任何她所知的語彙。這一回，她不會再被拉回去了！

因爲，那個前往迎接她、幫助她的人，就是她的母親！她的母親不會再放走她！她從來沒有這麼愛戀她的母親。接著，愛意環繞著她；光亮、色彩，還有愛意——這三者的關係是如此的難分難捨。

噢，那個可憐的珍克斯寶貝！最後一次望著地球時，她如是想著。不過，從此她再也不是珍克斯寶貝，再也不是。

---

❶這是一個美式重金屬樂團。

3 女神潘朵拉

古老之世的我們擁有語言
犁田的水牛與鷹隼
清澈如號角的蠻荒　被耕耘著
我們活在石屋
將頭髮晾在窗外　讓男人攀爬進來
鬈曲的髮絲是一座耳後的花園
在每一座山上都有一位君王
就在夜間　絲線從織錦所在滑落出去
無敵的男子嘶聲尖叫
所有的月光皆顯現於世　我們擁有語言

——史丹・萊絲，〈曾經有過的語言〉

她長得相當高䠷，全身罩著黑衣，只露出一雙眼睛。以非人的速度，她快速地朝向險惡的雪徑前行。

就在空氣稀薄的喜馬拉雅山峰頂，夜間的星光看上去頗爲清楚；而在曠遠的彼處——連她也無法估計的遙遠之地——佇立著艾弗瑞斯峰的巨大影像。在一團奔騰的雲霧之間，顯得異常明晰。每次看到這座山峰，她總是難以自禁；並不光是因爲它的美麗，更因爲它充滿莫名的意義，雖然它根本沒有明確的意義可言。

禮讚山峰？當然，這樣做一點都沒有罪惡，因爲山峰並不會答覆你。冰凍她肌膚的呼嘯風勢就是「空無一物」的聲音。如此不經琢磨、全然無動於衷的光華，讓她幾欲哭泣。

讓她引起相似感觸的，是腳底下那群蟻群般的朝聖者，形成一條細長的羊腸小道往上攀爬。他們的虛假信念眞是無比的悲哀，不過她也朝向相同的山頂神殿邁進，朝向那個令人鄙夷的詐騙之神。

她忍受寒凍之苦，霜雪覆蓋她的面頰與睫毛，在眉毛上形成細小的水晶柱。每一步行走於寒風中的行程，即使是她也難以承受。當然，那不會造成苦痛與死亡，不過，由於元素的強烈抗拒、長達數小時只看得見白亮刺眼的雪景，打造出她內在的苦難。

無所謂。早在幾夜之前，在舊德里市擁擠發臭的街道上，某道深沉的警訊穿透她的身體。從此，每過一個小時，這道警訊就會重複一回，彷彿地球本身的核心開始發顫。

在某些時刻，她確知母后與父王已經覺醒。就在她心愛的馬瑞斯安放他們的某個密窖，「必須被守護者」終於醒過來。除了這等復活，應該不會有別的念波足以傳達如此強力而模糊的訊息——六千年的恐怖凝止終於結束，阿可奇與恩基爾翩然復甦，從他們的王座上站立起來。

但是，這不就像是乞求山峰說話一樣的妄想？對她而言，這兩位古老吸血祖宗的事蹟，根本不是虛構的傳奇。不像其他的後代，她親眼見識過他們的身姿；就在他們神殿的門扉，她被塑造爲不朽者。她親身爬向母后的膝前，戳穿那曾經是人類的光潔肌膚，張口吸吮著泉湧而出的血液。眞是奇蹟啊，就在傷口自動癒合之前，血液從那靜止不動的身軀不斷流出。

就在古早的世紀，她分享著馬瑞斯的信念，相信母后與父王只是沉睡著；終有一天，他們會醒過來，對他們的後代說話。

就著燭光，她與馬瑞斯一起唱歌給他們聽；她自己還焚燒香料，在他們身邊擺設花朵。她發過誓，絕對不會洩露出他們的所在地，不會讓其他的飲血之徒前往殺害馬瑞斯、貪婪地飽飲原初之血。

那眞是非常久遠之前了，當時的世界劃分爲部族與帝國，英雄與君王在一日之間被塑造爲神祇。就在那樣的時代，優美的哲學概念曾經讓她感到眩惑。

現在，她才眞正知道何謂永遠不死，如同與山峰的對話。

危險！她又感受到那股意念，如同川流般滑過她的全身，然後消失。然後的異象是一片綠地，柔軟的大地與豐饒的植物。但是，那景象也幾乎同時消逝。

她停住腳步，月光織成的小徑使她一時目眩；她抬眼看向雲層之後的閃爍星星。她試圖聆聽其他不朽者的聲音，但卻沒有清楚有力的傳訊。她所能接收到的，只有將要抵達的神殿所傳來的微弱震動，以及身後那個骯髒而人口過多的都市流盪過來的電子音樂，就是那個發瘋的飲血「搖滾巨星」，吸血鬼黎斯特。

那個不知死活的現代小鬼，竟然膽敢把自己蒐集到的、零碎不全的古老事蹟編造成歌曲。她早就看遍許多這種小鬼的崛起與殞落。

然而，他的厚顏無恥卻吸引住她，即使她無比震驚。她所聽到的警訊，是否可能攸關他那些不假修飾而嗓音沙啞的歌曲？

阿可奇與恩基爾

接納你們的後代子民吧！

他怎麼膽敢把這些古老的名目告知人類世界？這應該是不可能的、對於理智的冒瀆。這樣的狂徒應該立刻被處決。不過這個縱情於盛名的怪物，他所透露的祕辛只可能來自於馬瑞斯本人。馬瑞斯現在又在何處？兩千年來，他帶著「必須被守護者」，飄泊於各個聖殿之間。如果她允許自己想起馬瑞斯、以及造成彼此決裂的那些爭執，那眞是椎心之痛。

黎斯特的錄音已經逐漸遠去，被城市與村落的各色波流呑沒，也被人類靈魂的聲響併呑——這種現象經常發生，而她強力的耳朵可以分辨出任何一則訊息。不斷湧現的、無形而恐怖的波濤讓她狂亂，所以她關閉上自己的感應力場。現在只有風聲伴隨著她。

對於母后與父王、以及他們自從時光肇始之初就開啓的能力而言，這些集體性的聲音又代表些什麼？他們是否如同她一樣，能夠關閉那些波流，選取他們想要聽的聲音？或許，就這一點來說，他們也是一樣的消極被動。他們的凝定不動是無可遏止的，就這樣默然傾聽遍及全球的人類與不朽者的哭喊。

她看著眼前的雄偉山峰，暗忖必須繼續前進。她拉緊臉上的遮布，繼續行進。

路徑引領她到某個小峽谷，終於可以看到目的地。跨越那道碩大的冰河，神殿就在高聳懸崖的後面。那是一座潔白的石砌建築，它的鐘塔隱沒於甫自下落的搖曳雪景。

即使以她最快的速度，也很難快速抵達。她知道自己必須怎麼做，但卻厭懼如此。她必須舉起雙臂，違逆重力法則與自己的理智，飛越那道隔開她與神殿的山崖，然後再溫柔地下降到冰凍峽谷的另一端。這種能力使她感到無比渺小、非人，遠離她曾經是其中一員的地球族群。

但是，她必須要到那個神殿去。是以，她以自覺的優雅舉起雙臂。當她憑藉意志飛升起來時，在那一瞬間閉上了眼睛。她感到自己的軀體輕若飛鴻，被一股不受重力拘束的力量所帶領，只隨著風勢馳騁。

在那段時間，她任由風吹拂著，讓身體隨意伸展擺動。她愈飛愈高，終於全然脫離地球，讓雲從身旁飄過，面對著星辰。她的衣服顯得頗爲沉重，是否她尚未準備好要隱形？那不就是下一個進程嗎？一堆飄曳於上帝眼中的塵埃，她想著，心臟絞痛起來。這種與萬物脫節的恐怖啊，她的眼底盈滿淚水。

在此種時刻，對她而言，閃現著微光的人類過往是珠玉般的神話，比任何信仰之道都來得更加珍貴。我曾經活過，我曾經愛過，我的血肉肌澤曾經是溫暖的……她看到馬瑞斯，她的塑造者，但不是現在的形貌，而是彼時那個燃燒著超自然祕力的年輕不朽者。「潘朵拉，我最親愛的……」「讓我變成如你一般，求求你！」「潘朵拉，和我一起乞求母后與父王的祝福，過來聖殿這裏。」

沉浸於絕望而失去羅盤的心情，將會使她忘卻目的地，任意飄流而撞見乍昇的太陽。然而，警訊再度傳來，那聲沉默但不斷振動的訊號：「危險」，提醒她還有使命在身。她伸起雙臂，引導自己再度面向地球，看到地面上正是燃放著篝火的神殿後院。沒錯，就是這裏！

她下降的速度一時間震懾了自己，粉碎殘存的理性。她發現自己就站在後院，刹那間，身體感到痠痛，不過馬上就恢復爲冰冷與平靜。

風的嘶叫聲顯得遙遠，神殿傳出的音樂是一股絢麗的震動，混合著鼓擊與鈴鼓，參差不齊的聲響融合爲一道猙獰而重複性的聲音。在她的眼前是燃燒的屍骨壇，火燄吞吐不定，軀體在柴火的肆虐下化爲烏黑。焚屍的惡臭讓她作嘔；但是，她卻一直注視著侵蝕屍骸的火舌、焦黑的殘軀，以及化爲一股白煙的毛髮。那氣味讓她感到窒息，遠方的山頂空氣無法到達此處。

她瞪視著通往內部聖壇的門，必須要再度測試自己的能耐，雖然感到苦澀。就在那裏！接著，她發現自己穿越門扉，大門整個敞開。內部房間的光亮、溫熱的空氣與震耳欲聾的念誦聲使她昏眩失神。

「亞辛！亞辛！亞辛！」祭祀者的念誦聲傳遍各處。他們背向她，方向集中於燭光燃亮的廳堂中心處；雙手高舉，手腕處扭曲著，配合頭部的搖擺動作。「亞辛！亞辛！亞～～～辛！！！」

香爐中冒出裊裊煙霧，那些軀體赤腳狂舞轉動，不過他們並沒有看見她——他們的眼睛閉著，唯有嘴唇不斷喃喃念誦著那個被朝拜的名字。

她衝進人群壅塞之處，看到衣衫襤褸的男女，以及穿著華麗絲綢、配戴叮噹作響珠寶的華貴人士，全都以恐怖的單調性複誦他們的招喚。她在群體性的狂迷中嗅到發燒、飢餓、死去身體的氣味。她抓住一根大理石欄杆，彷彿要在狂瀾暴起的人群與噪音中穩住自己。

然後，她在暴動的中心點看到亞辛。就著燭光，他青銅色的皮膚閃著油亮光彩，纏著一條頭巾，長及地板的袍子沾濡人類與不朽者的血色。他抹上黑色眼膏的瞳眸顯得巨大無比，就著激灼的鼓聲，他搖曳起舞，拳頭往前揮打後又收回，像是打著一面看不見的牆。他穿著涼鞋的腳底以狂亂的步伐敲擊地板，血液從他的嘴角溢出。他的神情是全然失神的專注。

然而，他知道她已經到來。在舞勢熱烈的當下，他直勾勾地望著她，她看見他那染血的嘴唇勾出一朵微笑。

潘朵拉，我美麗且不朽的潘朵拉……

由於痛飲饗宴之血，他看起來熱力四散、飽滿無比，這是她鮮少在其他不朽者身上看到的狀態。他轉過頭來，發出一聲尖利的叫聲。他的徒眾上前，以手中的祭典匕首劃開他伸出的手腕。

那些忠實的信徒包圍住他，飲用每一滴從切口流出的神聖之血。誦唱聲更加巨大，直逼那些離他最近的人們發出的窒息般哭喊。突然間，她看到他被舉起來，他的身軀被高抬在信徒的肩膀上，黃金色的涼鞋碰觸到圖案嵌飾的天花板。刀鋒劃向他的腳踝與傷口已經癒合的手腕。

正當瘋狂群眾的動作愈形狂亂，他們似乎不斷擴張。氣味濃烈的身體撞向她，無視於她的冰冷堅硬、以及衣裳底下的古老肢體。她並沒有避開，讓自己被人群吞噬。她看到亞辛被放到地面上，呻吟著，傷口已經癒合。他示意她加入這場華宴，而她沉默地拒絕。

她看著他隨意挑選一個牲品，一個將眼睛塗黑、掛著金耳環的年輕女子，並咬穿她窈窕的頸子。群眾喪失他們完美的歌頌韻律，現在從他們口中發出的只是一聲聲無言的哭喊。

亞辛的雙眼圓睜，彷彿被自己的能力嚇到，然後一口吸乾那女子的血液，把屍體丟到身旁的石製祭壇。忠實的信徒圍繞著那具被榨乾的屍骸，伸出雙手來支撐他們搖搖欲墜的神祇。

她轉身跑出去，來到空氣冷冽的後院，遠離那熾熱燃燒的柴火、以及排泄物的惡臭。她倚牆而立，抬頭往上看並且想著山峰；當那些信徒把最新的那具屍體抬出來、扔進火燄裏，她並不在意。

她想到山腳下的那列朝聖隊伍，日夜不捨地往山上的無名神殿攀爬。有多少人在尚未抵達目的地、根本還無法入門之前就已經死去？

她憎惡這一切。不過，那不打緊，這些都只是古老的恐怖。她等候著，直到亞辛召喚她。

她穿越大門以及另一道門，來到一間裝潢精美的前廳。他靜靜地站在鑲滿紅寶石的地毯上，四周滿佈著供奉的金銀珍寶。音樂低沉，充滿慵懶與恐懼的風味。

「最親愛的，」他說。他捧起她的臉，親吻著她。一道血氣旺盛的泉流從他的嘴部流向她；就在極樂失魂的剎那，她的五感充滿著忠實信徒的歌舞，以及他們的哭喊。人類的禮讚與臣服宛如暖熱淋身的瀑布。那就是愛意。

沒錯，那就是愛。她在那一瞬間看到馬瑞斯。她張開眼睛，往後退去。本來她只看得見畫著孔雀與百合的牆壁，以及閃爍流光的金暉。然後，她看到亞辛。

就像是他的徒眾，以及那些村落，亞辛並沒有改變什麼。而他的子民跋涉過大雪與荒原，最後只求到這等恐怖而無意義的結局。大約一千年以前，亞辛開始統治這座神殿，每個來到此地的信徒都無法生還離去。由於長年累月地浸潤於犧牲供奉的血液，他金黃色的柔潤肌膚只是變得稍微蒼白些，不像她自己在半世紀以內，就不復以往紅潤的人類膚色。或許，只有她的雙眼與她褐色的長髮顯示生命的跡象。她知道自己擁有美貌，但是他的威力卻無可抵禦。那就是**邪惡**。徒眾們無法抗拒包圍著傳奇的他，他無視過去與未來，只是純粹地統治。對於她來說，這是向來不可解的謎題。

她不想久留於此。這個地方讓她相當反感，根本不想讓他知道。她沉默地告知他前來此地的目的，她所聽到的警訊。某個環節出了差錯，某些東西正在轉變中，以往從未發生過這樣的事情。她也告訴他，關於那個年輕飲血者在美國錄製的搖滾樂，歌曲中提到母后與父王的種種。她只是把心靈的門打開來，並沒有什麼戲劇性。

她注視著亞辛，感受到他的力量——他可以瞥見她內在的種種變動，可卻能夠關閉自己的心靈，不讓她有窺視的機會。

「幸運的潘朵拉，」他輕蔑地說：「我才不管什麼母后與父王呢！我怎麼可能會關心你那個寶貝的馬瑞斯？就算他呼喊求援，我才不理會他！」

她感到震驚無比，馬瑞斯求援！亞辛得意地笑了。

「解釋你剛才所說的。」她說。

亞辛狂笑起來，背對著她。除了等待之外，沒什麼別的辦法。由於是馬瑞斯創造她為吸血族的一員，所以，即使全世界都能夠聽見他的聲音，唯獨她無能為力。難道，那道微弱的警訊就是馬瑞斯呼喊的回音？其他人都能夠清楚地聽見?**回答我，亞辛，為何與我為敵**?

當他面對她的時候，顯得深思熟慮，圓潤的臉蛋相當人性化。他將豐厚多肉的手背舉向濕潤的下唇。他想要從她身上奪得某物，此刻的他並沒有輕蔑或惡意。

「有個警示，」他說：「來自於非常遙遠的地方，經由一連串的傳遞者送過來。我們都身處於危機。伴隨他而來的，是另一道較爲微弱的求助訊號。如果幫助他的話，他可以試著轉化危機，但是那沒有太大的說服力。最重要的地方，在於他要我們全體知道，危機即將來臨。」

「到底是哪些字句?」

他聳聳肩：「我沒有太留意去聽。」

「噢!」這回是她背向他。他趨近她，將雙手放在她的肩膀上。

「現在，換你回答**我的**問題。」他把她轉過來：「困擾我的是關於那對雙胞胎的夢。那究竟是什麼意思?」

她並沒有關於雙胞胎之夢的答案。那個問題對她毫無意義，她沒有作過這樣的夢。

他靜默地打量她，彷彿是在測試她是否說謊。接著他慢慢地說話，小心翼翼地估量她的反應。

「兩個紅髮女子，遭受到可怕的際遇。就在我來不及擺脫某個不受歡迎的異象，她們來到我的夢中。我看到這兩個女子在眾目睽睽之下被強暴，然而我不知道她們究竟何人，爲何會發生這樣的事情?就在世界的各個角落，別的黑暗之神也有相同的夢境，也許他們知道是怎麼一回事。」

黑暗之神!我們並不是神，她輕蔑地想著。

他對著她微笑。難道我們不是站在神殿的正中央?難道你沒有聽見忠實信徒的呻吟?難道沒有嗅到血跡的味道?

「關於那兩個女人，我什麼都不知道。」紅髮雙胞胎？不，她不曉得。她觸摸他的手指，幾乎是誘惑的模樣：「亞辛，不要折磨我。我需要你告訴我，馬瑞斯是從哪裏發出求救訊號的？」

「從哪裏？」他叛逆地說：「這才是重點，不是嗎？難道你以爲他會膽敢引領我們到母后與父王的沉睡聖域嗎？如果我想得到他在哪裏，我當然會回答他，答應去援救他。但是他無法愚弄我們。我知道，他寧可一死，也不願意透露聖域的所在地。」

「他是從哪裏求救的？」她充滿耐心地問。

「那些夢境，」他的臉因爲怒火而暗淡起來：「雙胞胎的夢境，我要這些夢境的解釋！」

「如果我知道的話，當然會告訴你那些夢境的意義。」她想起吸血鬼黎斯特的那些歌曲，關於「必須被守護者」、深埋於歐洲城市的地窖、關於追求與憂傷的歌曲……沒有任何關於紅髮女子的事蹟，什麼都沒有。

他惱怒地示意她住口：「吸血鬼黎斯特，」他譃笑著：「不要對我提起那個該死的東西。爲什麼他還沒有被消滅呢？難道說，所有的黑暗之神就像母后與父王一般地沉睡著？」

他看著她，打量算計著。她等待著。

「好吧，我相信你。」他最後說：「你已經照實告訴我一切。」

「沒錯。」

「我對馬瑞斯置之不理，那個竊取母后與父王的賊，讓他哭到世界末日爲止吧！但是，如果是潘朵拉你的話，我一向愛慕著你，所以我可以相信你。跨越新世界的海洋，走到接近西邊海域的最後一塊土地，你會在那裏找到馬瑞斯，他被困在冰層之間。他哭喊著說，自己無法移動。至於那道訊息嘛，它顯得含糊又堅持不斷。我們都處於危險，唯有幫他脫困，他才能夠解除危機，去尋找吸血鬼黎斯特。」

「噢，原來如此。所以是那個小鬼造成的？」

暴烈而痛苦的顫抖通過她的全身上下。在她的心靈之眼，她看到母后與父王的平板、無感面孔，那是兩個佔據人類軀殼的怪物。她困惑地看著亞辛，他停頓了一下，但卻還沒有結束談話。她等著他繼續。

「錯了，」他的聲音下垂，失去慣有的尖銳稜角：「是有危險，潘朵拉，巨大的危險，但卻不用馬瑞斯來宣告。眞正的關鍵在於紅髮雙胞胎。」他的誠懇與不設防眞是罕見：「我之所以知道，」他說：「是因爲我被創造的時間先於馬瑞斯。雙胞胎才是重點，潘朵拉，不要管馬瑞斯，接納你的夢境。」

她啞口無言地看著他。他凝視她許久，眼睛變得細小、凝固起來。她感覺到他撤回所有的自我，最後他再也看不見她。

他聽見崇拜者的呼喊，又感覺到飢渴。他渴求節奏與血，他轉過頭去看向房間之外，然後又回過頭來。

「加入我吧，潘朵拉，只要一小時就好。」他的聲音顯得酩酊不清。

他的邀約使她感到不知所措，已經有許多年她未曾追求這等鮮美的愉悅；不只是吸取血液，而是與另一個靈魂的暫時性融合。現在，突然地，那些攀山越領而來的尋死者就在這裏等著她享用。她想到目前的使命——尋找馬瑞斯——以及可能降臨的犧牲。

「來吧，最親愛的。」

她握住他的手，任由自己被引領走出這個房間，來到擁擠的大廳。燦然的光流驚嚇到她，沒錯，還有血的味道。人類的氣息朝著她撲面而來，折磨她的五官七竅。

忠實信徒的喊叫聲響徹天際，人類的行跡幾乎要震碎雕花的牆壁與鑲金的天花板，焚燒的香料刺痛她的眼睛。多年前與馬瑞斯一起在神殿的記憶回返，環繞著她。亞辛站在她面前，而她緩緩脫下身上的外套、露出面孔、赤裸的手臂、式樣簡單的長袍、以及褐色的長髮。她看到自己的身影映照於一千雙人類的眼底。

「女神潘朵拉！」他叫喊出來，甩著頭髮。

在急促的鼓聲伴奏下，尖叫聲此起彼落。無數的人類手掌觸摸著她，呼喊著：「潘朵拉！潘朵拉！」。這樣的叫聲與呼喊著「亞辛」的喊叫混合為一。

一個年輕的褐膚男子在她眼前舞動，胸膛的汗水沾濕白色絲襯衫。他的黑眼睛閃爍於深色睫毛之下，寫著挑戰的火光。**我是你的祭品，女神**！突然間，在光色狂舞、音流四濺的當下，除了他的眼睛與面孔，她什麼也看不見。

她擁抱著他，匆促之間弄斷了他的肋骨，她的牙齒在他的肌膚底下吟唱著。活生生的！血液湧入她體內，貫流於她的心臟，接著，熱流傳送到她的全身上下。如此光榮的歡愉眞是無與倫比，而且，那種美妙的渴慾又回到她的體內。剎那間，她的視野清晰到令她麻痺的地步。大理石柱活化起來，而且在呼吸！她扔掉那具死屍，抱住另一個飢餓的年輕男體，他的上半身赤裸，瀕死之前的力量使她瘋狂。

她溫柔地折斷他的頸項，吸飲著血液。她感覺到自己的心臟膨脹起來，感受到甚至是肌膚的表面也湧現血色。就在她閉上眼睛之前，她甚至可以看到自己雙手的血色。沒錯，就像是人類的雙手。死亡緩慢下來，持續進行著，接著便委身於一陣黯淡光芒的洪流與轟隆的聲音。**活生生的**！

「潘朵拉！潘朵拉！潘朵拉！」

老天，難道這世上並沒有正義，也沒有終結？

她搖擺著，看著眼前舞動的淫蕩人體。她體內的新鮮血液燒遍每一根組織、每一個細胞。第三個獵物投入她的懷抱，青春的肢體環抱著她。他的頭髮與汗毛是多麼柔軟，骨頭是如此的脆弱而輕盈。似乎她才是眞正實存的物體，而他們都只是想像的造物。

她撕裂一半的頭顱，瞪視著裸露出來的白色脊椎骨，接著，當血柱從大動脈激烈噴出時，她將死亡狂嚥下去。但是，那顆尚在跳動的心臟，她要親嚐風味。她把那具屍體甩回右手的懷抱，骨頭破裂四散，以左手刨開胸骨、扯開肋骨，探入灼熱的心室，將心臟從中挖出來。

嚴格說來，這個器官還沒有死絕。發亮而滑溜的樣子，就像是濕潤的葡萄。信徒們環繞在她身旁，而她將那顆心臟高高舉起，溫柔地擠壓著它，讓血汁噴濺到她的手指與嘴裏。沒錯，就是這等永無止境的滋味。

「女神！女神！」

亞辛看著她，對她微笑著。但是她並沒有看回去，只是瞪視著那顫動的心臟，滴落而下的最後幾滴血珠。眞是鬧劇一場，她讓心臟從手中滑落。她的手就像是活生生的人類，沾滿溫熱的血液。她可以感受到面孔上殘留的溫暖。回憶的浪潮威脅著破柙而出，隨同一連串不知何物的異象。這一回，她把這些東西逼回去，不讓它們有機會奴役她。

她拿起自己的黑外套，讓衣服包圍自己。溫暖的人類之手將輕柔的毛料覆蓋在她的頭髮與下半邊的臉部。她忽略周遭那些呼喊她名字的狂熱叫聲，毅然地走向外面。她的身體無意間碰撞到那些擋住去路的崇拜者，造成另一波的狂亂。

外面的庭院眞是冷得動人至極。她微微地彎身，吸進一口吹過門口的風。風勢煽起篝火堆的煙霧，而又帶走苦澀的氣味。清澈美麗的月光照射著牆外那些被雪籠罩的山峰。

她站在那裏，聆聽體內血脈的流動；以某種瘋狂而絕望的姿勢，她驚嘆於血液仍然足以活化她、增強她的力量。她憂傷而悲痛地凝視著環繞殿堂周圍的野地，以及鬆軟飄浮的雲朵。血液竟然給予她如此的勇氣，以及暫時性的信念：就在這等猙獰而不可原諒的行爲中，竟然產生出宇宙的純粹果實。

假如心靈無法找到意義，那末就交託給感官吧！就這樣活著吧，你這個可悲的生物。

她走向最近的蕎火堆，小心翼翼地避免沾及衣服，將雙手探入火燄，滌清殘留的血跡與臟器。相較於體內的熾烈血液，狂燒漫飛的火燄並不算什麼。最後，當手掌感應到輕微的痛楚，變化即將產生的時刻，她把完好無瑕的雙手縮回來。

但是，她必須離開此地。思緒充斥著新的憤怒與憎惡。馬瑞斯需要她，「危險」的訊號更加鮮明襲來；飲下的血液使得她成爲更有力的接收器。那警訊似乎不是來自於一個單獨的個體，而是化爲聲音的某個集體知識。她相當害怕。

淚水模糊她的視線，她將心靈掏空，優雅地舉起雙臂、調整姿勢。她開始往上飛行，無聲而迅速，不爲人類所見，就如同風本身一般。

就在神殿的高空，她的身體劃穿一道柔軟的薄霧。光亮四射的周遭使她感到詫異無比，而在高峰與目眩冰河的絕景之下，是森林與洞窟所構成的柔和黑暗。散落各處的光線圖案，由村落與城鎮的燈光發散出來。她眞想永遠注視著這光景，但是沒有多久，一抹流動的雲層罩住這一切。現在，只有她與星星獨處。

那些堅硬而發亮的星星擁抱著她，彷彿她是它們其中的一員。但是，星星並不會占有任何東西或任何人。最後是一種類似於歡愉的深沉憂傷，再也沒有掙扎與懊悔。

她掃視著壯麗的星圖，降低飛行速度，伸出雙臂朝著西方前進。

還要九小時，陽光才會追上她。她展開旅程，朝著日出的反方向前進。隨著黑夜，她迎向世界的另一端。

4 丹尼爾的故事——惡魔的寵兒，或是《夜訪吸血鬼》出身的男孩

我們深信不疑、守候許久
在某個黃昏時刻，那些從天堂駕車而來的暗影是何許人物？
雖然玫瑰知曉這些，
它並沒有喉嚨，
無從訴說起一切。

我那必死的半身笑了，
符碼與訊息並不全然等同。
什麼是個天使呢？
不過是扮裝的鬼魂罷了！

——史丹・萊絲，〈關於天堂〉

他是個高眺的年輕男子，有著一頭灰金色的頭髮與藍紫眼眸，穿著一件骯髒的灰色T恤與牛仔褲，刺骨的寒風橫掃著清晨五點鐘的密西根大道。他感到很冷。

他的名字是丹尼爾．莫利，三十二歲。不過他看上去顯得年輕許多，是那種學生樣的青春面孔。當他行走在路上時，一邊還喃喃自語著：「阿曼德，我需要你。阿曼德，明天晚上就是演唱會了。某些恐怖無匹的事情將會發生，無比的恐怖……」

他餓得不得了。已經有三十六個小時沒有進食，在他落腳的那個髒污小旅館房間，冰箱裏空空如也，何況一大清早他就被踢出門外，因爲沒錢付房租。一時間，他無法記起所有的事情。

然後，他記起那個不斷侵擾他的夢境。只要他閉上眼睛，夢境便會周而復始地上演。如此一來，他一點食慾也沒有。

他不時看到夢境裏的雙胞胎，那個被烤熟的女人軀體就在他的眼前，頭髮焦黑、皮膚如同脆皮烤鴨。她的心臟如同一顆腫脹的水果，另一個盤子上的腦活像被煮熟似的。

阿曼德一定知道那是什麼意思。

這不是一個普通的夢境，而是某個攸關黎斯特的重大訊息。阿曼德很快就會前來，告訴他這些謎底。

天哪，他既虛弱又失神，至少需要一杯飲料。他的口袋裏沒有一個子兒，只有一張陳舊縐摺的支票，那是《夜訪吸血鬼》那本書的版稅。早在十二年前，他以某個假名寫出這本書。

那眞是恍若隔世。當時他是個年少氣盛的記者，帶著錄音機遊走於各個酒館，試著要從夜晚的某些浪民身上搾出些眞相。沒錯，在舊金山的某一夜，他剛好發現最棒的主角，從此以後，正常生活的光芒已經離他遠去。

如今的他是個走動的廢墟，在十月芝加哥的夜間天光下快速行走。上個星期日他人在巴黎，再上個星期五是在愛丁堡，在那之前是在斯德哥爾摩，至於更早先的時候，他就無從記憶了。在維也納的時候，他及時收到一張支票，不過那可不知道是多久以前的事。

在這些地方，他總會嚇到那些行經過的人們。在他的自傳當中，吸血鬼黎斯特描述得好：「曾經見過鬼魅的疲憊人類……」那就是我！

那本書，《吸血鬼黎斯特》跑哪裏去了？噢，昨天下午當他在公園長椅上睡覺時，有人把它偷走。無所謂，就讓人偷去吧，丹尼爾自己也是偷來的，而且他已經讀過不知道多少次了。

不過，如果現在書還在手邊，也許他可以賣掉它，換得一杯暖身的白蘭地。他的網絡在此刻又値多少錢？此刻的他是個飢寒交迫的流浪漢，踟躕於密西根大道，憎恨著吹入他破舊衣服底下的寒風。他値得一千萬？或者一億萬？他不知道，不過阿曼德一定知道。

你想要錢，丹尼爾？我會給你的，那真是小事一樁。

就在一千哩遠處的南方，阿曼德正在他們專屬的島嶼等待著——事實上，那個島嶼只屬於丹尼爾一人。只要他有個二十五分的硬幣，就可以立刻打電話告訴阿曼德，他想要回去。他們會從天而降，迎接他回去。向來都是如此，不是那一架擁有以天鵝絨裝潢的房間的大型客機，不然就是比較小的那一架，天花板較爲低垂，椅子是皮製的。在這條街道上，可有人願意給他一枚硬幣，好交換一趟飛到邁阿密的機程？恐怕沒有人肯相信。

阿曼德，現在就過來我這裡！當黎斯特在舞台上表演的時候，我要安全地與你在一起。

有誰肯匯兌這張支票？別想了！現在是早上七點，密西根大道上的絕大多數商店都關著門，他也沒有任何身分證明，因爲他的皮夾在幾天前就掉了。這個灰色調的嚴寒冬天，天空沉積著金屬色的沉默雲層，眞是令人厭惡。就連那些以大理石爲主調的商店也顯得更加面目冷峻，富豪的光華活像是博物館玻璃映照下的考古遺跡。他把手插在口袋裏取暖，當天氣更加嚴酷、天空開始落雨時，他低垂著頭。

其實他一點都不在乎那張支票，也無法想像按下電話鈕的滋味。在這裏的一切，即使是嚴寒的氣候，對他而言也是失眞的。唯一的眞實是那場夢境，不斷逼臨而來的災禍感。也就是說，吸血鬼黎斯特製造出一些連他都難以想像的事端。

必要的話，就在垃圾桶搜刮食物；即使是公園也是可以用來入睡。那些都無所謂。但是，如果他橫躺於戶外，一定會凍死的。何況，那個夢境也會出現。

只要他閉上眼睛，它就會反覆出現。每一次的再現，都更加地逼眞詳盡。那對紅髮的雙胞胎是如許美麗溫柔，他不想要聽到她們痛苦的尖叫聲。

第一次的夢境出現時，在旅館的他完全忽略不管，認爲毫無意義可言。他繼續閱讀黎斯特的自傳，不時瀏覽著黑白電視螢幕上出現的黎斯特錄影帶。

他被黎斯特的外觀所眩惑。要扮演成一個人類的搖滾樂手，眞是再簡單不過的事。犀利的眼神、強健而纖細的肢體，以及那淘氣的笑容。但是你無法確認他，可能嗎？他從未眞正見過黎斯特。

不過，他卻是研究阿曼德的專家，研讀著阿曼德那具年幼身軀與面孔的每一道細節。噢，在黎斯特的自傳中看到關於阿曼德的情節，眞是令人暈迷的愉悅哪！他一邊遐想著，是否黎斯特的惡毒口舌與讚頌般的分析讓阿曼德震怒不已？

丹尼爾目瞪口呆地看著電視上的錄影帶，它將阿曼德塑造成一個古老世代的吸血鬼聚會所主人。就在巴黎墳場的附近，他帶領著旗下的吸血鬼實踐惡魔崇拜的儀式，直到黎斯特那個不信奉偶像的異端出現，摧毀古老的信念。

阿曼德一定恨死這些，他私人的歷史一舉變身爲螢幕上張牙舞爪的意象，比起黎斯特悉心書寫的自傳更加粗陋。阿曼德的雙眼永遠會射穿周遭的活人，拒絕談及不朽者的種種。他不可能不知道那些事蹟。

這些都是爲了大賣特賣——就像是某個人類學者出賣他做田野的部落，將論文變成一本平裝暢銷書，銷售部落的祕密，只為了要爬上暢銷書排行榜。

就讓這些惡神彼此征戰吧！他這個人類曾經攀上山頂，目睹他們舉劍相向。如今他已經被諸神謫貶回來。

第二夜的夢境變成一場清晰無比的幻異迷境。他知道，這不可能是自己的想像創造。他從未看過這樣的人們，也未曾見識過以骨頭與木材製作的飾物。

第三夜，當夢境前來時，他正在看第十五次的黎斯特錄影帶——這一卷是關於古老無倫的、埃及產的吸血鬼父王與母后，稱之為「必須被守護者」。

阿可奇與恩基爾
我們是你們的子民
然而你們賜予我們的是何物？
你們的沉默？
比真相更美好的禮物？

然後，丹尼爾開始做夢。雙胞胎即將展開那場饗宴，她們行將分享土製盤子上的器官。其中之一會食用心臟，另一個會吞噬腦髓。

他被某種厭惡驚懼的感覺弄醒。某種無比的恐怖將會發生，發生在我們身上……當時他首度將這個夢境與黎斯特連接起來。當時他想要立刻撥電話，那是邁阿密的清晨四點。為何他當時沒有這樣做？阿曼德應該會坐在別墅前的臺階，看著夜之島的船隻來回擺盪航曳。「丹尼爾嗎？」那個感性、富有催眠力量的聲音會說：「平靜下來，告訴我你在哪裏，丹尼爾？」

不過，丹尼爾沒有打電話。自從他離開夜之島已經有六個月，而這一回應該是一去不返。他已經發誓要拋捨那個地毯皮裘、高級房車與私人飛機的世界，不管那些典藏各種美酒與華貴衣物的房間，離開那個能夠給予他一切世間奢華的不朽情人。

然而，現在的他既冷又餓，沒有房間也沒有錢。而且他很害怕。

你知道我在何處，你這個惡魔。你也知道黎斯特幹了什麼好事，而你更知道我想要回去。

阿曼德會怎麼回答？

不過我並不真的知道，丹尼爾。我傾聽一切，嘗試要知道所有的事。我並非上帝，丹尼爾。

別在意這些，只要過來找我就是了。阿曼德，快過來吧。芝加哥既冷又暗，明天晚上黎斯特就要在舊金山的舞臺登臺獻唱。很糟糕的事情即將發生，我這個人類就是知道這些。

丹尼爾保持相同的行走速度，一邊從破爛上衣的領口掏出那個沉重的黃金項鍊——他的銘記標誌，阿曼德以他一慣難以抗拒的戲劇性身段如此宣稱——懸掛於項鍊上的護身符承裝著阿曼德的少許血液。

假若他從未品嚐過阿曼德的血，還會遇到這樣的夢境、異象，以及破滅的預感？

行人紛紛回頭看他。他又開始對著自己說話，不是嗎？風勢讓他大聲嘆息，他在這幾年來從未像現在一樣，只想打破那個護身符，讓其中的不朽之血流通體腔。阿曼德，快來吧！

中午的時候，那個夢境帶來最劇烈的警示。

他坐在靠近水塔地的某個小公園。某一份報紙被遺留在長椅上，當他打開時，看到那個廣告：「明天晚上，吸血鬼黎斯特將於舊金山活生生地演唱！」在芝加哥的十點鐘開始，有線電視將會開始現場轉播。對於那些舒適地活在屋內、付得起房租，還有電力的人們而言，眞是太棒了。他想要大笑出聲，揭示這件事情，爲此感到狂喜，但是黎斯特將這些都壓制下來。那份寒顫通過他的身子，化爲深沉的驚嚇。

如果阿曼德什麼都不知道呢？但是，夜之島的音樂店一定在櫥窗擺設出吸血鬼黎斯特的作品。在那些優雅的餐館裏，也一定隨時播放著那些毛髮豎立、深具感染力的歌曲。

丹尼爾也考慮過一個人出發，前往加州。當然，他可以施展一些奇蹟：從旅館那裏取回護照、帶著身分證明進去任何一家銀行……這個可憐的人類男孩相當富有，非常地富有……

但是，他怎能想像如此過分的事情？當他躺在長椅上，太陽溫暖地曬著他的面孔與肩膀。他把報紙捲起來，做成一個克難枕頭。

然後，就是那個一直伺機以待的夢境……

在雙胞胎的世界，日正當中。陽光洗清了一切，四周鴉雀無聲，只除卻小鳥的鳴叫。

雙胞胎安靜地跪在塵埃，眞是一對白皙的女子。她們的眼睛翠綠、頭髮長而鬈曲，色澤宛如紅銅。她們的衣服質料很好，是村民們從尼涅文的市場中買來，用以禮讚這對法力高明、就連精靈也屈膝服從的女巫。

葬儀的盛宴已經準備妥當。土製的鍋爐已經破損、清理乾淨，屍體躺在滾燙的石製臥鋪上，黃色的汁液從焦脆的皮膚上流淌而下。那具屍體是一個只覆蓋著樹葉的黑色物體，丹尼爾感到恐怖異常。

但是，這樣的奇觀並沒有嚇到那些在場的人們，無論是女巫，或者是期待饗宴開始的村民。

這樣的饗宴是女巫的權利與責任。**那具躺在石床上的焦黑屍體是她們的母親**，凡是人類就必須與人類同在。饗宴的時間長達一天一夜，不過每個人都會目不轉睛地守候著一切，直到結束爲止。

一陣亢奮的情念流過圍觀的人群。雙胞胎的其中之一舉起盤子，上面裝著連帶眼珠的腦髓，另一個舉起裝著心臟的盤子。

如此，分割已經完成。鼓聲揚起，不過丹尼爾看不見鼓手。緩慢、饒富韻律，粗暴殘忍。

「且讓盛宴開始！」

但是，猙獰的呼喊聲出現，正如同丹尼爾知道它將會出現。**阻止那些士兵**！不過他知道自己沒有辦法。他並不確定這一切發生於何處，這並非一場夢境，而是異象，但他自己並不在場。士兵進駐聖地，村民四處逃逸，雙胞胎放下盤子、將自己投身於冒煙的祭典。這眞是無比的瘋狂。

士兵毫不費力地扯碎一切。屍體從石床上掉落，撞成無數的碎塊，心臟與腦髓摔入灰燼之中。雙胞胎不住地慘叫。

村民們也在哀嚎，因爲士兵對他們舉刀相向。死者與垂死者散落於山丘小徑，母親的眼珠從盤子掉落到泥土地，而這些器官——包括腦髓與心臟——都横遭踐踏。

雙胞胎的其中之一呼喚著精靈乞求報復，她的手臂被拉到身後。精靈前來助陣，但似乎不夠有力。那是一陣暴風，但還是不夠。

眞希望夢境就此結束，但是丹尼爾無法醒來。

一片寂靜，空氣中布滿煙霧。在這塊人們生活過好幾世紀的土地上，沒有任何東西留下來。土製的磚塊被粉碎，鍋具也被摔破，可以被焚燒的都被燒毀。嬰兒的咽喉被割開，躺在地上等待蒼蠅的侵略。不再有人能夠燒烤這些屍體，也不會有人來享用這些血肉。連同所有的力量與神祕，他們就這樣地從人類歷史上銷亡。豺狼在一旁躍躍欲試，士兵也已然離開。雙胞胎在哪裏？他聽得見她們的哭喊，但卻看不見人影。就在那個靠近沙漠的谷地，有一條小路正被強烈的暴風侵襲。精靈們將暴風雨召喚而來。

他的眼睛張開來，看到芝加哥、中午時分的密西根大道。如同燈光熄滅，夢境也消逝不見。他坐在那裏發抖出汗。

有架收音機在離他不遠處播放音樂，黎斯特的迷魅傷逝嗓音正在唱著「必須被守護者」：

母后與父王
繼續緘默下去吧
守住你們的祕密
但是，擁有舌頭的那些人啊
唱出我的歌曲吧

兒子與女兒
黑暗的孩子們
運用你們的聲音
唱出一道合聲
讓天堂也聽得見我們

兄弟姊妹們
一起過來吧

他站起身來開始走動。最好可以走到水塔廣場，那裏就像是夜之島，充滿各種目眩神迷的商店，永無止境的音樂與燈光。

現在已經將近八點，他不斷地到處行走，企圖避開睡眠與惡夢。下一回的夢境又會是如何？他是否即將發現她們的生死？我的美人兒，可憐的美人兒……

他停下來一會兒，背對著風，傾聽著某處的鐘聲，然後盯住某家骯髒餐館收銀機上的時鐘。沒錯，此時的黎斯特應該已經從西海岸醒過來。有誰和他在一起呢？路易斯也在嗎？演唱會只剩下大約二十四小時左右，災難迫切地逼近。**阿曼德，請你快點過來！**

風勢狂暴地吹拂著他，將他從人行道吹離數步，任他發抖不止。他的雙手已經凍得痲木，在他的生命中可曾感到這等寒冷？他遲鈍地跟著人群穿過密西根大道的馬路，看到對街的一家書店櫥窗，在那裏陳列著《吸血鬼黎斯特》這本書。

阿曼德一定看過這本書，以他那種古怪而恐怖的閱讀方式，不假停頓地翻頁、眼光掃描著一字一句，直到看完全書，將書本扔到一旁去。像他這樣的生物，爲何同時閃耀著這等美色以及散逸出這等……令人排斥的特質？不，他必須承認，自己從未討厭過阿曼德，他所感受到的只是不斷增強而且愈發絕望的慾念。

書店裏的某個女孩拿起黎斯特那本書，透過櫥窗看著他。他的呼吸造成玻璃上的一片水蒸氣。**甭擔心，我親愛的。我可是個大富豪，可以買下這整家書店給你當作禮物。我是某個島嶼的擁有者，也是惡魔的寵兒，他會應允我的每個願望。想要挽起我的手臂嗎？**

佛羅里達的海岸昏暗了好幾個小時，可是夜之島早就閃閃發光。

打從日落開始，商店、餐廳、酒吧都開始營業，打開它們毫無瑕疵的巨幅玻璃——就在那棟奢華的五層大樓。銀色的電梯也開始低吟啓動。丹尼爾閉上眼睛，設想著玻璃牆垣在碼頭上翩然升起的光景。他幾乎可以聽到噴泉舞動的聲響，看到永遠脫離時節的水仙花與鬱金香花床，並且聽見那飽富催眠力的音樂，如同一顆在底處震動的心臟。

阿曼德現在八成在別墅的一些燈光昏暗的房間漫遊，讓鐵門與石牆爲他隔開觀光客與商店。他們的別墅是一棟有著一整層樓玻璃與廣闊陽台的宮殿，被白色的沙灘拱立著。它既孤絕於外界，但也貼近那振動不休的驛動，巨大的客廳面對著邁阿密海灘的閃亮燈光。

又或許他從某一扇隱蔽的門跑出去，進入公共的廊道。他稱之爲「在人類之中生活與呼吸」，這就是他與丹尼爾所建造起來的私密宇宙：安全、自給自足。阿曼德愛透了海灣吹來的溫暖微風，夜之島永續不絕的春天。

一直到黎明破曉，燈光才會熄滅。

「派一個人來接我吧，阿曼德，我需要你！你不也想要我回家去嘛。」

這種情況已經發生過無數次，不需要有奇異的夢境，或是黎斯特在錄音帶與錄影帶上展現他魔鬼的嘶吼。

本來一切都好，直到丹尼爾感到非得遊走於各個不同的城市，行走於紐奧爾良、芝加哥，或是紐約的人行道上。接著是突如其來的斷裂感，他領悟到自己呆坐許久，或者他會從某張不乾淨的床上驚醒，害怕莫名，無法記得所居留的城市，以及之前待過的地方。然後車子會過來迎接他，自用飛機將他載回去。

這是不是阿曼德幹的好事，逼得丹尼爾間歇性發狂？他是否被某種陰毒的魔法所困，被榨乾每一滴樂趣的泉源、每一絲生命的實質，直到他眼巴巴地渴望那輛熟悉的轎車來帶他到機場？至於那個接送的男人，他從未被丹尼爾的襤褸模樣嚇到。

直到丹尼爾終於回到夜之島，阿曼德當然會矢口否認。

「因爲你的慾望所致，你才會回到我這裏，丹尼爾。」阿曼德總是冷靜地這麼說，臉龐充滿光輝，眼眸裏愛意滿溢：「現在你所擁有的只剩下我，你自己也知道，瘋狂就在門外埋伏等候。」

「老調重彈。」丹尼爾總也這麼回答。那些要命奪魂的奢華——柔軟的床褥、音樂、遞到手心上的酒杯。房間裏總是擺滿鮮花，他的飲食裝盛在銀製托盤。」

阿曼德仰躺在一張黑色天鵝絨製的沙發椅上，目不轉睛地看著電視。穿著白色長褲與絲製襯衫，他像是希臘神話中的美少年甘尼梅德。他看遍新聞節目、電影、自錄的閱讀詩集影像、愚蠢的搞笑劇、劇情片、音樂劇、默劇等等。

「進來吧，丹尼爾，坐下來。我沒想到你這麼快就回巢。」

「你這個狗娘養的東西，」丹尼爾會這麼說：「你要我回到這裏，所以你召喚我。我無法吃睡，什麼都做不了，只是整天晃盪，心裏想的都是你。這是你造成的。」

阿曼德會微笑，有時大笑。他的笑聲充滿感懷之意、也不乏幽默，聲音甜美可人。當他笑著的時候，就像是個人類。「冷靜下來，丹尼爾，你的心跳非常劇烈。我會感到害怕。」他光潔的額頭出現細小的紋路，聲音因爲悲憫而低沉：「告訴我你想要些什麼，我會爲你辦到。爲何你總是不斷地逃跑？」

「一堆謊言，你這個雜種。說什麼你想要我，你只會永遠折磨我，看著我氣絕，而你會覺得很有趣，不是嗎？路易斯說的都是眞的，你眼睜睜地看著你那些人類奴隸死去，他們對你根本沒有任何意義。當我死去時，你甚至會觀望我臉色的轉變。」

「那是路易斯的版本，」阿曼德耐心地說：「不要再引用那本書的字句好嗎？我寧願自己死去，也不要你死。」

「天殺的，那就給我吧！不朽就在眼前，近在咫尺。」

「不，丹尼爾。我寧願死去也不會這麼做。」

即使不是阿曼德造成丹尼爾的瘋狂，至少他總是知道他的行蹤。血液彼此牽繫對方，他聽得見丹尼爾的呼喚。寶貴的超自然之血在他體內焚燒著，只足以發動那些夢境，以及對於永生的渴念，讓壁紙上的花朵唱歌起舞。他絕不懷疑，阿曼德總是找得到他。

就在早期，尚未交換過血液之前，阿曼德能夠以狡獪的精確度追蹤丹尼爾。世間之大，竟沒有他藏身之所。

就在十二年前的紐奧爾良，震顫而挑動心弦的首次會面：丹尼爾進入花園區一棟搖搖欲墜的老房子，立刻就知道那地方是吸血鬼黎斯特的密窖。

十天前的晚上，就在訪問過路易斯、因為最後的對質場面而魂飛喪膽，他離開舊金山。路易斯最後的擁抱是發揮他的超自然能力，將丹尼爾吸乾到瀕死的地步。圓孔般的傷口已經癒合，但是這段回憶卻讓丹尼爾幾欲瘋狂。由於高燒與不時的暈迷失神，他一天只能旅行幾百哩路。就在路邊的汽車旅館，他強迫自己補充體力，同時把那一堆錄音帶備份，將筆錄的完稿寄給紐約的某家出版社。就在他踏入黎斯特的地盤之前，那本書已經在製作中。

然而，和那個黯淡幽冥的遙遠世界相較，出版這檔子事不過位居其次。

他非得找到吸血鬼黎斯特不可，那個造就路易斯的邪魔，他還深藏於這個潮濕、頹靡而美麗的古老城市，等待著丹尼爾這樣的人來喚醒他，將他帶入這個曾經驚嚇他、使得他入土深眠的世紀。

那是路易斯的願望，千眞萬確。不然他幹嘛給一個人類這麼多線索，好讓他挖掘到黎斯特的藏身之處？不過有些細節卻是不正確的，這可能是路易斯內心的天人交戰嗎？那終究是不重要的，就在公共紀錄的資料，丹尼爾找到不動產的所在地，以及詳細的地址，那都是登錄於黎斯特．狄．賴柯特的名下。

鐵製的大門甚至沒有上鎖。一旦他闖過雜草叢生的花園，他輕而易舉地拆除前門那道生鏽的鎖。

當他進門時，手上只拿著一把小巧的手電筒。月光高懸，透過橡木樹的葉梢四處灑射。他清楚地看到成疊的書本堆到天花板上，每一間房間的四面牆壁都是如此。沒有人類能夠做到這種瘋狂又有效率的事情。就在樓上的臥房，他跪下來，在灰塵遍布的地毯上發現一把金懷錶，鑲刻著黎斯特的名字。

那個令他悸動發寒的時刻！就在那一刻，鐘擺從所知的向度擺盪開來，滑向嶄新的激情——從此以往，他將不惜追獵這些蒼白致命的生物，直到世界的死角。

在早期的時候他最想要些什麼？他可是想要擁有生命的終極祕密嗎？當然，他無法從這等知識獲取到任何事物，也不想從那個洞察一切的存在體身上得到什麼。不，他只想要脫離所愛的一切，他渴望路易斯那個狂暴而官能的世界。

這就是**邪惡**。而他再也無所畏懼。

或許他就是那個失落自我的探險家，穿越遍野叢林，突然看到神殿的門扉在眼前浮起，連同浮雕上的蛛網與藤蔓。無論他能否生還歸去、敘述這個故事，眞相已然彰顯於他的眼底。

但是，他多麼盼望那扇門能夠更加開啓，讓他看到更多的美景。只要他們能夠讓他進門！也許他只是想要長生不死，但可有任何人能夠責怪他？

站在黎斯特屋子的廢墟，他感到安全且美好，雖然野玫瑰的枝蔓爬滿窗戶，四柱的床鋪化爲一尊骨架，帷幕與布料早已腐化。

逼近這些幽冥族裔，以及他們美妙的黑暗，那攝人心魂的陰鬱。他愛死那絕望的模樣，破敗的椅子上殘存些許雕飾、天鵝絨的碎片、爬行的蟲隻蝕去地毯的餘留部分。

但是，光是那個神聖的遺留物就是一切。那隻金錶刻鏤著不朽者的名號。

過一會兒，他打開了衣櫥，裏面的黑色外套一經碰觸便碎成無數塊。老舊蜷曲的靴子躺在地板瓷磚上。

然而，黎斯特，你就正在此地！他把錄音帶拿出來，從第一卷開始播放，路易斯的聲音在陰影幢幢的房間柔和地響起。不知道多少小時經過，錄音帶一逕播放著。

接著，就在日出之前，他看到一個形體出現於門廊，知曉那個人刻意要自己看到他。他看到月光墜落在那個男孩般的面容與褐色的頭髮。剎那間，大地搖撼、黑暗君臨一切。他口中唸著的最後名字是阿曼德。

當時他早就該死去。難道是一時的惡戲讓他活命？

就在陰暗潮濕的地下室，他輾轉醒來，水漬從牆壁間滲出來。獨自存留於黑暗，他發現一扇磚砌的窗戶，以及加上鐵條的上鎖大門。

足堪告慰的是，在這個隱密的神殿裏，他發現了另一個黑暗神祇。阿曼德，路易斯所能找到的最古老不朽者，十九世紀的巴黎「吸血鬼劇場」的魔殿主人。他把自身的恐怖祕密告知路易斯：關於吾等的起源，一切皆是混沌無明。

日以繼夜，丹尼爾只能躺在這間囚房，無法分辨一切。他已經瀕臨死亡，自己的尿液氣味讓他作嘔，蟲子讓他發狂。他的狂熱是如此的宗教性，逼臨著路易斯所告知他的眞相。徘徊於夢境與現實之間，他夢見路易斯就在舊金山的那個小房間與他談話。**像我們這樣的物種，自始至終都存在著**。路易斯抱著他，當他讓丹尼爾看見嘴裏的獠牙時，綠色的眼眸乍然變暗。

第四夜，丹尼爾醒過來的時候，知道有個東西就在這裏。門被打開，水流從不知名的地底冒出來。慢慢地，他的眼睛適應了門口的髒污綠色光澤，然後他看到那個蒼白膚色的形體就倚牆而立。

黑色西裝與硬挺的白襯衫毫無瑕疵，宛如完美擬仿的二十世紀紳士，褐色的頭髮剪短了，即使在黯淡的光色下，玻璃般的指甲閃爍發光。如同棺柩裏的屍身：如此地荒蕪，但也裝置完美。

他的聲音帶著某種柔和的尾音，不是歐洲語系，某種同時更尖銳也更柔和的語音，或許是阿拉伯語或希臘語一般的音樂。他的話語毫無火氣。

「滾出去吧，把那些錄音帶也拿走，都在你的身邊。我知道你那本書，不會有人相信的。現在你可以走了，把東西也都帶走。」

所以你不殺我？**也不打算迎我入吸血一族**？這眞是窮途末路的愚蠢想法，但他就是無法克制。他見識過此等力量，既不是謊言、也不是狡詐。他察覺到自己在哭泣，被恐懼與飢渴弄得軟弱不堪，簡直是個孩子。

「將你變成同族？」口音變得更深，爲那些話語帶來力量。「我幹嘛要這樣做？」他的眼睛瞇起：「我不會對那些我所鄙棄的人施加這等法術，他們轉眼間就會搞砸一切。我又何必對你這個純眞的傻瓜這麼做？」

我想要，**我要永遠活著**。丹尼爾坐起來，慢慢地站起身子，掙扎著想看清楚阿曼德，在遠方的大廳有個微弱的燈泡發亮著。**我想要和路易斯與你在一起**。

輕柔但意味輕蔑的笑聲：「我明白他爲何挑選你擔任他的告解者。你既天眞又可愛，但也許美貌是唯一的理由，你知道。」

他沉默不語。

「你的眼色相當特殊，幾乎是紫羅蘭的顏色。而且，你既充滿頑抗之色、也柔順得很。」

讓我不朽，賜予我這份贈禮！

又是笑聲，不過有些哀傷，在同樣的遠處水流不斷響起。房間變得可見，是一間汙穢的地下室。眼前的形體愈發類似人類，皮膚上甚至現出粉紅光暈。

「他告訴你的皆屬實情，但不會有人相信你。沒多久你就會因爲這等知識而發瘋，向來都是如此。但是，現在你還沒有失去神智。」

不，這都是真實發生的事情。你是阿曼德，我們正在交談，而且我沒有發瘋。

「沒錯，我覺得很有趣。最有趣的是你竟然知道我的名字，而且還活著。我從未將名字透露給任何活人。」阿曼德猶疑了一下：「我不想殺你，現在還不想。」

丹尼爾首度有些害怕。如果你仔細觀察這些物種，你會知道他們究竟爲何物，就像是與路易斯交手的那一次。他們不是活人，而是擬仿活人的猙獰怪物。眼前的這一位則是仿效年輕男孩的發亮樣本。

「現在我要放你走，」阿曼德輕柔有禮地說：「不過我打算跟蹤你到每個地方。只要我覺得你還算有趣，就會讓你繼續活命。但是，也許我會失去興致，就這樣做掉你。每種情況都有可能，你必須自求多福。又或許你可能逃得掉我的追蹤，我自有其侷限。你可以到世界的任何一處，而且白天也可行動。現在就走，我要看著你跑開。我想要看你會做些什麼，你是何等人物。」

趕快，開始跑吧！

首先是里斯本的早班飛機，手中緊握著黎斯特的錶。過了兩夜他就到馬德里，赫然發現阿曼德就在他搭乘的巴士上，坐在他的旁邊不遠處。一個星期後在維也納，他從咖啡店的窗戶往外看去，阿曼德剛好在對街口盯著他看。就在柏林，阿曼德溜進他乘坐的計程車，坐在那裏瞪著他瞧，直到丹尼爾跳出車外，趁著人車雜沓的當口溜走。

幾個月後，這些沉默的面面相覷轉變爲更激烈的攻勢。

半夜時分，他在布拉格的某間旅館醒來，發現阿曼德就在他的床邊，瘋狂而暴躁。「和我談話！我命令你這麼做。醒來，爲我介紹這個城市。爲何你要到這個地方來？」

在行經瑞士的一班火車上，他突然看到阿曼德就在對面看著他，毛皮大衣的領口高高翻起。阿曼德將他手中的書本搶過去，堅持要他解釋何以閱讀這本書，封面的圖畫又做何解釋？

在巴黎的夜晚，無論是大街或暗巷，阿曼德都不放過他，不時停下來質問他爲何要去某個特定的地方，要做些什麼。他從威尼斯的旅社窗口望出去，看到阿曼德就在對街。

有好幾個星期過去，不再有阿曼德的造訪。丹尼爾擺盪於恐怖與詭異的期待，不經旋踵，阿曼德就在紐約的機場守候他。接下來在波士頓，當丹尼爾進去餐館用晚餐，阿曼德也在裏面。請坐下，丹尼爾的晚餐已經點了，可知道《夜訪吸血鬼》已經擺在書店的架上？

「我必須招認，這種小小的惡名還眞是有趣得緊。」阿曼德帶著優美的禮儀與邪門的微笑說：「令我困惑的是你竟然不要這等名聲！你並未把自己放在『作者』的頭銜，這代表著你可能相當有教養、或者是個懦夫。任何一種情況都不怎麼好玩。」

「我並不餓，我們還是走吧。」丹尼爾微弱地應著。可是沒多久，一道道的菜餚就被安放在桌上，每個人都瞪著他們瞧。

「我不知道你的喜好，」阿曼德招認，笑意撩人：「所以我把菜單上的每一項都點了。」

「你以爲這樣就可以讓我抓狂，是吧？」丹尼爾大吼：「你辦不到的，告訴你吧，每一回我看到你，我可以肯定你並非我的幻想，而且我神智清明。」他開始惱怒而貪婪地吃起來——一點點魚、一點點牛肉、一點點蔬菜、一點點甜豆、一點點起司，每一種食物都混合著吃，他才不在乎呢！阿曼德開心極了，笑得像個學童，交叉著雙手看著他吃。那是丹尼爾第一次聽到那柔軟如絲絹的笑聲，如此地惑人。他立刻就陶醉其中。

他們的會面變得愈來愈漫長。交談、較勁，以致於當場的爭執，成爲他們的遊戲守則。有一回在紐奧爾良，阿曼德將丹尼爾拖下床去，對他大吼著：「我要你打電話到巴黎去，我要看看是否眞的能夠辦得到。」

「老天爺，你自己撥電話！」丹尼爾回擊他：「你活了五百年還不會打電話？看看說明書不就得了？你這樣算什麼？一個永生不死的白癡？」

阿曼德看上去是多麼地震驚呀。

「好吧，我會幫你打電話到巴黎，但你要付費。」

「那當然。」阿曼德無邪地說著，從口袋裏掏出一疊百元大鈔，散落在丹尼爾的床上。

在這些會面當中，他們開始爭議著哲學命題。他想知道丹尼爾對於死亡的看法，還活著的人能夠知道這些事情嗎？丹尼爾可想要知道阿曼德眞正害怕的是什麼？

當時是午夜，丹尼爾喝醉酒而且筋疲力竭，早在阿曼德找到他之前，他就在劇場睡著了。他才不管這些話題呢！

「我會告訴你我所恐懼的事物，」阿曼德如同一個緊張的年輕學生：「就在你死了以後，那無可捉摸的混亂，那場永遠醒不過來的夢境。設想看看，就在意識的汪洋載浮載沉，用盡全力想要記起你是誰，你曾經是什麼。試想看看，不斷地努力回想活著的光景……」

這讓丹尼爾害怕起來，其中的滋味皆爲眞實。不是有一些傑出的靈媒能夠和有力的靈體交談嗎？他怎麼曉得這些呢？也許當你死去，就是一片空無荒渺。阿曼德被這一點嚇壞了，無法掩藏其中的悲痛。

「你不覺得我才是被嚇壞了?」丹尼爾問眼前那個白皙的人影:「我還有多少時日?你可以觀察得出來嗎?告訴我吧。」

當阿曼德把他從王子港口叫醒,這回他想討論的是戰爭。這個世紀的人是如何看待戰爭的?丹尼爾可知道,阿曼德變成吸血鬼的時候,不過是個孩子?就當時的標準,十七歲相當年幼。二十世紀的十七歲青少年簡直是活脫脫的妖獸,他們長出鬍鬚、胸口長毛,不過還是小鬼。在古老的時代,孩子必須像大人一樣地工作。

不過先別離題,重點是,阿曼德並不曉得成人的想法。當然他明白魚水之歡的滋味,當時的孩子都熟諳感官的享樂。但是,他不理解的是眞正的巧取豪奪。他之所以殺人,是由於遵循著吸血鬼的自然之道,血液是無法抗拒的。但是,人類爲何無法抗拒戰爭?想要以武器重擊他人的慾望到底是什麼?破壞的生理衝動又從何而來?

在這等節骨眼,丹尼爾總是盡力回答。有些時候,人們必須透過銷毀另一個個體的存在,從而印證自身。阿曼德一定知道這些吧。

「知道?如果你不瞭解這些,光是知道又有什麼用?」阿曼德反問著,他的口音因爲亢奮而更形尖銳。「如果你無法從一個階段進行到下一個階段,那又有何用?你可知道,那就是我無法辦到的。」

當他在法蘭克福找到丹尼爾,這回的話題是歷史的本色。要對於各種事件提出言之有理的解釋,本身即是不可能的,雖然那也不是謊言。眞相不可能被普及化,但是,沒有這些解釋而從事一切,也是不可能的。

到後來,這些會面也不完全是一面倒。就在新英格蘭的一家小旅館,丹尼爾因爲阿曼德的呼喚醒來,要他儘速離開旅社。不到一小時之後,火災就吞噬整個旅館。

另外一次是在紐約,他因爲酒後鬧事被捕,阿曼德將他保釋出獄。一旦飽飲鮮血,他看上去活脫脫就是人類,像個身穿三件式西裝與筆挺長褲的年輕律師。他將丹尼爾護送到卡萊爾大飯店的一間套房,趁他睡覺時留下換洗的新衣服，並在口袋裏放著一個裝滿現金的皮夾。

最後，歷經一年半的狂亂生涯，丹尼爾開始反過來質問阿曼德，那些古老的歲月究竟是何等風采？那時候的威尼斯是什麼模樣？如果給他看一部以十八世紀爲背景的電影，阿曼德挑得出其中的毛病嗎？

不過，阿曼德並沒有什麼反應。「我無法告知你這些事情，因爲我壓根就沒有經歷過它們。你知道嗎，我沒有組織起零碎知識的能力，只能夠憑藉著冷淡的張力而及時處理一切。當時的巴黎是什麼樣子？與其這麼問，不如問我在一七九三年的六月五日是否下雨。或許我還記得這一點。」

然而在其他的時光，他急促地講述著周遭發生的各色事物，談論到這個世代的怪誕潔淨，以及萬事萬物可怖的加速度。

「看哪，那些在一個世紀之內就被陸續發明出來的無用之物——無論是蒸氣船，或者是鐵路，都取代了六千年來持續不墜的抬腳奴隸與馬匹。如今，舞廳的女郎可以買得藥劑，殺死她恩客灑在她體內的種子，還可以活到人老珠黃、安居於潔淨美觀的屋子。但是，不管那些時代劇電影、或是任何一間超級市場所販賣的平裝歷史小說，人們都不可能企及眞正的歷史記憶。即使是社會問題，也都是相較於子虛烏有的『常態性』才得以成立。人們誤以爲自己被剝奪了奢華的享受以及平靜的生活，可是這些東西從未平均普及地施加於大眾身上。」

「但是，告訴我你那個時代的威尼斯……」

「告訴你什麼？它很骯髒或是很美麗？大眾穿著破爛衣衫、牙齒腐壞而呼吸惡臭，在公共處刑的場所大笑？你想要知道關鍵性的差異點嗎？在目前的當代，我們活在驚人的孤寂當中。好好聽我說，當我還是活人時，我們六、七個人擠一間房，街道上總是集結著無數的生命。現在的話，就在高樓大廈的頂端，不智的人們營造自己的隱私，透過電視螢幕來向遠方的世界進行接觸。如此的孤寂，必定造就出某種普遍性的人類共識，某種古怪的懷疑論。」

丹尼爾發覺自己被阿曼德的話所眩惑，想要把這些記錄下來。不過，阿曼德一直在恐嚇丹尼爾，他必須不斷逃命。

他已經忘記自己在停止亡命之前，到底流逝了多少時光。然而，那一夜實在是永誌難忘。

自從遊戲開始，四年的時間已經過去。那年夏天，丹尼爾在義大利的南部度過一個悠閒的假期，他的惡魔友人並未造訪過他。

就在一間距離龐貝遺址不遠處的廉價旅館，他寄宿其中，夜以繼日地閱讀、寫作，試著要找出那抹超自然的幽光施加在他身上的法力。而他必須再度學習欲求、前瞻，以及夢想。在這世上，不朽的生命確實可能到手。雖然他明知確鑿，但假若不朽並非他所能擁有？

白天的辰光，他行走於古羅馬世代的殘破遺骸。當夜晚的明月高懸，他獨自在那裏漫遊。看樣子，他的神智已經恢復清明，而生命的種種感知也即將歸來。當他手捻綠葉，嗅到它們的新鮮氣味。當他仰頭看著星辰，感到哀傷大於憎怨。

然而，在某些時候，他渴欲著阿曼德，猶如某種不飲用就活不下去的靈藥。這些年來在他體內燃放的幽冥能量已經渺無蹤影，他時而夢見阿曼德就近在身側，但醒來時只好傻傻地哭泣。之後清晨來臨，雖然他還是哀傷，但也平靜下來。

後來，阿曼德的確回來了。

當時大概是晚上十點左右，義大利南部的天空是一片澄澈的藍光。丹尼爾行走於龐貝遺跡與「神祕別館」的小道上，暗自希望不會有警衛把他趕開。

一旦他進入那古老的屋子，某種沉靜的氛圍於是降臨。沒有警衛、沒有任何活人，只有突然出現於入口的阿曼德。又是阿曼德！

他安靜地從黑暗中潛入月光，看上去是個穿著骯髒牛仔褲與破爛T恤的男孩，伸出雙手抱住丹尼爾，親吻他的臉頰。如此溫暖的肌膚，充滿著殺戮之後的新鮮血液。丹尼爾依稀還可以嗅到，生命的香味還是環繞於阿曼德身上。

「想要進來屋內嗎？」阿曼德低語著，他能夠破解任何門鎖。丹尼爾顫抖著，幾欲掉淚。這又是爲何而來？看到他、觸摸他的滋味太過於歡愉，要命，該死的他！

他們一起進去黑暗、天花板很低的房間。阿曼德的手臂環繞著丹尼爾的背部，帶來奇異的慰藉。這等親密，不就是這樣嗎，我的祕密……

祕密情人。

沒錯。

接著，站在餐廳前、儀式性的壁畫大約可見的黯淡光色下，丹尼爾感到突然的覺悟：他不會就這樣殺死我。他不會把我轉變爲同類的一員，但也不會就這樣殺掉我。這段舞步不會就此結束。

「然而，你怎麼會不知道這一點？」阿曼德閱讀到他的心思，告訴他說：「我愛你。如果我沒有愛上你，早在許久之前就已經殺了你。」

月光灑滿木製的格子窗。壁畫上的人物就在乾涸血色的襯映下，變得栩栩如生。

丹尼爾瞪視著眼前的那個生物，類似人類但卻不是人的東西。在他的意識流，某種驚悚的流動正在進行。他看到那個東西就像是巨大的昆蟲，吞噬上百萬人命的終極邪惡生物。然而他卻愛戀著這東西，愛著他的柔軟白膚與褐色大眼睛。他並不是因爲對方看起來像個溫柔的年輕人而愛他，而是因爲他是如此的恐怖驚人、但又是如此地美麗。就像是人們愛上邪惡，他因爲對方深入他靈魂骨髓的況味而愛著他。試想看看，任意恣行的殺伐，要取走多少生命但由己心。只要把牙齒戳入對方的頸子，取走那個生命的全部。

看看他穿的外衣：藍色棉質的襯衫、低腰的夾克，他是從哪裏得來的衣服？必定從某個獵物身上，就當殺意正盛、血液還是溫熱的時候。難怪那衣物有著鹹澀的血腥味，雖然並不明顯。他的頭髮已經剪短，在下一個二十四小時內不會再長回原來及肩的長度。這正是邪惡，也是幻境。**這正是我想要成為的形態，難怪我無法正視著他**。

阿曼德的嘴角綻現出某個若隱若現的微笑，眼睛濕潤，而且閉起來。他俯身貼近丹尼爾，將嘴唇挨近丹尼爾的頸部。

重現的感覺是，當他在舊金山的狄維薩德羅街上的小房間、與吸血鬼路易斯在一起，丹尼爾再度感到銳利的齒端劃穿他皮膚的表面。突而其來的痛楚與湧動不止的溫暖。「你還是要殺了我嗎？」愈來愈想睡，上火般的愛意。

「那就下手吧！」

但是阿曼德只是小飲幾滴，他放開丹尼爾，溫柔地壓著他的肩膀，迫使他跪下來。丹尼爾抬頭往上瞧，看到血滴從阿曼德的手腕上墜落。當他品嚐那血液的時候，體內引發出不得了的電光石火。似乎就在一瞬間，整個龐貝城充滿各種啾啾低語，某種哭嚎的聲浪，那是遠古受難者與死者的隱約印記，成千上萬的人就在煙硝與火燄中滅絕，**一起**殞滅。丹尼爾緊緊攀附著阿曼德，但是血液已經不再，只留下一嚐即逝的滋味。

「從此你屬於我，美麗的孩子。」阿曼德這麼說。

隔天早晨他在羅馬的大飯店房間醒來，知道自己再也不會從阿曼德身邊逃開。日落後不久，阿曼德就過來與他會合。他們要一起去倫敦，車子正在等著搭載他們到機場，但是還有時間可以再做一次交換血液的擁抱。「這次從我的脖子上吸取。」阿曼德低聲說道，將丹尼爾的頭抱在臂彎。無聲的悸動，燈罩下的光芒淹沒整個房間。

情人啊，這已經成爲無可擋禦的情事。

「你是我的老師，」阿曼德這麼說：「你將會悉數教導我關於本世紀的一切，我會學到許多自從創世以來的祕辛。如果你想要的話，就在太陽升起的時候沉睡，但你的夜晚是屬於我的。」

他們投入生活的汪洋巨浪當中。阿曼德是個僞裝的行家，只要在傍晚時飽飲一頓，他就能夠在各個地方扮演成人類。他的皮膚還是溫熱的，面容充滿著熱烈的好奇心，他的擁抱既迅速又熱情。

非得要另一個不朽者才能追得上他的速度，丹尼爾就在交響曲、歌劇、以及上百部阿曼德拖著他去看的電影之間打瞌睡。從翠西亞到梅菲爾的這一帶，總是有參加不完的宴會、熱鬧的聚會；在那些場所，阿曼德與學生、站在時尚頂端的女子、任何與他交談的人們議論著哲學與政治。他的眼睛因爲興奮而變得濕潤，他的聲音不再是柔軟悅耳的超自然嗓音，而像是聚會裏其他年輕男人的強硬口音。

所有樣式的衣服都讓他感到眩惑，並非因爲它們的美感，而是代表性的意義。有時他像丹尼爾一樣穿著牛仔褲與T恤，有時穿著工人的上衣、外罩一件風衣，臉上帶著墨鏡。有時當他興致一來，又穿著正式的西裝上衣、晚宴夾克、以及白色領帶。他的頭髮剪短成一般劍橋的學生模樣，有時卻又任其披散，如同天使的鬈髮。

他與丹尼爾似乎總是忙著趕場，去造訪畫家、雕塑家、攝影師，或是去看一場充滿革新創意、但卻不公開放映的電影。他們在某個黑色眼睛的年輕女士的公寓裏待上數小時，她總是播放搖滾樂、沖泡花草茶，只是阿曼德從來不喝。

每個人都喜愛阿曼德，當然啦，他是如此地「純眞、熱情、出色」。別提了，阿曼德蠱惑人心的能力連他自己也難以控制。假如阿曼德安排得當，丹尼爾就會和這些人上床，而他會在旁邊觀賞，如同一個掛著溫柔笑容的邱比特。這等被見證的激情讓丹尼爾更加情不自禁，他以無比的忘我來加入另一具軀體，由於雙重性的親密而渾然失神。然而，事後他卻滿懷空洞地躺著，憎恨而冰冷地瞪著阿曼德。

在紐約的時間，他們忙著上博物館、咖啡館、酒吧，領養一個年輕舞者，並且負擔他所有的學費與生活費。他們坐在蘇荷區與格林威治村的臺階上，只要有人加入他們，就能夠度過一段時光。他們去夜校上文學、哲學、藝術史、以及政治等課程。他們還研讀生物，買下顯微鏡，並且收集各色標本。他們閱讀天文學的書籍，在每一處他們住沒多久就替換的房屋頂樓搭上直升機。他們還去看拳擊賽，聽搖滾樂演唱會，看百老匯的戲劇。

科技性的產品迷住阿曼德，一樣接一樣。首先是廚房用的調節器，他以令人恐懼的顏色作為連結的基礎；再來是微波爐，他用來烤蟑螂與老鼠。垃圾清除器也讓他感興趣，他把成卷的紙與一盒盒的香煙餵進機器內。然後是電話：他成天打各地的國際電話，與各種不同的人類交談，從澳洲到印度不等。最後是電視機。所以，公寓充斥著迸射的光彩與跳動的螢幕。

他會迷上任何帶有藍天的場面。然後，他進攻新聞節目、紀錄片，最後是只要有錄影帶的電影，每一部都好。最後是某一部特定的電影佔據他的心思。他會反覆不斷地看著《銀翼殺手》，被那個體格強健的男演員魯格·豪爾弄得神魂顛倒——在劇中他扮演複製人的領袖，與他的人類造物主面對面，親吻他之後捏碎他的頭蓋骨。無論是骨頭破碎的聲音、或者是魯格·豪爾冰冷的藍色眼睛，都會使得阿曼德發出漫長、小惡魔般的笑聲。

有一回，阿曼德對著丹尼爾低聲說著：「那就是你的朋友、黎斯特的造型。黎斯特就是有做這種事的……怎麼說呢……這種膽識！」

繼《銀翼殺手》之後，擄獲阿曼德的是一部近乎白癡笑鬧的英國喜劇：《時空劫匪》。它的劇情是關於五個小矮人竊取了「創世地圖」，是以他們能夠旅遊在時間的洞穴之間。他們顚仆遊走於各個洞口，巧取豪奪地生活著，還跟隨著一個小男孩當作遊伴，直到他們深陷入惡魔的巢穴。

其中有一幕特別成為阿曼德的最愛：就在卡斯塔列尼的破敗舞台上，侏儒們爲拿破崙唱著〈我與我的影子〉，那一景讓阿曼德情不自禁。他失去所有超自然的架勢，完全地人性化起來，笑得直流眼淚。

丹尼爾承認那個場景具有獨到的魅力。侏儒們彼此推擠、打架，場面變得七零八落，還有那些目瞪口呆的十八世紀音樂家，不知道如何表演這首二十世紀的歌曲。拿破崙本來愕然無比，後來被逗得樂壞了。這整個場面都是不得了的喜劇天才。雖然人類能夠觀賞它的次數有限，但阿曼德可以永無止境地觀看下去。

然而，六個月之後他就捨棄了錄影帶，拿起攝影機開始拍攝自己的影片。他拖著丹尼爾行遍夜間的紐約，訪問大街上的人們。他還拍攝自己念頌義大利或拉丁文的詩篇，或者就是靜立著的畫面——就在永恆的闃暗背景，一個白色的形影出入於鏡頭的焦點之間。

在某個丹尼爾也不知曉的地點，阿曼德甚至拍下自己白晝時躺在棺材的景致，以一個長鏡頭獵取了死去般的沉睡樣態。丹尼爾覺得這眞是慘不忍睹：長達好幾個小時，阿曼德坐在攝影機的鏡頭前動也不動，看著自己的頭髮在日出時被剪短，當他閉上眼睛沉睡時又緩慢地長回來。

接下來輪到的是電腦。他用無數的磁碟片裝載自己的祕密書寫，在曼哈頓租下另外的公寓，爲的就是收容自己的文書處理機與電子遊戲設施。

最後，他迷上飛機。

丹尼爾向來是個飛行狂，從前他飛遍了整個世界來躲避阿曼德，現在他們常常一起旅行。那本來不是啥新鮮事，可是後來變成一種集中火力的探索：他們會花上一整夜的時間在飛機上度過。先是飛到波士頓，然後是華盛頓、芝加哥、然後再回到紐約——這還算是小意思呢！阿曼德觀察所有的一切：空服人員、乘客，與駕駛員交談，躺在頭等艙的座位上聆聽引擎的聲響。雙引擎的噴射機是他的最愛。現在，他想要試試看更大膽漫長的飛行：一路飛到王子港、舊金山、羅馬、馬德里、里斯本，只要他能夠在日出時順利下機就沒有問題。

黎明一到，阿曼德就全然消失蹤影。丹尼爾完全不知道他的落腳處，不過他自己也因爲夜間活動而累得無法動彈。整整五年來，丹尼爾完全無法見識到日正當中的景致。

就在丹尼爾醒來之前，阿曼德就已經在房間內。咖啡已經煮好、音樂流溢飄送，通常是韋瓦第、或是阿曼德也相當鍾愛的甜美鋼琴樂曲。這時候阿曼德會在房裏踱步，催促丹尼爾快快準備。

「我的愛人，今晚我們要去看芭蕾舞，我迫不及待要去看巴瑞斯尼可夫，之後我們要去格林威治村，記得那個去年讓我愛上的爵士樂團嗎？他們回來了。快點，我已經餓了，我的情人，我們得快點出發。」

如果丹尼爾還是睡眼惺忪，阿曼德會推他到浴室去，幫他洗身、塗抹香皂、然後帶他出來擦乾全身，像個老式的理髮師般地爲他刮鬍子，最後從丹尼爾的衣櫃裏挑選今晚該穿的衣服，把穿髒的舊衣服扔到一旁去。

丹尼爾愛透了那雙白皙堅硬的雙手在他全身上下搓揉的滋味，像是戴上絲質的手套。那雙褐色的眼眸簡直要把他的魂魄吸攝出來。噢，那種失序的美妙況味，他確定自己被一路引領下墜，超越任何肉體性的疆界，最後那雙手溫柔地擱在他的喉頭，牙尖戳破皮膚的表面。

他閉上眼睛，身體逐步加熱，唯獨當阿曼德的血液碰觸到他的嘴唇，他會不可自抑燒灼。他聽到遠方的嘆息與哭喊，那可是迷途的歧路亡魂？似乎某種湛然發光的連續性就在那裏，而他的夢想與一切同步，顯得如此重要，不過到後來那種景況還是漸漸消失……

有一次他失控了，用盡全力抱緊阿曼德，想要咬入他的喉嚨。阿曼德是如此地耐心，爲他流下眼淚，而且讓丹尼爾在他的喉嚨停留最長的時間，接著再溫和地引領他離開。

丹尼爾已經六神無主，他的生命只有兩個選項：狂喜與悲慘，以愛情爲連結這兩者。他永遠不知道自己是否將被賜予永生之血，更不知道他的超感應視覺（雕像從他們的基座上瞪著他看，在天空中的直升機就像大型客機一樣地清晰可見。）是否因爲這些少許的血液交換，還是他只是瘋了？

到了那一夜，當阿曼德詢問他是否已經準備好，以全然的誠意投入這個世紀，他明白那是什麼意思。他想要「無可計量」的財富，一棟裝盛所有他珍視事物的華宅，還有遊艇、飛機、車子，上百萬的財富。他願意爲丹尼爾購買任何他所欲的事物。

「上百萬的錢財，你在說啥鬼話？」丹尼爾責罵他：「你的衣服只穿一回之後就被丟棄，你忘記自己租的公寓的地址，你可知道什麼是郵遞區號，或者報稅單？我是那個負責去買每一張要命機票的人。百萬錢財？我們怎麼去要到那一大筆錢？洗劫另一個馬斯拉帝，然後逃之夭夭？我的老天爺！」

「丹尼爾，你是路易斯轉贈給我的美好禮物。」阿曼德溫柔地說：「我怎麼可能沒有你？你誤會我說的每一件事。」他的眼睛變得更大、更是孩子氣：「如今我想要站在一切的頂點，如同多年以前我在巴黎掌握著吸血鬼劇場。當然，你記得那些，而我現在要讓世界爲我臣服屈膝。」

丹尼爾被事情發展的疾迅速度弄得暈頭轉向。

開始時，是一座在牙買加挖掘出土的寶藏，阿曼德帶著丹尼爾坐船到當地，指示他必須啓動開採作業。沒幾天之後，一艘西班牙的沉船也被發現有大量的珠寶珍物。再來，是一個考古學上的大發現，考掘出無價的奧爾梅克遺跡。再接下來是兩艘沉船的打撈，最後是一個早被遺忘的南美翡翠脈礦。

他們在佛羅里達買下一棟豪宅，遊艇、快艇、一輛小而精美的噴射機。

現在他們就像一對王子般地到處受到王室禮遇。阿曼德親自監督丹尼爾的襯衫、西裝、鞋子等等的量身製作，他挑選無以數計的運動外套、長褲、長袍、絲製的外衣。當然，丹尼爾在寒冷下雨的天氣一定要有一套米色滾領的外套，在蒙地卡羅用餐時的晚宴外套，寶石製的袖扣，還有一件黑色的麂皮長大衣，以丹尼爾這等「二十世紀的高度」必然能夠搭配良好。

日落時分，丹尼爾剛醒來的時候，他的衣物就已經擺設妥當。如果他膽敢異動任何一個物件——從亞麻手帕到黑色絲質長襪——他就有得好受了。晚餐的地點是面對湖泊的寬廣餐廳，阿曼德早已在旁邊的那間書房，在書桌上規劃財產：工作如同滾雪球而來，總是有更多的地圖要研讀，更多的財富要收購。

「可是你到底是怎麼做到的？」丹尼爾質問著，看到阿曼德寫著筆記，為那些新財產記下摘要。

「如果你有讀心術，你可以得到任何你想要的東西。」阿曼德有耐心地回答。那柔和而理性的聲音，對你開放、甚至交付信任的男孩般面孔，紅褐色的鬈髮總是有點不經心地掉入眼底，他的身體飽滿著人類的平靜與肉身的安詳。

「我想要的東西，你會給我吧。」丹尼爾如此要求。

「任何你開口要求的東西，我都會竭誠奉上。」

「沒錯，但不是我早就要求過的那個東西，不是我一直想要的。」

「活著吧，丹尼爾。」低語如同親吻一般：「讓我告訴你我的真心話：生命終究比死亡要來的好。」

「我不想要只是『活著』，阿曼德，我要長生不死，等到那時候我將會告訴你，是否生命贏過死亡。」

事實上，驟然的財富使他發狂，更加感受到自己必死的宿命。某一夜，他與阿曼德乘舟到溫暖海風吹拂的灣口，頭頂上的星光皎潔，他窮盡一切只想要永遠保有這一切。他愛恨交織地看著阿曼德毫不費力地啓動遊艇，阿曼德眞的捨得他死去嗎？

追獵的遊戲無止境地持續著。

畢卡索、竇加、梵谷，無數的名畫經由阿曼德的手上而來，沒有任何解釋就交托給丹尼爾，用以轉手或當作獎賞。當然啦，它們眞正的主人才不敢來搶回自己的收藏，萬一他們在阿曼德夜間造訪安置收藏品的密室時、幸運地得以生還。有時候，那幅作品並沒有清楚的標題，而他們在拍賣會場上購進千萬張畫作。即時如此，也是不夠的。

珍珠、紅寶石、祖母綠、鑽石等珍貴寶石，也是他帶回來給丹尼爾。「別在意，這些都是偷來的，不會有人來要回它們。」從那些粗蠻的邁阿密海灘毒販，阿曼德能偷的就盡量偷：槍械、裝滿鈔票的行李箱、甚至靴子。

丹尼爾瞪視著排山倒海的綠色鈔票，看著祕書們將它們包捆好，印上符碼，好運送到歐洲的銀行。

丹尼爾常常看著阿曼德獨自出遊，在溫潤的南方海岸狩獵。他是個穿著黑色絲襯衫與黑色長褲的少年，操縱著一艘不發亮的快艇，任由風吹拂著他長長的頭髮。就在陸地無法看到的彼處，他會看到一群走私者，然後襲擊他們——孤身的海盜就這樣魂斷邁阿密。其他的獵物掉入海面，頭髮沉浮著，掙扎著最後的活命瞬間。就當月光高照，他們最後瞥見的是自身的殘骸！他們原本以爲自己是無敵的邪惡之徒……

「當你出門狩獵時，我可以跟著去參觀嗎？」

「當然不行。」

最後，資本準備妥當，阿曼德要眞的來大幹一票。

他要丹尼爾買下各種東西，無須猶豫或找人諮商：一艘戰艦、連鎖旅館與餐廳、四架私人飛機。阿曼德現在有八個私人電話專線。

最後的夢想於焉來到：夜之島。這是阿曼德的私人造物，五層樓由玻璃砌造的劇院、餐廳，以及商店。他爲自己中意的建築物畫設計圖，無論大小事物，從噴水池到花朵盆栽，他都親自訂購想要的質材。

看哪，這座不夜之島。從日落開始，觀光客從邁阿密搭船過來，就在舞廳與酒廊，音樂徹夜播放。玻璃電梯永遠不停止攀登天堂的動作，就在濕潤脆弱的花朵當中，水池與瀑布粲然生光。

在這裏，你可以買到任何東西——鑽石、可樂、書籍、鋼琴、流行服飾、洋娃娃。世界上的一流商品正等著你採購。夜間的電影院固定播放五部影片，揉雜著英式西裝、西班牙皮革、印地安絲絹、中國地毯、銀製品、冰淇淋甜筒、棉花糖、中國骨瓷與義大利的鞋子。

或者你也能夠享用它隱密的奢華，隨時進出這些炫目的物品之間。

「這些都屬於你，丹尼爾。」阿曼德在他們豪華別墅「神祕別館」的寬敞房間中緩慢走動——這房子有三層樓，還有一座屬於丹尼爾的地下室——打開的窗戶面對遠處紅光照天的邁阿密，以及天際上不斷翻動的雲層。

這住宅揉合了新舊式樣的奢華，電梯直達每一間房，房內鋪設著中古世紀的織錦與骨董吊燈，每間房都有巨大的影音設備。文藝復興時代的畫作懸掛於丹尼爾的套房，波斯地毯覆蓋在地面上。維也納畫派的最佳作品懸掛於阿曼德鋪著白色地毯的書房，在裏面充滿著閃亮的電腦設備、電訊器材、以及螢幕。書房充斥著世界各地的書本、雜誌、報紙等等。

「這就是你的家，丹尼爾。」

丹尼爾必須承認，他愛上這裏；他更熱愛的是自由、權力、以及伴隨著他無所不至的奢華。

他與阿曼德在夜間時分飛到中美洲的深處，觀看馬雅文化的遺跡；就在月色的籠罩，他們在安娜普爾那山的山脊觀看遠方的頂峰。他們在東京擁擠熱鬧的街頭上閒逛，玩遍曼谷、開羅、大馬士革、利瑪、里約與加德滿都。白天的時刻，丹尼爾沉浸於當地旅館的舒適設備；夜晚的他在阿曼德的陪伴下，毫無恐懼地到處漫遊。

不過，有時候文明的生活會突而化爲幻影。在某些遠方的角落，阿曼德會感受到其他不朽者的存在。他解釋說，雖然他已經在丹尼爾身上圍繞著防護場，但還是會擔心不測。丹尼爾必須要在他身邊才行。

「只要你把我變成同樣的不朽者，就不用擔心了。」

「你不知道自己在說些什麼，」阿曼德說：「現在的你是一介無名凡人，但如果你成爲我們的一員，便如同一根在黑暗中燃燒的蠟燭般地顯眼。」

丹尼爾無法接受這樣的說法。

「他們會毫不費力地把你揪出來。」阿曼德生氣起來，雖然不是針對丹尼爾。事實上，他厭惡任何關於吸血族的話題。「你可知道，那些長老們不分由說地毀掉出現在他們面前的雛兒？」他說：「你心愛的路易斯難道沒有解釋給你聽？那就是我向來的作風——我將那些年少無巢的傢伙掃蕩乾淨。不過，我並非完全無敵。」他停頓了一下，似乎是在考慮要不要繼續說下去，然後他說：「我就像是一頭角逐地盤的野獸，我有許多古老強悍的對手，如果我招惹了他們，我會被毀掉。」

「比你還古老？但我以爲你是最古老的一位。」在這些年來，那是他們首次提到《夜訪吸血鬼》的內容。事實上，在此之前他們從未討論過這些。

「當然我不是最古老的，」阿曼德說，他看起來有些不安。「我只是路易斯所能找到的最古老吸血鬼。還有其他的，雖然我不知道他們的名字，也很少看到他們。不過，有些時候我可以感受到他們的現形。你可以說我們彼此傳送有力的訊息——不要接近我。」

第二個晚上，他就拿那個裝有他血液的護身符給丹尼爾。他先親吻它，然後摩擦它，像是要讓它發熱。見證這樣的儀式眞是詭異，更詭異的是看到那玩意有個A字母，其中含有阿曼德的少許鮮血。

「就這樣做，如果他們靠近你，就把這個墜子立即摔碎。他們會感受到血液的力量正在保護你，就不敢——」

「噢，你會讓他們殺死我，你自己知道。」丹尼爾冷冷地說著：「給我力量，讓我保護自己。」

不過，此後他還是戴著那個墜子。就在燈光下，他檢視著那個字母與週邊複雜的浮雕，發覺它們是扭曲的人類形體：有些被砍斷手足，有些痛苦地扭動著，有些已經死亡。這眞是恐怖的東西！他把項鍊放進襯衫裏面，雖然使得他的胸口發冷，但卻不用看到它。

但是，丹尼爾從未看到另一個超自然的不朽存在。他對於路易斯的記憶，彷彿是一場發燒時作的幻覺夢境。阿曼德是他唯一的奇蹟，惡魔般的神。

他的苦澀感與日俱增。與阿曼德的生活讓他發狂激動，他已經有好幾年沒有想到自己的家人，以及過往的朋友。他確定有寄支票給親人，但他們現在只是名單上的符號。

「你永遠不死，但是每一夜你都會看著我逐漸死去。」

終於演變成恐怖、醜惡的吵架。阿曼德崩潰了，玻璃般的眼球盛滿無聲的憤怒，然後無法控制地輕聲哭泣起來，彷彿某種早就遺失在時間之流的情緒再度被喚起，威脅著要把他四分五裂。「我無法做到。如果你要我殺了你，那還容易一點。你根本不知道自己要求的是什麼！難道你不明白，我是一個天譴的失誤。你不明白嗎，如果能夠變回人類，我們之中的任何一員都會欣然放棄永生。」

「放棄不朽，只爲了短短的人類生命？我才不相信呢，這是你第一次當面對我說謊。」

「你膽敢這麼說！」

「不要打我，你可能會殺了我，你太強壯了。」

「如果我不是個膽小鬼，活了五百年還是怕死怕到骨子裏，我早就放棄自己的生命。」

「不，你不會這麼做的，恐懼與此無關。想想看你從出生到死亡的所有一切，就這樣地喪失了？試想看看，你所知道的未來將是連成吉思汗也夢想不到的奢華與壯麗！姑且不管科技性的奇蹟，你會安於無知世界命運的狀態嗎？不可能的。」

他們無法以言語達成和解，終究還是以親吻、擁抱、血液的交換來結束這場爭執。夢境如同一張大網般地罩住他，他感到飢火中燒！我愛你再多給我一些，再一些，但是那永不足夠。

根本就沒有用的。

交換血液的變異，讓他的身心造成何等變化？讓他以更加精微的感官看到葉子的墜落？阿曼德永遠都不會將他變成吸血鬼！

阿曼德寧可看到丹尼爾一次次地逃跑，淪入日常生活的恐怖情景，也不願意達成他的願望。丹尼爾無計可施，什麼辦法都沒有。

然後他再度漫遊、逃跑，這一回阿曼德並未追逐他。每一次他都會等著丹尼爾乞求回來這裏，或是直到丹尼爾虛弱到無力呼救，瀕臨死亡邊緣爲止。只有到那個地步，阿曼德才會帶他回來。

雨滴擊落在密西根大道上的寬廣人行道，書店裏空無一人，燈光也已經熄滅。遠處有鐘聲響了九下，他抵著玻璃窗站著，凝視著川流不息的交通，根本無處可去。喝下墜子裏的那幾滴血如何？

黎斯特現在就在加州，準備登上舞臺，也許甚至正在襲擊某個獵物。他們大概正準備著舞臺的陳設吧？那些人類調弄著燈光、麥克風、聲光設備，無視於底下投射的祕密訊號，以及藏身於無知狂熱群眾當中的邪門存在。噢，也許丹尼爾估計錯誤，阿曼德或許早就在會場。

起先，那幾乎是不可能的；後來竟然成爲某種確認。爲何他沒有早點領悟到呢？

當然阿曼德早就到那裏去了！只要黎斯特所寫的有絲毫眞實可言，阿曼德必定早就奔赴而去，見證或搜尋那些他失去了好幾世紀的對象，而他們也被相同的召喚吸引而去。

這樣說來，一個人類情人又算得上什麼？那不過是十來年的玩具罷了！阿曼德早就捨棄他而去，這一回他不會得到救援。

當他站在那裏時，感到渺小而寒冷，悲慘無比又孤獨一人。他的那些預感、雙胞胎夢境遺留給他的古怪警示，這一切都無關緊要了。這些事物如同一雙黑色的大翅膀般飛掠過他，當它們疾馳而去，你可以感受到無動於衷的風聲。阿曼德已經奔向他永遠無法理解的命運之道。

這個認知讓他充滿恐怖與哀傷。門已經關閉，而雙胞胎夢境所召起的焦慮感同時混合著麻木的噁心畏懼。這一回他已經走向終點，他能夠怎麼做呢？他疲憊地想像著夜之島對他關起大門，看到那棟白色牆壁的別墅，就在海灘上的高處，永遠無法企及。他覺得自己的過去與未來已經轉眼成空，死亡逼臨而至，究極的虛無終於來臨。

他又走了幾步路，雙手麻木不堪。雨水已經浸濕他的上衣，他只想躺在人行道上，讓睡夢與雙胞胎一起到來。黎斯特的語句環繞在他的腦海。再生爲吸血鬼的那一刻，他稱之爲「黑暗把戲」；至於這個擁抱著如許絕美怪物的世界，他稱之爲「蠻荒花園」。是的，沒錯。

請讓我成爲你蠻荒花園的戀人，如是，曾經寂滅的生命之光將會如同洪流爆發般地洶湧回歸。一旦脫離人類的血肉之軀，我將會進入永恆，成爲你們的一員。

頭暈目眩，他是否快要跌倒了？有人在跟他說話，問他是否還好。不，當然不好，我怎麼可能還好？

有一隻手搭上他的肩頭。

丹尼爾……

他往上看去，阿曼德站在他的眼前。

起初他不敢相信自己所看到的，他是如此地渴望，而且沒有理由否認自己所見。阿曼德就佇立在那兒，以他獨有的非世間的凝定，安靜地窺看著他，臉龐燃燒著一抹非自然的紅暈。他看起來是多麼地正常呀，如果說美麗也可以是某種正常。然而，他與周遭的一切物質卻又奇異地分隔開來，即使是他穿的外套與長褲。在他的身後，一台巨大的羅力士轎車安靜地等候著，如同一幅奇詭的異象，雨珠從銀色的車頂墜落而下。

來吧，丹尼爾，這一回你可讓我費盡心力，可不是嘛。

爲何那雙拖著他走的手如此地強力，聲音中帶著如此的迫切？看到阿曼德眞正地生氣，眞是件罕見的事情。丹尼爾愛慕著這等怒火，他任由自己被拖著走，接著他便進入車內的柔軟天鵝絨座椅。他雙手癱軟地倒下來，閉上眼睛。

阿曼德柔和地環抱著他，車子溫和地往前開去。終於能夠沉睡在阿曼德的懷中，眞是太好了！但是，關於那些夢境與那本書，他有許多事情要告訴阿曼德。

「你不覺得我早就知道了嗎？」阿曼德低語著，眼底射出奇異的光芒。他看上去既赤裸又溫柔，所有的姿態都已經撤除不見。他拿起一個容器，湊近丹尼爾的嘴邊。

「你一直從我身邊逃跑，」他說：「從斯德哥爾摩、愛丁堡，然後是巴黎。你以爲我是全能的神，能夠以這等速度追上你嗎？還有，加上危機到來……」

他的嘴唇突然碰觸丹尼爾的臉。噢，這樣好多了，我喜歡接吻，和這等不死者耳鬢廝摩。抱住我，他把自己的臉埋在阿曼德的頸子，**我要你的血液**。

「等一下，我親愛的。」阿曼德將他的手指伸入丹尼爾的嘴裏，在他低沉自制的聲音底下，有著如此的感情。「仔細聽著我的話，在這全世界，我們的吸血一族正在被消滅當中。」

消滅。這樣的話語傳送一陣陣的驚惶到他的體內，即使如此疲憊，還是讓他感到緊張無比。他想要把視線集中在阿曼德身上，但卻又看到那對紅髮的雙胞胎、士兵，以及那具被支解、翻滾於塵埃中的屍體。然而那樣的意義、那種連續性……究竟是為什麼呢？

「我無法告訴你。」阿曼德如此說，他指的是那場夢境，因為他也作了那個夢。他將白蘭地貼近丹尼爾的嘴邊。

眞是溫暖啊，如果他不努力撐住，一定會立刻昏睡吧。車子正在急馳於高速公路上，遠離芝加哥，雨水灑落於窗戶上，他卻身處於溫暖的場所。眞是動人的銀色雨景，阿曼德轉過身去，彷彿被遠方的音樂分去心神；他的雙唇張開，正要開口說話。

我與你在一起，非常安全。

「不，丹尼爾，我們並不安全。」阿曼德回答他：「甚至連一個晚上、一小時都未必可以安全度過。」

丹尼爾嘗試著提出問題，但是他太虛弱、睏倦。轎車是如此舒適，行駛的震動又是如此慰人，而且那對美麗的紅髮雙胞胎要他立刻進入夢境。他的眼睛閉上一瞬間，沉入阿曼德的肩膀，感覺到阿曼德的手撫摸著他的背部。

依稀在遙遠處，他聽到阿曼德說著：「我該怎麼對你才好，我心愛的，尤其當我自身都如此恐懼時。」

黑暗再度降臨。白蘭地的滋味駐留在他的唇邊，他攀附著阿曼德的手，但已經沉入夢鄉。

雙胞胎行走於沙漠，烈日高懸，曬傷她們潔白的手臂與面孔。她們的嘴唇因爲焦渴而腫脹乾裂，衣衫沾滿血漬。

「讓大雨降落。」丹尼爾大聲叫喊：「你做得到的，讓大雨降下。」其中之一的雙胞胎跪倒在地，她的姊妹也跪下來，雙手抱著她，紅髮襯映著紅髮。

在遠方處，他又聽見阿曼德的聲音。他說，她們置身於沙漠的極深之處，就連她們驅使的精靈也無法在此地降雨。

爲什麼？難道精靈不是全能的？

他感覺到阿曼德再度溫柔地親吻他。

雙胞胎現在進入一條山間小道，但是她們沒有影子，因爲太陽完全直射，而山路險惡得無法攀登。但是她們還是繼續行走。難道沒有人可以幫助她們？她們每一步都崎嶇艱難，岩石灼熱得難以觸摸。最後，她們的其中之一俯身摔倒在沙中，另一個彎身以頭髮幫她遮擋烈日。

如果傍晚來臨，就會有涼爽的風。

突然間，正在保護她姊妹的那個雙胞胎抬起頭來，懸崖上有岩石掉落下來，帶著窒悶的回音。然後，丹尼爾看到一群看似沙漠之民的人接近，他們的黑色肌膚與白色長袍看上去有一千歲那麼蒼老。

當那些人逼近時，雙胞胎站了起來。他們供應冷水給雙胞胎姊妹，突然間她們歇斯底里地又說又笑，她們終於鬆一口氣，但那些人並不瞭解。接著，其中之一的雙胞胎以放諸四海的手勢指著她姊妹的肚子，表示她已經懷孕。那些人抬起懷孕的女子，走向他們設於沙漠中綠洲的營帳。

最後，雙胞胎就著營火安詳沉睡，救助她們的是沙漠之民貝都因人。是否因爲貝都因人的古老歷史可以追溯回千萬年之前？黎明破曉時，沒有懷孕的雙胞胎起身，在她姊妹的注視下走向綠洲的橄欖樹。她高舉雙臂，起先看起來只是在禮讚太陽，那些沙漠之民也圍繞在旁觀看。接著，溫柔的微風吹拂，搖動著橄欖樹的枝葉，輕柔甜美的雨滴開始降落。

丹尼爾睜開眼睛，他已經在飛機上了。

周遭的昏黃燈光與白色塑膠材質的器具，讓他立即辨認出這個小房間。每樣東西都是人工合成的質料，堅硬而閃亮，如同某種生物的巨大肋骨。也許到頭來一切都輪轉過一回？科技再創造在聖經當中、約拿所藏身的深邃鯨魚腹部。

他躺在一張沒有床頭也沒有床角的臥鋪上，有人幫他清洗雙手與臉龐。感覺眞好，引擎的聲音靜默無比，像是鯨魚滑過大海的姿勢。他得以看清楚周遭的事物：某個小酒櫃，一瓶波本酒。他想要喝酒，但是疲累得無法動彈。有些不太對勁……他摸索自己的脖子，發覺那個墜子已經不見了。無妨，現在他與阿曼德在一起。

阿曼德坐在這尾人工鯨魚的眼睛處，靠近窗口。他的頭髮剪短，穿著黑色毛料衣服，整齊而美好，像是打扮整齊參加葬禮的屍體。他看上去無比嚴峻，足以讓人在旁唸誦詩篇第二十三首。快換回白色的衣服吧。

「你快死了。」阿曼德柔聲說道。

「即使我行走於死亡暗影的幽谷，等等……」丹尼爾的喉嚨很乾，頭也很疼。現在已經不用再多說什麼，眞正想說的老早就已經啓齒千百回。

阿曼德再度無聲地說話，宛如一根雷射光直接穿入丹尼爾的腦海。

「我們不用再談那些特定的話題了。現在你不到一百三十磅重，酒精正在侵蝕你的內在器官。你已經半瘋狂，在這世上再也沒有值得你欣喜之事。」

「除了和你說話之外。你的聲音很容易聽得進去。」

如果你永不見我，那只會讓狀況更加惡化。如果照你現在的狀態繼續下去，你活不過五天。

這眞是無法忍受的想法。如果當眞如此，我幹嘛要逃跑呢？

對方並沒有反應。

一切都是如此地清晰。不只是引擎的聲響，還有飛機的奇異律動，那不規律的波動彷彿是乘坐在空氣幫浦之上。古詩〈表沃夫〉❶形容得好，那像是巨鯨疾馳在牠的路徑上。

阿曼德的頭髮旁分，金錶戴在手腕上，那是他非常鍾愛的高科技產品之一。試想看看，那玩意在白天的時候就在一具棺材內閃爍著數字光芒。他穿著老式的窄腰黑夾克，領帶似乎是黑色絲質的。還有他的臉，噢，早先他必然痛飲過一頓鮮血。

你可記得，早先我告訴你的那些事情？

「是的。」丹尼爾說，不過眞相是他已經記不清楚了。然後，那股感應力突然間壓迫性地回歸。「是關於每一處都有吸血鬼被毀滅，是吧？不過我都快要死了，他們也快要翹掉。就在結局到來之前，他們是不死的，但我只不過是『活著』罷了。我記起來了，現在我還要一杯波本威士忌。」

無論我做什麼，都無法讓你恢復求生的意志，對吧？

「不要再來那一套，否則我會從飛機上跳下去。」

你會聽我說嗎？真正地聽進去。

「我有什麼辦法呢？當你要我聆聽時，我根本擺脫不了你的聲音。那就像是在我的腦袋塞入一個小型麥克風，這又是啥？眼淚？你會爲我哭泣嗎？」

在那一瞬間，阿曼德看上去非常年幼，眞是個大逆轉。

「該死的丹尼爾。」他用說的，所以丹尼爾可以清楚聽見。他一言不發。丹尼爾全身遍佈寒顫，看阿曼德受苦讓他感到痛楚。

「我們的正體，」阿曼德說：「是不該存在的異變，你也知道。不用讀黎斯特的書就可以明白這一點，我們其中的每個人都可以告訴你，那是災厄的化身，魔性的接合——」

「這樣說來，黎斯特所寫的是眞的！」惡魔跑入古埃及法老王與王后的體內，其實是精靈，不過當時他們稱呼它爲惡靈。

「無論那是否眞實，都無關緊要了。無論起源爲何，最重要的是滅亡也許就近在咫尺。」

驚惶的感知緊逼尾隨，夢境的氛圍又要回歸，雙胞胎尖利的叫聲依稀分明。

「聽我說，」阿曼德耐心地將他從雙胞胎的異境帶回：「黎斯特只怕是喚起了某人、或是某個東西。」

「阿可奇，恩基爾……」

「或許是他們，不只是一兩個。沒有人確切知道。只有某種隱約的危險警訊，但沒有人知道從何處而來。大家只知道我們被搜捕、銷毀，每個聚會所與相關場所都被焚燒殆盡。」

「我聽見危險的警示，」丹尼爾低聲說：「有時候就在半夜，強烈的呼喊；有時候卻像是某種回音。」他再度看到那對雙胞胎，那必然與她們攸關。「但是你可知道，關於那些被焚燒的聚會所——」

「丹尼爾，不要試探我，已經沒有多少時間了。我們每一個吸血鬼都知道，那就像是流經一個大網羅的潮脈。」

「是的，」每當丹尼爾品嚐吸血鬼之血，他總是瞥見那巨大無倫的知識汪洋、連續不斷的流變、半知半解的異象。原來那些都是眞的。「一切都起始於母后與父王──」

「如果是以前，這些變化對我而言並沒有什麼差別。」阿曼德打斷他的話。

「你這是什麼意思？」

「但是我不要就此結束，我不想再活下去，除非你──」他的面容微微地改變，略顯訝異之色：「我不想要你死去。」

這一刻的寂靜著實古怪，雖然有著飛機順風飛行的聲浪。阿曼德坐著，他的姿態相當平和、耐心，不過他的話語卻背叛了柔滑平靜的表面。

「我並不害怕，因爲你就在我身旁。」丹尼爾突然這麼說。

「那你眞是個小傻瓜。讓我告訴你另一件神祕的事情吧。」

「什麼？」

「黎斯特還好端端的活著，他的狡計也得逞了。那些在他身邊的人們也都毫髮無損。」

「你何以如此確定？」

那輕柔如天鵝絨的笑聲再度揚起。「你又來了，眞是人類本位，這麼小看我，常常錯失重點。」

「我的能耐有限，身體的組織細胞有朝一日必定腐朽，那是被稱呼爲老化的過程──」

「他們都在舊金山，聚集在一家叫做『德古拉伯爵的女兒』的酒吧。我之所以通曉這些，可能是某個高強的心靈故意或者不智地傳送這些意象到許多心靈；又或許是某個見證者將這些意象傳遞給大家。我無法確定爲何者，思想、感受、聲浪，它們都只是存在著，我們行旅在巨大網羅的蛛巢小徑。不過那個『**危險**』的警訊蓋過其他的念波，彷彿我們的世界在一瞬間變得啞然無聲。接著，其他的聲音才浮現出來。」

「那麼，黎斯特又在哪裏？」

「只看到驚鴻一瞥，他們無法追蹤到他的巢穴。他太聰明了，但是卻忍不住戲弄他們。每天晚上他都駕駛著保時捷跑車，馳騁於舊金山的街道。但是，他可能不知道那些已發生的事情。」

「願聞其詳。」

「溝通的能力是雙向的。如果要聽見其他人的思訊，自己的心念也會被竊聽到。黎斯特為了隱瞞他自己的行蹤，很可能把所有的渠道給關閉起來。」

「那麼，夢境中的雙胞胎又是怎麼回事？」

「我不太清楚，並非每個人都作了那些夢。有些人似乎知道她們，也相當畏懼她們，而且認為這一切都是黎斯特惹出來的禍端。」

「群魔中的眞正妖獸。」丹尼爾輕笑著說。

阿曼德微妙地點頭，認可他的調笑之語。

除了能量的流動，一切皆為寂靜。

「你可明白我所告訴你的？除了舊金山之外，我的同類在每一處都遭到狙擊。」

「除了黎斯特的所在。」

「沒錯。但是狙擊者相當乖戾難料，似乎它必定會先接近獵物，然後才毀滅它。也有可能它是要等到演唱會開始，才一手完結掉它所掀起的腥風血浪。」

「它不可能傷害你，否則應該早就——」

輕淺的笑聲，幾乎聽不清楚。那是以心電感應傳送的？

「你的信心讓我感動莫名，但先別急著當我的信徒。那個東西並非全能，它無法以無限的速度移動。你得瞭解我所作的選擇：我們之所以要到哪裏，是因爲那是唯一安全的地方。它在某些遙遠的地方看到離群的孤鳥，還是把他們燒成一堆灰塵。」

「同時也是因爲，你想要和黎斯特在一起。」

沒有回答。

「你自己心知肚明，如果到時有一場戰役，你想要在那裏助他一臂之力。」

還是沒有回答。

「如果那是黎斯特造成的，他可能有辦法結束這場鬧劇。」

阿曼德還是沒有回答，他顯得相當困惑。

「其實這很單純，」他終於說：「我必須去就是了。」

飛機似乎懸在音流當中，丹尼爾朦朧地看著天花板。

去見他最後一面。他想到紐奧爾良的屋子，他在蒙塵的地板上發現黎斯特的錶。現在他要回到舊金山，回到事件發生的原點，回到黎斯特的所在。天哪，他眞想喝酒，阿曼德爲啥不給他喝那瓶波本酒？他很虛弱，他們要去演唱會場，去看黎斯特——

但是，夢境所激發的憂懼感受回到他身上。「不要再讓我夢見那些了。」他低聲說道。

他好像聽到阿曼德說，好的。

突然間，阿曼德就站在床邊，他的影子覆蓋著丹尼爾。鯨魚的肚腹看起來更小，僅止於包圍著阿曼德的周遭四方。

「看著我，我心愛的。」他說。

起先是黑暗，然後高大的鐵門倏地打開，明月高照著花園。**這是什麼地方**？光是那溫暖的空氣與高懸的月亮，他就可以斷定那是義大利；更遠的彼方，他還看得到龐貝遺址邊陲的「神祕別館」。

「我們是怎麼來到這裏的？」他問阿曼德，後者就站在他旁邊，穿著舊式的天鵝絨服飾。有好一陣子，他只看得到阿曼德，看到他的黑色天鵝絨背心、綁腿，以及長而鬈曲的褐色頭髮。

「你知道，我們實際上並不在這裏。」阿曼德說。他轉身走向通往別館的花園，鞋子在灰色石板地上發出微弱的聲響。

但這些都是眞的！快要頹倒的牆垣、深埋於花床的花朵、烙下阿曼德足跡的小徑，還有頭頂上的星空！他轉向一顆檸檬樹，摘下一片新鮮的葉子。

阿曼德過來挽住他的手，新鮮的泥土味從花床上浮顯上來。**我可以在這裏死去**。

「沒錯，」阿曼德說：「你是會在此地死去。你知道的，我從未做過這件事。雖然你不相信，但黎斯特也在他的書中這麼寫。你可相信他說的話？」

「我相信你，你解釋過自己所發的誓。但是，我的問題是，你究竟是對誰發這個誓？」

回答他的只有笑聲。

他們的聲音傳遍花園，迴響在玫瑰與雛菊的花瓣，光線從門口處灑滿四周。遠方可有人在演奏音樂？這個地方被夜晚的藍色天空映得發亮一片。

「如今，你迫使我打破誓言，得到你自以爲想要的。但是先看看這片花園，一旦我這麼做，以後你就不可能與我分享思想與靈視，沉默的帷幕將會下降。」

「但是我們將會是同一族的，你可明白？」丹尼爾說。

阿曼德與他的距離近得足以接吻，黃色的大理花與劍蘭就在身側，散發濃郁的香氣，旁邊還有一顆長出紫藤花的枯木。就在別館內，笑語喧嘩的聲音流瀉出來。可是有人在唱歌？

「告訴我，我們究竟身處何方？」丹尼爾問道。

「我告訴過你，這是一場夢。假若你非要一個名字不可，就稱呼它爲生與死之間的門扉，我會帶領你走過這扇門。由於我是如此的怯懦，無法讓你死去。」

丹尼爾品鑑著冰冷歡愉的勝利：終於來到這一刻，他再也不用失落於時光的隨意墜落，不再是埋土於荒煙蔓草的眾多死骸之一，遺失了名字與知識，所有的靈視就此滅亡。

「我無法承諾任何事情，眼前的未來就是我早先所告訴你的。」

「我不在乎，只要與你一起前往就好。」

阿曼德的眼神變成血紅色，疲憊而古老。他那些細緻的衣服如同鬼魂的衣衫，是否當心智想要純粹地彰顯自身，就能夠如此辦到？

「不要哭，這不公平。」丹尼爾說：「你怎能在我的重生儀式哭泣？你還不明白這就是如此嗎？」他突然坐起來，看到整幅迷神的風光：遙遠的別館，天地之間的土地。接著他往上看，驚愕於如此繁多的星辰。

看起來天空無限擴張，淋漓的星辰讓星宮圖的模式與意義乍然失落，唯有純粹的物質與能量獲得勝利。接著他看到金牛宮的七仙女星，那是命運多舛的紅髮雙胞胎所鍾愛之星。然後他微笑著，看到雙胞胎在山頂上，顯得很快樂。他也因此感到愉悅。

「只要你說出口，我心愛的。」阿曼德說：「我就會執行，畢竟我們將會身陷相同的地獄。」

「你不懂嗎？」丹尼爾說：「人類的抉擇也都是這樣。母親對於她腹中胎兒的命運一無所知！老天，每個人都是迷惘的，即使到最後印證了你賜予我的並不是正確之道，那又如何呢？並沒有什麼是錯的，只有窮極一切的慾求，而我想要永遠與你一起活著。」

他睜開眼睛，看著機艙的天花板，反射在柔和木質牆壁的黃色燈光；同時，他看到圍繞四周的花園、香氣，花朵的圖像幾乎從枝枒處綻裂開來。

他們站立於死去樹木與紫藤花交互纏繞之處，他所知曉的某個東西赫然回返——在古代的語言中，花朵與血液是相同的字眼。他驚覺到尖牙闖入頸部的戳擊。

他的心臟被一股強烈的力量扭絞著，那等壓力遠超過他所能負荷！倚在阿曼德的肩上，他看到夜色降臨，星辰如同那些潮濕芬芳的花朵一樣巨大。天哪，他們正朝著天際飛升！

剎那間，他看到吸血鬼黎斯特駕駛著一輛純黑色的跑車，在夜色裏衝馳。他的頭髮被風往後吹拂，眼神充滿著瘋狂的幽默感與高亢精神，看起來像是一頭猛獅。他轉過頭來看著丹尼爾，從喉嚨冒出低沉柔和的笑聲。

路易斯也在那兒，就在舊金山的狄維薩德羅街上的一個房間，從窗口望出去。他等候著，然後說：「來吧，丹尼爾，如果這是註定要發生的。」

但是他們並不知道那些被燒毀的聚會所！他們也不知道雙胞胎的事，以及危險的警訊。

他們每一個都在別館內，路易斯穿著一件長外套，倚著廊柱。每個人，包括雙胞胎都在這裏。「感謝老天你就在這裏！」他親吻路易斯的雙頰。「咦，我的皮膚竟然和你的一樣蒼白！」

當他的心跳停止、肺部灌滿空氣時，他大叫出聲。又是個花園，周圍綠草茵茵。**不要把我扔在這裡，獨自飄零於人世間**。

「喝下它，丹尼爾。」教士以拉丁文說著，將聖餐式的葡萄酒灌入他嘴裏。紅髮雙胞胎拿著盤子——一個裝心臟，一個裝腦髓。「以誠敬之心，我吞下聖母的心臟與腦髓……」

他坐起來，將阿曼德拉向自己，吸取一滴又一滴的鮮血。他們倒臥在花床上，阿曼德躺在他的身邊，他的嘴湊向阿曼德的喉頭。那血液眞是難以言喩。

「來到神祕別館吧。」路易斯說，撫摸他的肩膀：「我們都在等著你。」紅髮的雙胞胎相互擁抱，撫弄彼此的長髮。

那些孩子們在演唱會場的門外尖叫，因爲門票已經售罄。他們會群集在停車場，直到明晚來臨。

「我們有門票嗎？」他詢問：「阿曼德，門票。」

危險！那警訊來自於某個被困在冰層底下的聲音。

某個東西重重地擊中他，他正在漂浮。

「睡吧，我心愛的。」

「我想要回到別館的花園。」他想要張開眼睛，肚子絞痛無比，但又覺得遙遠。

「你知道他被埋在冰層底下？」

「睡吧，」阿曼德幫他蓋上毛毯：「當你醒來，就會如我一般，永遠地死去。」

舊金山。早在睜開眼睛之前，他就知曉自己在那裏。他很高興離開那個鬼樣的夢——窒息、黑色，駕馭那兇猛的海浪。那個只有聽覺而沒有視覺、只有海水感受與無限恐懼的夢境已經退潮。在那其中，他是一個無力叫喊的女人。

趕快從夢中醒來。

冷冽的冬日空氣觸及他的臉，他幾乎品嚐到那雪白新鮮的氣息。這當然是舊金山。冷冽的溫度如同一件大氅般包圍住他，但他的體內卻是溫暖而美妙。

永生不死，永遠地！

他睜開眼睛。透過夢境的幽暗，阿曼德囑咐他要留在這裏。阿曼德跟他說，在這裏他是安全的。就在此地。

法式的大門整個打開，那精心雕琢的房間像是阿曼德慣常憩息的華美屋室，如此令人心愛。從大門那裏飄拂的純白蕾絲，在阿布森地毯上閃耀發亮的羽毛，在在顯示著美感。他移動腳步，走出門外。

一叢枝枒探入他與天空之間，那是蒙特利柏樹的僵硬枝葉。就在樹叢之間的柔魅黑暗，他看到金門大橋的巍峨弧度。濃霧如同稠密的煙，潑往巨大的高塔。霧氣試圖吞沒纜線與橋樑，然後便消失無蹤，彷彿橋上的交通陣流將它燒融掉。

如此的奇景眞是動人心魄，遠方的山脈因溫熱的燈光而凸顯輪廓。潮濕的屋脊順著山勢往他的方向下降，樹芽在他眼前浮升。這樣的柔和膚脊就像是大象的洞穴。

永遠的不死……

他用手拂過頭髮，一陣柔和的悸動流通身體。當他把手拿開，感到他的指印烙在頭皮上的戳記。微風美妙地刺痛著他，他想起某件事，摸索著自己的獠牙。沒錯，既長又尖利的美麗牙齒。

某個人碰到他，而他轉身時因爲過於快速，差點就失去平衡。這與以前的自己眞是大不相同啊！他想要穩住自己，但一看到阿曼德就忍不住欲泣的衝動。即使在幽深的黑暗，阿曼德的褐色眼眸還是焚著一股流轉之光，臉上的表情是如此的憐愛。他走向阿曼德，觸摸他的睫毛，他還想要撫摸阿曼德嘴邊細緻的線條。阿曼德吻他的時候，他顫抖不已。那冷涼如絲的雙唇如同吻入他的腦海深處，簡直是思維碰撞的純粹電光。

「進來吧，我的孩子。我們只剩一小時不到的時間。」

「那麼，其他人——」

阿曼德逕自前往，看到重要而恐怖的事情，聚會所接二連三地焚燒。然而在此時，似乎沒有任何事情比他內在的溫暖與肢體挪移的悸動感要來得重要。

「他們正在竭力佈局。」阿曼德可是用口唇說話？聽起來異常清晰。「他們懼怕著全體的滅絕，但是舊金山卻完好無缺。有些人認爲那是黎斯特幹的好事，爲的就是要把僅存的吸血一族驅趕到他那裏；還有人說是馬瑞斯或者雙胞胎的作爲。也有可能是『必須被守護者』，他們帶著深不可測的力量覺醒。」

雙胞胎！他感到夢境的黑暗面再度臨現，那個沒有舌頭的女人屍身……恐懼進駐他的體內。不過，再也沒有什麼東西能夠傷害他了，無論是夢境或陰謀。現在，他是阿曼德的孩子。

「這些事情可以容後再說，」阿曼德說：「你必須照我的話做，已經開始的就要把它辦完。」

辦完？不是早就完成了？他已經重生。

阿曼德帶領他走出風中，來到黑暗中的一張床邊，擺設花瓶上所雕繪的龍如此鮮活，鋼琴的鍵盤如同森白獠牙。觸摸它們吧，感應到象牙與天鵝絨的質地。

音樂從何處而來？獨奏著的、低沉哀傷的爵士樂小喇叭制止他的行動，音符飛盪，現在他並不想移動，只想要說他明白這一切，正在吸收著每一個支離破碎的音符。

他想要說，謝謝你帶來這樣的音樂，可是他自己的聲音聽起來如許陌生：更加尖銳，但也充滿磁性。就在外面，濃霧蓋過陽臺，吞噬了夜晚。

阿曼德就在這裏，他可以瞭解這些，帶著他走出黑暗的房間。

「我愛你。」丹尼爾說。

「你確定嗎？」阿曼德回答他。

這讓他感到發笑。

他們來到一個挑高的廊道，臺階沉入陰影之內。阿曼德催促他前進，他想要看清楚腳底下的地毯，馬黛蓮與百合花的紋路，但是阿曼德帶他進入一個明亮的房間。

他因為那光亮的洪流而屏息，光線流入皮製的沙發與椅子。牆壁上的畫作真是不得了！

畫作上沒有確切形體的生物，是以黃色與鮮紅的顏料大筆一揮而就。看上去栩栩如生之物，其實就是活的東西，這是千真萬確的。你畫出那些泅游於奪目色彩的形體，而他們也以這等型態永遠存在。他們是否也能夠以細小的眼睛看到你？還是說，他們只能目睹二次元領域的天堂與地獄，被一枚扭曲的鐵絲懸掛在牆壁上？

他本可能會因為喉嚨深處如同小喇叭一般的呻吟而哭泣，但他沒有哭，只是攫取到一股誘惑性的香氣。**天哪，那是什麼**？他整個身體似乎由裏而外地堅挺起來，突然間他正看著一個小女孩。

她正坐在一張靠背扶手的椅子，雙足併攏，白嫩的臉龐環繞著閃亮的髮絲。她的衣服相當骯髒，從破爛的牛仔褲與襯衫看得出來她是個逃家的小孩。即使有著污漬與鼻頭上的雀斑，她看上去仍然是一幅完美的圖畫。看看她的手臂，雙腿的形狀，以及眼睛！他正在笑著，但毫無笑意，只是一種瘋狂的嗓音。那古怪的笑聲聽起來險惡無比，他意識到自己正把她抱在懷中，而她微笑地瞪視著他，臉頰浮起兩片暈紅。

原來那香氣就是血的味道。他的手指彷彿燃燒起來。奇怪了，爲何他可以看穿她皮層下的血管脈道，也聽得見她心跳的聲音？那聲音愈來愈大，顯得濕潤淫蕩，他忙不迭地從她身上閃開。

「老天，快把她弄走！」他大喊著。

「享用她吧，」阿曼德說：「立刻這麼做。」

❶現存以古英文寫作的最長、最偉大的史詩。

5 凱曼，我的凱曼

此時無人傾聽
你正好可以高唱自我之歌
如同一隻飛鳥，並非因為疆域
或者主導權
而是擴展自身
讓某些事物，從無中生有

——史丹．萊絲，〈德州套房〉

直到這個恐怖的夜晚降臨，先前他總是開自己一個小玩笑：他不知道自己是何許人也，也不知道來自何方，但他知道自己所愛悅之物。而他所愛的東西總是環繞四周：角落綻放的花朵、透著銀河天光的鋼鐵大廈、在腳邊生長的雜草野樹，以及金屬與塑膠所塑造的物品——玩具、電腦、電話，照單全收。他喜歡駕馭這些東西，然後將它們揉碎成細小的碎球狀物，趁沒人在場的時候往窗戶的玻璃扔過去。

他也喜歡鋼琴樂曲、電影，以及在某些書上念來的詩。

他更喜歡燃燒著汽油猶若燈柱的汽車，以及運用科學定律在天上翱翔的飛機。

當飛機經過時，他總是停住腳步，傾聽機上人們的交談。

駕車也是無比的愉悅。他曾經開著賓士連夜飛車，從羅馬飆到佛羅倫斯再到威尼斯。他也喜愛電視，尤其是那個電器的操作程序。有電視陪伴著你、在閃爍的螢幕上出現一大堆濃妝艷抹的臉容，眞是令人安慰啊。

他喜歡各種形式的音樂，搖滾樂亦然，當吸血鬼黎斯特唱著〈女侯爵的鎭魂曲〉，他並不太在意歌詞，只想隨著陰鬱的鼓擊與旋律起舞。

他喜歡那個在深夜鑽入城市深處的黃色機器，上面爬滿了人；他也喜歡倫敦的雙層巴士，以及那些聰明的居民。

他喜歡在黃昏時分漫遊在大馬士革，而在偶一閃現的記憶斷片當中，瞥見遠古的羅馬、希臘、波斯、埃及等地。

他喜歡圖書館，在其中可以找到氣味芬芳的書本、刊載古代巨山的照片。他隨身攜帶著新興城市的照片，有時拿來與記憶中的古老城市相對照。在他內心的羅馬圖像，穿著背心與涼鞋的古代羅馬人就被擺在當代的羅馬背景之上。

還有許多他熱愛的事物——巴爾托克的小提琴，午夜時分從教堂出來、穿著雪白洋裝的小女孩。

當然，他更熱愛獵物們的血液。不用說，那是小笑話的一部分。死亡對他而言並不可笑，他沉靜地追逐獵物，不想結識他們。只要有人類想與他攀談，他馬上逃之夭夭。如果與這些甜美可人的生物聊天，然後又奪取他們的血液漿髓，這並不是恰當的行爲舉止。他餵食自己的方式相當暴烈，其實早就不需要血液維生，但他渴望這種體液。這等欲求以無比的純粹聲勢宰制著他，並非出於口渴。一夜的時光，他可以飲用三、四個人的份量。

但他十分肯定，自己以前是人類。他曾經漫步於陽光之下，雖然早就不這麼做。他想像過自己坐在一張木桌前方，以刀子切開一顆成熟的蜜桃。他知曉眼前美麗水果的滋味，也知道麵包與啤酒的味道。他還知道金黃色的陽光照在無邊沙地的景觀。「躺在地上，好好享受白天。」以往有人這麼告訴他，那是他還活著的最後一天嗎？歇息吧，不久後國王與王后將召集宮廷眾人，可怖的事情將會發生……

但他並不眞的記得這些。

他只是隱約知道，直到那一夜……

就連他聽到吸血鬼黎斯特的時候，也是渾然未知。那傢伙只是滿吸引他，假扮成吸血一族的搖滾歌手。他看上去的確不太像人，但那就是電視的本領。在那熠熠奪目的搖滾樂世界，許多人看上去都不太像人。然而在黎斯特的歌聲中，飽含著人類的七情六慾。

不只是情緒，還有特定的野心。吸血鬼黎斯特想要變成英雄，他唱出自己的心聲：「讓我光輝奪目，我是邪惡的象徵。如果我眞是那個象徵，那我便超凡成聖。」

眞是迷人，唯有人類才會以這種弔詭來思考。他自己也明白，因爲他曾經是個人類。

如今他的確擁有超自然的理解力，能夠一眼望穿機械運作的法則，以及輕易通曉萬事的能耐——那是人類難以望其項背的力量。哎呀，再也沒有什麼足以讓他驚異之事，無論是量子力學、進化法則、畢卡索的畫作，或是讓小孩免疫於某些疾病的基因操控術。彷彿早在他記得身處此地之前，他就通曉這些事物，早先於他說出：「我思索，故我存在。」

不過，撇開這些不論，他還是擁有人類的思考觀點，無庸置疑。以某種令人駭異的精準度，他能夠感應到他人的苦痛，知曉何謂愛戀或寂寞——唉，沒錯，那是他最明白的情愫，這也是他在吸血鬼黎斯特的歌曲中明確感應到的東西，無須看歌詞就可以掌握。

另一件相關之事：吸愈多的血，就愈發人模人樣。

當他首度現世時，看上去完全不成人形。當時的他是一具齷齪的骸骨，茫然行走於通往雅典的公路上。他寶石紅的血脈浮凸於骨骼之間，周身封鎖於緊繃無比的白色肌膚。他的模樣嚇壞眾生，車輛四處逃逸；從他讀取到的意念，他知道自己在別人眼中的德性，感到相當抱歉啊。

在雅典，他套上一身配有塑膠鈕扣的羊毛大衣，戴上手套，以及蓋住整隻腳丫子的現代鞋子。他以布條蒙住五官，只露出眼窩與嘴唇，以灰色帽子遮掩骯髒的黑色長髮。

人們還是不免望他幾眼，但起碼無人尖叫逃竄。傍晚時分、當他在奧瑪尼斯廣場上晃蕩時，沒有誰會多瞧他一眼。這座古老的城市還是如此勃發，如同古老的世代、學子從世界的各個隅位奔赴前來攻讀哲學或藝術。只要他抬頭，就可望見神殿的容姿，雖然如今已成爲一片廢墟。

希臘人向來都是個美妙的民族，生性溫柔可親，雖然經過世代的土耳其混血，如今他們的髮色與膚色更爲深暗。他們毫不介意他的怪誕打扮，而當他以柔軟的腔調努力模仿他們的語言時，他們更是愛慕他。私底下當他打量自己的時候，他注意到血肉逐漸萌長，觸摸起來如同堅硬的岩石，不過好歹總是在變化當中。終於有一夜，他解開包裹的布條，看到一張酷似人類的面容。嗯，這就是他以前的樣貌吧？

黑色的大眼睛，眼窩周圍有一些細微的紋路，一張善於微笑的嘴，挺直的鼻樑，而他最愛自己那漆黑筆直的睫毛，讓他的表情看上去開朗無比，充滿驚喜與信任。沒錯，這是一張相當完美的年輕男性面孔。

從此，他穿著現代化的襯衫與長褲，但還是得小心強光照射，因爲他太白也太光滑。

被詢問時，他說自己的名字是凱曼。可是，他不曉得是怎麼獲知這個名字——從前他曾經被喚做班傑明，以及其他某些名字。但是，凱曼是他第一個也是最私祕的名字，永誌難忘的銘記。他能夠想起意味著「凱曼」的兩種圖相，但不知道自己從何得知這些象徵符碼。

他的力量最讓他自己驚奇：能夠穿牆而過，舉起一輛車子再扔向前方。不過，他自己卻相當輕盈。有一回他拿刀切入自己的手，感到奇異的況味，血液飛濺四處，不過傷口迅速收攏，後來他還得再切開傷口才能夠把刀子拔出來。

他也能夠爬上任何地方，彷彿重力再也無法駕馭他。有一夜他爬上城中心的一棟摩天大樓，柔和地往下飛去，輕柔地降落於底下的街道。

眞是美妙的滋味，他也知道自己足以跨越漫長的距離，只要有膽去做。他知道自己曾經如此做過，飛翔於雲端之上。

他還有許多特異功能呢。每天傍晚一醒過來，他就聽到全世界的聲音，位於希臘、英國、羅馬尼亞、印度等地的聲音一起朝他湧來。他聽見笑語喧嘩、低聲啜泣，或是痛苦的呻吟。假如他屛除雜念，甚至聽得到人們的思想波動：那是令他恐懼的、充滿狂野激念的脈動。他不曉得這些聲音從何處而來，如何彼此互通；這就像是他是聆聽著祈禱的上帝一般。

偶或也會有不朽者的聲音傳來，如同他一樣的存在者在某處思考著、感受著，或者傳送警訊？從遠方傳來他同類的銀色聲波，非常不同於人類的呼號。

然而，這等接收者的能力傷害到他，喚回過往的猙獰記憶：有一段漫長無比的時日，他被囚禁於黑暗中，唯有聲音陪伴著他。他感到慌亂無比，應該不記得這些了啊，有些事情最好永遠被遺忘，例如被燒焦、被囚禁的種種。記得這些只會帶來無止境的哭泣。

沒錯，他是有許多傷痛的過往，在這世上他曾有過許多名字，但總是帶著類似的樂觀性情。他是個驛動的魂魄？不，他確定自己總是隨著這副軀體行走，如此輕盈而強健的身體。

他無奈地隔絕那些聲音。事實上，他想起某個蒼老的誡語：如果你不學習關閉那些聲音，他們遲早會把你弄瘋。對他而言，那簡直易如反掌，只要眨眨眼就可以隔絕所有的噪音。其實要眞正傾聽也是要留神的，那些音流就像是惹厭的噪音一般。

此際的歡愉等候著他，要偵測周圍人們的心思眞是太容易，只要他專注觀測一段時間。在羅馬的時候，總是充滿擾攘，不過他喜愛羅馬那些漆上赭紅與深綠色的房屋，在大道上亡命飆車，漫步於凡內托的道路上，直到撞上一個可以來段露水姻緣的女子爲止。

他也喜愛當代的聰明人們。他們還是人類，但卻博聞強記。某個印度的統治者被暗殺了，不到一小時內，全世界的人們都知道這件事。所有關於災難、發明、醫學奇蹟的紀錄，任何一個普通人也朗朗上口。人們遊走於現實與幻境之間，勞工與裸身的電影女王談戀愛，富豪戴上紙做的珠寶，窮人購買鑽石，而公主殿下衣著襤褸地前往香榭麗舍大道。

他眞希望自己還是個人類。畢竟，他以前不就是嗎？其他的同類又是如何？他們不是首代血族的成員，他很肯定。首代的血族無法以心靈相互通訊。不過，首代血族又是啥鬼東西？他不記得這些了！他感到些許慌亂，不願再回想下去。他在筆記本寫詩，以某種現代性的單純格調，但他知道那是他許久以前就習得的調性。

他漫無目的地遊蕩於歐洲與小亞細亞之間。有時用行走的，有時他會閉上眼睛，讓自己移動到某個特定的地點。他迷倒許多和他交往的人們，白天一到，就任意睡在幽暗的隱密之地。陽光已經傷害不到他，但他還是無法在白晝活動，只要一看到天光，他就會自動閉上眼睛。沉睡之前，他聽見其他飲血者的哀痛呼號，然後便是一片空無。醒來之後，他迫不及待地想要解讀古老的星辰方位。

他開始比較敢放膽飛行。就在伊斯坦堡的外圍，他像一顆飛彈般地射出天際，翻騰於九天雲霄，自在地歡笑著，最後在白晝之前降落於維也納。他飛行得無比快速，沒有人看得到他。況且，若被那些疑竇的眼神包圍，他才不會試用這些新鮮伎倆呢！

他還有另一個有趣的能力：幽體出遊。嗯，不算是眞正的遨遊天外，但是他可以送出自己的念波，也能夠「目睹」千里之外的景觀。有時候躺著躺著，他會突然想要看看某個遙遠的地方，然後他就在刹那間到達那兒。有些人類也辦得到，無論是在夢境時幽體位移，或在清醒時神魂出竅。有時候他會行經那些靈魂正在行旅的身體，但他看不到靈魂的所在。他無法看到鬼魂、或任何靈體。

然而他知道這些事物的存在，必然如此。

古老的意識侵入他的體內，他知曉到當他還是個人類男子時，曾在神殿服用下祭司授與的強力藥液，得以幽體出遊，進入火焚之域。當祭司召喚他回到身軀時，他感到相當不情願，當時他正與所愛的死者在一起；但他明白自己非得回去不可。

沒錯，當時他確實是個人類。他記得當自己躺在那塵埃覆蓋的房間、被給予那藥液的時候，胸膛上冒出的汗水的感受。害怕莫名，但他必須度過那個試煉。

也許現狀的確比較好，能夠同時以身軀與靈魂飛行。

但他無法記起，爲何他自己變成如今這等形狀：飲血爲生，擁有如此的異能。他因此感到無比痛苦。

在巴黎，他跑去看許多「吸血鬼電影」，參詳其中的正確與謬誤資訊。雖然大多數都愚蠢得很，但卻是熟悉的說法，吸血鬼黎斯特顯然就是從這些古老的黑白電影中取得斗篷式服裝的靈感，大多數的「夜行生物」都穿著類似的服飾：黑色斗篷、漿挺的白襯衫、精緻的黑色燕尾外套、黑色長褲。

當然都是一派胡言，但他因此感到告慰。畢竟這些都是吸血鬼，語音輕柔如詩、言笑間口啜生靈血液的族類。他還購買吸血鬼漫畫，剪下某些畫面：類似吸血鬼黎斯特的那種美麗男吸血鬼。也許他該找個機會來試試這種衣著打扮，那會是種安慰，使他感覺到自己隸屬於某種結構——即使那並不眞正存在。

在午夜的倫敦街頭，他在一家燈光幽暗的店面找到這些服飾：外套與長褲、皮製的鞋子、黑色天鵝絨大衣配著雪白的絲緞，長及曳地，眞是太棒了。

他在鏡前盼顧自得，吸血鬼黎斯特一定羨慕死他了，而且他凱曼可是貨眞價實的吸血鬼呢！他首次梳理自己的黑色長髮，並在玻璃櫃中找到香水，爲這個華麗的夜晚打點自己。他甚至還找到耳環與金手鍊。

他現在可光鮮亮麗得很，如同以往的時代。就在午夜的倫敦街頭，人們對他垂涎三尺。這樣打扮眞是太對了，他邊走邊舞動、鞠躬、眨眼，而他的追隨者一直跟著他。即便是在他吸血的時候，他的獵物也以瞭解的眼神望著他。他會如同吸血鬼黎斯特在電視上表演的那樣，俯身向前，溫柔地吸取喉頭的血液，再了結獵物的生命。

當然那是個玩笑，其中有某種可怕的瑣碎成份。那些玩鬧無關於身爲吸血鬼這麼個黑暗深沉的祕辛，無關於他間或記起的某些靈光片羽。不過，能夠暫時充當「某人」或「某物」，至少是有趣的。

沒錯，那須臾的時光如此鮮美，而它稍縱即逝。畢竟他終究會遺忘，不是嗎？如此優美夜晚的細節也終於會自他的腦海消逝；在某個更複雜艱難的未來，他又會失去一切，只記得自己的名字。

最後，他回到故鄉般的雅典。

他手握一截蠟燭，遊逛著夜間的博物館：墳場。那些雕刻著形體的碑碣總讓他泫然欲泣，例如那個死去的女子，手伸向被她丈夫抱著的嬰兒。某些名字迴流到他的耳際，彷佛有人對他窸窣低語：**回到埃及吧，你就會記起來**。他才不要呢，若要遺忘或是發瘋，不免爲時過早。他還是在雅典，不時逛逛神殿底下的墓地。不用在意附近的交通，橫豎這裏是最美的地方，而且它屬於死者。

他爲自己的吸血鬼服飾買了一個衣櫃，甚至添購一具棺材，不過他不喜歡躺進裏面，那東西並不照著人體的曲線打造，上面也沒有面孔的浮雕與文字，好守護沉睡的靈魂。一點都不適當，像個裝寶石的盒子。不過，既然身爲一個吸血鬼，他總該有副棺材來找找樂子。來到他公寓的人類愛死這副棺材，他以加血的美酒款待他們，朗誦詩篇如〈古老水手的哀歌〉，唱著奇異語言的歌曲——他們也相當熱愛這些。有時候他也爲這些好心的人類念誦自己的詩篇，而棺材正好爲這個空無一物的公寓提供坐臥之地。

逐漸地，那個美國搖滾樂手、吸血鬼黎斯特的歌曲開始讓他不安。那些愚蠢的老電影也不再有趣，但是吸血鬼黎斯特眞正讓他感到困擾。會有哪個吸血鬼渴望純潔與勇氣呢？那些歌曲的腔調是如此地哀愁。

吸血一族……有時候他會在天光乍滅的地板上醒過來，餘悸猶存於那個沉重的惡夢；在其中，某些生命輾轉呻吟。是否他正追隨著那兩個遭受巨大不義的紅髮美人的夜間行路？當他們剪斷她的舌頭，那個夢中的紅髮女子從士兵的手中奪回自己的舌頭，將它吃下去，她的勇氣鎮懾每個人——

噢，不要回顧這些事！

他的臉頰生痛，彷彿痛哭失聲過，或者焦慮不堪。他讓自己慢慢鬆弛下來，看著燈光或花朵，不要想這些事。沒事，雅典城充斥著無數灰泥建築物，山頂上的雅典娜神殿無視於煙塵繚繞的空氣，一逕往下俯瞰眾生。傍晚時刻，成千上萬的下班人群竄動於電梯與地下鐵之間，席坦崗瑪廣場到處都是醉漢，擠滿販售報章雜誌的小童。

他再也不聽吸血鬼黎斯特的歌曲，也不光顧播放這些音樂的美式舞廳，遠離愛好此類音樂的學生。

某一夜，在帕拉卡的中心區，他看到幾個吸血鬼出現於燈光刺眼、酒館嘈雜的區域。他的心跳少了幾拍，孤寂與恐懼湧上心頭，使他幾乎失聲。他躑躅於電子音樂高聲喧嘩的舞廳，仔細觀察那幾個吸血鬼夾在觀光客之間，無知於他近在咫尺。

兩男一女，全都穿著黑色的絲製服飾，女吸血鬼的腳踝艱難地蹬著高跟鞋。他們全戴著銀色墨鏡，彼此呢喃低語，不時爆出笑聲；妝點著珠寶與香水，他們盡情招搖著非自然的肌膚與頭髮。

不論外觀上的表象，他們與他大不相同。首先，不像他那麼冷白堅硬，他們的肌理依然柔軟，不脫人類肉身的型態，閃耀著誘人的粉紅色虛弱光澤。他們非常需要獵物的血液，現在就飢渴無比，血液將會流通他們新嫩的組織——不僅僅是存續組織，更會逐漸將他們的軀殼轉變為另一種物體。

至於他嘛，全身上下早就是另一種物體，沒有任何餘存的柔軟組織。雖然他還是欲求人血，但並非迫切的生理需求。他突然間明白，血液不過是讓他更新機能、增強法力的東西。他終於懂了！無以名狀的力量在他的體內恣意流動，如今的他是個跡近完美的軀體。

而他們年幼許多，才剛剛開始這趟吸血鬼的永生之旅。他並不真的記得這些，只是本能地知曉他們是不到一兩百年的小雛兒。那是最危險的時期，如果你僥倖沒有發瘋，也可能被人逮到、燒死、射死。沒有多少個吸血鬼能夠度過這段時間，而他與那幾個首代血族究竟經過多久的時間？天哪，長遠無比的時光幾乎無可度量！他倚著花園的彩色牆壁，將一株新綠的枝枒貼近面頰，讓自己沉湎於比恐懼更可怕的哀傷。他聽見有人在他的頭顱內哭泣，那是誰？快快停止！

他不能傷害到他們，那些柔弱的孩子！他只想要結識他們、擁抱他們，畢竟我們都是吸血一族的成員。

但是，當他趨近他們、傳送沉默卻強烈的歡迎訊息，他們以無法掩飾的恐懼注視著他，順著下坡的巷弄逃竄，遠離帕拉卡的燈光，無論他怎麼做都無法勸停他們。

他僵硬而沉默地站著，感受到一股前所未有的尖利痛楚。然後，發生慘不忍睹的事情：他追趕上他們，怒意達到沸點：**天殺的，非要懲治你們不可，竟敢如此傷害我**！他感到額頭處產生詭異的波動，骨骼處通過一波波的電脈。力量彷彿隱形的舌頭，從他身上跳出去，立即穿過那亡命逃跑的三人，將中間的女子燒成一團火燄。

他目瞪口呆地看著這一景，明白自己以尖銳的力量對準她發射出去，以她超自然的血液爲燃點，將全身上下的血脈燒灼殆盡。直到火燄侵蝕骨髓深處，她的身體轟然引爆，什麼也沒有留下。

天哪，他竟然幹下這等好事！他呆站著瞪視她遺留下的衣物，還是完好的，只是變得焦黑。她只剩下一撮頭髮，沒多久也被燒掉。

也許是出了什麼差錯？不，他知道是自己幹的，當時她是多麼害怕呀！

他沮喪地回家去。以往他從未使用過這種力量。就在無數世紀流逝、他體內的血液逐漸乾涸，肉身的組織如同堅實白皙的蜂巢組織，如今的他竟取得如此法力？

他獨自在公寓，以燭光與香料安慰自己，用刀子割開自己，看著血液淌落：灼熱而濃稠的液體，滴落在他眼前的桌面，在燈光下熠熠發亮，彷彿本身即爲活物。沒錯，確實是活的！

站在鏡子前面，他審視著自己：經過數週的飲血，陰暗的光華又回返他的身上。面頰暈黃、嘴唇帶著粉紅色澤。不過，他還是如同蛇遺留在岩石上的褪皮：僵死、乾枯、焦脆。除了不時悸跳的惡質血液，他的身體是死的。至於他的腦髓……現在看上去如何？如同水晶般的透明，血液瀰漫於細小的組織間隙？力量如同隱形的舌尖，存活於他的體內。

他再度外出，把這等新發現的力量適用在貓的身上——他非常討厭這種動物——還有眾人厭惡的老鼠。可是結果並不相同：這些動物死後並不會起火，只是心臟與腦袋受到致命的重擊。牠們天然的血液並不因此引爆。

以某種冷血無情的感受，他爲之著迷。「這是我將要研習的學科。」他對著自己低語，眼中充滿不受歡迎的淚水。披風、白色領帶、吸血鬼電影，然後是這玩意？**他到底是什麼東西**？上帝的玩偶，浪跡於永恆時光的每一瞬間？看到在某家店面櫥窗懸掛的巨大吸血鬼黎斯特的海報，他轉過身去，以一股火舌般的能量流擊碎玻璃。

噢，太美好了，請給予我森林與星辰。那一夜他來到戴奧菲神殿，無聲降臨於黑暗的高處。他漫步於過往先知行走過的草地，暢遊這座傾頹的神之居所。

但是他不能就此離開雅典，得找到那兩個男吸血鬼才行，告訴他們他感到非常抱歉，絕不會把這等力量用在他們身上。他們得與他交談，與他在一起！

第二天傍晚，醒來之後他就專注傾聽他們的行蹤。他們的老巢在帕拉卡的某間地下室，上面正好是間雜沓喧鬧的酒吧。他們白天睡覺，晚上一到就跑上樓去看著人類飲酒狂歡。「拉蜜亞」這個代表「飲血魔物」的希臘文，就是這間酒吧的名字；電子樂聲傳送出原始的希臘音樂，人們扭動起舞，彼此勾引，牆上懸掛著吸血鬼電影的海報——扮演德古拉的貝拉．路古斯，飾演他女兒的葛洛麗亞．荷登，以及那個滿頭金髮的吸血鬼黎斯特。

他們還真不乏幽默感呢，他好脾氣地想著。當他進門時，那對吸血鬼充滿哀傷與恐懼地坐著，看上去非常無助。

看到他反射著街道光色的形影，他們並沒有移動。他們是怎麼看待他的？類似於電影海報上的那種怪物，前來賜予他們覆滅？

我沒有惡意，只想跟你們談談。我不會生你們的氣，我的目的只是……友愛。

那一對吸血鬼呆住了，其中之一迅速站起來，兩個人都發出驚懼莫名的叫聲。火光淹沒他的視線，人類撞撞跌跌地逃到街上，那對吸血鬼跳著扭曲的火祭之舞。房屋也在燃燒，玻璃轟然碎裂，橙色的火光射向低垂的天幕。

這是他造成的嗎？難道說，無論有意或無意，他都必然造成同類的死亡？

血色的淚水從面頰滴落，流向漿挺的白襯衫。他伸出手臂，以黑斗蓬遮住自己，那是對於眼前慘劇的致敬——對著死於其中的吸血鬼致意。

不，那不是他幹的，他任由人們推撞擠壓。警鈴聲刺痛耳膜。他眨眨眼，試圖在一片閃亮的光芒中看清楚。

驟然間，以某種暴烈的理解，他明白自己並沒有肇下這等慘劇。他看到了禍首：全身籠罩於灰色的毛大衣，半隱藏於陰暗的巷弄內，靜默地瞧著他。

他們四目相對，她輕柔地呼喚他的名字：

「凱曼，我的凱曼！」

他的心靈刷地一片空白，彷彿一道白光穿入他，灼去所有的細節。剎那間，他什麼感覺也沒有，聽不見怒吼的火勢，看不到四周流竄的人群。

他只能夠瞪著眼前那個人，美麗纖細的形影，她向來便是如此。難以承載的恐懼襲來，他記起每件事——他所見所知的每一件事。

恆久無涯的時光在他眼前開啓，千年接著千年往前流逝，直到一切的開端，首代血族。他都想起來了，突然間他開始哭泣，聽到自己用盡一切力氣的控訴：「都是你害的！」

就在一陣滂然的閃光下，他感受到她沛然充裕的力量。熱流撞擊他的胸膛，他往後倒去。

諸神在上，你連我也要殺死！但是她聽不到他的心念，他往後撞向一片煞白的牆壁，強烈的痛意傳向頭部。

但是他沒有死，還能繼續觀看、感受、思索著！他的心跳還是一樣穩定，身體並未燃燒。

他突然間領悟到這一點，用上全身的能耐，擊向他隱形的敵手。

「噢，還是那麼惡毒呀，我的女王陛下。」以太古的語言說道，他的聲音充滿人性。

但是巷弄並沒有人在，她已經遠去。

或者說，她已經高飛九天，就像他常常做的那樣，飛快得無法讓肉眼看到。他感受到她逐漸遠離的形體，往上空看去，毫不費力地得知她的所在——朝往西方飛去，如同雲層間的一道細緻線條。

生猛的音流驚醒他——警鈴、人聲、房屋倒塌的聲音。窄小的街道上擠滿了人，其他間酒吧的音樂並沒有停息。他離開現場，以淚眼注視死去吸血鬼的住所最後一瞥。唉，無以計數的千年歲月啊，他將投身的卻還是同一場戰爭。

好幾個小時，他都只能在街頭晃蕩。

雅典城變得安靜，人們在屋內入眠，人行道上的霧氣如同雨滴般濕潤。他的歷史宛如一具龐大的蝸牛殼穴，朝他直壓下來，不可思議的重量幾乎將他砸垮。

後來他只好往上坡前去，進去某家旅館內附設的豪華酒吧。這家玻璃與鋼質形塑成的店以黑白爲基調，就像他一樣；用以跳舞的地板光可鑑人，一色調的黑色桌子、黑色皮椅。

趁著幽暗的光線，他躡手躡腳地入座，終於讓恐懼盡情宣洩，將手臂舉向額頭，哭得像個傻瓜似的。

瘋狂或遺忘都沒有前來。原來，就在這些個世紀，他都重訪那些珍視的地方。他爲每個自己所愛的人而哭泣。

傷害他最重的，就是那一切的起點，眞正的肇始，早於許久之前的那一夜。當時他枕著尼羅河的水聲入眠，明知道自己隔天要上皇宮去。

眞正的起點是那一夜的一年前，彼時國王告訴他：「爲了我心愛的女王，我將懲治那對姊妹，讓大家搞清楚，她們不是人所敬畏的女巫。你將要代替我執行這個任務。」

當時的情景歷歷在目：宮廷眾人揣揣不安地觀賞，黑髮黑眼的女人與男人穿著上等的亞麻衣裳。有些人躲在柱子後面，有些則趾高氣昂地趨前觀看。那對紅髮雙胞胎就站在他眼前，而他已經愛上他美麗的囚犯。**我辦不到！**

但他非做不可，國王、女王，每個人都等著看好戲；他戴上國王的項鍊，象徵性地替代國王。他步下階梯，雙胞胎瞪視著他，而他姦淫了她們兩人。

如此的痛苦不會永遠持續。

如果他有那份力氣，將會爬入地底的泥土子宮，迎接美好的遺忘。到戴奧菲神殿去吧，漫遊於高嶺上的草地，摘取纖細的野花。如果他將花朵攤在燈光下，它們可會像沐浴於陽光下般地綻放？

然而，他並不眞的想要遺忘。事況不同以往，**她**已經從漫長的沉眠醒來！他親眼目睹她行走於雅典街道！過往與現今的記憶混融合一。

眼淚流乾之後，他開始傾聽與思考。

跳舞的人在他眼前蜷曲扭動，女子們對他微笑。他那白皙的皮膚與紅潤雙頰，看上去還算俊美嗎？他抬起頭來，看見前方蠕動不休的銀幕。他的思路如同物理能力般地強化起來。

現在是耶穌出生後的近兩千年，正値十月，不久之前他卻還是夢見雙胞胎！已經沒有退路了，眞正的痛楚才將要開始，但已經無所謂。他從未如此地**栩栩如生**。

他以亞麻質料的手帕抹臉，拿眼前的酒洗淨雙手，彷彿藉以滌清它們。他再抬起頭來時，正好看到吸血鬼黎斯特唱著他那悲愴的曲子。

藍眼睛的魔鬼，金髮狂野地甩動，身軀不失年輕男子的活力。他的動作活潑且優美，口唇顯示著誘惑，嗓音充滿著細心調製的苦慟。

原來，這些時日以來，你的歌詞都在告訴我真相，都在訴說她的名字。

銀幕前的影像似乎回應著他，對他唱歌，雖然那並不可能。**「必須被守護者」，我的國王與女王！**他仔細聆聽每一句瀰漫於號角與鼓聲之間的歌詞。

聲色退潮之後，他起身離開酒吧，步出旅館的大理石階梯，迎向外面的黑暗。

全世界的吸血鬼都在呼喚他，傳送訊息。他們訴說著行將來臨的禍端，星火燎原般的災難。**女王行走於現世。**他們還傳送著不知其所然的雙胞胎之夢，他竟然都這麼懵懂無知！

「你又知道多少呢，吸血鬼黎斯特？」他低聲說著。

他爬到某個高坡地，俯視著遠方城市的廟宇：就在微弱的星光下，晶瑩的大理石建築物閃著光芒。

「天殺的，我至尊的女王陛下！」他低聲詛咒：「光憑你對我們每個人所做的，就早該下地獄了！」想想看，在這個充斥鋼鐵與煤氣、電子交響曲與電腦管線的當代世界，我們還是照闖不誤。

他想起另一個比他更強烈的詛咒，那是他強暴了雙胞胎的一年之後。就在朦朧的月夜下，那個尖利嘶喊的詛咒響徹宮廷。

「讓精靈爲此見證：那將是未來註定之事，必然**且將會如此**，你是天譴者的女王，邪惡是你唯一的命運之道。當你最極致的時刻到來，我將出現並擊潰你。仔細看著我，那將是你征服者的容顏。」

在起先的幾個世紀，他可曾忘記過這些話語？無論是幽谷荒漠、豐饒河川、曾經收容過她們的貝都因人、穿著獸皮的部族、世界上最古老的城市，桀利裘，他有哪裏未曾去過？這一切的無涯跋涉，爲的就是尋覓那對雙胞胎。

接著，美好的瘋狂降臨在他身上，由是他遺落所有的知識、執著與痛苦。他只是個名叫凱曼的人兒，深愛周圍的一切，享受無邊的歡愉。

那個時刻是否已經來到？是否雙胞胎也已經熬過來？他的記憶之所以回返，是爲了實現那個偉大的目的？眞是美不勝收、戰慄歡喜的念頭：首代血族將要齊聚一堂，擁抱勝利的滋味！

噙著一絲苦澀的笑容，他想起吸血鬼黎斯特的英雄夢。**我的兄弟呀，請原諒我對你的輕蔑，其實我自己也渴慕那種美好與榮光。然而，命運乖桀，救贖終將不可得，我所目睹的只是橫亙眼前的曠古風光——唯有向始無終的出生與死亡，我們每一個都會遭逢的恐怖。**

他看了沉睡的城市最後一眼：那個醜陋粗糙的當代地域，但他曾經滿足於此地，踱步於無數的墳塚之間。

接著，轉瞬間他往上方飛去，將爲自己的能力舉行最偉大的測試。有著目標的感覺眞好，雖然那只是如電如露的幻象。他朝西方飛去，前往吸血鬼黎斯特的所在地，以及訴說著雙胞胎之夢的聲音，如同沒多久前的他。

他的斗篷如同翅膀，美妙的冷空氣擦過他的周身；他突然吃吃發笑，似乎在剎那間，回復成以往快樂單純的模樣。

6 潔曦的故事，偉大家族，以及泰拉瑪斯卡

i

死者無法分享
雖然他們從墳塚起身，迎向我們
（我發誓他們的確如此）
他們掏給你的不是心臟，而是頭顱
用以瞪視的部位。

——史丹・萊絲，〈他們的那一份〉

ii

以手覆蓋她的臉龐，我心震顫，她如此早夭。

——約翰・葦柏斯特

iii

泰拉瑪斯卡

超自然的檢驗者

我們旁觀
同時也永在
倫敦　阿姆斯特丹　羅馬

睡夢中的潔曦不住呻吟著。她是個身材纖細的三十五歲女子，有一頭紅色的鬈曲長髮。她睡在一張不成形的床墊上，木製的吊床四周各懸一根從天花板垂下的鐵鍊。

在這棟大房子的某處，時鐘響起。她必須醒來，距離吸血鬼黎斯特的演唱會只剩下兩小時，但現在她還不能離開雙胞胎。

如此洶湧急促的情景還是首度出現，以雙胞胎的夢境來說，這次的程度又太過隱晦。她知道雙胞胎身陷沙漠，包圍她們的部落相當凶險。雙胞胎看上去相當蒼白，非常不一樣。或許那光暈般的氛圍是種幻覺，但是在幽影綽約之間，雙胞胎似乎散發出光芒，動作行雲流水，彷彿跳舞一般。火炬拋擲到她們身前，而其中之一竟然瞎了！

她眼窩周圍的肌肉收縮深陷，眼皮緊閉。沒錯，他們將她的眼珠活生生挖出來，至於另一個，爲何她發出這等可怕的叫聲？「靜下來，不要抵抗。」那個眼盲的雙胞胎這麼說，在夢中她都聽得懂這種古代語言。另一個雙胞胎發出撕心裂肺般的叫聲，原來她無法說話，他們割去她的舌頭！

我不要再看下去了，必須醒過來。士兵把她們推向前方，慘絕人寰的事情即將發生。雙胞胎沉靜下來，士兵粗魯地分開她們。

不要這麼做，把火炬拿開，不要燒到她們！不要傷到她們的紅髮。

眼盲的雙胞胎伸手尋覓她的妹妹，尖叫著她的名字：「瑪凱！」說不出話的妹妹只能像個受傷動物般地低吼著。

圍觀的群眾讓出路來，兩具蓋槨沉重的棺材被抬到前方。眞是粗暴的冒瀆，蓋子上的圖案雕成人臉與肢體的形狀，這對雙胞胎究竟犯下什麼滔天大罪，必須被封在棺材裏？我看不下去了，蓋子打開，她們被拖向前方，不要這麼做！那個看不見的姊姊似乎明白，奮力抗拒著，但他們強力將她壓入棺材內。瑪凱心膽俱裂地看著，自己也被拉進棺材裏。不要蓋上，我會忍不住爲她們尖叫——

潔曦坐起來，她的眼睛圓睜，尖叫著醒來。

獨自一人在屋內，她還聽得見回音。四周無聲，只有床邊的鐵鍊不時搖動，外面的森林有小鳥鳴叫，時鐘已經響了六聲。

夢境迅速退去，她竭力回想鏡花水月般迅速湮滅的情景：部族所穿戴的衣飾、士兵配戴的武器、雙胞胎的長相。但是這些都已然不復存，只有敏銳的知覺，烙印著所發生過的種種，以及確定吸血鬼黎斯特與這一切相關的篤定感。

她默然檢視手錶，沒有時間了，她想要在吸血鬼黎斯特進場之前就在演唱會場，搶個好位子來觀看他。

然而，她還是躊躇著，看著床邊的白玫瑰；透過窗戶，她看到南方的橘色天空。她拿起花朵旁邊的便條，重讀了一回。

我親愛的：

由於不在家裏，沒多久前我才讀到你的信。我明白那個叫黎斯特的人物帶給你的衝擊，即使在里約，他們也到處播放他的音樂。我已經讀過你寄來的書，知道你曾為泰拉瑪斯卡調查過他。至於雙胞胎的夢境，我們必須好好地談一談；這非同小可，還有其他人也做了同樣的夢。我要求你——不，我要你取消今晚聽演唱會的行程，你必須留在索諾瑪莊園等我回來，我會立刻離開巴西。

等我，我愛你。

你的阿姨，瑪赫特

「瑪赫特，請你原諒我。」她低聲說。不去演唱會是不可能的，而且，瑪赫特應該是這世上最明白她的人。至於她爲之效勞十二年的泰拉瑪斯卡，他們絕不會原諒她的任意而爲。但是，瑪赫特知道個中隱情，瑪赫特本人就是隱情！她會諒解的。

頭暈目眩。惡夢尚未離去，房間內的物體若隱乍現，但是天光突然間又湛亮起來。白玫瑰發出淡淡的暈暉，如同夢境中雙胞胎的身體。

她突然記起來，聽人家說白玫瑰是在葬禮致意的花朵。不，瑪赫特不可能是那樣的意思。

潔曦雙手捧著花苞，花瓣立即綻放開來。嗅著芬芳的香甜，她禁不住將花朵湊近唇邊。模糊而閃亮的記憶片段突然闖入，許久之前與瑪赫特共度的那個夏日：當時她也躺在玫瑰花環繞的房間，白色、粉紅、嫩黃的玫瑰；當時的瑪赫特也捧著滿懷的花，湊向自己臉龐與頸子。

眞的有過如此的畫面嗎？記憶中，天女散花般的無數花瓣散落在瑪赫特的紅髮，和她自己一樣的髮色，也和夢中雙胞胎的一模一樣：濃密、鬈曲、間雜著金暉。

記憶的片羽四散潰射，她無法拼出一幅完整的圖案。不過，無論她記不記得起那個如夢似幻的夏日，都沒有關係。等候她前往的吸血鬼黎斯特將會是告一段落的記號，即使不是解開謎團的答案，至少會如同死亡一般帶來終結。

她起身穿上這陣子不離身的夾克，還有襯衫與牛仔褲，雙腳探入皮靴，然後梳理頭髮。

該是離開這間房子的時候，她早上才闖進來的。實在很不願意離開，但她更難過的是，竟然有再來這裏的一日。

當她迎著晨光踏入屋內，第一個念頭是經過十五年了，這裏卻一點也沒有改變。建構在半山腰上的房舍，樑棟籠罩於清晨的藍色光暈；半藏在綠茵的幾扇窗戶，迎接第一抹晨光。

當她手執古舊鑰匙、進入房內時，自覺像個間諜。似乎有好幾個月沒住人了，舉目所及到處都是灰塵與落葉。不過，水晶茶几上那束白玫瑰正等著她，信件擱在旁邊，信封內夾帶新的鑰匙。

她花上好幾個小時重新探訪此地，顧不得連夜開車的勞頓。她非得重新漫遊那些幽深的樓閣、寬敞動人的房間。這棟房子像個簡略的宮殿，泛著鐵鏽的煙囪從石砌的壁爐翩然升起。

就連家具也巨大無比——巨石砌成的桌子、椅子，鋪滿柔軟坐墊的沙發，嵌入牆壁內的書架與櫥櫃。

這地方帶著中古世紀的那種粗獷風華：散布四處的馬雅文化藝術品、伊圖斯坎杯子、海地的雕像，它們正適合這個地方；石製地板與深邃的閨閣，讓此地看起來像一座安全無比的城堡。

唯獨瑪赫特的創作充滿亮麗色彩、彷彿直接取自戶外的森林與天空。回憶並沒有誇顯它們的美麗：柔軟厚重的地毯繡滿花草的圖樣，彷彿大地本身；羽毛抱枕上的圖樣則是奇詭的形體與象徵；然後是直鋪及地的織錦，繡著大地上的種種風光，山川流水、日月星斗、流風雨露。如許的壯麗與精細，甚至擬造出漫天落葉的瀑布奇景，帶有原始族群繪圖的深遠力道。

再度看到這些事物，簡直比死去還要難受。

近午時分，由於飢餓與一夜未眠的疲憊，她終於在頭昏眼花之下放膽進入後門通往的祕密房間。她走入隱密的通道，看到圖書館並沒有上鎖時，心跳不禁加快起來，扭開燈光。

唉，十五年前的夏天是她生命中最美好的時光；與那段難以言喻的歲月相較，日後她在泰拉瑪斯卡從事的美好探險、獵鬼搜奇，都算不上什麼。

當時在火光明滅的圖書館，她與瑪赫特在一起，無數卷軸的家族史讓她驚喜難抑。瑪赫特暱稱的「大家族裔史」，便是我們遊走於生命迷宮內的線軸。當時的瑪赫特充滿愛憐，爲潔曦解開一卷卷的羊皮書。

潔曦一直無法眞正搞懂那個夏天，在那其中存有一股緩慢美妙的懸疑，好比說，埃及紙上的古文實際上更隸屬於夢幻的境域。彼時她已經是一位訓練有素的考古學者，在埃及與桀利裘挖過不少次古蹟，但她還是無法解讀上面的文字。**老天在上，那究竟是多久以前的遺跡？**

多年之後，她盡力回想所看過的每一份文件。當時有一天，她無意發現圖書館後面的祕密房間……進入一條祕道，來到黑暗的密室。後來她總算發現燈光的按鈕，赫然見到無數的文字泥石板。她的確有將這些東西捧在手上觀看。

後來發生某件事情，可是她不願想起來。發現了另一個通道？她很確定底下還有更隱蔽的密室，走下鐵製的階梯，昏黃的燈泡鑲嵌於石壁之間，她拉下開關的燈鍊……

當然，後來她的確打開一扇紅木門……

許多年過去之後，當時的情景如同隱晦的閃光——那是間天花板很低的大房間，擺著橡木椅、石砌桌凳，還有呢？某個看起來熟悉異常的東西——

後來她除了階梯之外，什麼也不記得。當她醒來時，已經十點了，瑪赫特站在床邊，給她一吻。眞是溫暖美好的感受，通透全身的奇異悸動。瑪赫特說，傍晚時他們在小溪旁邊發現她酣睡著，於是將她抱入屋內。

睡在小溪邊？幾個月之後，她終於「記起」自己睡在那裏的情景，活靈活現的記憶重映：森林的平和安詳，水聲淙淙流過岩石。只是，她現在可以確定那情景是捏造的，從未發生過。

可是，就在十五年後的今天，她找不到自己隱約記得、似乎發生過的事件的證據。房門深鎖，就連家族歷史的捲軸也深藏於玻璃櫥櫃，她不敢妄動打擾。

然而，她堅信自己當時所看到的：沒錯，泥石板上的細小圖案，刻鏤著人體、樹木、動物。她親眼目睹、就著夜光捧在手上觀看。還有那隱密的通道，嚇壞她的那個房間……

儘管如此，那個夏天仍然美如迷夢樂園；當時她與瑪赫特長談，在月光下與瑪赫特、馬以爾共舞。此刻就姑且忘掉後來的錐心之痛，試圖明白何以後來瑪赫特將她遣返紐約、自此不再讓她到這兒來。

我親愛的：

正因為我太愛你，如果我們不分離，我的生命可能會淹沒你。潔曦，你必須擁有自由、發展自己的計畫、夢想、野心……

舊地重遊並無法抹消那些痛楚，因爲那正好再度顯示出，過往的歡愉已然一去不復返。

為了抵擋疲累，她在下午的時候晃出房子，穿過橡樹的那條細長小徑，輕易發現紅木叢中的熟悉路徑，看到那條激打岩石的清澈小溪。

就在這兒，瑪赫特曾引領她穿越黑暗，行過水流與祕道。馬以爾加入她們，瑪赫特為她斟酒，他們一起唱著一首事後她無論如何都記不起來的歌曲。後來她偶或發現自己竟然哼唱那詭譎的曲調，就在愕然頓悟的頃刻，旋踵間又失手遺落了那些音符。

或許她失神昏睡於音流嬝嬝的森林溪畔，一如她虛擬的多年前「記憶」。

楓葉的綠芒如此灼眼，紅木的形影在靜默間森冷逼人，綿延數百哩的樹林碩大而無動於衷，覆蓋了遠方的天地交接線。

她明白今夜的演唱會會多麼透支體力，卻害怕一闔上眼皮，雙胞胎便不由分說地佔領她。

最後，她回到主屋，取走玫瑰與信件。回到她的房間時，正好下午三點鐘。是誰為時鐘上發條？夢中的雙胞胎魅影朝她逼近，她累得無力抵抗。這個地方如此美好，沒有任何她在工作場合遭遇到的鬼迷行蹤，只有長久的平靜。她倒在熟悉的吊床上，枕著那年夏天她與瑪赫特一起精心縫製的羽毛枕頭。就這樣，睡眠與雙胞胎一起蒞臨。

她只剩不到兩小時的時光好趕到舊金山，該是再度離開這房子的時候，也許還是忍不住傷心。她檢視口袋，護照、文件、錢、鑰匙，樣樣俱全。

她拎起皮袋子，甩到肩頭上，快步走出長長的階梯。黃昏逼近，一旦天光整個消逝，就伸手不見五指。

當她走到前廳時，還有一絲餘暉。透過朝西的窗口，她看到幾條修長的光線映亮了懸垂於牆上的刺繡掛畫。

凝神望去時，她幾乎透不過氣來。那是她最鍾愛的作品，無論是複雜度或是尺寸。一眼望去，本來只瞧得見不知伊於胡底的細小印記；漸漸地，壯美的風光浮現於金字塔般的布面紋路。才剛瞥見它的模樣，下一刻卻又消逝如水中月影。就在那個夏日，她每每在酩酊微醺之際，反覆再三地觀看；明心見性的剎那、卻又遁失它的驚鴻形跡。就在背景的翠綠山谷，依次是山丘、森林、小村落的圖樣。

「我眞的很抱歉，瑪赫特。」她又說一回。必須離去了，旅程快要劃上休止符。

正當她轉過頭去，掛布上的某個東西吸引她的視線，她連忙轉頭回顧。是否畫面上有著她從未注意到的事物？乍看之下，那只是一團迷濛的刺繡；沒多久，山脊冒出視線，接著是橄欖樹、村落的輪廓……她找不到陌生的形體，直到她又將視線轉開，那對紅髮女孩的圖樣方從眼角餘光的位置現身！

她謹愼無比地將視線轉回畫面，心跳急促起來。沒錯，就在那裏，那是幻覺嗎？

她繞著房間打轉，直到正面迎視那幅布掛。她伸手觸摸那對形體，沒錯，小小的人兒，綠墨兩點充當眼球，精細的鼻樑，以及紅潤的雙唇，那頭迎風招展的紅色秀髮，波浪般披覆於雪白的肩頭。

她不可置信地瞪視著，原來雙胞胎就在這裏！當她如遭雷殛、僵立在原地時，房間已經暗下來，最後一抹光線被地平線吃掉。眼前的布掛又糊成一團不可辨識的色彩形骸。

她聽到一刻的鐘聲響起，暗忖著通知泰拉瑪斯卡，打電話給倫敦的大衛，告訴他事情的始末——但她明知這是不可能的。無論發生什麼事情，泰拉瑪斯卡必定無法窺知全貌，爲此她感到黯然傷神。

她強迫自己離開，關上身後的大門，走向屋外的小徑。

她不明白自己爲何如此震動，幾乎要哭出來。長年的疑慮得到印證，她感到無比害怕。她不知道自己正在哭泣。

等著瑪赫特過來！

但她不能這麼做。瑪赫特會迷惑她、蠱惑她，以愛的名目將她從祕辛的門扉遣走，許久之前的那個夏天就是如此。吸血鬼黎斯特卻是一切謎團的核心，親眼目睹並觸摸他將會揭穿所有的隱情。

紅色的跑車立即發動，她流利地開向前方道路。頭頂的天窗開著，抵達舊金山的時候一定凍死了。但是那不打緊，橫豎她喜歡開快車時迎面拂來的冷空氣。

道路迎向前方的黑暗，就連甫升月色也無法戳穿的黑暗。她加快速度，輕易地轉彎；哀傷愈發沉重，但已經不再流淚。吸血鬼黎斯特……就快要到了。

當她開上省道時，她加速急馳，對自己唱著在狂風中難以聽見的歌謠。當她開向美麗的小城，聖塔羅沙，全然的黑暗直撲而下；緊接著，她馳向朝南的高速公路。

濃霧逐漸逼近，遠方的山丘彷若橫行鬼魅，不過兩旁的路燈高照，爲她殺出一條路徑。她的亢奮感激增，不到一小時抵達金門大橋，哀傷漸行漸遠。在她的人生中，總是意興湍飛，對於老成持重的人感到不耐。即使她敏銳的知覺預測出這一夜的致命性，她仍然對自己向來的好運充滿信心。她並不眞的害怕。

打從出生開始，她就是個幸運的孩子。當時她懷孕七個月的少女母親被車子撞死，嬰兒卻正好從瀕死的子宮呱呱落地；救護車來臨時，她正運用自己幼嫩的肺葉嘶聲吶喊。

被收容於郡立醫院的兩個星期，她沒有名字，只有冰冷無感的機器陪伴她。不過，護士們都很寵愛她，幫她取了「小麻雀」的暱稱，只要有空時便會哄抱她、唱歌給她聽。

後來她們還寫字給她看，幫她拍照片，說故事給她聽，讓她幼年的知覺充滿被愛的愉悅。

最後，瑪赫特前來指認她：南加州李維斯家族的唯一後裔，她被送往紐約，與一群姓氏、背景大相逕庭的表親同住。就在萊新頓大道的一棟豪華二層樓住宅，她與瑪莉亞、馬修．古德溫夫婦一起生活；他們給予她關愛，以及物質上的所有需求。直到她十二歲之前，一個英國保母都還隨侍在側。

她已經不記得從何時起明白，原來是瑪赫特阿姨供給她這樣的生活：日後她可以隨心所欲地上任何學校，做任何事情。馬修是個醫生，瑪莉亞是個舞者與老師；他們坦承自己對她的溺愛與依賴，她是他們夢寐以求的小女兒。他們一起度過美好、豐富的生活。

在她能夠閱讀之前，瑪赫特就開始寫信給她，內容充滿美好的事物，還附寄許多彩色明信片與她居住過國家的貨幣。在潔曦十七歲時，已經有滿滿一箱的盧比與里拉；更要緊的是，她有個叫瑪赫特的知心密友，充滿關愛地回答她的每一行書信。

瑪赫特鼓勵她上音樂與繪畫課程，激發她閱讀的靈感，爲她安排暑假的歐洲之旅，最後幫她取得哥倫比亞大學的許可，攻讀古代語言與藝術。

瑪赫特爲她安排一趟環繞歐洲的耶誕節親族之旅：義大利的斯喀提諾斯是個富有的銀行家族，居住於西那城郊的別墅；住在巴黎的布嘉蒂絲家族比較清寒，但同樣熱忱歡迎她分享這個擁擠、歡樂的家庭。

十七歲的夏天，潔曦到維也納去造訪本家的俄羅斯支裔，她衷心喜愛那些熱情的年輕知識份子與音樂家；然後，她到英格蘭探訪李維斯家族的本支。早在幾世紀前，南加州的後裔離開英國前往新大陸。

十八歲的時候，她到希臘的珊托里尼尋訪佩特羅那家族。他們全都是饒富異國風味的人們，生活在某種中古世紀的風華，被佃農般的僕侍環繞。他們以一趟環遊伊斯坦堡、亞歷山卓、以及克里特島的旅程款待潔曦。

潔曦幾乎愛上年少的康斯坦丁．佩特羅那；瑪赫特告訴她如果他們在一起，大家都會祝福他們，不過潔曦要自己考慮清楚。她最後吻別情人，回到美國的大學，爲首次到伊拉克的考古挖掘做準備。

即使上大學的時間，她還與親族維持密切的往來，每個人都對她甚好。每個大家族的人們都彼此熱絡，互通有無；家族之間的通婚相當頻仍，每個家族都備有額外的房間，好讓造訪的親戚居住。大家互相傳誦早已死去數百年親戚的有趣故事，潔曦與這些親戚心意相通，無論外表上彼此有多麼大的差異。

羅馬的表親們開著亮眼的法拉利跑車，用足以摔斷脖子的速度急馳於道路上，然後回到他們華麗的別墅；南加州的猶太表親則是一門俊彥，全家都是音樂、藝術、電影人才，五十年來都與好萊塢電影工業互通聲息。他們在好萊塢的家是未成名演員的宿舍，潔曦可以隨意住在閣樓，晚餐於六點提供給每個進門的人。

然而，那位似遠又近、總是充當她知己好友的瑪赫特，以信件指點她的種種困惑，讓她私心珍藏且熱烈回應，這個女子又是何許人也？

在所有潔曦所造訪的親族中，瑪赫特是個不可或缺的存在，雖然她的造訪並不固定，但卻讓人印象深刻。她是「偉大家族」的記錄守護者；所謂的偉大家族，那是同一本家遍佈全世界的各個分脈。她將不同的支脈聚合一起，爲不同的家系牽紅線，當族人遇到麻煩時，她會及時提供足以絕境逢生的援助。

在瑪赫特之前，是她的母親扮演這樣的角色；再往上推是她的祖母，依此類推。「總會有一個瑪赫特。」這句話流傳於每個族系，從義大利、德國、俄羅斯、意第緒、希臘。在家族當中，會有一個單傳的女系後裔充當家族紀事的守護者，每個承襲的後代也會繼承「瑪赫特」這個名字。

「什麼時候我可以見到你？」潔曦在這幾年間不斷寫信詢問，她蒐集的回信信封包括來自新德里、里約、墨西哥城、曼谷、東京、利瑪、西貢、莫斯科。

每個族人都信賴瑪赫特，也爲她所眩惑。之於潔曦，她們之間的聯繫卻含有另一股神祕的力量。

打從她的年幼歲月，潔曦開始有著「不尋常」的靈異經驗。

比方說，潔曦能夠透過某種模糊的方式「讀取」他人的心思。她可以知曉別人嫌惡她或欺瞞她，對於語言的高度天賦緣由於通曉符號的「意念」，即使她還未理解字彙。

而且她還看得見鬼魂——不眞正存在的人物與建築物。

打從小時候，她就看得到位於曼哈頓的一棟優雅房屋，那模糊的輪廓告訴她並不眞的存在；那屋子時隱時現、燈光亦從窗戶的簾幔透出，那種情景讓她覺得好笑。多年之後她才知曉，那棟幽靈房屋是建築家史丹福．懷特的財產，幾十年前就已遭大火焚毀。

她所看到的鬼魅起初並未成形，相反地，它們卻是細碎閃動的鬼火，經常在她感到不舒適的場所成形。然而，當她年歲漸長，鬼影開始更加清晰。就在一個冷暗的下雨午後，一個老婦人的透明影子穿越過她，潔曦歇斯底里地跑到一家附近的商店，那兒的店員連忙打電話給瑪莉亞與馬修。潔曦竭力描述那個老婦人的愁容，那雙灰色的眼眸似乎無視於大千世界的眾相。

當她對朋友敘述這些的時候，她們通常不相信她。不過她們因此著迷，總要求她複述這些故事，那使得潔曦感到嘔心且受傷。此後她避免告訴人們這些事，不過在她快滿二十歲時，看到鬼魂已經是家常便飯的事。

即使在大白天走在第五大道，她還是難免迎頭撞上飄盪無依的鬼魂。十六歲的某個清晨，她看到中央公園的長椅坐著一個年輕男子的幽魂。公園喧囂熱鬧，幽魂卻與世界隔離開來，空無環繞他的四周。潔曦周遭的音色逐漸消逝，彷彿被他吞噬掉。她默禱他儘速離去，可是他反而卻牢牢地看著她，似乎想對她說些什麼。

潔曦慌恐無比，一路直奔回家，告訴瑪莉亞與馬修她被那些東西盯上。她根本不敢離開家門一步，最後馬修只好給她鎮定劑，讓她得以入睡。他離去前將潔曦的房門打開，好讓她不那麼害怕。

當她半睡半醒地躺著，一個年輕女孩走近房裏。她認識她，她是家族的一員，她們徹夜長談，那女孩是如此地甜美親切，看起來似曾相識。她只是個少女，並不比潔曦來得大。

她坐在潔曦的床上，告訴她不用擔憂，鬼魂是不會傷人的。他們沒有那等能耐，只是可憐兮兮的東西。「你寫信給瑪赫特阿姨吧。」那女孩這麼說，然後她拂開潔曦額上的頭髮並親吻她。鎮定劑開始起作用，潔曦根本睜不開眼睛；她想詢問關於自己出生時的那場車禍，但她無法發話。「再會了，親愛的。」那女孩走出房門之前，潔曦已經酣然入夢。

當她醒來，已經是早上十點。公寓還是一片陰暗，她立即寫信給瑪赫特，盡力追述每一則發生過的怪誕事件。直到晚餐時間，她才猛然一驚地想起那個女孩。怎麼可能有這樣一個人，這麼熟悉、一直都在這裏？爲何她從小到大都未曾質疑過這一點？即使在她的信上，她還寫著：「當然，米莉安就在這裏，她還說……」誰是米莉安？那是一個刻在潔曦出生證明的名字，她的母親。

潔曦沒有告訴任何人這檔事，但她感到歡喜無比。她可以感受到米莉安的存在。

五天後，瑪赫特的回信到達。瑪赫特相信她的說詞，還告訴她這並不值得驚訝。這些超自然事物當然是存在的，潔曦並不是第一個看到的人。

在我們的家族的歷代傳承，曾經出現許多位靈導師；在早先的時代，她們是女巫、魔法師。擁有這樣能力的人都有著與你類似的容貌特質：綠眼睛、蒼白的膚色、紅髮。看來這樣的能力貫穿於基因之間，或許還有更科學的解說。不過只要先記住，你的能力並沒有什麼反常之處。

但是，那也不表示這等能力有什麼建設性。這些鬼魂是實存的，他們並不影響事物的運作，他們可能相當孩子氣、活靈活現、充滿狡黠之意。你無法幫助那些試著與你溝通的靈體，通常你只是目睹一個無生命的靈體——也就是說，那是許久之前就消弭於無形的色相殘影。

不必害怕他們，但也不要讓他們浪費你的時間；一旦他們知道你能夠看見他們，就可能纏上你。至於米莉安的話，如果你再度看見她，一定要告訴我。不過，既然是她要你寫信給我，我猜她大概是不會再回來了。總括來說，她不同於那些你所看到的憂傷靈體；如果他們又驚擾到你，隨時寫信告訴我吧，但儘量不要告訴別人，那些沒有通靈經驗的人是不會相信你的。

對於潔曦來說，那封信的意義無可比擬。有好些年來，她總是隨身帶著它。瑪赫特不但理解她，同時更告知她如何明瞭、戰勝這麼麻煩的力量。瑪赫特所說的每件事都正中要害。此後，她偶爾還是被幽靈們驚嚇到，也曾將祕密告知最親近的朋友，不過大體上她遵照著瑪赫特的勸告，那樣的能力不再困擾她，最後幾乎被長久遺忘。

瑪赫特的信件愈發頻繁，她是潔曦最親近的朋友與傾訴者。當她上大學時，她已經把長年通信的瑪赫特看得比任何人都重要，但她還是無法接受，也許永遠無法見到瑪赫特。

最後，在她大三的時候，有一個晚上當她打開公寓的大門，發覺到燈光透亮，壁爐的火勢正旺，一個高眺美麗的女子站在火光前，手裏拿著火鉗。

眞是美貌不可方物！這是潔曦的第一印象。精心修飾過的面容帶有東方風味，除了那雙翠綠色的大眼睛，以及波浪般披覆於肩頭的紅色長髮。

「我親愛的，」那個女子說：「我就是瑪赫特。」

潔曦迫不及待地衝到瑪赫特懷裏，可是瑪赫特溫和地扳住她，似乎想好好看清楚她。然後，瑪赫特不住親吻她，好像只能以這種方式與她接觸，戴上天鵝絨手套的雙手輕柔觸摸她的肩頭。那眞是美妙的一刻，潔曦不斷磨蹭著瑪赫特濃密的紅色長髮。

「你是我夢寐以求的孩子，」瑪赫特低聲說著：「可知道我是多麼高興？」

那一夜的瑪赫特，如同冰霜與火燄的雙生體。她既強悍又無比溫柔，纖細的腰肢與搖曳生姿的長裙底下是個雕像般的冷冽生命，氣質顯現出流行時裝模特兒的古怪光華，如同雕像般的女子。當她們一起離開公寓，瑪赫特曳地的長大衣甩出一抹優美的弧度，她們像是認識一輩子般地融洽無比。

那一夜眞是愉快而漫長。她們到畫廊、劇院，最後是遲來的晚餐。不過瑪赫特什麼也沒沾口，她說自己太興奮了，甚至連手套也忘記脫下。她只熱中傾聽潔曦說的每件事，潔曦無法停止訴說——哥倫比亞大學、她的考古工作、到美索不達米亞做田野的夢想……

這樣的相處與信件上的親近大不相同，她們還一起走過中央公園，經過當時，看到鬼魂的所在。瑪赫特一再告訴她，沒什麼好怕的。這一切都是那麼美好，彷彿她們一起走在魔幻森林當中，再也沒有什麼好擔憂的，只顧著以熱烈而窸窣的聲音交談。接近清晨時，瑪赫特離開潔曦的公寓，承諾她很快就會帶她去加州；瑪赫特在索諾瑪山谷有一棟房子。

直到兩年後，潔曦才收到她的邀約，當時她已經快從大學部畢業。七月的時候她就要到黎巴嫩去考掘。

「你一定要來待上半個月。」瑪赫特這麼寫，機票附在信封內；而且，一個叫馬以爾的「密友」會在機場接她。

雖然潔曦並不願意承認這一點，打從一開始，就有怪事陸續不停地發生。

比方說，馬以爾這個高大、金髮藍眼的男人，他的走動方式、發音的腔調、過於精確的駕駛姿勢，一切都顯得頗爲怪誕。他似乎照規矩穿著適合在農場行走的衣服、鱷魚皮短靴，但又加上手上那雙小羊皮手套，以及藍色鏡片、金色框的墨鏡。

他看上去開朗無比，非常高興見到她，她立刻喜歡上這個人。在他們抵達聖塔羅沙前，她就告訴他自己的種種經歷。他的笑聲非常迷人，不過只要潔曦看他久一點就會發昏，爲什麼會這樣？

農場本身眞是不可置信，不知道是哪個人造出這麼奇蹟的產物？一開始是一條寬廣道路的盡頭，後方的房間直接通往後山；至於屋簷的木材，不知道是否眞是貨眞價實的紅木？磚砌的牆壁更是不可思議的古老，難道說，那麼古早以前就有歐洲移民遷移到加州？算了，總之這個地方實在精采絕倫。她愛死那個圓形的鐵鑄火爐、動物皮毛製的地毯、巨大的圖書館、陳設古老望遠鏡的粗獷天文臺。

她也喜愛那些好心腸的傭人。他們每天從聖塔羅沙來這裏，清洗衣物、準備餐點。她一點也不介意自己必須常常獨處，在森林散步就很愉快。偶爾她會去聖塔羅沙買書與報紙，檢視著那些布掛。某些太古老的飾品她無法分出屬類，研判這些玩意使她樂在其中。

牧場上不乏各式娛樂設施。山頂上架有天線，提供各種電視頻道；地下室還有一間陳設齊全的電影放映室：投影機、銀幕、各色各樣的影片。溫暖的午後，她會在池裏游泳到主屋的南端；傍晚時分，加州的寒意隨著夜晚降臨，每個壁爐都旺盛地燒著火。

最爲壯麗的發現，就是一卷卷的皮製軸書，沿革記載著「偉大家族」的每一世代與每一分支，細膩考究的歷史全貌。看到那些林林總總的照片與圖畫使她全身震顫，有些嬌小如頸鏈鑲飾的小幅圖畫，有些卻是巨幅蒙塵的油畫。

她還找到自己的家族，南加州的李維斯家系——南北戰爭之前如日中天，但在戰後就整個垮掉。照片多到讓她難以承受，這些祖先就是她的血脈源頭，從酷肖的五官足以印證。他們的肌膚和她一樣蒼白，還有兩個人有著和她同樣的紅髮。對於潔曦這個從小被人領養的小孩而言，這些物件的意義重大無比。

直到假期快要結束，每當她打開寫滿拉丁文、希臘文、埃及象形文字的卷軸，潔曦才明白這些家族紀事的重要性：縱然之後她從未碰觸到那些深藏於密窖的泥石板，她與瑪赫特的談話從未褪色。她們曾經徹夜長談著這些家族系譜。

她曾要求幫忙整理家族史，情願放棄自己的學業。她想要翻譯、繕寫那些文件，製作成電腦檔案。何不出版這部浩瀚的家族歷史？這麼久遠的譜系相當難得，縱使不是獨一無二；就算是歐洲的皇室家族也無法追溯到中古的黑暗世代之前。

瑪赫特耐心地提醒潔曦，這項工作非常吃力且不討好。畢竟，這只是一個家族的世代演繹，有時候紀錄上只有一堆名字，或是簡略的生活記載、生死簿、移民海外的紀事。

那些對話也是美好的記憶啊。圖書館柔和的燈光、皮革與羊皮紙的味道、燭光與抽動的火燄，還有坐在壁爐旁的瑪赫特，蒼白的綠眼睛罩上一副淺色眼鏡，提醒潔曦那些文件可能會淹沒她、阻撓她接近更好的事物。眞正重要的是活生生的家族本身、而非紀錄；應該存留的是每一世代的靈光活力，以及對於血族的愛意。紀錄只是將這些心意化爲實踐的道具罷了。

潔曦實在太想要這份工作了，瑪赫特不會不讓她待在這裏的！她會焚膏繼晷、窮盡數年的時光，找出這個家族的眞正源頭。

日後她發現，那真的是個無比駭人的祕辛，是那個夏天的迷譚之一。直到事後，她才眞正注意到那些看似枝節小事的異狀。

好比說，瑪赫特與馬以爾總是日落以後才下床；至於解釋——他們白天都在睡覺——根本不算什麼解釋。他們睡在哪裏——這是另一個疑問。在白天時他們的房門敞開，衣櫃裏滿是異國風味的服飾；傍晚一到，他們宛若靈體物質化般驟然冒出來：潔曦抬頭一看，瑪赫特好端端的站在壁爐旁，化妝無懈可擊、打扮得聲色奪人，首飾的異采在破碎流光中閃現不定。馬以爾還是老樣子，穿著褐色鹿皮夾克，倚牆而立。

每當潔曦質問他們奇異的生理時鐘，瑪赫特的答覆卻也言之成理。他們血氣虛弱，不喜日光，而且通常都熬夜到清晨。這倒也沒錯，清晨四點的時候都還會看到他們爭論著政治或歷史事件，以奇詭的觀視角度，有時候以古代用語稱呼那些地點；有時候他們還會用某種潔曦聽不懂的語言急促交談。以她的超感應能力，偶或可以懂得他們所說的內容，但那種語音使她困惑不解。

有幾次，馬以爾會明顯地讓瑪赫特傷心。他可是她的情人？可是又不太像。

還有就是他們交談的方式，兩人像是彼此讀透對方的心思。瑪赫特明明一言不發，可是馬以爾會抽冷子冒出一句：「我說過，叫你不用擔心嘛！」有時候他們也用心電交感呼喚潔曦。她很確定有一回，瑪赫特無聲地叫她到餐廳，她的聲音只出現於潔曦的腦海。

雖然潔曦是個靈念者，瑪赫特與馬以爾也是嗎？

晚餐也是一絕。她喜歡的菜餚一道道端上，不用事先告訴廚師她的喜惡。他們都曉得！蝸牛、烘烤的牡蠣、威靈頓牛肉、焗烤通心粉……餐桌上滿是讓她食指大動的佳餚，佐餐的葡萄酒更是曠古神水。不過，瑪赫特與馬以爾的食量簡直像小鳥一樣，有時候根本碰都不碰食物，連手套也不摘下。

還有，那些奇妙的訪客到底是何方神聖？有個晚上，一位叫桑提諾的黑髮義大利男子偕同另一個年輕伴侶（艾力克）前來造訪此地。他直瞪著潔曦看，好像她是什麼奇珍異獸，然後親吻她的手，送她一個華麗的翡翠戒指；幾夜之後，那個飾物毫無緣由地不翼而飛。桑提諾和瑪赫特用那種難解的語言吵了兩小時，然後帶著那個倉惶失措的艾力克拂袖離去。

還有那些奇怪的深夜宴會。有好幾次潔曦半夜醒來，發現屋子裏滿是賓客，人們在每個房間高聲談笑；這些賓客都有著某些共同點：膚色冷白、眼睛炯亮如電，就像馬以爾與瑪赫特那樣。可是潔曦一下子就昏昏欲睡，連怎麼回房間都不記得。有一回，她記得有幾個俊美的年輕男子環繞著她，遞給她一杯葡萄酒，她再睜開眼睛時已經是大清晨。她躺在自己的床上，陽光從窗口灑落，屋子內空無一人。

偶爾在三更半夜，她還聽到直升機或小型客機的起降聲，可是沒有人說起這些事情。

但是潔曦太快樂了，只要有瑪赫特的一句話，她的疑慮馬上煙消雲散。不過，對於潔曦這麼一個頑固耿直的人來說，這眞是不可思議；她向來是很堅持己見的。對於瑪赫特的解說，她會有兩種反應：起先是「眞是太滑稽了！」，然後是「當然啦，那還用說！」

她快樂得無暇介意這些。剛來的幾個晚上，她忙著與瑪赫特與馬以爾暢談考古學，瑪赫特不但提供她許多資訊，更有一堆古靈精怪的念頭。

比方說，她認爲農業的起源肇自善於狩獵的部族，基於宗教性的理由，他們需要迷幻藥性的植物與麥酒。雖然目前尚未出現支持這樣說法的證據，只要繼續考掘，一定能找到憑證。

馬以爾以優美的嗓音朗誦詩篇，瑪赫特有時會彈奏出靈幻冥思般的鋼琴曲，艾力克後來又回到這裏，加入他們的夜間活動。

他帶來一些日本與義大利的電影，大家都看得很開心。*Kwaidan*就是一部動人心魄的影片，義大利片《鬼迷茱麗》讓潔曦看得潸然落淚。

這些人似乎都覺得她很有意思。馬以爾常問她一些怪問題，像是說她有沒有抽過煙？巧克力的滋味嘗起來如何？她怎麼敢跟年輕男子一起出遊、或造訪他們的住所，難道她不明白他們可能會殺死她？她差點沒大笑起來，但他很嚴肅地堅稱，那是有可能的。他舉證報紙上的新聞，聲稱現代都市的年輕女子時常被男人狙擊。

最好岔開這些話題，引他談論旅行經驗，當他描述那些異國風情可就棒透了；他在亞馬遜叢林居住多年，可他不太敢坐飛機，萬一爆炸怎麼辦？而且他不喜歡布做的衣服，太過脆弱易裂。

有一回她與馬以爾相處時，產生非常奇異的感受。當時她正在描述自己看到鬼魂的體驗，而他將那些魂魄比喻為瘋死人，讓她笑不可遏。可是那倒也沒錯，鬼魂的舉止的確頗為瘋狂。當我們死後是否就不再存在，或者還是以某種愚蠢的形式留存，在奇怪的時間現身，對靈媒出可笑的話？可有鬼魂曾說過有意思的話？

「當然他們只是地縛靈，」馬以爾說：「當我們最後掙脫肉身與慾樂的勾引，天曉得會上哪兒去？」

當時潔曦已經喝醉，覺得惡夢幾乎直撲向她——她想起那棟史丹福．懷特的鬼屋，以及在紐約市撞見的鬼魂們。她集中心力看著馬以爾，他這回沒有帶墨鏡也沒有戴上手套。英俊的馬以爾，湛藍色的眼珠，眼球中央則是深黑色。

「還有些精靈一直都在世上，自始便沒有肉身，對於擁有軀體的人感到憤怒。」

這眞是奇特的想法。「你怎麼知道呢？」潔曦問道，她還是看著馬以爾。馬以爾很漂亮，但漂亮得有些不對勁：鷹勾鼻、過於堅毅的下巴、簡潔的臉部線條、蓬亂的金髮。那雙眼睛過於深陷，但卻更加引人注目。美麗的人，讓人想擁抱、親吻、勾引上床……事實上她向來爲他所吸引，此刻如同難以收拾的燎原星火。

接下來，毛骨悚然的領悟通透全身：**他不是人類**！他只是假扮成人類，事實一目了然。但那也太可笑了，如果他不是人類那是啥？他當然不是鬼魂或精靈。

「我想，是眞是假我們其實很難分辨。」她衝口而出：「如果你瞪著某個東西看太久，它就會顯得鬼模怪樣。」她將目光從他身上轉向餐桌的一瓶花：山茶玫瑰被其他花草簇擁，看上去的確顯得異樣魍魎，就像昆蟲一般。眞是恐怖透頂！花瓶突然從中碎裂，水濺得到處都是。馬以爾誠懇地說：「請原諒我，我本來並不想這麼做。」

總之就是發生了，但是並沒有掀起騷動。馬以爾說要去森林散散步，臨走前親吻她的額頭。他的雙手顫抖，本來想撫摸她的頭髮，後來還是訕然作罷。

當時潔曦喝太多了，自從她來到這裏以來，一直都喝酒過量，但似乎沒有人注意到。

有時候大家會一起在月光下亂舞一番，隨意搖擺著圈子。馬以爾輕聲哼唱著，瑪赫特以她聽不懂的古代語言唱著曲兒。

如此嬉戲玩樂的當下，她自己又在想些什麼？爲何她沒想到要詢問馬以爾那些怪異的舉止，像是在屋內戴著手套、在黑暗中還不知死活地戴墨鏡。

就在某個清晨，潔曦醉醺醺地上床，作了一個糟糕的惡夢。在夢中，瑪赫特與馬以爾爭論不休，馬以爾一直這般說著：「萬一她死了呢？如果有誰殺死她，被車撞到，如果……如果……」聲音逐漸變得震耳欲聾。

隔幾天後，那個決裂性的災厄終於發生。馬以爾本來出外，沒多久後又返回。她整夜都一直在喝酒，當他們站在陽臺上，他開始親吻她。雖然她幾乎、失去意識，但還是知道狀況。他摟抱著她，吻上她的胸部，接著她沉入一泓沒有盡頭的黑暗湖淵。然後，那個在紐約一直陪伴著她的幽靈少女竟然出現了！馬以爾看不見她，潔曦現在知道，那位少女就是她死去的母親，米莉安，她也知道米莉安感到恐懼。突然間，馬以爾放開她。

「她在哪裏？」他憤怒地問著。

潔曦一張開眼就看到瑪赫特，她一掌揮去，將馬以爾打飛過陽臺的屋脊。潔曦尖叫起來，將那個少女推開，跑向前去查看情況。

馬以爾毫髮無損，站在底下的庭院。不可能！可是看上去就是如此。他朝著瑪赫特鞠躬，那似乎是某種儀式性的姿勢。然後他對她拋出飛吻，雖然瑪赫特頗為哀傷，但還是忍不住笑了。她低聲說了些話，然後對馬以爾擺擺手，似乎表示她沒有眞的火大。

潔曦本來擔心瑪赫特會生她的氣，但當她凝視瑪赫特的眼眸，發現自己的憂慮純屬多餘。當她往下看著自己，發現衣服的胸口處被撕破，馬以爾親吻過的部位強烈刺痛起來。她轉身對著瑪赫特，開始頭暈目眩，甚至聽不到自己說些什麼。

不知怎的，她就回到床上，倚著墊高的枕頭，穿著長睡衣。她告訴瑪赫特那個少女又出現了，但那只是她們談話的一部份；有好幾個小時她一直在訴說事情的來龍去脈，可是瑪赫特要她忘記這些。

天哪，事後她竭盡全力地試圖想起，零碎片段的記憶折磨她好久。瑪赫特將頭髮放下來，她們一起穿越漆黑的房子，宛如鬼魅；瑪赫特不時停下來親吻她。她一直抱著瑪赫特，那觸感像是熾熱的岩石。

她們到達山頂上的一間密室，裏面都是電腦，紅色光芒與電子的低鳴響遍每一處。就在牆上懸掛的巨大螢幕上，是一幅以光點繪畫而成的家族樹脈。那就是電腦圖像化的偉大家族，延伸綿亙數千年。家族的血脈是母系傳承，如同太古民族的習俗，好比埃及王室以公主的血統為尊。人類後來的世代變遷，則改以猶太部族的父系傳承。

在那瞬間，橫亙數千年的流衍傳承，無數的上古姓氏、地域、根源，悉數顯現於潔曦的面前。就在她的眼底，偉大家族遷移在小亞細亞、麥多尼亞、義大利等地，行經歐洲等地，最後來到美洲新大陸。這樣的傳承簡直是人類譜系的縮影！

此後，她無法全然記起那幅電子全景圖的內容，因為瑪赫特要她忘懷。她能記得這些零碎片羽都已經算是奇蹟。

究竟發生了什麼？那場漫長的談話到底刺中哪些核心？

她依稀記得瑪赫特以纖弱少女的模樣哭泣著，她從未如此誘人，臉龐柔軟生光，線條柔和細緻，但是一切都蒙上陰影，潔曦無法看得一清二楚。她記得瑪赫特的臉在黑暗中熊熊燃燒，宛若蒼白的琥珀，透明的綠眼睛通體流光，睫毛彷彿灑上金暉。

蠟燭在她的房裏燃燒，高聳的森林在窗外升起；潔曦一直哀求著、抗議著，但是她們究竟在爭論些什麼？

你會徹底遺忘這一切，什麼也不記得。

當她在陽光俯照的瞬間睜開眼睛，心底覺悟到這一切都已經結束；那些事物再也不會歸來，除了某些無可忘卻的殘餘瘡口。

然後她在桌上發現那封便條：

我親愛的：

再與我們相處下去將會影響到你。我擔憂再這樣下去，我們過度的羈絆將會阻撓你去做那些本來應該做的事。

請諒解我們如此匆促的離去，我確信這是對你最好的作法。我已經安排好車子送你到機場，飛機的時間是四點，瑪莉亞與馬修會到紐約機場接你。

請相信我比任何所能言喻的話語都愛你，當你到家時我的信件也已經抵達；此後經年，我們將會再有機會討論家族歷史，到時候如果你願意，你可以幫我整理這些資料。但現在還不是時候，我不能讓這些事物淹沒你，將你從生命本身岔開。

永遠愛你的瑪赫特

此後，潔曦再也沒有見到瑪赫特。

她的信件還是如此頻繁，充滿關愛與建議，但是再也沒有本人的造訪，潔曦從此不再受邀到索諾瑪山莊。剛回來後的幾個月，琳琅滿目的眩目禮物幾乎淹死她：一棟位於格林威治村的漂亮公寓、新車、戶頭劇增的存款、用以環遊世界各地造訪親族的機票。最後瑪赫特更資助她到桀利裘挖掘考古的工作。此後數年，只要她想要的，瑪赫特無不給予。

縱然如此，潔曦早被那個夏天嚴重傷害到。當她在大馬士革考古，有一回她夢見馬以爾，哭著醒過來。

記憶如洪水倒灌般回巢的時刻，她已經在倫敦的博物館工作。她永遠不知道是什麼東西如同導火線，引爆了這些，或許只是瑪赫特的強制指令已經褪去。又或許還有另一個原因：某個傍晚她經過特拉法嘉爾廣場，看到一個酷似馬以爾的男子。那個男子距離她甚遠，一直注視著她。但當她揮手示意，他卻似乎毫無所知地走掉。她想追上他，可他就像輕煙般消失無蹤。

這個事件使她失望又受傷，可是幾天後她卻收到一個不具名的禮物：精工鑄造的銀手鐲，那是塞爾特民族古物，幾乎是無價之寶。難道，送她這麼美好禮物的人就是馬以爾？她希望如此。

她將手鐲緊握在手掌，剎然間憶起多年前他們講到的失心瘋鬼魂。她微笑起來，彷彿他此刻就在這裏，抱著她、親吻她。她在寫給瑪赫特的信上提到這個手鐲，從此一直戴在身上。

潔曦持續記錄零星回返的記憶，諸如夢境、閃光飛逝的片段，但她並未透露給瑪赫特知道。

當她住在倫敦時，經歷過一次下場甚慘的戀愛，使她備感孤寂。就在那時候，泰拉瑪斯卡找上她，此後她的人生完全改觀。

潔曦一直住在翠西亞區的老房子，距離奧斯卡．王爾德的故居很近。詹姆斯．韋斯勒與寫出《吸血鬼德古拉》的布藍．史鐸克也住過這一帶。潔曦相當喜愛這地區，但不知道自己住的地方是多年的鬼屋。剛開始的幾個月，她是看到過一些幽渺倏忽的鬼魂，聽見奇異的回音，就像這種老房子常有的東西。瑪赫特說過，許久以前住在這裏的人會遺留一些殘相，所以她置之不理。

然而，有個記者找上門來，說明他正在做一個關於鬼屋的特集，她據實以報地告訴他發生過的一些事，其實是倫敦常有的普及版鬼故事：老婦人、穿著長大衣的男子偶爾會現身此地之類的。

可是那篇文章卻寫得太八卦，顯然潔曦不該透露這麼多。她被冠上「通靈者」或「天生靈媒」的名號；住在約克夏的某個李維斯族人還打電話戲謔她一番，潔曦自己也覺得好笑。不過她並不怎麼在意，當時她正熱中於博物館的研究工作。這些事情不足一提。

之後，讀到這篇報導的泰拉瑪斯卡開始聯絡她。

身為使者的阿倫．萊特納，是個舉止優美、滿頭白髮的老式英國紳士，他邀請潔曦在一精雅的小俱樂部共進午餐。

這是潔曦遇到的最古怪事情之一，讓她聯想起多年前的那個夏日。並不是兩者之間有什麼相似點，而是它們都不同於任何常態世界的經驗。

萊特納先生顯然精心打扮自己，白髮梳理得光鮮無比，穿著毫無瑕疵的三件式西裝。他是她所見過唯一帶著銀拐杖的人。

他愉快地對她解說，他為一個名叫「泰拉瑪斯卡」的祕密組織工作，自己是個靈異事件偵探。組織的成立宗旨是要蒐羅所有的靈異、反常事故的資料，並且研判這些現象。泰拉瑪斯卡也招攬擁有異常能力的人，提供「靈異調查者」的職位。事實上，這工作更像是神職人員般的奉獻，它需要全面的熱忱、盡職，為組織盡力。

潔曦差點沒笑場，但是萊特納早就知道她可能產生這樣的疑竇，他演練幾項通常在初次晤談時用以驗明正身的能力。就在潔曦驚異的注視，他以心念力移動某些物品。他還說，這種簡易的能力可以充當自我介紹的名片。

當潔曦看到調味料的瓶子自行搖晃生姿，簡直驚訝得說不出話來；但當她知道萊特納對她的事情幾乎無所不知，才眞的驚詫到極點。他知道她的出身、就讀於何處，從小就有看見靈魂的能力。組織之所以知道潔曦，是多年前的例行調查發現她的能力，因此建立她的檔案，請她切勿見怪。

請務必明白，在泰拉瑪斯卡進行偵查時，對於個人隱私非常尊重。檔案中記載的只有潔曦與鄰居、朋友、老師的交談，如果她想的話隨時可以抽閱檔案。這就是泰拉瑪斯卡的作風，觀察到一定程度之後必然與對象取得聯繫，資料也會不加保留，雖然紀錄絕不對外公開。

潔曦開始不住詢問萊特納，隨即發現他對她的所知實在驚人。但是，關於瑪赫特與偉大家族，他倒是一無所知。

就是這樣的鉅細靡遺與一無所知引起她的注意。只要提及瑪赫特一句，她毫無疑問地會棄守泰拉瑪斯卡，畢竟她最想守護的是偉大家族。泰拉瑪斯卡只在意潔曦的能力，而她也非常在意他們——縱使瑪赫特曾經加以勸阻。

這個靈異調查組織的歷史眞是引人入勝，她眼前的人應該沒有揑造事實。這個祕密組織成立於西元七五八年，記載女巫、魔法師、靈媒、更古老時代的精靈……種種超自然事蹟。如同偉大家族的紀事，泰拉瑪斯卡使她心醉神馳。

接下來萊特納優雅地迎擊另一波詢問。他的歷史與地理知識豐富，對於卡拉斯的審判、聖殿騎士團的壓迫、干狄爾的處刑……諸如此類的巫術事件，他簡直如數家珍。潔曦根本無法質詢他，而且他引用許多她根本沒聽過的古代法術用語。

那天傍晚，當他們抵達倫敦近郊的總部，潔曦的命運就此逆轉。她在那裏整整有一星期沒踏出大門一步，後來出去只是去退掉翠西亞區的公寓，就此定居於總部。

總部是一棟巨大的石雕建築，在十五世紀蓋成，大概於兩百年前被組織買下。近代化的圖書館與其他設施是在十八世紀加蓋的，不過大多數的房間都完整保留伊莉莎白時期的風味。

潔曦立刻愛上那樣的氣氛，無論是建築物或者沉靜的同事都深受她的喜愛。同事們熱烈歡迎她，之後又回到各自的討論與閱讀。這個基地的富有程度也令人吃驚，更印證萊特納的說詞。此地的氣氛讓她的心靈感應場感到舒適美好，因爲每個人都表裏一致。

眞正勾去她魂魄的是圖書館，不禁使她聯想到多年前夏日的那個藏書室，如今已經對她闔上大門。在這裏的卷誌，記載無數的通靈、女巫狩獵、魔鬼附身等事件，還有儲藏著靈異物件的專室，有些房間只有資深成員才能進入。這種祕辛終得見到天日的情境，眞是曼妙無比。

「工作永遠沒有告終的一刻，」阿倫這麼說：「這些古老的文獻都是拉丁文寫成，但我們不能要求每個新成員通曉拉丁文，在這個時代是不可能的。你看，在那些儲藏室的諸多典誌已經有四個世紀沒有重新謄繕——」

阿倫知道她不僅熟諳拉丁文，還有希臘文與古埃及文，甚至古代的索瑪利亞文字。他不明白的是，潔曦在這個地方找到失落已久的那個夏日的替代品，她終於找到另一個「偉大家族」。

一輛專車爲她從翠西亞的公寓取來所有需要的物品，她的新房間位於總部主屋的西南翼，一棟附有都鐸王朝壁爐的舒適小別館。

潔曦沉醉於這個地方，阿倫看得出來。當她來到總部的三天後，她正式被迎聘爲新入門的成員。她擁有可觀的私人收入，私人的起居間，全天候待命的司機，以及一輛舒適的舊車子。她迅速辭掉大英博物館的工作。

規章相當單純，剛開始的兩年間，她將隨著資深成員調查世界各地發生的超自然現象。當然她可以告知家人與朋友這個組織的存在，但是不可洩露任何資料檔案，也不能公開出版任何關於泰拉瑪斯卡的事情。她絕不能夠對大眾媒體提及組織的存在，如果是特定需要的局部公開，也必須省去姓名與地點。

她專任的工作就是翻譯與繕寫古老的文件紀錄，同時整理那些收藏室中的遺跡古物。不過，一旦發生靈異事端，就必須放下手邊的事情，直接進入田野調查。

經過一個月之後她才寫信告訴瑪赫特這個決定，在信中她掏心告白：她愛上這些工作與其中的人們，圖書館讓她想起索諾瑪農莊的偉大家族文件室，那是她最難以忘懷的地方。瑪赫特可能明瞭？

瑪赫特的回信使她大吃一驚，似乎她對於泰拉瑪斯卡瞭若指掌。她說，自己相當欣賞這個組織在獵巫時代付出的努力，他們從火刑臺上挽救下不少無辜的生命。

想必他們已經告訴你，當時他們運用「地下鐵路」拯救那些將被燒死的人們，安置於阿姆斯特丹。在那個天啓的城市，關於女巫之流的愚蠢謊言並不被取信。

潔曦先前並不知道這些，但她很快就得以印證瑪赫特所說的每個細節。不過瑪赫特對於泰拉瑪斯卡還是持以保留態度：

雖然我欣賞他們在女巫審判時付出的心力，但你要明白我並不怎麼看重他們的調查。沒錯，在這世上不乏吸血鬼、狼人、鬼魂、精靈、女巫的存在，泰拉瑪斯卡再多花上一千年也調查不盡；但是做這些事又與人類種族的命運何干？

無疑地，在遠古的時代，是有人能夠與精靈溝通往來，也有一些能夠造福部族的巫師。然而，惺惺作態的宗教卻拿這些經驗大作文章，捏造各式各樣的神祕名目，建構出一個龐然大物般的宗教系統。這些系統豈不是惡多於善？

讓我這樣說吧，無論歷史會怎麼被詮釋，現在的我們早已跨越那個使用超自然靈力來造福人類的時代。對於那些不相信鬼魂等存在的人們，或許這些事蹟能夠給他們當頭棒喝。然而，無論超自然物種以何等姿態存在於現世，他們**不應該**過度涉入人類的活動。

總之，我認為泰拉瑪斯卡存護的紀錄沒有太大的用處，除了告慰一些歧路亡魂。它是個有意思的組織，但成就不了什麼大器。

我愛你，也尊重你的選擇。但我希望你很快就厭煩泰拉瑪斯卡，盡快回到真實的世界。

潔曦沉吟許久才下筆回信，瑪赫特不應允的態度讓她很難受。不過，她知道自己這個抉擇帶有挾怨報復的意味，由於瑪赫特阻攔她繼續浸淫在偉大家族的世界，她便投往張開雙臂迎接的泰拉瑪斯卡。

然後她提筆寫道，組織的成員並不會過分抬舉自己工作的偉大性，他們坦白告訴潔曦，調查出來的資料大多數還是要保密的，有時候還眞無法感到滿足。他們會舉雙手贊同瑪赫特所說的：鬼魂、靈媒、精靈等東西，當然沒啥大不了的。

可是，絕大多數的人們不也認爲，那些從塵垢中挖出的考古遺跡算不上什麼？潔曦乞求瑪赫特瞭解這份工作對於她的意義，最後她寫出連自己也詫異的話：

我絕對不會對泰拉瑪斯卡透露偉大家族的事情，也不會告訴他們當我待在索諾瑪農莊時所發生的怪事。他們對這些祕蹟需之若渴，但我最想守護的還是你。但是，在將來的某一天，請讓我回到那裏，與你談論那些事物。最近我開始陸續記起一些事情，也作了些怪誕的夢境，但我相信你的判斷力，你一直都這麼疼愛我。但也請你相信我也是同等地愛你。

瑪赫特的回信相當簡潔：

潔曦，我是個個性古怪、任意而為的人，不容許別人違拗我的意見。通常我都忽略自己施加在他人身上的負擔。當初我根本不該帶你到索諾瑪農莊，那是非常自私的舉動，我將無法原諒這麼做的自己。請忘記那次的造訪，當然你不用否定曾發生過的事實，但也不要沉緬於斯。請繼續過你的生活，不要被那個唐突的經驗打斷。有一天我將會答覆你的每一個疑問，但我絕對無意翻轉你的命運。我的愛永遠與你同在。

隨著信件到來的，是許多美妙的禮物：皮製的旅行箱、雪白如牛奶的毛大衣是「爲了讓她在嚴寒的英國冬天使用」。瑪赫特還寫說，這樣寒冷的國家只有愛爾蘭原住民，督以德人才住得下去。

潔曦相當喜愛那件毛皮外套，而毛皮鑲在內裏，不會招引太多注目。旅行箱對她的幫助甚大。瑪赫特如常一樣，每星期寫兩到三封信，她一直都是潔曦的支柱。

但是隨著時間流逝，潔曦卻變得疏遠起來。主要是因爲她在泰拉瑪斯卡從事的工作需要守密，無法詳述她的現況。

在聖誕節與復活節假期，潔曦還是照常探訪偉大家族的親戚。只要有族人來到倫敦，她一定招待他們觀光與用餐。但這些聯繫並未如同以往那麼頻繁，泰拉瑪斯卡成爲她生命的重心。

當她開始譯寫泰拉瑪斯卡的拉丁文紀錄，一個無與倫比的世界就此展現：超感應者的家族與個人、魔法施術的案例、眞正的黑色巫術，以及犧牲無辜與弱勢者的女巫審判事件。她不眠不休地工作，直接把翻譯文件輸入電腦，從羊皮紙上謄錄無數堪稱無價之寶的歷史材料。

另一個更爲誘人的世界也同時展開。就在她加入組織一年後，她開始從事靈異事件的調查與偵測；那些事件恐怖到讓成年人倉惶遁逃。她親眼看到一個具有超感應力的小孩憑著念動力拔起一張橡木桌，讓桌子飛出去砸碎窗戶。她也跟具有讀心能力的人打交道，他們完全偵測出她心底所想的事情。她所看到的鬼魂恐怖到讓人不敢置信，至於自動書寫、超心靈物理能力、通靈術等等事件，更是族繁不及備載，總是讓她嘆爲觀止。

她是否就此習慣於這些現象，視爲常態？即使是組織的老字號成員也招認，他們永遠會被新的案例驚嚇到。

無疑地，她「看到」異常事物的能力非常地強；經常使用的關係，能力更是飛速增進。加入組織大約兩年後，她周遊歐洲各國與美國各州，到處觀測鬼屋的案例。如今她只能偶爾享有清淨的圖書館生涯，其餘的大多數時間都用以往返於各個驚聳駭人的鬼屋奇景之間。

潔曦不會對任何超自然現象下斷論，就像任何泰拉瑪斯卡的成員一樣，她知道沒有任何一種祕教論述能夠涵蓋所有發生的超自然事件。這些工作雖然讓人心旌盪漾，但也相當挫敗。當她與難以安眠的幽魂對談時，不禁聯想起以前馬以爾所說的「神智不清的鬼魂」；她只能勸告他們試著往「更高的領域」前進，不要繼續干擾人類。

那是她唯一說得出口的諮詢，但有時候她不免感到恐懼，唯恐自己可能把那些鬼魂逼出他們唯一擁有的存持管道。萬一死後什麼也沒有，那些飄盪無依的鬼魂只是無法接受自己的死亡，那他們還能到哪兒去？這麼一想簡直太恐怖了，鬼魂不過是終極黑暗到來之前的混沌光爆。

無論如何，潔曦還是解決不少鬧鬼的案件。生者的解脫讓她告慰。她滿意於自己刺激特殊的生活方式，就算是再棒的東西要拿來與之交換，她也不會拱手交出。

嗯，幾乎所有的東西。但是，如果瑪赫特出現在她的玄關，懇切地要求她一起回到索諾瑪莊園去整理偉大家族的譜系，她可能二話不說就拋棄一切而去。

有一回，組織內的某些文件使她開始對偉大家族的存在感到疑慮。

在繕寫文件的時候，她注意到泰拉瑪斯卡長年觀察許多個「女巫家族」；這些家庭的財富建立於某個與之結交的精靈。目前就有一個正被觀察的家族，他們的特色在於，每一代都有一位掌門女巫。根據紀錄顯示，這位女巫能夠操控超自然的力量，爲自己的家族獲取財富榮華。這樣的力量應該是由血脈傳承而來，不過目前尚未有定論。有些家族現在已經完全不知道自身的歷史，更別說是回溯到十二世紀、女巫剛開始大發異彩之時。雖然組織努力要聯繫上這些家族，但通常都會受到阻撓，而且接踵而至的危險太大，所以無法追緝下去。畢竟，這些女巫能夠施行眞正的黑魔法。

由於過於震驚，有好幾個星期她什麼事也做不了。她無法忘卻關於女巫家族的種種描摹，那實在太過類似於偉大家族。

後來她想出唯一不冒犯任何一方的解決之道，就是仔細檢驗組織內儲藏的每一個女巫家族檔案，重複檢驗以防疏漏，甚至從最古早的紀錄開始查看。

沒有任何叫瑪赫特的人，也沒有任何記載著偉大家族支裔的紀錄，就連稍微類似的形容也沒有。

她大大地鬆一口氣，不過這也是意料中事。她的本能告訴她不是這個方向，瑪赫特不是女巫之類的存在。**她比這個還更了不得。**

不過說眞的，她從未眞的想要搞清楚那是怎麼一回事。正如她抗拒任何普遍性的理論，她也拒絕以任何理論來解套那個夏天所發生的事。而且不只一次她體悟到，自己之所以來到這裏，就是爲了要淹沒在一片超自然事蹟的花圃當中，試圖遺忘某株特定的靈異之花。長久下來，被鬼魂、魔鬼附身的小孩等事物包圍，她逐漸忘記瑪赫特與偉大家族。

當潔曦成爲全職成員時，她已經相當諳熟於組織的規章、事件調查的紀錄方式、如何協力警察調查犯罪案件、迴避媒體的侵擾。她深深慶幸泰拉瑪斯卡並不是一個古板的組織，不要求成員信仰**任何事物**，只希望他們誠實地觀測所發生的事件。

模式、相似點、重複性……，這些是泰拉瑪斯卡最關注的東西，但他們並沒有僵化的信條，存檔的紀錄只是用以當作不同案件的參考。

縱使如此，某些成員還是會參照特定的理論模式，像潔曦就會研讀所有知名靈媒、靈異偵探、心電感應者的作品。只要與超自然現象相關的東西，她都會專注研究。

不只一回，她想到瑪赫特當年的勸告。沒錯，對於首度見證的人來說，鬼魂、超感應者、靈媒等存在簡直酷得無話可說；但是之於整個人類歷史的宏觀角度，他們並沒有什麼意義可言。大概不會有什麼魔異事物的出土，足以改觀這個世界。

然而潔曦並未因此而厭倦她的工作，她甚至耽溺於其中的興奮與隱密性，浸透在泰拉瑪斯卡的子宮。雖然她逐漸習慣於優雅的居住環境——骨董般的蕾絲與四柱床、銀器餐具、雪佛蘭轎車，隨身僕人——但她的生活反而愈形純樸。

當她年滿三十歲，看上去仍然小鳥依人，紅髮留到齊肩的長度，不施任何脂粉，除了她珍視的塞爾特銀手鐲，什麼珠寶也不佩戴。羊毛長褲與風衣是她最喜歡的打扮，當她人在美國時就改穿牛仔褲。即使如此，她還是相當吸引人，比她預想的更多人愛上她。是有過幾次戀愛，但都只是短暫而輕淡。

對她來說，更重要的是她與組織成員的情誼。她沒有過兄弟姊妹，而他們就像是她的家人，大家相互關懷。她喜歡這種同舟共濟的感覺，即使在深夜也可以隨時下樓，加入大廳中還清醒著的人們——閱讀、聊天、辯論。廚房也隨時供應遲到的晚餐與過早的早餐，只要你想吃。

潔曦可能就長此以往待在這裏，泰拉瑪斯卡像個天主教組織，無微不至地照料它的成員。老死在本部的人們將受到最好的照料：你可以選擇安靜獨自離去，或讓其他成員撫慰你；如果你想要的話，也可以回家與親人共度最後時光。大多數的人都想要終老於本部，葬禮精美而充滿尊嚴；在這裏，死亡是生命的一部份。塵歸塵、土歸土的時刻，大家都身穿黑衣來為死者送行。

沒錯，這些人已經成為她的親人。如果按照一般的軌道下去，大概她一輩子都會按照現狀度過。但在她即將待滿第八年的時候，某件事情幾乎要改變她生命的全貌，造成她與組織的分裂。

潔曦的工作成績相當傲人，但是到了一九八一年的夏天，她還是在阿倫·萊特納的監督之下，也甚少與組織的高層人士晤面。

是以，當領導人大衛·泰柏特請她到他的辦公室晤談，她感到相當吃驚。大衛是個年約六十五歲的男子，精力充沛，鐵灰色的頭髮，結實的身材，他的態度總是愉悅開朗。當她進到辦公室，他遞給她一杯雪利酒，愉快地閒話家常好一陣子才進入主題。

這一回，潔曦的任務大異於以往。他先交給她一本名叫《夜訪吸血鬼》的書，要她先讀完。

潔曦感到困惑：「事實上，我以前就讀過這本書。這樣一本小說跟我們要調查的事情有什麼關聯呢？」

有一回，她在機場買下這本書，在漫長的洲際飛行之間啃完它。這故事是一個吸血鬼對年輕記者的第一人稱告白，就在當代背景的舊金山。這本書如同噩夢般地籠罩著潔曦，她無法分辨自己究竟喜不喜歡它。後來她似乎將這本書扔在另一個機場的候機室之類的。

本書的主要角色是一群光鮮華麗的不朽者。約莫五十年的時間，他們在紐奧爾良組成一個邪惡的小家庭，以本城居民的血液維生。故事的大反派是黎斯特，而他憂鬱苦惱的伴侶路易斯，則是敘述本書的主人翁。至於他們的「女兒」克勞蒂亞，是個引人入勝的悲劇角色：她的心智隨著歲月增長、成熟，但軀體將永遠維持小女孩的模樣。

路易斯追求最終救贖的徒勞行旅，可謂本書的主題；然而克勞蒂亞對於那兩個男吸血鬼的愛憎情仇、以及最後的殞滅，更讓潔曦爲之動容。

大衛簡單地解釋：「這本書不是小說，但是它的出書目的未明。不過，即使它以小說的名目出版，還是造成相當程度的騷動。」

「不是小說？」她問道：「這我可糊塗了。」

大衛繼續說下去：「作者的名字是化名，至於支票上寫的受款人完全不甩我們；他是個居無定所的年輕男子，很像那個書中的年輕記者。不過重點並不在此：你的工作是到紐奧爾良去，抽閱書中所有場景地點的土地所有權紀錄，那些都是南北戰爭之前就存在的古蹟。」

「等等，你是要告訴我，那些吸血鬼確實存在？那些角色——黎斯特，路易斯，克勞蒂亞——他們是眞的?!」

「完全正確。」大衛說：「而且可別忘了阿曼德，那個掌管巴黎『吸血鬼劇場』的教主。」

潔曦當然記得阿曼德，那個在書中號稱最古老的吸血鬼，外型就像個纖秀的少年。至於「吸血鬼劇場」，那眞是個腥味四溢的場所——人類獵物公然在舞臺上被殺死，被吸去每一滴血，臺下的巴黎觀眾還以爲那是表演作秀。

那本書宛如夢魘的質地開始返回潔曦的腦海，尤其是克勞蒂亞的部份。她就是死於吸血鬼劇場，在阿曼德的命令下，那群吸血鬼合力毀掉她。

「大衛，我沒聽錯吧？你的意思是說，那些生物當眞存在？」

「完全正確，」大衛說：「自從組織成立以來，我們就開始觀察這些生命體；坦白說，泰拉瑪斯卡之所以成立，最初的宗旨也是爲了吸血鬼。不過那並非現在的重點。總之，那本書中的角色並非虛構，你的任務就是從土地文件中找出那幾個主角的蹤跡——像是黎斯特、路易斯、克勞蒂亞。」

潔曦忍不住笑場，她克制不住自己，大衛耐心十足的表情只讓她更想笑。不過大衛並不爲她的笑聲所動，就像當初她與萊特納首次會面時，對方也對她的哄笑不以爲意。

「絕佳的態度，」大衛的嘴邊掛著一抹淘氣的笑意：「當然我們不期待你一下子就進入情況，但是這個任務可能相當危險，執行者必須嚴格遵守組織的法規。如果你不想身涉險境，請儘管拒絕無妨。」

「只怕我又要笑出來了。」潔曦說，她很少在組織內聽到以「危險」來形容的任務，除了女巫家族之外。要她接受女巫的存在並沒有什麼困難，畢竟那也是人類；至於精靈嘛，應該也是能夠以靈力操控的。但是，吸血鬼？

「這樣說好了，」大衛說：「在你還沒決定之前，讓我們來觀賞一些地窖內收藏的吸血鬼生活物件。」

這可是太棒了，總部內的某些房間她可還沒能跨進去過。這個大好機會絕不能錯失。

當她跟著大衛走下安靜的階梯時，索諾瑪農莊的氣氛出乎預期之外地襲來。就連那條以昏黃電燈泡照明的蜿蜒長廊，也讓她想起農莊的地窖。她察覺到自己愈來愈興奮。

他們進入一間間原先上鎖的儲藏室，看到書本、書架上擺的一個骷髏頭、垂到地板上的衣物、家具、老舊的繪畫、一箱箱的東西與大量的灰塵。

大衛無所謂地揮揮手：「這些雜七雜八的東西多少都與那些飲血的不朽者有關，他們的物質生活相當富裕。而且，當他們對於現狀開始不耐、終於閃人的時後，通常都會留下一整屋子的家具衣物，還有造型有趣的棺材。接下來我要給你看的一些東西，應該具有決定性的效果。」

決定性？從事這樣的工作還有什麼決定性的事物？這眞是一個充滿驚奇的下午。

大衛引著她進入最裏面的房間，佔地相當大，燈光通亮。

她立刻注意到對面牆壁掛著的那幅畫，沒多久就判定那是文藝復興時代的作品，大概出身於維也納畫派。那是以蛋彩顏料繪成，畫面上充滿此類作品的光彩，非人工顏料所能及。就在右下角，以羅馬風格的拉丁文寫著畫家的名字與作品標題：

〈阿瑪迪歐的誘惑〉，馬瑞斯

她退後幾步，細心打量著畫作。

一群姿態曼妙的黑翼天使包圍住一個跪著的形體，一個褐髮少年。背後的天空橫越幾道拱門，以亮麗的金色顏料畫出雲彩。大理石地板的質感宛如攝影作品般地精確，幾乎可以摸得到那種冰冷感，撫觸到石頭上的紋路。

不過，人物的神容才是本畫的重點：天使的黑色羽翼與長袍都美侖美奐地描摹，男孩簡直栩栩如生！他的褐色眼睛從畫面往外凝視，皮膚帶著潮濕的質感，似乎即將開口說話。

這麼寫實的基調有點不像文藝復興時代的作品，人物的模樣充滿特色，而非空泛的理想型態。天使的表情略帶譏嘲，但又頗爲苦澀；男孩的衣服畫得活靈活現，她竟然看得到上面的縫痕，袖口上的灰塵。此外還有一些零星背景，例如散落地面的落葉，擱置在一旁的畫筆。

「誰是馬瑞斯？」她從未聽過這個畫家，以往也沒有看過這種令人心神難安的義大利畫作，黑翅膀的天使……

大衛沒有答話，他指著畫面中的男孩：「仔細觀察他，雖然他不是你將要調查的焦點，但也是個重要的連結。」

焦點？連結？她的注意力都被那幅畫給奪走了。

「噢，角落還有一些人類骸骨，彷彿被什麼力量掃到一旁。那又是什麼意思？」

「沒錯，」大衛喃喃地說：「通常你看到『誘惑』這個標題時，馬上會聯想到的是一群惡魔包圍著聖徒。」

「沒錯，而且這幅畫的技巧也很難得。」她愈是瞪著它看，愈發感到心神不安。

「你是從哪兒得來的？」

「好幾百年前，組織在維也納取得。」大衛說：「就在一棟被燒毀的別墅內——順便一提，吸血鬼經常以火燄來對付同族的敵人。《夜訪吸血鬼》當中，就有好幾場大火：當路易斯試圖殺死黎斯特時，他在城裏的那間屋子縱火；後來克勞蒂亞被害死，路易斯斯也燒毀了巴黎的吸血鬼劇場。」

克勞蒂亞之死……潔曦機伶伶打個冷顫，比較警醒起來。

「仔細觀察這張畫，我們現在的重點是這個少年。」

阿瑪迪歐，意味著「愛慕神的人」，那孩子長得很漂亮，大約十六歲出頭，五官堅毅，但卻帶著奇異的哀懇表情。

大衛把某個東西放在她的掌心上，她不情願地將視線從畫作那裏轉開，發覺自己看著的是一張十九世紀末期的小幅攝影作品。看了好一會兒，她驚叫出聲：「那是同一個男孩！」

「沒錯，而且是一張實驗之作。」大衛說：「仔細留意，那張照片在日落之後拍攝的，原本應該無法顯像才是。除了臉部之外，其他的部位都拍得很模糊。」

「再看看這個吧。」大衛又遞給她一本十九世紀的舊雜誌，那種刊載許多小篇專欄與相關插畫的刊物。畫面上又是同一個男孩，微笑著，那幅素描畫得很匆促。

「那篇文章寫的就是他，以及吸血鬼劇場。那本英文雜誌的出刊年份是一七八九年，比起書中的年代要早上八十年。不過你可以發現報導所寫的是同一個少年。」

「吸血鬼劇場……」她瞪著畫面上的褐髮男孩看：「天哪，那不就是阿曼德，書中的那個主角？」

「完全正確，他似乎很喜歡那個名字。這名字的義大利文就是阿瑪迪歐，後來他就一直使用那個名字的英文版本。」

「慢一點，你的意思是說吸血鬼劇場也一直被我們的人觀察？」

「沒錯，檔案相當龐大，無數的卷誌登錄著這劇場相關的資訊。我們還有這塊土地的所有權紀錄呢。當《夜訪吸血鬼》問世以來，我們又找到另一個相關的連結。劇場所有人登記的是黎斯特．狄．賴柯特這個名字，那個人在一七八九年買下那產業。至於現在的所有者，是一個跟他同名的年輕男人。」

「這些都已經得到確認？」

「檔案都在這裏，」大衛說：「以前與現在的產業權狀書，你可以觀察兩份文件的簽名。黎斯特做什麼都是大手筆，就連簽名也簽了半張紙那麼大的空間，以他龍飛鳳舞的字跡。我們要你帶著這些筆跡的照片存檔到紐奧爾良，還有，這還有一張報紙新聞，記載著吸血鬼劇場被祝融洗劫燒毀的事件——那正好是書中路易斯燒掉劇場的時候。你得好好設想這些相關點，當然，得再仔細看一回這本小說。」

那個週末，潔曦搭上前往紐奧爾良的班機。她的任務是要去觀測、記錄曾經出現於《夜訪吸血鬼》書中的場景地點，搜索土地權狀書、舊報紙、刊物——只要是能夠印證那些角色確實存在的證據，都要確實掌握。

其實她並不真的相信，真有這些吸血鬼的存在。一個聰明的小說家當然會充份運用各種有趣的歷史資料，編造成一本讓人疑似真實的故事。畢竟，光靠戲票、產權書、節目單、報章雜誌等等物件，不盡然就證明那些吸取血液的不朽者當真存在。

至於她應該要遵守的調查規則，那可真是小題大作之極。

她能夠待在紐奧爾良的時間，只能是日出到下午四點；過了四點，她就得回到鄰近城市的一棟十六層樓旅館。

如果她感覺到任何風吹草動、或者感到有人在注意她，必須迅速到人群聚集之處，立刻打長途電話到倫敦總部報告。

而且，絕對不能用心靈感應力來尋覓吸血鬼。組織並不清楚這些吸血鬼的能力，但他們絕對有讀心的能耐。他們也能夠製造心靈幻象，混淆人心，而且他們的能力超絕，幾乎能宰掉任何人。

何況，他們其中的某幾個絕對知道泰拉瑪斯卡的存在。在過去幾百年間，有幾個成員就是在調查吸血鬼的過程中無故失蹤。

她還得每天留意當日新聞。組織相信目前的紐奧爾良並沒有吸血鬼出沒其中，否則就不會派她到當地調查。可是，那些人物隨時都可能突然冒出來。假如她在當地新聞看到神祕死亡事件的報導，要立刻離開城市，不能再回去那裏。

潔曦只覺得這些規章眞是討喜得很，即使發生過一些神祕死亡事件，也不見得就會嚇倒她。那些犧牲者可能是某些邪教團體的獵物，而那些都是人類幹的好事。

不過，她還是接下這件任務。

大衛送她到機場的時候，曾經這麼問她：「如果你根本無法接受我所說的事實，那又爲何要去偵查這些人物？」

她思索良久才回答：「那本小說有某種晦暗的力量，使得這些主角的生命動人心魄。起先，那只是惡夢一般的故事，後來你卻沉浸其中，無法自拔，最後竟然感到無比舒坦。你只想停留在那樣的世界，即使是克勞蒂亞的死亡也不見得就是壞事。」

「還有呢？」

「我要證明那只是一本小說。」

對於組織來說，這樣的理由已經足夠，尤其她更是一個訓練有素的成員。

然而，就在倫敦與紐約之間的長程飛行，潔曦領悟到有些事情她無法告訴大衛。那是只有她自己才能面對的眞相：《夜訪吸血鬼》這本書提醒她許多年前的那個夏天，雖然她不知道原因何在。她不斷地回想起那個夏天，潮水般的記憶陸續回流。她告訴自己，那兩檔子事並不相關，但是那本書的某種氛圍、某種情境、主角的態度，以及似是而非、似眞似幻的情調，就是像煞那個無以名狀的夏天。但是她還是理不出個頭緒，她的理性正如同記憶一樣，都被某種東西擋在門外。

停留在紐奧爾良的第一夜，堪稱她靈異調查員生涯中最古怪的夜晚。

這個地方帶有一種加勒比海式的美色，以及某種殖民地般的魅力。潔曦在每一處都感受得到「異物」，這個城市的每個角落都被鬼魂纏身，那些嚇人的華宅總是陰鬱沉靜。即使是遊客滿天飛的法國區，也帶著一種陰邪的官能情調，使她在信步閒逛的時候無故怔忡；當她閒坐在傑克森廣場的長椅，常常不由得落入漫長的黑甜鄉。

她討厭下午四點就得離開紐奧爾良，雖然她下榻的旅館提供各種美式的豪華服務。潔曦雖然很喜愛那旅館，但卻無法不被紐奧爾良的柔軟慵懶氣氛所惑。每天早上她醒來時，都知道自己夢見那些吸血鬼角色，以及瑪赫特。

訪查四天之後，她忙不迭地打電話回總部報告。根據路易斯安納州的官方文件，納稅人名單當中竟然有個黎斯特．狄．賴柯特。就在一八六二年，他從生意夥伴路易斯．波音提．拉克那裏，接手一棟位於皇家街的房子。路易斯在路易斯安納州擁有七座不動產，其中之一就是在《夜訪吸血鬼》出現的那座農莊。潔曦目瞪口呆，簡直要樂壞了。

更美妙的發現還在後頭呢，這個叫黎斯特·狄·賴柯特的傢伙在本城擁有許多房地產。根據一八九五年與一九一〇年的文件紀錄，屋主的簽名與那份十八世紀的文件如出一轍。

眞是棒透了，潔曦簡直樂不可支。

她立刻前往拍攝黎斯特擁有的那些房地產：其中兩座位於花園區的房子已經搖搖欲墜，幾乎要化爲廢墟。但是，包括皇家街在內的幾棟房子都租給某個事務所，房租直接付給巴黎的某個仲介所。

潔曦再也忍受不了，立即聯絡大衛要他匯錢過來，她非得將皇家街的房客請走不可。這棟房子絕對是當時黎斯特、路易斯與克勞蒂亞的住所。無論他們是不是眞的吸血鬼，起碼他們曾經在這裏生活過！

大衛火速匯錢過來，並且嚴厲制止她靠近那些殘破的老房子。潔曦回覆說，她已經檢視過那些地方，看樣子是多年無人居住。

重要的是那棟城裏的房子，由於高額的賠償金，原本的房客都歡天喜地遷走了。星期一早上，她終於如願遷入那棟兩層樓的洋房。

美不勝收的廢墟啊，所有的時移事往皆收藏於破敗的家具內。

潔曦手拿螺絲起子與鑿子，接近前廳的房間。根據書中路易斯的敘述，那兒曾發生一場大火，黎斯特因此受到重創。走著瞧，她很快就可以知道答案。

才一會兒的功夫，她馬上掀翻出曾經被火舌塗炭的木材。至於用來塡塞破洞的報紙正好是一八六二年份，正好符膺路易斯的描述。當時他將這棟房子轉讓給黎斯特，簽好讓渡書，計畫遠渡巴黎，緊接著便發生那場大火，他與克勞蒂亞只好倉惶逃離。

潔曦還是保持存疑的態度，不過書中的角色愈來愈鮮明逼眞。大廳的黑色老式電話已經斷線，她得到外面才能打電話給大衛。這讓她感到不快，她巴不得立刻告訴他所有的發現。

她一直沒有出門，只是呆坐在那兒，享受著陽光撫身的樂趣。這種老房子永遠不會眞正安靜下來，它就像個活生生的東西。她的感應力察覺不到鬼魂的出沒，但卻也不覺得獨自一人。似乎周遭充滿溫暖，有人搖醒她。可是這裏只有她一個啊，時鐘開始滴答作響……

隔天她租用一台壁紙烘烤機，她得將牆壁復原回最初的樣子。她要找尋某些東西，身旁一直有歌聲繚繞，大概是隔壁商店傳來的。多麼可人的聲音哪，難以忘懷的金絲雀啼聲，一旦你忘卻牠便傷心而死。她又像昨天那樣昏睡過去。

傍晚之後她才赫然起身，附近有大鍵琴彈奏的聲音。她聽了半晌才睜開眼睛，那是莫札特的曲子。過於快速，但技巧奪目，音符如同虹光飛濺而過。最後她強迫自己起來，再度開始啓動壁紙烘烤機。

蒸氣機相當沉重，她在每個房間都鑿出一部份的原始痕跡。奇異的噪音使得她難以定神，牆壁內似乎滿溢著笑語喧嘩，有人急促地講著法文，還有哭泣的聲音——是個女子或小孩嗎？

她將要命的嘈雜機器關掉，就什麼也聽不見。原來只是空曠屋子的回音。

她趕緊加工，注意到自己好久沒有進食，也沒有睡覺。她一間間地動工，進行到主臥室的時候，終於找到她想要的：毫無粉飾的石膏牆壁上，繪著一幅壁畫。

剎那間她高興得失神，無法移動。然後她加速動工，那就是黎斯特爲克勞蒂亞打造的那幅畫：魔幻森林。就在烘烤機的高速運作之下，她露揭出更多原始的牆壁。

「潺潺流動的小溪旁邊，獨角獸、金色的小鳥、長滿果實的樹木坐落著……」完全符合路易斯在書中描述的景致。最後她已經鑿通四面牆壁，揭露出完整的壁畫。這鐵定是克勞蒂亞的房間，她感到頭暈目眩，太久沒吃東西的緣故。她看看手錶，已經半夜一點鐘！

天哪，她竟然茫然無感地過了大半夜，得立刻走人才是。這是她進入泰拉瑪斯卡以來，第一次忘記遵守規章。

可是她根本動彈不得。雖然亢奮莫名，但也累得不像樣。她就這樣一直盯著塗上金漆的小鳥看，還有嬌小美艷的花朵，天空一片黯藍，但是沒有太陽，只有閃爍著光采的星河與皎潔的圓月。點點滴滴的銀色星暉還停留在牆壁上。

她慢慢發現，背景的後方有個石頭砌成的東西，原來是一座城堡。從森林漫步到那個木製的閘門，眞是愉快無比呢。就像是進入另一個次元……她的腦中響起一首原本快要被遺忘的歌曲，以前瑪赫特常常唱的那首歌。

然後，不知怎地，她當眞看到牆上畫的木門眞的變成一個入口！

她往前探視，沒錯，一個四方形的開口。她跪下來，試探性地摸一摸。她拿著螺絲起子往那裏動工，可是卻無法開啓那個入口。

她坐下來思考，這是個被繪畫的閘門覆蓋的入口，旁邊還有一個也是畫成的把手。沒錯，就在那兒！她伸出手去轉動那個把手的部位，入口的門應聲而開。眞是水到渠成般地簡單。

她扭開手電筒，看到一個小小的隔間。有東西在那裏：一本以白色皮革充當封面的書本，一串玫瑰念珠，還有一個很老舊的瓷釉洋娃娃。

好一段時間，她無法伸手觸摸那些物品。那就像是冒瀆一個墓冢似的。依稀飄來淡淡的幽香，她不是在作夢吧？她的頭好痛，這絕對不是夢境。她伸出手去，先抱出那個洋娃娃。

以現在的標準來看，那娃娃的手工並不精細，可是手腳的關節卻做得相當靈活。白色洋裝與薰衣草色的肩帶已經快要腐朽，化爲零碎的布塊。但是那瓷釉製的頭顱還是非常可愛，水藍色的大眼睛與金色鬈髮依然完美無瑕。

「克勞蒂亞。」她低聲說。

她的聲音讓自己意識到，如今是多麼地安靜。四下無聲，唯有老舊地板的震動與旁邊桌子上的檯燈。可是附近還是傳來大鍵琴的樂聲，這回是蕭邦的曲子，一分鐘華爾茲，技巧還是如許眩目燦爛。她靜靜地坐著，膝蓋上躺著那洋娃娃。她想要梳理它的金髮，整理她的肩帶。

《夜訪吸血鬼》的高潮場景再度湧上腦海：在巴黎，克勞蒂亞遭到毀滅，活生生被陽光曬成一堆灰燼。潔曦感到一陣呆滯的震驚，心跳幾欲湧出喉頭。克勞蒂亞已然杳無蹤影，但其他那幾個卻還留存。黎斯特，路易斯，阿曼德……

她怵然一驚，看到隔間內的其他物事。她拿起那本書來看。是一本日記！紙頁已經脆黃生斑，但是那老式的字跡仍然歷歷在目。油燈已經都燃亮，房間裏一片舒適的黃色湛光。她毫不費力地轉譯其中的法文，第一篇的日期是一八三六年，九月二十一日：

這是路易斯送給我的生日禮物。儘管隨意使用，他這麼說。也許我可以謄錄一些可愛的小詩，不時念給他聽？

我並不真的明白「生日」的意思。是說在這一天，我降生到人世間；還是說那是我拋棄人類的身分、成為現在這模樣的紀念日？

我那對紳士雙親總是規避這些簡單的問題，大概認為說窮追不捨地談論這些議題，有失貴族的風範。路易斯起先會顯得困擾，然後看起來悲慘得很，最後只好去閱讀晚報。黎斯特會微笑地為我彈奏莫札特，然後聳聳肩說：「這是**我們**把你生出來的紀念日。」

如同以往，他又送一個洋娃娃給我，長得和我沒兩樣，也穿著和我沒兩樣的衣服。他要我知道，這娃娃可是萬里迢迢地從法國遠渡而來。可是我要拿它來幹嘛？像個真正的小女孩那樣跟娃娃玩？

有一個晚上，我終於問他：「這禮物是否暗藏訊息，親愛的爸爸？是說我會永遠像個洋娃娃那樣？」這些年來他已經送給我不只三十個洋娃娃，每一個都長得沒啥兩樣，彷彿要我開個儲藏室似的。但我不會一直收藏它們，我遲早會燒掉它們，用火鉗打爛它們的陶瓷面孔，看著火舌吞噬它們的頭髮。我不能說自己這樣做很爽，畢竟這些娃娃都長得很像我。所以，這樣的姿態變得如此註冊商標，娃娃和我都如此期待。

如今他又買一個新的給我，當我這樣問他的時候，他佇立在房門瞪著我瞧，彷彿我的問題砍了他一刀。他臉上的神情無比暗澹，這不像是我的黎斯特！

我巴不得自己能夠恨他，恨他們兩個；但我無法抵擋他們的力氣與軟弱，他們是這麼滿懷愛意，看上去如此悅目！天哪，小姐們一定無法割捨他們。

他站在那裏看著我玩賞那個娃娃，我尖刻地問他：

「你喜歡自己看到的景象嗎？」

他低聲說：「你根本不想再要娃娃了，對吧？」

「如果你是我的話，」我說：「你還會想要嗎？」

他臉上的表情陰慘無比，我從未看到他是這個樣子。一道熱流闖入他的顏面，他眨眨眼似乎想釐清視線；他離開房門，走到起居室，我追趕著他。說真的，我根本無法忍受看到他這模樣，但我還是追上前去。

「你會喜歡它們嗎？」我問他：「如果，你是我的話。」

他瞪著我看，像是我在恐嚇他。他是個六英呎高的男人，而我只是個不及他一半高的小孩。

「你認為我漂亮嗎?」我問他。

他快步走出客廳，走出後門，但我還是追上他。當他要跨下階梯時，我緊緊拉住他的袖子不放。「回答我！」我看著他說：「當你注視我的時候，你看到什麼?」

他的模樣慘不可言。我本以為他會開懷大笑，扯開我的手，但他反而跪倒在地，緊抱住我。他粗暴地親吻我的唇：「我愛你！」聽起來這像是他烙在我身上的詛咒。接著，他讀了一首小詩給我聽：

以手覆蓋她的臉龐，我心震顫，她如此早夭。

我確定那是葦柏斯特的詩，黎斯特愛死他的劇本；我在想……路易斯會不會喜歡這首詩呢?應該會罷，雖然簡短了些，但它相當美麗。

潔曦溫柔地闔上書本，她的雙手顫抖不止。她將洋娃娃抱在自己的懷裏，血液洶湧流動。

「克勞蒂亞。」她低語著。

她的頭還在抽痛，不過那不打緊，昏黃的油燈帶來撫慰的力量，不同於粗劣的電燈泡。她靜靜地坐著，像個盲人般地愛撫著娃娃，觸摸那柔軟如絲的頭髮，僵硬的洋裝。時鐘又在響了，每一聲都傳遍各個房間。她不能昏倒在這裏，得趕快把日記、洋娃娃與念珠帶出去。

在夜色的襯映下，空曠的窗戶活像鏡子。立刻打電話給大衛，但是電話正響起來。奇怪了，這麼晚的時刻……電話正在響，但是大衛無法打電話進來，因爲這裏……她試圖忽略電話，但鈴聲不絕。好吧，去接聽電話！

她輕吻娃娃的額頭：「馬上就回來，我的小親親。」

那該死的電話在哪裏？應該是大廳吧，當她看到蜿蜒在地上的電線，幾乎也要接到電話。可是那個電話並沒有接上電線，但它還在鈴鈴作響。這不是幻聽，電話一聲聲地急促響起，還有那些油燈。天哪，這裏怎會有油燈?!

好極了，以往你也遇過這種事情，用不著驚惶，仔細想想要怎麼做是好。但她幾乎要尖叫起來，電話還是不斷地響著。如果你驚惶起來，就會完全失控。你得熄掉油燈，制止電話的鈴聲。但是，油燈不是眞的，客廳的擺設也不是眞的，竄動的火光也不是眞的！在哪裏移動的誰？一個男人？不要回過頭看他！她好不容易拿起電話，將話筒摔落在地，從話筒中傳出一個細細的嗓音，一個女人正在呼喚她：「潔曦。」

她嚇得不知所措，撞撞跌跌地回到臥室，幾乎要摔入那張四柱床。這些都不是眞的！趕快拿起洋娃娃，日記，還有念珠，將它們塞入自己的背袋，她趕忙逃出那棟房子。當她到達後門時，幾乎被滑腳的鐵製階梯絆倒。花園、噴泉——你可知道現在什麼也沒有，只剩下荒煙蔓草。那兒還有一道鐵門，不，那是幻覺！快跑過去！

這眞是驚險無端的噩夢，她卡在其中無法掙脫。當她逃到人行道上，還聽得到馬車的轆轆聲與馬匹的嘶叫。每一個笨拙的姿勢似乎都綿延至永恆，她掙扎著取出鑰匙，打開車門，車子竟然拒絕發動！

當她好不容易到達法國區，已經哭得欷哩嘩啦，全身都是冷汗。她猛開過城中心的街道，一口氣上高速公路，回頭看到後座空空盪盪。很好，那些幽魂沒追上來，她的袋子好端端的擱在膝蓋上，洋娃娃的瓷釉頭顱倚著她的胸口。她火速開往旅館。

當她抵達旅館時，幾乎走不到櫃臺那裏。請給我溫度計與阿斯匹靈，拜託扶我到電梯口。

八小時後她睜開眼睛，已經正午時分。袋子還抱在懷裏，體溫是華氏一〇四度。她立刻打電話給大衛，但連線上的談話很不妙。他要她立刻回去！不過她還是努力解釋清楚：那本日記是克勞蒂亞寫的，如此印證了先前的假設。電話的確沒有接上電線，但她眞的聽見有個女子的聲音；至於油燈，當她逃出房子時還在燃燒著。那房子的家具像是死人復活般地重現，火災也出現在門口。那些油燈與火燄可能燒毀房子，大衛一定要想想法子。他正在回答，但她根本聽不清楚。她只是再三重申，袋子就在身旁，什麼都不用擔心。

當她再度睜開眼睛，室內一片漆黑。頭痛將她喚醒，床頭小几上的電子鐘顯示著十點半。她感到可怖的焦渴，玻璃杯空空如也。**她感覺到房內還有別的「存在」**。

潔曦翻身坐起來，光線從白色紗窗那兒透出來。沒錯，是一個小女孩，她就坐在牆角那裏。

潔曦剛好將那孩子的輪廓看得一清二楚：金色長髮、泡泡袖洋裝、踏不著地的懸空雙腿。她試著看得更清楚些，不可能是個孩子……也不是鬼魂，那東西確實佔據了空間。不懷好意的東西，帶著脅迫的惡意，那孩子正好看著她——

克勞蒂亞。

她從床上跌下來，懷中的背袋仍然靠著牆壁。那個小女孩站起來，從地毯上清楚傳來她的腳步聲，惡質的感應愈發強烈。那孩子從窗口邊移到她身旁，燈光正好將她的藍眼睛、嬌嫩的臉頰、圓潤的四肢照個正著。

潔曦尖叫著，緊握著背袋不放，直衝向門邊。她慌忙地解開門鍊與門鎖，根本不敢回過頭去。尖叫聲不斷從她自己的口中湧現，有人在門外議論著什麼，她終於將門打開，跌入外面的大廳。

人群包圍著她，但他們可不能再把她扔回房裏。有人扶住她，因爲她又跌倒了。還有人去拿椅子讓她坐下，她不由得哭出聲來，雖然想停止但完全沒辦法。她將裝有娃娃與日記的背袋緊抱在懷中。

當救護車到達時，她不讓他們拿開背袋。到醫院後，他們給她足夠的鎭定劑，足以讓任何人抓狂的份量。她像個幼兒般地蜷縮著身子躺著，袋子就在床單底下。只要護士多瞧背袋一眼，潔曦就會立刻醒來。

當阿倫終於趕來時，潔曦將袋子交給他。前往搭機回倫敦的途上，她還是相當虛弱。袋子好端端地放在他的膝蓋上，而且他盡力照料她，讓她一路安睡回到倫敦。快要登陸的時候，她才注意到自己的銀手鐲不見了。她無聲飲泣著，馬以爾送給她的銀手鐲就這樣遺失了。

他們將她從任務撤離。

早在他們告訴她之前，她心裏就有數。他們說，她太年輕，經驗也還不足，讓她從事這樣的任務是他們的錯。若要繼續下去實在過於危險，當然，她所做的具有「難以估量的價值」，至於那場鬧鬼的事件，顯然來自於非比尋常的力量。一個死去吸血鬼的幽魂？當然有可能。至於電話鈴聲嘛，已經有許多報告指出，超自然的存在會運用各種媒介與人溝通，或驚嚇人。現在還是先休息，不要多想，會有其他人來繼續這個案件的調查。

至於那本日記嘛，除了她所看到的部份，只有一些無關緊要的殘章。心念感應者也檢視過那串念珠與洋娃娃，並沒有什麼特異的發現。這些物品會加以收藏，但潔曦不能再想下去了，她得好好休養才是。

潔曦不甘心就此作罷，她多少爭鬧了一場，但那就像是跟梵諦岡大主教爭辯。將來——也許十年後、或是二十年後，她或許能夠再進入這個偵查領域，但現在的話，答案是「不可以」；她必須好好休息，忘掉所發生的事情。

忘掉所發生的……

她花了幾個星期在床上養病，整天穿著睡衣，喝了無數杯的熱茶。她眺望著房間窗外的綠地，厚重的樹木與公園的草地；她凝視著來來去去的車流，遠方道路的色彩變幻。他們為她帶來好吃的食物與美味的飲料，大衛不時與她聊天，但就是避開吸血鬼的話題。阿倫帶來滿屋子的花朵，其他成員也都來探望她。

她很少開口說話，不知道該怎麼告訴他們，這樣的舉動大大地傷害到她，挑起她的舊傷口：就像那個久遠的夏日，她被推到一旁，不能再參與地窖裏的神祕事物。這眞是舊事重演，她好不容易窺見一抹幽微的光芒，又立刻被推開。

現在她永遠無法搞懂，她的所見所聞是怎麼一回事。如今她只能獨自在這裏沮喪不已，懊悔自己沒有接起電話，傾聽另一端的聲音。

還有，那個小女孩究竟要的是什麼？日記本？洋娃娃？不，她原先就該發現這些物品，但她不該棄那個小女孩於不顧。她是個專業的靈異特派員，面對過爲數眾多的靈體，與他們交談溝通；她曾經告訴其他人，無論這些靈體生前如何，現在絕對無法傷害活人。

她哀懇著，再給予一次機會吧，她已經克服一切的恐懼。讓她再回到紐奧爾良的公寓！大衛與阿倫保持沉默，最後是大衛環著她的肩膀。

「潔曦，我最親愛的，」他說：「我們都愛你，但是在這樣的調查領域中，我們不能夠違規行事。」

每個晚上她都會夢見克勞蒂亞。有一回在清晨四點，她跳到窗口，竭力看清楚遠方的微光，在那裏依稀有個小孩站著。就在樹底下，那孩子穿著紅色斗蓬，直勾勾地看著她。她衝下樓梯去，只發現空盪無人的濕潤草坪，以及閃著灰色光線的清晨。

之後的那個春天，他們派遣她到新德里。

她的任務是去搜查輪迴轉世的案例，觀察那些一出生便有前世記憶的小孩。關於此類的工作，愛恩．史帝文生博士已經成就斐然，潔曦將在泰拉瑪斯卡的名義下獨立作業，爲此類田野工作造出另一番風貌。

兩位資深成員負責在當地接待她，她立刻感到賓至如歸，在那座英國式的華宅住得很舒服。她喜歡自己的工作，經過一些輕微的文化震盪，她也逐漸喜愛上印度。在這一年快要過去時，她終於覺得自己有用而快樂。

還有一件事情。雖然是小事一樁，卻像是好的預兆。在她行李箱內的某個口袋，找到馬以爾送她的銀手鐲。

沒錯，她終於又活了過來。

但是她並未遺忘所發生的一切。有好幾個夜晚，她無法揮去克勞蒂亞的音容神貌，只好將燈打開；又有些時候，她會覺得晚上行走的某些人物很像是《夜訪吸血鬼》裏面的角色。她覺得自己被這些臉色蒼白的生物監視著。

由於無法告訴瑪赫特所發生過的怪事，她的信件內容愈發匆忙、膚淺。不過瑪赫特還是一如往常。當家族成員到德里旅行，他們也必會造訪潔曦。他們用心留住她，告訴她喜喪婚嫁等消息，乞求她有空時要來玩。美國的養父母、瑪莉亞與馬修不住要求她回家停留一陣子，他們很是想念她。

潔曦在印度度過四年愉快的日子，她找到三百個足以印證輪迴轉世的例子，與資質最佳的超心靈調查員一起合作。她逐漸覺得此類工作是有價值、令人舒適的事情，與她早年的追鬼經驗大不相同。

在她第五年的秋天，她終於屈服於瑪莉亞與馬修長久以來的要求。她將要回美國度過一個月的長假，她的養父母簡直樂壞了。

與他們的重聚，對於潔曦的意義遠超過事先的預期。她很高興回到紐約的公寓，與養父母共進晚餐，他們並不多過問她的工作。無所事事的白天，她就打電話給大學時代的朋友，找他們出來共進午餐，或者獨自一人走過各式的都會風景，追憶幼年時代的希冀、憂傷與夢幻。

就在她回到紐約的半個月後，不經意在書店的櫥窗看到《吸血鬼黎斯特》。在那瞬間，她以為是自己弄錯了，不可能的。可是那本書就在那裏，書店店員還告訴她，同名專輯也已經上市，還有舊金山的演唱會。在她回家的途中，潔曦順道在附近的音樂行買下專輯與演唱會的票。

潔曦花了一整天的時間在床上讀那本書，彷彿《夜訪吸血鬼》的惡魔再度歸來，而她無法掙脫。古怪的是，她卻被那個世界所惑，**沒錯，那些人物都是真的**。那個故事是如此的峰迴路轉，回到桑提諾的羅馬魔窟，馬瑞斯的避世小島，馬以爾的督以德巢穴，以及「必須被守護者」，如同石膏般地白皙冷硬。

沒錯，她自己親手觸摸過那塊石頭，看入馬以爾的眼睛，感受到桑提諾手掌的觸感。她還親眼看過泰拉瑪斯卡所典藏的馬瑞斯的繪畫。

當她閉上眼睛時，她看到瑪赫特坐在索諾瑪農莊的陽臺，溫熱的燈光似乎充滿允諾與險惡。艾力克與馬以爾也在那裏，還有幾個只出現於黎斯特書頁的人物。他們全都是同類，沒錯，灼灼焚燒的瞳眸，散發光彩的頭髮，毫無毛孔的肌膚。就在那個銀色手鐲上，她描摹著雕鏤其上的諸神紋路；正如同千年之前，那個督以德人在灌木叢中對著他的諸神喃喃低語，那是馬瑞斯被監禁其中的灌木叢。就在那本靈幻詭譎的小說與那個永難忘卻的夏日之間，她能夠找尋到多少道聯繫？

毫無疑問，還有另一道：吸血鬼黎斯特。就在舊金山的演唱會上，當她親眼見證、親手觸摸到他的肌膚時，她將會看到最後一道聯繫。就在那個純粹肉身的時刻，她將得到一切的答案。

時鐘的指針不斷滴落，她對於泰拉瑪斯卡的忠誠度逐漸死滅。這眞是場悲劇，他們將不會知道任何隱情，這些無私的人們只知道用心觀察，未曾對她起任何疑心。

在那場夢境，她再度看到那個失落的午後。從那道旋轉樓梯，她走向瑪赫特的密室。她能不能推開那扇門？看著，看到她以前所看到的，乍看之下並不那麼駭人：只有那兩個她所愛的人，沉睡於黑暗之中。然而馬以爾躺在冷暗的地板上，彷彿死人一般；瑪赫特倚牆而坐，如同一具塑像。她的眼睛竟然是睜著的！

她驚醒起來，滿臉通紅，房間既寒冷又黯淡。「米莉安。」她說著，慌亂感慢慢退去，她害怕地靠近些。原來，當時她觸摸到瑪赫特，冰冷如死的瑪赫特。其餘的一切盡是黑暗。

現在是紐約，她躺在自己的床上，書就在手邊。米莉安並沒有出現。她慢慢地下床，走到窗口旁邊。就在汙濁的午後陽光下，對面矗立著史丹福．懷特的鬼屋。她一直看著，直到那模糊的影像完全褪去。

從躺在梳妝臺上的唱片專輯上，黎斯特正對著她微笑。

她閉上眼睛，試圖想像著那對悲劇性的「必須被守護者」，任誰也摧毀不了的埃及女王與國王。黎斯特的歌曲都為他們而唱，流瀉於電臺頻道、音樂節目、以及人們身上的隨身聽錄音帶。她看到瑪赫特的臉龐在陰影中粲然生光，如同盈滿光線的雪花膏。

黑夜下沉，就像是深秋的季節，沉悶的午後突然被銳利發亮的黃昏取代。街道上的人車嘈雜，不知道紐約是否向來都這麼吵鬧。她將頭靠向玻璃，史丹福．懷特的鬼屋就在眼角處，屋中依稀搖曳著人影。

隔天下午潔曦離開紐約，開走馬修的舊跑車。無視於他的抗議，她還是付錢買下這輛車。她知道自己無法再把車開回來；然後她盡量顯得輕鬆地擁抱養父母，告訴他們許多老早就想要他們知道的眞摯情意。

那個早上她寄出一封快遞信給瑪赫特，連同那兩本吸血鬼「小說」。她在信中解釋著，自己已經離開泰拉瑪斯卡，即將前往舊金山參加黎斯特的演唱會，途中會經過索諾瑪農莊，並停留一晚。她必須親眼看到黎斯特，事關生死大事。不知道她保有的鑰匙是否能夠打開農莊的大門？瑪赫特允許讓她住下來嗎？

當她停歇在匹茲堡的那一晚，開始夢見雙胞胎。她看到跪在祭壇前的那對姊妹，被煮熟待吞嚥的屍身；雙胞胎其中一個拿著裝心臟的盤子，另一個拿著裝腦髓的盤子。然後就是蜂擁而入的軍隊，冒瀆的祭典。

當她到達鹽湖城，已經夢見雙胞胎三次。就在朦朧且駭人的場景，她看到她們被強暴。她還看到其中一人生下小寶寶，當她們又被逮捕時，小寶寶被密藏起來。她們是否最後被殺了，她想看看她們的臉龐與眼睛，那奪目的紅髮折磨著她。

就當她在路旁的公共電話打電話給大衛時，才知道其他人也作了這些夢：全世界的靈媒與心電感應者。所有的連結都指向吸血鬼黎斯特，大衛要求她立刻回到總部。

潔曦試著溫和地解釋，她要親身前往黎斯特的演唱會，非得如此不可。還有許多沒能說出的話，但她已經快要來不及了，請大衛務必體諒她。

「你絕對不能這麼做，潔曦卡，」大衛說：「這些狀況可不只是用來記錄與存檔，你得盡快回來。潔曦卡，我們非常需要你，你不能就這樣自顧自跑去『遊覽』，請仔細聽聽我要說的話。」

「我不能就這樣回來，大衛。你知道，我一直都愛著你們每個人。但我還是忍不住要問你：你怎麼受得了不親眼見證這場演唱會？」

「潔曦卡，聽我說！」

「大衛，告訴我眞話，我要知道眞相：你眞的相信他們的存在嗎？或者那都只是爲了文件與資料、地下室那些可以親手觸碰的物品？大衛，你知道我在說些什麼，想想看那些天主教神父，他們在彌撒時所說的神聖話語！他們可曾眞正相信，耶穌就化身於祭壇上？這一切只不過是爲了聖餅、聖酒，以及唱詩班的歌曲？」

她眞是個該死的說謊家，爲了保有自己的隱密，竟然這麼逼迫他！然而他的答覆不曾讓她失望。

「潔曦，你錯了，我一直都知道這些生物的本體，我從未懷疑過他們的存在。就正因爲如此，世上的任何力量都無法引誘我去參加那場演唱會。無法接受的人是你，所以你才得親眼目睹方休！潔曦，黎斯特正是他所宣稱的東西，那些危險都不是兒戲，而且還有其他更凶惡的吸血鬼會到那裏去，他們會讀出你的眞面目，試圖傷害你。請明白這一點，趕緊回來吧。」

這眞是怵目驚心而痛苦的一刻。他使盡一切方法要找到她，但是她必須說再見。他還說了些別的，像是他會告訴她「所有的來龍去脈」，會開放所有的檔案讓她閱讀，而且他們現在正需要她……

然而她的心靈兀自漂浮懸宕，她無法告訴他自己的「整個來龍去脈」，這才眞的是憾恨所在。當她掛上電話時，又已經要昏昏欲睡，夢境差點要逼臨下來。她看到聖餐式的餐盤，祭壇上的屍體，沒錯，那就是萬物之母。該是入夢的時候了，讓夢境繼續吧。

馳向一〇一公路，正好晚上七點三十五分。距離演唱會還有二十五分鐘。

她剛好經過華爾多．葛雷的山道，舊金山壅擠的天際朝著山丘覆壓下來，遠方是黑色的水流。金門大橋就在她的眼前，從灣區吹來的寒風凍僵她操控方向盤的雙手。

吸血鬼黎斯特可會準時入場？想到一個永生不死的傢伙居然也要「守時」，不禁使她發笑。至少她會準時進場，旅程已經結束。

對於大衛與阿倫這些她所愛的人們，她已經不再感到哀傷。她也不再爲偉大家族感到難過，只有感激之心。大衛或許說對了，她的確無法接受現實的冰冷生硬，只好遁入鬼魂與夢境的迷幻領域。在那裏，蒼白的不死怪物才是恰當的居民。

她走向史丹福．懷特的幽靈鬼屋，至於誰住在那裏已經不再重要。她會是個受歡迎的客人，自從有記憶以來，他們就一直試圖告訴她這一點。

第二部

萬聖節的魔夜

比起明瞭事物的質地
其他雜務都可以置於一旁
……
一隻活生生的蜜蜂
註定逃脫不出那扇玻璃窗
牠無法明瞭一切的本貌

——史丹．萊絲，〈無名詩〉

丹尼爾

背景是長弧形的大廳，群眾像是飛濺過透明牆壁的液體，穿著萬聖節扮裝的青少年從前門蜂擁而上，一群群的人們排隊購買面具與披風：「一副獠牙五十毛錢」，還有節目表。到處都是抹上粉白的面孔與牙齒，男男女女穿上正統的十九世紀服飾，他們的化妝與髮型眞是精美絕倫。

有個戴著天鵝絨帽子的女人往下撒送一串串的枯萎玫瑰花苞，化妝用的血跡從她的臉頰往下滴落，到處都是笑聲。

他可以聞到油脂與啤酒，對現在的他來說眞是疏遠無比的味道。周遭的心跳聲構成美妙的雷霆之聲，悸動著他耳中的半規管。

他大概是笑出聲音來，因爲阿曼德用力往他的手臂一捏：「丹尼爾！」

「抱歉啦，老大。」他低聲說。可是沒有誰在注意他們啊，周圍的每個人類都扮得花枝招展，他與阿曼德不過是兩個蒼白的年輕男子，穿著簡單的黑T恤與牛仔褲，頭髮藏在藍色海軍帽，帶著墨鏡。「到底有啥大不了的？我連笑一笑都不行？現在正有趣呢！」

阿曼德被什麼東西分神，專注地側耳傾聽。丹尼爾無法讓自己感到害怕，他已經得到長久渴望的東西，在場的兄弟姊妹都無法企及。

早先阿曼德還跟他說：「你學到不少。」那是指狩獵、誘惑、殺戮，鮮血湧流過心臟的滋味。經過首度的拙劣獵殺，讓他從顫慄的罪疚感逐漸化爲神狂迷醉，他已經成爲一個老練的不死者，醒來之後自然覺得飢渴。

沒多久前，他們在附近的學校享用兩個鮮美的青少年；他們窩居在儲藏間，以睡袋、毛毯與從艾許柏利區偷來的食物維生。這回他不再抗議，只有無止境的飢渴，以及不斷增長的完美與無可避免之感，穿刺的回憶毫無瑕疵。與阿曼德一起狩獵更是藝術，時間根本無關緊要。

當時阿曼德站在建築外，掃瞄著找出「渴望死去的人」，這是他愛用的手法：沉靜召喚那些人，他們就會應聲而出。死亡的場面也非常沉靜優美，許久之前他試圖教導路易斯這項技藝，但路易斯覺得那太過惡劣。

理所當然地，那個穿著卡其布料的小鬼像是被催眠般地走出旁門，彷彿被皮耶・派帕的音樂所蠱惑：「沒錯，過來我這兒……」當他們走出門口，低沉平板的聲音歡迎這些獵物，讓他們安詳死於燈光不斷掃射的垃圾場。

環繞著丹尼爾頸子的小手眞是骯髒，他差點無法忍受。她的臀部搖擺，勾引他將尖牙刺入血肉。「你愛我……沒錯，你是愛我。」他以清晰的意識回答，是的。他用手勾起她的下巴，將她輕輕推開，然後死亡如同一記拳頭般直達他的喉嚨、他的膽囊，熱流淹沒他的腦海與下體。

他讓她的屍身掉落，靠在牆上思索著，這些血肉必然化爲他的一部份，然後他驚愕地察覺到自己不再飢渴，已經完整無缺，如同被光線填滿，夜晚正等著他。可是另一具軀體躺在泥濘的地板上，如同沉睡的嬰兒。雙眼發光的阿曼德，只是一逕在黑暗中觀看。

事後對於屍體的棄置，是最困難的一部份。昨晚他難過地哭了，根本不敢看，可是今晚他就沒那麼好運。阿曼德說：「毫無痕跡就是毫無痕跡。」他只好將屍體掩埋在壁爐間，用許多石頭蓋覆其上。對於他來說，這也是非常耗力的工作，眞厭惡這樣碰觸屍體。就在那一瞬間，他不禁想著：**為何是這些人**？兩個墮落於同一個泥沼的可憐蟲？這兩個犧牲者並非命運，昨夜的那個孩子呢？可有人在尋覓她？突然間他哭出來，聽到自己的聲音，抹去眼中溢出的淚水。

「你以爲那是什麼？」阿曼德質問著，幫他搬石頭：「一本廉價恐怖小說？如果你不能夠處理好後事，你就無法繼續飲食！」

這棟建築物充斥著血肉柔軟的人類，他們啥也沒注意到。他們偷取那兩個青少年的衣服，然後從破敗的後門溜向巷弄。這些人不再是我的兄弟姊妹。叢林中向來都有那些柔軟的小動物，心驚膽跳地等待弓箭，如今我終於得以顯露眞面目：我就是狩獵他們的人！

「我現在這樣子好嗎？」他問阿曼德：「你可滿意？」海特街，晚上七點三十五分，嗑藥者尖聲叫嚷。爲何我們還不去演唱會場？大門已經打開，我無法忍受這樣的等待。

但是吸血鬼聚會所就在附近，阿曼德對他說，那是一座大宅子，可能還有些同類滯留在那裏，策劃要整垮黎斯特。阿曼德想要窺探一下裏面的光景。

「你要找誰呢？」丹尼爾說：「回答我！現在你可滿意我的樣子？」

阿曼德臉上閃過的是什麼？突而其來的幽默？肉慾？阿曼德催促他快步走過人行道，經過酒店、咖啡店、堆滿骯髒舊衣服的二手店、炫麗的俱樂部——招牌的字母以金箔鑲鏤在油膩的玻璃窗，頭頂上的風扇不住旋動；無家可歸的浪人在熱氣與黑暗中緩慢死去。趕快走過那些穿著萬聖節服飾的小孩，他們叫嚷著：「不請吃糖，就給你好看！」

阿曼德停下來，被那些面具、彩妝、巫女服飾包圍住。一抹可愛的光芒照亮他的褐色瞳孔，他捧滿雙手的銀幣，扔進他們的糖果袋，然後趕緊帶領丹尼爾往前走。

「我很滿意你現在的模樣，」他突然難以克制地微笑著，那抹溫暖的光線還駐留著：「你是我的第一個孩子。」他的喉頭突然一緊，彷彿發現自己被監視著，趕緊掃視四周。還是回到正題吧：「有耐心些，我擔心我們兩個的安全，記得嗎？」

噢，我們可以一起飛上天空摘星，無人能阻擋我們。所有橫行街上的鬼魂都只是凡人！

就在這當下，聚會所的房子轟然爆炸。

看到之前他就已經聽見聲響——一陣驟然的火燄與煙霧，陪伴著一聲當他是凡人時絕對聽不見的高頻率尖叫；那是超自然的瀕死呼聲，如同在火燄中逐漸焦爛的銀片。一群蓬頭垢面的人類興匆匆地跑去觀看災難場面。

阿曼德將丹尼爾帶到一旁的某家酒類專賣店，在那兒他嗅到煙草與汗水的氣味，幾個對眼前場面視若無睹的人類兀自看著封面女郎雜誌。阿曼德將他推到最後頭的角落，他看到一個老太太從冰庫裏拿出一罐卡通樣式的牛奶，以及兩盒貓食。他們無路可退。

要怎麼躲開那個肇事者？如何閃避人類聽不見的超自然聲音？他將雙手摀住耳朵，但那是愚蠢無用的舉動。巷弄裏死傷慘重，和他一樣的生物四散逃逸，被捕捉然後焚毀。接下來什麼也沒有，一片空茫的靜默。人類世界還是照舊運轉。

但他太過著迷，完全忘記害怕。每一秒鐘都是永恆的凝結，冰櫃凝聚的霜粒如此美麗，那位老太太手捧著牛奶，眼珠像兩顆小小的鈷藍石。

阿曼德面無表情，墨鏡下的模樣如同面具，雙手插入口袋。門鈴響起，一個年輕男子走進來買一罐德國啤酒，然後又走出去。

「結束了吧？」

「暫時。」阿曼德說。

直到他們坐上計程車，他還是沒有說話。

「它知道我們躲在那裏，它聽得到。」

「那它爲何——」

「我不知道，只知道在我們得以安全避難之前，它就能夠找出我們。」

他喜愛這種滋味，被群眾推向前門，他們快要被擠向裏面。人群如此壅塞，他幾乎無法舉起手臂。年輕男女美妙地推動他，當他看到黎斯特的等身海報時，不禁又笑出來。

他感到阿曼德的手指擱在他的背脊，感知到他的全身興起微妙的變化。前方有一位紅髮女子轉身看著他們，接著她轉向門口。

一陣柔軟的震動通遍他的全身。「阿曼德，紅髮……」顏色就像是夢中的雙胞胎，當他說出「雙胞胎」時，她的綠眼睛一直盯著他看。

接著她的臉龐消失不見，閃入大廳內。

「不是。」阿曼德輕輕搖頭，丹尼爾可以感到他沉默的狂怒。當他被侵犯到的時候，眼色就像玻璃一般。「泰拉瑪斯卡。」他輕輕說著，帶著一抹意味不明的嘲笑。

泰拉瑪斯卡，這個字美麗地擊中丹尼爾，他從記憶的無名深處找到拉丁文的字根：動物面具。那是個用以形容巫師或女巫的古老字眼。

「但那究竟是什麼意思？」他問。

「意思就是說，黎斯特是個大笨蛋！」阿曼德說，眼睛閃過一抹古老的痛苦：「但已經沒什麼差別了。」

凱曼

從主道路上，凱曼看著黎斯特的跑車滑入停車場。他幾乎是隱形的，即使穿上風格獨特的卡其褲與外套（那是他剛才從商店櫥窗中不告而取）。他不需要銀邊墨鏡，也用不著遮掩發亮的皮膚，橫豎所到之處的人們身上都是閃亮誇張的化妝。

他更靠近黎斯特些，像是從那群簇擁著他的崇拜者身邊奮力游過。最後他終於看到那傢伙的璀璨金髮，也看到他對著自己的觀眾拋飛吻。這隻魔鬼真是魅力無窮，甚至還自己開車，差點要撞上他的愛慕者；但他卻一邊誘惑著他們，對他們調情，彷彿他的手腳各自行動。

狂歡，勝利，這是黎斯特現在的感想。他那位黑髮的伴侶，路易斯正坐在車內的助手席，瞪著尖叫的觀眾看，彷彿他們是一群天堂鳥，不知道這情勢是怎麼回事。

他們都不知道女王，也不明白雙胞胎的夢境。他們的無知眞是令人震驚，而他們年幼的心靈眞好探測。顯然地，黎斯特經過這麼長久的蟄伏，已經準備好要跟每一個同族大幹一番。他把自己的心思像外衣般地穿在身上，昭然若揭。

「獵殺我們吧！」這是他對群眾所說的：「殺死我們。我們是邪惡的物種，與我們狂歌歡舞當然很棒，但是當你更進一步，認眞的玩意就會開始，到時候你就明白我從未說謊。」

有一瞬間，他的眼睛與凱曼四目相對，無言地說著：**我想要超凡成聖，可以為這個目標一死**。但他不知道有誰讀取到這個訊息。

那個旁觀而有耐心的路易斯，來到這裏的原因只爲了純粹的愛意。這兩個終於在漫長的分離之後遇上對方，眞是非比尋常的重逢啊。他們已經不可分離，只要其中一人消失，另一個也無法獨存。而他們對於這一夜的憂心與憧憬卻是十足十地人性。

他們甚至不知道女王的怒火已經燒到眉頭處，就在不久前她已經一手焚毀舊金山的吸血鬼聚會所；而在此刻，位於卡斯楚街素有惡名的吸血鬼酒吧也陷於祝融的烈燄。女王對於那些倉皇逃難的子民毫不留情，趕盡殺絕。不過，位於現場的許多飲血者也同樣不知道這些事。他們過於年輕，無法聽到年長者的心念傳遞，或是死者的尖叫。雙胞胎之夢也只是徒自增添他們的困惑罷了。他們從各個角度瞪視著黎斯特，來到此處的目的是憎恨或宗教性的狂熱。他們想要毀滅他，或者將他塑造爲上帝的化身，沒有誰知道危機就迫在咫尺。

然而，雙胞胎現在呢？那些夢境的緣由是什麼？

凱曼看到車子再度啓動，開往演唱會場的後方。他看到身後的星辰，點點的光芒懸掛於雲霧繚繞的城市上空。他幾乎可以感受到那個主宰的冷酷氣息。

他轉身進入會場，小心地從人群中切開一條路。如果在這種蜂擁的人潮中不愼忘記自己的力道，那可是會造成災難呢。他會在不自覺中讓人類皮開肉綻。

他又看看天空，終於進入會場，輕易地催眠那個剪票員，從而走向進入距離舞臺最近的階梯口。

會場幾乎已經滿載，他到處張望，感受這種氣氛，就像他感受任何事物一樣。會場本身不算什麼，只是一個裝載燈光與聲色的殼穴，醜陋的現代式建築。

但是那些人類眞令他垂涎啊，他們閃耀著健康的光澤；每一處都塞滿美好的軀體，沒有被蛀蟲侵蝕的肌膚，骨頭也沒被折斷過。

事實上，這樣一個活力充沛的健康現代化城市讓凱曼心旌搖蕩。他是在歐洲見識過無可想像的財富，但這個人口過多的美國城市卻是美麗無瑕，即使是郊區的農莊也奢華得難以置信。高速道路上滿是漂亮的跑車，人們以神奇的魔術塑膠卡片從機器處取出現金，城市裏都是美侖美奐的高樓，旅館更是精彩無比。這個被灣區海風吹拂浸潤的城市，像煞了哀鴻遍野的世界的避難樂園。

難怪黎斯特選擇這個地方當他的秀場，這些受盡嬌寵的青少年都算是好孩子，從未被剝奪或損傷過。他們應該是適合與邪惡搏鬥的人們，當他們終於發現象徵與實物等同為一。孩子們，趕緊覺醒過來，聞聞這等血腥的況味吧！

然而，還會有時間來上演這等場景嗎？

無論黎斯特的計畫是什麼，那都還沒有施行；但是女王也有她自己的一套，而且黎斯特壓根就不知道。

凱曼跑向最後一排的座位，也就是他方才潛伏的位置。他舒適地坐下來，推開兩本不為人注意的「吸血鬼小說」。

先前為了打發時間，他猛K那兩本書。路易斯的故事宗旨：「提防那無止境的空虛！」，以及黎斯特的歷史：「這樣那樣這樣那樣，這全部都沒有意義可言。」他們為他解惑不少謎題，凱曼對於黎斯特用意的猜測也得以印證。不過，對於雙胞胎的秘辛，那兩本書當然什麼也沒提到。

至於女王眞正的企圖，他還是如墜五里霧中。

她已經宰割成千上萬的吸血族，但卻放過一些人。

即使到現在，馬瑞斯還活在冰層下；雖然她因為他毀掉自己的聖殿而懲罰他，但卻沒有殺死他：那應該是輕而易舉的小事一樁。他從冰層的囚牢中對著世界各地的古老吸血鬼求援、警示，凱曼知道有兩個不朽者朝著馬瑞斯的方向前往，雖然其中之一，馬瑞斯自己的孩子，根本聽不到他的呼聲。潘朵拉，那是她的名字，一個孤寂而充滿力量的吸血鬼。另一個叫桑提諾，並沒有她那麼有力，但卻聽得到馬瑞斯的聲音。

只要她願意的話，女王隨時可以幹掉他們兩個。但是他們還是往前行進，並未受到阻撓。

她的選擇基準是什麼？女王會留下這些集中於演奏會場的倖存者，應該是爲了某些目的……

丹尼爾

他們已經進入會場，只要再前進幾步，就可以抵達一樓的巨大開放性區位。

擁擠的人群鬆散開來，如同流向各個渠道的液狀石膏。丹尼爾往中央的區位移動，手指拉住阿曼德的腰帶，以防在人群中被沖散。他的目光瀏覽著馬蹄型的劇場，一環環的座位直達天花板。四周的人類爭先恐後爬向樓梯、垂吊在鐵鍊上，或是加入他身邊的擁擠人群。

一陣煙霧升起，軋軋作響的噪音。就在那刻意扭曲的視域，他看到「其他的同類」！他目睹無可規避的、活人與不死者的差異。如同他一般的生物散布四處，假扮成人類，但如同月夜下貓頭鷹的眼珠一般醒目。無論是化妝、墨鏡、寬邊帽、長大衣，這些都無法阻擋彼此的辨認目光。差異點不只是肌膚上的光澤，還有移動時的緩慢優雅姿態，彷彿他們是精靈甚於血肉的存在。

噢，終於看到這些兄弟姊妹！

但他感應到的是一股不誠實的仇恨。他們愛慕黎斯特，但又同時譴責他。他們喜愛懲罰他、虐待他的遊戲。突然間他看到一個滿頭黑髮的強壯傢伙；在那醜陋的瞬間，他對著丹尼爾裸露出獠牙，揭露出全盤計畫。在人類無法企及之處，他們將切割黎斯特的四肢，砍下他的頭顱，在靠海的祭壇上焚燒他的遺骸：這就是那怪物與其傳說的下場。**你要加入我們還是阻撓我們**？

丹尼爾笑出聲來：「你才殺不死他呢。」當他看到那傢伙藏著的鐮刀，不禁啞口無聲。然後那野獸轉頭走開，丹尼爾仰頭望著煙霧瀰漫的天空，心想著：**有個人知道這一切祕密**！他覺得心神恍惚，快要抓狂了！

阿曼德的手碰觸他的肩頭，他們來到正中央的位置，人群不斷增生。女孩的皮裙擦撞著飆車手的皮衣，皮革掠過他的嘴唇。他還看到一個打扮成紅色惡魔、頭頂巨角的人；有個人扮成骷髏頭，附加金色的鬈髮與珍珠色的髮飾，不時有叫聲響起。那群飆車手叫得像狼嚎一般，有人防衛性地呼喊「黎斯特！」，每個人都抬頭張望。

阿曼德又顯現出迷惘的神情，那表示他正在深思。眼前的一切似乎對他並無意義可言。

「大概有三十個。」他湊近丹尼爾的耳邊說：「其中有一兩個非常古老，他們的法力足以在頃刻間收拾掉我們每一個。」

「在哪裏？告訴我他們的位置！」

「用心傾聽，」阿曼德說：「你自己就可以看到，我們躲不過他們的。」

凱曼

瑪赫特的孩子，潔曦卡。這個意念讓凱曼失去防備。**保護瑪赫特的孩子，讓她平安離開這裏**。

他警醒過來，將五感磨銳。方才他一直聽著馬瑞斯的聲音，馬瑞斯不斷想讓黎斯特未受調整的年幼耳朵敞開來，好聽見他的呼喚。黎斯特就在後臺，面對著一面破鏡子。瑪赫特的孩子……這是什麼意思呢？無疑地，她是一個人類女子。

又傳過來那思緒，那是一個力道十足但不假遮掩的心靈：**照顧潔曦，阻止母后的作為**……然後就沒有下文，這就像是無意間瞥見另一個個體的靈魂，探見那光燦易逝的流泉。

凱曼的目光慢慢移向對面的陽臺，越過雜沓的樓層。就在這個城市的遙遠死角，有個古老的吸血鬼伺機以待，恐懼女王的作爲，但又渴慕見到她。他來到這裏赴死，但要在最後的瞬間眞正凝視她的容顏。

凱曼閉上眼睛，將這些映像驅趕出去。

接著他又聽見原先的呼喚：**潔曦卡**！在那悲愴動人的心念之後，更震懾他的是瑪赫特的存在。他看到瑪赫特的意象，被愛意包圍，如同他自己一樣古老白皙。這個瞬間帶來至極的痛苦，他頹然坐倒在木椅子上，將頭低下。然後他又抬起頭來，看著鐵欄杆、醜陋的黑色電線、以及鐵鏽般的探照燈。**你們在哪裏**？

就在大廳對面的最後方，他看到那心念的來源。噢，這是今晚他所看到的最古老的一個：高大威猛的北歐吸血鬼，穿著褐色的粗獷外衣，濃密的稻草色金髮，濃厚的眉毛與深陷的藍眼睛顯示出沉思的表情。

這個吸血鬼正以心靈感應追蹤一個嬌小的人類女子，她正奮力擠向主要區位。潔曦，瑪赫特的人類女兒！

凱曼難以置信地觀察這個嬌小的女子，當他看到令人驚嘆的肖似處，淚水幾乎要流下來。和瑪赫特一樣的鬈曲紅色長髮，小鳥般的輕巧骨架，聰慧而充滿好奇心的綠色眼眸，橫掃著他的視線。這個女子在人群中任由他人推擠。

瑪赫特的五官、瑪赫特的皮膚——當她還是人類的時候就如此蒼白，散發出生命的透明光澤，如同貝殼的內裏。

透過一抹鮮明無比的記憶片羽，他看到自己的黝黑手指壓著瑪赫特的雪白皮膚。就在他強暴她的過程，他將她的臉推向一邊，撫摸她纖柔的眼皮；不到一年之後他們竟然將她的眼睛挖出來，而他還是難以忘卻她肌膚的觸感。後來他撿起那雙眼球，將它們……

他簌簌發抖，肺部一陣撕裂般的痛楚。記憶不再流失模糊，他不會再讓自己從痛苦的記憶走失，化身爲嬉笑無感的小丑。

沒錯，那是瑪赫特的孩子，但怎麼可能？經過如斯漫長的無數世代，瑪赫特的容顏竟然再度綻放於這個女子身上。看情況，她正奮力邁向最靠近舞臺的前方席位。

當然，那絕非不可能，他迅速了解這一點。大概有三百代吧，打從六千年前他奉命執行國王的敕命，直到二十世紀的現在。可能少於三百代也不一定，在人群的亂流中，他反而看得更是分明。

更驚人的是，瑪赫特自己知道她有後代，她更知道這個女子就是她的人類後裔。那個高大北歐吸血鬼的心靈立刻透露出這個事實。

他掃瞄著那個吸血鬼，得知瑪赫特還存活著，成爲她現世家族的守護者。瑪赫特是個力量與意志的化身，不告訴他（她的吸血鬼隨從）雙胞胎之夢的解釋，只是送他來這裏，代替她守護潔曦卡。

但是她眞的活著，凱曼想，她還活著！如果她還好端端地活著，是否她的雙胞胎妹妹也還活著？

凱曼更進一步地窺探這個吸血鬼的內心，但他充滿著焦灼如焚的保護意念，要把潔曦救出來，不但遠離女王的魔爪，更讓她遠離這個地方，否則她將看到無人能解釋的異象。

這位同時兼具戰士與教士身段的高大吸血鬼恨透了女王的存在。他恨她打斷他憂鬱平靜的永恆生命，也憎恨他自己對於這個女子（潔曦）的甜蜜憂傷愛意，奪掠了自己的警覺力。他知道災禍的嚴重程度，從這個大陸的一端到另一個大陸的彼端，幾乎所有的飲血之徒都被幹掉，只除了爲數甚少的殘留者。他們大部份都群集在這裏，壓根就不知道威脅著他們不死生命的命運。

他知道雙胞胎之夢的內容，但不明白它的寓意。畢竟他從未認識紅髮雙胞胎，他服膺的是一位紅髮美人。凱曼又看到瑪赫特的面容：從灰泥面具當中，她鑲嵌的人類眼珠疲憊地望前方探視：**馬以爾，不要再多問了，照我說的去做就是。**

一片靜默。那個吸血鬼察覺到自己正被監視。他的頭稍微回轉，試著從人群中點出那個侵擾他心靈的存在。名字的力量造就出辨識，這位人物知道自己被認出來。凱曼立即將他的名字與黎斯特書中的馬以爾連結起來。沒錯，就是那位督以德教派的修士，將馬瑞斯誘使到神聖的祭壇，讓血之神再造出馬瑞斯，派遣他到埃及去尋找母后與父王。

沒錯，就是同樣的那位馬以爾。他感覺到自己被辨識出來，相當煩惡。

就在剛開始的狂怒退潮，所有的思想與情緒也消失無影。眞是眩目的力量展示哪，凱曼如是評估。他放鬆地坐在椅子上，那個吸血鬼找不到他。他在人群中揪出兩打以上的蒼白面孔，但都不是凱曼。

就在這時候，潔曦已經到達目的地。她輕巧潛入那群肌肉糾結的飆車手佔據的地盤，抓住木製舞臺下方的那根柱子

她的銀手鐲在人群中乍現光芒，那情景如同戳進馬以爾防護罩的一把匕首；在那流光般的瞬間，他的愛意與思緒完全曝現出來。

這傢伙活不長久，凱曼想著，如果他不變得聰明些。顯然他受到瑪赫特的悉心調教，或許還接受她古老有力血液的滋養，不過他的心靈尚待培訓，脾氣也要多加克制才是。

就在潔曦身後，凱曼察覺到另一個驚人的同類；比馬以爾年輕許多，但卻和馬以爾的實力相當。

凱曼搜尋著他的名字，但這個生物的心靈是一片完美的空白，連一絲性情都不予洩露。當他死時還是個少年，一頭紅褐色的長髮，過大的雙眼。不過要知道他的名字也不難，只要留神注意他旁邊那個雛兒丹尼爾。原來他叫阿曼德，而丹尼爾才剛死沒多久，身上的組織細胞都隨著惡魔的化學激素起舞。

阿曼德立刻吸引了凱曼。當然他就是那個路易斯與黎斯特筆下的阿曼德：擁有年少形貌的不朽者。他才不過五百歲，但是他完美冰冷地遮掩自己，不予區辨同伴或敵人。現在他意識到自己正被觀望，將那雙柔美的褐色眼睛轉向後方的凱曼。

「我無意加害你或你的雛兒。」凱曼以唇形緩緩默念，一邊強化自己的思緒。

「我不是母后的朋友。」

阿曼德聽是聽到了，但不予回應。無論對於這個無比古老的同類感到何等驚悸，他還是得以完美掩飾。人們可能以爲他注視的是凱曼背後的那道牆壁，或是那些青少年談笑走動的門口。

難以避免地，當馬以爾又因爲潔曦而心念波瀾，這個神祕引人的五百歲不死者意識到他的存在。

凱曼覺得自己了解也喜愛阿曼德。當他們的眼神再度碰上，他感覺到這個生物的雙重歷史被自己的純粹度支撐與見證。如今他又強烈感應到當時在雅典的那種孤寂。

「不像我這個單純的心靈，」凱曼低聲說：「你失去一切，因爲過於知道這一切。無論你走到何處，總會遇到相似的險峻高山與深邃幽谷。」

當然，沒有反應。凱曼聳聳肩，對自己微笑。無論如何，他讓阿曼德知道，自己會盡力幫助他。

現在的問題是，要如何幫助這兩個可能度過永恆時光的同類。更重要的問題是，要如何透過這個火氣強旺、充滿戒心的馬以爾，找到他全力奉獻忠誠的瑪赫特。

凱曼以輕緩的唇語對著阿曼德說：我告訴過你，我並非女王的朋友。與人群雜處，不要分開。只要你一落單，她就可能攻擊你。

阿曼德的表情沒有任何變化，他旁邊的雛兒丹尼爾興高采烈，沉浸於周圍的光熱，他什麼都不知道，無論是恐懼、計畫或夢境。擁有這麼一個有力的照顧者，眞是個幸運的傢伙。

實在太過孤獨，凱曼不禁站起身來，他想要接近他們其中之一。這是當時他在雅典、剛開始記起這一切的反應：想要接近某個同類，想要與他交談、觸摸。

他環繞整個廳堂，一邊往前行進，只避開安放巨大銀幕的那一端。

他以人類的優雅緩步前進，一邊留神不要損傷撞到其他人類。他刻意緩慢行進，爲的是要讓馬以爾察覺到他的存在。

他本能地知曉，只要他適當地接近這個傲慢好鬥的傢伙，就不會造成侮辱。當馬以爾察覺到他正在接近，他就加緊腳步往前。

不像阿曼德，馬以爾無法掩飾他的恐懼。除了瑪赫特，馬以爾沒有看過第二個如此古老的吸血鬼，他只得嚴陣以待。凱曼送出一樣的溫暖歡迎訊息，但無法改變這個戰士的敵對姿態。

此時，演唱會場已經滿載，出入口也上了鎖。門外的孩子們尖叫搥打，凱曼還聽見警車的尖厲聲音。

透過巨大的簾幕，黎斯特與他的同伴往外探看著。

黎斯特擁抱他的伴侶路易斯，兩人熱烈地親吻，那幾個樂手環抱著他們。

凱曼停下來，領略著人群散發出的熱烈氣息。

潔曦將手臂擱在舞臺下方的邊陲，下巴放在手背上。她背後那群身穿皮衣的男子粗魯地推擠她，但是他們無法移動她分毫。

即使馬以爾嘗試這麼做，大概也辦不到。

當他注視著她，某個東西突然流進凱曼的心底，那是「泰拉瑪斯卡」這個字眼。這個女子是靈異偵探組織的一員。

不可能吧？然後他嗤笑自己的純眞。這可是充滿驚嚇的一夜啊，但是泰拉瑪斯卡竟然到現在還存在，眞是不可思議得很；當時他玩弄並折磨他們的成員，最後由於悲憫他們的純眞無知，還是放過他們。

噢，記憶眞是不堪的事物。且讓他的眾多前世化爲空無吧！他還記得這些浪遊者的面目，這些泰拉瑪斯卡的僧侶橫越大陸追逐著他，在羊皮紙上記錄他的行跡，他們的鵝毛筆直到深夜還忙碌不休。在那段記憶中，他叫做班傑明，在他們的拉丁文獻，他被冠以「惡魔班傑明」的名號，蓋著蠟泥的文件連夜送到阿姆斯特丹的總部。

對他來說這是有趣的遊戲：偷取他們的信件，增添註解之後再還給他們；驚嚇他們，半夜裏爬上他們的床，揪著他們的喉嚨，搖晃著他們。這都很有趣，但那又如何？一旦趣味消逝，他總會失去記憶。

然而他愛著他們，這些人類並非拔魔師、狩獵女巫者，也不是渴望宰制他不朽能力的法師。有一回他甚至想跑到他們的總部地窖沉睡，因爲以這種觀望式的好奇心，他們絕對不會背叛他。

試想看看，那個組織如同羅馬天主教會一樣存活過上千年的時光，眼前這位戴著銀手鐲的女子，馬以爾與瑪赫特的摯愛對象，竟然是這特殊機構的一員。難怪她驍勇地擠到前方去，彷彿衝向聖壇的底部。

躁動的群眾穿越過他們，像是通過一面靜止的牆壁；馬以爾挨近凱曼，算是一種表示歡迎與信任的姿態。他的目光掃射整個大廳，已經沒有空位子，更底下是一片彩色燈光與飛動長髮、拳頭組成的汪洋。接著他忐忑地觸摸凱曼，彷彿無法不這麼做。他用指甲輕輕地撫觸凱曼的手背，而凱曼靜立不動，默許這小小的探索。

不知道有多少次，凱曼見識過不朽者之間的這種過招：年輕的那方禁不住去觸摸年長者的肌理質地，就像是基督教的聖徒忍不住伸手撫摸基督身上的聖痕，因爲光用看的還不足夠。另一種更世俗化的類比使得凱曼發笑：就像是兩隻猛犬忍不住互相檢視對方的爪牙。

就在底下，阿曼德漠然地看著他們兩個。當然他看到馬以爾輕蔑的目光，但他並沒有什麼認可之意。

凱曼轉過身去擁抱馬以爾，但那舉動只是驚嚇到馬以爾。凱曼感到一陣失望，禮貌性地退開來。刹那間，他感到無比困惑，往下方看著美麗的阿曼德，後者以全然的被動回望著他。但是，現在是坦白勸告對方的時機。

「你得加強自己的防護罩，朋友。」凱曼溫和地說：「不要讓你對那個女孩的愛意暴露自己的行蹤。只要你不透露她的根源與保護者，她就會很安全。對於女王而言，某個名字向來就是禁語。」

「那女王現在身在何方？」馬以爾問道，他的恐懼與憤怒再度升起。

「不遠處。」

「沒錯，但是是哪裏？」

「我也不曉得。她燒毀了聚會所，追捕那幾個來不及到此處的浪遊者。她藉此打發時光，而這些是我透過那些犧牲者的心靈所取得的資訊。」

凱曼可以感應到這傢伙微妙變動的怒意。很好，憤怒取代了恐懼。不過，基本上這傢伙眞是好鬥，他的心靈還不夠成熟啊。

「你爲什麼要警告我？」馬以爾質問：「她不是聽得到我們的所有對話嗎？」

「我不以爲她辦得到，」凱曼平靜地回答他：「我是第一代的血族，朋友。我們能夠聽見同類與人類的心靈波動，但這等咒力對於後代有效；同一代之間聽不到對方的心念。每一代的吸血鬼都是如此。」

那個巨人顯然被震懾了，他想著：原來連瑪赫特也聽不見女王的動向！可是瑪赫特並未向他承認這一點。

「沒錯，」凱曼說：「母后也無從知道她的下落，除非透過你的心靈窺見她的動態。所以，好好守護自己的思緒吧。從現在起就以一般人類的聲音跟我說話，因爲此地匯集無數這樣的聲波。」

馬以爾皺眉思考著，他怒視著凱曼，似乎想揍他一拳。

「這樣就可以蒙蔽她？」

「記住，」凱曼說：「多餘性就是本質的對立面。」他看著阿曼德說話：「她聽得成千上萬的音流，未必能夠攫獲特定的一個聲音。如果她要專注於追蹤特定的心靈，必得關閉與其他心靈接線的通道。你這麼古老應該懂得這技巧吧？」

馬以爾沒有大聲回答，但顯然他聽得懂。心念感應的稟賦對於他向來是一個詛咒，無論他聽見的是同類的吸血鬼或是人類。

凱曼微微點頭。心念感應，眞是個美妙的形容，足以彰顯那無止境的瘋狂共感。無論他靜止不動、藏身於埃及古墓的一隅，他非得傾聽世界的輾轉呻吟，完全不知道自己何許人也，爲何變成如此。

「這正是我的重點，朋友。」他說：「經過這兩千年，當你正與那些聲流奮戰時，我們的女王只怕已經陷溺其中。看起來吸血鬼黎斯特僭越這個世界，伸出食指在她眼前一彈，奪去她的注意力。不過，可別小看這幾千年都靜止不動的這位女王，那不是聰明之舉。」

這個想法驚擾到馬以爾，不過他明白個中的邏輯。就在底下，阿曼德還在注意著他們。

「她並非全能，無論她自己知道與否。」凱曼說：「她總以爲自己足以攀折九天星辰，但又驚懼地往下墜落。」

「怎麼樣？」馬以爾興奮起來，挨近他些。「她究竟是什麼樣子？」

「她腦子裏充滿著不切實際的狂想與空談，就像黎斯特那樣。」凱曼聳聳肩：「自以爲能夠超凡成聖，還糾集一群教徒來膜拜頂禮。」

馬以爾冷淡而犬儒地微笑著。

「但是她究竟在打什麼主意？沒錯，他是以那些該死的歌曲喚醒她，但她爲何要毀滅我們？」

「當然個中必有深意。我們女王的行事必定蘊涵深意，即使是芝麻綠豆大的小事，她也非得賦予一拖拉庫的壯觀御意不可。而且你也知道，我們並不會隨著時間的流逝而劇烈轉變；如同迎風舒展的花朵，我們只會變得愈來愈像自己。」他又看了阿曼德一眼：「至於她的用心何在，我只能告訴你我的推論……」

「請告訴我。」

「這場演唱會之所以如期舉行，是因爲黎斯特盼望如此。演唱會一結束，她還會屠宰更多同類。但是她會放過一些人，有些是因爲必要性，有些是留下來當見證。」

凱曼看著阿曼德，不禁讚嘆著這張面無表情的臉孔竟然深藏如斯的智慧，而馬以爾焦躁疲憊的五官就沒那麼高明。但是，他無法確定誰理解得最透徹。馬以爾發出酸澀的笑聲。

「見證？我看不是這樣，她沒有這麼精細。她會饒過某些人，只因爲那是黎斯特鍾愛的對象罷了。」

凱曼倒是沒想到這一點。

「試想看看，」馬以爾以發音尖銳的英文說：「黎斯特的伴侶路易斯，他不就好端端的？還有卡布瑞，那惡魔的母親就在不遠處，等時機一到就設法與她兒子開溜。至於那個你欣賞不已的阿曼德，也是因爲黎斯特想再見到他，所以就還活著。至於阿曼德旁邊那個小鬼，就是寫出那本天殺的小說，如果有誰知道他的面目，一定恨不得將他碎屍萬段……」

「但還有一些生存者，」凱曼說：「例如她殺不死我們其中幾個，至於前往營救馬瑞斯的那幾個，黎斯特只知道他們的名字。」

馬以爾的表情有些變化，多少顯現出人類臉紅的神態。凱曼很清楚他的想法：如果瑪赫特能夠親自保護潔曦，他一定早就去搭救馬瑞斯。他試圖消抹心靈中瑪赫特的名字，他非常畏懼她。

「沒錯，你該好好隱藏這些資訊，」凱曼說：「但是起碼要告訴我。」

「我無能為力，」那道牆已經築起，無法穿透。「我只接收命令，並未被給予答案，朋友。我的使命是設法活過這一晚，守護我要保護的對象。」

凱曼本來想施加壓力，可是並沒有這麼做。他感應到周遭的氣流興起些微的變化，微弱到讓他無法判定那是聲音或律動。

她正朝著演唱會場而來。他從自己的身體撤退，化為一股純粹的傾聽之力，沒錯，那正是她。夜晚的雜沓音色讓他有些困惑，不過她無法隱藏自己的聲波，那是她自身的呼吸、她的心跳、她以超凡速度劃破空間的純粹力量，同時讓人類與非人類心驚膽戰。

馬以爾與阿曼德都感應到她，就連阿曼德旁邊的小鬼也察覺到，然而在場還有許多年幼之輩渾然無知。一些聽力較佳的人類似乎也感受到些許異狀。

「我得離去了，朋友，謹記我的勸告。」現在不可能再多說什麼了。

她已經近在咫尺，開始偵測與掃覽這個地域。

他有股衝動想要窺視她，從那些瞥見她的心靈中入手。

「再會，我的朋友。」他說：「我不好再待在你身邊。」

馬以爾困惑地看著他，底下的阿曼德連忙帶著丹尼爾到人群擁擠之處。

大廳整個暗下來，在那一瞬間，凱曼以爲那是她的戲法，某種猙獰而暴虐的審判已經到來。只不過，每一個他周圍的人類孩子反而知道那是演唱會揭開序幕的儀式。廳堂的四周瘋成一片，躁動不絕，最後化爲集體性的震動。他可以感應到地板的震顫。

人類的青少年點燃打火機，現出一叢叢的細小火燄。一抹美麗的光暈帶出千萬晃動的人影，尖叫聲源源不絕。

「我可不是懦夫。」馬以爾突然發話，彷彿他無法保持沉默。他攬著凱曼的手，又因爲反感於堅硬的白皙質地而任它掉落。

「我知道。」

「幫幫我，幫助潔曦卡。」

「不要再提及她的名字！我告訴過你，遠離她是最好的保護方法。督以德人，你又被擊倒了。此刻必須以智謀戰鬥、而非憤怒。混在人類觀眾之間，我能幫你就會盡量幫。」

他還有許多未竟的話語。告訴我瑪赫特的下落！但是爲時已晚，來不及問這個。他轉過身去，悠然行走於觀眾席之間，最後通到一個狹長的緊急出口階梯。

就在幽暗的舞臺上，人類音樂家出現了，開始準備電線與樂器等等。

吸血鬼黎斯特從幕後大步跨出，黑色披風在他的周身舞動，他走向舞臺的最前端。他拿著麥克風，站在距離潔曦不到三呎遠之處。

群眾已經歇斯底里起來，叫鬧喧囂不已，凱曼從未見識過這般場面，聽過這等噪音。因爲那愚蠢的狂熱，他情不自禁地笑了，一方面也是取笑那個如此喜愛這等狂熱的傢伙：就連凱曼笑出來的時候，他也跟著嘩笑。

剎那間一陣白光襲來，舞臺赫然通透明亮。凱曼瞠目結舌，注意力不是在舞臺上的那些眞人，而是巨幅銀幕上足足有三十呎高的黎斯特。那個生物衝著他笑，搖擺著身軀，晃動那頭豐盛的金髮，將頭往後一仰然後便嘶吼出聲。

觀眾們已經心蕩神馳，轟然的吼聲塞滿每一雙耳朵，黎斯特強力的聲音吞噬了會場的任何其他音色。

凱曼閉上眼睛。躋身於黎斯特怪物般的吼叫聲，他還想嘗試找出女王的位置，但卻徒勞無功。

「我的女王。」他喃喃低語，雖知無望卻還是四處搜索。她可是站在外面的草坪坡道上傾聽這震耳欲聾的演出？隨著周遭人類的視線與感官，他看到柔和濕潤的清風與灰暗無星的天空。高聳建築物與傾斜山坡上的繁密燈光是舊金山的營火，猶如月色或飄曳銀河般地震懾人心。

他閉目揣想她的模樣：隻身站在雅典的街道上，眼見她的孩子們深受烈火紋身，斗蓬的釦子鬆開來，頭髮梳理成辮子。她看上去儼然天堂的女神，她向來愛這一套，這些世紀以來也棲息於各種禱文的形象。就在電力的照明下，她的雙眼燦然而空洞，嘴唇柔軟無瑕。她甜蜜的模樣簡直美絕人寰。

這景象將他帶回無比久遠之前的那一刻，當時他只是個心膽俱裂的凡人，奉她的諭旨來到寢宮。他的女王遭受月亮的詛咒，如今甚至無法忍受強烈的燈光。她看上去暴躁無比，來回在泥石板上踱步。

「那對雙胞胎，」她說：「就是那對邪惡的雙胞胎下的咒術。」

「請開恩，」他乞求著：「她們絕非惡意，我發誓這是眞的。請釋放她們吧，陛下，事情已經無法挽回了。」

當時他是多麼悲憐她們：那對雙胞胎，以及身受感染的女王陛下。

「是嘛，不好好整治她們的話怎測得出眞假？」她說：「靠近點，我忠心的侍衛長，你向來都以赤忱服侍我——」

「我的女王，你要我做些什麼呢？」

她的表情還是如許可愛，冰冷的小手觸摸他的喉頭，以令他震怖的力氣抱住他。他驚駭無比，只見她的雙眼發直，口唇張開。當她以惡夢般的優美姿態起身行走，他看到她口中的那對獠牙。**不會吧，你不會這樣對我的，女王陛下，我是你的凱曼啊！**

他早該形神俱滅，如同古早以前的那一大堆飲血者。無聲無息地消逝，如同在每塊土地上的百億眾生。然而他還是活下來，雙胞胎（至少其中之一）也存留至今。

她可知道那些可怕的夢境？她可從那些作夢的心靈中看到雙胞胎？還是說自從復甦以來，她便窮極每個夜晚行旅，沒有注意到這些預兆？

我的女王啊，她們可還活著呢，起碼還有一個是活著的。**切記古老的預言**！他巴不得現在她能讀取他的心思。

他怵地睜開眼睛，發覺自己又回到那個枯骨般的軀殼內。群魔亂舞的音律塞滿他的耳殼，使得耳膜震盪不休。閃光燈使他難以視物。

他轉過身去，將手擱在牆壁上，他還是首度被聲音淹沒成這樣子。他讓自己失去意識，然而黎斯特的音樂將他喚回來。

以手指揉搓著眼皮，凱曼凝神注視著火般的煞白舞臺。看哪，那個妖魔以如許的歡暢狂歌起舞，凱曼情不自禁地深受感動。

黎斯特有力的男低音毋須電子樂器助陣，即便是那些混跡人群的不死者也顯然跟著神迷目眩。如此的激情帶有無比的感染力，凱曼舉目所及之處，人類與不死者都被迷得暈陶陶。舞臺上下的軀體扭動成一片，聲流高亢響起，整個廳堂隨著脈動搖擺起舞。

黎斯特的臉龐被攝影機放大，他的藍眼對著凱曼眨動：

「你們明知道我是什麼東西，為何不殺死我？」

在電吉他的尖利聲響中，黎斯特的笑聲響徹廳堂。

「當你們目睹邪惡之時，難道還不認得它嗎？」

如此堅決地信仰著明聖與英雄行止啊！凱曼看得見這傢伙的眼底透出一絲灰色陰影，那是對於悲劇的需索。黎斯特甩過頭去，又吼叫起來，他將腳步貫入地板並嚎叫如狼。他看著椽架屋頂，彷彿那是蒼天星辰。

凱曼強迫自己離去，他得落跑了。他笨拙地走向門口，彷彿被音樂的洪流淹斃。即使是平衡感也遭受影響。閃光般的音樂追隨他到防火梯，不過他至少不用看到那些閃光燈。他倚著牆壁，試著看清楚些。

血的氣味湧上，那是眾多飲血者的飢渴意念，以及通透木頭與泥灰牆壁的音樂。

他走下階梯，根本聽不見自己的腳步聲，然後通往一座廢棄的荒地。他彎下身，雙手緊抱著膝蓋。

這樣的音樂宛如太古之音，當時只有肉體的音樂，心靈之音尚未被發明。

他看到自己正在起舞，也看到國王（當時他所愛戴的人類之王）憑空跳躍，聽見鼓聲隆隆，風笛的聲響。國王將啤酒遞給凱曼，餐桌上滿是燒烤的野味、閃亮的水果，以及熱騰騰的麵包。女王完美而寧靜地坐在金椅上，精緻整理的頭髮上插著薰香蜜蠟的梳子，梳子逐漸在熱氣中蒸發溶解。

某個人將小棺木放到他的掌心，在盛宴的賓客中照例要相互傳遞那具棺木，爲的就是提示著：盡情吃喝縱樂，死亡近在身側。

他緊握著棺木，是否現在要傳給國王？

他感到國王湊近他說：「好好吃一頓吧，凱曼，明日我們將起軍到北方，宰掉最後一族食肉者。」國王甚至懶得看那棺木一眼，漫不經心地傳給女王；女王也是看都不看就傳給另一個人。

最後一個食肉部族，聽起來真是棒透了。直到他眼見那對跪在聖壇的雙胞胎，才真正明白事態不對。強烈的鼓聲吸走黎斯特的嗓音，人類經過凱曼身旁，幾乎不察覺他就在那裏；一個吸血鬼匆匆走過，也同樣無法感應到他的蹤跡。

黎斯特開始唱起〈黑暗兒女〉這首歌，歌詞描述那群隱身於巴黎聖嬰公墓的不死者，被迷信與恐懼所困。

我們穿入光亮
我的兄弟與姊妹！
殺死我吧
我的兄弟與姊妹！

凱曼搖搖晃晃地走動，直到噪音稍微不那麼巨大的外面大廳。一股清涼的冷空氣迎面吹來。平靜感慢慢回到他身上，當他把雙手伸到口袋內、頭低垂著，突然間意識到附近有兩個男子正盯著他看。

他突然從他們的心靈視線看到自己，感應到他們的疑慮與無可抑止的勝利感。那兩位男士知道他這種不朽者的存在，也夢想過這一刻，但從未料到能有實現的時候。

他往上方看去，他們就站在距離他二十英呎遠處，彷彿這樣的距離足以隱藏自己——眞是有禮貌的英國紳士！他們年長而飽富學識，線條深刻的五官配上正式的衣著。他們的灰色大衣、誇示的領口、閃亮的絲質領帶，都顯得有些不合時宜。這兩個人看上去宛如從另一個世界橫渡而來的探險家，遊曳在隨意擺動的華豔青少年與躁鬧音樂之間。

他們以渾然天成的謹慎瞪視著他，似乎禮貌到忘記害怕。原來他們是泰拉瑪斯卡的資深成員，到這裏是要尋找潔曦卡。

認得出我們?!當然你辦得到。別在意，沒有傷亡造成。

他沉默的心念逼得那個叫大衛．泰柏特的男士往後退，呼吸急促，前額與上唇冒出汗水。然而那個紳士的姿態眞是優雅，只是瞇起眼睛，似乎不想被眼前的異象攝去心神，想要在舞蹈的光線中看出分子的雜亂律動。

突然間，人的一生看上去眞是短促。看看這位脆弱的人類，他的學養不過增添了生命遭受威脅的機率。若要轉換他的思緒、改變他的期待，眞是再簡單不過。凱曼不知道該不該告訴他們潔曦在哪兒，不知道該不該干涉，終究那並沒有什麼分別。

看起來他們既不想走也不想留，但他把他們釘在原地，震懾住他們。一部份也是由於對他的尊敬，他們才這樣一直看著他。他得說些什麼，才能結束這糟糕的局面。

不要再去找她了，像我這樣的人正在保護她。如果我是你們，就會趕快離去。

這次的會面將會被泰拉瑪斯卡的文件記錄成什麼樣子？日後他一定要找個晚上去瞧瞧。不知道他們把這些文獻移到怎麼樣的現代場所？

他想到古老的時光，當時他在法國逗著他們玩。「請容許我跟您說話！」他們乞求著，那群眼珠永遠發紅的學者穿著破舊的衣衫，完全不像眼前的紳士：對於現代的他們來說，秘儀法術是一種科學，而非哲學。他害怕起那個時代的絕望性，同樣地，這個時代的絕望也令他害怕。

走開吧。

他不用看就知道大衛．泰柏特點點頭，與同伴禮貌地撤退。他回頭看著他們走向入口，進去演唱會場。

凱曼又孤自一個了，他邊聽著音樂邊疑竇著自己爲何要來這裏，自己想要的是什麼，一邊盼望自己立刻失去記憶。但願自己現在在一個可愛溫暖的地方，周圍的人類都不知道他的眞面目。在那裏有著閃爍的電燈，以及漫步到清晨的無盡人行道。

潔曦

「不要煩我，你這個狗娘養的！」潔曦猛踢那個將她抱起來、遠離舞臺的男人。「你這混帳！」他因爲雙倍的痛楚彎下腰，抵擋不住她的推打，終於退走了。

她已經被推離舞臺五次，奮力泅游在那群穿著黑色皮革的團體，像條魚一樣地牢牢抓住木頭柱子的邊飾：那是以質材強勁的人工布料織成的繩索。

燈光一閃，她看見吸血鬼黎斯特跳到半空中，再悄然無聲地降落。他的聲音不需要麥克風助陣就嘹亮無比，吉他手如同小妖精般簇擁著他。

血痕一條條地從他臉上滑落，如同耶穌因爲頭頂的荊棘冠而流下聖血。當他旋轉時，金色長髮也跟著飛舞起來，他將襯衫的釦子解開到胸口部位，黑色領帶鬆鬆地垂著。當他唱著無足緊要的歌詞時，水晶藍的蒼白眼球充滿光亮與血色。

當她看著黎斯特，看到他被黑色皮褲包裹的大腿、搖擺的臀部時，心跳如同鼓槌一般激烈。他又不費力地跳起來，彷彿可以輕易跳到演奏廳的天花板上。

沒錯，你親眼見證了。沒有其他的解釋！

她擤擤鼻子，知道自己正在哭泣。但是天殺的，還得再觸摸他爲證。她呆滯地看著他結束這首歌，踩著最後三小節節拍，而他的樂手們來回舞蹈、搖頭晃髮，盡力跟上他的節拍。他們的聲音與他的融合在一起。

老天，他可眞是愛死這滋味了，根本沒有佯裝的空間。他如同浸在鮮血一般地沐浴在群眾的仰慕與愛慾。

現在他開始唱另一首歌，將黑披風解下來，猛力轉一圈後扔到觀眾席上。大家轟然騷動，潔曦的背部被踩到，還有一隻靴子擱在她的腳上。這是她的機會，正當警衛在制止紛亂的時候，她得盡快。

她的雙手握緊木柱，跳過那道柵欄然後直衝向那個正在舞蹈、眼睛注視著她的形體。

「你，就是你！」她叫喊著，眼角注意到正在逼近的警衛。她把自己扔到吸血鬼黎斯特的懷中，緊抓住他的腰。當他絲絹般的柔軟胸膛壓住她，她感到一陣冰冷的震動，嘴角品嚐到血的滋味。

「天哪，果然是眞的……」她低聲說，心臟幾欲炸開。沒錯，就像是馬以爾與瑪赫特的皮膚，千眞萬確的非人類。原來她老早就把這樣的生物抱個滿懷，而她知道現在已經沒有誰可以阻止她。

她的左手抓起一把他的金髮，看到他往下對著他微笑，看到他潔白無毛孔的發亮皮膚，那對小小的犬齒。

「你這個魔鬼！」她像個瘋女人般地又哭又笑。

「我愛你，潔曦卡。」他對她低聲說，彷佛取笑她似地微笑著，潮濕的金髮掉下來蓋住眼睛。

她震驚地發現他將她抱起來在半空轉圈子，底下的觀眾一團模糊，一條條暴力的紅白燈光流動著。她呻吟著，但還是一直看著他。沒錯，千眞萬確。她驚恐地揪住他，因爲他似乎要把她扔給底下的觀眾。最後他放她下來，對她行禮的時候頭髮又拂上她的臉龐，嘴唇掠過她。

震盪不已的音樂變得微弱，彷佛她身在海底，他的呼吸掠過她，光滑的手指伸向她的頸子，她的胸口與他的心臟短兵相接。然後一個聲音對著她說話，如同她向來接收的那種心靈聲波，那聲音知道她所有的問題也都能夠給予回答。

這就是邪惡，潔曦，而你早就知道。

人類的手臂將她拉回去，分開他與她。她尖叫起來。

他疑惑地看著她，陷入深沉的、隱約記得的夢境。葬禮的祭壇，紅髮雙胞胎……不過那只是一秒鐘不到，他困惑地笑著，這回是那種公眾笑容，如同刺痛她眼睛的閃亮燈光。「美麗的潔曦！」他說，舉起手來彷彿用以道別。

當他們把她拖下舞臺時，她還是笑個不停。

她的襯衫與雙手都沾滿鹹鏽味的血跡，她覺得自己好像早就知道那滋味。她低下頭吃吃笑著，要感受到流通全身的顫慄眞是奇妙啊，知道自己正在同時發笑與哭泣。警衛說了一些粗魯的威脅言辭，但是那無所謂。

觀眾將她推擠開來，逐漸遠離中心區。一隻沉重穿靴的腳踩著她，差點沒絆倒她。她任由自己被推往後方，來到出入口。

無所謂，她現在什麼都知道了。天旋地轉，如果沒有螞蟻窩般的人潮支撐著，她早就不支倒地。她從未感到如此狂烈的解脫與釋放。

瘋狂的音樂繼續演唱，彩色燈光下的面孔潮起潮落。她聞到大麻與啤酒的味道，喚起焦渴。沒錯，該去喝點冷飲，她舉起手舔去鹹味的血滴，身體如同快要睡著般地搖搖欲墜。一陣柔軟的悸動傳來，表示夢境即將開始。她舔著血滴，閉上眼睛。

突然間她意識到自己被推往空曠的地方，雖然沒人推她。她睜開眼，看到自己來到靠近大廳不遠的後臺。群眾就在她的下方，在這兒她可以好好休息，沒有問題。

她的手撫摸油膩的牆壁，撞倒幾個紙杯與一頂便宜的金色假髮。她仰著頭，純粹只想休息。大廳照過來的醜陋燈光刺著她的眼，血腥味仍然盤桓在唇舌不去。看樣子她又快要哭出來，那正是最適當的作法。就在那瞬間，沒有過去也沒有現狀，沒有必須性，整個世界從最微小到最壯觀的層面都已然顛倒改觀。她正在漂浮，處於最安詳誘人的平靜狀態。噢，如果她能夠告訴大衛這一切，與他分享這個驚心動魄的偉大祕密就好啦！

有個東西碰觸到她，某個帶著敵意的東西。她不情願地張開眼睛，看到身邊蟄伏著一個形體。什麼！她掙扎著要看清楚些。

乾枯的手腳，往後梳的黑髮，扭曲的嘴唇抹著血紅色彩。同樣的皮膚與獠牙，那不是人類，那是不朽者的一員。

泰拉瑪斯卡?!

他像一聲嘶叫般地靠近她，擊中她胸口。她的手臂本能地舉起防護胸部，手指攀住肩膀。

泰拉瑪斯卡！

無聲但狂怒的攻勢。

她往後退，但他抓住她，手指掐入她的脖子。她想要叫出聲，但他把她舉起來。

接下來她飛過整個大廳，直到撞上牆壁時才停止叫喊。

麻木空白，接著她感到痛楚。黃白間雜的光線交替通往她的背骨，再擴散到成千上萬的組織。她的身體麻木，倒落在地時伴隨著臉頰與手指的激烈疼痛。然後她仰躺在地上。

她無法視物，或許她的眼睛閉起來了？好笑的是，如果是這樣，她也無法把眼睛張開。她聽到人們的叫聲，笛聲或鈴聲響起。噪音如同雷鳴，她身邊圍聚著一群人爭鬧不休。

有個靠近她的人說：「不要動她，她的脖子摔斷了。」

斷了？當你折斷頸子，還活得下去嗎？

有人將手放在她額頭上，不過她無法真切感受到，彷彿她正走在雪地上，全身麻木僵冷，真正的感知已經離她而去。**我看不見！**

「聽著，甜心，」一個年輕男子的聲音。你可以在波士頓、紐奧爾良、紐約等地聽到這種腔調，屬於救火員、警察或急救人員。「我們會照顧你的，救護車就快要來了。好好躺著別動，甜心，不要擔心。」

有人摸索著她的胸口，不，口袋在另一邊，把身分證件拿出來。潔曦卡．米莉安．李維斯，沒錯。

她站在瑪赫特旁邊，一起研讀著閃耀細小光點的巨大地圖。沒錯，她明白的，潔曦是米莉安之女，米莉安是愛莉絲之女，愛莉絲是卡洛塔之女，卡洛塔是珍瑪莉之女，珍瑪莉是安之女，安是珍妮貝莉之女，珍妮貝莉是伊莉莎白之女，伊莉莎白是露易絲之女，露易絲是佛藍西絲之女，佛藍西絲是佛莉達之女……

「請讓我們過去，我們是她的朋友──」

是大衛！

他們抬起她，她聽見自己的叫聲，雖然無意如此。她又看到螢幕上的族譜地圖。

「佛莉達是戴格瑪之女，戴格瑪是──」

「穩著點，天殺的！」

空氣的流動變化了，潮濕而涼爽，微風吹過她的臉頰，手腳四肢的感覺完全離她而去。她可以感受到眼皮眨動，但完全無法移動。

瑪赫特正在對她說：「來自巴勒斯坦，下至美索不達米亞平原，然後通到小亞細亞與俄羅斯，以及東歐。你明白嗎？」

這不太像是救護車的聲音，太過安靜了；雖然有急救鈴聲，但在好遠的彼方。大衛到哪兒去了？除非她死了，他不會讓她離去。可是大衛怎可能在這裏？他早就告訴她過任何事都無法讓他來到這兒。大衛並沒有來，那是她自己的想像。奇怪的是連米莉安也不在。「聖母瑪莉，上帝之母……就在死亡的時刻……」

她凝神傾聽：他們加速移動通過城市，她感覺到轉過角落，但她的身體在哪裏？她沒有感覺到折斷的脖子，那表示說那個人必定死了。

那是什麼？足以讓她看透叢林的燈光。一條河流？這道水流似乎太寬闊而不像河流，要如何通過呢？但是走過叢林、沿著河岸的人並不是她，那是另一個人。她看得到眼前的雙手，隨意揮舞過樹葉與藤蔓，彷彿那就是她自己的手。她看到的是紅色鬈髮，沾滿樹葉與泥渣。

「你聽得見嗎？甜心，我們會照顧你，你的朋友開著車跟在我們後面，你什麼都不要擔心。」

他還在說話，但她已經聽不清楚，只感受到那關愛的語調。爲何他這麼關心她？他又不認識她，他可知道濺滿她襯衫的血並非她的？**罪惡滿盈**。黎斯特試著告訴她這就是邪惡，但是對她來說根本無關緊要。並不是說她不在意何者是對是錯，對這一刻來說更爲壯大。他似乎一直在告訴她不該做某些事情。

或許就這樣死去也是好的，希望瑪赫特可以理解，而且大衛也在我身旁。大衛多少知道事情的本末，況且他們會爲她設一個檔案：潔曦卡．李維斯。如此將會增添更多的證據。「我們其中一個主要成員，絕對是由於……最險惡……絕對不能在任何情況下嘗試見證……」

他們又在抬動她，又是冷空氣，她聞到濃烈的汽油與以太的味道。她非常知道這種麻木的另一端是什麼：無可比擬的痛楚。最好是靜靜地躺著，什麼都不要做。讓他們抬著你經過走廊。

有個小女孩正在哭泣。

「你聽得見嗎？潔曦卡，我要你知道的是你已經安全在醫院裏，我們會盡一切力量來幫助你，你的兩個朋友—

—大衛．泰柏特與阿倫．萊特納正在外面。我告訴他們你不能被移動。」

當然啦。如果你摔斷脖子，要不是你當場死亡，不然就是在移動過程中致死。多年前她曾在醫院看過一個摔斷頸骨的女孩，她的身軀整個縛在一個巨大的鋁架上，護士每隔一陣子就會幫那女孩調整姿勢。現在你也要這樣醫治我嗎？

他還在說話，可是她已經完全聽不見。她走向叢林，傾聽著河流的淙淙聲。他正在說：

「當然我們可以做這些檢驗，但你得理解我所說的話，她的傷勢是致命的，她的後頭蓋都砸碎了，連腦髓都看得見。她的腦傷實在太嚴重了，幾小時後腦部就開始腫脹，如果還有幾小時可言……」

你這混帳，把我扔往牆壁上，害死了我。眞希望我至少能張開眼睛或說說話，但我被困在現世的這一邊。我已經失去身體，但還是被困住。當我還小的時候，當時以爲死亡就是如此：你被困在墳墓中，沒有眼睛可看也沒有嘴巴可喊，漫長無比的時光就這樣度過。

或者你跟著一群孤魂野鬼浪盪於陰陽魔界，明明死透了卻還以爲自己還活著。天哪，我非得知道自己的死亡之刻。

她的嘴唇感到輕微的知覺。有人打開她的口唇，給她某種溫暖與濕潤的東西。但是他們都在外面的走道，這兒只有她一個，如果有人在的話她會知道。但是她可以品嚐到某種溫暖的液體流入她口中。

那是什麼？你給我喝什麼？我不想要喝下去！

睡吧，我親愛的。

我不要，我要清醒著死亡，我要知道那一刻。

然而那液體灌滿她的嘴，她的喉嚨彷彿自己有生命地吞嚥著，那鹹鹹的味道眞是美味。她知道這種可愛、刺痛的感受。她更猛力吸吮，感到自己臉部的皮膚活化起來，空氣充滿周遭。微風吹過這個房間，某種溫暖的感受通過她的脊椎，抵達她的手腳，替代了原先的痛苦，她的四肢已經回復。

睡吧，親愛的。

她的後腦勺與髮根處都刺痛起來。

雖然膝蓋瘀血，但她的雙腳沒事，又能夠走動，她感受到蓋在身上的床單。她想要下床行走，但目前要這麼做還是太早。

何況她現在正被人家抱起來走著。

還是睡覺好了，這就是死亡，這樣也不壞。那些人正在爭論不休，但這些都無所謂。似乎大衛正在呼喚著她，要她做什麼呢？要她死去？醫生們威脅著要叫警察來，但是警察能做些什麼呢？這未免太滑稽了吧。

他們一直走下樓梯，眞是舒服的涼爽空氣。

交通的聲音逐漸加大，一輛公車馳過。以往她非常不喜歡這種聲音，但現在那就如同風聲般純淨。似乎她又被人家放在搖籃裏溫柔地哄慰著，車子似乎嘎然而止，但又立即順暢地開走。米莉安在那兒要潔曦看著她，但是潔曦眞是累壞了。

「我不要走，母親。」

「可是，潔曦現在還不算太遲，你還是可以過來！」那聲音就像是大衛呼叫她「潔曦卡。」

丹尼爾

進行到一半的當口，丹尼爾恍然大悟。這群白臉的兄弟姊妹再怎麼示意對方、要脅對方，到演唱會結束之前他們還是什麼都無法做。規則過於嚴厲：絕對不能留下印證我們身分的憑證，不能傷及人類，也不能殘留絲毫的軀殼組織。

黎斯特必須在最小心的情況下被處決，除非萬不得已，不能讓人類看到隱藏的鐮刀。當那混帳想要開溜時將他逮住，在他的崇拜者前面支解他。除非他意圖抵抗，否則他就是死在歌迷眼前，屍體也會被料理得一乾二淨。

丹尼爾狂笑不已，試想看看黎斯特聽到這個計畫會有什麼感想！

丹尼爾不禁對著他們可鄙的嘴臉大笑。這些死白如蘭花的惡質傢伙將大廳塡滿了他們的狂怒、忌妒與貪念。你可能以爲他們只因爲黎斯特的耀眼美貌而恨他入骨。

最後，丹尼爾不可避免地與阿曼德沖散。有什麼辦法呢？

不會有誰傷得了他，即使是那個古老如石頭或是傳奇故事主角的長者。詭異的是，那個長者瞪視著那個頸骨折斷的女子，那個與夢中雙胞胎留著同樣紅髮的女子。可能是個愚蠢的人類害她摔斷脖子。至於那個穿著皮衣、匆忙趕到她身邊的金髮吸血鬼也是個不得了的景觀。當他來到那個可憐的傷者身邊時，血管浮凸於頸項與脖子的表皮。阿曼德以最古怪的表情看著那金髮吸血鬼，彷彿有意干預。可能是那個佇立不動的古老吸血鬼使他倉皇難安。最後他將丹尼爾推回人群中，但是根本沒有害怕的必要啊。這間充滿聲音與光流的大教堂是我們的聖殿。

那末黎斯特就是釘在教堂前方十字架上的耶穌基督。要如何描述他那憾人心神、非理性的權威？假若不是他那稚氣的狂歡笑顏，他的五官可以用冷酷形容。他揮舞拳頭，咆嘯、哀求、怒吼著，對那些使他墮落的力量申訴：雷利歐這個大街上的演員機緣湊巧地變成夜晚的魔物！

當他重述他的敗績、重生、那股再大量的血液也難止荒渴的飢餓，他那狂嘯的男低音幾乎要徹底離體而去。「難道我不就是你們眼前的惡魔？」他對著那些愛慕他的人類、而非如同月色般蒼白的同類泣訴。

即使是丹尼爾也跟著跳躍起舞，嚎叫著他的同意之情。其實那些話語到頭來都沒有什麼意義，眞正引人的是黎斯特的叛逆、他鮮活的力量。黎斯特詛咒天堂，以所有被視爲叛徒與見逐者、而後又由於惡意與罪惡感而殘害自己同類的這些人之名。

就在最極致的高潮點，對於丹尼爾來說那就像是他在偉大彌撒的前夕終於尋得不朽的前兆。吸血鬼黎斯特就是上帝，至少是最接近上帝之物。銀幕上的那個巨大影像給予丹尼爾任何他所欲求的東西。

其他的同類怎有能力抗拒？當然他的狷狂使得他看上去更有招引力。最終的訊息相當明顯：黎斯特具有每個同類身上的稟賦，他是殺不得的。他吃下所有流到他身上的苦難能量，再以更強烈的程度顯現出來。如果你加入他就能夠永生不死。

這就是我的肉身，這就是我的鮮血。

然而，吸血鬼兄弟姊妹們卻恨得咬牙切齒。演唱會快要終了，丹尼爾感到一股從人群中蒸發而出的仇恨惡臭，從音樂的餘音中出現的嘶叫聲。

殺死上帝，將祂撕肢裂體，讓那些人類崇拜者去做他們應做的——爲那個被殺死的神服喪。「去吧，彌撒已經結束了。」

燈光通明，歌迷們一湧而上，將舞臺的簾幕撕開來，追逐著逃離現場的音樂家。

阿曼德揪住丹尼爾的手臂：「到邊門那兒去。」他說：「這是唯一接近得他的機會。」

凱曼

正如同他所預料的：女王宰掉那些想要殺死他的傢伙。當時黎斯特從後門出來，路易斯就在他身邊，當那些刺客正要攻擊他時，他正想要打開黑色保時捷的車門。他們圍成一個粗糙的圈圈，當鐮刀將要揮落時，火燄就吞噬了那個刺客。人類的小孩高聲驚叫，四處逃難，其他的不朽者刺客團陸續著火而死。

凱曼神不知鬼不覺地溜回牆邊，人類們笨拙地經過他奔逃。他看到一個高眺優雅的女吸血鬼輕巧地滑過暴動人群，從黎斯特車子的後輪潛進去，呼叫黎斯特與路易斯加入她。這是卡布瑞，那個魔鬼的母親。爲何火燄並不傷害到她是很合理的。當她以迅速堅決的姿勢開車而去，她那冷峻的藍眼睛並沒有一絲畏懼之色。

在這時候，黎斯特簡直要氣壞了，他的戰爭就這樣被奪走了！最後是因爲他的同伴屢次敦促，他才不得已地坐上車。

當保時捷衝鋒陷陣於四散的人群，那些飲血者接二連三地化爲火球。就在恐怖莫名的寂靜中，他們的哭聲響徹雲霄，他們唸出狂亂的詛咒、詢問最後的問題。

凱曼掩面不忍卒睹，保時捷就要衝出大門時，被人潮堵住去路。警笛聲尖鳴著，發號施令的聲音響起，孩子們跌傷或骨折，人類因爲困惑與悲慘而哭叫著。

去找阿曼德吧，凱曼想著，但那又有什麼用呢？到處燃燒的軀體看起來像是帶著橙色與藍色火燄的扭曲梅子，直到他們只剩下躺在人行道上的衣服，就像一團白熱的光線。他要怎麼介入火勢與阿曼德之間？他又怎麼救得了那個年幼的丹尼爾？

他仰頭望向遠方的山丘，看著那個靜默佇立的人影在黑夜中發亮，周圍的人們忙著哭喊逃命，沒有注意到那就是始作俑者。

突然間他感受到熱度包圍著他，如同當時在雅典的樣子，順著他的臉龐舞動，他的眼睛盈盈出水。他看著那個遠方的人形，由於自己可能永遠也不理解的原因，他選擇不幫自己滅火，反而等著看會有什麼後果。他的每一根組織都喊叫著：快點撲滅！但他還是紋風不動，任由火勢在他身邊形成一個圈子，擁抱著他，汗水被蒸發乾淨。接著火燄移開，只留下他孤身一個，又冷又寂寞，被自己最狂野的遐想割傷。他安靜地念誦著某句禱文：**但願雙胞胎將你銼骨揚灰！**

丹尼爾

「失火了！」隨著油脂焦臭的味道，丹尼爾看到四處蔓延的火勢。人群採取什麼防護措施呢？看樣子火勢像是一團團小型的爆彈，一群群的青少年跌走碰撞，意圖逃開這兒。

丹尼爾又聽見那聲音，它正通過他們的頭頂。阿曼德又把他拉回建築物內，沒用的，他們到不了黎斯特那邊，身旁也沒有掩護之物。阿曼德拖著丹尼爾走入大廳，一對嚇壞了的吸血鬼剛好跑向入口，然後被炸成細小的點點火星。

丹尼爾恐怖地看著骨骼在黃色火燄中燒焦溶解，在演奏廳內一個正在逃命的身形也被猙獰的火燄捕捉到。他扭動掙扎個不停，最後頹然倒在地板上，煙霧從空盪的衣服裊裊飛起。一灘油脂淌落在地板上，丹尼爾看著液狀的油逐漸乾涸。

就在門外，逃命的人類這回朝向大門口飛奔而去，沒命地往幾百碼的瀝青柏油路跑去。

他們移動得無比神速，丹尼爾只覺得自己雙足不沾地面，整個世界不過是一團五顏六色，就連歌迷們的哭喊也被淡化。他們一下子就抵達門口，剛好是黎斯特的黑色保時捷飛馳而去的時候。沒多久車子就如同一顆疾射而出的子彈，朝著南方的公路而去。

阿曼德並不試著追趕，他好像連看都沒看見。他站在門口往回看著人群，眼光掃射著演奏廳到遙遠的地平線。那詭異的心電念波如今震耳欲聾，吞併下任何其他的聲音，阻絕任何其他的知覺。

丹尼爾無法不舉起雙手遮住耳朵，也無法不感到膝蓋發軟。他感到阿曼德靠近，但卻無法看見他。他知道如果大難來襲應該就是此刻，但他無法感到恐懼，無法相信自己就要死去。他的全身充滿著驚奇與困惑。

那聲音慢慢遠去，他感到自己變得麻木，視覺清晰起來。他看到一輛巨大的紅色救火車往這邊開過來，上面的消防人員要他讓路；救護車的警笛聲彷彿來自另一個世界，戳刺著他的太陽穴。

阿曼德柔和地將他拉開，驚恐的人群到處奔走，像是被風勢席捲開來。他感到自己逐漸下滑，但阿曼德將他拉住，他們走向散發溫暖能量的人群，經過那些從外面鐵鍊窺探其中的人們。

還是有成千上百的人逃難著，警笛聲吞掉他們的哭喊，此起彼落的滅火器沖散人群，然而這些聲音都因爲超自然的噪音而顯得遙遠稀淡。阿曼德倚靠著欄杆，眼睛閉起來，額頭抵著金屬。柵欄抖動著，彷彿也感應到他們所害怕的那東西。

它已經走了。

冰涼的寂靜降臨，那寂靜代表著空洞與震驚。雖然群魔亂舞的盛況持續著，但已與他無關。

他們不再受到干擾，人類逐漸散去，空氣傳導著更多超自然生命死前的哀嚎，那是在何處？

他跟著阿曼德不急不徐地走在大道上，走向一條黑暗的街道，經過石灰泥製的屋子與商店，霓虹訊號燈與擁擠的人行道。

他們就這樣漫無目的地走著，夜色逐漸冷沉，警笛聲漸行漸遠，彷彿低泣一般。

當他們走到一條喧囂大街，一輛閃著綠色燈光的公車如同幽靈般地現形。那車子像是負載著空洞與靜默的鬼魂般接近他們，裏面只有幾個孤伶伶的乘客透過髒兮兮的窗戶往外看，司機彷彿一邊睡覺一邊駕駛。

阿曼德疲乏地抬起眼皮，看起來只是要讓車子經過。不過丹尼爾驚訝地看到車子對著他們停下來。

他們一起爬上公車，忽略投幣箱，緊挨著對方坐在長條狀的皮椅上，司機完全沒有回頭看他們一眼。阿曼德靠著窗戶，眼睛呆滯地瞪著黑色塑膠地板。他的頭髮凌亂不堪，臉頰沾上泥巴。他迷失在自己的思維，看起來渾然不覺自己身處何方。

丹尼爾看著那些人類乘客：有個女人斜著一張嘴憤怒地瞪著他；角落的小臉蛋青少女頭髮蓬鬆、口角發炎，在大腿上擱著一個巨大的嬰孩，皮膚像是口香糖泡泡；還有後座的男人已經死去，下巴還留有口水的痕跡。沒有人注意到他已經死了嗎？乾涸的尿騷味從他的下體傳來。

丹尼爾自己的雙手也如同屍體般陰慘。司機如同擁有一雙活人雙手的死者，這難道是一場幻境？通往地獄的巴士？

才不是呢，這只是千萬台夜間街頭巴士的其中一輛，疲乏地順著路徑行駛。他愚蠢地微笑起來，想到後座的那個死男人會讓他笑出來，其他人還是沒事人地坐著；可是，那討厭的感覺又回來了。

寂靜使他焦躁，巴士的搖晃使他不安，從窗戶看出去的房屋更使他煩躁不堪；阿曼德無生氣的面孔更是無法忍受。

「她會再回來找我們嗎？」他再也按捺不下去了。

「她知道我們在這兒，」阿曼德的聲音低沉而呆板：「可是她撇開我們走了。」

凱曼

他退到以冰冷太平洋爲背景的高坡地草坪上。

現在他像是在看著全景圖：遠方的死亡場景被燈光淹沒，細薄如泡沫的超自然生命哭嚎混合著更豐富而沉暗的人類城市之聲。

那些魔物追趕著黎斯特，迫使他將車子停在公路一旁。黎斯特與匆匆地準備要大戰一番，但是天火再度撲向那些包圍他的徒眾。

最後黎斯特身旁只剩下路易斯與卡布瑞，他只好聽從他們的意見就此撤退，但還是不知道是誰在暗中保護他。這三個人更不知道的是，女王還爲他們前往他處撲滅其他敵人。

她的力量伸展開來，追獵那些奔逃或試圖躲藏的餘生者，其中有幾個因爲同伴之死而過於哀痛。夜色充滿著他們燒焦屍體的臭味，這些死去的吸血鬼什麼也沒得留下，只有毀壞的衣物。就在廢棄停車場的草坪上，清掃人員搜索屍體，但徒勞無功，救火員也加入搜救行列，人類的孩子們可憐兮兮地哭著。程度輕的傷口已被料理，歇斯底里的人們已注射鎮定劑，這個豐饒的時代眞是效率高強。巨大的水龍頭沖洗現場，洗去那些被燒焦的衣物。

底下的人們相互爭議著，發誓自己看到那些血祭場面，但是沒有任何證物留下。她百分之百地銷毀了自己的獵物。

如今她離開演奏廳，進入城市的最深邃死角，她的力量流入角落、窗口與門扉。那就像是點燃一根火柴時的微小火燄，爆起一點光澤之後便消失無蹤。

夜晚更加安靜，酒吧與商店關上大門，公路上的車輛漸次稀薄。

她在北邊的海灘上逮到那個只想再見她一面的古老吸血鬼，當他爬行在路面上時，她殘忍而緩慢地燒死他。在最後的時刻，他的骨頭化爲灰燼，腦髓如同一團發光的餘燼。她還在高樓的屋頂上處決掉另一個，於是他如同一顆飛越過幽暗城市的焚燒之星，筆直地往下墜落，他空盪的衣物如同黑色報紙般地飄飛著。

此時的黎斯特往南方的卡馬以爾谷地前去，由於沉浸在歡愉與對卡布瑞與路易斯的愛意，他暢談過往的歷史與未來的夢想，完全不知道正在發生的屠殺。

「瑪赫特你究竟在哪裏？」凱曼低語著，夜晚還是靜默無言。萬一馬以爾聽見了，他並沒有回話。可憐而慌亂的馬以爾，看到潔曦被攻擊時就衝上前去，絕望地看著救護車將她載離自己的視線。很可能現在馬以爾也已經被殺死了。

凱曼無法找到他。

他往山坡上爬去，深邃的山谷中人類靈魂的震動如同巨大雷鳴之音。他自問：「爲何我要見證這些？爲何那些夢境把我帶到這裏？」

收音機的廣播節目傳來的消息是惡魔祭典、原因不明的縱火、集體幻覺，他們認爲是破壞公物的青少年幹的好事，如同中世紀的汪達爾蠻族。這是一個大城市，現在已經自行吸收並否定非理性的事件；大多數人並沒有留意，少數看到的人會逐漸調整自己的記憶，轉化他們看到的不可能事物。吸血鬼黎斯特不過是個人類搖滾樂手，他的演唱會現場雖然出現難以控制的動亂，但也在預期之中。

或許女王的計策之一，就是緩慢地搗毀黎斯特的夢想：毀掉他的敵手，好讓這整個世界的人類無法感應到超自然的可能性。如果當眞如此，她會留待最後再處置這個傢伙嗎？

凱曼無法回答自己的問題。

他的眼睛掃過沉睡的大地，海邊傳來的霧氣蔓延整個玫瑰色的山脊。剛過子夜的夜景宛如童話世界般的甜美。

凱曼匯集自己的力量，企圖脫離軀殼，將自己的幽體送出體外，如同古埃及的遊蕩魂魄，卡。他想要探視那些母后可能饒過一命的倖存者。

「阿曼德。」他大聲說，城市的燈光彷彿黯淡下來。他感受到另一個地方的溫暖與明亮。突然間，阿曼德就在他的對面。

他與他的雛兒丹尼爾成功地躲藏在某棟華宅的地下室，他們將不會受到侵犯地安眠。那個年幼吸血鬼腳步不穩地舞過奢華的房間，他的心相中充滿黎斯特的歌曲與韻律。阿曼德瞪視著虛空的夜色，青春的臉龐向始以往地充滿漠然之色。他看到凱曼的影像！他看到凱曼似遠又近的身影，就在高山之巔，也在觸手可及之處。他們無聲地打量彼此。

看樣子，凱曼的寂寞並非他所能承受，然而阿曼德的眼眸絲毫沒有歡迎與信任之意，也沒有任何情緒。

凱曼翩然飛升，使盡力量翱翔於九天之上。他已經遠離自己的軀體，甚至無法定位身體的座標。他往北方飛去，呼喚潘朵拉與桑提諾之名。

就在冰雪暴虐的場景，他發現他們兩個：一雙包裹於無涯雪白的黑袍。潘朵拉的衣裳被冷風颳開，她的眼眸充滿血色淚水，奮力尋找馬瑞斯的住所。她很高興桑提諾守在她的身邊，這個難得的探險者還是穿著美麗的黑絨大衣。那些環繞世界半圈的無眠夜晚已經使她搖搖欲墜，畢竟每個生物都需要睡眠與作夢。假若她不趁早在某個黑暗清涼的地方躺下來，遲早她會抵擋不住那些聲色音流，那些瘋狂的波動。她已然無力再飛行，而且桑提諾也辦不到。所以，她還是與他同行。

桑提諾挨近她，只察覺到她的力量，他的內心因爲無法規避的、被女王屠宰同伴的哭嚎聲而受到陰暗的損傷。感應到凱曼的覷視，他將大衣的領口拉緊些。潘朵拉無視於任何外界的異動。

凱曼退開來，看這一對在一起的光景讓他感到受傷。

在山頂上的華廈，丹尼爾割開一頭老鼠的咽喉，將牠的血滴入水晶杯。「玩玩黎斯特的戲法。」他說，眼光研究著火勢。阿曼德坐在火燄旁，看著丹尼爾舉起那杯液狀紅寶石，愛憐地餵著他喝。

凱曼繞著夜晚與城市飛行，彷彿順著看不見的星球軌道滑動。

馬以爾，請回答我，讓我知道你此刻的行蹤。母后的冰冷火燄也降臨他身上？還是說他因爲潔曦的狀況而哀痛逾恆，根本聽不入任何其他的呼喚？可憐的潔曦，被奇蹟迷昏了頭，以至於讓一個雛兒輕易擊傷，沒有誰來得及阻止。

她是瑪赫特與我的孩子啊！

凱曼害怕將要看到的，以及無力挽回的可能情勢。但是，或許那個督以德人只是變得更有力，遮擋自己與潔曦的行蹤，任誰也無法得知。可能是女王的殺意得逞，或是他逃過一劫。

潔曦

她躺在一張既鬆軟又堅硬的床褥，四周寂靜，身體像個破娃娃似的。她可以舉起手臂，再任由它掉落；但是她無法視物，只能含糊地看到光影晃動的殘像。

她的周圍擺著古老的油燈，形狀如同活魚。燈油的濃郁氣味感染整個房間。這是停屍間嗎？恐懼再度侵襲，唯恐自己可能已經死去，然而意識竟然困在斷線的軀殼。她聽到奇異的聲響，那是什麼？剪刀通過髮稍的聲音，行經頭蓋骨的路線。她甚至可以感受到腸胃蠕動的路徑。

一根頭髮從她的臉上被撿起，女人們最憎恨門面不整的模樣了。難道她正被上妝收殮？除此之外，還有什麼原因要這樣照料她的頭髮與指甲？

疼痛又通透她的背部，她在那張垂著鐵鍊的吊床上尖叫著。才幾個小時前，她還好端端的睡在這裏呢。她聽到附近有人抽一口氣，但只看得見燈影晃動。有個形體站在窗外，米莉安正在監看著。

「她在哪裏？」她受驚發問，試著看清楚那抹異象。以前不也發生過如此情景？

「爲何我無法張開眼睛？」她問道。就算她花一輩子的時間尋索，也看不到米莉安的。

「你的眼睛早就是睜開的。」她的聲音生澀又溫柔：「我無法再多給你補充之血，除非我傾數給予。我們並非醫者，而是殺手。現在你得告訴我，你的決定爲何。這兒沒有別人能夠幫我。」

我不知道，我只知道自己一點都不想死，不願意停止存活！我們眞是懦夫啊，她想著，也是大說謊家。就在今夜之前，宿命論的哀愁一直陪伴著她。她一直如此竊望著，不只是知道祕密，更成爲祕密的一部份……

她想以語言解釋自己的糾結心緒，但是痛楚如潮水上湧。疼痛如同烙鐵印入她的脊椎，射入四肢，然後是令人感激的麻木。房間似乎更加灰暗，古老的油燈中火燄竄動。外面的林木蜷曲著，馬以爾握住她的手變得無力：並非他鬆開手，而是她行將無法感受。

「潔曦！」

他用雙手猛力搖她，痛苦宛如射穿黑暗的閃電。她從緊咬的牙關中迸出尖叫，就在窗口邊的米莉安冷面無情地觀看著。

「馬以爾，下手吧！」

她用盡僅剩的力氣坐起來，痛楚沒有盡頭或限度，她再也叫不出聲。然而她眞正地睜開眼睛，透過晦暗的燈光看到米莉安冰霜冷酷的神情，馬以爾高大的身體覆蓋著她。接著她看向打開的門，瑪赫特正走過來。

直到她現身之後，馬以爾方才瞭解。瑪赫特的腳步輕柔，長裙旋舞出一道陰暗的嗡嗡聲。她從走廊走到這裏。

經過如此久遠的時光，終於如願以償！透過自己的淚眼，潔曦看到瑪赫特進入光流，看到她發亮的容顏、髮稍的回光。瑪赫特示意馬以爾離開她們。

然後瑪赫特靠近床邊，手掌朝上，彷彿示意著邀請。她伸出雙手，像是要抱住一個嬰兒。

「馬以爾，下手吧。」

「那麼，親愛的，向米莉安道別。」

古老的時代，迦太基有一種恐怖的祭典。爲了取悅青銅之神，貝爾，居民必須奉獻他們的孩童。幼嫩的孩子躺在神像的懷抱，翌年春天到來，孩童們將落入如同熔爐的神之腹部。

迦太基滅絕之後，羅馬將這個故事流傳下去；無數的世代生滅之後，某些聰明的人們開始相信這個傳說。如此地摧殘孩童實在過於恐怖，但是當考古學家戴上手套、開始挖掘，他們找到豐富的幼小骸骨。整個古代的首都內，除了叢集的孩童骨骼之外，別無他物。

如此，整個世界明白傳說屬實。迦太基的成人祭出他們的幼兒，任由他們慘叫著落入烈燄的洪流。這是某種宗教。

如今，正當瑪赫特抬起潔曦，口唇觸及潔曦的喉頭，她想起這個傳說。瑪赫特的雙臂有如貝爾的青銅雕像，而在電光火石的那一刻，潔曦體驗到無可比擬的折磨。

然而她所體驗到的並非自身之死，而是亡者的殞滅——不朽者的靈魂潮起潮落，尖聲嘶吼著烈火侵蝕超自然軀體的無比苦楚。她聽見他們的哭喊與警告，看見他們離開世間時的容貌，依然保有人類的形體，只是再無實質。她感受到他們從悲淒之域橫渡到未知之境，他們的歌曲將要開唱。

接著景致消逝，如同隱約記得的音樂。她與死亡聲息相聞，軀體、痛楚、五感都全數消溶。

她站在陽光普照的祭壇旁邊，俯視著母親的屍體。「就在肉身之內，」瑪赫特說：「智慧誕生於肉身，提防沒有肉體的東西：**概念**、上帝、惡魔。」

接著，血液紛湧到她的體內；血液如電光，回收她的四肢百骸，肌膚隨著熱力歌詠，飢餓使她的身體蜷縮起來。非人的血液彷彿要讓她的靈魂化為永遠的實體。

她與瑪赫特相擁著，瑪赫特原先冷硬的肌膚變得柔軟，而她們化為滑潤的同一軀體，髮膚相纏。潔曦的臉龐埋在瑪赫特的頸部，狂歡的高峰接二連三通透她的軀殼。

突然間，瑪赫特抽身而出，將潔曦的臉壓在枕頭上。她的手覆蓋潔曦的雙眼，潔曦只覺得纖小剃刀般的鋒芒刺入皮膚，一切隨之抽拔出體。如同低聲吹口哨的風勢，這等感受就是被掏空殆盡、化為虛無。

「喝吧，我親愛的。」當她睜開眼，再度看到雪白的喉頭與胸部，她撲上前去緊抓住那頸項。這回，撕裂血肉、盡情狂飲的是她。第一滴血淌入她的喉管時，她窮凶惡極地攫住瑪赫特，後者柔順地任她擁有。她們的胸部互觸，瑪赫特的嘴唇撫觸她的臉龐。她毫不饜足地吸汲血液，所有的聲色意象盡如濤生雲滅，只有那凶狂的意念澎湃不絕：**你是我的，你的一切及所有都是我的！**

她們力竭地躺在對方懷裏，幾乎睡著。狂歡的餘光猶存，再度開始呼吸彷彿是再度感受生命，摩擦著絲質床單與瑪赫特如絲的肌膚，便是再度進入生命。

清香的風吹入房裏，一聲集體的嘆息響起。再也無法看到米莉安、精靈、幽冥暗帶、生死之間的陰陽魔界。她已經找到自己永恆的歸處。

當她闔上雙眼，那個行走於叢林的東西看到她，看到瑪赫特與她在一起：兩個紅髮女子。那個東西朝她逼近而來。

凱曼

卡梅爾谷地一片祥和，那個小小的聚會場面是多麼和樂：黎斯特、路易斯、卡布瑞。黎斯特脫下沾滿泥濘的演唱會服裝，又穿起閃亮眩目的吸血鬼行頭，黑天鵝絨斗篷輕忽地披在肩頭。卡布瑞將辮子解開，以輕鬆而熱烈的語氣說著話。那個最像人類的路易斯雖然沉默，但顯然因爲其他兩個的存在而感到興奮，光是他們的簡單動作就讓他沉醉不已。

在任何其他時間，這樣的歡聚會讓凱曼感動涕零。他會想要牽他們的手，看入他們的眼睛，告訴他們他是何許人也，曾經歷過那些動盪。他只想與他們共享如此的歡樂。

但是她正近在咫尺，夜晚將盡。

天空蒼白起來，微弱的清晨溫度爬上地平線，萬物因爲即將浮升的光芒掙動起來。無庸置疑，她就在不遠處。

她刻意隱身，帶著無比的力量。然而她無法偵測凱曼的動向，而他有耐心地等待，傾聽那三個吸血鬼的歡愉相聚。

就在門口處，黎斯特擁抱即將與他暫時分離的母親。她進入灰色的晨光，大步前行還是穿著那身卡其布衣服，髮辮鬆開來，儼然是一幅自在漫遊者的圖像。那位美麗黑髮的路易斯就在她旁邊。

凱曼看著他們穿越草地。女吸血鬼預備睡在大地的懷抱，進入林木四散的空曠園地；男吸血鬼選擇一棟小木屋當作臥室。當他跨入門內，彷彿躺在墳墓中的姿態，眞是優雅絕倫。他合攏四肢，立即遁入黑暗的迷夢。

那個女子以驚人的暴力挖出藏身之所，樹葉狂飛亂舞，泥土迎接她敞開的雙手。她低頭沉睡，進入那個充滿叢林與河流、事後她絕不會記得的夢境。

到目前爲止還不壞，凱曼可不想全身焚燒而死。他背對著蘋果樹站著，果實的翠綠芬芳將他包覆起來。她爲何在那裏？當時她都躲藏於何處？當他敞開心靈，可以感受到她存在的波動。這就像是現代世界的引擎，無休止地散發出自身的低語與致命力道。

最後，黎斯特匆忙從屋子裏出來，跑向他爲自己預留的、建造於山坡底下的藏身所。他順著暗門而下，進入一個黑不見五指的房室。

太陽逼近地平線，凱曼總是被它的第一道光線弄糊視線。他努力將眼光集中於蘭花的深沉色澤，而世界上的其餘事物已經失去鮮明的形體色相。他閉上眼睛，瞭解到自己得進到屋裏去，藏身於某個涼爽陰暗的地方，人類打擾不到他之處。

當太陽落下時，他會等他們醒來，告訴他們他所知道的所有事情，關於其他不朽者的事。一陣刺痛侵來，他想起馬以爾與潔曦；他無法找到他們，彷彿他們被吞食到地底下。

他想到瑪赫特，不禁泫然欲泣。但他還是努力支撐，往屋子那邊走過去。陽光柔暖地照在背部，他的四肢無比沉重。明晚一到，無論事態如何演變，他就不是獨自一人了。他將會與黎斯特他們一起。萬一他們不用他，他會去找阿曼德，然後到北方營救馬瑞斯。

就在他想著的當兒，乍聽到的是一聲破碎般的怒吼。他轉過身去，避免直視太陽。森林裏憑空噴出一大灘泥土，樹木東倒西歪，屋簷震動不已。

女王以驚人的速度往上飛去，穿著一襲撕裂過風聲的外氅。當她朝著西方而去，避開陽光的追獵，黎斯特動彈不得的身體就在她的懷中。

可憐的小情人，唉，可憐的美麗的金髮王子。

但是已經沒有時間細細思索了，他轉向提供庇護的屋子。如今，太陽已經撕裂地平線，舉目皆是地獄。

丹尼爾在黑暗中蠕動，睡意像一床毯子般朝他覆蓋而來，幾乎要壓垮他。他看到阿曼德目中的紅光，以及低語：「她已經擄掠了他。」

潔曦呻吟出聲，漂浮於珍珠色的蒼鬱背景中。她看到一雙彷彿紛飛起舞的形體：母后與她的兒子。這景象如同教堂的彩繪玻璃圖案，她的嘴唇形成一個字：「聖母……」

就在冰層數千呎下，潘朵拉與桑提諾睡在彼此的懷抱。潘朵拉聽見凱曼的哭嚎，看到雙目閉上的黎斯特，頭往後仰，癱在阿可奇的懷裏。她看到阿可奇的黑色眼珠直勾勾地看著他，她的心跳暫時停止。

馬瑞斯閉上眼睛，他已經撐不住了。頭頂上有狼群嚎叫，寒風颳過鐵皮屋頂。就在暴風雪勢中，一叢叢的陽光舞動著，似乎將雪花焚燒起來。他可以感受到微弱的光熱穿越層疊的冰塊，通到他這兒來麻痺他。

他看到黎斯特沉睡的身形，看到她帶著他往天際飛去。「務必提防她，黎斯特。」他以最後一抹意識說：「危險。」

*

凱曼躺在冰涼的地毯上，將自己的臉埋在雙手之間。一場夢境籠罩著他，關於一個柔美如絲的夏夜，天際遼闊，那些他心所繫念的不朽者將聚集在那個可愛的地方。

第三部

過去如此，
現在亦然，
未來亦復如是

將我藏起來
別讓我看見
把眼珠子塞滿我的眼眶
因為我的眼不再是我的
把我的頭和需要藏起
因為我沒用
奄奄一息地活著
生命如此之長
讓我躲在羽翼下
遠離我想被釣的慾望
那杯渦輪醇酒看來如此甜美
使我失明
而我的心也要藏起
因它將以與我同等的速度
被時間囓食

——史丹・萊絲，〈食人族〉

1 黎斯特：躺在女神的懷抱

說不清我是何時醒來，何時恢復神智。

只記得我曾與她共度一段極長的時日，記得我如獸一般縱情暢飲她的血，記得惟一分享她原始力量的恩基爾已遭毀滅；而她也讓我認清了所有一切，害我如孩童般哭泣。

兩百年前，我在聖殿上接飲她的聖血時，血水是那麼可怖而莊嚴的靜謐，如今，只剩影像傳輸過腦際，蝕骨的暢快如同血液自身流通我身；我那時才知曾發生過的一切，其餘的人也就是在那時逐一慘死。

之後，就是那些如潮水起落忽高忽低的聲音，漫無目的，如穴洞中的低吟。

似曾有那麼一刻我明白了，搖滾樂演唱會、卡梅爾谷地與她發光的容顏間的關係，明白爲何我現在會和她身處這個昏暗的雪地，是我喚醒了她，或如她自己所說，是我給了她甦醒的理由，讓她回身瞪視她曾經坐擁而又失去的那張寶座。

你明白在光線中看見自己的手移動的意思嗎？你能明白在大理石室中忽然聽見自己的聲音是怎麼一回事嗎？

我們曾在白雪覆蓋的黑暗樹林中起舞，也或者，我們只是一次又一次地互擁。

駭人聽聞的事發生了，世上到處充斥著駭人的事，不該出生的人被處決，**邪惡的種籽**。演唱會場的屠殺只是一個了斷。

而我仍窩在這冷風料峭的黑暗之地，在熟稔的寒冬氣息，她的血重新化爲我的體膚，把我俘虜。在她遠離時，我感到痛苦。我必須釐清思緒，弄明白馬瑞斯是生是死，以及路易斯，卡布瑞和阿曼德究竟有沒有逃過一劫。我也必須設法重新找到自己。

然而這些聲音，這些波濤起伏的聲音，遠遠近近的俗世之人，距離沒有差別，強度才是衡量的尺度。那是過去我聽過幾百萬次的，過去我只消立在街頭，就能聽到從街上各戶幽黑的房子傳來的談話、沉思或祈禱的聲音，愛聽多久就多久，想多眞切就多眞切。

她開口說話時突然陷入死寂：

「卡布瑞和路易斯兩人平安無事，我已告訴過你，難道你以爲我會傷害你所愛的人嗎？看著我的眼聽我說，我放過好些不該放的人，這麼做既是爲你也爲我自己，我要在俗世人的眼中看到自己，聽到我的子裔們跟我說話的聲音，然而我選擇的是你所愛的人，你會再看到的人，我不能剝奪你的這份幸福，但是你現在既跟我一起，你就要了解我告訴你的一切，你必須有與我同等的勇氣。」

我不能忍受，不能忍受她讓我看到珍克斯寶貝最後死亡時的殘酷景象。難道那是在她臨死前的一刻，閃過她眼前的景象嗎？我不能忍受。而我的舊識羅蘭在人行步道的火燄中乾涸；在世界的另一端，我在吸血鬼劇院認識的斐利克斯被大火追著，跑過那不勒斯的窄巷，直到墜海，還有世上其他許許多多的不朽者，我爲他們和這一切落淚，沒有意義的磨難。

「人生如是」我哭著說，指的是珍克斯寶貝。

「那就是爲何我要讓你看到一切。」她回答道：「爲何這一切都已結束，再也沒有黑暗的兒女，我們現在只有天使。」

「但是其他的人呢？」我問：「阿曼德怎麼了？」而這時那些聲音又開始嗡嗡作響，聲音大到震耳欲聾。

「來，我的王子。」她小聲說，再次沉寂，她湊上前來用手托起我的臉頰，她黑色的眼睛睜大，白色的臉蛋忽然變得柔順柔軟：「如果你眞想知道，我就讓你看看還活著的那些人，他們的名字將和你我一般變成神話。」

神話？

她微微側過頭去，她閉上眼的剎那，所有生命的跡象奇蹟般突然消失，成爲一個沒有生命完美的存在，細而黑的睫毛優雅地鬈曲著。我俯視著她的頸項，看著她雪白肌膚下變得異常清晰的青白色動脈，像是她有意要讓我看見一樣。我的欲望沛莫能禦，女神啊！我的女神！我一把拉過她，用著可使一般人受傷的蠻力，一口咬下她冰雪般無法穿透的肌膚，一股熱流湧入我的咽喉。

聲音再起，然而在我的命令下又消退，只留下血流的聲音，以及我和她的心跳。

黑暗。磚窖。一口被磨得晶亮的橡木棺，金子做的鎖匙，神奇的時刻：鎖如被一看不見的鑰匙開啓，從掀起的蓋子可見到花緞襯裏，還能聞到一股淡淡的東方香水味。我看到阿曼德躺在白緞枕頭上，赤褐髮色的天使，臉側向一邊，兩眼無神，像是一旦醒來必是驚天動地。我看他以緩慢優雅的姿勢自棺材中站起，那是我們才有的身段，因爲只有我族才會例行地從棺材中復活，我看他蓋上棺蓋步行過泛潮的磚地，走向另一口棺，他虔敬地打開它，如同裏面藏著珍奇的寶物，裏面躺著一個熟睡中的年輕男子，似無生息，卻作著夢，夢到一紅髮女子在樹林中走著，一個我無法看得很清楚的女子，緊接而來的就是最可怖的似曾相識景象，但是在哪兒見過呢？兩名女子跪在祭壇旁，我是說，我猜那是一個祭壇。她緊了緊，以處女雕像之勢向我靠過來，似要壓垮我，我暈了，恍惚聽到她唸出一個名字，然而這時一股熱血灌入我，我的喉中滿溢欣喜，離開地面，再無重量。又回到磚窖來，一個身影落在年輕人身上，磚窖中進來一個人，把手搭在阿曼德肩上，阿曼德認識他，他叫馬以爾。**來吧**。

但是他要把他們帶去哪裏呢？

紅樹林裏的紫色黃昏，卡布瑞正以她大無畏、啥也不在乎的方式走著，她的眼睛就像兩片玻璃，沒有什麼會被反射回去。而路易斯則力持優雅地緊跟在她身邊，路易斯在一片蠻荒之中看起來實在文明得令人感動，不合時宜到無可救藥的地步。昨晚的那個吸血鬼已完全消失了，穿上他那套破舊的衣裳會更像位紳士，只是運氣稍差。他是脫隊和她在一起的，她知道嗎？她會照顧他嗎？**但他們兩個都在害怕，為我害怕**。

頭頂上的一小方天空逐漸轉成光亮的白瓷色，光線直洩下樹幹，把樹根都穿透。我在陰影中聽到小河流水聲，然後看見了卡布瑞穿著她那雙棕色靴走入水裏，但他們要去哪兒？誰是跟在他們旁邊的那第三個人？那個只有在卡布瑞轉頭看他才瞄得到的人？我的天，那張臉，那麼平靜蒼老有力，卻讓兩個年輕幼兒走在前頭。從樹後，我看到一片開墾地和一棟房子。在一個高高的石砌陽台上站著一個紅髮女人，是我在樹林中見到過的同一人嗎？一張面具般蒼老無表情的臉龐，就像在樹林裏仰望她的那名男子的臉一樣，如同女王的容顏。

讓他們會合吧，我嘆息著，讓血液注入了我，**那會使事情更容易些**。但他們是誰？這些太古者，這些有著與她一般容顏的人？

幻象改變了。這回那些聲音變成輕柔的花冠，繞著我們低語呻吟。有那麼一刻，我想抽離出來聽他們唱凡人的曲調，試想，從印度山間、亞歷山大、遠近的村莊、世界各個角落傳來的聲音會是如何。

然而此時卻又出現另一個幻影。

馬瑞斯。馬瑞斯正由潘朵拉和桑提諾扶持著，從雪地上一處血染的洞口爬出。他們剛攀上地面一塊凹凸的淺灘，馬瑞斯的半邊臉被乾掉的一大片血塊遮住，他看來忿怒怨恨，兩眼呆滯，黃色的髮上沾滿污血。他縱身跳上一個螺旋鐵梯，潘朵拉和桑提諾隨後跟上，他們像是從管線裏爬上來，潘朵拉伸手想幫他卻被他粗魯地甩開。風勢狂烈。淒楚的寒冷。馬瑞斯的家像遭逢過地震一樣全然崩塌，滿地是扎人的玻璃碎片，稀有漂亮的熱帶魚凍死在大魚缸底部的沙土上。書架、雕塑品和唱片錄音帶的架上，全覆著一層雪。鳥兒葬身在籠子裏，綠色植物上垂掛著串串冰柱，馬瑞斯瞪著魚缸底部與雪色難分的魚屍，瞪著片片玻璃間一株株僵死的海藻。

就在我這麼看著他時，他臉上的淤血已漸漸融化復元，我看到他的臉又變回原來的面貌，他的腿也癒合，幾乎已可站直。他在盛怒中瞪著瘦小銀藍色的魚，他抬頭仰望，白色的雲朵完全遮蔽星空，他一把拂去臉上和髮稍的乾凝血跡。

風把幾千張的紙吹散，羊皮紙和老舊綴折的紙張，旋舞的雪花輕輕落入已成荒墟的客廳。馬瑞斯從地上拾起一根銅製拐杖，然後從斷垣殘壁間望向在圈中哀嚎的狼，從他這個主人被埋葬後，牠們就再不曾進食過。噢！那些狼嚎的聲音。我聽到桑提諾試著告訴馬瑞斯他們必須離開了，有個跟母后一樣老的女子在紅樹林等著他們，他們不到會議就不能開始。我一陣驚慌，什麼會議？馬瑞斯懂他的意思卻未搭腔，他在聽狼嚎，狼嚎。

雪和狼。我夢到狼，我感覺自已在飄浮，回到我自己，我的夢和記憶裏去。我看到一群狼在新降的雪地上相互追逐。

我看到年輕的我在跟牠們纏鬥，跟一群在兩百年前侵犯我父親村落的狼群。我看到有著凡人之軀的那個我，瀕臨死亡，但最後還是把牠們一一撂倒。啊！年輕時的那種蠻力，不假思索、無法抗拒的生命奢侈，也或許只是看似如此，那當時，人生是悲慘的不是嗎？凍僵的山谷，我被宰殺的馬和狗。然而我現在能做的也只是回憶。啊，看山被雪覆蓋，我的山，我父親的土地。

我睜開眼，她放開我又把我往後推了一步。我第一次明白我們身在何處，不是在啥抽象的夜晚，而是一個眞實的，曾經一度屬於我的地方。

她輕聲說：「是的，你四下看看。」

從周圍的氣息、冬天的氣味，我認得這地方。視線清楚之後，我看到上方的城垛和烽火塔。

我低聲說：「這是我父親的房子，我出生的城堡。」

一片死寂，舊地板上雪光閃閃，我們現在站的地方是過去的大廳。上帝！就看著它傾圮，看它被荒置這麼久。老石如泥土般柔軟，以前這裏擺著張桌子，一張十字軍東征時流行的長桌。以前的那邊是壁爐，那邊是前門。現在雪停了。我抬頭仰望星星，烽火塔仍維持著圓型外觀，高出破屋頂好幾百呎，而其餘的部份徒留破損的骨架，我父親的房子。她悄悄走開，穿過白得發亮的地面，頭稍往後仰，慢慢轉了個圈，像在跳舞一樣。移動，碰觸物品，從夢境進入眞實，是她前面說過的快樂的事，望著她讓我喘不過氣來。她的衣服都是那一件黑色絲質罩袍，絲質縐褶輕柔地裹著她細瘦的身軀，從文明興起以來，女人就穿著這樣的衣服，現在世界各地的舞廳還看到她們穿著這樣去。我想再握緊她，但她突然以一個手勢輕柔地制止了我。

她說了什麼？**你能想像嗎**？**當我意識到他再不能把我困在這裏；意識到我就站在寶座前，而他卻絲毫動靜都沒有。你能想像當時的情景嗎**？

她轉身，微笑。微亮的天光映照出她臉型的稜線，高起的顴骨，慢慢垂彎的下頦。她看起來充滿生命力，完全是活的。

然後她消失了！

「阿可奇！」

「到我這裏來，」她說。

但她在哪裏呢？她已離我遠去，遠遠地立在大廳的另一端。她小小的身影站在通往烽火塔的玄關處，我現在很難看清她臉上的表情，只看到她身後敞著的那扇門。

我起步向她走去。

「不，」她說：「現在是使用我賦予你的能量的時候，只消來即可。」

我沒動。我的神智很清楚，視覺正常，我明白她的意思，但我害怕。我一直都是短跑好手、跳遠健將、魔術大師，凡人達不到的超凡速度對我來說是小事一樁，可是她現在要我做的是立即從此處位移到她身邊，要做到這點，必須臣服。

「沒錯，臣服，」她溫柔地說：「來吧！」

有那麼緊繃的一刻，我只是望著她。她擱在那道破門上的手閃閃發亮，然後我決定要站到她身邊。忽然間風聲大作，像有颶風從四面八方襲捲起我。我到了。我全身顫慄，臉頰感到有些痛，但這算什麼呢。我俯視著她雙眼，我笑了。

她好美，眞美。結著長辮的女神。我一時情不自禁將她擁入懷抱親吻，而她也順從地讓我吻她的唇。

然而我隨後想到這是褻瀆，就像上回我在聖殿親她一樣。我想要說些什麼表示歉意，卻忍不住對血的渴望，又開始看著她的頸子。渴望喝她血液的念頭折磨著我，她儘可在瞬間毀滅我，她對其他人正是這麼做的。死亡的危險令我暗暗感到興奮，我緊抓著她的手臂，親她，再親她，我可以聞到血的味道。

她身子往後一仰，把手指放在我唇上，然後拉著我穿過塔門。星光從幾百呎高天花板的一個破洞瀉下，洞的上面是塔裏最高的房間。

「你看到了嗎？」她說：「上面的那個房間還在嗎？梯子不見了，除了你我，我的王子，誰也上不去。」

慢慢地，她開始騰空而起，飛升時眼睛從未從我身上移開，她的絲質罩袍也只是微微飄動。我驚訝地看著她越升越高，飛過天花板的缺口，站在邊角處。

幾百呎高呢！我是辦不到的。

「來我這，我的王子。」她輕聲地說：「照你剛剛那樣做，而且這次要快，別低頭往下看。」她笑著耳語。

如果跳得好，我能跳到她上升的五分之一高度，也就是四層樓的高度，這對我而言是很容易的，但也是我的極限——頭暈的極限。不可能的。我沒了主意。我們剛剛是怎麼來到這兒的？我又開始頭暈，我看見她，可是卻像夢一樣，那些聲音也在干擾。我希望這一刻能暫停，我想留在時間的洪流裏，以我的方式來理解這一切。

「黎斯特！」她輕聲說：「現在開始。」她纖弱的身影比劃著，要我趕快。

我照著剛剛那樣做，凝視著她，然後心想，我要立刻到她身邊。」

颶風再起，強風颳得我瘀青。我張開雙臂奮力搏鬥，感覺好像已飛過那個洞口。接著我已站在那裏，渾身顫抖，怕會掉下去。

聽起來我好像在笑，但我想我其實是有點亢奮過頭，比較像哭。「是怎麼辦到的？」我說：「我要知道我是怎麼辦到的。」

「你知道答案。」她說：「你的無形的能量又增強了，是它帶動你的。不管你是要走，還是要飛，都只是程度的問題。」

「我想再試一次。」我說。

她立即溫柔地笑起來。「四下看看這個房間，」她說：「你記得這裏嗎？」

我點點頭。「小時候我常來這裏。」我說。我從她身旁走開，我看到成堆的破損家具，城堡中曾經擺滿這些笨重的長桌和凳子。中世紀大刀闊斧且力道強勁的手工，讓這些家具看起來就像永遠都毀滅不了的。就如林中倒下的樹可繼續再躺個幾千年，即使樹身爬滿青苔也還是架在小溪上當橋樑，這些東西也一樣；小匣子和胄甲都還在。

啊，是啊！老胄甲，過去榮光的陰魂，我在積塵中看到一些顏彩，不過地毯已完全不見了。

這些東西必是在轉變的過程中被搬來這裏存放，樓梯也是在那之後垮掉。

我走到小窗前往外看，下面靠山的地方有些零落的燈光，一輛車行駛在窄窄的山路上，人世離我是如此近又如此遠，城堡本身就是一個魅癘魍魎的存在。

「妳爲什麼帶我來這裏？」我問她：「這一切看著讓人好生心痛。」

「你看那邊胄甲底下擱著的是什麼？你還記得屠狼那天拿的是什麼武器嗎？」

「我記得。」

「再看一遍，我會提供你威力更強大的武器，你要用它們來幫我殺人。」

「殺人？」

我看了看下面藏放武器的地上，除了闊刀和窄口刀以外，其餘全都鏽蝕了，這些武器是父親的父親一代代傳下來的，身爲七子的我，屠狼那天使用的就是那柄闊刀。

「但要殺誰呢？」我問。

她湊向前來，多可愛的一張臉啊，滿面的天眞，有那麼一刻她眉頭微蹙，之後又恢復了。

「我要你什麼都別問，只管聽我命令就是。」她溫柔地說：「以後你會明白，雖然你不是聽命於人的人。」

「的確，」我向她坦承：「我從不聽命於人，就算有，也不會很久。」

「膽子好大！」她笑著說。

她優雅地攤開右手掌，然後突然一把握住闊刀。不過感覺又像是闊刀自己飛進她手裏。我注視著鑲有珠寶的刀鞘和十字型的青銅柄，刀的背帶還在，那是好久以前的那個夏天買的，硬皮革上有著鍍鋼。

那是把巨大的武器，既可拍擊抽打也可用來穿刺，我還記得它好重，重到讓我的手臂痠疼，以前的騎士們打仗都是用雙手托著它。

但關於那些戰爭，我又知道些什麼呢？我不是騎士，只不過曾用這把刀殺死一頭獸，那是我凡俗生命中唯一的光榮事蹟。但我得到了什麼呢？是讓一個受詛咒的吸血鬼看上我，讓我當他的繼承者。

她把刀遞給我。

「現在它不重了，我的王子。」她說：「你是不朽的，眞的不朽。你身上流著我的血，你要像以前那次一樣，用這把新的武器爲我效力。」

我碰到刀的時候劇烈顫抖，就像這把刀負載著過往記憶一樣，我又看到狼群，看到站在地凍天寒黑濛濛的樹林中、磨拳擦掌的自己。

然後我又看見一年之後在巴黎的那個我；因爲那些狼的緣故，成了永生不朽怪物的我。「狼煞星」，那個吸血鬼這樣叫我，他在芸芸眾生中選上我。只因我殺了那些天殺的狼，而且驕傲地披著狼皮招搖過巴黎市街。

爲什麼我現在還覺得痛苦？難道我寧願是躺在村莊墓園地底下的一具枯骨？我再次望向窗外被雪覆蓋的山丘，現在不是舊事重演嗎？他們喜歡的是我在身爲凡人時做過的那些事。我再次問她：「要我殺誰？」

沒有回答。

我再次想起珍克斯寶貝那個可憐的小傢伙，以及所有死去的吸血徒眾。我曾經想要跟他們打一仗，可是他們都死了，所有接下戰書的都死了。我在伊斯坦堡的烈焰中看到吸血鬼集會所，一位曾反抗她罵她的年長者，被她用火慢慢燒死。我又哭了。

「是的，我搶走你的觀眾。」她說：「燒掉了你想一展身手的舞台，偷走了原屬於你的戰爭。但你看不出來嗎？我現在給你的是你從不曾得到過的好東西，我給了你全世界，我的王子。」

「怎麼說？」

「別再爲珍克斯寶貝和你自己掉眼淚。想想你該爲多少凡人難過，想想漫長的幾個世紀以來，死於饑饉、貧窮和永不間斷的暴力的人們，想想受害於那些沒完沒了的不公和戰爭的人。你怎麼還能爲一票專拿凡人尋開心的怪物哭泣？」

「我知道，我了解……」

「你眞的了解嗎？或者你只是視而不見，躲起來玩你的象徵遊戲去？搖滾樂裏的罪惡象徵，那根本不算什麼，我的王子，那個什麼也不是。」

「妳爲什麼不把我連同他們一起殺了呢？」我挑釁又慘然地問道，我用右手握住刀柄，假想上面還沾著狼族的血漬。我把刀從皮鞘裏抽出，是的，狼的血液。「我並不比他們好，不是嗎？」我說：「爲什麼要饒過我們這幾個？」

忽然恐懼制止了我，我爲卡布瑞、路易斯、阿曼德、馬瑞斯，甚至爲潘朵拉及馬以爾感到極度恐懼。也爲我自己。誰會沒有求生的本能，即使是已無生存的理由。我想活下去，我一直如此。

「我要你愛我。」她溫柔地耳語著。那樣的聲音在某種程度上，相當近似於阿曼德那種撩撥的口吻，把人一下吸過去。「所以我要多花時間在你身上。」她繼續說道，她抓著我的手臂，看著我的眼睛說：「我要你知道，你是我的工具，其他人也一樣，如果他們夠聰明的話。你看不出來嗎？你的到來、我的甦醒，一切都是有計劃的。千囍年的夢想終可實現，看看底下的城市和這座荒廢的城堡，這裏也可以是伯利恆。我的王子，我的救世主，我們倆可以一起打造絕世的美夢。」

「這怎麼可能呢？」我質疑道。她不知道我會怕嗎？不知道她的話已把我從單純的恐懼變成極度的恐慌？她當然知道。

「啊，你太強了，小王子。」她說：「但你註定是要跟著我，沒有什麼能讓你退縮。我用一個世紀的時間見證了你的生命，從逐步衰退、死亡，到後來的再起，那正是我自己重生的形象。」

她低下頭好似在聆聽遠方的聲音。那些聲音又出現了；也或許是因她能聽見所以我才聽見。我聽到鈴鈴的鳴響，感到很煩，不想理會。

「好強噢，」她說：「聲音不能打亂你，但不要忽視它的力量。那些聲音是在為你祈禱，就像它們一直在為我祈禱一樣。」

我明白她的意思，但我不想聽它們禱告。我能為它們做什麼？它們的禱告與我之為現在的我有什麼關係？

「幾世紀以來，它們是我唯一的安慰。」她繼續說道：「日復一日，年復一年，我聽著它。在早期的時候，這聲音如壽衣般裹著僵死的我，然後我學著更用心去聽，去分辨每一個聲音的不同。最後我只專心聆聽其中一個聲音。透過它，我明白了一個靈魂的榮枯。」

我默默看著她。

「隨著時間的演進，我的功力逐漸增強，我可以離開自己的身體，進入任何一個凡人的身體裏去；用他的眼睛看世界，用他的身體行動。我可以出現在陽光下和黑暗中，會受苦、會挨餓，知道什麼是痛。有時我在凡人身體中行動，就像在珍克斯寶貝的身體中一樣。我常跟自私虛榮的馬瑞斯走在一塊，馬瑞斯不懂什麼是貪婪，什麼是尊重，他總是迷戀著頹廢的生活。噢，別受那苦罪。我愛過他，現在還愛。他會關心我，我的守護者。」

她的語氣這時變得有些苦澀：「但更多時候，我是跟貧窮困苦的人同行，我渴望的是無矯飾的眞實生活。」

說到這裏她停下。她眉頭微蹙，眼眶裏充滿淚水。我以前就知道她說話極具煽動力，只是沒現在這麼清楚。我想上前抱抱她，但她以手勢制止我。

「我會忘記自己是誰，身在何方。」她繼續說道：「我能化身為任一個我選上的發出聲音的人，有時可持續數年，然後那種知道自己動不了、註定永遠耗在這神殿裏的恐懼，又會湧現。你能想像那種恍然醒悟的恐怖感嗎？如果目前你所聽所看到的一切全是幻象，你會如何？我會想回來做我自己，我會變成你現在看到的，一個有心有腦的我。」

我點頭。幾世紀前我第一次見到她時，就感覺到她裏面暗藏著說不出來且沒有形之於外的悲傷。我是正確的。

「我知道他把妳囚在那兒，」我指的是恩基爾，已被摧毀垮台的偶像恩基爾。我想起在聖殿上吸飲她的血時，恩基爾趕來制止她，幾乎當場結束我的性命。他那時知道自己在做什麼嗎？難道那時他就已失去理智了？

她只是微笑。她眼睛看著窗外又開始飄降的雪，雪花在星光中奇妙地旋舞。

「曾發生過的一切都是命數。」她終於回答道：「註定我這些年會越變越強，直到強到無人……無人可敵。」

她遲疑半晌，接著又恢復信心。「我可憐的受人愛戴的國王，我在逆境時的夥伴，最後證明他不過是個工具罷了。他是瘋了，可是毀掉他的不是我，我只是接收他最後剩餘的部分。有時我會像他一樣變得很空虛，沒有作夢的意志，唯一不同的是，他已不能重頭來過。他已毫無用處，他如神祇的死只是壯大了我。而這一切都是命定的，我的王子，從開始到結束早已命定。」

「誰定的？怎麼做到的？」

「誰？」她又笑了。「你不明白嗎？你不需追查任何事情的理由，我就是結果，從此刻起也是原因。沒有誰可再阻撓我。」她的神情有片刻變得剛硬，之後又恢復原樣。「舊的詛咒不算什麼，我已練就無人可敵的功力，即使是我第一批豢養的後代也傷不了我。而你也註定要在這麼多年之後出現。」

「我改變了什麼?」

她挨近我一步，用手臂環繞著我，她的臂是那麼柔軟，我們靠得很近，對我而言，她美到無可形容，是那麼純粹，那麼超塵出世。我再次感到對血的渴望，想彎身吻她的頸，擁有她，如同我曾擁有千名凡俗女子；而她是神，有著無上權能，我的慾望達到了頂峰。

她再次用手指點著我的唇，像是叫我別出聲。

「你還記得小時候在這裏的事嗎?」她問：「回想看看你求他們送你上修道院學堂的事，還記得修士教你什麼嗎?記得禱詞和經文嗎?記得你在圖書室和聖堂默自祈禱嗎?」

「當然記得。」我的淚又快掉下。修道院圖書室仍歷歷在目，教我的修士以爲我將來會當神父，我看到寒冷的小房間裏的床板，看到修道院被籠罩在玫瑰園的紅暈中。上帝!我不要回想那些事，然而有些事就是忘不了。

「你記得你進禮拜堂的那個早上嗎?」她繼續說道：「你跪在大理石地板上，雙手交叉成十字狀，你告訴上帝說只要他讓你成就神聖，你什麼都願意做。」

「是的……」現在輪到我的聲音變得苦澀澀。

「你說你願殉教遭受磨難，只要你能變成一個聖人。」

「是，我記得。」我看到久遠前的聖人，聽到令人心碎的聖詩。我記得我兄弟來接我回家的那天早上，以及我如何跪地哀求請他們讓我留下。

「然後，後來你失去純眞，到巴黎尋求發達。在林蔭大道的人群中歡唱舞蹈時，你心裏想的還是同一件事，你想要超凡成聖。」

「是，」我吞吞吐吐地說：「有一陣子的我確實如此，而且家人見到也很快樂。」

「對，快樂。」她低語。

「我從無法跟我的好友尼古拉斯解釋，就算良善是我們自欺欺人編的謊言，爲什麼相信它有那麼重要，良善不眞是我們臆造出來的，它是存在的，不是嗎？」

「噢，是啊，是存在。」她說：「之所以存在是因我們創造了它。」

悲哀讓我說不出話。我看著落雪，緊握她的手，她的唇吻上我臉頰。

「你是爲我而生的，我的王子。」她說：「你受過試煉且被完美改造，在你進到你母親的臥房，帶她來到不死之境時，已預示了你將把我喚醒。我是你眞正的母親，永不會離棄你，我死過也重生過，世上所有的教派，我的王子，都將讚頌你我。」

「怎麼可能？」我問。

「噢，你知道，你知道的。」她從我手中接過刀，一邊細審一邊讓皮製背帶從她手掌上慢慢滑過。然後她把刀擲落在那堆廢鐵上——那是我在凡世唯一的遺物。接著像是颳起一陣風，那堆東西被吹過覆雪的地板，直到消失不見。

「丟掉你的陳年幻覺和壓抑，」她說：「他們跟這些武器一樣已無用處，我們合力可創造出神話。」

我打了一個冷顫，對她的話感到混亂和不信任，但又被她的美貌打敗。

「當年你在小聖堂下跪時，心裏想著要做聖人，」她說：「現在你跟著我就能成聖。」

反駁她的話到了嘴邊，因懼怕又說不出口。某種黑色意識擊敗了我。她的話到底是什麼意思呢？

忽然間我發現她環抱著我，我們正往上飛升。強勁的風勢刮傷我的眼瞼，我轉向她，右手抱著她的腰，把頭埋進她腋下。

她在我耳旁輕聲說要我睡覺，現在距我們要去上第一課的地方還有幾小時才會日落。

上課。我忽然又開始哭起來。哭泣的原因是我迷失了，而她是我唯一的依靠。我同時也害怕，不知她會要我為她做什麼事。

2 馬瑞斯：齊聚一堂

他們在紅樹林重逢，身上穿的是破爛衣服，眼睛因被風吹流出淚水。潘朵拉站在馬瑞斯的右側，桑提諾在左，從農莊的另一頭，馬以爾瘦長的身影正大踏步向他們走來。

他無言地擁抱馬瑞斯。

「老友。」馬瑞斯的聲音聽來很累，沒什麼生命力。他看向馬以爾身後亮著燈的屋子，意識到這間有著山形屋頂的房子背後必藏有祕室。

那邊有什麼在等著他？等著他們呢？如果他還有一點精神，還找得回自己部分的靈魂，他會有興趣探究。

「我很疲倦，」他對馬以爾說：「旅程很累人，讓我先休息一下，等會兒我就來。」

馬瑞斯不像潘朵拉，並不輕視飛行的能力，飛行總是給他磨練的機會。今晚他特別無法抗拒飛行，現在他要感覺世界在他腳底下，嗅嗅樹林的氣息，俯看遠方房舍。他沾著血的髮被風拂亂，他從破敗舊居取出的羊毛衣褲不夠禦寒。他裹緊身上的黑斗篷，非因夜色的需要，而是因為凜冽的寒風。

馬以爾看來並不喜歡他這麼遲疑，但也只能接受。他用疑惑的眼神注視著他從未信任過的潘朵拉，又厭惡地瞪視正忙著整理衣裝，梳理一頭油亮黑髮的桑提諾。桑提諾的視線忽地與他對上，他惡意地讓頭髮豎起，馬以爾轉過頭去。

馬瑞斯靜靜站著聆聽思考。他可以感覺到自己的身體在復元，他很驚愕於自己的再次完整。凡人是逐年衰老體弱，不死之軀則是愈發強壯，這現象令此刻的他發狂。

還不到一小時前，他才被桑提諾和潘朵拉從冰冷的坑洞裏拉上來，而現在他已完全不像是被困在冰穴裏十天十夜。在那期間，雙胞胎的夢魘不時來造訪。一切再不會與過去相同了。

雙胞胎。紅髮女人在屋裏等著，桑提諾已告訴過他，馬以爾也知道，但她是誰？他爲什麼想知道答案？爲什麼這是他最黑暗的時刻？無疑地，他的身體已完全痊癒，但是有什麼能治癒他的心呢？

阿曼德會在山腳這間奇怪的木屋裏？經過這麼許久，阿曼德再度出現？桑提諾也跟他說過阿曼德的事，其他的人像卡布瑞和路易斯他倒是不知道。

馬以爾正打量著他。「他在等你，」他說：「你的阿瑪迪歐。」語氣充滿敬意，並無嘲諷或不耐的意思。

在馬瑞斯豐富的記憶庫裏，有一段是被忽略的。馬以爾在十五世紀那快樂的年頭來到威尼斯的廣場，在先前馬瑞斯工作過的畫坊見到那個當學徒的小男孩。奇怪的是，當時的蛋彩、顏料、死蠟燭的氣味、以及威尼斯特有的腐敗味，如今想來還是鮮明無比。

「所以你挑上那一個了？」馬以爾曾這麼直截了當地問他。「等時候成熟吧。」馬瑞斯沒當回事的回答。然而一年不到他就犯錯了，「到我懷裏來，孩子，沒有你的話我活不下去。」

馬瑞斯看著遠方的屋子。**我的世界在顫抖，我的心思念著他，我的阿曼德！我的阿曼德！**他的情緒忽而變得像近代交響樂，有著他喜愛的布拉姆斯和蕭斯塔高維齊的悲傷調調，既苦澀又甜美。

但此刻不是慶祝重逢的時候，沒時間感受溫暖，沒時間高興，也沒時間和阿曼德暢談。

與他目前的感受相比，苦澀都嫌膚淺。**母后和父王應當毀滅他們的，應當毀滅我們每一個**。

「感謝神明，」馬以爾說：「你沒那麼做。」

「可是爲什麼？」馬瑞斯問：「告訴我爲什麼？」

潘朵拉聳聳肩。他感覺她的手環抱著他。爲什麼這令他生氣呢？他急促轉身面向她，想揍她、推開她，但他看到她的表情後住了手，她的眼甚至不在看他，她在沉思，神情悲傷到令心情低落的他更加承受不了。他想哭。潘朵拉的幸福向來關乎他自己的生命，他不需在她身邊——最好是不要，但他必須知道她在哪裏，如此他們才能再度重逢。現在他在她身上看到的，讓他有不祥預感；一旦他痛苦，她就跟著絕望。

「來吧！」桑提諾說：「他們等著呢。」語氣極客氣有禮。

「我知道。」馬瑞斯答道。

「唉，我們這三人組。」潘朵拉忽然低聲說。她倦極、弱極、睏極，卻要保護誰似的，更加抓緊馬瑞斯的手腕。

「我自己能走，謝謝。」他不領情的語氣頗反常，而且是對著他最愛的人。

「那就走吧。」她答。一時他又見到她舊日的溫暖和幽默。她輕推他一把，獨自向屋子走去。

酸楚。他跟在後面，心中酸楚。他對這些不死者來說根本毫無用處，但他還是跟著馬以爾和桑提諾進屋。紅樹林沒入黑蔭，片葉不搖。然而這裏很暖和，空氣還有淡淡芳香。

阿曼德，這讓他想哭。

接著他看到那女人出現在門口，有著長而鬈紅髮的精靈。

他沒停下，但確實感到一絲害怕。她絕對有阿可奇那麼古老；她的白眉毛幾乎看不清，嘴唇已無血色，而她的眼……她的眼不像是她自己的，不，那是從凡人的身上挖下，會老化的眼，她無法清楚看到他。啊，她是夢境中的盲眼雙胞胎，而她與眼球相連的微細神經線現在也在作痛。

潘朵拉在接近臺階時停下。

馬瑞斯超過她直接往門口走去。他立在紅髮女人面前，驚訝於她與他幾乎齊高的身高，和她那張面具般的臉。她穿著件高領長袖、黑色毛織的飄逸禮服，寬鬆的衣襬從小小胸部下繫著的那條黑色紐結的緊身束帶垂下，眞是件漂亮的衣服。那使她的臉更突出、更具光澤，如同從面具後方打光，照耀在紅髮的光圈。

然而六千年前的她，比之現在的簡單造型當更爲驚豔。這女人的活力讓她顯得無比剛毅，極具威脅性，他甚感震懾。她才是眞正的不睡、不住口、永遠瘋癲的不死之神嗎？她就是那個幾千年來一路清醒，理智地精打細算的人兒？

她讓他知道，她的確是。

她無可限量的法力如一道刺眼強光讓他清楚可見，但他也意識到對方毫不拘謹的態度與包容力。但要如何解讀她的表情？如何知道她眞正的感受？

她身上散發著一股深沉溫和的女性特質，他總是把那種嬌弱的感覺與女性聯想在一起，雖然三不五時他在年輕男性身上也會看到。在夢中，她臉上曾出現過這種嬌柔的表情，現在雖看不見，但同等眞實。若換個時間，他會受到魅惑，而現在，他只是留心地看看她燭心型的亮麗指甲和手上的珠寶戒指。

「妳認識我這麼多年以來，」他用古典拉丁語恭謹地說：「妳知道我還保有著母后和父王，妳爲什麼不來找我？爲什麼不告訴我妳是誰？」

她經過片刻長考才作答，眼光忽然掃過此時向他靠近過來的其他人。

桑提諾雖認識這女人，卻怕死了她，馬以爾也差不多。事實上，馬以爾似乎以一種作小伏低的態度愛戀著她，至於潘朵拉，她只是有些憂慮，她向馬瑞斯又靠近一步。

「對，我認識你。」女人忽然開口。她說的是現代英文，不過，這聲音明明就是夢中，被暴民關入石棺中的那個失明的雙胞胎，哭喊她啞巴雙胞胎姊妹瑪凱的聲音。

我們的聲音是不變的，馬瑞斯心想。這聲音年輕悅耳，她再次說話時態度審慎溫和。

「如果我去找你，也許會毀掉你們的神殿，也許會把國王和女王沉到海底，也許會殺了他們，把你們也一同消滅！但我不想這麼做，而且我確實什麼也沒做。你們以爲我會怎麼做呢？我無法承受你們的負擔。」這答案比他預期中的要好，要喜歡上眼前這個生物並非不可能，然而，從另一方面來說這才只是開始；她的回答並非全部的事實。「不信？」她問他。她的臉上突然乍現一絲屬於人類的表情變化。「那麼實情是什麼？」她問：「我什麼也不欠你，也不會因爲你急著認爲我應該表明身份，就告訴你我的身世，你這樣的貨色我看多了，你什麼時候生，什麼時候死，我瞭如指掌。你是我的誰？現在我們會在一起是不得不然，因爲我們身陷危境之中，宇宙萬物都在危境之中！也許在這一切結束之後，我們會對彼此有些感情、有些尊重，但也可能不會，也許那時候我們全都死了。」

「或許吧。」他平靜的說。他忍不住微笑起來，她說的沒錯，他喜歡她說話時那副強勢的模樣。在他的經驗中，所有的凡俗之軀都免不了接受歲月的烙印。他眼前這位古老吸血鬼也無法免除。她的話語帶著一種原始的單純，雖然音調是那麼柔和。「我不是我自己。」他猶豫一下又說：「我並沒有完全恢復過來，身體是奇蹟似的復原，一如以往。」他慘然一笑：「但我不明白我現在的處境，我的悲憤，以及徹底的……」「徹底的茫然。」她接道。「沒錯，人生從未如此沒有意義過。」他又說：「我不是指妳我的人生，而是——套句妳的話——宇宙萬物的生命。這不是個笑話嗎？自主意識只是個笑話。」「不，」她說：「不是這樣的。」

「我不同意妳的話，妳是在阿諛我嗎？告訴我，在我出生之前妳已活了幾千年？有那些事是妳知道而我不知道的？」他再度想起被囚困的那段日子，寒冷的冰雪是如何刺痛他的四肢，他回想起那些趕來搭救的人的呼喚聲，以及最後他們如何一個個遭阿可奇的大火吞噬。他聽到他們被火紋身的聲音，雖然他看不見，那時，睡眠對他有何意義？雙胞胎的夢。

她忽然伸出雙手，溫柔地執起他的右手，就像是被什麼機器箝住一樣，再也動彈不了。多年來。馬瑞斯雖然迷倒過無數的年輕人，但這還是他頭一次感受到別人的魅力。

「馬瑞斯，我們現在需要你。」她柔情地說道，她的眼睛在此時從門後映照出的昏暗光線中，淚光閃閃。

「看在上天的份上，爲什麼？」

「別開玩笑，」她答道：「進屋裏來，我們得趁現在還有時間，趕快談談。」

「說什麼？」他加重語氣：「說母后爲什麼讓我們活下來？我知道爲什麼。答案讓我覺得好笑。她殺不了妳，而我們……我們能活下來是因爲黎斯特的求情，妳也明白這點，不是嗎？兩千年，這兩千年來我照顧她，保護她，膜拜她，而她最後饒我不死，竟只是看在她那個區區兩百歲的戀人黎斯特的面子上。」

「別那麼肯定。」桑提諾突然發言。

「不，」女人說：「那不是她唯一的理由，我們還要想想別的。」

「我知道妳是正確的，但我現在沒那個精神心思去想。我已失去預知的能力，我以前沾沾自喜有著預知能力，我自以爲自己擁有那樣的智慧，並深以爲傲。我以爲我是永生不朽的。然後，當我看到她活生生地站在聖殿前時，我知道我的夢想和希望成眞了，她是活著的。在我守在她墓前扮演著被奴役和守護者的角色時，她是活著的！」

但是，爲何要試圖解釋這些呢？她邪惡的笑容、諷刺的言語如雪崩落。之後，是無盡的沉睡與雙胞胎，啊，是的，雙胞胎，那才是一切事情的核心，他忽然想到他是被那些夢境蠱惑住了，他早該想到才對。他看著她，那些夢像是突然籠罩住她似的，把她帶往另一個地帶。他看到陽光，看到母親的屍體，看到雙胞胎平躺在屍身之上，有太多疑問要問……

「但，那些夢跟這場毀滅性的災難之間有什麼關聯呢？」他突然問道，他對這些無休止的夢毫無招架之力。

女人定定地看他良久才答道：「這件事我是可就我所知的回答你，但你要先讓自己平靜下來，你好像又變年輕了，這可是一個詛咒。」

他笑道：「我從來都沒年輕過，妳這句話是什麼意思？」

「你在咆哮發怒，而我無法安撫你。」

「妳是說以前妳若想安撫我，就一定做得到？」

「是的。」

他輕輕笑起來。

此時她卻優雅地向他展開雙臂。這動作讓他怔住，不是因爲過於突如其來，而是因爲在夢裏，他曾多次見到她以這種姿勢擁抱她的姊妹。「我的名字是瑪赫特，」她說：「請以我的名字叫我，袪除你的不信任，進我屋裏來。」

她身子向前傾，雙手捧起他的臉，在他頰上一吻。她紅色的髮絲垂落在他身上，令他無比迷惑，而她身上散發出的淡淡東方香水味，總是讓他想起聖殿。

「瑪赫特，」他生氣的說：「如果你們是這麼需要我，那麼，我被困在冰雪中時，妳爲何不來救我？她阻止得了妳嗎？」

「馬瑞斯，我來過。」她說：「你現在是跟我們在一起。」她優雅地鬆開手。「你難道以爲我們這些人慘遭毒手的這段日子裏，我都在袖手旁觀嗎？她殺盡所有我愛和認識的不朽者。我顧此失彼，不能拯救所有的人，嚎聲從四處傳來，我也有我的責任，我的悲傷……」她突然住口不再說。

她臉上出現一抹淡淡紅暈，但旋及又恢復了尋常的神色。她的身心俱受著痛苦與煎熬，眼中溢滿血色淚水，不死之軀裏的這對脆弱眼睛眞是奇異的東西。而她所承受的那些苦難就像那些夢境一般，他看到影像之間的巨大分裂，如是鮮明卻又完全不同，然後忽然之間他明白了……「妳不是托夢給我們的人！」他輕聲說：「妳不是夢的源頭。」她沒作響。

「是啊，神哪，妳的姊妹到那裏去了？這一切是怎麼回事？」

他像是觸摸到她的心弦，她微微退縮回去。

她試圖掩飾自己的心思，卻遭他戳破痛處。她不言不語，上下來回嚴厲地瞪視他，讓他知道他已不可原諒地逾越了界線。

他可以感受到馬以爾和桑提諾的恐懼，他倆什麼話都不敢說，潘朵拉向他靠得更緊，用手輕拍他，警告他小心。

他爲何說話這麼莽撞、這麼躁進？我的責任，我的悲傷，統統去死罷！

他看她閉上雙眼，像是要減輕痛苦似地以手指輕按眼瞼，不過，這是不可能的。

「瑪赫特，」他邊說邊輕輕歎了口氣：「既然我們站在戰場上的同一邊，你卻以嚴厲的言語譴責我挑釁，我只是想要了解事實。」

她依舊低著頭，只抬眼看他，手指擋在臉面前，她的表情看來兇惡，幾乎是充滿惡意。然而他卻發現自己無意識地望著她手指的曲線，以及發亮的指甲發呆。

而此時他突然想到，如果他再表現得這麼愚笨，可能永遠再見不到阿曼德。她或許會叫他滾蛋或是做出更糟的事，而他只想見到阿曼德。「你現在進來罷，馬瑞斯。」她突然開口，聲音很禮貌，已寬恕了他。「你跟我來，和你的愛子會合後，我們就要去跟其他的人會面，過來。」「是的，我鍾愛的孩子……」他喃喃自語，他對阿曼德的思念之情，就像巴爾托克的小提琴樂音那樣，不時從遠方傳來。而他同時又憎恨她，他憎恨所有的人，也憎恨他自己。另一個雙胞胎呢？叢林和傾倒的葡萄架影像，自他腦際閃過，他想思考，卻做不到，仇恨毒害了他。他曾多次見證過凡俗之人對生命的否定，他也曾聽到他們之中最聰明的人說：人生是不值得活的。他以前從未深思，現在卻明白了。他模模糊糊看到她正在招呼桑提諾和潘朵拉進屋。像是失了魂一樣，她看到她轉身帶路，她紅色柔軟的長髮垂落腰際，他好想伸手碰碰，看看它是否眞如看起來那樣柔軟。在這種時候，還能有什麼時候讓他分心，讓他覺得自己總算還正常，就像什麼都沒有發生過，世界依然美好。他又見到了神殿，他生命的中心。多麼蠢的人腦，他暗罵，總是抓著某些事不放。他又想到阿曼德在等他，就在附近……她帶他們穿過幾個大房間，這地方有著城堡的開放氣息，所有的壁爐都火光熊熊，把偌大的天花板映得通紅。這地方就像中古歐洲的黑暗時代聚合場所，彼時羅馬文明已經傾圮，塞爾特人統領全境；塞爾特人帶著迷信色彩的封建城堡，就這樣永遠存留下來。但是，這樣的集會所在更早的時候就已經存在。在文字出現以前，人們就住在這種以膠皮和樹木搭起的房子。他還滿喜歡這裏的，唉，又是白癡腦袋在做怪，他想，居然在這種時候還想到這些。人類建造的房子總令他感到好奇，而這樣的房子也可讓他研究許久。他們穿過一道鐵門，進到山裏，空氣充滿泥土的氣味。他可以聽到發電器和電腦等事物的運轉，如同自己家裏會聽到的熟悉聲音。瑪赫特帶他們爬上一座迴旋梯，一層又一層，粗獷的山壁漸露，細小的羊毛欅從縫中冒出。但光線是從哪裏來的呢？屋頂上方有個開口，是通往天堂的門，他感動仰望著藍色的天光。最後他們爬上一個黑暗的小房間，那裏通向更大的一個房間，裏面是等著他們的客人。然而，馬瑞斯一時間只見到遠方的熊熊火光，逼得他轉過臉。

小房間裏有個人在等他，一個只能以最低限觸感才能感覺到他存在的人。這人現在就站在他後面，馬瑞斯看著瑪赫特領著馬以爾、潘朵拉和桑提諾走進大房間，他自己則深吸一口氣，閉上眼，等待即將到來的事物。

想到這個遭受數世紀苦楚的人兒，他自己的痛苦顯得微不足道。這個人是他未能拯救，未能完美塑造成功的過去。多少年來他一直期待重逢的這一天，而他又一直都沒有勇氣面對。如今，就在這戰場上，在毀滅與動盪中，他們終於要再度聚首。

「吾愛，」他低聲呼喚，忽然又感受到稍早在雪地上空飛行時的神聖感。他從未說過如此的眞心話：「我俊美的阿瑪迪歐。」他說。

他伸手碰觸到阿曼德的手。

還是如許不尋常的豐潤，一雙如同人類的手，冰冷又柔軟。他抑止不住開始哭泣，他睜開眼，看見男孩的身影立在他面前，是等待迎接他的姿態。於是他展開雙臂。

幾世紀前在威尼斯的一個廣場上，他曾試圖描繪出愛情的色彩，這個故事賦予他的啓示是什麼？舉世間沒有誰會有同樣的祕密、同樣的熱情或恣情縱意的天份？是在一個平凡的，受過傷的小孩身上見到的悲哀與單純，足以令他心碎？

足以令他心碎？這男孩曾經那麼了解他，以他人未曾有過的方式愛過他。

在淚水中，他看見那張他彩繪過的臉，他的實驗沒有失敗，這張臉多出一層智慧的黑暗彩粧，他還看到失落已久的愛。

若是還有時間，他會尋找林間一個安靜溫暖的空間與他獨處，可是其他的人在等著他們，而這僅有的短暫時光也就益顯珍貴，異常悲傷。

他緊緊抱住阿曼德，親吻他的唇與不變的亂髮。他的手撫觸過阿曼德的肩膀，看著他細瘦的手臂，他曾想用油畫記錄下來的所有細節，確實以死亡保存下來。

「他們在等著，不是嗎？」他問：「他們不會給我們更多的時間。」

阿曼德不假思索的點頭，用低到幾乎聽不到的聲音說：「如此足矣，我知道我們終有相逢的一刻。」

記憶隨著他清亮的聲音迴流；天花板的雕飾、紅絲絨的床單，男孩跑上大理石階梯的身影……「即使是在極度危險之刻，我也知道我們得以在自由死去之前重逢。」

「自由死去？」馬瑞斯答道：「我們一直都有死的自由，不是嗎？如果這麼做是正確的，我們唯一需要的是勇氣。」

阿曼德略沉吟半晌，露出一絲讓馬瑞斯感到憂傷的距離感。「是的，沒錯。」他說。

「我愛你。」馬瑞斯忽如人類般熱情的低語：「我一直都愛著你，我希望此刻我能信任愛情以外的事情，但我做不到。」

一些聲音打斷了他們，瑪赫特來到門前。

馬瑞斯環抱住阿曼德，兩人在最後的靜默中交換彼此的前塵往事，然後轉身隨瑪赫特進入山頂的大房間。

除了他背面的那道牆，這屋子四面皆是玻璃，鐵製大煙囪從天花板垂下，底下燃燒著熊熊燄火，除了火光外，再無其他光線。窗外是形貌崢嶸的紅樹林，以及太平洋的霧氣和閃亮的星辰。

仍然很美，不是嗎？就算比不上拿坡里灣的天空，或是從黑海船帆上眺望的景致，單只是如此風光已經夠美。想到不久前他才隱身在這片景物中飛行，就感到好快樂，再無念及阿曼德時的悲傷，只是單純的快樂，非個人式的、超越的快樂，讓他得以活下去。

他忽然發現自己並不擅長感傷或懊悔，他沒有那種天賦。若要重拾自尊，最好趕快振作起來。

一個友善，帶著醉意的人笑著迎向他，他微笑以對，來者是丹尼爾，就是《夜訪吸血鬼》裏沒有名字的「男孩」。他很快察覺到丹尼爾是阿曼德的雛兒，有了阿曼德的助力，這男孩在邁向魔鬼之路會有個絕佳起點。他迅速掃瞄過圍繞在圓桌旁的眾人。

在他右邊遠遠的地方是卡布瑞，金髮結辮的她，眼神盡是掩不住的憂傷。她旁邊是路易斯，一如以往毫無戒心地呆呆看著馬瑞斯，不知是在研究他還是以眼神膜拜，再旁邊是他鍾愛的潘朵拉，披散的長髮上還沾著露珠，坐在她右方，殿後的是桑提諾——他又恢復了一貫的從容，黑絲絨上衣看不到一絲塵垢。

坐在他右邊的是凱曼，一位年長、沉默，可怕的不朽者，他的臉比瑪赫特還光滑年輕。馬瑞斯將眼光自此人身上移開，就連父王和母后的容顏也未讓他如此震驚……他們都有著黑眼黑髮，怪異的是他的笑容。這個人看來像個隱士或聖人，其實是個蠻荒的殺手，他的臉頰還因最近飽饗的一頓人血大餐泛著紅暈。永遠憔悴邋遢的馬以爾坐在凱曼的左手邊，之後是看來瘦弱的艾力克，馬瑞斯估計他已超三千歲，死時也許是三十歲。艾力克棕色的眼睛若有所思地打量著馬瑞斯，身上的手工服飾如同當今生意人從商店買回來的一樣體面精緻。

但是，瑪赫特右邊，那個站在馬瑞斯正對面的是誰呢？這個人著實嚇他一跳，她的綠眼和紅髮首先讓他想到，會不會是另一個雙胞胎？

但這個人昨天應該還活著，他無法解釋她的冷然蒼白，以及瞪視他的銳利眼神。她具有強大的心電感應能力，正以無法言說的準確度看著幾世紀前馬瑞斯爲阿瑪迪歐畫的畫像。馬瑞斯打了一個冷顫。

「在大馬士革的神殿裏，」他低聲說：「我的畫？」他粗魯、惡意的笑笑。「所以是在那裏囉！」

那女子嚇了一跳，她的心思竟被識破，在極度的混亂中，她退縮回去，身體也變得更嬌小，能量卻加倍增長。

她是一個骨架瘦小的綠眼怪物。他猜得沒錯，她昨日才剛出生，身上還有未死的組織，她叫潔曦，是瑪赫特創造了她，她是那女人的人類後裔，如今認她爲母。馬瑞斯有些被震懾住，這年輕女子血液中的充沛能量，是他從未想像過的，她完全沒有飢渴之感，她甚至還沒眞正死去。

但他必須停止如此無情地掃視在場者，再怎麼說，他們都在等他。可是他又止不住。他活著時與那些堂表親生下的後代，都到哪裏去了？他是追蹤過他們幾百年，但之後也就認不出他們，他如今連羅馬都認不得。於是他讓一切遁入黑暗，雖然當今世上是還有他的家族後裔。

他繼續注視著年輕的紅髮女子。她與她母親是多麼神似，雖然高大，卻又瘦弱，美麗但又嚴峻。**這跟家族的遺傳必然有關……**她穿著的質地輕柔黑衣與她母親的極像，她那麼完美無暇。只是她沒擦香水也沒上妝。

這些人各有自己堂皇的一面，高大壯碩的桑提諾有著修道士般黑色深邃的眼睛和性感的唇。即使是不修邊幅的馬以爾，在他對著那個心愛古老女子又愛又恨地咆哮時，也具有一種原始的魅力。阿曼德天使般的笑容無法以筆墨形容，而丹尼爾有著灰髮和藍紫色的眼睛。

難道醜陋的人就沒能永生不朽？又或者黑暗的魔咒只願將美麗的人兒擲入火燄的燔爐？卡布瑞還活著時必然生得俊俏非常。路易斯也是一樣，他必是因爲優雅的臉龐線條與墨綠色的眼睛被揀選上。他有著肅穆的神情，在他們之間看來像個人類，表情柔軟而飽含感情，身體毫無設防，眼睛茫然而憂傷。即使是凱曼也有難以否認的完美面容與氣勢，雖然效果加乘起來是那麼可怕。

至於潘朵拉，他一邊看著她，一邊看著幾世紀以前的那個深沉黑夜，純眞熱情的她如何來到安堤奧克的街上，乞求他讓她永生不朽。那時的她與如今身著長袍、一語不發靜靜坐著憂傷沉思的美人是多麼不同啊。

即使是艾克力，歷經許多世紀的風霜依舊保有著淡淡風采。就像瑪赫特一樣，他身上殘留著人類的情感，在其優雅的中性面容襯托下更顯動人。

事實是，馬瑞斯還不曾見過如此的組合……一群跨越年齡，從剛出生到幾千歲全部集結一堂的不朽生物。他們每一個都有無可限量的能力和弱點，馬瑞斯懷疑像這樣的一個巢窟，以前可能從未出現過。

而他又要如何把自己鑲入這幅畫面呢？身為這個眾神俱寂，由他掌理的小小宇宙的最年長者，他要如何自處？風已吹乾他臉上和肩膀的血漬，黑色的長袍被他來處的雪水浸得濕透。在他走向桌前，等著瑪赫特示意要他坐下時，他假想著自己的神情必如其他人那樣，冷酷兇惡如獸。

「請坐。」她優雅示意他坐在桌子後方的空木椅：那顯然是留給尊貴者的位置。

很舒服的一張椅子，雖不是現代家具，弧形的椅背貼合著他的背脊，手臂也可搭在扶手上。阿曼德在他身旁的空位坐下。

瑪赫特一聲不響自顧自地坐下，雙手疊合放在桌上，低著頭像在想著接下來要說的話。「除了女王和小魔鬼王子，就只剩我們活下來嗎？」馬瑞斯問道。座上一陣迷惘的騷動，雙胞胎中失聲的那一個，她去哪裏了？

「是的。」瑪赫特沉重的答道：「除了女王，小魔鬼王子，和我姊姊，我們是唯一活下來的，或者說，是還活著的不朽者中算得出來的。」她停頓一下，像在等著她說的話發酵。「或許在遠方，」她繼續說道：「還有別的……不願捲入是非的年長者還活著，也或許有些註定殞滅的可憐人正被她追殺。但是就命運或抉擇來說，我們是唯一剩下來的。」

「我的兒子，」卡布瑞開口說話，她的聲音尖銳，充滿感情，無視於他人的存在。「難道你們沒人能告訴我她對他做了什麼？他現在人在哪裏？」他看看紅髮女子，又看看馬瑞斯，急切且毫無懼色。「你們當然有能力知道他人在何處。」

她與黎斯特的相似性觸動了馬瑞斯。毫無疑問，黎斯特是從她那裏承襲他的力量，不過她的內裏有一股冷峻，那是黎斯特不會明白的。

「他和她在一起，我已經告訴過妳。」凱曼以他低沉的嗓音不急不徐的說：「但除此之外，她什麼也不讓我們知道。」

卡布瑞顯然不信他的話，她做勢要離去。其他的人沒想到誰會想在此時退席，顯然她對這個會議並沒有熱忱。

「容我來解釋一下，」瑪赫特說：「因爲這件事非常重要。母后當然極善於隱藏自己，但幾百年來，我們從來都不能和母后、父王或是我們彼此之間進行靜默的溝通。我們太接近創造的源頭，以至於我們看不見也聽不見彼此的心念。隨著時光慢慢演進，越來越多吸血族出現之後，我們彼此間才開始得以有靜默溝通的能力，就像我們可了解凡人的心思。」「可是阿可奇那時找不到妳，也找不到凱曼。」馬瑞斯說。

「是的，因爲她必須透過你們的思想才能看到我們，否則她什麼都看不到，而我們也同樣要透過別人的念力才能看到她。當然，除此之外，我們不時會聽到她接近時會發出的一種聲音，一種滲著鼻息和血水釋放能量的聲音。」「是的，那聲音，」丹尼爾喃喃自語道：「那個可怕無情的聲音。」

「可是，我們眞的無處可以藏身嗎？」艾力克問：「她可以聽到、看到我們每一個人嗎？」

那是一個年輕人的聲音，帶著濃重的口音，每個字的發音都很優美。

「你知道我們無處可逃，」瑪赫特耐心清楚的答道：「談這個是浪費時間，你會在這裏是因她不能或不願殺你，也因爲如此，我們只能繼續這樣活下去。」

「也可能她還沒有殺夠，」艾力克厭惡地說道：「要誰生、要誰死，她還未做出最後的決定。」

「我想你是安全的。」凱曼說：「她曾有機會對我們下手，不是嗎？」

然而馬瑞斯覺得這才是問題所在，母親不一定有機會對艾力克下手，因爲艾力克一直都跟瑪赫特在一塊兒。艾力克和瑪赫特快速地交換幾個眼神，但不是心電感應。馬瑞斯明白艾力克是瑪赫特所創造出來的，只是不確定他的能力是否已強過母后，瑪赫特要求大家安靜。

「但是，你可以感應到**黎斯特**的心思，不是嗎？」卡布瑞說：「妳不能經由他找到他們嗎？」

「即使是我也無法感應那麼廣大的範圍，」瑪赫特說：「如果有其他的吸血族剛好目擊到他的心相，然後傳遞給我，我當然可以立刻找到他。但重點是，吸血族已全遭消滅，而黎斯特又那麼善於掩藏自己。強者，自足且具有攻擊力者總是如此。不論他現在身於何處，我們都被摒除在外。」

「她帶走他。」凱曼握住卡布瑞的手：「當她準備好時，會把一切告訴我們。就算在這過程中她要傷害黎斯特，我們也無能爲力。」

馬瑞斯幾乎失聲而笑，這些年長者好像是要藉著肯定而絕對的事實，來安慰自己。難道在文明破曉的那時候是這樣的嗎？當人們碰到不可抗拒之事，只有呆呆站著接受一切？這對他來說眞是難以理解。

「母后不會傷害黎斯特，」他對卡布瑞和所有人說：「她愛他，其實那是一種人類般的愛，她不會傷害他，因爲她不想傷害自己。而我猜想她也知道他的詭計。他沒有能力激怒她。若他想這麼做，那可就太傻了。」

卡布瑞點頭淒然一笑，她自己倒是覺得，只要有時間與機會，黎斯特足以激怒任何人，但她沒說話。

她既沒被安撫也沒放棄。她往後靠在椅背上，無神地看著他們，像他們都不存在。她對這群人沒有忠誠度，除了黎斯特，她對誰都沒有。

「好吧，」她冷冷說道：「回答我一個關鍵問題，如果我要殺死這個帶走我兒子的傢伙，我們是不是都會死？」

「妳要怎麼殺她？」丹尼爾驚奇的問。

艾力克嗤鼻而笑。

她鄙夷的看了看丹尼爾，假裝無視於艾力克，然後看著瑪赫特說：「那則古老的神話是眞的嗎？如果我殺了她，我們是否也要跟著死？」

座中有人低聲笑起來，馬瑞斯搖搖頭，瑪赫特卻贊成似的點頭一笑：

「是的，早先是有人試過，許多不信邪的傻子都試過。寄居在她體內的精靈給予我們力量。殺掉宿主，就等於毀滅那力量。年輕的會先死，年長的會慢慢衰老，最老的也許最後才死，但是，她是天譴者的女王，遭天譴者沒有她是活不下去的。恩基爾只是她的隨從，而那就是為什麼她可以殺掉他，吸乾他最後一滴血。」

「天譴者的女王，」馬瑞斯輕聲複誦。瑪赫特說這幾個字的時候，音調刻意奇怪，彷彿心中又湧上那些痛苦的回憶。那些記憶不會隨著時間被淡忘，那些夢境也是如此。馬瑞斯再次又感受到這些長者的嚴峻，語言對他們來說，不該也沒有必要複雜。

「卡布瑞，」凱曼說：「我們救不了黎斯特，我們必須善用僅有的時間，想出一個計劃。」他轉向瑪赫特問道：「為什麼那些夢境在此時出現？這是我們都想知道的。」

接著是一片沉默，所有在座者都作過那些夢，只有卡布瑞和路易斯夢到的次數較少。在今夜之前，卡布瑞想都沒想到那些夢。而路易斯因為擔憂黎斯特，只恨不得把那些夢全數忘光。就連對夢境一無所知的潘朵拉，都曾跟馬瑞斯提過亞辛的警告。而桑提諾則將那些夢魘視為難以逃離的可怕幻象。

馬瑞斯現在知道那些夢像魔咒一樣，不僅折磨著他，也折磨著那些年輕的人，像潔曦和丹尼爾。

可是瑪赫特沒有回答，她眼中的痛苦加劇，馬瑞斯能查覺到它無聲的悸動，細微神經線的抽搐。

他的身子略向前傾，雙手合握放在桌上。

「瑪赫特，」他說：「是妳的雙胞胎托夢給我們，是不是？」

沒有回答。

「瑪凱在那裏？」他繼續追問。

還是沉默。

他可以感受到她的痛苦，他對自己不加修飾的言語感到抱歉，但是他來這裏的作用就是要把事情逼出一個結論。他又想起來神殿上的阿可奇，雖然他不明白爲什麼這時候他偏生想起她臉上的笑容，想起黎斯特……但黎斯特現在只是一個象徵符號，他自己的象徵，也是他們的象徵。

瑪赫特正以奇怪的眼神打量他，好似他是一個謎。她又看看其他人，終於開口：「你們看到我們被拆散，」她靜靜的說：「在夢裏，你們全都看到了，你們看到那群暴民如何擁上來，把我和我姊姊分開，然後把我們丟入石棺。瑪凱哭喊不出來，因爲他們割掉她的舌頭。我也看不到她最後一眼，因爲他們挖掉我的眼。」

「但是我能透過傷害我的人，看到發生的一切。我知道我們被帶到海邊，瑪凱被抬到西岸，我被載到東邊。」

「我躺在石棺中，在海上漂流十個晚上，直到載運石棺的小筏沉沒，水壓沖開石棺的棺蓋，我才掙脫出來。瞎了眼、狂亂的我奮力游泳上岸，取下我遇到的第一個倒楣人的眼睛，又吸光了他的血才得以活下來。」

「但是瑪凱被沖到西海，沖到世界的另一端。」

「從第一夜開始，我就一直在找她，我尋遍歐洲、亞洲、南方的叢林、北方的冰原，一個世紀又一個世紀，我不斷地搜尋，直到跨越西海岸，來到新世界。」

「我一直沒找到她，不管是人類或是不朽者，沒有人見到過她或聽過她的名字。直到這個世紀，二次大戰結束後，一個考古學家終於在祕魯高地叢林中的一個洞穴，發現我雙生姊姊在牆上的塗鴉：簡單的圖形、大膽的色彩，訴說我和她的一生，以及我們遭受的苦難。」

「但是這些圖形是在六千年前被刻印到石壁上。我們也是在六千年前被迫分離。除了那些圖形，我再也找不出有關她的任何蹤跡。」

「不過我從沒有放棄過希望，生爲她的雙生妹妹，我知道她一直都還在世上，我不是孤單一人。」

「就在過去十幾天，我終於可以證明她確實一直陪在我身邊……經由那些夢。」

「那是瑪凱的心念，瑪凱的影像，瑪凱的控訴和痛苦。」

一片死寂，所有的人都看著她，馬瑞斯相當震驚，他害怕自己會是下一個開口說話的人，這比他想像中的還要糟糕，因爲一切都太過明顯

這些夢並不是由什麼浩劫餘生者所傳送，它們很可能只是一隻野獸的殘留幻影，那隻獸自己並不懂也不會發問。那些幻影爲何可以那麼清晰，不斷重複，如今已得到解釋。他看到在叢林中一閃而逝的影子，就是瑪凱她自己。

「是的，」瑪赫特立即說道：「在叢林中行走，這是那位考古學家臨死前寫下的話：在叢林中行走。」

「但是，叢林在哪裏？」路易斯打破沉默。

「那些夢也許不是特別要傳達什麼訊息，」他帶著法國口音的腔調說：「只是一個受苦靈魂的悲號。」

「不，它們有特別傳達的訊息，」凱曼說：「它們是一個警告，給我們每一個，甚至也是給母后的警告。」

「但你怎麼能確定？」卡布瑞說：「我們不知道她現在的靈魂是什麼狀態，也不知道她是否曉得我們在這裏。」

「妳不知道整件事的始末，而我知道。」凱曼說：「瑪赫特會告訴你們。」他看著瑪赫特。

「我看到她了！」潔曦帶著試探性的口吻看著瑪赫特：「她跨越一條大河，正朝我們而來。我看到她！不，不

是這樣，我覺得我是用她自己的眼看著她。」

「是的，」瑪赫特答道：「透過她的雙眼。」「我低頭可以看到她的紅髮，可以看出她在叢林中踏出的每一步。」

「夢境必是一種溝通方式，」馬以爾忽然不耐的說：「不然那訊息爲何如此強烈？我們平日的心思沒有那樣強大的力量，她刻意提高音量，她希望有人能聽到她。」

「或者，她只是著了魔，」馬瑞斯說：「爲了與妳，她的姊妹會合，而匆匆趕來，不然還會有什麼別的原因？」

「不，」凱曼說：「那不是她的目的，」他再度看看瑪赫特，「她對母親下過一個承諾，而那就是那些夢的意義。」

瑪赫特沉默地端詳他一會兒，有關對她姊姊的討論，似乎已超過她忍耐的極限。不過，爲了接下來的討論，她又打起精神。

「我們一開始就在那裏了，我們是母后的首代血族。」凱曼說：「那些夢境在敘述著故事是怎麼開始的。」

「那你就把一切都告訴我們吧！」馬瑞斯儘量溫和地說。

「我會。」瑪赫特嘆了口氣，輪流看著每一個人，最後把目光停在潔曦身上，「我們必須告訴你們所有的故事，如此你們才會知道，有那些事是我們無力扭轉的。你們知道，這不只是故事的開始，它也可能是故事的結束。」她忽然又嘆了口氣，好似這一切已超過她所能負荷。

「我們的世界從未見過那樣的災難，」她注視著馬瑞斯，「黎斯特的音樂，母親的重生，以及那麼多的死亡。」

她低頭一陣，像要努力打起精神來。她看看凱曼和潔曦，他們是她最愛的人。

「我從未談過這些事，我曾經活過的那些日子，如今對我而言就如一則神話，在這則神話裏，藏著我所知道的所有真相的根源。如果時光可以倒流，也許我們能找到出路，找到改變一切的方式。我們能做的，就是要去了解這一切。」一陣寂然，所有的人都等著她說話。

「在一開始，」她說：「我和我的雙生姊姊都是女巫。我們可以和精靈對話，精靈也喜歡我們，直到有一天，她派遣戰士來到我們的土地。」

3 黎斯特：天堂的女王

她將我放掉，我立刻感到虛浮不定，風勢在耳邊頓成轟隆巨響。最糟糕的是，我看不見，只聽得她說：「上升吧」。

那瞬間充滿絕美的無助。我正以全速火力衝向地表，沒有什麼能夠阻擋得了。然後我往上看，眼睛兀自刺痛，雲朵圍聚在我身邊。我記起那高塔，上升的感覺，我暗自念著「要上升」，那下沉的勢子馬上停住。彷彿是一輪氣流包圍住我，我立即飛升數百呎。雲層就在我下方——幾乎看不見的一道白光。我決定要飄浮著，此刻有什麼地方好去呢？也許我無法完全張開眼睛，看著風捲雲動，但我不害怕那痛楚。

我不確定是從我的腦海中、或者上方某處，傳來了她的笑聲：「**王子，來啊！再升高一點**。」

於是我旋身再度往上攀升，直到我看到她向我走來。她全身包裹著袍子，辮子被風吹得飛揚起來。

她把我抓住，開始吻我。我拉緊她使自己穩住，試著往下瞧，看是不是能從雲的縫隙中看見什麼。我看見滿佈霜雪的山峰在月光中閃閃發亮；青色的山脈隱沒在鋪滿厚雪的山谷。

「把我舉起來，」她在我耳邊輕語：「帶我到西北方去。」

「我無法辨認方向。」

「你可以的。你的身體和心智都知道方向。不要問它們西北方在哪裏，而是要告訴它們你要往何處去。你知道這個道理，就像當你舉起槍瞄準一匹奔跑中的野狼，你不會計算狼距離你有多遠，或者子彈的速度是多少。你會依直覺開槍，野狼就應聲而倒。」

我開始以極輕快的速度再度往上升，也感覺到手臂上負著她身體的重量。她的眼睛直瞪著我，讓我帶著她走。我很大聲地笑了出來，把她舉起來親吻，並且不斷地往上升。**西北方**，意思就是往右再偏右一點，然後再往上方去。我的心靈的確能辨識方向，知道我該往何處去。我很技巧地轉了一個個的彎。我旋轉著，把她緊抓在我身上。我喜歡感受她身體的重量，感覺她的胸部靠著我。她的唇再度輕柔地覆上我的唇。

她在我耳邊說：「你聽到了嗎？」

我靜下心聽。風聲好像停止了，但似乎有人類的歌聲從地球傳來。有些是整齊的歌唱，有些則有些雜亂。那似是用東方語言在唱著祈禱曲，一開始聲音在遠處，過一會兒又像是近在咫尺。我可以分辨出兩種不同的聲音，一種是沿著山峰爬到山頂的一列信徒所唱，他們像是在虛弱和寒冷的狀態下要藉著歌唱維持一絲氣息。另一種是從房子裏發出巨大而極樂的聲音，隨著鐃鈸和鼓聲淩厲地唱著。

我把她的頭攏緊到自己身上，再往下看，雲層已經變成厚重白茫茫的一片。但我仍可以透過信徒的心靈看見美麗的中庭、和有著大理石拱門和雕梁畫棟房間的寺廟。信徒們正朝著寺廟前進。

「我想看得更清楚。」我說。她沒有回答，但也不阻止我往下飄去。我像是隻鳥兒乘著風往下飛翔，來到了雲層的最中央。她的身體再度變得很輕很輕，幾乎沒有重量。

穿過了白雲之後，看見那座寺廟在下頭閃閃發亮。它現在看起來像是陶土做的小模型，在它蜿蜒的牆旁各處都有隆起的土堆。到處可見燃燒的屍體和冒著煙的灰燼。男男女女正絡繹不絕地沿著曲折的道路朝寺廟走去。

「我的王子，告訴我在廟裏的是誰？」她問，「這座廟奉的是什麼神？」

看著它！再靠近一點！又是這套老把戲，但我突然一直往下掉。我大叫，她一把抓住我。

「小心一點，王子！」她把我穩住。

我覺得自己的心臟好像快要跳出來。

「你不能一面想著要靈魂出竅去看那座廟，一面又想保持飛翔。你要試著透過那些凡人去看，就像你以前做過的一樣。」我還是晃來晃去，只好緊拉著她。

「如果你再不平穩下來，我要再放手囉。」她輕輕地說。

「命令你的心告訴它要往哪兒去。」

我大歎一口氣，突然我的身體被急速的風颳得很痛，眼睛也再度劇裂地刺痛，看不見任何東西。但我仍盡力忍住這些疼痛，假裝它們並不存在。我緊抓著她開始往下降，告訴自己要慢慢來。然後再試著去看信徒眼中的景象。

我看到了鍍金的牆，拱形的門，每個地方都是精雕細琢。香煙繚繞，混合著鮮血的氣味。朦朦朧朧中，我看見了他，這座廟宇所奉的神。

「是一個吸血鬼，」我輕呼，「是吸人血的惡魔，他引人們來此處任他宰割。這地方是死亡之域啊。」

「我們還會看到更多死亡發生。」她說，並且又輕吻著我的臉。「現在我們得快一點，好讓那些凡人看不見我們。你要帶我們到墳堆旁的中庭去。」

我發誓在我還未意會過來之前，我們就完成了這個動作，我甚至想都還沒想就撞到一道粗糙的泥牆，我的腳因爲踩到粗硬的石頭而發抖。我的頭七葷八素，內臟絞痛不堪。我的身體還想繼續往下掉，穿過這層堅硬的岩石。

在我還沒能看見任何東西之前，我聽見了歌聲，也聞到火燒屍體的味道。然後我看見火焰。

「王子，你實在太笨手笨腳了。」她輕柔地說，「我們差一點撞上牆壁。」

「我根本不確定是怎麼一回事。」

「啊，這就是重點，」她說，「重點就是你不確知。你的靈魂迅速而完全地聽令於你。當你往下掉時你仍聽得見也看得見。就像你不確知用手指彈出聲音來是什麼原理，但你卻做得到，即使是一個凡人的小孩子也做得到。」

我點點頭。我明白這個道理，就像槍與獵物的例子也是一樣。

「只是程度的問題。」我說。

「還有順從，無所畏懼的順從。」她補充說。

我點頭。但事實上我只想要躺在一張柔軟的床上呼呼大睡。我眨了眨眼，看見熊熊的火焰，裏頭的屍體燒成焦黑一片。其中還有一個人還沒死，她舉起手臂，指頭是扭曲的。然後他也死了。可憐的人。

她用冰冷的手摸了摸我的臉，接著是我的嘴唇，再順一順我糾結的亂髮。

「你從來都沒有老師，對不對？」她問：「梅格能在創造你之後就遺棄了你，你的父親和兄弟們都是笨蛋，而你母親則憎恨她所生下來的孩子。」

「我一直是自己的老師，」我平靜地說，「而且我也是自己最自豪的學生。」

我們都笑了。

「或許這種師生關係很複雜，但妳說對了，我沒有其他的老師。」

她對我微笑。我看見火焰在她瞳孔裏燃燒。她的臉光艷逼人，她是如此驚人地美麗。

「服從我，」她說，「我就會教你意想不到的事情。你從不知道什麼是戰爭，眞正的戰爭。你也從未感受到什麼是純粹的正義。」

我沒有回答。我覺得頭很暈。不只因爲長途空中飛行的疲累，也因爲她溫柔的話語和深不可測的黝黑眼珠。她的美麗似乎有一大部份是來自她甜美而平靜的話語，以及她的眼神。當她雪白的臉突然閃過一個微笑或眉頭輕蹙，都是那麼堅定不移。

我知道如果我放任自己，很可怕的事情就會發生在我們之間。她應該也明白這一點。她把我再度抱在懷裏。

「我的王子，喝吧，」她輕語，「鼓起勇氣做我要你做的事。」

不知道過了多久，她開始拉著我走，我被拖行了一會兒，神智老是模糊不清。那座寺廟裏傳來平板的音樂，從牆外傳來震天地響著。

「亞辛！亞辛！亞辛！」

她拉著我往前去，我的身體似乎變得不存在，只留下影子。我感覺到自己的臉，還有皮膚下骨頭的存在。這實實在在的物體是我自己，但這肌膚，這靈魂的躍動都是前所未有的感受。我變成什麼了？

木門神奇地自動打開來，我們穿越而入，但這僅僅是通往中央房間的外道路。那房間內擠滿了狂熱嘶喊著的信徒，他們一點兒都沒發現我的存在，一逕地繼續跳舞歌頌，希望能博取他們唯一眞神的歡心。

「跟緊我，黎斯特……」她說。

群眾開始往兩邊分開，尖叫聲取代了頌歌，整個房間混亂成一團。房間中央分開成一條道路。此時鑼鼓皆息，信徒開始發出虔誠的歎息。

當阿可奇往前一站，把面紗取下之時，聚眾響起一陣驚呼。

不遠處在房間正中央，血之神亞辛出現了。他穿戴著絲質的黑色頭巾和鑲滿寶石的袍子。他因憤怒而扭曲的臉，怒視著我們兩個。

信徒們環繞著我和阿可奇，一個顫抖的聲音唱出頌歌，獻給「永恆的天堂之后」。

「住口！」亞辛說。我不知道他說的是何種語言，但我了解他的意思。

我聽到他聲音裏有人血的聲響，人血在他的血管裏流動賁張的聲音。我從未見過像他那樣幾乎要被人血噎死的吸血鬼。他雖然跟馬瑞斯一樣老，但是他的皮膚呈現一種暗金色的光澤，全身上下的皮膚，連他又大又軟的手都滿佈著一層血漬。

「你們膽敢闖入我的寺院！」他說。雖然我還是不知道他說的是什麼語言，但卻清楚地知道他在說什麼。

「你就要死了！」阿可奇用比以前更爲輕柔的聲音說，「你誤導無知的人們前來任你宰割；你像是蛭蟲一樣吸取他們的血液和生命。」

信徒們開始尖叫，祈求能獲得垂憐。亞辛再度命令他們安靜。

「妳有什麼權力來污蔑我的信徒？」他用手指著我們大叫，「從太初開始，妳就占住王位默不出聲。」

「你不知道太初的起始，受咀咒的可憐鬼。」阿可奇說，「你出生之時我就已經很老很老了，現在是我執行統治任務的時候。而你必須充當殺雞儆猴的例子。你是我領土的第一個烈士，你現在必須死。」

他想衝到她身邊，我則試圖在中間阻擋他的去路。這一切都快得讓我幾乎看不見。她不知用什麼方法，把他抓住又推了他一把，因此他在大理石地板上搖搖晃晃，幾乎要滑倒，只好打了個轉，讓自己平衡下來。他的眼珠大得幾乎要掉出來。

他發出哭聲，他的身體開始燃燒，衣服冒出煙來。在黑暗中他扭曲著身體，群眾看到這幅景象都驚惶地大叫哭泣。隨著火愈燒愈大他不斷痛苦地扭曲蠕動著，突然他彎直了腰，直瞪著她，伸開手臂向她衝過去。

在她來不及做出反應時，他好像就要抓到她了。我試著衝到她前面去阻止他，但她反手將我推到人群裏去。半裸的人們紛紛避開我，搖晃著不讓自己跌倒。

我回過頭看見他就停在離她不到二呎遠處，他對她大聲咆哮，試圖用某種無法察覺又無法抵擋的方法靠近她。

「該死的惡魔，去死吧！」她大叫，（我用雙手掩住自己的耳朵。）「到地獄去吧，我已經留了一個位置給你。」

亞辛的頭整個爆開來，煙和火焰從他破碎的顱骨中冒出來。他的眼睛燒成焦黑，不到一瞬間他全身都陷入燃燒的烈火中。但是他仍然伸出拳頭指向她，努力地彎著腳想要再站起來。最後仍完全消失在火黃色的烈焰裏。

這時群眾驚慌失措，就像那次我和卡布瑞與路易斯在演唱會場遇到的火災，場外的群眾也是如此驚慌四散。但此刻群眾的歇斯底里更甚。人們在大理石柱間衝擠著，相互推撞想要逃離出去。

阿可奇轉了個身，她黑白相間的絲袍像在舞蹈一樣旋開。那些群眾被一股看不見的力量抓住，紛紛摔倒在地上。他們開始全身抽搐，女人們對著屍體哭泣，並且拔下屍體上的頭髮。

我愣了一會兒才知道發生了什麼事。她正在屠殺男人。她沒有用火，而是在重要的器官給予致命的一擊，讓他們的耳朵和眼睛都流出血來。有幾個憤怒的女人衝向她，卻遭到同樣的命運。試圖攻擊她的男人也馬上就被消滅。

然後我聽見她說：「**黎斯特，把男人全部殺光，一個不留。**」

我整個人呆掉了。我站在她的面前，不讓人們再接近她。但是沒有用，這是我一生中最恐怖的夢魘。

突然她站到我面前，抓住我的手。她輕柔又冰冷的聲音在我耳邊響起：「**我親愛的王子，請你為我殺掉所有的男人。只有這樣懲罰他們才能洗去這座廟的污名。他們都是那個惡魔的黨羽。女人們非常無助，你要為我處罰這些男人。**」

「神啊，請幫助我，不要叫我做這種事。」我輕呼，「他們只是可憐的凡人。」

群眾似乎已經都喪失心智。跑到後花園去的人都被困住，而我們四週滿佈著死屍和呻吟之聲。在前門那兒尚有不知情的人還在發出虔誠的祈求。

「阿可奇，求求妳讓他們走吧。」生平我從來沒有如此懇求過別人。這些可憐的人們何辜呢？

她靠緊我，我看不見其他東西，只有她深黑的眼珠。

「親愛的，這是一場聖戰。這和你每天晚上吸人血以維持性命不一樣。你必須以我之名，爲我屠殺你的人類同胞。現在我給你殺人的自由和力量，一個個去選出你要殺的男人，用你無形的力量殺掉他們。」

我頭痛欲裂。我有什麼權力去奪取這些人的性命？我望望四週，一具具的屍體交錯地相疊，煙硝從屍體中冒出來。男人和女人驚恐地相擁在一起，有些縮在角落，好像這樣就可以得到庇護。

「他們沒有存活的機會了。」她說。「照我的話去做。」

我像是看到異象，那不是由我的心靈或神智感受到的景象。我看見前方有一個瘦弱的身體，我對他怒目而視，咬緊牙關，集中精神加強我的恨意，把他像雷射光一樣發射出去。那個人腳步不穩向後一倒，鮮血從他口中流出。他迅速地萎縮倒地而死。

整個過程像是一陣抽搐，像是把一股看不見卻強有力的聲音往外太空擲去。

是的，把他們都殺了。攻擊他們最脆弱的器官，撕碎它，讓鮮血流出來。其實你一直就想這麼無情地殺人，把人毫不猶豫地殺掉。

她說得對，但這也是一直被禁止的事，禁止到頭來反而好像沒有不能做的事。

「親愛的，殺人就像肚子餓一樣平常。現在你擁有我的命令和力量，我們要一起結束這場殺戮。」

一個年輕人向我衝過來，用手想掐我的脖子。他咒罵我，我用那看不見的力量將他往後一推。此時我又感到那陣抽搐從喉嚨深處和腹部發出來；整座寺院都因此爲之一震。那股抽搐從我的身體傳到他的身上，像是用我的手指一樣刺穿他的頭顱，再把他的腦揉碎。事實上我看不見這殘忍的景象，只看見鮮血從他的嘴和耳朵裏冒出來，再流到他赤裸的胸膛。

她說得眞對，打從我還是凡人的時候，就一直夢想要這麼殺人。把他們一視同仁，都當成是我的敵人一起殺光。他們活該被殺，他們生下來就該殺。我的肌肉緊縮，牙齒緊咬，憤怒成爲我無形的力量。

群眾們四散奔逃，我卻因此更爲憤怒。我把他們拉回來，推他們去撞牆。我對準他們的心臟，用無形的舌頭噬咬，當他們的心碎裂時我可以聽到那聲響。我殺完一個又是一個。有人在跑到走道時被殺，有人則在走廊遇害。還有人拿起燈砸向我，做無用的掙扎。

我追逐著跑到寺院內室的人們，用長而無形的指頭把他們翻轉過來，再掐入他們的血管之中，讓鮮血隨著模糊的血肉噴灑出來。

女人們或者群聚在一起痛哭，或者四處逃散。我踩著屍體前進，腳下發出骨頭碎裂的聲音。我知道阿可奇也在做著和我同樣的事。整個房間到處都是死屍，血腥的味道四溢。雖然有冷風吹來，卻吹不散這腥味。空氣中充滿絕望的輕啜或哭泣。

一個高大的男人衝向我，他的眼睛直瞪著我，像是用一把劍要阻止我的行爲。我憤怒地把那想像中的劍奪過來揮向他的脖子。他的肩胛骨立刻應聲裂開，他的頭顱一起掉在我的腳下。

我用腳把它們踢開，走到中庭裏開始對付那裏驚恐的人們。我完全喪失了理智和意識，已經殺紅了眼，熱中於這場追逐殺戮的遊戲。我喜歡把這些男人困住，再拉開他們用來做掩護，或是拚命想保護他們的女人。對準目標，我瞄準他們的要害一刺，讓他們一命嗚呼。

前門！她對著我喊。在中庭的男人都死了，女人們一邊把頭髮拔下來，一邊啜泣著。我穿過毀壞不堪的寺院、屍體，在屍體旁悲傷的女人。在大門那邊的人跪在雪地裏，不知道裏面發生了什麼事，還不斷地發出乞求的聲音。

「讓我們進去；讓我們進去餵養我們的眞神。」

他們一看到阿可奇，哭得更大聲了。當大門打開的時候，他們爭先恐後地上前觸摸她的袍子。這時風呼呼地吹過山谷，塔裏傳來空洞的鐘聲。

我把那些人推倒，撕裂他們的腦、心臟和血管。我看見他們瘦弱的手臂頹倒在雪地裏，空氣中滿是血腥。在尖叫聲中，阿可奇叫那些女人退開，免得受到波及。

最後我瘋狂急速地殺人，連我都分不清殺的是誰。我只知道男人必須全部殺光，要趕盡殺絕，所有正在動的、掙扎的、哀嚎的男人都必須死。

我持著無形的劍，像天使一樣移到蜿蜒的小路上。路上所有的群眾都跪在地上，等待死亡的到來。他們竟是如此被動地接受了這命運。

突然間我感到她握住了我，雖然她並不在我身旁。我聽到她說：「**做得很好，我的王子。**」

我已經停不下手。那無形的劍現在已經變成我肢體的一部份，我沒辦法將它取出來，還原成原來的我。就好像我不能停止呼吸，要不然馬上就會死亡。但是她不動聲色地握住我，我馬上像是服了藥一樣平靜。最後我穩定下來，那無形的力量已變成我的一部份。

我慢慢地轉身，看見清朗覆雪的山峰，絕黑的天空，和一堆堆陳屍在寺廟道路上的人體。婦人們或是靠在一起絕望地哭泣，或是低聲地悲歎。我從未聞過如此濃烈的死亡氣味；我的衣服上沾染了碎肉屑和鮮血。但我的手卻是如此地潔淨而雪白。**上帝！我沒有殺人！不是我做的，因為我的手乾淨無比！**

但事實上我就是劊子手。我為何做出這種事？我竟是如此地無理性地喜愛殺戮，就像人類天生喜歡戰爭——

四週一片靜寂。婦人們可能還在哭泣，但我聽不見。我也聽不見風的聲音。我不知為何開始移動。我跪下來觸摸我殺死的最後一個男子，他倒在雪地上像是破碎的樹枝。我掬起他口中的鮮血，抹滿手掌和臉部。

兩百年來我不是沒有嚐過人們的鮮血，吸取它們成爲我自己的一部份。但這短短的時間內，我殺了比我從前殺過加起來更多的人。而且我不費吹灰之力，用意念和呼吸就輕而易舉地完成。這是如此地令人吃驚，這種行爲無法被原諒！

我站在雪地裏，用我沾滿鮮血的手掩面痛哭。我痛恨我做出這種事。慢慢地我發現女人們也起了變化。四週的環境也有所改變，好像空氣開始暖和起來，四處一片平靜。

而後我的內心也發生改變，我的焦慮散去，心跳也緩和下來。

哭聲已停。女人們三三兩兩踩著屍體往前行走。她們走過我身旁，我覺得迷惑了。必須想清楚！現在可沒時間搞不清狀況！我的確有殺人的能力，地上也躺滿屍體。這不是夢，我不能讓這平靜欺騙自己。

「阿可奇！」我輕呼，然後被迫張開眼睛，看見她站在遠處的山坡上。女人們都朝著她走去，有些人因爲太瘦弱還必須靠別人攙扶。

此時一片寂靜。雖然沒有出聲，她開始對那群女人說話。她好像用只有她們聽得懂的語言，或是用一種超越語言的特殊符號對她們說話。我分辨不出來。

一陣昏眩後，我看見她向女人們張開雙臂：她漆黑的頭髮披散在雪白的肩膀上，衣服在無聲的風中飛舞。我從來沒看過如此令人驚異的美景。那不僅僅是她絕美的外表，而且是一種美，發自我最深沉的內在所感受到的純粹寧靜。聽她說話讓我感到幸福的降臨。

她告訴她們不要害怕，說她們已經脫離惡魔的統治，可以回歸眞實世界。

女人們開始低唱頌歌。有些人在她面前用頭觸地，這動作令她喜悅。

她告訴她們現在可以返回自己的村落，並且發布惡魔的死訊。天堂女王已經將他毀滅，並且還要毀滅所有相信惡魔的男人。天堂女王將統治地球，帶來和平。囚禁女人的男人將會得到報應，但妳們必須等待時機。她停下來時女人們又開始頌唱。天堂女王，女神，天母——眾人齊聲歌唱，世界因而有了新的秩序。

我打了個冷顫。我必須破除這個身上的魔咒——我擁有的超能力和這場殺戮都是魔咒。但我沒辦法掙脫開來，不去看她、不聽那頌歌。她給予我們溫柔的擁抱，使這一切變得安全而美好。

記憶中也有過如此類似的感覺。那是五月的節慶，我村民都會為一座聖母雕像獻上芬芳的花環，並且唱著美妙的頌歌。當潔白的百合花環戴上聖母蒙上輕紗的頭，那是多麼美好的一刻。那時我會一邊唱著頌歌一邊回家。我曾在一本舊書上看過聖母的畫像，讓我感受到迷戀和虔誠的宗教狂熱，就像此刻一樣。

甚至從我內心深處，陽光照不到的地方，發出一個想法。如果我相信她的話，所有我做過的事，我對那些無助又脆弱的凡人所下的殺手，都可以得到救贖。

你以我之名，為我而殺人，所以我給你無人擁有的自由：你殺害你的同胞是正確的事。

「走吧。」她說：「永遠離開這座寺廟。把這些屍體留在風中雪地裏。告訴其他人，當那些死去的男人們犧牲之後，一個新世紀已經來臨，妳們會得到永恆的和平。我將再回來告訴妳們怎麼做，妳們要耐心等候。現在只要相信我以及妳們所親眼看見的，告訴其他人也要這樣相信。要男人前來此地看看發生了什麼事。妳們要等著我再度到來。」

她們一致遵從她的命令，跑向遠處的道路去告訴那些已經逃離的人們。雪地上傳出她們喜悅的呼聲。

風吹過山谷，也吹向山陵。寺院再度響起了平板的鐘聲。風把死者的衣物吹揚起來。雪開始下了，一開始輕揚著，然後愈下愈大，飄下到死人們蠟黃的腿、手臂，還有還睜大著眼睛的臉龐。

此時詳和的氣氛已經散去，原來殘酷的氣味再次清晰地出現。女人和雪地裏的屍堆，都是那無形力量的展現，讓人無從逃離又無力掙脫。

一陣細柔的聲音打破了死寂，把寺廟和它四週的事物吹散開來。

我轉身望著她。她靜靜地站在那小山丘上，肩膀上的斗篷鬆鬆地掛著，皮膚似雪。她目視著寺院，那陣輕細的聲音還在響，於是我明白發生了什麼事。

油罐打破了，火盆也掉下來。火焰把衣服燒得發出輕響。又濃又黑的煙霧升起，從塔裏飄出來，再飄到後牆。鐘塔開始傾頹，發出巨大的聲響，石頭牆鬆垮掉落之後，整座塔在山谷中倒下。發出最後一聲鐘響後，鐘也毀倒在雪地裏。

整座寺院熔入大火之中。我目視著這情景，眼睛爲瀰漫著灰燼的濃煙所燻，流出了眼淚。雖然站在雪地裏，我並不感到寒冷，也不因爲一連串的殺戮而覺得疲憊。而我的皮膚比以前更白，肺變得更爲強健，我連自己的呼吸聲都聽不見。連心臟也更有力而穩健，只有我的靈魂變得更污齪。

生平我第一次開始害怕死亡，我害怕她殺掉我，只因爲我無法再做一次剛才那樣的事。我不能陷入這個設計之中，我希望我有勇氣能夠拒絕這件事。

我感到她的手搭上我的肩頭。「黎斯特，轉過身來看著我。」

我照她的話做了。再度我看到了她絕世的美麗。**親愛的，我已經屬於你了。你是我唯一的伴侶，我最好的同伴。你應該明白。**

我又發了一個冷顫。黎斯特你在做什麼？不敢說出心裏想說的話？

「阿可奇，請妳幫幫我。」我說。「告訴我，妳爲什麼要我去殺人？爲什麼妳說男人都應該受到懲罰？爲什麼地球會有一個新的、和平的統治者？」我的問題聽起來是如此愚蠢。看著她的眼睛，我眞的相信她就是女神。她好像吸我的血一樣，把我的信仰吸到她的身上。

我因爲恐懼而發抖，好像生平第一次我才明白發抖是什麼意思。我試著要多說一些話，但老是結結巴巴。最後我終於囁囁著說：「到底做這種事是依據什麼道理？」

「依據我的道理！」她回答，臉上還是掛著跟從前一樣溫柔美好的笑容。「我就是眞理，就是做這些事的依據！」

她的聲音憤怒而冰冷，但是她姣好的面容卻一點也沒變。

「可人兒你聽我說，我愛你。你使我從長眠中醒過來，好完成我的使命；我只要看著你，看著你湛藍的眼睛，聽見你的聲音就覺得快樂。你不會知道如果你死去我會有多麼痛苦。星月爲證，你將成爲我完成使命的助手。但你卻只能像猶大對耶穌的用處一樣，只是完成工作的器具。當使命完成，我將不得不毀滅你像耶穌毀滅猶大一樣。」

我開始怒不可遏。原來的懼怕很快地轉成了憤怒。我的心沸騰起來。

「妳怎能做出這種事?!」我說，「用謊言欺騙那些無辜的人們！」

她靜靜地看著我，好像她就要對我發出攻擊，她的臉凝止如雕像。我想我的死期已到，我就要像亞辛一樣死去。我救不了卡布瑞或路易斯，也救不了阿曼德。我不想抵抗，因爲那是沒有用的。等一下我也不會跑，假如我要逃離痛苦，我只要專注在自己身上，像珍克斯寶貝一樣專心想像最後的畫面，直到我再也不是黎斯特。

她沒有動。山陵上的火焰延燒下來，雪下得更深了，她像鬼魂一樣站在雪白的雪地裏，卻比白雪更要白。

「你眞的什麼也不怕嗎?」她說。

「我怕妳。」我回答。

「我不這麼認爲。」

我點頭。「我眞的怕妳。我告訴妳我是什麼。我是一隻人間的害蟲，只是一個可憎的人類殺手。但我明白這就是我的面目，我並不假裝自己是別的東西。而妳卻告訴那些無辜的人們說妳是天堂之后！妳如何解釋自己用那些謊言去欺騙那些無知的心靈？」

「你是如此的狂妄自大，」她說，「可是我仍然愛你。我愛你的勇氣和魯莽，甚至愛你的愚蠢。你不明白嗎？我不能做任何承諾，我要讓神話終結。我是天堂之后，天堂終將統治地球。我可以成爲任何我想成爲的東西。」

「天啊！」我輕呼。

「不要說那些無意義的話，那些話對任何人都沒有意義。你現在站在獨一無二的女神面前，你也是人們所知唯一的神。你現在必須把你自己當做是神，你要去完成你從來沒想過的事情。你不知道什麼事正在發生嗎？」

我搖頭。「我什麼都不知道。我要瘋了。」

她低下頭笑了。「我們是其他人夢想要變成的對象。我們不能讓他們失望，假如我們讓他們失望，地球上的眞理將會毀滅。」

她從我身邊走開，回到她剛才站的那個山丘上。她往山谷望去，看著聽到女人們的話之後，開始往這兒前進的信徒。

山谷中傳來哭喊的回聲。她再度用無堅不摧的力量展開殺戮，男人們被殺死在雪地裏。女人們因爲看到這景像瘋狂地哭喊。無情的風再度吹起，把一切事物掩蓋起來。我看見她閃閃發亮的臉，她向我走來。我想死亡的時刻到了，我無處可逃。我閉上了眼睛。

我醒過來的時候，發現自己在一棟小屋子裏。我不知道我們怎麼到了這裏，也不知道山谷裏的殺戮是多久之前的事。我開始作一個非常可怕但熟悉的惡夢。在夢中我看見兩個紅頭髮的女人，她們跪在一個祭壇前，有一具屍體在那裏，好似等待著某個重要儀式的開始。我努力想要了解這個夢的內容，因爲所有的事好像都是由此而生。我無法忘掉這個夢。

但是現在它消逝了，所有的聲音和影都消失無蹤。

我身處的這個地方又黑又髒，還充滿著臭味。四週有生活悲苦的人們，小孩子因爲肚子餓哇哇大叫，還有烹煮食物的味道。

此處發生了眞正的戰爭。不是山谷裏的那場殺戮，而是傳統的二十世紀戰爭。從那些悲苦人的眼中，我看見了無止盡的屠殺——公車起火燃燒，人們被困在房子之中毆打，卡車爆炸起火，婦人和小孩到處奔逃，躲避四射的槍彈。

我躺在地板上無法起身，阿可奇則站在走道上，她全身緊包著斗篷，連眼睛都看不見。

我爬起身來走到她旁邊，看見一條泥濘不堪的小巷，其中簡陋的住宅，有的屋頂是破爛的錫片，有的則是破舊的報紙做的。男人們躺在破牆旁邊，全身上下都包著布，像是死人包著壽衣。但是他們沒有死，因爲當老鼠跑來啃咬他們的衣服時，在睡夢中他們還會扭曲身體。這裏非常地熱，而且滿是食物、尿騷、殘渣和瀕死小孩嘔吐出來的味道。我甚至還嗅得出小孩肚子餓和在抽搐中哭泣的氣味，還有海風中排水溝和污水坑的味道。這不是村落所在，而是絕望的貧民窟。房舍外到處都是死屍，疾病肆虐，老弱的人們靜靜地坐在黑暗，四處還有小孩的哭聲。死亡對他們來說已經沒有感覺。

巷子裏走來一個肚子腫脹的小孩，用小手揉著腫脹的眼睛，大聲哭泣著。

黑暗中這個小孩好像看不見我們的存在。他走過一家又一家的住戶，蠟黃的皮膚在烹食的火光中閃爍。

「這裏是哪裏？」我問她。我驚訝地看著她抬起手觸摸我的頭髮和臉頰。我感到心頭一陣放鬆。但是這裏的悲慘景像讓我無法釋懷。她究竟沒有殺掉我，而是把我帶到地獄。爲什麼她要這麼做？這個地方是如此地悲慘和絕望。這些人要如何才能脫離苦海？

「我可憐的戰士，」她的眼睛充滿了淚水，「你不知道這裏是哪裏嗎？」

我沒有回答。

她緩慢地附在我耳邊開始說：「還需要我一個一個說出名字嗎？加爾各達，依索比亞，或者是孟買、貧困的斯里蘭卡、巴基斯坦、尼加拉瓜、薩爾瓦多的農村。不管這裏到底是哪裏，你知道世界上有多少這樣的地方？世界上有四分之三的地方都是如此悲苦！親愛的，你仔細聽一聽，去聽他們的禱告，還有他們無望的沉默。不管這是哪個國家哪個城市，他們從來沒有得到分毫幸福。」

我們一起走過泥濘的街道，穿過成堆的垃圾，還有野狗和老鼠在路上漫行。然後我們來到一處廢棄的皇宮，蜥蜴在石牆上爬行。黑暗之處有蚊蟲滋生，廢棄物被堆置在一條排水溝旁，腫脹發臭的屍體被遺棄在那裏。

遠處的高速公路上有卡車隆隆經過。此地的悲慘景象讓我心情壞到極點，像是瓦斯中毒。這個地方是地球上的悲慘世界，找不到一絲希望。

「我們能幫什麼忙？」我說道，「我們爲什麼要來這個地方？」我再度爲她的美麗所惑，她所表現出的熱情讓我感動。

「我們可以重新統治這個世界，」她說，「如同我跟你說過的一樣，我們要讓神話成眞；這個時刻就要到來，而人們對此一無所知。我們會看到這一天。」

「但這是人類自己要解決的事。這不只是他們的義務，也是他們的權利。我們插手會不會造成更大的災禍？」

「不會有災禍的，」她平靜地說：「你還不明白我們所擁有的權力，沒有任何事物可以阻擋我們。因爲你還沒準備好，我不會再逼你，你只要在一旁觀看就好。下次你再助我殺人的時候，一定要有完全的信念。你要確信我愛你。我知道人不可能一夕之間改變，但是現在開始你要好好去觀察和學習。」

她再度走到街道上，看起來她的背影是如此脆弱。突然間我聽到人聲四起，看到周遭婦人和小孩的形影。我的視線開始模糊，又回到黑暗之中。

我在發抖。我極想要求她耐心點！

我再度感受到平靜和幸福，又回到童年時代，法國教堂裏有聖歌傳頌。淚光中我看到閃閃發亮的祭壇，聖母像，還有她花環上嵌著金色的裝飾。我聽到鳥兒歌唱，聖母院拱門下神父的歌唱。

她的聲音再次傳來，對我來說它是如此地不可抗拒，我相信那些凡人也有同樣的感受。她的命令和話語無可質疑——新的世界就要來臨，受苦難的人們就要得到平安和正義。婦女和孩童將受到重視，而所有的男人都必須受死，除了一個男嬰之外。而後世界將有眞正的和平，人間再不會有爭戰，食物會享用不盡。

我動彈不得，無法說出自己的驚恐。慌亂中我聽到婦女的哭喊，原來全身裹住的貧民們起身奔逃，卻被抓回牆邊，像在亞辛神殿發生的一樣。

街道間充滿哀嚎。我看見人們在煙塵中奔逃，男人們跑出房子，卻被困在泥地裏。遠處的卡車著火，失去控制地到處狂奔。金屬敲擊聲四起，瓦斯筒爆炸而到處火光燐燐。女人們衝進一間間的房子，用任何她們拿得到的武器攻擊男人。這個貧民區的人可曾想過這裏會發生如此的殺戮和死亡？

她，天堂的女王，正盤旋在屋頂之上，發光如一股白色火焰。

我閉上雙眼退到牆邊，身體蜷曲靠在石牆上。在此死亡之域我們兩人卻是如此安全。我們不屬於這兒，我們沒有權利做這樣的事。

但即使我痛哭流淚，我還是感受到一股溫柔的魔咒降臨在身上，像是籠罩在甜蜜的花香，還有緩慢而優美的樂音中。我感受到那溫暖的空氣穿透過我的肺部，腳踏在堅實的石塊上頭。

我似看見了幻夢般完美的綠野，那是一個沒有戰爭和剝削的世界，女人終於逃脫男人暴力的控制。

我禁不住流連在這個美好的世界，忘卻身旁那個屍體橫陳、哭聲四起的環境。

在幻夢中，我看見整個城市都變了模樣。行人在道路上無所畏懼地行走，沒有人神色匆忙或者絕望。房子和花園都不再需要圍籬。

「馬瑞斯，請你幫幫我，」我輕呼，雖然陽光灑在綠色的行道上和無盡的綠野。「請你一定要幫我。」

我看到另一個使我驚異的景致。我又看到一片平野，但那兒沒有陽光。這是一個眞實存在的地方——而我正透過一個踩著大步前行的人或物體的眼光看過去。這是什麼人？他要到哪裏去？這個景像是如此地無法抗拒。爲什麼？

它馬上就從眼前消失。

我又重回那個皇宮廢址，身邊都是死屍。我從死人堆中看過去，聽到高聲的尖叫在歡呼勝利。

戰士，到這兒來，讓他們看看你。來啊！

她張開雙臂站在我面前。天啊！這些可憐人以爲自己看到什麼？我跟著她一起走向前去，驚訝地發現所有的女人都用虔敬的眼光看著我們，她們的雙腳跪在地上崇拜我們。她的手緊握著我，我的心怦怦地響。**阿可奇，這都是可怕的謊言，這邪惡的謊言將持續世紀之久！**

突然間世界開始震動，我們的腳離開了土地。她擁著我往天空升起，女人們在我們的腳底下揮手鞠躬，並在地上磕頭。

「這是神蹟！天佑聖母！天佑聖母和天使！」

刹那間，整個村落已經成爲底下一個個小小的屋頂，所有的苦難都化爲烏有，我們又回到空中。

我回頭看去，試著要認出那個村落，有著卡車燃燒和屍體遍野的村落。但她說得對，這些都不重要了。將要發生的事終於要來了，我不知道有誰能夠阻止。

4 雙胞胎傳奇之一

當瑪赫特說話時，每個人都注視著她。她繼續說著，雖然聽起來好像很自然，但是她說得很緩慢而小心。她看起來並不悲傷，卻很仔細地陳述她所要說的事。

「我和我的姊姊都是女巫，我們的媽媽教導我們巫術，而她的巫術也來自她的母親。我們可以和精靈們溝通，要他們爲我們做事情。平常人的眼睛看不見精靈，可是我們卻辦得到。

「因爲我們擁有這種能力，人們崇拜我們，他們前來尋求我們的幫助，希望出現奇蹟或預測未來，或者是爲死者求取安寧。

「我們被認爲是好人；而且我們受到人們尊敬。

「從很久以前開始就有女巫，雖然現在大多數人不明白我們的魔力或者如何使用魔力，我們仍然存在。有時候人們把我們當做是有陰陽眼的人、靈媒，或者算命仙，那些都一樣。我們擁有人們所不能理解的、和精靈交通的能力，精靈們會來找我們，和我們玩各種不同的把戲。

「我知道你們都對精靈感到很好奇，你們不相信黎斯特在書中所說的有關父王和母后產生的故事。雖然馬瑞斯是對黎斯特說這個故事的人，我也不知道他自己是否相信這故事的眞實性。

馬瑞斯點點頭。他有好多問題想問。但是瑪赫特用手勢暗示他要有耐心。

「相信我，」她說，「我會告訴你們所有我所知有關精靈的事。也許別人會用其他的稱呼，或者用其他敘述的方法描述這些。」

「精靈們用感應的方式和我們溝通；我說過，他們是無形的。但是我們可以察覺到他們的存在，他們有獨特的個性，而我們的巫術家族多年來也爲他們取了不同的名字。

「像巫師一樣，我們也把他們分成好的和壞的精靈；但他們自己應該沒有好壞的區分。所謂壞的精靈對人類懷有敵意，喜歡對人類惡作劇，像是丟石頭或吹起一陣風之類的事。會附身在人類身上或者會占據人類房子的妖精，我們都叫他做『壞的』精靈。

「而好的精靈有愛和被愛的欲望。他們很少想到悲傷的事。他們會爲我們預測未來，也會告訴我們別的地方發生了什麼事。他們喜歡和像我及我姊姊這種法力高強的女巫在一起，他們所做出最強的惡作劇就是造雨。

「你們應該看得出來所謂好和壞的差別是人們自己加上去的。好的精靈對人們有用處，壞的精靈很危險又很古怪。召喚壞的精靈是自找麻煩，因爲他們不受任何人控制。

「有很多證據可以看得出壞精靈嫉妒人類，因爲我們擁有身體和性靈——我們既享有身體的樂趣，又擁有靈性。精靈們對人類也感到好奇，因此他們會注意我們。壞精靈知道肉體的樂趣卻得不到，好的精靈則沒有這種不滿。

「至於精靈是打哪兒來的，他們總是告訴我們，他們從一開始就存在。他們老是吹噓說自己眼見人們由動物進化的過程，我們不知道他們爲什麼要這麼說，覺得他們只是在淘氣地說謊。但後來人類研究的結果發現他們說的是眞的。至於他們自己是怎麼來的——他們從不肯透露。我想他們不明白我們的問題是什麼，他們可能認爲問這種問題對他們是種侮辱，或者他們也害怕這個問題，甚至覺得這個問題很好玩。

「我想有一天精靈的祕密會被用科學的方法探究出來，他們就像自然界中其他複雜的物質或能量一樣，像是電波或無線電，或者像夸克、量子、或者電話中的聲音一樣，雖然兩百年前人們覺得是不可思議，現在卻是被人們充份了解的現象。事實上我透過現代的科學，而不是其他哲學，了解精靈的很多事情。但我還是依我的直覺，使用我們家族古老的語言。

「瑪凱聲稱她可以偶爾看見精靈。他們有小巧的中心和巨大的形體；他們的能量和暴風雨一樣巨大。她說在海裏有類似他們的古怪生物，也有昆蟲和他們的形體相似。但只有在晚上當他們生氣時，她才看得見他們的形體，而且只出現極短暫的時間。

「她說精靈的形體巨大無比。精靈們也總是這麼說。他們說人們難以想像他們的身體有多麼巨大。不過因爲他們總是愛誇大其詞，我們必須小心去辨別他們話語的眞假。

「無疑地，他們一定擁有十分強大的力量，要不然他們如何占據人類的房子？如何起風造雨？但事實上這些事情並非完全靠他們的力量一手完成。這就是控制他們的祕訣。他們的能力有限，而一個好的女巫十分明白他們的限度所在。

「不管他們以何種形體出現，他們沒有生理上的需求，他們不會變老也不會有任何改變。他們之所以那麼孩子氣和淘氣，是因爲他們別無他求。他們沒有時間的觀念，因爲時間對他們沒有意義。他們總是想到什麼就做什麼，很顯然地他們看得見我們這個世界，但我不知道在他們眼裏這個世界是什麼模樣。

「我也不知道爲什麼他們會受女巫吸引。他們看得見女巫，讓女巫了解他們。而且女巫對他們的在意讓他們覺得很開心。他們聽女巫的命令行事是因爲想要討好女巫，有時他們也想要被人所愛。

「和女巫的關係建立之後，他們爲女巫做事以博得喜愛。雖然這讓他們很疲憊，但他們也因爲人類喜歡他們而歡喜。

「想想看，當他們聽到人們的祈求並且做出回答是多麼開心。他們喜歡在祭典中玩耍，並且在人們獻上貢品時造出雷聲。當靈媒召喚死去的靈魂和他的子孫們說話時，他們會嘰嘰喳喳地討論要假裝成那個死去的先祖，並且用他們感應的能力，得知那個死人的過去，好讓他們不致露出馬腳。

「當然你們大家都知道精靈的行爲模式。他們的行爲從以前到現在都沒有改變。但不同的是人們對他們的態度有很重大的改變。

「當精靈占據人們房子，附身在五歲的小孩身上，用他的口說出預言，因爲除了親眼看到的人以外沒有人相信這種事，所以無法發展出一種特殊的宗教。

「現在的人們好像對精靈免疫了。也許因爲人們更進化，可以不受到古老精靈的迷惑。雖然宗教還是存在，但是受過教育的人們已經不太容易受精靈的影響。

「等一下我還會就這一點再做補充。現在讓我開始解釋女巫的能力，說明我和我姊姊到底是怎麼回事。」

「這是我們家族的遺傳，好像是基因的關係，我們家族的女人都有巫術的能力，就像我們大家都遺傳到綠眼珠和紅頭髮一樣。既然你們進到這個屋子來聽我說話，想必都想知道更多有關我們的事情。我的女兒潔曦也是一個女巫，在泰拉瑪斯卡時常常用魔力去幫助受到精靈或鬼怪的魔法而生病的人們。

「鬼魂也是精靈的一種，但他們的前身曾經是人類。而我前面所說的精靈則不是，但也沒有人能夠肯定這一點。古老的鬼魂可能忘記自己曾經是人，而那些最壞的精靈可能就都是鬼。這就是爲什麼他們不能忘記肉體的樂趣。當他們附身在人身上時就會做出一些猥褻的事，對他們來說肉體是骯髒的，他們要人們相信性欲和怨恨是同等地危險和邪惡。

「但事實上，如果精靈們不想說出眞相就會說謊。我們無從得知他們行爲的緣由，也許他們對性感興趣是因爲人們一直把他當做禁忌。

「回到我剛剛的主題，在我們家族中大多數的女人都會巫術，其他的家族這巫術的傳統也會傳給男人。至於爲什麼人類會有這項能力，就非我們智力所知。

「我們家族是一個古老的巫術家族，巫術已相傳五十代之久，甚至可以追溯到月亮在宇宙間生成之前。

「我們的家族相傳著月亮生成的時候，洪水、暴風雨和地震一起發生。我不知道這是不是眞的。我們也相信星星是七個女神，或者是七姊妹星座會帶給人們好運，但我不知道這說法是不是有所依據。

「現在我要說到在我出生之前就流傳的古老神話。那些能和精靈溝通的人都明顯地是懷疑論者。

「但現在的科學也證明了月亮生成的事實，月亮的生成現在已經被用來解釋南北極頂點的變化，和冰河期晚期的現象。也許古老的神話也有事實的根據，將來有一天會眞的被證明出來。

「不論如何，我們是一個古老的家族。我的母親有很強的巫術，精靈們對她透露很多祕密，她也爲那些不能安息的鬼魂做了很多事情。

「因爲我和姊姊瑪凱是雙胞胎，母親的巫術傳到我們身上就成爲加倍。也就是說，我們兩個人分別都擁有母親兩倍之多的巫法，如果我們兩個人的魔力加起來就所向無敵。從我們還躺在搖籃裏時就開始和精靈對話，我們玩耍的時候精靈們就在旁邊。我們有自己一套祕密的語言，連我們的母親也無法理解。但是精靈們聽得懂。他們了解我們對他們說的每一句話，他們甚至還會用同樣的語言和我們對話。

「你們要了解我說這些話並非出於自豪，我之所以告訴你們這些，是因爲我希望在阿可奇的戰士們和恩基爾來到這裏之前，你們能對我們有所了解。我要你們了解爲什麼世上會有這些吸血的惡魔。

「我們是個偉大的家族。我們住在卡梅爾山丘很久很久了，我們的族人在山腳下的山谷建立家園，他們以牧牛羊爲生，偶爾也打獵。他們也種一些穀物用以製造迷幻的藥物——這是我們宗教的一部份，以及製造啤酒。他們收割野麥的種子再自行繁殖。

「我們村落的房子是用磚塊爲牆，稻草做屋頂。也有一些村落變成了小城市；有些房子的入口是在屋頂上。

「我們族人擅長做很細緻的陶器。他們會拿到桀利裘的市場去賣。他們會用以交易象牙、香料、鏡子和其他精緻的物品。我們也知道很多像桀利裘一樣美麗的城市，也有的被埋在地底下，永遠不見天日的城市。

「大體說來我們都是單純的人。我們知道如何書寫——我的意思是書寫的概念。但我們從沒寫過字。文字含有魔力，我們不敢寫下我們的名字或我們知道詛咒或眞相。假如一個人知道你的名字，他就可以要精靈對你做怪或危害你。誰知道如果他把你的名字寫在石頭或紙上，會造成何種後果？即使有些人不害怕這些後果，光一想到這件事就令人討厭。

「在大城市裏，文字只被用來記帳，而我們可以在腦海中完成這工作。

「事實上，我們家族的知識都和記憶有關。那些爲牛神犧牲的祭師們都致力於把傳統傳給年輕的祭師。當然，家族的歷史也是經由記憶而流傳下來。

「雖然我們不寫字，但是我們繪畫。村落裏牛神祭祠的牆壁上都掛滿了我們製作的壁畫。

「在我們居住的卡梅爾山的洞穴，也滿是我們的畫。但這些畫只有我們才看得見。我們小心翼翼地用畫做爲記錄，像我自己就一直到那災難發生之時才留下自己的自畫像。

「再說到我的族人們。我們都是愛好和平者，我們之中有牧羊人、工匠，有商人，但就僅止於此。當桀利裘發生戰事時，我們也有年輕人加入戰士的行列。但那是因爲他們想要冒險犯難，體驗戰爭的光榮。也有一些人到大城市去旅行，去參觀雄偉的宮廷、市場、以及廟宇，還有一些旅行到地中海去觀看大商船。但大部份的時間，他們都在村子裏過著一成不變的生活。桀利袞的人們在戰爭發生時一視同仁地保護我們，因爲戰爭完全由他而起。

「我們從來不爲了吃人類的肉而獵取他們！這不是我們的文化。我們十分憎惡這種行爲，不應該吃掉敵人的肉。雖然我們自己也吃人肉，但吃人肉對我們而言有特殊的意義——我們只吃死屍的肉。」

瑪赫特停了一停，像是要大家對這段話留下更深的印象。

馬瑞斯又看到兩個紅髮的女人跪在祭壇前的影像，他感受到此刻的平靜和莊嚴。他試著靜下心來專注在瑪赫特身上。

「你們要知道，」瑪赫特繼續說：「我們相信人死後靈魂就會離開他的身體，但我們也相信人的某些小部份，會在死後遺留在他的屍體或是以前用過的東西上。如果我們吃掉死人的身體，也就同時消滅了這些遺留物。

「但我們吃死人肉的最重要原因是出於尊敬。從我們的觀點來看，這是處理我們所愛的人遺體的最好方法。我們吃掉給予我們生命的父母或祖先，也就使他們變成我們身體的一部份，因此就完成了一個圓滿的循環。這樣做可以讓他們免於在地下腐壞、被野獸吃掉，或者像垃圾一樣被燒掉。

「如果你們仔細一想就會發現這樣做有深奧的道理。其中最重要的一點是我們把他當做是做爲人的責任。我們每一個族人都有義務負擔起處理父母遺體，把他們吃掉的神聖責任。

「我們族裏沒有一個人死後的屍體不被親人吃掉，也沒有一個人未曾吃過死人的肉。」

瑪赫特又停了下來，她的眼光在聽眾中間掃了一圈。

「現在不是發生戰爭的時候，」她說：「桀利袞已經很多很多年沒有發生戰爭，尼涅文也是一樣。

「但是住在遠處西南方的尼羅河部落的野蠻人，總是攻打他們南方的叢林部落以取得戰利品。他們不只和我們一樣吃死人的肉，他們還吃敵人的肉。他們認爲這是光榮的行爲，因爲如此做可以將敵人的力量都吃進去；而且他們也喜歡人肉的味道。

「我剛才解釋過，我們憎惡這樣的行爲。怎麼可以把敵人的肉給吃掉？但吃人肉不是我們和尼羅河族最大的不同，我們之間最大的不同是他們愛好戰爭，而我們喜歡和平。我們沒有任何敵人。

「現在我和我姊姊就要滿十六歲了，有人告訴我們這時尼羅河族將會發生很大的改變。

「他們部落年老的王后沒有生下女兒，因此她的王位無人可以繼承。很多古老民族的王位都傳女性，因爲男人並不能確定她妻子所生的兒女確實從他所出，王位都只傳給王后或者公主。這也就是爲什麼後來埃及的皇嗣都會娶自己姊妹爲妻的原因，因爲他們要確保血統的純正。

「因此年輕的國王恩基爾有了麻煩，他沒有任何姊妹，甚至表姊妹可以娶做妻子。但他是一個充滿企圖心的國王，決心捍衛自己的王嗣。最後他從泰格里斯和尤佛瑞斯山谷中的尤魯克城選出他的女王。

「這個女王就是阿可奇，她是皇族的美女，也是女神伊娜娜的信徒。她將會爲恩基爾的王國帶來智慧。從此有關她的流言就在桀利裘和尼涅文的市場上，由沙漠往來的駱駝隊中口耳相傳。

「雖然尼羅河畔的人們可以耕種爲生，但他們仍喜歡獵食人肉。這一點讓阿可奇大大吃驚，她決心要改變他們這種野蠻的習俗。

「她也從尤魯克城帶來書寫的習慣，尤魯克的人民善於書寫記事。由於我的家族以書寫爲禁忌，所以我不大清楚是否埃及人已經開始有自己的文字。

「要一個文化要產生變化是很不容易的事。也許在使用文字記載稅賦很久之後，人們才開始會用文字寫詩；也許某個部落在栽種胡椒和香料數百年之後，才開始種小麥或玉米。就如你們都知道的，南美的印加王國在歐洲人發明輪子很久之後，才開始發明有輪子的玩具，雖然他們會用金屬做裝飾品，但他們沒有想過金屬也可以用來做武器，因此他們很輕易地就被歐洲人打敗。

「不論如何，我並不清楚阿可奇到底從尤魯克帶了多少知識到尼羅河族去。但我聽到很多關於阿可奇禁止他們再吃人肉的傳言；違反這個禁令的人都會被處以殘酷的責罰。這個有好幾百年吃人肉傳統的民族對這個命令十分憤怒，他們尤其不能接受禁止他們吃自己死去親人的肉。不能打獵就算了，但是要讓他們的親人死後被埋在地下是絕難接受的事。

「為了實行阿可奇的命令，國王下令所有的死屍都要以布包裹起來並且使用防腐劑。人們不止不可以吃掉自己親人的肉，還要用珍貴的麻布把屍體裹起來，並且展示給眾人看，之後還要妥當地放在墳墓裏，讓祭師為他們做法。

「為了讓人民信服這項命令，阿可奇和恩基爾告訴他們的臣民，假如屍體被完整地保存下來，親人的靈魂就會得到安寧。他們說這樣做不會令他們死去的親人受忽略，相反地靈魂會有安全的歸處。

「我們覺得這種說法十分奇特——把屍體保存在沙漠裏華麗的墓穴中，還有死人的靈魂會因為屍體被保存下來而得到安寧。因為我們知道，人死後最好就是忘記自己生前的身體，只有丟棄了生前一切所有，死者才能上昇到更高的境界。

「所以，我們在埃及可以看到他們莊嚴的墓穴裏，躺著人肉都已朽壞的木乃伊。

「如果有人告訴我們族人：世上存在這種木乃伊的習俗，四千年前的埃及人就有這種習俗，後來還變成世界知名的神祕事件，二十世紀的小學生都要到博物館去參觀木乃伊——我們一定會嗤之以鼻。

「不論如何，這件事實在也與我們無關。尼羅河族住在離我們很遠的地方，甚至我們也不知道他們長得什麼樣子。我們只知道他們的宗教從非洲為根源，他們崇拜奧賽瑞斯還有太陽神，雷，也崇拜動物神。但其他的我們就一無所知。當我們看到他們做的精緻工藝品，可以想見他們一部份的個性。但這對我們來說還是十分陌生，不過我們也對他們不能吃掉自己祖先的屍體感到同情。

「當我們問精靈們有關埃及人的事情時，他們好像對埃及人很有興趣。他們說埃及人的聲音和文字都很不錯，他們的廟宇和祭壇都很有趣；他們喜歡埃及的語言。然後他們就不再多說，像是對這問題失去興趣一樣轉移話題。「精靈說的事情讓我們覺得很神奇，但是我們也不驚訝。我們知道精靈們到埃及裏去假扮做他們的神，他們總是喜歡到處玩這種把戲。

「很多年過去了，恩基爾國王統一了帝國，並且敉平對於他和他改變食人習俗的反抗。他也組織軍隊向外征戰，統領船隊到海上航行。這是統治者常用的技倆：利用向外開戰阻止內亂的發生。

「這和我們又有何相干？我們的生活一直都美麗而平靜，我們有無數的果樹和麥田，任何人都可以隨意摘取。我們的家園綠草如茵，總是有微風輕拂。我們從沒想過會有人來侵略我們。

「我和我的姊姊在卡梅爾山間一直過著平靜的生活，我們和母親祕密地用只有我們才理解的語言交談，向她學習所有有關精靈和人類的巫術。

「我們飲用著母親自己用山間果實釀造的魔法酒，在幻想和夢境中回到過去，和死去的祖先們交談——她們都是法力強大的巫師。總而言之，我們召回我們祖先的靈魂向她們學習巫術，有時我們也會以靈體飛出自己的身體，到天空遨遊一番。

「我可以花很多時間來說我和姊姊在幻夢中看到的事情；我們兩個曾經手牽手到尼涅文，去看那些我們從未看過的景象。但這些現在都已經不重要了。

「讓我解釋一下精靈對我們的意義：我們與精靈生活於普同性的美好與和諧，精靈的愛意對於我們而言，如同基督教神祕主義者體驗到的上帝之愛。

「我與姊姊與母親共同生活於這等狂喜。我們生活於祖先的乾燥溫暖洞穴，族人帶來我們需要的一切物品：上好的袍子、珠寶、美麗的梳子、皮製的涼鞋……每天我們的族人都會來與我們商討事務，而我們將待解的問題詢問精靈。我們可以透過精靈之力看到未來的一部份，有些事情以不可更轉的方式進行著。

「我們盡心善用自己的超異能力與智慧。常有被魔鬼附身的病人被帶來我們這兒求醫，我們與精靈會合力祛除病人體內的邪靈。假若有房子被陰靈佔據，我們也會前往淨靈。

「我們也把靈夢藥液給那些需要的人。他們會落入冥想般栩栩如生的夢境，事後我們會設法加以詮釋。

「我們不時會探問精靈們的忠告，運用自己的智慧與神通力。有時候，對於各色意象的資訊會經由精靈來傳達給我們。

「然而，我們最具神效的能力就是祈雨降落。

「這個能力可分爲兩種層次：『小雨甘霖』是對於這等能力的象徵性示範，以及用以醫治族人的心靈；『狂風暴雨』是用來使農作物生長，這會花費我們極大的力量。

「兩者都需要以強大的力量召喚精靈前來爲我們施展靈力。『小雨甘霖』通常讓那些最喜愛我們的精靈達成，他們足以被托付於任何艱難的需求。

「然而，『狂風暴雨』就需要大批精靈合力達成。由於他們有些彼此厭惡，有些討厭合作，所以我們必須以甜言蜜語乞求他們。我們得吟唱並舞蹈，逐漸勾引起精靈們的興致，終於讓他們通力合作降雨。」

「瑪凱與我只合作過三回『狂風暴雨』。看到雲層轉爲濃密、傾盆雨勢嘩然下落眞是一種享受。我們的族人會跑到雨中，敞開心靈向精靈致謝。

「至於『小雨甘霖』我們則常常施行，有時是爲了自己的歡愉。

「使我們聲名大噪的是『狂風暴雨』。我們被稱呼爲『山頂女巫』，許多來自各地的人前來向我們求助，許多地方我們連聽都沒聽過。

「有些來到村落的人們是爲了喝下靈夢藥液，並讓我們解夢。他們有時爲了需要我們的引導而來，有時只想看看我們。我們的族人也殷勤招待他們。以他們的眼界來說，我們與本世紀的心理醫生或精神分析師並無太大不同。我們研讀意象並詮釋意義，在潛意識中尋找被隱藏的眞相。至於降雨的能力嘛，那只是增添那些信仰者對我們的信心。

「某一天，大概是我母親死前的半年，一封來自凱門的國王與女王的信件來到。凱門就是當時的埃及。那是寫於石泥板上的圖形文字，也是他們文字的起源，通行於桀利裘與尼涅文等地。

「當然我們讀不懂這文字，而且覺得他很恐怖，宛如詛咒一般。我們不想觸摸他，但如果要了解他的意思，我們還是得那麼做。

「大意是說，至尊的女王阿可奇與國王恩基爾對我們久仰大名。如果我們能造訪他們的皇室，他們將備感喜悅，會派遣使者來迎接我們，並致送我們許多贈禮。

「我們都不相信那使者的說詞，雖然他自己只知道這個說詞。但我們覺得背後還有文章。

「於是我母親自己拿起石板，立刻感受到從手指傳來的不祥意念。起先她不肯告訴我們那是什麼意思，後來她將我們拉到一旁，說女王與國王是邪惡之人、血濺滿地之人，而且不尊重其他民族的信仰。無論那信件寫些什麼，巨大的邪惡將會降臨我們身上。

「我與瑪凱也觸摸了石板，發現相同的邪惡痕跡。奇怪的是，參雜其中的卻有良善與勇氣的印記。總而言之，那不是要竊取我們的能力，而是混合著好奇與尊敬的意念。

「最後我們向那些最愛我們的精靈請求指點。他們降臨並研讀石板，最後說那個使者並未撒謊，但如果我們前往晉見女王與國王，將會遭到無比的危險。

「『爲什麼呢』？我們問他們。

「『因爲女王與國王會問你們問題。如果你們老實回答，那答案將會觸怒他們，並使你們遭到滅亡。』

「當然我們本來就不能離開這裏，現在更確定不可遠行。我們告訴使者，身爲女巫不能夠離開她的本土，請他轉告女王與國王。

「使者離去之後，我們的生活一如往常地度過。

「數夜之後，一個名叫阿曼的邪惡精靈來到我們村落。他相當龐大、強力，充滿惡意，在廣場上跳舞不休。族人將我與瑪凱找過去時，他說不久之後我們將需要他的援助。

「早在許久之前我們就棄絕與邪惡精靈的往來。他們相當憤怒於我們不像其他女巫與魔法師那樣與他們要好，但我們知道他們既難以控制又不可信任，從未想要從他們身上獲得什麼。

「這個阿曼對於我們冷落他很生氣，他再三宣示自己是『強而有力的阿曼』，『擊不倒的阿曼』，我們得表示一些敬意。就在不久的未來我們將遇到麻煩，會需要他的協助。

「我們的母親出來詢問這個精靈，究竟我們的麻煩是什麼。

「這讓我們大爲震驚，因爲她向來不准我們與邪惡的精靈交談。如果她對他們發話，通常是以咒語驅趕他們，或是以謎語耍弄他們、使他們自知無趣而放棄糾纏。

「那個恐怖、邪惡、要命，不管是什麼的阿曼只是說，我們的麻煩就要到來，如果我們夠聰明的話，最好對他好一點。然後他炫耀自己為尼涅文的魔法師幹的一連串好事，像是附身在人們身上、折磨人們，甚至像一窩蟲般地讓他們發癢難安。他喜歡從人們身上吸血，愛死那滋味了。他可以為我們吸人家的血。

「我的母親笑了：『你怎麼做得到？你是個沒有肉體的精靈，怎會知道什麼是血的滋味？』這種話通常會觸怒精靈，因為他們羨嫉我們擁有肉身。

「這個精靈為了示範他的能耐，像一陣颶風般逼近我母親，而良善的精靈與他大戰。廣場上充滿躁動。最後，阿曼終於被我們的守護精靈趕走，我母親的手上只有一些刮痕。阿曼的確從她手上吸取一些血液，如同小蟲咬嚙一般。

「我母親看著那細小的咬痕，我們的精靈看到她被這麼對待眞是氣瘋了，但她要他們安靜下來，然後她思索著為何會發生這種事情。精靈怎麼會有味覺？

「瑪凱試著就她看到的異象提出解釋。她說，精靈的本體擁有物質的核心，如同火燄當中有著燭蕊。他可能是透過那核心品嚐血液：燭蕊是火燄當中的一小撮，但他可以吸收血液，那就是以精靈的核心來達成。

「我的母親嗤之以鼻，而且很討厭那東西。她認為這世界的異象太多，用不著一個喜愛鮮血滋味的邪惡精靈湊熱鬧。『滾遠一點，阿曼』！她對他下咒語，說他是個瑣碎、不重要的東西，最好被驅趕得愈遠愈好。這些語言用來趕走惹厭的精靈，和當代教士用以拔除孩童身上惡靈的術語差不多。

「讓我母親較為擔心的是阿曼的警告：將要逼近的邪惡。那強化了她觸摸到埃及石板時的厭惡感，但她沒有向善良精靈們詢問忠告或安慰。或許她另有想法？我不知道她是怎麼想的，但很顯然我們的母親知道將有大難臨頭，但無力避免。或許她認為當我們意圖避免什麼，反而容易招引他上身。

「無論是什麼種情況，總之她生病了，沒幾天就無法說話。

「她躺在床上無法移動，我們陪著她、唱歌給她聽、在她床邊插上花朵，試圖讀取她的心思。精靈們恐慌無比，因爲他們非常愛她。他們的情緒引起紊亂的氣流。

「村落裏也充滿哀戚。有一天早上我們終於看到一些母親的心思，但只是片段的閃現，例如陽光普照的田野、花朵、她孩童時代的一些影像、絢麗的色彩等等。

「我們與精靈都知道母親就要死去。我們盡力撫慰精靈，但有些還是狂怒無比。當她死去時，她的靈魂將會通過精靈之境，到達他們無法企及之處。他們將永遠失去她，將會悲傷得發狂。

「這一刻終於發生了，那終究難以避免。我們告訴族人，母親已經到達更高的靈性境域。山上的每一株樹木都被精靈掀起的風勢震撼，綠葉掉落滿地，我與妹妹忍不住哭泣。就在那時候，我覺得自己首度聽到精靈的哭聲與哀悼。最後，村民們開始葬儀的準備。母親要躺在石製的祭壇上，讓族人前來致敬。她身穿生前喜愛的白色埃及亞麻長袍，配戴上好的項鍊與手鍊，其中有一小部份是以我們祖先的骨骼製成。

「等到族人與鄰近村落的人們都已經致意，大概過了十小時，我們開始準備葬儀的盛宴。如果是村落的其他死者，這儀式將由祭司代勞，但因爲母親與我們都是女巫，所以由我們姊妹執行。我與姊姊獨自將母親的衣物解開，在她的屍身上覆蓋鮮花綠葉。我們小心翼翼地割開母親的頭蓋骨，取出腦髓的部份，連同眼睛一起放在盤子上，讓前額處還是完好連接著；然後以相同的謹慎，我們取出心臟，同樣放置在以厚重灰泥防護的盤子上。

「接著，村民們在母親躺著的石壇周圍蓋出一個烤爐，起火燒烤她的軀體與盤子上的心臟與腦。於是，燒烤的盛宴開始。

「這個儀式持續徹夜，由於我們母親的靈魂已經離去，精靈也安靜下來。我想，對於身體的處置他們並不在意，但我們在意。

「因為我們家族是女巫世家，所以只有我與姊姊可以碰觸母親。村民會守護著我們，但不會介入。無論要花費多久的時間都無所謂，我與姊姊得吞食母親的肉身。當母親的軀體正被燒烤時，我與姊姊爭論著如何分食腦與心臟。我們會分別食用這兩者，我們關切的也是這些：因為，當時的信仰相信不同的器官棲息著不同的質地。

「對於當時的人們而言，心臟是最重要的器官。埃及人還認為那是意識集中所在。但身為女巫，我們相信腦才是最主要的部份，才是精神安置的所在。每個靈魂都是透過腦部而通往靈界。我們如此相信的理由是因為眼睛與腦部相連，而眼睛是視力所在的部位，身為女巫的我們，眼睛看穿黃泉碧落、通貫古往今來。在我們部族的語言中，『女巫』的真義就是『先知先覺者』。

「然而，這多少都只是儀式罷了。我們母親的靈魂已去，基於對她的敬仰，我們會吞食她的主要器官，以免她的軀殼腐化。協議終於達成：瑪凱將吞食連同眼睛的腦部，我則吞食心臟。

「瑪凱比我更有法力。她是領導者、率先發言者，雙胞胎中的指揮角色。看起來的確應該是她吃下腦髓，而我這個較為安靜遲緩的妹妹則應該食用與情感有關的器官：心臟。

「我們對於這樣的區分很是滿意。當清晨逼近時，我們小睡幾小時，身體因為飢餓與準備饗宴的工程而變得衰弱。

「快到早上的時候，精靈喚醒我們。他們又在興風作浪，我走出山洞，烤爐的火燄還在焚燒，守望的村人正在酣睡。我生氣地要精靈安靜下來，但其中我最愛的那個精靈告訴我，有許多陌生人集結在山頂上。他們很是危險，驚嘆於我們的力量，而且覬覦著我們的盛宴。

「『這些人貪圖你跟瑪凱的某些東西。』精靈說：『他們絕非善類。』

「我告訴他，陌生人經常造訪此地，沒什麼大不了的，他得安靜下來讓我們辦事。不過我還是通知村人做好提防的準備，免得眞有麻煩到來時措手不及。盛宴開始時，男人們也準備好武器。

「那不是太古怪的請求，男人們向來都是全副武裝。那些本身就是職業士兵的人總是劍不離身，其他人也把刀子插在腰帶上。

「但是我並沒有太過警醒，畢竟我們這裏常有陌生人來來去去，而且今天又是個重要的日子，正要舉行一位女巫的葬禮。

「相信你們透過夢境，已經看到即將發生的狀況：太陽高升時，村人聚集在廣場上，磚塊從烤爐那裏被移出來。我們母親的屍體變得深暗，然而神色安詳地躺在石壇上，花朵覆蓋著她，腦部與心臟的盤子也準備妥當。

「你看到我們分別跪在母親屍身的兩旁，音樂即將開始演奏。

「你們有所不知的是，數千年來我們的部族就生活在山谷，樹木掉下果實來，綠草茵然，向來以這樣的葬禮盛宴爲風俗文化的一部份。這是我們的土地，我們的習俗，我們的時刻。

「這是我們神聖的一刻。

「瑪凱與我跪著，身穿最好的衣服，配戴著我們母親與祖先傳承下來的珠寶。我們眺望眼前的，並非精靈的警告，也不是當母親看到埃及石板時的震驚與厭惡。我們看到的是自己日後的生命與希望：就此與我們的族人幸福度過未來的時日。

「我忘記自己跪在那裏祈禱多久，當我們終於同心一體，我們舉起承載著母親器官的盤子，音樂家開始演奏，笛聲與鼓擊充斥在空氣中。我們聽到村民柔和的呼吸聲與小鳥清脆的鳴叫。

「然後，邪惡降臨我們的土地。以埃及士兵獨有的作戰吼叫聲，他們從天而降。我們還不清楚發生什麼事情時，侵略者就將我們擊倒。我們試圖保護母親的神聖饗宴，但他們將我們推開，將盤子踢翻在泥濘中，並將石壇推倒。

「我聽見瑪凱以我聽過最錐心刺骨的聲音尖叫。當母親的軀體被踢翻在塵土時，我自己也尖叫起來。

「那些人斥罵我們是食屍者、食人族，必須要被斬除殆盡。

「可是沒有人傷害我們，只是把我們綁起來。我們無助地看著同胞死在眼前，士兵們踩踏我們母親的屍體，蹂躪她的腦與心臟，而他們的同黨們正忙著宰殺我的同胞。

「就在遍野哀嚎、死傷慘重的景致，我聽見瑪凱呼喚精靈，要他們採取報復的行動，讓那些士兵因為自己的暴行付出代價。

「但是對那些士兵來說，風吹雨淋、大地震動、岩石滾動、塵埃漫天的景象又算得什麼？他們的國王恩基爾踏上前方，呼籲他的士兵不必為我們的戲法所騙。我們的惡靈無法再多做些什麼。

「這其實並沒有錯，我與姊姊只好眼睜睜看著他們繼續屠殺同胞，自己也準備就死。但他們沒有殺我們兩個，只是把我們拖走。我們看著同族的屍體堆積成山，被棄置在那兒等著野獸啃食、被大地吸收，無人理睬或過問。

瑪赫特停頓下來，將指尖觸及額頭。在她繼續開始之前，彷彿以這姿態休息著。再開始敘述時，她的聲音顯得低沉粗糙些，但還是一樣穩定。

「這一個小村落、一個部族的性命，到底算得上什麼？

「在相同的天空下，無數的人們被掩埋於此。就在那一天，我們的族人也都葬身當場。

「我們所有的一切就在那短短的幾小時內化為廢物。那群訓練有素的士兵殺遍我們的老弱婦孺，村莊被破壞銷毀，能燒的就被燒掉。

「就在山頂上，我感受到那一大群猝死者的靈魂，由於突然降臨的暴力而顯得困惑狂暴，因此被恐懼與痛苦拖曳在世間。有些則已經超脫塵世而去，不再受苦。

「至於精靈們的下落呢？

「在我們被押解到埃及的途中，他們一路尾隨，盡力干擾那些抬著我們走的士兵。我們被綑綁著，因爲恐懼與悲傷而無助哭泣。

「每晚當軍營駐紮時，精靈總是把帳棚推翻。但他們的國王信誓旦旦地要他們毋庸害怕，埃及的諸神比女巫的精靈更偉大。由於精靈的底限就只是那樣，所以士兵們也都相信如此。」

「每天晚上國王都會召見我們，他說的是當時全世界共通的語言，從卡梅爾山脈到提葛瑞斯、尤法瑞特斯等地都通行無阻。

「他以異常誠懇的語氣說：『你們是法力高強的女巫，所以雖然你們是食屍者，而且當場被我與我的軍隊撞見，我還是饒過你們的性命。我之所以放過你們，因爲我與我的女王需要運用到你們的智慧。告訴我要怎麼讓你們好過一點。你們現在處於我的保護範圍，我就是你們的王。』

「我們只是哭泣不止，拒絕看著他，直到他厭倦並要士兵送我們下去。我們的牢房是一間窗戶窄小的木製囚牢。

「當我們能夠獨處時，我與姊姊以雙胞胎獨有的手勢與簡潔語言祕密地溝通。我們記得這一切，記得精靈是如何警告、記得我們的母親看到信件之後便一病不起。但我們已經不害怕了。

「我們悲痛得忘記害怕，如同自己早已死去；我們目睹自己的族人被屠殺，母親的屍體遭到踐踏。我們已經不知道還有什麼更糟糕的命運，也許將目前還在一起的彼此分開？

「然而，在前往埃及的旅程中，有個微小的安慰是我們難以忘懷的，那就是凱曼：國王的侍衛長。他以悲憫的眼神看著我們，試圖以他能做到的一切來減輕我們的痛苦。」

瑪赫特停下來看著凱曼。他垂手斂目，似乎沉浸於瑪赫特正在描述的追憶。他聽入瑪赫特的致敬，但那似乎無法安慰他。終於他抬起頭來認可瑪赫特的話語，他似乎惶惑而充滿疑問，但沒有問出口。他的眼神流沔於阿曼德與卡布瑞的凝視，但什麼也沒說。

終於，瑪赫特繼續敘述——

「凱曼在任何可能的機會將我們鬆綁，允許我們獨自散步，帶給我們食物與飲料。他並不為了我們的感激而這麼做，只是由於他純潔而無法看到人們受苦的心志而默默地幫忙。

「我們大概花了十天的旅程到達凱門。精靈們實在黔驢技窮，而我們太過頹喪，也喪失繼續召動他們的勇氣。我們陷入沉默，只是不時互相凝望對方。

「我們來到以往從未見過的宮殿。穿越沙漠，我們被帶到毗鄰於尼羅河畔的黑色大地，『凱門』之名便是從他的黑色泥土而來。我們與軍隊一起順舟而上，度過那壯盛的大河，來到一個以石磚為基材、坐落著宮廷與神殿的城市。

「那個時代距離埃及的建築物為世人所知還早得很，但當時的法老王神廟屹立至今。

「當時他們已經展現出對於永恆演出與裝飾的熱愛：簡潔的石質材料被漆成白色，再繪以美麗的圖案。

「身為王室的囚犯，我們被安置的場所是一間寢宮，叢林巨木構成的堅實基柱以黑色泥土黏牢，王宮內還有一座人工湖泊，周圍長滿蓮花與繁花盛開的植物。

「我們從未看過如此奢華的民族：穿金戴玉，頭髮編成辮子，眼睛塗黑。他們塗黑的眼神讓我們驚恐，化妝帶給他們深度的假象，但骨子裏他們根本毫無深度。我們立刻嫌惡起這種裝腔作勢。

「我們的所見所聞只是強化自己的悲慘，我們討厭周圍的一切，而且我們可以感到那些人也討厭與懼怕。雖然聽不懂他們的話，我們的紅頭髮與身爲雙胞胎這兩點讓他們大爲不安。

「因爲他們的風俗是將雙胞胎嬰兒殺死，紅頭髮的孩子用來獻給神明——那是運勢的象徵。

「在那飛光即逝的瞬間，我們看透一切，只是嚴峻地等待命運到來。

「凱曼是我們唯一的安慰。他帶給我們乾淨的亞麻布毛巾，拿水果與啤酒給我們享用，甚至拿梳子讓我們整理頭髮，還有乾淨的衣物。當他首次和我們交談時，他說女王既溫柔又可親，我們不必害怕。

「我們知道他所說的並非欺瞞之言，但還是覺得不對勁，如同幾個月之前國王的使者帶來的話。我們知道自己的試煉才剛開始。

「我們也害怕精靈已經遺棄我們，也許他們不想因爲我們而來到這裏。但我們沒有召應他們，因爲如果沒有回應的話，我們會更無法承受。

「某個晚上，女王終於召見。我們被帶到殿堂。

「那奇景讓我們暈眩，即使我們暗自輕蔑。阿可奇與恩基爾坐在王座上，女王就和她現在的模樣沒什麼差別，一個有著堅挺肩膀與四肢的女人，臉蛋過於精緻，幾乎看不出有什麼腦袋，只有誘人的美貌與柔軟的聲音。國王如今不是士兵而是獨裁者，他穿上正式的服裝，戴上珠寶，頭髮編起來。他的眼神的確充滿誠懇，但沒多久我們就發現眞正的統治者是阿可奇。她有著言說的技巧，舌燦蓮花得讓人難以抗拒。

「她告訴我們，我們的族人理當被如此懲治，而且已經特別施恩給他們——通常食屍者的蠻族應該死得更緩慢痛苦。她還說，因爲我們是偉大的女巫，所以特別給予恩赦。埃及人應該要學得我們控制不可見之物的能力。

「她立刻追問，我們的精靈是什麼玩意？如果他們是惡靈，爲何有些是良善的？他們是神嗎？我們是怎麼讓大雨降落的？

「我們因爲她粗魯殘暴的態度而受傷，又開始哭泣。我們不理會她的問題，投入彼此的懷抱。

「但是某件事情很清楚：從她說話的態度、對於音節輕重的揀選，我們知道這個人在說謊，但她自己毫無所感。

「透過那個說謊的表面，我們看到她極力否定的事實深處——

「她之所以屠殺我們的族人，只因爲要把我們弄到手；她之所以唆使國王從事那場『聖戰』，只因爲先前我們拒絕她的邀約。她要我們對她屈膝，她對我們感到好奇。

「這就是當時我們母親透過石板書信所看到的，或許精靈也以他們的方式預見了未來。直到如今，我們才看到那猙獰的全貌。

「我們的族人之所以死去，都是因爲我們與精靈交往，因此吸引到女王的注意力！

「我們非常不解：既然如此，爲什麼士兵不乾脆把我們擄走？爲何還要殺光我們的族人？

「然而最恐怖的是，女王的肩上披上一件自以爲是的道德外衣。穿上那件衣服的她根本盲目得無視於其他一切。

「她說服自己：由於我們的族人生性野蠻，地點又距離她的家鄉甚遠，乾脆殺了乾淨，順便也對我們施以不殺之恩，滿足她對我們的窺視慾。如此我們會感激涕零，回答她的每一個問題。

「女王沒有一套眞正的倫理系統來統治她自己的作爲，她只是眾多茫然懵懂的人類之一。但她無法忍受如此，所以她虛構出一套自己的架構並且信仰著他。那些信念只是讓她方便行事的幌子罷了！她與食屍者的戰爭，不過是爲了掩飾她討厭那種風俗習慣的眞正心思。她在尤魯克的家鄉並不實施如此風俗，所以她無法容忍其他民族的自主文化。所有的一切都不過是如此罷了。但在她的心底有一塊黑暗的絕望腫瘍，無法接受事物的無意義性，非得以自己的強烈驅力爲之強加意義。

「弄清楚我的話：這個女子並非膚淺之人，如果她努力的話，可以讓這個世界打造出她意欲的模樣來慰藉自己，讓光芒綻放。但她無法對他人的痛苦產生同理心，她是知道，但無法有什麼感應。

「當我們終於無法忍受這等分裂的雙重屬性，只好細細審視她，因爲現在我們必須與她打交道。這個女王還不滿二十五歲，她在這塊土地上的權柄無限，將尤魯克的眾多風俗民情在此地生根發亮。她美貌不可方物，但因此失去眞正的美，因爲她的嬌顏蓋過任何王者的力道或是深沉的神祕。她的聲音還帶有稚氣，讓別人誤以爲是溫柔的音樂性回音，但我們聽得幾乎要發狂。

「她繼續喋喋不休地追問我們是怎麼施行法術的？我們如何知道人們內心深處的眞相？爲何我們宣稱自己跟無形之物打交道？我們也能夠與她的神祇交談嗎？我們能否幫助她更加理解神聖的知識？如果我們願意將所知道的供奉給她，她願意赦免我們的野蠻風俗。

「她以直線條的想法說出一堆觀點，那會使一個智者忍不住發笑。但瑪凱因此被激惱了。在我們兩個當中，她總是率先發言。

「『不要再問那些愚蠢的事情！』她說：『在你們的王國當中沒有神的存在，所謂的神就是精靈，而他們透過祭司與宗教儀式玩弄著你們。雷、奧賽瑞斯等名字不過是用來稱謂那些精靈的名號，他們心滿意足之餘就會丟出一些徵兆，讓你們更加禮讚他們。』」

「女王與國王都驚恐地瞪視著她，但瑪凱繼續說：

「『精靈的確存在，但他們生性宛如孩童，同時非常危險。他們羨慕又嫉妒我們同時擁有精神與肉身，是以願意服從我們的意志。身為女巫的我們知道如何命令他們，但這需要強大的法力與技巧，你們並沒有這樣的力量。你們是一群傻瓜，這樣把我們擄來眞是太惡劣而不誠實。你們生活在謊言中，但我們可不奉陪！』

「瑪凱憤怒又悲傷，當著宮廷眾人，指控女王，只為了要把我們帶來就屠殺一整族生性和平的居民。我們的族人已經有一千年沒有獵殺人頭了，被打斷的是葬儀的盛宴。之所以從事這些惡毒的行徑，只因為凱門的國王與女王想要得到女巫，想要詢問問題並且將其法力收為己用！

「整個宮廷一片混亂。從來沒有這種不敬而冒瀆的話語出現過，而那些還是秉持著神聖傳統儀式的長者，對於被糟蹋的葬儀感到驚怖。其他人也害怕遭到上天的報應而昏倒在地。

「整體來說是一片混亂，只有國王與女王奇異地不動聲色。

「阿可奇沒有回答我們，可是我們的解釋在她更深沉的心靈地帶被承認為眞實。在短暫的瞬間，她感到眞誠的好奇：**假扮成神的精靈？嫉妒人類擁有肉體的精靈**？至於為了捕獲我們而犧牲我們族人的指控，她根本理都不理會。那不是她在意的東西。她的關切重點在於脫離肉體而生的精靈，精神層面的課題才是她所眩惑不已的焦點。

「讓我重申一次：她在意的只是精神層面的議題，也就是抽象意念的議論。我不以為她相信精靈是稚氣而頑皮的，但是不管那裏有什麼東西，她就是非得要知道不可，哪怕是犧牲我們一族的性命也無妨。

「就在此刻，太陽神雷與奧賽瑞斯神殿的祭司要求立刻處決我們——我們是邪惡的女巫，而且紅頭髮的人應該一如往常那樣被焚燒、獻給神明。沒多久就興起一股暴動，我們與祭品的類似性刺激他們的殺意。

「但是國王命令他們安靜下來。我們被帶下去，周圍有守衛監視著。」

「瑪凱怒意沖天地來回踱步，我請求她不要再多說什麼。我提醒她關於精靈給我們的警告：如果我們抵達埃及後，國王與女王問我們一些問題，而我們據實以告且惹他們發怒，將會使我們自己覆滅。

「但是這就像是自說自話，我知道她不會聽我的。她來回走動，不時以拳頭敲打自己。我感受到她深沉的哀痛。

「『受天譴的邪惡東西。』她說，安靜下來沒多久又開始喃喃說著這些。

「我知道她正想起阿曼的警告，我也知道那邪惡的精靈就在身邊。我可以感受到他的臨現。

「我知道瑪凱忍不住要召喚他，但我知道她不能這麼做。會有許多人被他愚蠢的伎倆折騰，況且那跟怒吼的暴風與飛上天的物體沒啥不同，而我們已經搞過一場了。但是阿曼感受到我們的思緒，開始蠢動不安起來。

「『安靜點，惡靈。』瑪凱說：『等到我需要你的時候再出現。』那是我聽到她首度對阿曼說的話。我感到一陣毛骨悚然。

「我不記得我們何時睡著的，但半夜時分我被凱曼叫醒。

「原本我以爲是阿曼在惡搞，帶著一陣狂暴的情緒起身，但凱曼示意我安靜。他看起來很糟糕，只穿著一件睡袍，赤著腳，頭髮蓬亂。他好像哭過的樣子，眼眶紅腫。

「他在我身邊坐下來。『告訴我，你們所說的關於精靈之事可是眞的？』我懶得告訴他那是瑪凱說的。人們總是把我們當成同一個人。我只是告訴他，沒錯，那是眞的。

「我解釋給他聽：『無形之物向來都存在於世上，他們自己也承認並非神祇，還向我們得意洋洋地炫耀自己在穌瑪、桀利袞、尼涅文等地的偉大神殿惡搞的把戲。他們有時會佯裝自己是什麼什麼神，但我們知道他們的本格，會以舊有的名字呼叫他們。他們只好作罷。』

「我沒有告訴他的是，我但願瑪凱從未說出這些事情。讓他們知道這些有什麼好處呢？

「他挫敗地傾聽著，像一個有生以來都被謊言所欺瞞的人。當他看到精靈們製造的狂暴風雲時，靈魂都爲之膽寒。當然啦，眞相與某種物理性的彰顯總是足以製造出信仰。

「我察覺到他的良心或理智有著更大的負擔，需要有人安撫他。『屠殺你的族人是一場聖戰，並不像你所說的是自私的作爲。』

「『不，』我告訴他：『這是自私又單調的事情，我無法接受別的說法。』我告訴他關於使者帶來的石板書信，我母親的恐懼與後來的生病，我以自己的能力聽到女王心底的眞話——她自己無法接受的眞話。

「在我說完之前他就已經被擊敗了。根據自己的觀察，他也知道我說的是事實。長年以來他都在國王身邊討伐征戰，目睹過屠殺與城市焚毀。軍隊何以需要戰鬥對他而言不算什麼。雖然他自己不是士兵，但他理解這些事情。

「但是他找不出何以討伐我們的村落的理由，國王也不會因此增加領土。眞正的理由只爲了要捕獲我們，他自己也因此而嫌惡這種『聖戰』。比起戰敗，他感到更大的悲哀。他自己來自一個古老的世家，也嚐過祖先的血肉。如今，他覺得自己在糟蹋那些他所珍視的傳統。他憎惡木乃伊化的新習俗。由於如此，這塊土地的傳統與深度都付之一炬。那些無意義的財寶伴隨著死者入土，好讓拋棄傳統的人不至於良心不安。

「這樣的想法讓他筋疲力竭。更煩擾他的是不該發生的大屠殺。女王什麼都感受不到，他自己卻永難忘懷，被拋到無底深淵，失去所有的精力。

「在他離去之前，他保證會盡力斡旋好讓我們被釋放。雖然他不知道該怎麼做才好，但絕對會盡心盡力，而且他請求我不要害怕。當時我對他興起強烈的愛意。他如同現在一樣的美麗，但膚色更黑、體態更結實、頭髮上捲且結成辮子，垂在肩膀上。他有著那種統領眾人的王室氣質，對於他的王子滿懷愛戴。

「翌日清晨我們又被傳喚到女王那兒，這一回是到她的私人寢宮。只有國王與凱曼在側。

「那房間比大廳還要奢華，充滿著細緻美好的物品：以豹皮鋪成的沙發、絲綢床褥、精巧無瑕的鏡子。女王就像個女祭司一般被珠寶與香水包圍，如同她的裝飾品那麼可人。

「她又開始那一串相同的問題。

「我們的手被綁著，站在一起，情不得以地傾聽那些廢話。

「瑪凱告訴她說，精靈打從太古就已經存在，他們一直戲弄著各地的祭司。埃及的禱文與吟唱讓精靈們心情大悅。對於他們而言，這一切不過就是遊戲人間。

「『但是這些精靈不是神，你是這個意思囉？』阿可奇狂熱地說：『而你們能夠跟他們交談？我要看看你們是怎麼做的。』

「『但他們不是上帝』。我說：『這是我們極力要告訴你的，他們根本不像你們所說的、會譴責食屍者的神。他們根本不在意這些東西。』我費盡心力地解釋，精靈沒有位格，他們比人類更次等。但我知道這女人無法理解我要說的重點。

「我看得出她正在天人交戰當中，掙扎於她試圖相信自己身為伊娜娜女神的使徒與終究什麼都不信仰的黑暗魂魄之間。她的靈魂是個冰寒地域，那些宗教性的熱烈信念只是她用以取暖的東西。

「『你們所說的都是謊言！』她終於這麼說：『你們是邪惡的女子』。她命令我們被處決。我們將於次日正午被燒死，看著對方受罪而死。早知如此，她根本不用理我們。

「國王打斷她的話，他說他自己看過精靈發威的場面，凱曼也是。如果精靈看到我們受到這種待遇，他們會做何感想？放我們走不是比較妥當嗎？

「女王的眼神既嚴厲又醜陋，國王的話算不上什麼，我們的生命危在旦夕。我們該怎麼做是好？她之所以氣惱我們，只因為我們無法把眞相塑造成她所樂意浸淫的型態。與她打交道眞是一種折磨。但她的心靈與千萬眾生沒啥兩樣，而她現在也沒什麼長進。

「瑪凱終於毅然決然地做了我不敢做的：她召喚精靈前來。以快速無比的咒語，她叫每一個精靈過來，但女王記不住那些飛快的言語。她高聲要他們過來，服從她的旨意，並顯示出對於他們所愛的瑪凱與瑪赫特遭受到的待遇所該有的不滿。

「這是一場賭注：因爲如果精靈們已經遺棄我們，我們還可以呼叫阿曼。他就在這裏伺機以待，這是我們唯一的機會。

「沒幾秒的時間，大風就席捲宮廷。狂烈的風勢弄得大家雞飛狗跳，物體四散飛舞，女王感到周遭的變動而開始驚恐。精靈將她梳妝臺上的物體朝她掃過去，國王勉力想保護她，凱曼因爲害怕而僵直著。

「然而精靈的力道有限，而且他們無法持續更久。當這場力量的示範停止時，凱曼哀求女王撤回死刑的判決，她也從善如流。

「女王已經被擊垮了。雖然國王告訴她，他自己也親眼目睹這樣的奇景，然而沒有更進一步的傷害造成，然而她的內心有某種東西被擊碎。她以前從未目睹任何超自然的場面，如今這一擊讓她目瞪口呆。在她無信念的黑色心靈當中，一抹眞正的光流切穿而過。雖然她的懷疑論行之有年，但這個場面非同小可，如同她親自看到自己的神現身而出。

「她遣走凱曼與國王，說要與我們單獨談談。然後她含著淚水，要求我們叫出精靈。她想要看看我們與精靈交談的樣子。

「那眞是不同凡響的一刻。我終於了解到之前碰觸石板書信所感應到的：光明與邪惡的混合體，遠比純粹的邪惡更加危險。

「我們告訴她，她可能無法理解我們與精靈交談的情景。也許她可以提出一些問題好讓精靈回答。她立刻照辦。

「那些問題就和一般人民會追問女巫與巫師的沒啥兩樣。當我還是小孩時遺失的項鍊掉在哪裏？母親去世的那一晚她本來要告訴我些什麼？爲何我姊姊討厭我在她身邊？我的孩子是否能夠順利長大成人？

「爲了我們的生命著想，我們盡力取悅精靈，好讓他們用心回應這些問題。他們的答案相當震撼阿可奇：他們知道她姊姊與兒子的名字！當她費力思索這些單純的把戲時，簡直要發瘋了。

「接著，那個邪惡的阿曼突然現身，顯然是嫉妒正在發生的情景。他將阿可奇遺落在尤魯克的項鍊扔到她跟前。這是最後一記的當頭棒喝，阿可奇簡直嚇呆了。

「沒錯，那些神是由人類生產出來的，精靈說。不，那些稱謂的名號並無所謂，精靈們喜愛的是那些吟唱的旋律與節奏——姑且說是言說的形狀。沒錯，是有一些喜歡傷害人類的壞精靈，但那又如何？也有喜愛人類的好精靈啊。如果我們離開這個王國以後，他們還願意與阿可奇交談嗎？別夢想了。他們現在就在說話，可是她根本聽不見，那還要怎樣？沒錯，這個王國還有可以聽見他們的其他女巫。如果那是她的意願，他們會立刻要求讓那些女巫進宮。

「正當溝通進行中的時候，阿可奇發生了奇異的變化。

「她的情緒從歡悅到疑慮，最後變得悲慘。因爲這些精靈說的話和我們早先說的如出一轍。

「『你們對於來生知道多少呢？』她問。當精靈說死者的靈魂要不是飄盪於人世否則就徹底解脫，她感到強烈的失望。她的眼睛呆滯，已經失去大半的興致。當她問起窮人與富人之間的對立，精靈們根本不知其所以然。但是這場質問還是持續著，我們看得出精靈已經很不耐煩，開始逗著她玩。許多答案根本就像白癡一樣。

「『神的意願是什麼？』她問。他們說：『就是你們要終日唱歌，我們喜歡如此。』

「突然間，那個邪惡阿曼太得意於自己先前變出項鍊的戲法，又將一串珠寶扔到她眼前。但這一回她只是驚恐地後退。

「我們立刻明白不對勁之處：那是她母親躺在墳墓中身上配戴的項鍊。但是身為精靈的阿曼無法理解個中荒誕無稽之處。他在阿可奇的心靈中看到這條項鍊的影像，為何她不要呢？她不是喜歡項鍊嗎？

「瑪凱告訴阿曼這樣不好，他變錯了戲法，請他稍安勿躁好嗎？她可以理解女王的心態，但他不能。

「但是這些都已經太遲了，女王已經見識到精靈展現的兩項神技，同時目睹真相與胡說八道。其中，沒有任何層次能夠與她長年來強迫自己信仰的美麗神祇傳說相提並論，然而精靈卻已經摧毀掉她脆弱的信仰。如果這些戲法繼續發展下去，此後她要怎麼做才能逃離那始終籠罩著她的黑暗懷疑論？

「她俯身撿起那串原本在她母親墓中的項鍊。『這是從哪兒來的？』她質問著，但是她並不真的想要知道答案，那會超過她能夠承受的極限。她已經害怕起來。

「不過我還是盡力解釋，而她也聽進每一個字。

「精靈們能夠讀取人的心思，他們的形體巨大而法力又強，我們難以想像他們真正的模樣與大小。而且他們能夠立即瞬間移動。當阿可奇轉念想起那串項鍊時，精靈也同時看到她心中出現的形象。既然先前那一串讓她高興，那麼再來一串不是更好嗎？所以他從她母親的墳墓中打開通道，將項鍊傳送到這裏。

「但是當我正在解說時，我開始明瞭真相。或許那串項鍊根本沒有被埋在墳墓中，而是被偷了：或許是她的父親，或許是祭司，更或許是她自己。這就是為什麼她突然間手中握著那串項鍊！她憎惡精靈揭穿這件惡劣的事情。

「總之，這個女人原本的幻覺都已然粉身碎骨，而她從此必須與荒冷的事實並存。她問了一些關於超自然事物的事情——那本來就不甚聰明——而超自然體系的回覆她又無法接受，但是她也無法徹底駁斥。

「『那些死者的靈魂如今何在？』她瞪著項鍊低聲問著。

「我盡可能溫和地說，精靈們不會知道的。

「恐懼莫名，害怕萬分。然後，她的心智開始動工。一如往常那樣，以某些壯麗的系統來解說那些造就痛苦的情境。她內在那塊黑暗地域更加龐大，威脅著要從中吞沒她。她可不能讓這樣的事情發生，她是凱門的女王啊！

「就另一層面來說，她感到無名火起。她恨死自己的父母與老師、孩提時代的教士與女祭司，自己原本信仰的神衹，以及任何曾經告慰過她，告訴她生命是美好的每一個人。

「周遭沉默起來。她的表情逐步變化，害怕與驚異已經不再，冰冷、無動於衷，以及惡意的神情取而代之。

「她握著自己母親的項鍊站起身來，宣布我們所作的一切都是謊言，我們交談的對象都是惡魔，試圖顛覆她與她的王國，從中搾取利潤。她愈這麼說，自己愈發相信。信念的完美性擄獲她，她屈從於那樣的邏輯。最後她哭泣著斥罵我們，宣稱她的黑暗面已被擊敗，她又重新招引出自己的神衹與神聖的語言。

「接著她又看著項鍊，而阿曼卻氣壞了——因爲她竟然不滿意他送的禮物，還怪罪我們——要我們告訴她說，如果她膽敢動我們一根寒毛，他就會將她有生以來所有使用過記得的物品、珠寶、酒杯、鏡片、梳子都扔到她頭上！

「假若我們不是如履薄冰，恐怕眞會大笑出來。對於一個精靈而言，這可眞是美好的解決之道；對於人類來說，那可眞是滑稽透頂！然而，那也絕非是任何人想要領教到的狀況。

「瑪凱對阿可奇如實以告。

「『他可以送你這串項鍊，也可以實行他所說的這些要脅。』她說：『如果讓他開始，我不知道在這世上有誰能阻止得了。』

『他在哪裏?』阿可奇高叫著:『讓我看看你們說的這個惡靈。』

「阿曼被虛榮心所趨,集結自己全副的力量對著阿可奇大吼:『我就是邪惡的阿曼,善於穿刺人的阿曼!』接著他在她周圍掀起最強烈的颶風,比當時在我們母親身旁的那場更強烈十倍。我從未見識過這麼狂暴的景象,房間整個快被掀起來,石磚牆也搖搖欲墜,女王美麗的臉龐與手臂上出現許多細小的血洞,如同被尖物戳咬到。

「她無助地吶喊著,阿曼簡直樂壞了,他可眞是偉大啊。我跟瑪凱嚇壞了。

「瑪凱命令他即刻停止,用盡所有強力的咒語表達謝意,稱讚他是最有法力的精靈,現在他得停止這力量的炫示,要讓人知道他擁有和力量一樣偉大的智慧。當時候到了,她會讓他再掀起這種場面。

「在這時候,凱曼國王與所有的侍衛都衝過來保護她。當侍衛想要打倒我們時,她喝令他們不要動我們。瑪凱與我沉默地瞪著她,以精靈的力量威脅她。這是我們目前所有的籌碼。阿曼就在我們的上方,周遭的氣流掀起最古怪的聲音。精靈的笑聲似乎響遍整個世界。

「當我們獨處於囚室時,我們想不出該怎麼利用阿曼帶來的優勢。

「至於阿曼,他不願意離開我們,將囚室弄的亂七八糟,弄亂我們的衣服與頭髮。這眞是討厭,但是聽他吹噓自己的能耐才眞是恐怖。他喜歡吸取血液,那液體流通他的全身,他喜愛那滋味。當世界上有人從事血祭時他喜歡跑去湊一腳,畢竟那是爲他而做的吧?他又笑了。

「我們都感到其他精靈的畏縮,留下來的只有那些嫉妒他的精靈,嚷著要知道血是什麼滋味。

「終於那感覺決堤而出:那些邪惡精靈對於人類的嫉妒與仇恨。他們恨我們同時有肉身與精神,我們不該存在於地球上。阿曼從太古以來就遊蕩於山川水澤之間,當時還沒有我們人類。他告訴我們,在必死的肉身內居宿著精神就是一種詛咒。

「以前我是聽過那些邪惡精靈的抱怨，但都沒有太怎麼搭理。我開始有點相信他們。透過心靈之眼我看到死光光的族人，我如同以往的許多人那樣開始想著：或許沒有身體的永生不死是一種詛咒。

「就在這一夜，馬瑞斯，你可以體會。生命如同一個笑話，我的世界只存有黑暗與受苦。我是誰再也無關緊要，我的所見所聞再也無法使我想活下去。

「但是瑪凱開始教訓阿曼，告訴他她寧可要自己現在這樣，總勝過他那樣：永遠飄盪無依，沒啥重要事好做。這使得阿曼再度抓狂，他可以成就大事的。

『當我喝令你時，阿曼，』瑪凱說：『選好時間降臨在我身邊，如是，所有人就會知道你的能耐。』這個孩子氣的精靈於是滿足了，把自己投往遠處陰暗的天空。

「我們被關了三天三夜，守衛不敢接近我們也不敢看我們，奴隸也不敢。事實上，要不是凱曼拿食物給我們吃，我們早就餓死了。

「他告訴我們，目前正有一場巨大的爭議。祭司們主張把我們就地正法，但女王唯恐我們一死精靈就傾巢而出，沒有人能夠幫她驅走身上的惡靈。國王對這一切都興致盎然，他很想多知道精靈的事情與用處。但是女王已經看夠了，怕了。

「最後，我們被帶到整個宮廷都觀望著的刑場。

「就在日正當中，女王與國王照例獻祭給太陽神雷，我們必須在旁觀看。我們並不介意這些繁文縟節，只害怕這可能是自己生命的最後幾小時。我夢想著故鄉的山脈、我們的山洞、我們可能有的孩子——美好的女兒與兒子，有些可能會繼承我們的力量。我夢想著即將被剝奪殆盡的生命，於是我們全族就眞的完全死滅。我感謝任何存在的力量使我能夠抬眼望著藍天，能夠與瑪凱共度到最後一刻。

「最後國王發言了。他看起來憂傷又疲憊，雖然還是個年輕男人，但他在這些時候就像個老頭子。我們的力量非常偉大，他說，但我們誤用了他們。我們可能會用在說謊、黑魔術、惡魔崇拜等等。他原本可以燒死我們來取悅自己的人民，但他與女王悲憐我們。女王特別為我們請求恩赦。

「這真是漫天大謊，但她臉上的表情顯示她相信自己所說的話，而且國王相信。那又怎樣？什麼恩赦啊？我們試圖看入他們的心靈深處。

「如今女王以最甜膩的聲調告訴我們，由於我們施行的偉大法術為她取得她想要的兩串項鍊，她會讓我們活下去。總之，她所編織的謊言愈精巧強大，她就愈遠離事實。

「然後，國王說他會釋放我們，但首先他必須對整個宮廷宣告我們並沒有法力。如此，祭司們才會心滿意足。」

「如果在這過程中，任何我們的惡靈跑出來打斷雷或奧賽瑞斯的禮讚，我們會立刻被判處死刑。當然，我們惡靈的力量也會隨之滅亡。最好不要妄加挑釁女王的仁慈赦免。

「我們當然明白這是怎麼一回事，我們看穿女王與國王的心思。他們要跟我們打交道，訂下契約。國王將自己的黃金鍊與徽章摘下來，戴在凱曼的脖子上。我們將要如同一般的囚犯或奴隸那樣當眾被強姦。如果我們呼叫精靈，就會命喪當場。

「『為了我心愛的女王』，國王說，『我自己不會品嚐這兩個女子。我要證實給你們看她們只是兩個普通女人。而我的侍衛長、我心愛的凱曼將會代替我執行這個使命。』

「整個宮廷都看著凱曼，而他必須服從國王的旨意。我們瞪著他，以我們的無助情況下注，想要他拒絕這麼做，不要在這些人面前冒瀆我們。

「我們知道他的痛苦與危機，因爲如果他敢拒絕這個命令也只有死路一條。他將要羞辱我們、糟蹋我們，但是我們一向平和地生活在山上，並不眞正知道他要怎麼做。

「當他靠近我們時，我還以爲他做不出手。那麼一個對於他人痛苦感念在心的男人，應該無法激發自己做出那麼醜惡的事。但我當時對男人所知甚少，不知道他們肉身的愉悅其實可以和憤怒與憎恨混合，因爲他們性交的目的可以是製造仇恨，一如女子是爲了製造愛意。

「我們的精靈極力抵制即將發生的惡行，但是爲了我們的性命著想，我們要他們安靜下來。我靜默地握著瑪凱的手，告訴她當這一切都結束時，我們就可以生存下去。我們將得到自由，離開這群悲慘而生活於謊言與幻象的沙漠民族。我們將遠離他們白癡般的風俗，回到故鄉去。

「然後凱曼開始做他必須做的。他鬆開我們的繩子，先奪掠了瑪凱，強迫她躺在地板上，剝開她的衣服。我呆若木雞地站著，無法阻止他。然後我自己也遭到相同的對待。

「然而在他的心靈，我們並非凱曼強姦的女子。他顫抖的身心將自己投入熱情的烈燄，幻想著交合的對象是無名的美女，如此才能保持身心的整合。

「我們的靈魂封閉起來，無視於他與那些帶給我們如此命運的噁心埃及人。就在咫尺處，我聽到精靈們悲哀的哭泣聲，阿曼則在遠方翻滾不停。

「你們是傻瓜，竟然承受這些，女巫。

「夜幕低垂時，我們被留在沙漠。士兵留給我們允許範圍內的食物與水，朝向北方的旅程如此遙遠。我們的怒意一發不可收拾。

「然後阿曼到來，嘲弄且激怒我們，問我們爲何不要他去執行徹底的復仇。

「『因爲他們會追趕上來並殺死我們。』瑪凱說：『現在給我滾遠些，走開吧。』但是那趕不走他，最後她只好找一些重要的任務給阿曼做。『阿曼，我們想要活著回家鄉。爲我們吹起涼風並幫助我們找到水泉。』

「但是這些是邪惡精靈辦不到的事情，他喪失了興趣。我們獨自往前行，緊靠著對方，試圖不去想像那無比遙遠的距離。

「我們的行旅遭到無數的阻礙，在這裏且先略過不提。

「但是善良的精靈並未遺棄我們。他們爲我們找到水源以及一些食物，盡量在能力所及的範圍製造小雨甘霖。但是當我們過於深入沙漠，就連這些事情也無法辦到了。本來只有等死的份，但我知道自己的子宮內已懷有凱曼的孩子。我想要我的孩子活下來。

「當時正好精靈帶領我們到貝都因人那兒。他們收容並照料我們。

「我病了好幾天，唱著歌給我體內的小孩聽，並試圖以旋律趕走最惡劣的記憶。瑪凱躺在我身邊摟抱著我。

「幾個月過後，我終於恢復健康，能夠離開貝都因人的帳棚。因爲我想要讓自己的孩子在故土誕生，於是請求瑪凱隨我一起踏上未完的旅程。

「帶著貝都因人給予的糧食與水、以及精靈們的守護，我們終於抵達巴勒斯坦的綠地，看到山丘上的牧羊人。他們類似我們部族的人們，在原先被蹂躪的土地上生根。

「他們認識我們的母親，也知道我們。他們叫我們的名字，立刻接納了我們。

「回到綠水青山環繞的土地，我們終於快樂起來。我的孩子在腹中愈長愈大，他會活下去，沙漠並未殺死他。

「在我自己的故土，孩子出生了。我給予她我母親之名：米莉安。她有著凱曼的黑髮，但和我一樣是綠眼睛。我對於她所感到的愛意與歡愉是我的靈魂所能承載的極頂。我們又是三個人在一起了。瑪凱爲我接生，知道我承受的痛楚。她常常抱著米莉安，對著她唱歌。這個孩子是我與瑪凱的。隨著歲月流逝，我們試著忘記在埃及發生的種種。

「米莉安順利地成長，於是瑪凱與我下定決心要回到我們成長時的洞穴，雖然那距離此地甚遠，但我們希望能夠與米莉安一起回到有著幼時歡樂回憶的那個家。而且我們可以召喚精靈出來，製造奇蹟的雨水來祝福我新生的孩子。

「但是，這些想法永遠無法付諸實行。

「就在我們離開牧羊人的部落之前，由凱曼率領的士兵到來。他們在各個部落散播黃金，打聽紅髮雙胞胎的下落。

「就在日正當中，士兵們高舉著劍從不同的方向湧現，牧羊人們驚惶逃竄。瑪凱跑到凱曼身前，跪下來求他。『不要再度傷害我的族人了！』

「然後凱曼隨著瑪凱來到我與孩子藏身的洞穴。我讓他看我們的女兒，哀求他看在慈悲與正義的份上放過我們。

「但我只要看著他就明白，如果他不帶我們回去，他自己就會被判處死刑。他的臉憔悴不堪，不是現在這種光滑的不朽者容貌。

「時間的洪流已經淘洗過他受苦的刻痕，但在彼時那眞是鮮明怵目。

「他以壓抑而柔和的聲音說：『恐怖的命運降臨於凱門的女王與國王身上。由於我對你們的暴行，你們的精靈日夜折磨我，直到國王試著將他們趕出我的房子。』

「他伸出手臂讓我看精靈留下的抓痕，臉頰與喉嚨也到處都是細小的抓痕。

「『噢，你們不曉得我有多悲慘。』他說：『沒有任何東西能夠保護我遠離那些精靈，你們不曉得有多少次我詛咒你們、詛咒那個命令我這麼做的國王，甚至詛咒讓我出生的母親。』

「『噢，但是這不是我們的作爲。』瑪凱說：『我們遵守承諾。爲了活命，我們答應不對你們出手。那是邪惡的阿曼幹的好事。噢，那個惡靈！他怎麼找上你而不是國王與女王呢？我們無法阻止他，凱曼，求求你放我們走。』

「『無論阿曼做了些什麼，他終究會厭倦的。』我說：『只要國王與女王夠堅強，他遲早會撤退而去。現在你所看著的是你孩子的母親，凱曼。留給我們一條生路吧！爲了小孩，請告訴國王與女王你沒有找到我們。如果你心中還有絲毫的正義，就讓我們走。』

「但他只是盯著小孩看，彷彿不知道那是什麼。他是個埃及人，小孩也是埃及人嗎？他深深地看著我們。最後他說：『很好，你們沒有遣送那個精靈。我相信你們，因爲顯然你們不曉得他做了什麼。他已經進入了國王與女王的軀體，徹底改變他們的肉身。』

「我們花了好長一段時間思索他的話。顯然他並不是指國王與女王被惡靈附身，他自己也見識過那樣的場面，不可能因爲那樣就非得冒著性命來帶我們回去。

「但我不相信他所說的：精靈要如何才能化爲血肉之軀?!

「『你們不了解我們的王國出了什麼事。』他低聲說：『非得親眼看到才曉得』。他住口不語，因爲還有太多想說的。他苦澀地說：『你們得收回已經造成的變局，即使那不是你們做的。』

「但我們無法改變那局面，這才是最可怕的。即使我們還不知道，就已經感覺到——當時我們的母親站在山洞外，她雙手上有著被咬噬的細小傷口。

「瑪凱要阿曼那個邪惡精靈現身，服從她的指令。她以我們的語言高叫著：『從凱門的國王與女王體內出來，來到我這裏，服從我的命令，阿曼。我沒有要你這麼做！』

「似乎全世界的精靈都噤聲傾聽。這是個法力高強的女巫的呼喊。但他們沒有回應，我們感受到許多精靈退縮不前。發生了讓他們不知其所以然的事情，超逾他們接受範圍的狀況出現了。我感受到精靈不敢接近我們，擺盪於對我們的愛與驚怖之間，哀傷且遲疑未決。

『那是什麼？』瑪凱尖叫著，詢問她的精靈。就如同忐忑等待答案的牧羊人，凱曼與士兵眼睛睜得老大，等著精靈答覆。那答案以驚異與不確定的姿態道出——

『阿曼已經取得他始終渴望的東西，阿曼得到肉身，但阿曼也不存在了。』

『那是什麼意思？』

「我們也搞不懂。瑪凱又追問精靈，然而精靈們的猶疑已經轉爲恐懼。

『告訴我那是怎麼發生的。』瑪凱說：『告知我你們所知的。』那是女巫慣用的祈使命令句：『給予我你們理當給予的知識。』

「精靈們的答覆還是充滿不確定。

『阿曼已經化入肉身。他不再是阿曼，無法回答你的召喚。』

『你們得跟我來，』凱曼說：『國王與女王正等著你們。』

「他呆若木雞地看著我將女嬰交給旁觀的牧羊女，她會將她視若己出地照顧。然後，瑪凱與我便隨他離去，只是這一回我們沒有哭泣。我們的淚水彷彿已經用盡。我們與米莉安共度的短暫幸福歲月已經逝去，正發生於埃及的恐怖事件即將把我們一起滅頂。」

瑪赫特閉上眼睛，以指尖觸摸眼皮，看著正翹首期待下文的每個人。大家各有所思，但沒有人想要打破沉默，雖然必須如此。

年幼的那幾個已經累壞了。丹尼爾的雀躍神采有了改變，路易斯顯得憔悴，亟需補充血液，雖然他並不在意。

「現在無法再說下去了。」瑪赫特說：「已經快要早上，我得為年幼者準備睡眠場所。」

「明晚我們將聚集在此，繼續下去——當然，如果女王准許如此的話。女王此刻離我們甚遠，我完全聽不見她的形像，也無法從任何其他心靈那兒瞥見她。要不是她默許如此，就是她現在距離太遠，也無暇顧及。我們得知道她的意向才行。

「我明晚會告訴你們，當我們抵達凱門時我所看到的景象。」

「在此之前，就在這山上好好歇息吧——你們每一個。此地已經有好幾世紀不曾被人類打擾，即使是女王，在日落之前她也傷害不到我們。」

馬瑞斯和瑪赫特一道起身，當其他人陸續離開房間時，他走向最遠端的窗口，彷彿瑪赫特正對著他說話。影響他最深的是阿可奇的作為以及瑪赫特對她的恨意，因為他自己也是如此：從未如此熾烈地憎恨自己，為何在還有能力終結那場惡夢時沒那麼做！

然而，那紅髮女子並不會想要如此，他們沒有一個人想死。而瑪赫特或許比每一個他所認識的不朽者更重視生命。

然而她的故事似乎印證了整個事件的無望。當女王從她的王座起身，那將會如何？正陷於魔掌的黎斯特如今又怎麼樣？他眞不敢想像。

他想著，我們似乎時有改變，但又總是不變。我們會變聰明，但還是容易失敗的生物。無論我們活過多少歲月，總還是人類。這就是身為吸血鬼的奇蹟與詛咒。

他又看到當冰層陷落時所目睹的那張皎潔容顏，那是他在深愛之餘也切齒憎恨的人。就在他無比的屈辱中，清晰的視野已離他而去。他真的難以判斷。

他已經累了，只渴望慰藉與睡眠，躺在一張乾淨床褥上的感官慰藉：攤平在床上，將頭埋在羽毛枕頭底下，讓四肢以最自然舒適的姿態展放著。

就在玻璃牆外，一抹柔和的殷藍光線已經灌滿東邊的天際，然而星光仍然耀眼奪目。紅木林的深色樹幹已經清楚可見，美好的翠綠氣息也溜進屋內，如同逼近清晨的森林周遭。

就在山丘下有個廣場，馬瑞斯看到凱曼走在那兒，他的雙手似乎在稀薄的黑暗中發光。當他回過頭來逼視著馬瑞斯，臉龐是一個全然的白色面具。

馬瑞斯發現自己以友好的姿勢對凱曼揮手，凱曼回應他之後走入樹林中。

接著馬瑞斯轉過身去，發現他早就知道的：只有路易斯與他自己還在屋內。路易斯如同凝視著一尊化為真實的神像般地看著他。

然後他說出即使在故事敘述過程中也無法停止蠱惑他的問題：「你知道黎斯特還活著，是吧？」他問，那是單純人類的語氣，嚴峻的語氣，但聲音頗為保留。

馬瑞斯點頭：「他是還活著。我不知道你是怎麼設想的，我並非接收到答案，或者運用我們瘟疫般的法力。我只是單純地知曉著。」

他對著路易斯微笑著，這孩子的態度使他愉悅，雖然他不明白為什麼。他示意路易斯過來，然後他們一起走出門外。馬瑞斯摟住路易斯的肩膀，一起踩著樓梯下去。他重重地踏著泥土地，如同人類般行走著。

「你確定嗎?」路易斯尊敬地問著。

馬瑞斯停下腳步:「確定得很呢。」他們四目相望,然後他對著路易斯微笑。這孩子眞是既難得卻又天眞過度。他懷疑,如果增添一些法力——例如說,注入些許馬瑞斯古老強力的血液——會不會使得路易斯眼中的人類光采驟然消逝?

這個孩子正因爲飢渴而受罪著,但他似乎很喜歡自己的這種痛苦。

「讓我告訴你吧,」馬瑞斯贊同地說:「當我第一次看到黎斯特時,就知道這世界上沒有可以殺死他的東西。我們其中的一些人就是如此,九命怪貓,死都死不了!」

但他幹嘛說這些?他又開始相信自己在審判開始前說的話嗎?他又想起當時他走在舊金山上乾淨寬廣的市場街,雙手插在口袋,不被人類注意地行走著。

「請原諒我。」路易斯說:「但你這麼說倒讓我聯想起昨晚在「德古拉伯爵的女兒」那間酒吧,那些想加入他的吸血鬼所說的話。」

「我知道。」馬瑞斯說:「但他們是一夥傻瓜,我才是對的。」然後他柔聲笑出來,溫和地擁抱路易斯。沒錯,他還是相信這一點。只要再多一點魔血,路易斯肯定法力大增,但他可能就此失去無可取代的人類溫柔與智慧——或許是他與生俱來、懂得受苦人們的同理心。

但是此夜已過,路易斯牽著馬瑞斯的手走入錫製牆壁的走廊。艾力克等在那裏,要告訴他方位。

然後,馬瑞斯獨自走入屋中。

在太陽強迫他入睡之前大約還有一小時。雖然很累,但他不想就這麼睡著。森林中的新鮮空氣眞是太棒了,而且小鳥的吟唱也清新可喜。

他走入隔壁的大房間，中央的壁爐火燄已經熄滅。他發現自己正看著懸掛在牆上、大概佔有半幅牆面的掛畫。他逐漸看懂掛畫的景致：山頂、山谷，雙胞胎的細小人影站在大太陽下的綠蔭廣場，瑪赫特所敘述的故事以光影閃動的意象回溯。那個廣場看來如此逼近，夢境並未使他感到如此靠近這兩個女子。現在他可認識她們，認識那房子了。

這種混雜的感情眞是神祕，憂愁與某種非常美好的事物間雜著。瑪赫特的靈魂吸引了他，他愛慕那特殊的複雜性，希望自己能夠找機會告訴她。

接著彷彿被他自己逮到，他終於暫時忘記苦澀與痛苦的滋味。或許經過所發生的這些事情，他的靈魂還是能夠痊癒。

又或許是因爲他正在想著其他人，關於瑪赫特與路易斯，關於路易斯需要相信的事物。嗯哼，黎斯特八成怎麼殺也殺不死。他尖銳而苦澀地想著：或許連他——馬瑞斯——都活不過去時，黎斯特也能夠生存。

但是他可不願再想下去了。阿曼德在哪兒？他已經進入泥土沉睡了嗎？如果現在能再看到阿曼德……

他走向地下室，但透過打開的大門，他看到某個吸引自己注意力的景象：兩個酷似掛畫上雙胞胎的人影。那是瑪赫特與潔曦，擁著對方站在朝東的窗口，注視著山脈。光線逐漸從深暗的森林綻放。

劇烈的顫抖驚動他的身心，一連串的意象洪水般地湧入，他得抓住門把才能站穩。不再是叢林，而是朝向北方的公路，通過無數的焦土。那個生物停頓下來，因爲某個東西而驚動，爲什麼？是那對紅髮女子的意象嗎？他聽到那繼續前進的足跡，沾滿泥土的手腳宛如他自己的四肢。然後，他看到著火的天空，而他自己嗚咽出聲。

當他再度抬頭往上看，只見阿曼德正抱著他，瑪赫特以她疲憊的人類雙眼哀求他告訴她剛才所見的一切。房間又恢復常態：舒適的家具，他身邊的不朽者。他閉上眼睛然後再張開。

「她剛進入我們的遠程感應範圍。」他說：「但是還在遙遠的東方。」太陽正酷烈地升起，他感受到那致命的光度，但她已經進入地底。他也感應到這一點。

「但那是距離很遠的南方。」潔曦說。在半透明的黑暗中，她看上去非常脆弱。纖長的指甲握著窈窕的手臂。

「並不算太遠，」阿曼德說：「如果她移動得很快。」

「但她的方向是？」瑪赫特問：「她是朝著我們而來嗎？」

她並沒有等其他人給予答案，他們也無法給予。然後她將雙手覆蓋著耳朵，彷彿那痛苦難以承受，並突然將潔曦拉向她身邊親吻著。她祝其他人有個好夢。

馬瑞斯閉上眼睛，試圖再看到之前的影像。外衣？那是什麼？如同農夫莊稼服那樣的粗糙物件，頭部有個撕開的裂口，在腰間綁起來。是的，他可以感受到。他想要看到更多，可是無法辦到。他還感受到力量，無可遏止且直達高峰，幾乎無可比擬。

當他張開眼睛時，晨光籠罩著房間。阿曼德擁抱著他，但他看起來孤獨且不被任何事物穿透。當他看著森林，眼光只是眨動一下。森林的光影壓在房間的每個窗戶上，彷彿已經爬行在長沙發的邊緣。

馬瑞斯親吻阿曼德的額頭，接著，他作出正好與阿曼德一模一樣的事情。

他看著房間愈來愈亮，看著光線瀰漫著窗戶的玻璃。他看著美麗的光線在那幅巨大的掛畫的網絡上舞蹈不休。

5 黎斯特：這是我的肉身，我的鮮血

醒來時一片寂靜，空氣乾淨溫暖，帶著海洋的氣息。

我的時間感全然混亂，從頭昏眼花的情形來看，已經一整天沒闔眼了。而且，我並沒有處於保護網膜當中。我們大概繞著世界來跟隨黑夜，或該說，在黑夜中隨意的移動，因爲阿可奇根本不需要任何睡眠。

顯然地，我需要。但我太好奇而不想被喚醒。明顯地太過悽慘。況且我一直渴望人血。

我發現自己置身於一間寬廣的臥房內，西邊和北邊有陽台。我嗅到海洋、聽到海洋，但空氣芳香且平靜。我逐一審視房內擺設，目光所及之處，盡是誇飾的古老家具，多半爲義大利式——雖細緻仍富裝飾性——與現代奢侈品的混雜；我躺著的這張床有鍍金的四隻床腳，懸掛了薄紗垂幕，覆蓋上柔毛枕與絲縵。老舊的地板則鋪上一層厚厚的白地毯。梳妝台上散落著俗麗的瓶罐與銀製品，以及一具令人好奇的老式白色電話。天鵝絨椅，巨大的電視組與音響器材架，到處都有小巧優美的桌子，上面堆滿報紙、煙灰缸和蓋著軟木塞的玻璃酒瓶。

直到一個小時前這裏尚有人在，但他現在已經死了。實際上，島上死了不少人。我躺臥著，全神耽飲四周美麗的當下，腦海中卻映演我們曾到過的地方；我看到醜惡、鍍錫屋頂、泥濘般的地方。現在，我躺在這看似寢室的地方。而這裏也有死亡。那是我帶來的。

我起身到陽台上，從石材欄杆上俯瞰白色沙灘。地平線上沒有陸地，只有溫婉地滾動的海洋。倒退的海浪激起浪花，在月光下閃耀。我置身一棟老舊褪色的度假別墅，或許是幾個世紀前蓋的，鋪飾了瓷缸，以及長翅膀的小天使，覆以上釉的磁磚，一個挺美麗的地方。電燈的光線從其他房間的綠色百葉窗間透出來，下方較矮的陽台上，一座小型游泳池半掩半現。

就在海灘沿左前方折曲之處，我看到另一棟古老而幽雅的建物，構築在峭壁之內。那裏也有人死亡。這是一個希臘島嶼，我很確定；這裏是地中海。當我傾聽，可以聽到哭聲從身後傳來，越過了山巔。男人被殺害。我倚在門邊，試著不讓心跳加速。

在亞辛神廟大肆屠殺的記憶陡然扼住了我——眼前掠過自己穿越如牲畜的人群，以無形的刀刃叉食人肉的景象。飢渴。或者，只是慾望罷了？我再次看到那些切亂的四肢，棄廢的身體在最後的掙扎中扭曲著，臉上污黏著鮮血。

不是我，我不可能……但我做了。而現在我能聞到火在燃燒，彷如那些在亞辛中庭燒毀軀體的火。味道令我作嘔。我再次轉身向海，深呼吸一口乾淨的空氣。若我容許，那些聲音就會過來，從島上各處傳來，從其他的島嶼，也從鄰近的島嶼傳來。我能感覺得到，那種聲音徘徊在那裏等待；我必須將它推回去。然後我聽到更多更近的喧鬧，在這棟老房子裏的女人們。她們正在接近臥房。我正好及時轉頭，看到兩扇門扉開啓，女人們穿著簡單的長褲和裙子，圍著圍巾，進到房內。

什麼年紀都有的一群，包括貌美的年輕女子和肥胖的老婦人，甚至還有滿脆弱了、皮膚佈滿暗黑皺紋、一頭銀髮的老嫗。她們帶來插滿鮮花的花瓶，在房中四處放置。然後一個猶豫而修長，有著美麗頸項的女子，以惑人的自然優雅走向前來，動手打開那許許多多的燈罩。

她們的血味。當我根本不覺得渴，怎麼能夠如此強烈又誘人？忽然間她們全聚集到房間的中央，盯著我看，彷佛進入出神的狀態。我站在陽台上，只是望著她們；然後我明白她們看到了什麼。我這套撕裂的服裝——吸血鬼的破衣服——黑外套、白襯衫和斗篷——全都濺滿了血。

而我的皮膚，出現明顯的改變。當然更白了，看來更像死人一般，我的眼睛一定更亮了，或者我被她們天眞的反應所騙。她們何時又見過我們了呢？

不管怎樣……都似乎是一種夢，這些靜默的女人，她們的黑眼珠和頗爲憂鬱的臉——甚至胖胖的女人都有張瘦削的臉——匯聚在那裏盯著我看，然後一個一個跪下。啊，跪下。我嘆口氣。她們精神錯亂的表情，就像被雀屏中選的凡人，她們看到幻影，諷刺的是，我眼中的她們才是幻影。

她們見過聖母。那是她在這裏的身份，那個處女懷胎的女神。她到她們的村莊來，要她們屠殺兒子與丈夫；甚至連嬰孩都殺。而她們做了，或是目睹其發生。現在她們帶著一波波的信仰與喜悅。她們是奇蹟的見證者，她們已經和聖母本人說過話，而她是太古之母，那是住在島上巖穴中的神母，甚至在基督之前，她的小裸體雕像就在地球處處被發現。

奉她的名，她們拆毀觀光客前來參觀的那些廢棄神殿的廊柱，她們燒毀島上唯一的教堂，她們用棍棒和石頭擊毀其窗戶。古老的壁畫在教堂內燒毀，大理石柱碎成破片掉落到海裏。

而我，我對她們而言算什麼呢？不只是個神，不單是聖母的選民。不，是其他的。我站在那裏，困惑，被她們的眼睛困住，對她們的深信感到厭惡，然而同時既迷醉又害怕。

當然不是怕她們，而是害怕每件發生的事，害怕凡人看著我的爽快感覺，自從我上了舞臺後她們就一直看著我的方式。凡人看著我，讓我感知了這些年躲藏之後的力量。凡人來這裏崇拜；凡人，像那些佈滿山間小徑的可憐蟲。但她們是亞辛的崇拜者，不是嗎？她們會到那裏去死。

惡夢一場。我得倒轉這一切、停止這一切；我得制止自己接受它，或它的任何一部份。我是說，我能開始相信我眞的是——但我知道我是誰，不是嗎？而我看到這些可憐無知的女人，視電視和電話爲奇蹟的女人，對她們而言，任何改變都是奇蹟的女人：她們明天會醒過來，看到她們做了什麼！

但現在，安寧的感覺佔據了我們——女人們與我。那熟悉的花香，那咒語。默默地，透過她們的心靈，女人們接收指令。

起了一點騷亂，其中兩個人起身進入相連的浴室——富有的義大利和希臘人喜愛的那種大型大理石物件。熱水流動，蒸汽從敞開的門湧漫出來。其他的女人從衣櫃裏拿出乾淨的衣裳。不論他是誰，擁有這棟小皇宮的可憐蟲，把香菸留在菸灰缸，在白色電話上留下模糊的油膩指紋的可憐蟲，眞是有錢得很。另外兩個女人朝我走來，想把我帶到浴室去。我什麼都沒做，我感覺到她們碰觸我——溫熱的人類手指的碰觸，和當她們感覺到我的皮膚紋理時，所有伴隨而來的震撼與興奮。這些碰觸給我一陣強烈而爽快的冷意，她們望著我時，水汪汪的深色眼睛非常美麗。她們溫暖的手用力的拉著我，她們要我隨她們去。

好吧。我讓自己被牽引。白色的大理石磚，刻飾的黃金裝置；說穿了，就是古羅馬的顯赫，閃閃發亮的肥皀和香水瓶，排列在大理石架上。池中熱水滿溢，噴出口的水沸沸地響，全都十分誘人；或者，其他時候也曾如此。

她們脫去我的衣服。徹底令人如癡如醉的感覺。從來沒人爲我這樣做過，從我有生命以來，也只有很小的時候才有過。我站在浴室冒出的蒸汽霧海，看著這些纖秀深色的手，感覺全身毛髮豎起，感覺女人們眼中的崇拜。

在蒸汽中我察看鏡子——事實上是一面牆的鏡子。自從這不祥的奧狄賽開始之後，第一次看到自己，其震撼遠超出我所能處理的範圍。**這不可能是我**。我比自己想像的要來得蒼白。徐緩地，我推開她們，朝鏡牆走去。我的皮膚有種珍珠的光澤，眼睛更亮，匯集了光譜的每一種顏色且混雜了冰冷的光芒。然而我看起來不像馬瑞斯，不像阿可奇。我臉上的線條還在！

換句話說，雖然我已經被阿可奇的血給漂白了，但我還未平滑，我還保有人類的表情。奇怪的是，對比性讓這些線條更爲顯現，即使是我手指上滿佈的細紋，都比以前要刻得清楚。但比以前更引人注目，令人吃驚的不像人類，又有何慰藉可言？就某方面來說，這比兩百年前當我死後一個小時左右，在鏡中見到自己，試著在所見之中尋找人性的那一刻還來得糟。我現在也和當時一樣恐懼。

我研究了自己的映影——胸部像是博物館裏沒有頭手的大理石雕像，那麼地白皙。而性器官，我們不需要的性器官，擺出一副準備好要做它永遠會再知道怎麼做，或想做的姿態，大理石雕刻，大門的一座男體雕像。

茫然地，我看著女人們靠攏過來；可愛的喉嚨、胸部、深色潮濕的四肢。我看著她們再度碰我。我在她們看來是美麗的，很好。

在上升的蒸汽中，她們的血的氣味更強烈，然而我不渴，不怎麼渴。阿可奇滿足了我，但血氣還是折磨了我一點點。不，不只一點點。

我想要她們的血——與饑渴無關。我像一個雖然喝過水，但還想要葡萄酒的男人般地想要，只不過還得再乘上二十或三十，或者一百倍。實際上，我那麼強烈的想望，幻想自己把她們全部拿下，一個接一個撕裂她們柔嫩的喉嚨，任她們的身體橫臥在地板上。

不，我思索著，這不會發生。慾望尖銳又危險的特質讓我想哭，**我被怎麼了**！但我知道，不是嗎？我知道我現在強壯到連二十個男人都沒辦法壓制，想想看，我能把她們怎樣。如果要的話，我能升上屋頂，離開這裏，我能做自己從未夢想過的事。或許我已經有了馬瑞斯宣稱擁有的「射火」能力，就可以像她一樣燒死她們。只是力量的問題，如此而已。還有到達令人暈眩程度的知覺。

女人們吻著我，她們吻我的肩膀。只是一點可愛的感動，嘴唇在我的皮膚上施加柔軟的壓力。我忍不住微笑，然後輕輕的擁抱她們，親吻她們，嗅嗅她們小巧而溫熱的頸項，感覺她們的乳房碰觸著我的胸膛。我完全被這些柔順的生物所包圍，被多汁的人類肉身包裹。

我步入深深的浴缸中，讓她們幫我洗澡。熱水爽快的濺上身，輕易洗去那些從未眞正黏住我們、滲入我們的塵土。我抬頭看著天花板，然後她們用熱水梳洗我的頭髮。

是的，這一切都極令人舒暢。然而我從未如此孤單，沉陷到催眠的感官中，漂浮不定。因爲實際上我沒有什麼可以做的。

當她們洗完，我選了想要的香水，要她們把其他的都丟掉。我說法文，但她們似乎能懂。然後她們爲我穿衣，我從她們呈上來的當中挑了一件。這棟屋子的主人喜歡漂亮的亞麻襯衫，對我不過大了一點而已。他也喜歡漂亮的鞋子，還相當合腳。

我選了套銀灰色、編織非常細緻、剪裁頗爲時髦的衣服，還有銀首飾，那個男人的銀手錶，和他鑲有碎鑽的袖釦，甚至外套翻領用的一個小鑽石別針。但這些都讓我覺得很奇異；彷彿我能感知自己的皮膚表面，但又感覺不到。而且還有點似曾相識。兩百年前。那古老的死亡問題。這到底爲什麼發生？我怎樣才能掌控？

我想了一下，有沒有可能不要理會發生了什麼事？往後退一步，把她們當成外星生物來看，當成我飼養的東西？很殘酷的，我被從她們的世界剝離！那古老的諷刺，對無止境殘酷的老套藉口在哪裏？並非因爲生命是渺小的。喔，不，一點也不，任何生命都不是！實際上，那才是全部的重點。

爲什麼我，一個可以放縱殺戮的人，看到她們珍貴的傳統毀壞的景象就退縮了？爲什麼心臟快要從喉嚨跳出來了？我爲什麼裏面在哭泣，彷彿自己的某一部份正在死去？

或許某些惡魔會喜愛吧，某些扭曲而喪失天良的不死之身，先在那種光景中冷笑，卻又能立刻披上神祇的外衣，就像我滑入那香水浴一般的流利。

但我沒辦法那麼自由，沒有辦法。她的許可毫無意義，她的力量其實我們都有，只不過已達到另一個程度罷了。然而我們所持有的，絲毫沒讓掙扎變得容易一些，無論我們是贏或輸，都造成極大的痛苦。

一個世紀只臣服於一個人的心志，這不能發生，這個設計必須被攪破；要是我能維持鎮靜，就能找到關鍵之鑰。

然而凡人們對他人施以令人憎惡的酷刑，野蠻的游牧民族沿路恣意破壞，使得整片大陸傷痕累累。她會不會只是一個為自己的征服與統治的錯覺所惑的人類罷了？不管了。她有殘忍的手段來實現夢想！

如果我再不停止尋找解答，就又要流淚了，而我身邊這些可憐弱小的人會比以前更困惑，更受打擊。

當我抬手摸摸臉龐，她們沒有移開，她們正在幫我梳頭。背脊襲來一陣涼意，血管中的平滑砰擊聲忽然震耳欲聾。

我告訴她們，我想一個人靜一靜。我無法再忍受誘惑，且我發誓她們知道我想要的是什麼。知道，卻又屈服。深色、帶著鹹味的肉體如此靠近，太過誘惑了。無論如何，她們立刻服從，有點畏懼地。她們靜靜的離開房間，倒退著走，彷彿轉身離去不合規矩。

我看著錶面，頗以為好玩——我戴著顯示時間的錶。忽然間我生氣起來，而錶應聲而破！玻璃粉碎，每個零件飛出破裂的銀色錶殼，錶帶斷裂，從我的手腕掉落到地面。小而閃耀的齒輪消失在地毯上。

「老天！」我低聲說，但為什麼不呢？既然我能擊裂動脈或心臟。重點是要控制它、指導它，而非讓它這樣溢漏。我抬頭，隨意選了一個立在梳妝台邊，銀框的小鏡子，想著「破」，然後它就爆裂成閃閃的碎片。在空虛的沉默中，我能聽到每一個碎片擊中牆壁和梳妝台的聲音。嗯，有用，比有能夠殺人要該死的有用多了。我瞪著梳妝台邊角的電話，集中注意力，讓力量匯聚，然後有意識的壓制它，慢慢引導，讓它推著電話，到達大理石上的玻璃瓶。對，很好。小瓶子彷彿被推了一把般滾落跌下。然後我停手，卻無法把它們立直，無法把它們撿起來。喔，等等，我能。我想像一隻立直它們的手。當然，力量並非分毫不差地服從影像，但我利用它來組織力量，把所有的小瓶子都立起來，把掉到地上的那個揀起，放回原來的地方。我有點發抖。坐在床上從頭想過一遍，但我太好奇而無法思索。最需瞭解的是：那是物理的，能量的，不過是我以前持有的力量的延伸。例如，即使梅格能製造我的頭幾個星期，我就能把另一個人——我心愛而又與之爭執不已的尼可拉斯——用看不見的拳打倒，移越牆壁。

我當時在氣頭上，之後就沒能再用那套把戲了。但那是相同的力量，同樣可證實的。

「你不是神，」我說。但力量的增加，他們在本世紀貼切說出的，這新的向度……嗯……

抬頭望著天花板，我決定了，我想慢慢升上去觸摸，用手巡禮一遍環繞枝形燈架軸柱的帶狀雕刻裝飾。我感到一陣噁心，而後明白自己正漂浮在天花板下方，而我的手，咦，好像正在穿過那些磁磚。我下降一些，俯視房間。

老天，我竟然沒有帶著自己的身體來做！我還好端端的坐在那裏，坐在床邊。我從自己的頭頂上盯著自己，我——無論如何，我的身體——坐在那裏一動也不動，作夢般，凝視。**回去**。我又在那裏了，感謝老天，而我的身體還好，抬頭望向天花板，試著理解這是怎麼一回事。

嗯，我也知道這到底是什麼。阿可奇自己告訴過我，她的靈體能脫身出竅，而凡人也已能這麼做了，至少他們宣稱可以。凡人從最古老的時代就記錄了無形的旅行。

我在試著看透亞辛的神殿時幾乎就做到了，**到那裏去看**，而她阻止了我，因爲當我離開身體時，我的身體開始墜落。早在那之前就有過好幾回……但一般來說，我從未完全相信那些凡人的故事。

現在我知道我也辦得到了，但我當然不想只是偶然做到。我決定再次往天花板移動，但這回帶著我的身體，一次就做到了！我們一起在那裏，推著磁磚，且這次我的手沒有穿越過去。很好。

我又下去，決定試試其他的。**這次只有靈體**。噁心的感覺湧上來，我朝下方的身體瞄了一眼，而後上升穿過別墅的屋頂，在海上旅行。然而事物看來是那麼不可思議的不同，我無法確定到底是字面上的天空還是海洋，更像是兩者兼有的模糊概念，我很不喜歡，一點也不，謝了。回家！還是我該把身體帶過來？我試過，但壓根沒動靜，而實際上我也不驚訝。這是某種幻覺，我沒有眞的離開身體，應該就接受事實。

而珍克斯寶貝在她上升時看到的美麗事物呢？他們也是幻覺嗎？我永遠都不會知道的，對吧？**回去**！端坐。床邊。舒適。房間。我起身散步了幾分鐘，只是看看花朵，以及白色花瓣捕捉住燈火的奇異方式，紅色看來多麼的濃，看金黃的燈光如何抓牢鏡子表面，一切可愛的事物。

然後我差不多倒在床邊的椅子上，靠後倚著天鵝絨，聽著心跳怦怦響。成爲無形，離開自己的身體，很討厭！身邊純粹的細節忽然讓人無法抵抗，一間臥房內，異常的複雜。

然後我聽到笑聲，模糊，清柔的笑聲。我明白阿可奇在那裏，在我背後某處，或許靠近梳妝台的地方。一陣愉悅湧了上來，聽到她的聲音，感到她的存在。事實上，我很驚訝這些感受如此強烈。我想看看她，但還沒行動。

「出竅旅行——是你和凡人共有的力量，」她說，「他們常常玩出竅旅行的把戲。」

「我知道，」我憂鬱地說，「他們能。假如我能和身體一起飛行，就會那麼辦。」

「古早以前，」她說，「男人到神殿去出竅，他們服用祭司給予的劑錠，在天堂旅行時面向生命與死亡的偉大神祕。」

「我知道，」我再說。「我總以爲他們是喝醉酒，或是像人們今天說的，嗑藥嗑到頭殼壞去。」

「眞可以當殘忍的教材了，」她低語，「你對事情的反應多麼迅速。」

「那叫殘忍？」我問。再次聞到一股島上燃燒的烽火。令人噁心。**老天**。我們在這裏走動，彷彿什麼都沒發生，彷彿我們未曾以恐怖來侵入他們的世界……

「和你的身體一起飛行難道就不害怕？」她問。

「一切都讓我害怕，你明明知道，」我說，「我什麼時候才會發現極限？我能坐在這裏殺死一個幾哩外的凡人？」

「不，」她說，「你會比你想到的更快發覺極限。就像每一個不同的神祕，其實都沒什麼。」

我笑了。有那麼一秒我又聽到聲音，潮漲，然後褪爲眞實而可聽見的聲音——在風中的哭泣，從島上村中傳來的哭泣。她們燒毀放置古希臘雕像的小型美術館，還有聖像以及拜占庭畫作。所有的藝術品隨著煙霧升空。生命隨著煙霧升空。

我突然想看她。無法從鏡中找到她的身影。我站起身。

她立在梳妝台旁，換過衣衫，以及髮型，比以前更純粹可愛，但仍然超越時間。她拿著一面鏡子，顧盼自己的倒影，然而又好像不是在看任何東西，她聽著那些聲音，而我也再次聽到。

我打了個寒顫，她像那尊古老的自己，坐在聖地，凍結的自己。

然後她似乎醒過來，再次看看鏡子，看著我，把鏡子擺到一邊。

她的頭髮鬆綁，解開了辮子，漣漪狀的黑色波浪隨意地垂到肩上，厚重，光亮，惹人親吻。衣服與原先那件有些類似，女人們用她在這裏發現的深紫紅色絲綢爲她量身訂做，肩上縫有金扣，絲綢從肩膀到胸前打著縐褶波浪，也彷彿爲她的臉頰，以及半掩的胸部，刷上一抹玫瑰色彩。她配戴的項鍊全是現代珠寶，但其奢侈給人一種古風的感覺，珍珠和金鍊，蛋白石甚至紅寶石。對比皮膚的光澤，讓這些珠寶看來有些不眞實！它們被她整個人的光彩所收服，好像她眼中的光芒，或雙唇的光澤。她是和你想像得到的，最奢華的皇宮十分相稱的那種人，既感官又神聖。我再次想要她的血，沒有芬芳，沒有殺人的血。我想走向她，伸手碰觸看來不能貫穿、又可能忽然像最脆弱餅皮般碎裂的皮膚。

「島上的男人全都死了，是吧？」我問。驚震自己這麼說。「除了十個。島上共七百個，有七個被挑選活命。」

「那其他三個呢？」

「那是給你的。」

我盯著她看。給我？對血的渴望動了一下，改變了一下，包括她的以及人類的血液——溫熱、沸沸起泡、芳香的，那種——但沒有生理需要。技術上，我仍能叫它「渴」，但事實上卻更糟。

「你不想要？」她說，取笑地，朝我微笑，「你這個不情願的神啊，想從責任上退縮下來？你知道那些年來，早在你爲我譜曲之前，當我傾聽著你，我就愛你只挑硬的——年輕男子。我喜歡你獵殺盜賊和殺人犯，喜歡你把他們所有的邪惡都吞下去。你的勇氣到哪裏去了？你的衝動呢？你衝鋒的精神何在？」

「他們是邪惡的嗎？」我說，「那些等著我的祭品？」

她皺了一下眉，「最後關頭就懦弱了？」她問。「計畫的龐大嚇著你了？那些殺戮當然不算什麼。」

「喔，但妳錯了，」我說，「殺戮總意味著什麼。但，沒錯，計畫的龐大嚇我一跳。混亂，所有凡人的平衡全然喪失，那就是一切。但那不是儒弱，對吧？」我聽起來多麼平靜，多麼自以爲是。那不是眞實，但她知道。

「讓我幫你從必須抵抗的義務中解脫吧，」她說，「你無法阻止我。我愛你，就像我告訴過你的。我喜歡看著你，這讓我感到高興。但你無法影響我，這種念頭很荒謬。」

我們靜靜地盯著彼此，我試著找些字眼來告訴自己她多麼可愛，多麼像古埃及有著溜溜的鬈髮，姓名已不可考的公主畫像。我明瞭爲何我的心在望著她的時候會痛；然而我不在乎她有多美麗，我在乎的是我們彼此的對談。

「妳爲什麼選擇這樣做？」我問。

「你知道爲什麼，」她說，帶著耐心的微笑，「這是最好的方式，唯一的方式，在幾世紀以來試圖尋找的解決方法當中，這眼光是再清楚不過的。」

「但那不可能是眞理，妳不能相信。」

「當然能。你認爲只是我的衝動而已嗎？我的王子，我決定的方式和你不同。我珍視你年輕的旺盛，但這麼小的可能性對我而言早就行不通了。你想到的是一生，是微小成就和人類的愉悅滿足，而我則花了幾千年來設計這個現在已經屬於我的世界。種種證據是那麼的壓倒性，我必須照已經做的那樣去執行，我無法把地球變成一座花園，無法創造人類想像的伊甸園——除非我把所有的男人全數消除。」

「爲了這個，你屠殺了地球上百分之四十的人口？百分之九十的男人？」

「你能否認，這能爲戰爭、強姦和暴力劃上休止符嗎？」

「但重點是……」

「不，回答我的問題。你能否認這會爲戰爭、強姦和暴力劃上休止符嗎？」

「把每個人都殺掉就能結束那些事了！」

「別和我玩遊戲。回答我的問題。」

「那不是個遊戲嗎？代價根本無法接受。簡直是瘋狂，大屠殺，違反自然。」

「安靜點。你說的根本都不對。自然就是已經做過的事。你不認爲這個星球的人在過去限制了他們的小女孩嗎?你不認爲他們已經屠殺了幾百萬名，因爲他們只想要男孩子以便派上戰場?喔，你無法想像這類事情發生的頻率。所以現在他們選擇女人而非男人，就沒有戰爭了。還有其他那些男人對女人犯下的罪行呢?如果世上有任何國家對另一個國家犯下那種罪行，難道不被標示爲滅亡嗎?然而每個夜晚，每個白晝，這些犯罪行爲在地球的每個角落無止盡的發生。」

「好，那是眞的，無庸置疑的。但你的解決方式有比較好嗎?把所有男性都殺掉是荒謬絕倫的。當然，如果你想要統治——」但就連這點，對我而言亦是不能想像的。我想到馬瑞斯的老話，很久以前，當我們還活在抹粉，戴假髮，和穿著綢緞便鞋的年代時說的——古老的宗教，例如基督教，正在凋落，或許沒有新的宗教會興起：

「或許將有更美好的事發生，」馬瑞斯曾說，「世界會眞的向前邁進，超越所有的男神、女神，超越所有的魔鬼與天使……」

那難道不是世界的命運嗎?不經我們插手的命運?

「啊，你是個夢想家，我的可人兒，」她刺耳的說。「你怎麼挑選你的眼光來著!看看東方的國家，本來的沙漠部落，現在從沙底下抽出石油而富有，他們以千爲單位相互殺戮，奉他們的神阿拉之名!宗教在地球上沒死，永遠不會死的。你和馬瑞斯，算什麼西洋棋手嘛，你們想的只不過是幾顆西洋棋罷了，眼界無法超出棋盤，只想把他們放置到符合你們渺小的道德靈魂的模式裏。」

「你錯了，」我生氣的說，「妳對我們的評價或許沒錯，我們不介意。但這一切你打從一開始就錯了。你錯了。」

「不，我沒錯。」她說。「而且沒有人能阻止我，不論男人還是女人。從男人舉起棍棒擊倒他的兄弟開始，我們第一次有機會看到女人能夠創造的世界，還有女人能教導他們的一切。只有當男人被教導之後，才能被允許再次在女人之間自由行動。」

「一定有其他的方法！神啊，我是個有瑕疵、虛弱、比起其他曾經活過的男人沒好到哪去的人，我無法爲他們的生命辯護，我無法爲自己辯護。但是，阿可奇，看在愛一切有生命的東西的份上，我求妳別再這樣大開殺戒了——」

「你叫我殺人犯？告訴我人命的價値，黎斯特，不是無限的吧？你又送了多少個進墳墓？我們手上染血，我們都是，就和我們血管中都有血一樣。」

「是的，正是。而我們不是聰明全知的。我求妳停止，考慮一下，阿可奇，馬瑞斯一定會——」

「馬瑞斯！」她清柔的笑，「馬瑞斯教了你什麼？他給你什麼？眞的給予你的！」

我沒有回答。我無法。而她的美貌迷惑了我！迷惑地看到她手臂的渾圓，臉頰上的小酒窩。

「我親愛的，」她說，臉孔忽然與聲音一樣溫柔和藹，「想想蠻荒花園吧，只有美學規則是唯一持久的原則——輝煌奢侈地統治大大小小所有事物、顏色和模式演化的法律，還有美色！目光所及盡是美色，那是自然。而死亡在其中到處都有。我要製造的就是伊甸園，渴望甚久的伊甸園，它比自然還要美好！它更進一步，被自然徹底濫用、與道德無關的暴力將被恢復。你不認爲男人只會夢想和平，但女人能實現！我的眼光在每個女人的心中增長，但無法在男性暴力的高溫中倖存！那種高溫可怕到地球本身都將無法倖免。」

「假設有些事是妳所不理解的，」我說，掙扎著組織一些字眼，「假設男性和女性的二元是人類動物不可或缺的，假設女人想要男人，假設她們起來反抗妳以保護男人。世界不是這個獸性的小島！女人不全是被先見所蒙蔽的鄉民！」

「你認爲男人就是女人要的？」她回答，靠了過來，臉孔在燈光下不自覺地變化。「你是那樣說的嗎？如果是，那我們應該饒過更多一些男人，把他們保存在女人看你的地方，讓他們被撫摸，就和女人撫摸你一樣。我們要把他們存放在女人想要時能佔有他們的地方，而且我向你保證他們被女人使用的方式，會和以前他們使用女人的方式不同。」

我嘆了口氣。爭辯是無用的，她完全正確也完全錯誤。

「你對自己不公平。」她說，「我知道你的論點。幾世紀以來，我已經仔細考慮過了，如同我仔細考慮那麼多的問題一樣。你用凡人的極限來思考我做的事，不是的，要瞭解我，你必須從還未想像到的能力方面來想。很快地你就會瞭解分裂原子或宇宙黑洞的神祕了。」

「一定有不流血的辦法，一定有超越死亡而勝利的方法。」

「這樣子，我的可人兒，就眞的違反自然了，」她說，「就算我也不能終止死亡。」她頓了一下，似乎注意力有點移轉，或在內心深處爲她剛剛所說的話而煩惱。「終結掉死亡的結局，」她低語，似乎某種個人的悲傷闖入她的思緒，「終結掉死亡的結局，」她再說一次，但她正飄移開，我望著她閉上眼睛，手指指向她的神殿。

她又聽到聲音了，讓它們過來。甚至或許是一時無法阻止。她以古語說了幾個字，我並不瞭解。我被她突然間易受傷害的樣子，那些聲音彷彿將她打斷的方式，她的眼睛顯然在房內搜尋，然後集中在我身上發出光芒的樣子驚嚇到。

我無語，被悲哀淹沒。我對力量的想像一直是多麼渺小啊！要打敗不過是少數的敵人，要被凡人當成一個形象來看待與喜愛，要在無限大於我，得花費一個人一千年來研究的萬物大劇場中佔有一席之地。我們忽然站在時間之外，在正義之外，足以塌倒所有的思想體系。或這只是種幻象？有多少人曾以這種或他種形式達到這種力量？

「他們並非不死的，我的可人兒。」幾乎是個懇求。

「但我們是意外成爲不死的，」我說，「我們是原本不該存在的東西。」

「別那麼說！」

「我無法不這麼說。」

「那不重要了。你無法懂得**任何事物**的渺小。我不用崇高的理由來解釋我做的事情，因爲理由很簡單而實際，這和我們是怎麼存在的無關。重要的是我們怎麼存活下來。難道你看不出來？這就是它徹底美麗的地方，其他的美將因此被生出，而我們存活了。」

我搖搖頭，驚慌失措。我看到島上居民剛剛燒毀的美術館，我看到雕像被燻黑、臥倒在地上。一陣令人寒顫的失落感攫獲了我。「歷史不重要，」她說，「藝術不重要。這些東西暗示了實際上不存在的連續，迎合我們對模式的需求，我們對意義的飢渴，但它們最後欺騙了我們，我們必須創造意義。」

我轉過身，不想爲她的解決方案或美貌，甚或是她水汪汪的黑眸中閃耀的微光所麻醉。我察覺她的手搭在我的肩上，雙唇貼著我的頸項。

「等到過了幾年，」她說，「當我的花園經歷了幾個盛夏的綻放和寒冬的安眠，當過去的強姦與戰爭都只剩記憶，女人爲影片中那些曾經發生的事感到不可思議；當女人的方式自然地深植每個人心中，就像現在侵略深植世人心中一樣，那麼或許男人能再回來。慢慢的，他們的數目可以增加，小孩在強姦無從想起，戰爭超乎想像的氛圍中養大，然後……然後……可以有男人容身之處。當世界已經準備好時。」

「行不通的，根本不可行。」

「你爲什麼這樣說？讓我們看看自然，就像你幾分鐘前想做的一樣。到圍繞這座別墅的蒼茂花園走一走，研究蜂窩中的蜜蜂和一直工作的螞蟻。牠們都是雌的，我的王子，幾百萬隻。雄性不是正道，只爲功能的緣故而存在罷了。牠們在我之前很久就學會了限制雄性數目這招。」

「我們現在生活在徹底不需要男人的年代。告訴我，我的王子，男人現在的主要用途是什麼，如果不是保護女人抵抗其他男人？」

「是什麼使得妳想留我在這裏！」我絕望地說。我轉身再次面對她，「爲什麼妳選我當妳的配偶？看在老天的份上，妳幹嘛不把我和其他男人一塊殺掉？選其他的不死者，其他對這種力量飢渴的古老生物！一定有一個嘛。我不想統治世界！我什麼都不想統治！從來不想。」

她的臉色稍稍變了，似乎有股微弱的、一閃而逝的悲哀，使得她的眼睛一剎那間在黑暗中更爲深邃。她的唇顫抖，彷彿想說什麼卻說不出。然後她答話了。

「黎斯特，就算整個世界都毀滅了，我也不會毀滅你，」她說，「你的極限和你的美德一般燦爛，我自己無法解釋。但或許更眞實的，我愛你，正是因爲你也有這些男人所有的錯誤本質：侵略性，充滿恨意與不顧後果，無止境地充滿使用暴力的雄辯藉口——你是陽性的本質，而其純度有燦爛的素質。但只因爲現在可以被控制。」

「被妳。」

「是的，親愛的，這是我爲什麼被生出來，這就是我爲什麼在這裏。如果沒有人認可我的目的也沒關係，我還是會將之翻轉。現在的世界燃燒著男性的暴火，是突發的，但矯正後，你的火應該燒得更旺——如同火把般地明亮。」

「阿可奇，妳證實了我的論點！妳不認爲女人的靈魂渴求那把火嗎？我的老天，妳要竄改星辰嗎？」

「是的，靈魂渴求它，但是像我說的，想想看它成爲火把的光芒，或是蠟燭的火焰，而非像現在一般肆虐每片森林、每個山頭、每座峽谷。沒有一個活著的女人想被它燃燒！她們想要光芒，我美麗的光芒！還有溫暖！但不是毀滅。怎麼可能？她們只是女人，她們可沒有發瘋。」

「好，妳說妳達到目的，開始了革命，席捲世界——告訴妳，我不認為這種事會發生。但妳這麼做的話，天堂之下沒有什麼會要妳為這好幾百萬的死亡贖罪嗎？就算沒有男神或女神，難道人類自己——還有妳和我——不該為此償還？」

「這是通往赦免的入口，也應如此被記憶。男性的人口再也不該被允許增加到那種比例，因為誰還想再經歷那種可怖？」

「強迫男人服從妳，幻惑他們，像妳幻惑那些女人一樣，像妳幻惑我一樣。」

「但黎斯特，那就是重點，他們從不服從。你會嗎？他們會先死，像你也會死，他們會有另一個反抗的理由。他們會聚集在一起來次壯麗的反抗，想像一個戰鬥女神。我們已經看夠了，一遍又一遍，他們不得不當男人。而我只能藉無盡的殺戮，用獨裁統治，製造一陣渾沌，但這麼一來，巨大的暴力鍊將有一節斷裂，我們將有一段徹底、完美的和平。」

我再度沉默。我能想到一千個回答但它們都盤旋不久。她太知道自己的目的了，而事實是，她說的很多都對。

啊，但那是幻想！沒有男人的世界，到底能達成什麼？喔，不，不，連一秒鐘都無法接受這個想法，不……然而那個景象回復了，我在那悲慘的叢林村莊中瞥見的景象，一個沒有恐懼的世界。

想像，試著向她們解釋男人是什麼樣子的。想像，試著解釋人們曾會在城市的街道上被謀殺，想像，試著解釋強姦對雄性物種的意義……想像。我看到她們的眼睛看著我，她們努力想看穿，試著跨越理解界線時不諒解的眼睛。我感到她柔軟的手碰觸著我。

「但這是瘋狂！」我低聲說。

「啊，但你多麼努力地抵抗我啊，我的王子。」她低語。陡然間一陣氣憤，痛。她靠了過來，如果她再次吻我，我就要開始哭泣了，我還以爲知道女人的美麗，但她已超越我賴以形容的語言。

「我的王子，」她再度低低的輕語，「你的邏輯很好，一個只有少數養來生殖的男人的世界，是女人的世界。是原來男人在小瓶中培養細菌，以化學戰爭殺戮整個大陸，設計炸彈把地球炸離繞日軌道的血腥悲慘的歷史中，從未有過的。」

「如果女人依男性與女性的二分原則分裂，如同男人在沒有女人時分裂一般呢？」

「你知道那是愚蠢的反對理由，那種區別頂多只是表面罷了。女人就是女人！你能想像女人製造的戰爭嗎？眞的，回答我，你能嗎？你能想像一群只打算毀滅的女人嗎？或者強姦？」

「如果所有的生物都很小而且夢想很小，像你說的，」我說，「或許就沒有戰爭，沒有強姦，沒有暴力了。」

她柔柔地笑，不帶責難的。

「我們可以永遠爭執這些，」她低語，「但很快地我們就會知道了。世界會變成我要它變成的樣子，我們會看到一切如我所料。」

她坐在我身邊，剎時間我似乎有些慌張。她平滑裸露的手臂環繞著我的頸子，似乎再也沒有更柔軟的女性身體，沒有任何東西像她的擁抱一般順從而肉感。然而她是如此的堅硬，如此強壯。

房中燈光昏暗，外面的天空似乎比以前都要來的鮮明而深藍。

「阿可奇，」我耳語著。我望著陽台外的星星，想說點什麼，能把所有的爭論都一筆勾消，但抓不住意義。我昏昏欲睡，這當然是她搞的鬼，是她施予的符咒，但又知道不會因此釋放了我。我再次感覺到她的唇貼著我的唇，我的喉嚨，我感到她的皮膚冰涼光滑。

「是的，休息吧，可人兒。當你醒來，祭品會在這裏等待……」

「祭品……」我擁著她，幾乎進入夢鄉。

「但你現在一定要睡一覺，你還年輕脆弱。我的血在塑造你，改變你，使你更完美。」

是的，摧毀我，摧毀我的心和我的意志。我模糊意識到移動，意識到躺在床上，埋入絲綢枕中，而後她如絲的秀髮靠近我，手指的碰觸，再次，她的唇吻著我，親吻中有血，澎湃的血。

「聽聽海洋，」她低語，「聽聽花開。你現在聽得到，你知道的。如果傾聽，你能聽到海中的微小生物，你能聽到海豚歌唱，牠們正在歌唱。」

漂浮著，安全地窩在她的臂中，強有力的她，她是她們都怕的人。

忘記燃燒的屍體的苦辣味道吧，是的，傾聽海洋如槍般擊打我們下方的海岸，傾聽一片玫瑰花瓣綻開解放，落到大理石地板上。而世界就要進入地獄了，我無能爲力，我在她的臂彎之中，我要睡著了。

「不是發生了幾萬次了嘛，吾愛？」她低語著，「在這充滿痛苦和死亡的世界，你轉過身，和每晚幾百萬個凡人一樣？」

黑暗。燦爛的景象出現，甚至比這更可愛的皇宮。祭品，僕役，神話中存在的神帝和皇帝。

「是的，親愛的，任何你欲望的事物。全世界在你的腳下。我會在皇宮上再爲你蓋一座皇宮，她們會照辦，那些崇拜你的人。那不算什麼，只是最簡單的部份。想想打獵啊，我的王子，直到殺戮完成之前，想想追逐。他們自然會逃開、躲開你，但你會找到他們。」

在漸弱的燈光下——就在夢來臨之前——我看到了。我看到自己凌空而行，像古老的英雄般，越過他們營火搖曳的漫漫國度。

他們將像狼一樣結隊而行，穿越城市和樹叢，只敢在白天露臉，因爲只有那時候才安全。當夜晚來臨，我們就來了，我們循他們的思路和血液，循著發現他們，或甚至藏匿他們的女人的低聲告白來追蹤。在戶外他們可能會逃跑，擊發無用的武器，而我們會突然從高處飛下猛撲，一個個消滅他們，我們的獵物。只留下我們想放生的幾個，再慢慢地，毫不悲憫地取他們的血。

而在那場戰爭後就有和平了？在那場可怕的狩獵後就有花園？我試著張開眼睛，感覺到她親吻著我的眼瞼。夢境開始。荒原中的泥土裂開，有東西在升起，推開擋路的乾土塊。我就是那個東西。它在太陽西沉時穿越了荒原，天空仍充滿光華，我低頭看著蔽體的污衣，但這不是我。我只是黎斯特。而且我很害怕。我希望卡布瑞在這裏，還有路易斯。或許路易斯能讓她瞭解。啊，路易斯，在我們當中，路易斯是個智者……再一次熟悉的夢境，紅頭髮的女人們跪在祭壇台階邊，帶著屍體——她們母親的身體，而她們準備好要享用了。是的，那是她們的責任，她們神聖的權利——吃光腦部與心臟。只不過她們絕對無法完成，因爲總是有可怖的事發生。士兵來到……我希望我知道其中意義。

血。

我一驚而醒。已經過了好幾個小時，房內無力地變冷，敞開的窗外天空不可思議地清明，光線射入，充滿了房間。

「女人在等待，而那些祭品都很恐懼。」

祭品。我的腦中一片暈眩，他們充滿了甘美的血，反正是遲早會死的男人。全屬於我的年輕男子。

「好，但來吧，結束他們的痛苦吧。」

我無力地起身。她在我肩上披了件長外衣，稍稍比她的衣服更簡單，卻溫暖且觸感輕柔。她用兩隻手撫摸我的頭髮。

「男性－女性。那就是自古至今的二元法則？」我低語。我的身體還想再睡，但血正等著我。

她伸長了手，手指觸摸我的臉龐。又流淚了？

我們一起出了房間，來到一個大理石扶手的長走廊，一列樓梯向下，轉個彎進入一間巨大的房間。到處都是分枝式燭台，微弱的燈光創造出一股奢華的幽暗。

女人們在正中央集合，約莫有二百人以上，不動地站著，抬頭望著我們，雙手祈禱般合十。

即便在她們的靜默中，她們仍顯俗麗；在歐洲家具，鑲金邊義大利硬木，還有古老的漩渦狀花紋裝飾的大理石壁爐間。我忽然想起她的話：「歷史不重要，藝術不重要。」令人頭昏眼花。牆上有輕快的十八世紀繪畫，充滿微光乍現的雲朵及雙頰鼓起的天使，還有藍得發光的天空。

女人們站在那裏，略過從未感動她們也的確對她們毫無意義的財富，抬頭望著走廊的光景，謎底揭曉，匆匆一陣低語和彩色的光芒中，忽然在梯底現形。

驚嘆聲起，她們伸手覆蓋垂下的頭，彷彿在防備一股不受歡迎的光芒。而後所有的目光都集中在天堂女王及其配偶身上，他們站在比大廳高上幾呎的紅色地毯上，那配偶有點發抖，微咬著嘴唇，試著要看得更清楚——這兒正在發生的可怕的事，這可怕的崇拜與血祭的混合，而祭品被帶上前來。

多美好的生物體啊，黑髮，深色皮膚，地中海男子。每一吋都和年輕女子一般美麗。那麼健壯結實而精巧的肌肉，幾千年來，曾給予藝術家靈感。墨水般的黑眸，深色而刮過鬍鬚的臉龐，望著這些敵對的，到處判他們兄弟死刑的超自然生物。

他們被皮繩縛住——或許是他們的還有其他許多人的皮帶，但女人們綁得很好，他們的腳踝也被拴住，所以能走路但無法踢或者跑。他們赤裸著上身，只有一個人在發抖，既怒且懼。忽然他開始掙扎，另外兩個人轉身盯著他，也開始掙扎。

然而女人群靠攏過來，強迫他們跪下。我看到皮帶割入他們手臂上深色裸露的肌膚，忽然有股慾望升起。爲什麼會那麼誘人！女人的手抱著他們，那些平常如此柔軟、現在緊緊脅迫的手。他們無法和這麼多女人打架，嘆了口氣，停止了反抗，然而帶頭發難的那個抬頭責備地望著我。

惡魔，魔鬼，地獄來的東西，他的心裏這樣說，否則還有誰會對他的世界做出這種事？喔，這是黑暗的開始，可怖的黑暗！

然而慾望那麼強烈。**你要死了，我會殺死你！**而他似乎聽到而且瞭解，心底升起對女人的野蠻仇恨，充斥令我發笑的強姦與報復的景象，但我瞭解。我滿能完全瞭解，多麼容易對他們感到輕蔑啊，對他們膽敢敵對，在古老的戰鬥中與女人爲敵而震怒！黑暗，這想像的報復，也是無法形容的黑暗。

我感到阿可奇的手指在我的手臂上來回，極樂的感覺回來了，一種錯亂。我試著抗拒，但和以前一樣感覺，而慾望無法消除，已經湧到唇邊，能夠嚐得到了。

好，進到那一刻吧，進到純粹執行任務，讓血腥的獻祭開始吧。

女人們集體屈膝跪下，而已經跪著的男人似乎冷靜下來，望著我們，眼珠凝視，嘴唇半張顫抖。

我盯著頭一個反抗者肌肉緊繃的肩膀看，想像在這種時候，當我的唇碰觸到他粗糙、大略刮過鬍鬚的喉嚨的感覺，而我的牙齒將撕裂皮膚——不是女人的冰冷肌膚——而是溫熱、鹹味的男人皮膚。

是的，可人兒，喝他吧。他是你應得的祭品。你現在是神了，喝他吧。你知道還有多少在等著你嗎？

女人們似乎知道該怎麼辦。當我向前跨時，她們舉起他，他再一次的掙扎，但當我將他接過手中時，他只不過是一陣抽搐的肌肉罷了。我的手過於靠近他的頭，還不明白新的力量，就聽到骨頭爆裂，甚至我的牙齒咬入的聲音。他幾乎立刻就死了，我的第一灘血那麼地棒，我熾熱著飢渴，全部、完全、全體傾刻飲盡而不夠。一點都不夠！

我馬上取了第二個祭品，試著慢一點才能像往常一樣，在黑暗中輾轉，只有靈魂對我說話。

是的，當血噴湧入我的口中，讓它塡滿才一口吞下時，他們將祕密告訴我。**是的，兄弟，很抱歉，兄弟**。而後搖晃著向前，我把眼前的屍體擲在腳下踩壓。

「把最後一個給我。」沒有抗拒。他在徹底的寂靜中盯著我看，彷彿某種光芒讓他醒悟，好像他發現了理論或相信某種完美的救贖。我把他拉過來——溫柔的，黎斯特——這是我想要的眞實泉源，這是我渴望的緩慢而有力的死亡，心臟彷彿不會停止般的跳動，他的唇間嘆了口氣，我的眼睛依舊模糊，即使當我放過他時，他的信仰和不被記錄的生命的褪色形象，忽然傾塌成剎那的意義。

我讓他掉落。現在沒有意義了。面前只有光，經由奇蹟終而恢復的女性狂喜。

房中靜寂，沒有任何攪動，海的聲音傳來，遙遠單調的隆隆響著。然後阿可奇的聲音：**男人的罪現在已經贖清了；那些還被保存的，應該被好好照顧，而且愛護。但絕不能讓那些留下來的人自由，那些曾經壓迫妳們的人**。

而後無聲的，沒有另外的話語，就有了教訓。

她們剛剛目睹獵食的慾望，在我手上看到的死亡——恆久地提醒了存在所有男性中的，永不可再被釋放的凶猛。男人被獻祭給他們自己暴力的化身。

終歸而言，這些女人已經目擊了一個新而超越物質世界的儀式，一個全新的彌撒獻祭。而且她們還會再看到，她們必須時常記得。

我的腦袋從矛盾中漂浮開，自己不久之前構想的微小情節折磨著我。我想讓凡人的世界知道我，想在世界的舞台上帶著惡魔的形象藉以好歹作些好事。

而現在，沒錯，我是那個形象，我是它字面的化身，經過這幾個簡單人類的腦海，進入她承諾的神話。有個微弱的聲音在我耳畔私語，孜孜不倦的重複古老的箴言：小心你的願望，你的願望可能會實現。

是的，那就是核心，我曾願望的都在成眞。在神殿中我吻了她，渴望能喚醒她，夢想她的力量，而現在我們站在一起，她和我，讚美詩圍繞著我們。哈里路亞讚美上帝，喜悅的呼喊。

別墅的門被摔開。我們正在離去，我們在光輝和魔法中上升，穿越門扉，往上通過這古老大宅的屋頂，而後穿過潺潺流水，進入平靜的星辰。

我再也不害怕墜落了，我不害怕那根本不重要的事。因爲我整個靈魂——渺小且總是如此——知道了我以前從未想像過的恐懼。

6 雙胞胎傳奇之二

她夢見大規模的殺戮，自己浴血行過倫敦或羅馬之類的大城市。就在首次殺戮的任務途中，她得取用甜美的人類祭物。就在她睜開眼睛之前，知道自己已經從所有身爲人類時鍾愛之物斷然跳開——藉著單純的殺戮行爲。她如同一隻撲向哭嚎的小老鼠的爬蟲類，在砸毀牠幼小身軀之前，根本就沒聽見那心臟鼓動之音。

在黑暗中醒來，房屋在她眼前活化，那幾個長者要她過去。有架電視正在播放著：聖母瑪麗亞重現於地中海的某小島。

沒有飢渴感。瑪赫特的血液太強了，殺戮的意念如同在黑夜暗巷裏發光的一柱火炬。

她從原本躺著的窄小箱子起身，在黑暗中摸索，直到手碰到金屬門把。她看著錯綜複雜的鐵樓梯，如同一具伸展開來的骷髏。透過玻璃看出去，天空宛如煙霧。馬以爾已經起床了，站在門口那兒瞧著她。

她感到一陣激動。**如今我是你們其中一份子了**！她伸手抓著鐵欄杆，突然間一陣哀傷突而襲來，這個粗暴的美人在此之前曾經抓著她的頭髮。

馬以爾走到下方，彷彿要迎接她，因爲她心神恍惚起來。

他們可以理解的。泥土與森林正對她唱著歌，植物的根莖在土地下悄然吐息。

她瞪著馬以爾，聞到皮革與煙塵的氣味。她先前怎可能將這些東西當成人類——眼睛亮成那樣！不過，她也即將行走於人群中，人類將會凝視她半晌，然後突然轉開視線。她將會疾步行走於那些大城市。看著馬以爾的眼神，她又感到暗巷中的光炬，但那不是一個寫實的意象，她同步看到那純粹的殺戮。他們雙方同時別過頭去，並不迅速，反而帶著敬意。他握著她的手，注視著那銀手鐲。突然間，他親吻她的面頰，帶著她走向山頂的房間。

電視的電子波動愈發大聲，正在播報發生於斯里蘭卡的集體歇斯底里。女人們殺盡男人，就連男嬰也未得倖免。在希臘的里恩克諾斯也發生類似的集體迷亂，蔓延開來的大規模死亡……

她逐漸搞懂那是怎麼一回事：原來不是聖母瑪麗亞！原先她還讚嘆著那些人竟然會相信這些。她看向馬以爾，但他直視前方。他知道這些事情，一小時前電視就不斷放映這些。

當她進入山頂密室時，看到那古怪的藍色光芒。這眞是她進入不死者祕密聚會的首度奇景啊——這些彷彿塑像的人兒浸浴在藍色光暈的氤氳，眼睛直勾勾地看著電視螢幕。

「爲了食物或飲水興起的暴動……但是，這些暴動的類似性至今尙未找到合理解釋……地點散播各處，包括尼泊爾山頂的幾個村落。那些生還者宣稱有個美麗的女子自稱爲『聖母瑪麗亞』、『天堂之后』，或者女神。她命令村人殺光所有的男子，只留下幾個精心揀選的存活者。還有些報導描述另一個金髮的神祇，至今還沒有人知道他的稱謂……」

潔曦看著瑪赫特，瑪赫特面無表情地看著，一隻手倚在椅臂上。

桌上到處都是報紙——法文、印度文，以及英文的各大報。

就在軍隊進駐之前，位於希臘頂端、包括里恩克諾斯在內的幾個島嶼上，近兩千名男人遭到處決。

瑪赫特觸摸手上的控制器，畫面隨之消逝，看起來整個景致也隨之消融不見。潔曦看到遠方的聖塔羅沙正被山峰圍繞，她可以聞到房間裏殘留的陽光氣味，熱流正緩慢地通往天花板。

她看著其他陷入震驚沉默的人。瑪赫特掃視著電視螢幕與報紙。

「我們快沒有時間了。」凱曼對瑪赫特說：「她隨時可能到來，你得快點將故事說完。」

他做了個小手勢，突然間所有的報紙就憑空飛起，折疊得好好的被送入壁爐中燒毀。火燄吞噬它們的時候，隨著煙塵爆出一陣閃光。

潔曦感到暈眩。這一切都太快了，她瞪著凱曼，不知道自己何時才會適應他們雕像般的面孔與突然間暴力起來的表情，柔軟如人類的嗓音與近乎無形的動作。

這就是母后的作爲：毀掉上千男人的生命紋路。一陣冰冷的厭惡感攫住她，她搜索著瑪赫特的面孔，想找到一些洞見與理解。

但瑪赫特的五官僵硬無比。她沒有回答凱曼的話，只是走向桌子那裏坐下來，將雙手托著下巴。她的眼神遙遠而呆板，彷彿什麼也沒看見。

「事實是，她必須被毀掉。」馬瑞斯說著，他的面頰泛紅，似乎再也無法忍受。潔曦驚愕地看著他，因爲在那瞬間，人類男性的線條盡現於他的臉部。但現在已經消失，他只是明顯地發怒著。「我們放走那猛獸，現在是該回收的時候了。」

「但是那該怎麼做？」桑提諾回他一句：「你說得好像只是決定了就行的樣子。你殺不死她呀！」

「我們不惜性命就做得到。」馬瑞斯說：「我們合力將她了結，大家同歸於盡、一了百了。」他輪流凝視著眾人，看著潔曦，最後將目光投往瑪赫特。「那個軀體並非金剛不壞之身，她可以被切割、砍殺，我自己就以牙齒咬穿過，吸取過她的『血』。」

瑪赫特做了個手勢敷衍他，彷彿是在說：我知道這些，你也知道我知道。

「當我們砍殺她時，我們也等於砍了自己，」艾力克說：「我說大家就遠離她吧，待在這裏可沒有好處。」

「不行！」瑪赫特說。

「如果你這麼做，她會一個個將你們給殺了。你之所以還活著，是因為她要你等著被她所用。」凱曼說。

「你可以繼續說故事嗎？」卡布瑞說。她一直都保持靜默，只是三不五時地看著大家。「我想要知道後續，我要知道這一切。」她傾身向前，手臂擱在桌上。

「你以為從那些老故事當中可以找出治她的辦法？」艾力克說：「如果你這麼想，那簡直是瘋了！」

「請繼續吧，」路易斯說：「我想要知道……」他遲疑著：「我想要知道後來究竟怎麼了。」

瑪赫特凝視他好一陣子。

「繼續說，瑪赫特，」凱曼說：「反正遲早母后會被殺掉，你我知道為什麼。現在講這些根本沒什麼意思。」

「現在談論預言有用嗎，凱曼，」瑪赫特說，她的聲音微弱無力。「可不要掉入母后所陷入的網羅。過去可以指點我們，但不是我們的救星。」

「你的姊姊會來的，瑪赫特，就像她所說的那樣。」

「凱曼……」瑪赫特現出一個苦澀漫長的微笑。

「告訴我們後來究竟如何。」卡布瑞說。

瑪赫特靜靜地坐著，彷彿要找到一個合適的發話點。天際愈來愈黑，但遠處的西方卻現出燦亮的紅光。終於連那抹光芒也下沉了，他們被徹底的黑夜環繞，除了壁爐的火光與玻璃鏡面的反射光線之外別無其他。

「凱曼帶你們到埃及，」卡布瑞說：「你們在那裏看到了什麼？」

「他帶我們到埃及，」瑪赫特嘆息著坐回去，眼睛盯著桌面。「根本沒有逃脫的希望，凱曼不惜以武力帶我們回去。事實上，我們也同意回去。經過二十代的傳承，如今我們等於是介於精靈與人類之間的使者；萬一阿曼真的闖下滔天大禍，我們會試著力挽狂瀾——至少我們要知道那是怎麼一回事。

「我將孩子託付給我信任的女子照顧，我親吻她告別。然後我們被招待上皇室的船隻，彷彿我們是國王與女王的賓客而非囚犯，如同以往一樣。

「在旅途中凱曼對我們彬彬有禮，但卻沉默而嚴峻，不敢與我們對望。這倒也好，我們也忘不掉自己受過的傷害。但就在抵達王宮前的最後一晚，凱曼請我們到他的艙房，告訴我們事情的始末。

「他的態度極為有禮，而我們也試著將自己對他的個人疑慮放在一邊。他告訴我們那個惡靈（他是這麼稱呼的）的所作所為。

「當我們離開埃及沒多久後，他意識到有某個黑色而淫邪的東西正監視著他。無論他到任何地方，那東西都跟隨著他。唯有日正當中時那東西的力量才會減弱。

「他房屋內的東西也被亂動，但其他人沒有注意到。起先他以為自己神智不清，他的書寫物品被擺到其他地方、他所用的印章也是。當他獨處時，那些東西會朝著他亂飛過來，有時候他會在滑稽的地方找回失物。

「他不敢告訴國王或女王，他知道那是我們的精靈在作法。如果被知道的話，我們只有死路一條。

「他只好保守那要命的祕密，可是情況愈來愈惡劣——他從小珍惜的飾物不是粉碎毀壞，就是朝他砸下來。護身符被塞到廁所，排泄物飛濺到牆壁上……

「他幾乎無法住在自己的房屋內，但他還是嚴厲告誡僕人不能傳出這些事情。當奴隸們怕得逃跑時，他只好像個下級傭人一樣，親自打掃廁所。

「但他真是恐懼莫名。他知道房屋內有個東西跟他在一起，他可以嗅到那氣息，有時甚至可以感受到尖針般的利齒。

「最後他實在受不了，只好哀求他現身。但這樣似乎增添那惡靈的能耐。他將凱曼的錢包掏空，以石塊取代；一整夜都讓金幣響來響去。他玩弄他的床鋪，凱曼只好睡地板。當他沒注意時，精靈把砂子吹進食物裡了。

「自從我們離開王國已經有六個月了，他不確定我們是否完全脫離險境，但他實在怕極了。精靈眞是讓他魂飛魄散。

「就在那一夜，他躺在床上想著不知道精靈接下來要幹嘛，此時他聽到敲門聲。他很害怕，知道自己不該去應門，因爲敲門的手並非來自人類。但他實在承受不住，只好邊念著禱文一邊開門。當時他看到萬中選一的恐怖：他父親的腐爛木乃伊正倚著花園的牆壁，破爛惡臭的繃帶散落在朽壞的軀體四周。

「當然，從那乾涸的眼眶與面容看起來，他確定這屍體已經死透。必定是那東西將他從地底挖出來，運到這裏。但是，那可是他父親的身體耶！那惡臭的屍體原本該讓他與他的兄弟姊妹以莊嚴的葬儀饗宴款待，來虔誠吞食下的物體。」

「凱曼曲膝跪下哭嚎著，就在他難以置信的眼前，那東西竟然移動了！他的肢體格格作響，布條散落成碎塊，直到凱曼再也無法多看一眼，跑回房內將門關起來。然後那屍體竟然猛力敲門，似乎非得進來不可。

「凱曼求遍了埃及眾神，他喝令王宮的守衛與國王的禁衛兵前來，他自己也斥喝著要那惡靈滾開。但他自己竟身不由己，在盛怒中踢著金幣。

「全王宮的人都衝到他的住所來，但惡靈愈發強大。凱曼僅有的一些家具也被摧毀。

「這只是開始而已。當祭司們前來拔魔時，一股強烈無比的旋風夾雜著沙漠滾滾塵埃而來。無論凱曼在何處，那股風就追著他跑，直到他無力可擋、身上覆滿細小的血洞爲止。即使他僥倖躲在一間小密室裏，惡靈也有辦法把屋頂掀翻，讓他跪在地上痛哭流涕。

「好幾天過去了，祭司怎麼努力也沒用，惡靈還是那麼強大。

「國王與女王也被驚動。祭司們詛咒惡靈，人民怪罪紅髮的女巫，主張到沙漠把她們抓回來燒死。如此一來，惡靈就會安靜下來。

「但是古老的世家並不如是想。他們的意見很清楚：都是因爲國王冒犯了食用祖先屍身的儀式。精靈不是將凱曼父親的屍體從金字塔挖出來嗎？該死的是國王與女王，都是他們把這塊土地塞滿木乃伊與迷信。

「終於，王國即將展開內戰。

「最後國王親自前來凱曼的房子。凱曼身披一件宛如屍衣的外袍哭泣著，即使在國王與惡靈交涉的過程，凱曼還是被啄得到處都是血洞。

「『想想看女巫告訴我們的，』國王說：『那些東西是精靈而非惡靈。只要我能夠使他們聽到我說的話，讓他們回答，應該就可以與之理論。』

「但這場談話似乎只是更激怒那惡靈。他無所不用其極地破壞，一時間似乎忘記凱曼的存在。然後他跑出去暴走，亂搞王宮的後花園。

「國王鍥而不捨，懇求精靈認得他、與他交談，告訴他究竟想要什麼。他無畏地站在旋風的中央。

「就連女王也出動了。她以響亮刺耳的聲音說：『你因爲那對紅髮姊妹而懲罰我們，但爲何你不乾脆轉而爲我們效勞？』惡靈氣得撕毀她的衣服，像對付凱曼那樣地啄食她。最後國王只好帶著她跑回凱曼的房子。

「『現在你離開吧，』國王告訴凱曼：『我們會從這東西身上學到他們的習性，從而理解他們。』他告訴祭司說，因爲精靈嫉妒人類同時擁有肉身與靈性，所以才會如此。但他會設計好網羅讓精靈服從，因爲他是凱門的國王，他做得到。

「於是國王、女王與精靈一起留在凱曼的住所。精靈還是亂闖胡搞，但他們還是在那裏。凱曼終於得以解脫。他力竭地躺在地上，雖然爲君主們擔憂，但不知道如何是好。

「整個宮殿簡直暴亂成一團。男人彼此惡鬥，女人哭泣著；有些人乾脆遠走高飛。

「整整兩天兩夜，國王與女王都在精靈旁邊。那些遵從食屍傳統的古老世家則守候在屋外，想要等著推翻國王。在深夜時他們拿著匕首潛入房子，想要殺死國王與女王。如果人民因此譴責，他們會推說那是惡靈幹的。誰說不會呢？只要虐待紅髮女巫的國王與女王一死，惡靈自然就會平息下來。

「女王先發現他們，她驚惶地跑出來。但他們將匕首刺入她的胸口。當國王想要救助她時，他們也無情地殺死他，然後趕緊溜走——因爲惡靈還在屋內肆虐著。

「當時凱曼被侍衛們遺棄了，他只求與其他的隨從一起死。但他聽到女王的聲音，某種他從未聽過的古怪聲音。那些食屍世家也聽到了，他們徹底潛逃。

「忠誠的侍衛長凱曼趕緊拿著火炬，前往救助他的主人與女主人。

「沒有人阻止他，大家都已經逃走了。他獨自進入屋內。

「除了火炬之外，周遭一片漆黑。此時凱曼目不轉睛地看著——

「女王躺在地上翻騰著，血液從她的體內流出，有一片紅色的雲霧如同瀑布般覆蓋著她，也如同傳送無數血滴的雨陣。無論那雲霧或雨陣是什麼，總之女王被那東西包圍著，國王則仰天躺著。

「本能告訴凱曼，最好離得愈遠愈好，乾脆一走了之算了。但他無法拋下女王不管，那是他的女主人！她正在奮力求生，背部弓起，手抓著地板。

「那陣血紅的雲霧愈發深濃，整個吃入她的體內，然後消失不見。女王的身體恍地挺起來，眼睛發直，發出饕饕般的吼叫，然後倒地不起。

「女王只是一逕地瞪著凱曼，四周只有火炬嗶剝的聲音。然後女王開始粗重地喘息，眼睛圓睜。她本應該死去，但卻奇蹟似地生還。她躲開火炬的亮光，彷彿會被它所傷。然後她轉向自己的丈夫，卻看到他已經死去。

「她痛楚地哭喊著不該如此。就在此時，凱曼看到她身上深重的傷口漸漸癒合，不多久就變成搔癢般的刮痕。『女王殿下，』當他靠近她時，她哭泣著瞪視自己曾被割開的手臂，胸口的傷勢也整個癒合起來。她看著那逐漸合攏的傷口，一邊發出令人悲憐的哀啼。突然間她抓破自己的皮膚，但血液流出之後傷口又癒合了。

『凱曼，我的凱曼，』她嘶聲尖叫，以手遮著眼睛以免看到火光。『我是怎麼了？』然後她投身到國王身上哭叫著，『恩基爾，幫助我，不要死掉。』她一直喊著類似的話。當她瞪著國王時，某種可怖的變化開始進行——她撲向國王，彷彿是一頭飢餓的獸，舔著他喉嚨與臉上的血。

「凱曼從未看過這等奇景。她像是一頭母獅子舔著柔軟獵物的血跡，背部彎曲，膝蓋下沉，抓起無助的國王屍體，並撕開他喉頭的動脈。

「凱曼丟下火把跑到門口，當他準備逃命時，竟然聽見國王的聲音。國王柔聲地說：『阿可奇，我的女王。』她哭泣著，看著自己與國王，看著自己光滑的身體，而他卻還有許多未癒合的傷口。『凱曼，』她說：『給我你的匕首。他們可能還有別的武器，我得要拿著匕首。』

「凱曼遵從她，本以爲會看到國王死去，但卻看到女王割開自己的手腕，將血滴入國王的傷口，然後它們便癒合了。她興奮地哭泣著，將血液塗抹在他的臉上。

「凱曼看到國王身上巨大的傷口合攏，他看到國王深呼吸，舔著臉上的血。他以類似女王那樣的動物性姿態起身，擁抱他的妻子，撕開她的喉嚨。

「凱曼不敢再看下去。這兩個蒼白的人形在他眼前招展，如同惡魔。他跑到花園，倚著牆壁。當他失去意識癱倒下來時，只察覺到青草拂過面頰。

「當他醒來時，發現自己躺在女王寢宮的一張長沙發上。整個王宮安靜無比，他的臉龐與雙手已被洗淨，周圍只有最昏暗的燈光與香料。通往花園的門打開著，似乎告訴他沒啥好怕的。

「就在陰影當中，他看到國王與女王俯視著他。但那不是他原來的國王與女王！他很想大叫出聲，就像其他人那樣，可是女王示意他安靜。

「『凱曼，我的凱曼，』她溫柔地呼喚他，遞給他那把美麗的鑲金匕首，『你服侍得太好了。』

「然後凱曼停頓下來，他說：『明晚你們自己就會親眼看到。當太陽下沉時，他們便會出現在王宮，你們會看到我所見過的景象。』

「『但為何是太陽下沉後？』我問：『那有什麼含意？』

「他說：『當太陽的曙光乍現，他們開始退縮起來，叫喊著陽光會傷到他們的眼睛。他們早已避開所有的火炬與燈光，但早晨到來時他們似乎無處可躲。』

「他們以人類無可企及的速度潛逃出王宮，進入世家的古墳——那些被迫將屍體造成木乃伊的處所。他們逃到無人可褻瀆的神聖之地，速度之快讓凱曼無法追隨。國王一度停下來乞求太陽神的慈悲，但陽光似乎讓他們難受無比，雖然天空才剛剛破曉。最後，國王與女王終於從凱曼的視線遠離。

「他們每一天都躲在神聖的古墓，到了黃昏時才現身。如今，人民擁戴守候著他們，視他們為神祇——陰月之神奧賽瑞斯，與愛西絲的化身。人民對著他們頂禮膜拜，丟擲花朵。

「謠傳說女王與國王得到上天的神力，征服了他們的敵手也克服了死亡。如今他們是不死之身，如同上帝般無敵。他們還可以看穿人心，沒有人能對他們隱瞞任何事。他們的敵人全遭到處決，每個人都懼怕他們。

「但只有我們與他們的忠誠僕人知道，他們無法忍受燭光或燈火近身，他們看到火光就忍不住尖叫；他們私下處決敵人，好享用他們的鮮血。他們如同貓一樣吸飲敵人之血，他們的房間如同染血的獸欄，必須由忠實的侍衛長凱曼處理掉屍體，將之丟到深坑裏去。說著說著，凱曼終於忍不住哭泣起來。

「但是他已經說得差不多了，太陽高升在山上，我們即將穿越尼羅河，沙漠灼熱無比。當士兵們的第一艘船將要航行，凱曼走向河邊，看到河水映著太陽的火光。他還在哭泣。

「『凱門最古老的太陽神已經捨棄他們。』他低聲說：『為什麼呢？他們為自己的命運哀泣，飢渴使他們跡近瘋狂，他們更害怕這會愈來愈糟糕。為了人民，你們得救救他們。他們不是要來責備你們或是傷害你們，而是需要你們的援手。你們是偉大的女巫，請精靈收回這樣的作為吧！』但當他看著我們、記起我們承受過的種種刑求，他陷入絕望之中。

「瑪凱與我沒有答話。船隻準備好要載我們到宮殿去，我們透過水面看著皇城裏雕樑畫棟的建築物，不禁疑惑著這恐怖的事件將會以何等型態告終？

「當我踏入船隻時，我想到自己的孩子，突然知道自己註定死於凱門。我想要闔起眼睛、以祕密的聲音詢問精靈，是否這一切必得如此？但我不敢這樣做，我不敢看到自己最後的希望也為之破滅。

瑪赫特緊繃起來。

潔曦看到她的肩膀挺起，右手指甲抓著木柱，不住張開又合起。金色的指甲油映在火光中閃亮著。

「我不願意你們感到害怕，」她的聲音變得單調：「但你們必須知道，母后已經跨越東方之海。她與黎斯特正朝向這裏來。」潔曦感到震驚的波動傳遍桌前的每一個人。瑪赫特僵硬地站著，可能在傾聽或注視。她的瞳孔微微地移動著。「黎斯特發出呼救聲，」她說：「但距離太遠，我無法聽到內容。他沒有受到傷害，但我沒多少時間了，要趕緊結束這個故事！」

7 黎斯特：天堂的王國

加勒比海的海地，上帝的花園。

我站在月光浸潤的山頂，盡力不去看那個樂園，只試圖勾勒出我所愛的那些人。他們是否已經集結在那個童話般的木屋，我的母親正在其中徜徉？如果能夠看到他們的臉或聽到他們的聲音該有多好！馬瑞斯，請不要變成憤怒的父親。幫幫我，幫助我們全體！我還沒有放棄，但已經迷失了，我的身心都只屬於她一個。

但是他們距離我實在太遠，我無法橫越這樣的間距來抵達他們那邊。

於是我只好看著翠綠的山丘，點綴其中的農舍，以及與樹木一樣高眺的豔紅繁花。變幻無端的雲朵宛如棲息在風勢上的帆船。第一批踏上這塊被晶瑩海洋覆蓋的島嶼的歐洲人是怎麼看待這個地方的？上帝手中的花園？

想想看他們竟然在幾年內就將本地人宰殺殆盡，由於殘酷的奴役與疾病而導致滅種。這個和平的種族沒有半個後繼者，再也沒有人呼吸這純淨的空氣、從豐美的植物身上摘下花朵，誤以為那些天外訪客是某種神祇，只可惜對方沒有回應他們仁慈的想法。

就在山底下，王子港的街道上充滿了死亡與暴力。那並非我們所為，只是承襲了四百年來始終不變的血腥歷史，雖然山頂上的雲霧美得令人心碎神傷。

我們早已做完了該做的事。她的部份就是她想做的，我的部份是由於我無能阻止。從村莊小徑到迎風大道，乃至於到山頂的這端，城鎮裏布滿泥灰製的房屋，香蕉樹狂野生長，人民既貧窮又飢餓。此刻女人們吟唱著禱文，在燭光與燃燒的教堂火光中埋葬她們的死者。

我們獨自在此。就在狹窄的道路一端，森林再度生長，蓋住曾經如同碉堡般俯視山丘的巨大房屋。當時的地主已經離開數百年，彼時他們在屋內縱情歡樂，無視於奴隸的哀泣。

樹藤攀爬著月色下的磚塊，一株雄偉的樹木從發亮的地板上巍然升起，在綻放如花朵的月光下推回原先可能是屋頂的一些殘缺木條。

如果能夠與她永遠在這裏，忘掉其餘的一切，不再有殺戮與死亡。

她嘆息著說：「這就是天堂的王國。」

就在我的眼底，女人們追殺著男人，巫毒教士尖叫著古老的咒文但還是在墓地被處決。我嗅到集體屠宰的氣味，生氣於自己的無能，也無法再看下去，只好攀登到山頂。

她隨後來到這裏，發現我在這兒攀附著某些我自己也說不上來的東西。古老的鐵門、生鏽的鈴鐺、藤蔓纏繞的磚塊，唯有這些人工製成的物品才能持久。她可眞會取笑我！

這鈴鐺以前是用來傳喚僕人的，她說。這就是當初血濺這塊土地的征服者住所。爲何我因爲那些單純靈魂的雀躍而感到受傷，獨自來到這裏？每一棟房屋不都終究會化爲廢墟嗎？我們像一對烈火中燒的情人般爭執不下。

「你想要的就是從此不再沾染血液嗎？」她說。

「我只是個單純的生物。或許危險，但很單純。我只爲了生存而殺人。」

「你讓我傷透了心，竟然撒這種謊。我要怎麼做才能讓你明白？你怎麼如此自私而盲目呢！」

我又看到她臉上驟然出現的苦惱，那使她看上去無比的人類化。我無法不迎向她。

有好幾個小時，我們只是享用彼此的懷抱。

就在平靜的情緒，我從懸崖邊走回來，再度擁抱她。透過詭異月光暈染的雲朵，我聽見她說著：「這就是天堂的王國。」

這些都無所謂了。只要我能夠與她一起躺著，一起坐在長凳上，或是站起來擁抱著她。只要能夠如此與共，就是無比的快樂。而且我會飲取她的甘露，即使在那當下，我會淚流滿面告訴自己：你徹底敗北，如同一顆浸浴於美酒的珍珠，自我的意志融化殆盡！你完了，你這個小惡魔，你已經徹底對她繳械，完全沒入她的體內。你總是站在一旁看他們死去，是吧？眼睜睜地看著。

「只要有生命，就會有死亡。」她低聲說：「我是他們的信仰之道，唯一能夠赦免他們痛苦的生命希望。」她的唇湊進我的口，我疑惑著，是否她會再來一回，如同當時我們在神殿時的狂歡，沉浸於彼此發燙的血泊。

「聽聽那些村民的歌聲吧，你聽得見的。」

「沒錯。」

「那麼，再聽聽遠方的城市吧！你可知道，這一夜有多少起死亡事件？你可知道，如果我們不試圖更改他們的命運，扭轉成新的視野，將會有多少人繼續死於男人的手中？你可知道這場戰爭已經持續多久了？」

在我還活著的時代，這個地方是最富庶的殖民地，只要有菸草與咖啡就足以讓人一季致富。如今，人們赤腳行走在泥濘的街道上，撿拾垃圾過活；機關槍掃射過王子港的大街小巷，穿著花襯衣的死者堆積如山；孩童拿著鐵罐在壕溝中取水喝。奴隸奮起抗暴，獲得勝利，但也失去一切。

然而，這是他們人類的世界，這也是他們的命運。

她輕柔地笑著：「那我們是什麼呢？我們難道毫無用處？我們要如何合理化自身，難道只能站在一旁，看著無力改變的事實？」

「假設這些都是謬誤，」我說：「這一切終究都只是生命的恐怖，無可實現、無法執行——那又如何？每個男人都死光光，把地球化為一個大型墳場也不會變得更好啊！這一切都是敗筆，大敗筆。」

「誰告訴你那是敗筆來著？」

我沒有接腔。

「馬瑞斯？」她笑得可真是輕蔑啊。「你難道還不明白，現在已經沒有父親的容身之處——無論他們生氣與否。」

「但我們有兄弟也有姊妹，」我說：「在彼此之間，我們可以找到父親與母親。難道不是如此嗎？」

她又笑了，但這回柔和多了。「兄弟與姊妹……你可想見見他們？」我將倚在她肩頭的頭抬起來，親吻她的臉。「是的，我好想見見他們。」我的心跳加快。「求求你！」我親吻她的喉頭、她的顱骨，以及她閉起的眼睛。

「求求你嘛！」

「再喝一些吧！」她低聲說，我感到她堅挺的花蕾抵住我。我將堅硬的獠牙戳入她的喉頭，於是那小小的奇蹟便發生了：堅殼倏地破裂開來，甘露灌滿我的口。

一股巨大的熱流併吞了我。沒有重力也沒有特定時空的存在，整個宇宙只有阿可奇！

然後我見到那紅木林，山頂的房屋被燈火燃亮，他們圍著桌子坐著，被黑色的玻璃牆映出身影，火光跳動不休。馬瑞斯，卡布瑞，路易斯，阿曼德……他們都聚集在那裏，而且安全無虞。我可是在作夢嗎？他們都在聽著一個紅髮女子說話。我認得這個女人，我見過她！

她出現於紅髮雙胞胎的夢境裏！

我看著這群聚集一堂的不朽者，看到另一個更年輕的紅髮女子——我也見過她，當時她還是個人類。就在演唱會的高潮起伏，我將她一把抱起來，看入她失神的雙眼。我親吻她並說出她的名字，接著，後續的情景宛如一道深不見底的深淵在我腳底下裂開，我掉入事後根本難以回溯的雙胞胎夢境，只記得覆滿圖畫的牆壁與神殿之類。

影像突然間淡化了。**卡布瑞，母親！**太遲了，我已經抽拔而出，在黑暗中打著轉兒。

如今你擁有我全部的神力，只要假以時日便可臻至完美之境。你可以殺人於彈指之間，移動物體於千里之遠，隨意縱火焚燒。現在我們已經準備好去見他們了，但先給他們結束那愚蠢計謀與討論的時間吧！我們將再向他們顯示一些力量。

不要這樣，阿可奇，我們就直接去見他們吧！

她離開我的懷抱，冷不防打我一掌。

我震驚地往後退，冷得發顫。痛楚布滿臉頰，彷彿她的手掌還停留在上面。我咬緊牙關，讓痛苦強化後才退去；氣得只能握緊拳頭，什麼也無法做。

她以輕柔的腳步跨過古老的旗幟，長髮隨風飄搖。她停在頹倒的大門，肩膀微微聳起，背部略微弓起來，彷彿要縮到自己體內。

那些聲音響起時，我無法阻止，然後它們如同洪水退潮般地停止。

我又看到周圍的山丘與破敗的房屋，臉上的痛楚已經退去，但我還在發抖。

她緊繃著臉，眼睛瞇起來，尖銳地看著我：「他們對你而言，可真是重要啊！你以為他們會說些什麼或做些什麼？你以為馬瑞斯可以說服我？我比你了解馬瑞斯多了，我知道他的每一條思路，他就和你一樣地貪得無饜。而且，你當我是誰啊？我那麼容易就被勸退嗎？我生來就是一個女王，即使在神殿沉睡的歲月，我也是個統治者。」

她的眼神突然暴亮起來：「我在傳奇故事與那些信仰我的心靈中身居統治者之位，王子為我彈奏樂曲、供奉物品與祈禱的人，而你現在要我做什麼！只為了你一個，就要我棄絕我的王座與命運?!」

我還能說些什麼呢？

「你可以讀取我的心靈，」我說：「你知道我想要的是什麼，就是你去聽聽他們說話，給他們一個機會，就像你給我的一樣。他們知道得比我還多，能夠表達我說不出的事物。」

「噢，黎斯特，但是我並不愛他們如愛你一般。他們的說詞與我何干？我可沒有那種耐心。」

「但是，你說過你需要他們的助力，否則你要怎麼開始——眞正的開始，不是這種村落，而是人們會群起抵抗的大城市、你需要這些你稱呼爲天使的同類。」

她哀傷地搖頭：「我誰都不需要，除了……除了……」她遲疑著，臉龐因爲純粹的驚駭而空白一片。在我能阻止自己之前，我發出某種類似於絕望哀悼的聲音。我看到她的眼神黯淡下來，聲音似乎再度響起，但不在我的耳內，而是她的。她瞪著我，但沒有看見我。

「但如果非得如此，我會毀了你。」她含糊地說著，眼睛搜索著我，但沒有眞正看到我。「當我這麼說的時候，你最好相信。這一回我不會輕易罷休，我不會退回去，我非得要讓這個夢想實現不可。」

我撇開她，看著朽壞的大門，斷崖的裂口，底下的山谷。我要怎麼做才能夠從這個惡夢得到解脫？我非得自願就死不可嗎？我的眼底充滿淚水，看著黑暗的田野。這眞是懦弱的想法。一切都是我惹的禍，如今已經沒有逃脫的餘地。

她還是直挺挺地站著，彷彿傾聽些什麼，然後她移動肩膀，似乎被什麼重擔壓著。「爲何你不相信我？」她說。

「拋棄它吧！」我握緊她的雙臂，她幾乎是危顫顫地望著我。「我們所征服的是個古老的村落，沒有時間淘洗的痕跡，這幾千年來都是如此。讓我展現這個現代世界給你看吧，阿可奇，讓我們神不知鬼不覺地溜入城市一角，不是為了殺戮，而是觀察。」

她的眼睛發亮，原先的頹靡一掃而空。她擁抱著我，突然間我又渴望血液。即使我盡力抗拒，即使我為自己軟弱的意志掉淚，我還是得承認那是唯一想要的東西。我想要她。無法抵擋這種慾念，那古老的奇想再度襲上腦海：我遐想著喚醒她之後，帶著她在大街小巷之間漫遊，逛著博物館與音樂廳，賞玩偉大的首都與百貨公司，瀏覽所有人類製造的不朽美好物品：那些超越邪惡、錯誤，以及個別敗筆的人工物。

「但我要做這些小事幹嘛呢？我心愛的。」她低聲說：「你想要引介你的世界給我？真是虛榮的想法啊！我一向與時間同在。」

然而，現在她以最令人心碎的表情看著我。我在她身上看到的只有哀愁。

「我需要你。」在她的眼中，首度盈滿淚水。

我無法承受這等哀懇，背脊處一股涼意升起，每當我試圖壓抑痛楚時總是如此。她將手指擱在我的嘴唇，要我保持靜默。

「很好，我心愛的，」她這麼說：「我們就啓程去找你的兄弟姊妹吧！我們去找你的馬瑞斯。但是，先讓我再抱你一下，傾聽我的心聲。你懂嗎？我無法成為我以外的任何存在。這就是你的歌曲所喚醒的，這就是我的本然。」

我想要抗議並否定，我想要再一次掀起只會傷害她並且將我們分開的爭論。但是當我看入她的眼底，我根本找不出話好說。突然間，我明白什麼是能夠阻止她的關鍵。

我終於找到阻止她的絕招，那其實一直都在這兒。並非我對她的愛，而是她對我的需求。那股需要分享偉大領域的需求，某個與她相屬相等的同盟者。她一直相信我終會變得如同她一樣，但現在她明白那並不可能。

「但是，你錯了！」她的淚水閃閃發光：「你只是太過年輕，而且害怕。」她微笑著：

「你是屬於我的。而且，倘若非得如此，我會親手毀了你，我的王子。」

我啞口無言。我親眼看過那些，而我知道她不會接受我的說法。在這漫長無涯的時光，她總是獨自一人承受孤絕——無論是在她身邊的恩基爾，照料她的馬瑞斯，都只是單純的存在。她從未與身邊的對象從事理智的爭議。

淚水淌下她的臉龐，形成兩道暴烈的鮮紅。她抿起嘴唇，眉頭深鎖，然而她的臉總是粲然生光。

「不，黎斯特，」她說：「你錯了，但我們必須做個了結。如果必得以他們全體的死亡換得你的服從，那就如此吧！」她張開雙臂迎向我。

我想要逃開，想要抵禦她的要脅，但當她靠近時，我根本動彈不得。

就在溫暖的加勒比海微風，她的雙手游移在我的背脊，撫摸我的頭髮，甘露流入我的體內，灌滿我的心臟。終於，她的口唇抵達我的喉頭……突然間，她的牙尖插入我的肌膚！天哪，如同久遠之前在神殿交歡的況味。她的血與我的血交融混合！她的心跳響若雷霆……沒錯，這就是極致的神迷！但我還是不能照她的話做，我不能……她也知道這一點。

8 雙胞胎傳奇：總結

「宮殿還是一如往昔，可能比我們離去前更豪華些，多出些從其他土地劫掠來的物品。更多的金色布帛與繪畫，奴隸的數目也增加不少，他們的軀體配戴著金銀珍寶，好像是宮殿的裝飾品。

「我們來到一間優雅的屋室，有著美麗的家具與餐桌上的料理讓我們享用。

「日落之後，我們看到國王與女王出來接受眾臣的致敬。大家都讚頌著他們蒼白的肌膚、發亮的雙眼，被陰謀者攻擊後奇蹟復原的身體。整個宮廷洋溢著這些歌功頌德之聲。

「當這些儀式結束後，我們被帶入這對王者的寢宮。自從意外發生以來，我們首次看到發生在他們身上的巨大異變。

「我們看到兩個蒼白亮麗的人形，類似以往的人類軀體，但周身環繞著一抹詭譎的光暈，他們的皮膚早已不是皮膚，心智也已經變形，然而他們竟然如此絕美。你們可以想像吧，就如同月亮從天而降，將光輝注入他們體內一般。他們身穿華服，站在絢爛的家具當中以黑曜石般的雙眼瞪著我們看。然後，似乎是國王以柔和如音樂、完全不同於他以往聲音的音色說著話。

「『想必凱曼已經告訴你們發生在我們身上的事端。站在你們眼前的我們承受一場神蹟，得到不死的永生，超越人類的界限與需求，而且輕易理解以往對我們而言宛如空中樓閣的艱難概念。』

「然而女王以低沉的嘶叫聲對我們說：「好好給我解釋，**你們那些該死的精靈到底做了什麼！**』

「在這兩個怪物之前，我們將遭受到前所未有的危險。我試著告訴瑪凱這件事，但女王高聲笑著：『你以爲我會不知道你們在打什麼鬼主意嗎？』

「但是國王哀求她安靜下來。他說：『讓女巫們運用她們的能力吧。你們知道我們向來對你們充滿敬畏。』

「女王嘲弄著：『沒錯，而你們竟然將詛咒送到我們身上。』

「我連忙解釋那不是我們的作爲，我們有遵守離開王宮時的承諾。瑪凱靜默地打量著他們兩個，我哀求他們了解那不是我們的意願，而是精靈的任意而爲。

「『任意而爲！』女王說：『你就這樣輕鬆帶過去？我們究竟是怎麼了？我們變成什麼？』她讓我們看到那對尖銳細小的獠牙，鋒利如刀的犬齒。國王也讓我們看他的變化。

「『這樣比較好抽取出血液。你可知道我們被怎麼樣的飢渴折磨？每一夜都有四個男人爲我們而死，但我們還是需索無度。』

「女王抓著自己的頭髮，彷彿忍不住要叫出來。國王示意她安靜，跟我們說：『瑪赫特與瑪凱，指點我們吧，告訴我們該如何因應這些變化才好。』

「『沒錯，』女王掙扎著回復過來：『這種事情不會沒有理由就莫名其妙地發生……』看樣子，她看待萬物的狹隘實用主義觀點已經瀕臨崩潰。而國王抱持著他的幻覺不放，非得死到臨頭才會覺悟。

「瑪凱將雙手放在他的肩膀上沈思著，接著她也這樣對女王，她只是仇恨地瞪著瑪凱看。『告訴我到底發生哪些變化。』瑪凱說。

「女王沉默著，眼神充滿狐疑與不信任。坦白說她的美貌因此增色不少，但她的本體確有種讓人望之生畏的部份，彷彿她不是花朵，而是由白蠟製成的花朵複製品。當她在靜默盤算時顯得陰沉惡意，我靠向前去以防瑪凱被她傷害到。

「然後女王終於說：『那些叛徒前來行刺，想要把責任推給精靈。他們啃食自己父母與所愛之人的血肉。他們潛入王宮，拿刀刺向我，我可是他們的至尊女王！』她停頓一下，彷彿重溫當時的情景。『他們刺穿我的心臟，我倒在地上不起，這等傷口必死無疑，我知道自己已經死了。你懂嗎？我知道在這世上沒有任何東西救得了我們，血液不斷流失。』

「『當我看著自己血流不止，我知道自己已經不在身體內，彷彿被某種力量趕出體外。死亡將我推到某個隧道內，在那裏我將不再難受。』

「『我不害怕也沒有感覺，往下看著自己血流滿地的模樣，但我不介意，自己已經自由了。然而某個東西抓住我，就像是漁夫的網羅一般困住我，隧道消失了。我奮力掙扎抗拒，但它緊貼著我，根本無法甩脫它。』

「『當我醒來時又回到自己的體內。傷口痛楚不堪，彷彿那些刺客正在砍我。而且那張網羅還跟隨著我，不像當時那無遠弗屆的事物，更像是體內的一張絲織成的細密大網。』

「『這個看不見但就在那裏的東西翻轉不停，將我東拉西扯。血液從我的傷口湧出，碰到那張網羅，以往是透明的物體現在沾滿血腥，以我的身體爲巨大的傳播網。這東西的中心點就在我的體內，它像個受驚的動物般翻動不休，像是一顆擁有手腳的心臟，在我的腹部內囓咬著。我寧可把自己砍個傷口讓這東西流出來！』

「『這個淹沒且覆蓋著我的東西似乎有個中央核心，在我的體內橫衝直撞，在四肢內暴動闖蕩，在脊椎骨當中跑來跑去。』

「『我應該必死無疑，當時我似乎又要從體內冒出來，然而突然間我張開眼睛，視野清晰無比：凱曼拿著火炬，庭院中的樹木！就像是我這一生從未如此清晰地看著東西，我體內的痛楚與傷口都全然癒合，只是我無法忍受光線。如今我已經從死亡的關口被救回來，我的身體比以往更完美，只除了——』

「她看著前方，突然間似乎不再介懷。然後她說：『其餘的凱曼應該已經告訴你們了。』她看著身旁的國王，他正苦苦思索她所說的話，我們也是如此。

「她說：『你們的精靈想扼殺我們，但是某種更偉大的事物介入，擊敗它的魔性力量。』然後她無法繼續說謊，口舌凍僵了一般，臉上充滿惡毒之色。她甜蜜地說：『睿智的女巫，你們通曉萬物，那麼請告訴我，現在我們應該被稱呼做什麼？』

「瑪凱嘆了一口氣看著我，我不想跟眼前這個東西說話。古老的警語復返：埃及的女王與國王將會詢問我們，但不喜歡我們給予的答案，我們因此被毀滅。

「女王坐下來低垂著頭，就在那瞬間她眞正的哀傷方才顯現出來。國王憂傷地對我們微笑：『我們飽受折磨，女巫。唯有我們更了解發生在我們身上的事，才能好好因應。你們能夠操縱不可見之物，教授我們這些魔法吧。你們知道我們從未想要傷害你們，只是要散播眞實與律法。』

「我們忽略那套愚昧的說詞——以大屠殺來散播眞實與律法？瑪凱要國王詳加敘述他所記得的一切經過。

「他所說的你們在場中人都能感同身受：他在瀕死前從他妻子身上嚐到魔血，他如何地騷動起來，如何從她身上吸取更多血液。然而他的體內並沒有那股神祕的血色疑雲，沒有東西進入他。『渴得難以忍受。』他說，然後低下頭來。

「我們無言了好一陣子，只是看著對方。接著一如往常，瑪凱先發言。

「『我們無法爲你們遭受的事物命名，也從未聽說發生過這樣的事情。然而一切都顯而易見。』她看著女王說：『當你死去的時候，你的靈魂就像許多人一樣迅速找到出口，當它跳出你的身體，精靈阿曼就逮住它，不可見的它與你不可見的靈魂混在一起。如果是一般的情況，你應該可以輕易擺脫這個地表上的靈體，進入死後的國度。』

「『然而這個精靈在這段時間品嚐鮮血、折磨人類，正如同你所見到的，他已經起了一股新變化。當時你的身體躺在那裏，奄奄一息，身上有那麼多流血的傷口，是以這個東西就插入你的體內，他沒有實體的形體如今正密接著你的靈魂。』

「『你還是有可能獲得勝利，就像那些戰勝附身在他們身上魔物的人們。只是這個東西沉浸在這麼大量的鮮血中，他的本體核心（也就是他那無限能量的來源）已經塡滿過去前所未有的新血，血液與組織的融合增進千萬倍的強度，血液流通他的物質與非物質身體，那也就是你所看到的鮮血網羅。』

「『然而那通貫你們身體的痛苦最爲劇烈。正當無可避免的死亡來臨時，精靈的細小毛孔與你的細胞貼合，而它的能量體也與你的靈魂膠合。就當它的靈肉與你的身心難分難捨時，已經塑造出一個新的生命體。』

「『它的心臟與我的心臟合而爲一！』女王喃喃地說，將手擱在胸口。

「我們沒說什麼。我們並不如此簡化這些事情。心臟並非生命的中樞，對我們來說腦部才是。此刻我與瑪凱突然想起某個恐怖的回憶：我們母親的心臟與腦髓被摔到塵泥滿佈的地面！

「然而我們極力壓制，不顯現出來。因爲要在這些肇事者面前表達哀痛，眞是太過褻瀆死者了。

「國王對我們施壓：『很好，你們已經充份解釋發生在阿可奇身上的狀態，某種核心貼合在她的體內。但是我呢？我並沒有感到痛苦、或精靈侵入。只是一旦接觸到她沾血的雙手，就感到無比飢渴。』他看著自己的妻子。

「充滿恐怖與羞恥，他們明確地感受到飢渴。

「『精靈也在你的體內。』瑪凱說：「雖然只有一個阿曼，但是他同時棲息於女王和你的軀殼內。』

「『怎會如此呢？』國王發問。

「『這個東西體態龐大。』瑪凱說：「如果你在災難發生之前看過它的全貌，你會看到某種幾乎沒有盡頭的東西，綿延九天之遠。』

「『沒錯，』女王坦白說：『那個東西彷彿覆蓋了整個天空。』

「瑪凱解釋著：「唯有擴大自己的體積，精靈才能累積物理能量。它們的本體如同覆蓋整個地平線的雲層，甚至更巨大。有時候，它們會對我們炫耀說，對它們來說並沒有眞正的疆界線……雖然應該不至於如此。』

「國王瞪視著自己的妻子。

「『那要怎麼做才能把它趕出去？』阿可奇質問。

「我們都不想回答這問題。對他們而言應該是顯而易見的。『摧毀你的身體，』瑪凱說：『那麼它也無法倖存。』

「國王不可置信地看著瑪凱：『摧毀她的身體!?』他絕望地看著自己的妻子。

「阿可奇只是苦澀地笑著。看來那對她而言並非新聞，她只是一直充滿憎恨地看著我們，然後看著國王。接著她又拋出另一個問題：『我們已經是死的東西了，對吧？如果與它分離，我們也無法存活。我們不吃不喝，只想飲血，身體再也無需排泄，自從災難發生以來我們的軀殼一點點都沒有改變。我們再也不是活人了。』

「瑪凱沒有說話。我知道她正在以一個女巫的眼光打量著他們，不把他們當人類看，而是試圖看穿他們看似一般形貌背後的本體。她進入冥思狀態，然後以平板遲緩的聲音對他們說：

『它就在你們的體內活動，如同火光在乾柴內運作，也像是蛆蟲在屍體內啃蝕。融合不斷地進行，這也就是爲何你們不能接觸陽光——因爲它用盡一切能量來運作融合的過程，無法承受陽光的熱氣。』

「『即使是火炬的亮光也無法近身。』國王嘆息著。

『就算是一根蠟燭的火苗亦然。』女王說。

『沒錯，』瑪凱從冥想中恢復：「你們的確已經死了，你們不是活人。如果誠如你所言，你的傷口自動痊癒，你讓國王復活，那表示你們已經征服了死亡。只要你們不被太陽的火燙熱流曬到就是。』

『不能這樣下去。』國王說：「你可知道那股飢渴有多麼恐怖？』

「女王只是苦澀地笑著：『這已經不是活生生的身體，而是那些魔物的巢穴。』她的嘴唇歙歙發抖：『如果不是那樣，我們就是眞正的神。』

『回答我們，女巫。』國王說：『難道不可能是說，我們已經是神聖的存在，被賦予神才有的能力？』他微笑著，試圖相信這番話。『或許當你們的精靈想要侵入我們時，我們的神干預並改變了我們。』

「一抹邪門的光輝出現在女王的眼中，她可眞是愛死了這念頭。然而她並不全然相信這一套。

「瑪凱看著我，我知道她希望我也像她那樣檢視他們的身體。她還有些不太確定的東西。在直覺本能的層面我比她更強一些，雖然我不及她在言說上的本事。

「我趨前去觸摸他們的肌膚。雖然接近他們讓我厭惡，正如同他們對我們同胞的作爲讓我噁心。我檢查他們，仔細端詳他們，清楚看到瑪凱所說的：精靈正在他們的體內流動。我清除自己內在的恐懼與預設，讓冥想所必備的安靜降臨，然後我說：

『它還想要更多的人類。』我看著瑪凱，這就是她猜到但不敢確定的。

『我們已經供奉上所有可能的人了！』女王說，羞恥的紅潮染上她蒼白的面容，國王也倍感羞恥。我們知道他們在吸飲血液時必然感到無比快悅，無論在床第之歡、酒精的催情，或是狂歡饗宴，他們都沒有品嚐過這種絕頂快感。羞恥的根源就是這種畜牲般的性歡愉，而不是殺人的懊惱。這一對狗男女眞是天造之合。

「但是他們誤解我們的意思了。我說：『不是這樣的，它想要的是更多同類。它想要你們繁殖更多吸血族，如同你繁殖出國王那樣。它的本體太過龐大，無法只被容納在兩具人類軀體內。只要你們製造出新的同類，飢渴就不會那麼嚴重，新的吸血鬼會分擔一部份的飢渴。』

「『不！』女王尖叫：『那是不可能的！』

「『那不是如此簡單的事吧？』國王說：『我們在恰好而恐怖萬分的時刻誕生，恰好是我們的神與惡魔戰鬥並勝利的時刻。』

「『我不以爲如此。』我說。

「『你的意思是說，』女王說：『如果我們將自己的血液餵給其他人，他們就會被感染成同類。』她正在回想災難發生時的順序：她的丈夫死去，心跳停止，然後她的血液流到他嘴裏……

「『怎麼，我的血液又沒有那麼多！』她說：『我只有一人份。』然後，她想起自己的飢渴，以及那些供奉血液給她的身體。

「我們終於明白她是怎麼做到的：就在她丈夫吸取她的血液之前，她先吸乾了他。當時一腳正要跨進鬼門關的國王，意志特別薄弱，正好被阿曼無形的觸鬚裹住。

「當然，他們兩個讀到我們的思路。

「『我不敢相信你竟然這樣說！』國王說：『我們可是凱門的國王與女王呢！無論這是負擔或榮光，這是我們的神賜予的贈禮。』

「過了一會兒，他以最誠懇的語氣說：『你們明白嗎？女巫們，這是我們的命運。我們註定要侵略你們的土地，將你們的惡魔帶入我們的領土，好讓他擊敗我們。沒錯，我們承受了苦難，但我們現在是神，燃燒在我們體內的是聖火。我們必須對於自己的遭遇心存謝意。』

「我緊握著瑪凱的手，試著阻擋她即將出口的話。但他們已經讀到她的心思。

「『這種情況可能發生在任何人身上。」她說：「如果還有另一個機會，只要任何一個瀕死的女人或男人在側，精靈就會伺機侵入。』

「他們沉默地瞪著我們。國王搖首不語，女王作噁地撇過頭去。好一陣子之後，國王微弱地說：「如果當眞如此，那麼其他人也會想要這個稟賦囉？』

「『沒錯，』瑪凱低語：『假若能獲得永生，大多數人都會願意的。但是，對於不想永遠活下去的人就未必盡然。』

「國王的臉色大變。他來回踱步，看著他的妻子，而她只是直勾勾地瞪著前方，像個快抓狂的人。他小心無比地對她說：『那麼，我們知道要怎麼做了。我們不能夠繁殖出一窩這樣的怪物。』

「然而女王把雙手覆蓋在耳朵，開始尖叫啜泣，擺盪在她自己的苦痛中。她的手指化爲爪子，瞪著天花板看。

「瑪凱與我退到房間的一角，緊抱著對方。瑪凱開始哭泣，我感到自己也泫然欲泣。

「『這都是你們害的！』女王大吼著，我從未聽過有人的聲量如此巨大。

「她開始抓狂，亂摔東西。我們終於見識到她體內的阿曼，因爲人類的力氣不會那麼大。鏡子被她摔向天花板，她的拳頭砸碎所有的家具。『願你們下地獄，與所有的惡鬼魍魎作伴！』她詛咒我們：『因爲你們對我們所作的惡行，女巫們。你們說那並非你們所爲，但在內心深處你們希冀如此。我能夠讀取你們的心念，這是你們暗自盼望的結果！』

「然而，國王抱著她安撫她，讓她在他胸前哭泣。

「最後她離開他的懷抱，血紅的眼眶對著我們。『你們都在說謊，正如你們的惡魔。這種事情哪有可能湊巧發生，如果那不是上帝的旨意？』她對國王說：『你不明白嗎？如果以我們現在擁有的神力、又聽從這些女巫的話，那才眞是大傻瓜！不過我們是剛誕生的神祇，得好好學習神祇之道。那很明顯，關鍵就在於我們所擁有的能力當中。』

「我不懂她的意思，但是即使她相信這些有的沒的，也算是一種福音。我只知道阿曼——那個愚昧不堪的笨精靈——竟然作出這種融合，或許整個世界因此傷亡慘重！我母親的警告以及我們所遭受的所有苦難都回到我的腦海，希望他們兩個就此覆滅的意念眞是難以抑制。我得將雙手放在頭蓋骨把自己搖醒，免得承受他們的震怒。

「但女王沒有注意我們，只是喝令守衛將我們監禁起來。她說，明晚她會在全宮廷面前宣告對於我們的處置。

「她表情陰沉，緊咬著牙關下達諭令。我們像兩個普通囚犯般，被士兵粗魯地扔到牢房。

「瑪凱握住我的手，低聲告訴我，在太陽上升之前我們絕對不能想到任何會觸怒他們的意念。我們得一直唱歌，也不能夢到讓女王與國王感到生氣的夢境。她感到前所未有的害怕。

「我從未看到瑪凱如此恐懼。她向來是無畏而憤怒的，我才是那個憂心忡忡的人。

「當黎明到來，化爲惡魔的國王與女王躲入沉睡時，她終於爆出哭聲。

「『都是我的錯！』她說：『是我讓阿曼侵入她的體內，雖然我盡力不這麼做，但就像女王說的那樣。』

「她的自責沒有止境：都是她告訴阿曼，慫恿他並且強化他的慾望。她的願望就是他將所有的埃及人一掃而空，讓他們滅亡。

「我試圖安慰她，告訴她沒有人能夠完全克制自己的慾念。精靈救助過我們，而我們不知道那代價如此恐怖。現在不要再想那些，只要往未來邁進就好。我們要怎麼做才能逃離這兩個怪物？我們的善良精靈已經嚇不倒他們了，我們必須想出一個方案來。

「最後，我暗自盼望的終於來到。凱曼出現了，他比以前更憔悴消瘦。

「『我想你們可能沒有逃生之望了，我的紅髮人兒。』他說：『國王與女王被你們的話嚇死了，他們在清晨到來前到奧賽瑞斯神殿祈禱。難道不可能安撫他們，給他們一點希望，哄他們說這些恐怖的事情終會結束？』

「『凱曼，沒有別的路可走。』瑪凱說：『我並不是說你一定得這麼做。但如果要了結這一切，你就得了結國王與女王。找出他們的藏身之處，讓太陽光毀掉他們。他們的新軀體承受不起陽光的曝曬。』

「但他轉過頭去，不敢想像這等大逆不道。然後他嘆息著說：『我親愛的女巫，我見過這些行徑，但我做不到。』

「隨著時間流逝，我們很清楚自己將被處死，但我們並不後悔所說過的話或者所做過的事。我們躺在彼此的懷抱，唱著幼時的兒歌、母親唱給我們聽的童謠。我想到自己的小寶寶，想要以靈體前往探視她。但是沒有冥想專用的藥液，我無法辦到。

「終於在日落時分，我們如同前一天那樣被帶去給國王與女王。那兒就是當初凱曼羞辱我們的地方，站著相同的宮廷眾臣。我們的雙手又被綁起來。

「不同的是，這一回是在黑夜進行。陰影幢幢，籠罩著每一處。終於國王與女王登上王座，他們的臣下跪倒在地，士兵強迫我們也如此屈從。然後女王踏向前方，對她的臣下發言。

「以危顫顫的聲音，她指控我們是怪物般的女巫，我們釋放出精靈危害到凱曼，最近更波及女王與國王。然而偉大的奧賽瑞斯、太陽神雷的後代已經擊敗邪淫的力量，恢復國王與女王的榮光。

「『但是，偉大的神不容許這些女巫如此驚擾祂所愛的人民。以下就是祂的判決——』

「女王說：『由於你的惡毒謊言與咒文，瑪凱，你的舌頭將被活生生拔出。瑪赫特，由於你親眼見證的邪惡行徑，你的雙眼要被挖出。你們將會綁在一起，徹夜傾聽對方的哀嚎。其中之一無法講話，另一個看不到對方。明日正午，就在全體人民的注視下，你們將被活生生燒死。』

「『看著吧，沒有任何意圖推翻埃及國王與女王的邪惡得以倖免。因爲我們是上帝選中並賜福的國王與女王，我們的福祉就是大眾的利益。』

「當我聽到這些惡毒的詈罵時，簡直說不出話來。恐懼與悲傷超乎言語所能及之處，但是瑪凱立刻反罵回去，她甚至嚇到那些士兵。他們任由她掙脫並跑向前去。她雙眼看著星辰，對著震驚的宮廷眾人宣示——

「『讓精靈爲此見證：那將是未來註定之事，必然且將會如此，你是天譴者的女王，邪惡是你唯一的命運之道。當你最極致的時刻到來，我將出現並擊潰你——即使我必須從屍冢復活。仔細看著我，那將是你征服者的容顏。』

「當精靈一聽到她的預言與詛咒，立刻前來應召。他們將宮廷鬧得雞飛狗跳、鬼哭神嚎，驚恐的宮廷大臣們四散逃逸。

「但女王勒令士兵：『立刻照我的命令，砍下她的舌頭。』雖然大臣們驚懼地攀著牆角柱子，士兵們還是悍勇地抓住瑪凱，砍下她的舌頭。

「我眼睜睜地看著這一切發生，看到她哽咽著就知道命令已經執行。接著以令人驚駭的暴怒，她將士兵推往一旁，以被縛的雙手迅速拾起她的舌頭，將它吞下去。

「接著士兵們把我抓住。我最後看到的影像就是阿可奇雙眼發光、手指指向我的樣子，以及凱曼淚流滿面的神情。士兵們將他們的手蓋上我的眼皮，在我無聲飲泣的時候挖走我的視覺。

「突然間，我感覺到一雙手將某個東西放在我的掌心上。那是凱曼，他將我被挖出的雙眼推向我嘴邊，讓我吞下它們，以免被他們糟蹋。

「風勢更加狂烈，我聽到大臣們做鳥獸散的聲音，有些咳嗽、有些哭泣。女王在請求她的臣下平靜下來。我轉身搜尋瑪凱，感到她的雙手擱在我的肩頭，頭髮拂過我的臉頰。

「『現在就燒死她們！』國王說。

「『不，那太快了。』女王說：『先讓她們受罪吧。』

「我們被押解下去，綁在一起，獨自被遺留在牢房的地板上。

「當晚精靈們幾乎要把皇宮給掀了，但國王與女王哄慰人民說，只要第二天清晨一到，所有的邪惡都會被逐出王國，要他們毋庸害怕。讓精靈惡搞一夜就是。

「最後終於安靜下來，我們沉默地躺著，只剩下國王與女王是清醒的。即使是我們的守衛也睡著了。

「這就是我生命的最後幾小時，我想著，瑪凱受的苦會比我更多，因爲她要目睹我被燒死，我無法看見她，而她連叫都沒辦法叫！她枕著我的胸口入睡，時間分秒地流逝。

「距離早晨三小時的時候，我聽見某種暴力的聲音。守衛淒厲叫喊著，然後倒下來，他們被殺死了。瑪凱也被驚動起來。我聽見門鎖被拉開、敲碎，然後我聽見瑪凱發出類似嗚咽的聲音。

「某個東西潛進牢房。根據我還保有的直覺力，我知道那是凱曼。他割開綑綁我們的繩索，握住我的雙手。但我覺得那不像是凱曼……終於我搞懂了。『他們改變了你，他們對你下手！』

「『沒錯。』他說。他的聲音充滿狂怒與苦澀，某種非人的特質進入他的嗓音。『爲了加以測試，他們就下手了；爲了看看你們說的是否正確，他們把那邪惡灌入我的體內。』看起來他正在哭泣，粗魯的抽泣聲從他身上發出。我感受到從他手指傳來的強大力量，雖然他不想傷到我，還是難以避免。

「『噢，凱曼！』我哭著說：『那些你盡力服侍的傢伙竟然如此荼毒你！』

『聽我說，女巫們，』他的聲音類似憤怒的饕餮：『你要選擇在無知人民眼前被燒死，還是起來對抗這邪惡的東西？除了同等力量的戰士，還有誰能阻止一個狂暴的劍客？女巫們，既然他們對我下手，我能否也改造你們？』

「我往後退縮，但他不讓我走。我不知道那是否可行，只知道自己不想如此。

『我知道，瑪赫特。但是他們會造出一個吸血鬼教團，除非我們打倒他們。除了變得和他們一樣有力，否則怎可能打敗他們？』

『不要，我寧可死！』我想到那等候我的熊熊火燄……但是，不行，這是不可饒恕的罪惡。明天我就要前往我母親的所在，永遠離開人世，沒有任何力量能夠留住我。

『你呢，瑪凱？你是否願意實現自己的咒文？還是就一走了之，不顧那些搞砸了你們的精靈？』

「風勢嚎叫著掃過皇宮。我聽到外面的門擺盪搖曳，沙土吹向牆壁，僕人們跑向通道，沉睡者被驚醒。我聽到自己深愛的精靈們以非人世的聲音造出這陰風怒吼的景觀。

「但我告訴他們，我不願意讓那邪惡進入我。

「雖然我跪在那裏告誡自己，一定要找到勇氣坦然赴死，但我知道那魔法又悄悄成立。正當精靈們翻雲覆雨時，瑪凱已經下定決心。我伸出手來觸摸他們兩人交纏如情人的模樣，試圖分開他們。凱曼把我打昏。

「幾分鐘經過，精靈們在黑暗中啜泣。他們比我先知道最後的結果，風勢逐漸減緩，黑闇中只留下一聲輕嘆。皇宮恢復平靜。

「我姊姊的手掌觸摸我，我聽見類似笑聲的聲音。沒有舌頭還能夠發笑嗎？我只知道打從出生以來我們就彼此相屬，身為彼此的鏡中投影；雖然有一雙軀體，但卻只有同一個靈魂。我獨自坐在黑暗悶熱的牢房，打從出生以來首次體驗到我與姊姊化爲不同的生命體。然後我感到她的嘴湊向我的喉嚨，她咬得我發痛。凱曼以刀子幫她，然後就是一片暈眩。

「那神聖無比的時刻！我瞥見動人的銀色天空，我姊姊在我眼前微笑。當雨勢下落，她高舉雙臂，我們一起在雨中翩然起舞。我們的族人也都在場。我們的赤足踏著濕潤草地。當雷聲響起、閃電劃破天際，似乎我們的痛苦都已被釋放。我們全身浸濕，跑到山洞裏去，點亮一盞古燈看著洞穴的壁畫：那是所有女巫的成品。就在雨勢的伴奏中，我們看著壁畫內的女巫朝著夜月狂舞而迷失了自己。

「凱曼與我姊姊輪流餵我黑暗之血。你們可知道那對於一個失明的人有何影響？在類似煤氣燈光暈的氤醞中，發亮的光炬勾畫出以微弱脈動所形成的週遭輪廓，類似於我們遭受強光洗禮後、閉上眼睛看到的事後意象。

「我可以在黑暗中移動且視物！我往前移動，印證自己的想法。門口，牆壁，走廊，一眨眼後就出現微弱的路徑圖。

「然而，夜晚從未如許寂靜，所有的非人類聲息都已然失去蹤影。精靈們已經全體離去。

「從此我未曾再聽到或看到精靈。是有看過一些死去的鬼魂，但是精靈已經一去不返。

「然而，在剛開始的幾小時、甚至幾個夜晚，我還不了解自己已被精靈棄置。

「因爲我被無數的事物震懾，讓我充滿喜悅或哀傷。

「早在太陽升起之前，我們如同國王與女王那樣躲在陰暗的墳墓內。凱曼帶我們到他父親的墳墓。當時我首次喝下人類的鮮血，體會到讓女王與國王羞恥臉紅的無比高潮。但我還不敢從獵物身上盜取雙眼，當時我也不知道這樣可行。

「直到第五個夜晚，我才那樣做，方才眞正以一個吸血鬼的視野看這個世界。

「我們從首都往北方移動。在每個地方凱曼都製造出新的同類，告訴他們要奮起反抗女王與國王，因爲他們宣稱這黑暗禮物是專屬他們獨家擁有：這是他們無數謊言中最惡劣的一個。

「那些夜晚的凱曼充滿復仇的怒火，任誰索求黑暗的禮物他都不吝給予，即使他因此衰弱無比，幾乎走都走不動。他發誓一定要給予國王與女王一群旗鼓相當的敵手。在那些夜晚到底培植了多少個吸血族？而他們又各自生養繁殖了多少後代，因此掀起凱曼所夢想的神魔大戰？

「然而，我們第一次的反叛與逃離終究要失敗。沒多久以後，我們三個——我、瑪凱與凱曼——就永遠分離。

「國王與女王驚恐於凱曼的背叛，深怕他已經給予我們黑暗贈禮，於是派出能夠日夜追蹤的士兵。由於我們貪婪地爲新生的自己獵血，行蹤極爲容易被發覺，遍佈小村落、河堤，以及山脈中的聚落。

「就在逃出皇宮的數夜之後，我們在薩奎拉被一群暴民追捕到。當時距離海邊已經不到兩晚的行程。

「只要我們跨過海洋，一直都在一起，世界又在我們的眼前再生。我們窮凶極惡地愛著彼此，在月光下交換所有的祕辛與心事。

「就在塞加拉，陷阱正等著我們。雖然凱曼勉力殺出一條通路，仍無法及時搭救我們，只好躲到山中伺機而動。

「瑪凱與我被他們包圍。正如你們在夢中所見，我的眼睛又被他們挖出。如今我們生怕火燄會殺死我們，只能祈禱所有的無形之物幫助我們成就最後的解脫。

「但是國王與女王不敢摧毀我們的身體。他們相信瑪凱所說的，關於精靈阿曼感染在我們每一個當中的說法。只要我們任一個感受到痛苦，他們也會感應到。當然那並非如此，但是我們怎麼知道呢？——

「我告訴過你們，我們就被放在石棺中，一個往東一個往西，漂流在海面上。那些木舟就是爲了長途旅程而造。透過盲目的雙眼我依稀看見這些，從士兵的心中我讀取出他們的計畫。我知道凱曼是追不上我們的，因爲他們日夜趕路，而他只能在夜間行旅。

「當我醒來時，發現自己正飄流在汪洋大海。有十個夜晚，我只能任由木舟帶領我飄盪。飢餓與恐懼將我生吞活剝，唯恐船隻沉下海底，我永遠被囚禁在石棺裏面，但又死不了。幸好沒有這麼慘，最後我在非洲東岸著陸。一登岸之後我就開始尋找瑪凱，橫跨到大陸的西岸。

「無數個世紀以來，我飄流在不同的大陸，只爲了尋找她。我到過北歐的崎嶇海岸，直達最北角只有冰雪遍佈的北冰洋。無論如何每當一趟旅程結束之後，我總會回到我的村落。等一下我會告訴你們這一部份的故事，這對我而言非常重要。

「不過，那些年來我棄絕埃及，完全不理會女王與國王的存在。

「許多年後我才知曉，原來女王與國王爲了符合他們的變形，塑造出一個新興宗教，改寫奧賽瑞斯與愛西絲的神話。

「奧賽瑞斯成爲『地下冥府的神祇』。也就是說，國王只會現身於黑夜。女王化身爲愛西絲：撿拾她丈夫被支解的屍骨，並將他帶回人世。

「你們在黎斯特的書中都看到馬瑞斯告訴他的這些事蹟。那個版本就是母后與父王如何在埃及的山上神殿大興血之祭典，持續到耶穌基督的紀元方休。

「你們也在故事中看到凱曼的反叛終於成功：他所培養出的另一批吸血鬼起來反抗母后與父王，演變成全世界的吸血一族大內戰。阿可奇將這些故事告訴馬瑞斯，而他又傳給黎斯特。

「在早先的世代，『雙胞胎傳奇』經由那些親眼目睹我們的部族遭到大屠殺，逮捕我們的埃及士兵口述，甚至以埃及文寫在日後的文獻。他們深信有朝一日瑪凱必然回返，並打倒母后。隨著母后的滅亡，全世界的吸血一族也隨之絕種。

「曾經發生的這些事蹟我都不知情，也沒有撞見過，因爲我已經早就沒有接觸這些人與事。

「直到三千年後我才獨自來到埃及，佯裝成一個身裹黑衣的匿名人物，看到母后與父王的模樣：兩尊靜止不動的雕像，只有喉嚨與臉孔暴露出來。一些年幼的吸血鬼前來哀求那些教士般的同類，想要一掬太古的聖血。

「那個年輕的吸血教士告訴我，如果我想要飲取聖血，就得到長者那裏宣稱我的純潔與奉獻之心，表示我並非浪盪之徒，我的目的也不是爲了私慾。聽到這番話我只能大笑數聲。

「然而，站在那兩個東西前面可眞是恐怖，就算我輕聲呼喚他們的名字，他們還是眼睛眨都不眨一下。

「教士告訴我，自從大家有記憶以來，他們就是這副德性，到頭來也沒有人可以確定起源的神話是否屬實。我們這些最古老的兒女只是被稱呼爲散播叛徒種子的『首代血族』，沒有人記得『雙胞胎傳奇』，更沒有人記得凱曼、瑪赫特，或是瑪凱的名字。

「直到一千年後，我才又看到母后與父王。當時他們被那個亞歷山卓城的瘋狂長老放在大太陽下想要銷毀他們，那就是黎斯特在他的書中說的〈壯大焚燒事件〉。當時他們只是曬成古銅色澤，變得無比強壯。正因爲我們白天都在沉睡，所以隨著歲月流逝，會愈來愈不怕陽光。

「然而，在那幾個白晝時辰，全世界的一大半吸血鬼都化爲火燄。很古老的那些只是承受痛楚，且皮膚變暗。我心愛的艾力克當時只有一千歲，我們一起住在印度，他燒得可嚴重了，花了我不少的血液來醫治他。我自己也只是皮膚變黑，只是有好幾晚還是痛楚難當。這樣子倒有個邊際效益：日後當我混跡人群，皮膚變暗反而比較容易些。

「許多個世紀過後，當我厭煩自己蒼白的皮膚時，我會找個地方曬太陽。或許又該這麼做了。

「然而，第一次發生時，我無比困惑。爲何我會看到火光，聽見許多人銷亡時的哀泣——包括那些我親手培育出的鍾愛雛兒！他們都莫名其妙地死於這場災難。

「於是我從印度來到埃及，那個我向來厭惡的地方。也就是在那裏，我聽到馬瑞斯的傳說：一個年輕的羅馬吸血鬼，奇蹟般地毫髮無損。他們說，他把母后與父王的身體偷走，安置在安全的地方，於是沒有人可以把他們送到太陽底下焚燒，我們也就安全了。

「要找到馬瑞斯不是難事。我告訴過你們，在早先的時候，我們什麼也聽不見；但是年歲漸增之後，我們可以輕易聽見年幼者的心念，彷彿他們就是人類。我在安提奧克找到馬瑞斯的住所，他化身爲享用奢華的羅馬貴族，但在暗夜街道上，他也追獵著自己的食物。

「當時他已經培育出潘朵拉，在這世上他最心愛的不死者。他將母后與父王安置於精美的祭壇上，以他親手雕琢的卡拉拉大理石與馬賽克瓷磚佈置而成。他爲他們焚香念誦，彷彿他們當眞是神祇。

「我伺機而動，等到他與潘朵拉出門狩獵，我將門鎖由內部撬開。

「我看到母后與父王如我一般，變得皮膚深暗，但他們還是像一千年以前那樣毫無動靜。他們就在那祭壇上又坐上兩千年，你們都知道。我接近他們，對他們拳打腳踢，他們還是沒有動靜。我拿著一把刀子割開母后的血肉，正如同我自己一般，她已經變成釉質般的樣貌。他們已經無堅不摧，但看上去脆弱異常。我以刀子割開母后的心臟，從左而右地斜畫著，然後停下來。

「她的血液濃稠地滴落。在那一瞬間，似乎心臟停止跳動。沒多久就恢復律動，血滴凝結成暗色的琥珀。

「最要緊的是，在她心臟停止跳動的那一刻，我自己也感受到暈眩、輕微的斷裂感、死亡逼近身側的嘆息。無疑地，全世界的吸血鬼都會感受到，年輕的可能感受更強烈，像是被一拳擊倒在地。阿曼的核心還是寄生在她體內，無論是火燒或這把匕首都足以證實她就是所有吸血鬼的命脈所在。

「假若不是這樣，我一定早就把她斬了分屍。經過這麼多年來，我對她的仇恨根本有增無減——我恨她對我同胞的摧殘，我恨她拆散我跟瑪凱。瑪凱是我的半身，更是我自己的一部份。

「假如這麼漫長的時間能夠讓我學到寬恕，讓我理解那些施加在我同胞身上的不義與謬誤，那該有多好。

「但我告訴你們，眞正隨著時間邁向完美的是人類這個種族。他們才會隨著時光流逝學得寬恕與愛。我被自己充滿仇恨的過去銬住，動彈不得。

「在我離去前，我將自己的痕跡消除乾淨。大約有一小時的時間，我就坐在這兩個邪惡東西眼前，這兩個毀去我部落、對我跟我姊姊施以如此暴虐的兩個東西。而我們終究也學得他們的邪惡伎倆。

「『但是你沒有贏得勝利，』我告訴阿可奇：『因爲我的女兒，米莉安，將我與我部族的血脈傳承下去。這對你這個呆坐在這裏的東西可能不算什麼，但對我來說那代表一切。』

「這些都是眞的。等一下我會講到這個家族的事跡，但先讓我述說阿可奇的某個勝利。由於她的作爲，我跟瑪凱就此失散。

「正如我告訴過你們的，在我漫長的流浪生涯，我從未在任何一個人類或吸血鬼那裏聽到她的名字或下落。我走遍世界的每一塊土地，只爲找尋瑪凱。然而，如同浩瀚的大西洋吞噬了她，我就此失去她。我一直都是不全的一半，總是不斷渴求我失落的半身。

「在早先的世紀，我知道瑪凱還活著，以一個雙胞胎的直覺我可以感應到另一個雙胞胎的苦痛。行走於黑暗如夢的光景，我可以感應到她無可言喻的痛苦。然而這是人類雙胞胎的能耐，等到我的身體更加堅硬，不朽者的成份成爲主要的原料，我失去這唯一能夠與她聯繫的知覺。然而我知道，我知道她還活著。

「當我行走於孤寂的海面，回首望著冰冷的海岸，我對我的姊姊說話。就在卡梅爾山脈的山洞，我找到她的刻畫：那些經由你們夢境所顯示的全像圖景。

「在這些年來，許多人都發現過這個山洞，但隨即又離去，讓這個地方被遺忘掉。

「直到這個世紀，有個年輕的考古學家在某個午後手拿燈籠，來到卡梅爾山脈。當他凝視著古老之前我刻劃在上面的東西，他的心臟幾乎跳出喉嚨——因爲在海的另一邊，祕魯的另一個山洞，他看過類似的東西！

「我到很久以後才知道他。他帶著零星的證據旅行各地，蒐集新大陸與舊大陸洞窟圖畫的照片；同時，他在某個博物館發現一個同時代的花瓶。當時『雙胞胎傳奇』還爲人所知。

「我無法對你們描述當我看到那個考古學家發現於新大陸圖案的照片時，那種無比的痛楚與歡愉。

「那是瑪凱的作品！同樣的腦髓，心臟，全部都和我畫的一樣，透露出一模一樣的苦難與傷痛。只有些許微小的差異，但是這兩份證據不容否認。

「瑪凱的木舟將她載到一個當時無人可及的荒地。一直到許多世紀後，人們才鑿通巨大的山脈。瑪凱或許在那漫長的歲月中體驗到身爲生物的無比孤寂。在她漫遊在飛禽走獸之間多久以後，才首度看到人類？

「是一個世紀，還是一千年？多麼無法穿透的孤絕！她看到的人類可曾安慰她，或是驚恐地從她身邊逃開？我可能永遠不知道。我的姊姊可能早在棺材船帶著她來到南美洲大陸時就已經失去理智。

「我知道的僅只是她來過此地。數千年之前，她畫下這些，正如同我一樣。

「當然，我讓那位考古學家無須擔憂一切物質上的需要，運用任何方法幫助他繼續研究『雙胞胎傳奇』。我自己也親赴南美洲，在馬以爾與艾力克的陪伴下，我就著月光攀登祕魯的山脈，親眼看到我妹妹的雕刻。那些雕畫眞是古老無比，必然是在我們分離後的一百年內完成的。

「然而，我們無法發現瑪凱還活著、行走於南美洲或世界任何一處的另外證據。她可是深埋於地下，任憑艾力克或馬以爾怎麼呼喚都聽不到？或是說，她如同一尊雕像般地深眠於某個洞窟，任憑身上覆滿一層層的塵埃？

「我無法再想這些可能性下去。

「目前我所知道的和你們一樣，就是她已經從長久的蟄伏而起。可是吸血鬼黎斯特的歌曲喚醒她？那些電子音符的曲調直達這世界的遙遠角落？還是與這些曲調感應的成千上萬的吸血鬼心靈電波？或者是馬瑞斯警告母后已經復起的訊號？

「或許是所有的訊息聚集起來所形成的隱約意念，促使她崛起並完成詛咒的時刻已到。我無法告訴你們什麼，我只知道她朝著北方前進，而且方向不定。我透過艾力克與馬以爾所發出的力量與訊息都無法傳送到她那兒。

「我很確定她要找的人不是我，而是母后。所以是母后的漫遊使得她的方向屢次異動。

「然而，她絕對會找到母后的，如果那是她的目的。其實只要她自己發現她也能和母后一樣御風而行，便可以在瞬息間追上母后。

「我知道她必然會找到母后，而且結果只有兩種：不是瑪凱粉身碎骨，就是母后與我們每一個都共赴黃泉。

「即使瑪凱的能力不比我高，也必然與我相當。她與母后可謂棋逢對手。況且她從自己的瘋顛狀態中獲得一種無人可及的狂蠻力量。

「我不相信詛咒或預言，那些教導我如此事物的精靈早就在數千年前棄我而去。但是瑪凱相信她所發出的咒語，那來自於她的身體內部，承載著她的靈魂深處。她讓咒語的力量啓動。如今那些夢境只是傳達了開頭，她狂亂的起源，而她現在只爲著復仇而活。

「瑪凱可能將預言實現，這對我們每一個或許都好。而且，如果她無法摧毀阿可奇，那會有什麼後果？如今我們知道母后正開始蠢動著什麼邪惡伎倆。如果這世界對這個東西一無所知，他們能夠阻止她嗎？這個東西無比強悍，但也可能受傷；她能夠殺人不眨眼，但自己的軀體也可能受損；這東西能夠飛行千里，窺測人心，隨意縱火，但她自己也可能被燒傷。

「問題是：我們要如何阻止她，並拯救自身。我知道自己還想活下去，還不想對這個世界闔上眼睛。我不願意那些我所愛的對象受傷，即使是必須殺人方能存活的年幼同類，我一直想要找出保護他們的方法。我這樣是邪惡嗎？難道我們不是一種種族，帶著意欲生存下去的種族本能？

「敞開心靈思索我所說的：母后她的的靈魂，以及棲息在她體內的那個魔物本性。它與她核心交融。思索這個造就我們每一個，以及曾經現世於地球上的所有吸血鬼的本體。

「我們是這個能量本體的接收器，如同收音機是那些看不見的電波的接收器。我們的身體就是這股能量的殼穴罷了。正如同馬瑞斯許久以前所說的：我們是生長於同一根血管上的花朵。

「我還要你們好好檢視另一件事，那可能是截至目前我所說的最有用處之事。

「在古早的時代，當精靈在山頂上與我和我的姊姊交談，有誰會認為精靈是不相干的東西？即使我們被它的能力所驅使，認為我們必須要使用這些能力來造福子民，正如同日後阿可奇所想的那樣。

「經過幾千年來，對於超自然事物的堅信向來是人類靈魂的一部份。在某些時代，這些事物甚至是人類無法沒有的東西——那等同於自然化學性的東西，沒有它們人類就無法滋養繁殖，更別說是生存。

「我們不斷目睹著宗教與祭儀的誕生，不斷見證到那可憎的幽魂與神蹟，以及被這些事件所激發出來的事後教條。

「當我漫遊在亞洲與歐洲時，古老神祇的殿堂依舊，基督教上帝的教堂也矗立起來讓人念誦禱文。走過每一個國家的博物館，數量最驚人、最讓人謙卑仰望的還是宗教性的繪畫與雕刻作品。

「這等成就似乎無比壯大啊：所有文化的機制都根植於宗教信仰的基底。

「然而信仰的代價不過是讓國與國相互攻伐，軍隊相殘，將地圖區分爲戰勝者與慘敗者的版圖，摧毀異教神祇的歌頌者。

「然而，就在最近的幾百年，某個眞正的奇蹟發生了！非關幽靈或精靈，也不是從天堂而降的聲音，告訴某個狂熱者該引導眾人做些什麼。

「我們終於在人類的心靈當中，看到對於神蹟的抗拒。某種對於看到精靈，與它們交談等事物的懷疑論。

「我們看到人類逐漸捨棄對於神啓的仰賴，取而代之的是透過理智建構的倫理架構，以及對於整體人類的身心靈肉之敬重。

「所以，既然對於超自然的信仰已遭捨棄，對於肉身的鄙夷也不再發生。我們來到一個最具啓蒙性的時代，人們不再透過不可見之物，而是通過人類本身（靈肉合一，現世與超越的聯結）來尋求靈感！

「我可以肯定地說，靈媒、魔法師、巫女都不再有以往的價值。精靈再也無法給我們什麼。總而言之，我們終於擺脫掉對於這等瘋狂的執著，世界正朝向前所未有的完美邁步。

「套用古老聖經的神祕言說，這個世界終於由血肉構成。然而，這同樣是一個理性的世界，所謂的肉身便是所有分享彼此需要與慾求的人類的總體認可。

「我們的女王將會爲這個她即將干預的世界帶來什麼？她自己的存在根本無法接上時代，這個多世紀以來她的心靈只是自我封鎖於昏昧的夢境！

「馬瑞斯是對的，她必須被阻止，有誰能反駁他呢？我們得幫助瑪凱，而不是推翻她，即使到頭來我們也自身難保。

「現在讓我將故事的最後一章說完，在這其中包含著母后將會威脅到我們全體的事物。

「大概在二十年之後，我回到那個寄放米莉安的村落，她已經在那棟日後成為『雙胞胎傳奇』根據地的房屋成長為一個年輕女子。

「在月光的照耀下，我帶著她走到祖先遺留下的洞穴，從密藏的地方找出幾串項鍊與黃金給她。我告訴她關於祖先的故事，然後勸誡她：不要接近那些精靈之類的無形之物，特別是那些被叫做神的東西。

「然後我前往桀利裘，因為在熱鬧的街道上比較容易找到那些尋死與作姦犯科的獵物，也比較好躲藏自己。

「在那之後的時光我還是經常造訪米莉安，她生了四個女兒與兩個兒子；他們總共有五個小孩存活到成年，其中有兩個女兒總共生出八個孩子。家族的傳奇故事就這樣世代相傳，關於那對與精靈交談、造出雲雨，被邪惡的國王與女王追捕的雙胞胎姊妹。

「大約兩百年之後，我首度寫下我每一個族人的名字，如今他們已經有一個村落那麼多。我足足用了四大塊泥石板來記錄自己所知道的這些，關於起源的故事，關於月亮時代之前的那些女子。

「雖然我常常會花上一世紀的功夫，深入北歐的荒遠海域去尋找瑪凱，我總會回去桀利裘的房屋與山頂的密室，在那兒寫下偉大家族的變遷流轉，關於那代代相傳的女兒與兒子們。我寫下他們的成就、個性以及英雄事蹟。至於兒子的名字我就略過不提，因為我不確定他們是否真正隸屬於我的血脈，到頭來這個家系自然變成你們所看到的母系傳承。

「然而在這數千年來我從未向族人透露發生在我身上的邪惡魔法，我早就下定決心不讓他們碰觸到這個祕密。

即使我使用與日俱增的超自然力量，我也會隱密地使用，而且弄成可以用現實世界之道解釋的模樣。

「到第三代爲止，我只是一個常常出門遠行的女性族人，如果我帶回珍寶與忠告給女兒們，那只是正常人類的作爲。

「漫長的歲月中我總是扮演著匿名觀望的角色，有時候佯裝成一個遠地而來的旁系親戚，參加部族的年度聚會或者抱抱小孩子。

「到了基督教紀元的早期，我想到一個主意，創造出某個身爲家族記錄者的支脈；在這個虛構的支脈中，有個虛構的女性族人會充當記錄者的任務。瑪赫特這個名字代表著記錄者的榮光，當老瑪赫特死去時，會有下一代的瑪赫特接下任務。

「如此一來我就可以身處家族當中，族人們也都知道我這個人。我成爲寫信聯繫的角色、贊助者、連接不同的血脈，神祕但值得信賴的訪客，常常修正錯失與彌補隙縫。我被無數的激情吞噬，不朽的生涯用以學習新的語言風俗、在各個不同的土地生活，總是讚嘆著這世界的美麗與人類的想像力。我總是會回到那個認識我且期待我歸去的家族。

「百年與千年就這般流逝，我不像那些將自己埋入黃土長眠或喪失心神記憶的古老吸血鬼，或像是母后她那樣化爲不動的塑像。每一個夜晚我都以清晰的自我睜開眼睛，記得自己的名字，認知周圍的世界，展開另一道生命的絲線。

「並不是說我沒有被瘋狂威脅到、沒有被疲憊所征服，也不是說哀傷與痛苦打不倒我，祕辛未曾使我困惑。

「拯救我的就是守護自己家族紀錄的這個使命，引導他們進入這個世界。即使在最黑暗絕望的時代，所有人類的存在都像是怪物般讓我無法忍受，這個世界變得讓我根本認不出來，我回歸到自己的家族，如同生命之泉的始初。

「我的家族屢屢教會我新時代的律動與激情，帶領我進入獨自一人從未想像跨入的未知異域，招攬我跨入可能自我被威脅到的藝術之境，家族是我在永恆時空的導師、時光之書，它就是一切萬物。

瑪赫特停頓下來。

她看起來好像還要再說些什麼，可是她只是站起來看著大家，最後將目光落在潔曦身上。

「我希望你們跟著我來，看看這個家族構成的面貌。」

每個人都跟著她走出房間，走入地下的通道，進入那間位於山頂上的房間，那間有著玻璃屋頂與堅實牆壁的房間。

潔曦最後進入，她在進來之前就知道自己會看到什麼。她感到某種纖細的痛苦，混合著追憶的歡樂與難以忘卻的渴望。那就是她許多年前進入，沒有窗戶的房屋。

這房間的一切她都記得清清楚楚：散落在地毯上的皮製椅墊、隱密而強烈的興奮氣氛完全壓制那些物質性的事物，在事後不斷地糾纏她，將她淹沒於約略記得的夢境。

就在這裏，電子地圖上是扁平的大陸圖形，縱橫其上的千萬光點覆蓋著牆壁。

其他的三面牆壁看似被黑色電線狀的東西纏繞著，如果你仔細觀看就明瞭那是什麼：打從地板到天花板布滿著一根根藤蔓狀的線條，每一根線條都延伸出成千上萬的分支，每一個分支都被無以計數的名字覆蓋。

當馬瑞斯看著閃著光點的地圖到濃密細緻的家族樹幹，一聲驚嘆從他的口中發出，阿曼德也泛起憂傷的微笑；馬以爾則輕微地皺眉，雖然他明顯地感到震懾。

其他人也默然瞪視著。艾力克早就知道那些祕密，最人類化的路易斯則難掩眼中的淚水。丹尼爾無比驚異地看著，凱曼的眼睛彷彿被自己的哀傷制住，眼之所見並非地圖而是過往的林林總總。

最後卡布瑞點點頭，她發出某種包含著愉悅與讚賞的聲音。

「偉大的家族。」她以單純的認可告訴瑪赫特。

瑪赫特點點頭。

她指向背後的南方牆壁，覆蓋著爬行蟲隻般的地圖。

潔曦順著腫脹的光點來到巴勒斯坦、歐洲，下達小亞細亞與非洲，最後來到新大陸。無數的光點以變幻繽紛的色彩閃爍著，潔曦刻意讓視線模糊，看到融化在地圖上曾經存在的一切。她看到古老的名字、版圖、國家與海洋，以金色顏料書寫於玻璃片上、三度空間化的山脈、平原與谷地。

「這些就是我的後代，」瑪赫特說：「我與凱曼的女兒米莉安的後代，同時也是我族人的後代。你們可以清楚看見這些人們以母系血統為傳承，跨越六千年之久。」

「難以想像！」潘朵拉低聲說，她也到了泫然欲泣的地步。真是個美人，雖然是冷豔遙遠的模樣，但卻散發著某種曾經籠罩其身的溫暖。這番陳述似乎傷到她的某個部份，提醒她某些早已遠去的東西。

「那只是一個人類家族，」瑪赫特說：「然而在地球上沒有一個國家不包含這個家族的某部份；而且許多男性的後代雖然不可考，但卻與目前可數的人數相當。許多人前往西伯利亞大荒原、中國、日本，目前已經失去下落。不過他們的後代當然紮根在那些地方。任何種族、國度、地區都含有偉大家族的一部份，包括阿拉伯、猶太、盎格魯、非洲、印地安、蒙古、日本與中國。總之，偉大家族等於是人類的縮影。」

「沒錯。」馬瑞斯說，看到他臉上的紅暈與眼睛微妙的光線流動真是難以形容，這真是太好了。「一個家族與所有的家族……」他走向地圖，難以抗拒地舉起雙手，看著那些流通在精心繪製的地域上的光點。

潔曦只覺得許多年前的那種情緒又回來了，然後，這些回憶竟然在那一瞬間消逝而去，再也不重要了。她又站在這個地方，通曉所有的祕密。

她靠近那些刻印在牆上的細小名字，以黑色墨水刻鏤其上的族譜。接著她站遠些，追溯著其中一個支脈，看著它經過上百個變遷與驛動，緩慢地通往天花板。

就在她的夢想實現的目眩中，她懷著愛意想著那些組成偉大家族的每一個人，構成其中的祕辛、傳承與親近感。對她來說這一刻才是永恆，她看不到環繞周圍的不朽者，她的同類們身陷於詭譎的永恆靜止。眞實世界的某些東西展現出無比的生命，對她而言可能是勾動起哀傷、恐怖與最美好愛意的事物。在這時候，自然與超自然的可能性終於平等地連接，以同等的力量。不朽者的所有奇蹟也無法遮去這單純年表的光彩。偉大的家族。

她的雙手彷彿以自己的意志舉起來，光線照在她手腕上戴著的、馬以爾送她的銀手鐲，她沉默地將手掌擱在牆上。上百個名字悉數收覆在她的掌心內。

「這也是目前遭受到威脅的一部份。」馬瑞斯說著，聲音被哀傷軟化，眼睛還是看著地圖。

她訝異於某個聲音可以如此宏亮而柔和。不，她想著，沒有人會傷害偉大家族。沒有任何人可以傷害偉大家族！

她轉向瑪赫特，後者也望向她。潔曦想著，我們就是漫長線頭的兩端，我與瑪赫特。

某種強大的痛苦使潔曦發狂。試想看看，被驅離所有眞實的事物是難以避免的，但是如果說所有眞實的事物都可能被掃蕩殆盡，那卻是無法忍受之事。

在她待在泰拉瑪斯卡的歲月，曾經目睹精靈與難以平息的鬼魂、可能嚇壞人們的頑皮鬼靈、能夠無意識說出異類語言的超能力者。她向來都知道超自然事物永遠無法讓自然動搖，瑪赫特眞是對極了。超自然之物與自然完全無關，而且無法干涉自然。

然而這些都要在這時候被撼動地基，非眞實已然眞實化。置身於這間房間眞是古怪得很，而且也不可能對這些不朽者不爲所動的身形說：不，這不可能發生。那個被稱呼爲「母后」的東西從帷幕的另一端醒來，早就將她與人類分離開來，而且觸摸到千萬人類的靈魂。

當凱曼看著她的時候究竟看到什麼？彷彿他很了解她似的。難道他透過潔曦看到自己的女兒？

「是的，」凱曼說：「我的女兒。不用害怕，瑪凱會來到這裏完成她的詛咒，偉大家族還是會繼續傳承下去。」

瑪赫特說：「當我知道母后復甦時，原本並不知道她要這麼做。我無法眞正質詢她：她毀去自己的後代，銷毀從她身上蔓延的邪惡——凱曼、我自己，以及所有基於孤寂而製造新同類的不朽者。我們有權利活下去嗎？我們有權利享用這不朽的生命嗎？畢竟我們是意外的產物，恐怖的化身。縱使我貪婪地渴望自己延續生命，無比地渴望，但我無法理直氣壯地指控她不該屠殺這麼多同類——」

「她會屠殺更多！」艾力克氣急敗壞地說。

「如今就連偉大家族也遭受到威脅。」瑪赫特說：「世界是屬於人類的，而她卻計畫要再造一個給自己。除非……」

「瑪凱會來的，」凱曼帶著最單純的笑容說：「她會完成那個詛咒。是我害得她變成那樣，所以她會來終結我們全體的詛咒。」

瑪赫特的笑容大不相同，那是個悲傷、溺愛，以及帶著怪誕冷意的笑。「你這麼相信表裏一致的對稱性啊，凱曼。」

「我們每一個都會死！」艾力克說。

「必然有某種方法，能夠殺了她也同時讓我們存活。」卡布瑞冷酷地說：「我們得想出個計畫來。」

「你無法改變預言的。」凱曼低聲說。

「凱曼，如果我們在漫長的時間當中學到些什麼，那就是既沒有命運也沒有預言這等事。」馬瑞斯說：「瑪凱之所以會來是因爲她想要來，也可能因爲那是她現在唯一想做或能做的。但那不表示阿可奇不能夠防衛自身。難道你以爲母后不知道她已經復起！母后會不知道她孩子們的夢？」

「但是預言能夠自我實現，」凱曼說：「那就是它們的神奇之處。迷魅的力量就是意志的力量，你可以說在那些黑暗世紀我們就是有本事的心理學家，我們會被他人的意志藍圖所殺；至於那些夢境，馬瑞斯，那些夢境只是偉大設計的一部份罷了。」

「不要說得好像已經辦到了似的，」瑪赫特說：「我們還有另一個強大的工具：理智。我們能夠使用理智，畢竟這東西也能夠講話啊。她了解別人的言語，或許我們能夠使她——」

「噢，你眞的瘋了！」艾力克說：「竟然想要跟那個環遊世界、焚化自己後代的東西談話！」隨著時間的流逝，他愈來愈害怕：「這個只會唆使無知女人去叛亂她們男人的東西，怎可能知道理性？她只知道屠殺、死亡與暴力，你自己也講過那是她唯一理解的事物。瑪赫特，有多少次你告訴過我，我們只是朝著更完全的自己邁進。」

「我們沒有人想要死啊，艾力克。」瑪赫特耐心地說，但她似乎被什麼聲音佔去心神。

就在同一瞬間凱曼也感受到了，潔曦試著要從他們身上觀察出自己理解到的現象。接著她發現馬瑞斯也發生了微妙的變化，艾力克嚇呆了。她訝異地發現馬以爾反而瞪著自己看。

他們都聽到某種聲音，這就是爲什麼他們的眼睛隨之移動，嘗試要吸收聲音並且捕捉它的來源。

突然間艾力克說：「年幼者最好到地下室去避一避。」

「沒有用的。」卡布瑞說：「更何況我想要待在這裏。」她無法聽見聲音，但還是竭力傾聽。

艾力克轉向瑪赫特：「你就要讓她一個個把我們殺掉嗎？」

瑪赫特沒有回話，只是慢慢地轉向著地點。

潔曦終於聽見那聲音。人類絕對無法聽見，那類似於沒有波長的張力，流遍她身上的每一處、房間所及的每個實體。那眞是令人騷亂不安，而且她雖然看到瑪赫特與凱曼正在交談，但卻無法聽到他們的聲音。她明知愚蠢但還是把雙手遮住耳朵，隱約看到丹尼爾也這麼做。他們兩個都知道那沒有什麼用處。

那聲音像是要凝固所有的時間與律動，潔曦差點失去平衡感，只好扶靠著牆壁。她看著眼前的地圖，彷彿想藉著這東西來支撐自己，柔和的燈光流過小亞細亞與南北之間。

某種含糊而類似音波的騷動塡滿整個房間。聲音已經消失，但空氣中還是布滿令人窒息的寂靜。

似乎行走於夢中，她看到吸血鬼黎斯特出現在門口，看到他衝向卡布瑞的懷抱，也看到路易斯跑過去擁抱他。然後她看到黎斯特看著她自己：電光石火般的影像橫掃過，葬禮、雙胞胎、祭壇上的屍體。天哪，他不知道這些意味著什麼！

理解到這一點使她震驚無比。他站在舞臺上的時刻回到她的腦海，當他們被扯開之前，原來他是掙扎著要理解那些轉瞬即逝的影像。

其他人以擁抱與親吻將他拉開，就連阿曼德也敞開雙手迎向他。他丟給她一抹微弱的笑容：「潔曦。」

他看著其他人和馬瑞斯的冰冷疲憊臉孔。他的皮膚眞是白得不像話啊，然而卻還是溫暖的。至於那孩童般的興高采烈與亢奮之色，幾乎就是他自始至終的老樣子。

第四部

天譴之后

i

翅膀擾動了被陽光照射的塵埃
就在大教堂內
過往被埋葬於
它大理石雕的下巴。

史丹·萊絲，〈爬上床頭的詩：苦澀〉

ii

就在樹籬與長春藤的綠蔭，
雜亂無章的草莓叢中，
百合花顯得孤絕而，疏離。
假若它們是我們的守護者，
必定是野蠻人。

史丹·萊絲，〈希臘殘簡〉

她沉靜地坐在桌子末端，映著火光的長袍讓肌膚顯現肉慾的光彩。

火光讓她雙頰發出紅暈，窗戶的玻璃恰爲完美的鏡子，將她的形影映照出來，浮游於透明的夜色。

我很害怕，爲自己，爲大家，但也爲了她，眞是奇怪。緊繃的寒意讓我爲這個可能會宰掉每個人的女王感到恐懼。

一進門我就抱住卡布瑞，她頃刻間在我懷中崩潰，但立即把注意力轉向阿可奇。我感到她握著我的手掌輕輕顫抖。路易斯斯看似文弱，但卻保持從容的風貌；還有那個小鬼阿曼德，這些就是你所鍾愛的……

馬瑞斯進來時充滿怒意，怒瞪著我——我這個屠宰千萬人類的魔神，傾全世界的白雪也洗不清我犯下的血腥。

我需要你，馬瑞斯，我們都需要你。

當他們走入房內時，我在她的身旁，這是我的位置。我示意卡布瑞與路易斯坐在我對面，而路易斯聽天由命的憂傷表情讓我的心臟絞痛。

那個古老的紅髮雙胞胎、瑪赫特坐在桌子的末端，最靠近門的那一邊，馬瑞斯與阿曼德坐在她右手邊，她的左手邊是個年輕的紅髮女子，潔曦。她看上去絲毫不動聲色，顯而易見地，阿可奇傷不了她與另一個古老的男吸血鬼，在我右手邊的凱曼。

艾力克嚇壞了，心不甘情不願地坐下來，馬以爾也很害怕，但那使他震怒無比。他怒視著阿可奇，根本不掩飾自己的嫌惡。

至於美麗褐眼的潘朵拉，她可眞是一點也不在意，逕自在馬瑞斯身旁坐下來。她看也不看阿可奇，只是憐愛地注視著遠方層層疊疊的幽暗森林，那深黯的紅木與躍動的綠芒。

另一個不在乎的人是丹尼爾，我在演唱會場看過他。當時我壓根就無法想像阿曼德也在場，眞是的，無論過去我們曾交換過多少惡言惡語，終究會成爲過往雲煙。阿曼德將與我共度，我們每一個都會在一起。這個漂亮的前任記者丹尼爾知道一切，他的錄音帶詭譎地掀起所有故事的開端。這也就是他如此平靜的緣故，好整以暇地觀察阿可奇。

我看著黑髮的桑提諾，眞是個帶有大將之風的角色。他也審愼地揣測著我，並不害怕，但迫切地渴望知道將會發生何事。他被阿可奇的美麗眩惑，她觸動他內在的某個舊傷口。曾經被狠狠燒毀的古老信仰再度復甦，對他而言那遠比生存更爲緊要。

沒有時間一一估量他們、整納出他們的彼此連結、詢問那奇異的意象。我又在潔曦的心靈瞥見一閃即逝的紅髮雙胞胎與母親的屍身。

卡布瑞的眼睛縮小，變成灰色，彷彿擋掉所有的光亮與顏色。她來回注視著我與阿可奇，似乎想要弄清楚什麼。恐懼逮住我，也許在我們走出這個房間之前，沒有人會退讓一步，而某種駭人的解決之道將呈現出來。

在那一瞬間我幾乎癱瘓，伸出去握她的手，感覺到她的手指纖巧地環繞著我。

「安靜點，我的王子。」她慈藹地說：「你感受到的是信仰與架構之死，別無其他。」她又看看瑪赫特，然後說：「或許還有夢想之死，那老早之前就該死了。」

瑪赫特顯得冰寒漠然，雙眼疲憊而充血；突然間我明白了，那是人類的眼睛，她以吸血鬼的血液將之混融調合，但已經支持不久。她身上的許多細微神經已經僵死。

我又看到夢境的異象：雙胞胎與橫陳的屍身。到底這有何關連？

阿可奇低聲說：「那什麼也不是，只不過是早被遺忘、沒有解答的歷史，而我們超越錯誤累累的歷史，將要締造一個新的眞實。」

馬瑞斯立刻接口：「已經無法勸阻你了嗎？」他雙手攤開，竭力顯示自己的理智：「我能說什麼呢？我們希望你停止干預與屠殺。」

阿可奇突然握緊我的手，而那個藍紫色眼窩布滿血絲的紅髮女子正在審視著我。

馬瑞斯說：「我求求你不要再掀起這些動亂，不要再出現於人世，發號施令。」

阿可奇輕聲笑道：「爲何不呢？因爲那妨礙你珍貴的世界？那個你默默注視了兩千年的世界，就如同你們羅馬人在競技場上觀賞生死決鬥、用以娛樂自己；彷彿貨眞價實的死亡與受苦無足緊要，只要能讓你們感到悸動就好？」

「我知道你想要幹嘛，阿可奇，你沒有權力這麼做。」

「馬瑞斯，你的弟子已經費盡唇舌，而且你以爲我沒有想過你要說的這些辯論？我一直傾聽著來自世界的禱告，想要找出終結所有殘暴的解決法門，現在輪到你聽我說話。」

「我們要在這其中參上一腳，還是像其他人一樣被處死？」桑提諾突兀地發問。

到目前爲止，那紅髮女子首次表現出她的情緒，她的雙眼直盯著桑提諾，嘴唇緊繃。

阿可奇溫柔地看著他說：「你們會是我的天使與眾神。如果背叛我的話，我會毀滅你們。至於那些我無法輕易剷除的古老者，」她瞄一眼凱曼與瑪赫特：「他們會成爲眾生眼底的惡魔，以往能夠自由徜徉的大千世界，再也不是如此。」

艾力克似乎已經無法忍受強力壓下的恐懼，急欲起身離開。

「保持耐心。」瑪赫特對他說，然後看著阿可奇。

阿可奇微笑著。

「怎麼可以用更巨大的暴力來終結原本的殘暴?你要把每個雄性人類都殺死,如此的後果可堪設想?」

「你也知道結果將會如何。」阿可奇回答她:「如此的單純優美,根本不會有所誤解,**直到現在**方可能實現。這幾千年來我坐在神殿裏,夢想這個世界能夠成爲一個花園,再也沒有那些我所感應到的磨難,和平將會取代暴政。突然間,如同黎明升起,我赫然領悟到能夠實現這個夢想的唯有女人,絕大多數的男人都必須被處置掉。」

「在早先的世代,這是不可能辦到的。如今的科技卻能夠篩選性別,只要在起初的處分進行之後,男性的胚胎被墮掉就可以了。但現在還沒有必要討論這些,無論你們多麼衝動或情緒化,畢竟大家都不是傻瓜。」

「大家都無法反駁的是,只要男性的比例降到女性的百分之一,幾乎所有的無端暴行都會消失不見。」

「此後,和平的狀態將是前所未見的美好。當然男性的比例可以在日後逐步提高,但目前必須要來個大掃蕩才可能改變基礎架構。其實就連那些百分之一也不見得必要,但爲了仁慈起見,我允許保留他們。」

我意識到卡布瑞將要發言,我試著請她先別說話,但她不管我。

「成效當然是可想而見,但是當你宰掉世界上的一半人口,和平這個名詞根本就是笑話。如果說每個人生下來都沒有手腳,大概也會是個和平的世界吧。」

「雄性人類是咎由自取,這是他們的報應。而且,我所說的只是暫時的掃蕩。這些男人的數目根本及不上在過去的時代、橫死於他們手中的女人數目,你我都清楚得很。在過去這幾千年來,有多少男人死於女人的暴行?他們的數目之少,光是這間房子就足以容納。」

「而且,這些都並非重點。比起這個提案本身,更棒的是我們能夠實現它,你們將化身爲天使,而且無人能夠阻攔。」

「才不是這樣呢。」瑪赫特說。

一抹憤怒的光澤閃過阿可奇的臉龐，她看上去顯得非人無比。

她的嘴唇僵硬緊繃：「你是說，**你**能夠阻止我？你可以承受艾力克、馬以爾，還有潔曦的死亡？」

瑪赫特不發一言，馬以爾簡直氣瘋了，輪流看著瑪赫特、潔曦，以及我。我能夠感受到他的恨意。

「我瞭解你，相信我，」阿可奇的聲音變得較為僵硬：「多年來你總是一成不變，我在無數他人的眼底注視過你，你夢想著你的妹妹還存活於人世——或許她眞的以某種可悲的樣態活著。我知道你對我的憎惡有增無減，試圖回到最始初點找出某個解決之道。但是，正如同許久以前，我與你在尼羅河畔那座泥土砌成的宮殿的對話：根本沒有道理可循，一切皆為無常。恐怖的事情隨時奪掠最無辜純眞的生命，你還不明白嗎，我現在所做的是如此重要！」

瑪赫特並沒有回答，僵直地坐著，唯獨美麗的雙眼閃過一絲也許是痛苦的光芒。

「我將造就理性的韻律，」阿可奇略為忿怒地說：「我將開創未來，定義良善。我不會以抽象的道德來稱呼自己為神祇、女神或精靈，也不會合理化自己的作為。我不會回顧歷史，更不會在泥濘中仰賴自己母親的心臟與腦髓！」

眾人間流過一陣顫慄的波動。桑提諾的嘴上抖出苦澀的微笑。路易斯的目光似乎保護性地看著瑪赫特一言不發的身形，似乎想以目光保護她。

馬瑞斯深恐這局勢愈發惡化。

「阿可奇，即使那計畫可行，而人類還來不及找出消滅你的方法——」

「你眞傻，馬瑞斯，你以為我不知道這世界的能耐？那荒謬的混合體，結合現代科技與古老蠻荒的便是現代人的心靈。」

「我的女王啊，只怕你並不那麼瞭解人類世界。我不認爲你眞的掌握了這世界的完整圖相，沒有誰辦得到。它過於繁複龐大，我們只能以各自的法門擁抱它。你看到一個世界，但並非『這個』世界，它只是你爲了自身而挑選眾世界意象所形塑而成的樣態。」

她憤怒地搖搖頭：「不要試探我的耐心。我饒過你的理由很簡單：黎斯特想要你活著，如此而已。還有便是你夠強壯，對我有幫助。最好小心點，馬瑞斯。」

沉默介入他們之間，他知道她在說謊。她其實是愛著他，但又感到羞怒，所以試圖傷害他。而他的確被傷害到，但是嚥下他的暴怒。

他柔和地說：「即使你辦得到，但人類眞的糟到這等地步，必得接受如此的處罰？」

我鬆了一口氣。就知道他有膽識也有辦法將話題帶到這樣的層次，無論她怎麼威脅恐嚇。他說出我所有掙扎著開口的話語。

「噢，你讓我作嘔。」她說。

「阿可奇，這兩千年來我一直在觀望著。你是可以稱呼我爲觀賞競技場的羅馬人，而我也願意屈膝下跪來乞求你久遠的知識。然而我所見證的這段時光，使我對於人類充滿敬畏與愛意：我見識到本以爲不可能的哲學與思想革命，而人類就朝向你所描述的終極和平邁進！」

她的臉上寫滿輕蔑。

「馬瑞斯，」她說：「這將會是人類史上最血腥的紀元。當千萬蒼生因爲某個歐洲小國的瘋男人而被屠殺滅種，你所謂的革命造就出什麼？在中東的沙漠，孩童因爲某個古老而專制的神祇之名而相互廝殺，這又算得什麼？全世界的女人在公廁裏將子宮的胚胎墮掉；餓死者的尖叫盈野，但富者充耳不聞。各地的死病席捲無數人命，但豪華醫院的病人卻享有近乎永恆生命的保障。」她柔聲笑著：「瀕死者的嚎叫可曾在我們的耳中響起？無以數計的血液白白流逝！」

我可以感受到馬瑞斯的挫敗，握緊拳頭的激動。他搜索枯腸，找尋恰當的表達方式。

他終於說：「有些事情，你永遠無法明白。」

「我親愛的，我的視野不可能有誤。不明白的是你們這些冥頑不靈者。」

他指著我們四周的玻璃牆：「看看那片森林！隨手描述一株樹木，你會得到一個貪得無饜的怪物，吞併其他植物的養分、光線、空氣。但那並非眞相，並不是以自然之眼所看到的眞實。我所謂的自然，並不是任何神性之物，而是一幅整體的織錦。阿可奇，我要說的就是這等巨大的、擁抱一切的事物。」

「現在你開始揀選樂觀主義的說詞，」她說：「你總是如此，得了吧。光是看看那些即使是窮苦人們也可以得到食物的西方大城市，再告訴我是否他們已經沒有飢餓的問題。你的學徒早就費盡此類唇舌，富有者的愚蠢總是奠基在這上面。世界逐漸沉入一片窮盡的混沌，只會愈來愈糟。」

「並非如此，男人與女人都是學習的動物。如果你看不見他們學得的教訓，你眞是瞎了眼。他們是那種不斷擴充視野的生物，自己不斷進化；你看不見照在黑暗之上的光暈，你看不見人類靈魂的演進。」

他從位子上站起來，來到她的左手邊，坐在她與卡布瑞之間。他趨向前去，抬起她的手。

我怕她不願意被他碰觸，但她似乎很中意這個姿勢，一逕微笑著。

「你說的戰亂都是眞相，」他乞求她，一面竭力保持尊嚴：「我也聽見臨死者的哭喊。就在流轉的諸世紀，我們都聆聽著這些聲音，而當今的世界也被戰火所震懾。但是，抵抗這些恐怖事端的努力便是我所說的光暈，那是過去從未有的態度。就整個歷史來看，有思想的人們首度想要斬斷所有形式的不公與不義。」

「你所說的不過是一小撮知識份子。」

「不，我說的是整體的價值哲學，從這等理想主義將誕生新的現實。阿可奇，縱使他們的過去千瘡百孔，他們必須被給予時間來實踐夢想，你懂嗎？」

「沒錯！」路易斯喊出來。

我的心臟一沉，他是這麼脆弱啊，她可會將怒意發洩在他身上？但他以安靜的態度繼續說下去。

「那是他們的世界，不是我們的。當我們失去必死的命運，也就與它分道揚鑣。我們沒有權力干涉他們的掙扎，如果搶去他們的勝利，那代價眞是太高。而在過去的數百年間，他們的進步眞是奇蹟！他們修正了許多被認爲不可逆轉的錯誤，首度發展出人類本身的概念。」

「你的誠摯讓我感動非常，」她說：「我饒過你只因爲黎斯特愛你，現在我知道他爲何愛上你。你能夠這麼坦白對我說話，眞是勇氣驚人。然而你自己卻是所有在場者最爲血腥的飲者，不管獵物的年紀、性別、生存意志，你一概奪取他們的性命。」

「那就殺了我，但願你就這麼做。但請饒過人類，不要干預他們，即使他們自相殘殺。給予他們時間好實現夢想，讓那些或許是腐敗的西方城市來更新自己，解救這個殘破不堪的世界。」

「也許我們所要求與必須給予的，就只是時間罷了。」瑪赫特這麼說。

周遭一片靜默。

阿可奇不想正視這個女子，也不想聽她說話。我可以感受到她正在撤退，抽回馬瑞斯握著的手掌。她看著路易斯好一會兒，才轉向瑪赫特，彷彿無法避開宿命。她的神情變得近乎殘忍。

但是瑪赫特自顧自地說著：「無數個世紀以來，你一直沉思於解決之道。那末，何不再給予一百年的時間？無可辯駁地，這個世紀的科技進展神速，超越以往的預期與想像，足以爲全球的人口帶來足夠的飲食民生與醫療保健。」

「當眞如此嗎？」阿可奇的憎惡浮現於她的微笑：「這就是科技進化所給予世界的禮物：毒瓦斯、生化實驗室製造出來的疾病、足以摧毀整個星球的炸彈。他們的核子意外讓整個大陸的食物與飲水遭受汙染，軍隊因爲現代性的便利而更加囂張。不到一小時的功夫，所有的貴族階級都在雪地被屠殺；知識份子也全被處決。在某個阿拉伯國家，女人生來就要被閹割以取悅她們的丈夫；活在伊朗的小孩奔逃於槍林彈雨之間。」

馬瑞斯說：「我不相信這是你所目睹的全景。請仁慈地看著我，阿可奇，我會盡力解釋。」

「你相不相信都無所謂！」她壓抑許久的怒火終於發作：「你根本不接受我想要說的話，根本不接收我試圖描畫在你們心靈的曼妙圖像。你可瞭解我想要給予的禮物？我想要解救你們！如果沒有我，你們不過是一群縱飲人血的兇手！」

她的聲音從來不曾如此激亢，當馬瑞斯欲開口說話，她揮手示意他安靜。她看著桑提諾與阿曼德說：「桑提諾，你曾經統掌羅馬的『黑暗子女』，他們相信自己做惡魔的門徒是在奉行上帝的旨意。而你，阿曼德，曾經是巴黎吸血鬼團契的頭子，可記得自己曾是一個黑暗聖徒？就在天堂與地獄的中介地帶，你自有去處。我要給予的就是這個，那並非幻覺！何不再度迎向你們失落的理想？」

他們沒有人開口答話。桑提諾一臉畏怖，他內裏的傷口又泌泌滲血；阿曼德面無表情，只透露出絕望。一抹陰暗而宿命的表情籠罩她的容顏，這一切都徒勞無功，他們沒有人會加入。她看向馬瑞斯。

「你那寶貴的人類在六千年內什麼也沒有學到？你告訴我理想與目標，殊不知就在尤魯克、我父祖的殿堂裏，人們早知道要餵養飢餓者。你的現代世界算什麼？電視是神的聖喻，轟炸機是祂的死亡天使！」

「好吧，那麼你的世界又會是什麼樣子？」馬瑞斯的雙手顫抖：「你相不相信女人會爲她們的男人而戰？」

她高聲狂笑，對著我說：「在斯里蘭卡的女人有嗎？海地呢？里克諾斯的女人呢？」

馬瑞斯等著我的回話，與他站同一陣線。我想就她發話的脈絡伸展議論，但我的心靈一片空白。

「阿可奇，」我說：「不要再血腥屠城了。請不要再使喚人類，或者對他們說謊。」

這麼粗暴而幼稚的說詞，是我唯一能夠給予的事實。

馬瑞斯的語氣幾乎是哀求：「這就是最透徹的本質，阿可奇，那是謊言，另一種迷信的漫天大謊。過去我們有的那些信仰還不夠多嗎？就在此時，世界準備扔掉它舊有的諸神。」

她往後退，彷彿被他的話所刺傷。「謊言？當我告訴她們，我將會造就和平的王國，我就是她們等待的那個女神，這豈是謊言？我所給予的只是眞相的一小部份罷了，我就是她們想像的：永恆不朽、力量無限，而且會守護她們。」

馬瑞斯反問：「你如何從她們最致命的敵人手中保護她們？」

「什麼敵人？」

「疾病，我的女王。你並非醫者，無法給予治療或挽救病患，而她們會期待如此的奇蹟。**你所擅長的只是屠殺！**」

靜默無言，她的面容就像在神殿時那麼蒼白無血色，眼睛直勾勾地瞪著前方，空茫無比或者正在深思，無法判斷是何者。

除卻壁爐的柴火嗶剝聲，一切都闃靜無比。

我低語：「阿可奇，就給他們一世紀吧，像瑪赫特所言，只不過是略施小惠。」

她震驚地看著我，我感到死亡逼近身側，如同多年來揮之不去的狼群魅影。我無法閃躲牠們的噬咬。

她低聲說：「你們全都是我的敵人，甚至你也是，我的王子。你同時是我的愛人與敵人。」

我說：「我愛你，但我無法對你撒謊。那是不對的！正是它的單純與優美造成那巨大的錯誤。」

她的雙眼來回瞪視著他們，艾力克又快要抓狂了。我可以感受到馬以爾的怒意又上升起來。

「沒有任何一個願意追隨那奪目的夢境，和我同一陣線？沒有人願意拋棄他或她那窄小狹隘的世界？」她看向潘朵拉：「你這個可憐的作夢的人，爲失去的人性哀悼。難道你不想獲得救贖？」

潘朵拉的眼光彷彿透過一片黯淡的玻璃：「我無意帶來死亡，光是欣賞落葉對我而言就夠了。我不相信美好之物會從殺戮之血誕生，這就是重點，我的女王。恐怖的事件到處滋生，但總會有人試圖反制。」她憂傷地微笑著：「對你而言，我是無用之物，沒有什麼能給你的。」

阿可奇沒有反應，她只是看著其他人，刻意打量著艾力克、馬以爾，以及潔曦。

「阿可奇，」我說：「歷史是一連串不義的禱文，無庸置疑。然而，怎可能有一個單純的方法足以收服所有的惡？我們只能就它的複雜多樣來回應，掙扎地朝向公平。也許很緩慢而笨拙，但那是唯一的方法。簡單的解決之道造成太大的傷亡，總是如此。」

馬瑞斯說：「沒錯，無論就理念或行動，簡單與粗暴是同義字。你所提議的是粗暴的一了百了。」

「你們沒有誰有點謙卑之心嗎？」她突然說：「沒有理解的意願？你們每一個都是如此傲慢，爲了自己，要求這個世界原封不動。」

「不是這樣的。」馬瑞斯說。

「我的所作所爲，有什麼好讓你們每一個都如此反對？」她看著我、馬瑞斯，最後轉向瑪赫特：「我預期黎斯特的傲慢，以及滔滔不絕的雄辯，禁不起考驗的理念。但是我本以爲你們其中的某幾個會超越這些，你們眞讓我失望頂透。你們怎麼能夠逃避眼前的命運？你們本可以成爲救世者，但卻否定了自己所看見的事物。」

桑提諾說：「人類會想要知道我們的身分。一旦曝光，他們就會群起攻之，他們也想要不朽之血。」

「即使是女人，也想要長生不死。」瑪赫特冷冷地說：「即使是女人，也會爲這個廝殺。」

馬瑞斯說：「阿可奇，這簡直是愚不可及。要西方世界不加以抵抗，那是不可能的！」

「這個想像眞是粗野而蠻荒！」瑪赫特不屑地說。

阿可奇的臉因爲恨意而陰暗起來，但她的模樣還是如此秀麗。

「你總是只會阻撓我，如果我能夠的話，我會毀掉你。不過，我還是可以殺死妳所愛的那幾個。」

一陣突而起來的震驚與寂靜。我可以嗅到其他人的恐懼，但沒有誰敢說什麼或擅自移動。

瑪赫特點點頭，會意地微笑著。

「傲慢的是你，什麼也沒學到的是你。你的靈魂還是這麼坑洞累累，但人類已經到達你所無法企及之處。在你孤立的夢境裏，你做著千萬人類會有的那種幻想，不敢接受外界的挑戰。而當你從沉睡中醒來，就想爲這個世界實現這等夢想？現在你只是把這些念頭告知一些自己的同類，它們便潰不成形。你無力捍衛它們，任何人都沒有辦法，而你還敢說是我們有眼無珠？」

瑪赫特慢慢地起身，稍微往前移動。她將全身的重量放在手指觸摸的木桌。

「我告訴你我所看到的，」她繼續說：「六千年前當人們相信精靈的存在時，某個醜惡的意外發生。那是如此的惡形惡狀，就像那些人類不時會生出來的怪物，但感謝自然的恩惠，它們通常都活不久。但你傾全力賴活下去，不肯將這個醜惡的錯誤帶入墓穴。直到現在，你還是妄想建造一個壯麗的宗教。但是那只是一個形態扭曲的意外，除此之外什麼也不是。

「仔細看看那些自從中古黑暗時代以來的紀元，那些以魔術爲基礎的教團，以鬼魅或異界的呼喚爲基礎。它們明明就是超自然的干預，卻要佯裝爲奇蹟、神顯，或者由死返生的救世主！

「看看你那些宗教幹的好事，他們狂迷的論調掃去千萬生靈的性命；看看它們在歷史上做過些什麼，那些以神爲名的戰爭。看看那些控訴、大屠殺，理性橫遭奴役，那就是狂熱信仰的代價。

「而你還有膽告訴我們，中東的孩童死於阿拉之名，被槍砲與信仰所扼殺！

「而你所說的，某個歐洲小國的領袖企圖毀去一個民族……那可是以美麗新世界爲藍圖所作的堂皇行爲呢！而這個世界如今又是怎麼看待這等作爲？集中營、將人體投入焚燒的鍋爐，隨著理念而滅亡！

「我告訴你吧，要決定什麼是最邪惡的作爲永遠是困難的，無論是宗教或純粹理念、超自然力量的干預或者單純美麗的概念。這兩者都已經讓這世界吃足了苦頭，也讓人類徹底潰敗。

「**你可明白**，人類的敵人並非男人，而是非理性的狂怒、從物質分離出來的純粹靈性。這是某顆泣血之心所得到的教訓。

「你控訴我們貪得無饜，但是我們的貪婪卻是自己的救贖。因爲如此，我們知道自己的本貌，自己的極限與罪惡；而你卻對自己一無所知。

「你將會再來一回，是嗎？你會造就一個新的宗教、新的啓示錄，一股奠基於超額犧牲與死亡的迷信狂潮。」

「你說謊！」阿可奇的聲音已經無法壓抑她的狂怒：「你背叛了我最美麗的夢土，因爲你沒有自己的視野與夢想。」

「美麗的事物在外頭！」瑪赫特說：「它們用不著你的暴力！你是如此的冷血無情，所毀壞的東西都化爲烏有。噢，向來都是如此。」

緊張的氣氛一觸即發，血色的汗水將從我的皮下冒出，我感受到周遭的慌亂氣氛。路易斯斯把臉埋在雙手之間，只有那個沒救的丹尼爾還是歡喜雀躍得很；阿曼德只是看著阿可奇，似乎已經束手無策。

阿可奇正暗自掙扎，然後她似乎重新取得自己的論點。

她窮盡一切地說：「你總是這麼愛說謊。但是無論你站在哪一邊都無關緊要，我還是會幹我的。我將重返那千年之前的世代，改寫那個久遠的時刻，不讓你與你的妹妹所帶出的邪惡繼續留存於世。我將會把這一切都現諸於世界，直到它化身爲新世代的伯利恆，而塵世的和平將永遠持續。若要成就至善，不能沒有犧牲的勇氣，假若你選擇反對我、抗拒我，我可要重新分配我所選擇的天使軍團。」

「你不可以這麼做。」瑪赫特說。

「求求你，阿可奇。」馬瑞斯說：「再多給我們一些時間，只求你同意不要在此刻生事。」

「是的。」我說：「再多給一點時間，和我在一起，讓我們一起橫渡夢想與靈視，進入這個世界。」

「哼，你小看我，而且侮辱我。」她的怒意針對馬瑞斯，但即將轉向我這邊。

他說：「我想要告訴你許多話，讓你看許多地方，只要你給我這個機會！阿可奇，就看在這兩千年來我照料你、守護你的份上……」

「你守護的是你自己！你守護自己力量的根源、邪惡的起頭。」

馬瑞斯說：「我求求你，我願意下跪求你，只要一個月的時間，讓我們再多談談，檢視所有的可能性……」

「你們眞是自私自利，」阿可奇輕聲說：「對於這個造就你們的世界毫不顧惜，不願用自己的力量來讓它變化，讓自己由邪魔轉換爲神祇。」

她突然朝向我這邊，臉上寫滿著驚嚇。

「而你，我的王子，你來到我沉睡的神殿，彷彿我是你的睡美人，以你激情的親吻讓我再度活過來。看在我對你的愛，你不願意重新考慮嗎？」淚水在她的眼眶打轉：「你也要加入反對我的人那一邊嗎？」

她站起身來，雙手撫摸我的面頰。「你怎能背叛我，背叛如此的夢想？他們那些卑微詐欺的傢伙就算了，但是你的心底一片純淨。你的勇氣應該超越實用主義，你自己也有著夢想！」

我用不著回答，她能夠完全明瞭這一切。從她痛楚的黑色眼眸，我看到她為我承受的不解與悔恨。

突然間我無法移動或說話，我根本救不了他們與自己。我雖然愛她，但無法與她站在同一陣線。我無聲乞求她的諒解與寬恕。

她的臉色冰凍，彷彿那些聲音再度占有她。我好像又站在她的宮殿前方，迎向她永恆不變的凝視。

「我會先殺了你，我的王子。」她的手溫柔地愛撫著我：「我要你永遠消失，再也不想看到你背叛的眼神。」

瑪赫特低語：「如果你傷害他，我們會一起圍剿你。」

她瞥向瑪赫特：「你們是在圍剿自己！當我解決掉我所愛的這個，我會收拾掉你愛的那幾個。他們早就該死！我會毀掉每個能毀的，但有誰能夠毀滅我？」

「阿可奇。」馬瑞斯低語著，慢慢地接近她。但她一眨眼間就把他打倒在地。我聽見他摔倒時的叫喊聲，桑提諾忙著過去攙扶他。

她的雙手充滿愛意地環繞我的肩膀，透過我的淚眼我看見她憂傷的微笑。「我美麗的王子。」

凱曼、艾力克與馬以爾從桌上起身，而潘朵拉與那幾個年幼的也站起來。

她放開我，自己也站起身來。夜色靜得連森林中樹木滑過玻璃的聲音都聽得見。

這都是我寫下的鬧劇，我坐在原地看著他們每一個，但又什麼也看不見。就在我生命中的光燦陡坡，這就是我微小的勝利與悲劇，我夢想著喚醒女神、得到名聲。

她想要做些什麼？她輪流看著每一個人，然後又看回我身上，變成一個高傲的陌生人。大火即將燃起，黎斯特，可不要看著卡布瑞或路易斯斯，免得她把目標轉移到他們身上。像個懦夫般的第一個死，就不用看他們死去。

然而最糟糕的是，非死到臨頭，你不知道誰是最後贏家。這便像是雙胞胎之夢的徵兆，天曉得那究竟是啥鬼意思，或者這世界究竟是如何形成的。你就是不曉得。

我和她都啜泣著，她現在又回復成那個溫柔脆弱的美人，那個我在聖多明尼克緊緊擁抱、需要我的人兒。然而她的脆弱並不會摧毀她自己，只會讓我死無葬身之地。

「黎斯特。」她彷彿不可置信地低語著。

「我無法追隨你，」我的聲音皸裂不堪：「阿可奇，我們並非天使也不是眾神。我們其中的大多數都嚮往人類，人類才是我們的神話。」

這樣看著她簡直是要殺了我一般，我想起她的血液與法力流淌到我的體內，與她一起翱翔於九重雲霄的況味。我回想起在海地時的殺戮狂喜，女人們手執蠟燭，低聲唱著曲兒。

她低語：「但是我親愛的，你必須找到自己的勇氣，那就在你的體內！」淚水順著她的面頰滑落，她的身子顫抖，額頭被巨大的苦惱激出筆直的紋路。

然後她堅強起來，以平滑美麗的容顏望過我，望過我們每一個。我想她開始要集中火力下手，其他人若要反擊最好得快一點。我渴望如此，像是將一把匕首插入她身體，將她擊倒，但我又感到淚水盈眶。

不過，有個巨大而柔和的聲音從外面的某處響起。玻璃格格震動，潔曦與丹尼爾的興奮顯而易見。那幾個古老的站起來，凝重諦聽著。玻璃被震碎，某個人闖進這棟屋子裏。

她往後退一步，彷彿看到某個異象，某種空洞的聲音塡滿敞開的門通往的階梯。底下有個人正要上來。

她從桌子退到壁爐，看上去害怕莫名。

那可能嗎？她知道是誰要進來，那也是個古老的吸血族？她所害怕的可是那個人做得到這幾個無力施行的事？

那不用仔細評估就看得出來，她已經從內在被擊潰了。所有的勇氣已然離開她，終究只留下需求與孤寂。最初來自於我的抗拒，接著他們也雪上加霜，最後我又給予一擊。現在的她被那股巨大空洞、非人的聲響所釘住，而她確實知道那是誰，我與其他人都看得出來。

聲音愈來愈大，那個訪客已經站在階梯上。天際與鐵製的屋簷都與那沉重腳步聲的震盪相互共鳴。

「那會是誰呢？」我突然發問，再也無法忍受。那個景象再度浮現：母親的屍身與雙胞胎。

馬瑞斯說：「再多給一些時間，延緩那一刻的來臨。那就夠了。」

「足夠什麼？」她尖銳而近乎野蠻地反問。

他說：「足夠延續我們的生命，**我們每一個**的生命。」

我聽見凱曼輕聲笑著，這傢伙到現在都還沒說過一個字。

那腳步聲已經踏到地面上。

瑪赫特站在打開的門旁邊，馬以爾在她身旁。我甚至沒看到他們移動。

我終於看到那個人是何方神聖：那個爬行過叢林的女子，在荒蕪的曠野蹣跚行走，那個我完全不理解的夢境中的雙胞胎一員！而她如今倚身於階梯扶手上，就著黯淡的光線，瞪視著阿可奇遙遠的形影。她遠遠地站在壁爐與玻璃牆壁旁邊。

這個人的模樣眞是嚇人，大家都瞠目結舌，即使是馬瑞斯在內的幾個長老。

一層薄薄的泥沙包裹著她，包括她的長髮。即使經過雨水的刷洗，泥濘仍然攀住她的手臂與腳踝，彷彿她就是泥巴做成的。泥土在她臉上造出一幅面具，她的雙眼從面具中裸露出來，帶著紅色眼圈。一條破舊骯髒的毛巾圍著她，在腰際上綁著一圈帶子。

那是怎麼樣的衝動與殘留的人性，讓這個活生生走動的活屍將自己遮蔽起來？是怎麼樣的人類心靈，在她的軀殼內受罪？

瑪赫特站在她身邊看著他，她似乎脆弱得搖搖欲墜。

但那女子並未注視她，只是瞪著阿可奇，眼睛燃燒著毫無畏色的動物性狡詐；阿可奇走向桌前，將長桌放在她自己與這個生物之間。阿可奇的容顏冷硬，眼神充滿毫不掩飾的憎恨。

「瑪凱！」瑪赫特張開雙手，想要抱住那女子的雙肩，將她轉過來。

那女子的右手掃出去，將瑪赫特的雙手揮掉；她跨到房間的另一邊，直到她碰到牆壁爲止。

厚重的玻璃開始抖動，但沒有震碎。瑪赫特沉重地觸摸著玻璃，以貓一般的行雲流水溜入前往援助她的艾力克懷抱。

他立刻將她拉往門旁，因爲那女子一把敲碎了巨大的桌子，把它扔往旁邊，自己站在中央。

卡布瑞與路易斯移到北邊的角落，桑提諾與阿曼德靠往另一邊，和瑪赫特、艾力克與馬以爾一起。站在另一邊的我們只是後退，除了潔曦。她往門那邊走過去。

她站到凱曼身旁，而我訝異地發現他正微微地苦笑。

「這就是詛咒，我的女王。」他的聲音尖銳地充滿整個房間。

那個女子聽到他的聲音時，剎那間站在原地不動。但是她並沒有轉身。

阿可奇的臉龐在火光中發亮，明顯地悸動著，淚水再度滑落。

「你們每一個都與我作對！」她說：「沒有人願意站在我這邊。」即使那女子朝她移動，她還是盯著我看。

那女子的腳底摩擦著地毯，嘴巴張開，雙臂垂在身旁。然而當她一步接著一步緩慢行走時，那可是完美無比的險惡姿態。

凱曼再度發話，使得她的步伐為之一頓。

他以另一種語言高聲吶喊，我只能依稀明白他話語中的意思。

「天譴者的女王……極惡之時……我將復活並討伐你……」我懂了，那就是那個女子、瑪凱的預言與詛咒。在場的每個人都了然於心，那場詭異無端的夢境便連結著這個預言。

「不，我的兒女們，」阿可奇突然尖聲叫喊：「尚未結束呢！」

我感到她凝聚自己的力量，她的身體緊繃、胸部挺立，雙手反射性地高舉，十指成爪。

那女子被她擊中，但立刻抵擋她的力場。然後她自己也凝聚力量，雙眼圓睜，在迅雷不及掩耳的瞬間，她跑上前去，攻向女王。

我看到她沾著泥土的手指伸向阿可奇，阿可奇的黑髮被她一把抓起。我聽見她慘叫的聲音，看見她的表情，此刻她的頭顱砸向西邊的窗戶，將玻璃撞成滿天飛舞的碎塊。

我無比震驚，無法移動或呼吸，將要軟倒在地。我無法克制自己的四肢。阿可奇失去頭部的軀體正劃過破碎的玻璃牆，碎片四散飛濺。血跡汙染著她身後的破碎玻璃，而那個女子竟然從頭髮處提著阿可奇的頭顱。

阿可奇的黑眼珠眨了一下，嘴唇張開，宛若將要尖叫。

接著，光源從我的四周逐漸消逝，像是火燄熄滅，而我在地毯上輾轉翻滾，哭嚎著，雙手不由自主地揪著地毯，眼底看到遠方玫瑰色的燄光。

我試圖撐起自己，但是辦不到。馬瑞斯悄悄地呼叫著我，只叫我一人。

然後我稍微能夠起身，所有的重量都集中在抽痛的雙手與雙臂。

阿可奇的眼珠牢牢盯著我看，她的頭顱就在我觸手可及之處，而身體在它的後方，血液從頸部的斷口噴出來。突然間她的右臂動了一下，又頹倒在地板上；然後它又舉起，手腕搖晃著。它想要取回自己的頭！

我可以幫她，運用她賜予我的力量來幫她取回頭顱；當我竭力想在暗淡的光線看清楚這些，她的軀體傾斜搖晃著，愈發靠近自己的頭。

但是那對雙胞胎就在旁邊，瑪凱以她空洞的紅眼睛呆呆瞪著看；瑪赫特彷彿集中生命最後的一口氣，跪在她妹妹與母后的身體旁邊。房間變得更冷更黑暗，阿可奇的臉愈發蒼白，每一絲生命之光都要被抽離出體。

我應該會恐懼無比，寒冷逐漸逼近我，而我自己的抽泣聲依稀可聞。然而最奇妙的振奮感讓我克服這些，我慢慢明白自己所目睹的一切：

「這就是那場夢境。」我說。我在遠方聽見自己的聲音說道：「你可明白，雙胞胎與她們的母體！這就是夢中的意象。」

血液從阿可奇的頭部滲入地毯的布料，瑪赫特逐漸失去氣力，雙手攤平；瑪凱也變得虛弱，朝著母親的軀體倒下，那還是一模一樣的意象。我明白自己爲何會看見它，我終於搞懂它的意指！

「葬禮的盛宴！」馬瑞斯失聲說：「心臟與腦。你們其中一個要吃下這兩種器官，這是唯一的機會。」就是如此，她們自己也知道，雖然沒有人告訴她們。

這就是夢的意義，而他們每一個都知道，即使我的眼睛逐漸闔上，我也瞭解這一點。美好的感受逐漸強化，某種事物終於被完成、被知曉的感知。

我開始飄浮於冰冷的黑暗空間，如同在阿可奇的懷中飛行，我們行將奔赴星辰。

某個尖銳斷裂的聲音將我帶回來，她還沒有死去，只是瀕死。而我所愛的那些人又變得如何？

我奮力掙扎，試圖張開眼睛，但似乎束手無策。接著，我在那濃密的鬱黑光暈中看到她們兩個，紅髮映照著火光。其中之一將血淋淋的腦髓捧在泥濘的雙手，另一個拿著鮮血淋漓的心臟。她們介於生死之間，眼球宛如玻璃，肢體彷彿在水中游動。阿可奇竟然還往下瞪視著，嘴唇開啓，血液從她被敲破的頭蓋骨泌泌冒出。瑪凱將腦髓送入口中，瑪赫特將心臟放在另一隻手送過去，瑪凱將兩個器官都呑嚥下去。

黑暗再度籠罩，再也沒有火光。除了痛楚以外，沒有其餘的參考點與感受，我成爲那個除卻感應痛楚以外、沒有四肢也沒有口眼的生物。電光石火般的痛意，無法消除或減輕，純粹無比的痛。

我正在移動，在地板上抽搐著。透過痛楚，我驟然間感受到地毯的存在。我的恐懼感上升，像是在爬著一道陡峭的斷崖。然後，我聽到火光燃燒的聲音，風從窗戶的破口湧入，森林的柔軟甜味流入房內。劇烈無比的驚嚇流通我的每個毛孔、每一根肌肉，手腳不停地墜落，最後則是寂靜。

痛苦終於停止。

我躺在那裏喘息，看著火的反光映在玻璃天花板上，空氣灌入我的肺部；我感到自己又在哭泣，哭得像個小孩子。

雙胞胎背對著我們，摟抱愛撫著對方，頭髮混合在一起，她們親密而溫柔地透過觸摸交談。

我無法遏止自己的抽泣，我用雙手埋住臉，只顧著哭。

馬瑞斯與卡布瑞在我身旁。我想要抱住卡布瑞，想要說那些應該說的話——這些都過去了，我們生還過來——但我做不到。

我慢慢地轉過身去，看著阿可奇。她的臉部依然完好，張力流貫的白色暉光已經不再，她現在如同玻璃一般地透明白皙！即使是她美麗的黑眼睛也逐漸失去顏色，被血跡淹沒。

她柔軟如絲的頭髮覆蓋著雙頰，乾涸的血跡燦亮如紅寶石。

我無法停止哭泣，雖然不想如此。我想要呼喚她的名字，但聲音哽在喉頭無法發出。當初我根本不該這麼做，不該步上大理石階梯，以親吻喚醒她。

其他人慢慢地回神。阿曼德扶著還是搖搖欲墜的丹尼爾與路易斯，凱曼身旁倚著潔曦，其餘眾人也大致上恢復神智。潘朵拉的嘴唇因爲哭泣而扭曲，雙手抱著自己，彷彿全身發冷。

然後，她們轉過身來，站立起來，瑪赫特的手摟著瑪凱，瑪凱空茫地瞪視前方，毫無所感。接著，瑪赫特說道：

「看啊，這就是遭受天譴一族的女王陛下。」

第五部

沒有終局的世界，阿門

某個東西使得夜幕輕柔起來
也讓林布蘭的繪畫頓成傷逝
時間的飛快流逝 不過是對於吾人的笑謔
幸運的是 飛蛾無法發笑
神話已然死去

——史丹・萊絲，〈睡前念的詩篇：苦澀〉

邁阿密，這是一個灼熱的吸血鬼之城，大熔爐與遊樂場，窮途末路之徒與慣竊罪犯在彼此交易的市場打滾，天空與海灘卻是一般鮮麗。燈光直達天際，海洋與血液同樣溫暖。

邁阿密，這個惡魔的愉悅狩獵場。

這也是我們在夜之島的緣由，在阿曼德巨大優雅的別墅，被南方的夜色與唾手可及的奢華所環繞。就在海灘那一帶，邁阿密招手呼喚，獵物也叢集於此：皮條客、竊賊、賭王、殺手。這些無名惡徒和我一樣猙獰。

傍晚時分，阿曼德與馬瑞斯一起出遊，現在他們回來了。阿曼德在起居室與桑提諾下棋，馬瑞斯則是坐在靠窗邊的皮椅上閱讀。

卡布瑞還沒有現身，自從潔曦走了之後，她就常常獨自一人。

凱曼在樓下的書房與丹尼爾聊天，丹尼爾想要知道古老世代的一切：米利都、雅典、特洛伊等地。我自己也常常被特洛伊所迷惑。

我喜歡丹尼爾。只要我開口邀請，他應該會與我一起出遊。自從來到此地，我只有離開這個島嶼一回。丹尼爾會因爲月色投映在海浪的影像而發笑，對於他來說，即使是她的死亡也只是某種奇觀。不過，這也不能怪他。

潘朵拉幾乎不曾離開電視一步。馬瑞斯爲她帶來現代的衣飾：絲襯衫、長及膝部的靴子、絨布長裙。他幫她戴上手環與戒指，有時會贈送她香水之類的小禮物。不過，如果他沒有打開禮物盒，那些東西就原封不動。她像阿曼德那樣瞪著一卷卷的錄影帶瞧，偶爾才到音樂室彈彈鋼琴。

那種無瑕的變調讓我想起巴哈的賦格，我很喜歡她的彈奏。但是她比其他人都更令我擔心。其他人都已經逐漸恢復，但她在事件發生之前就已經嚴重受傷。

不過，她很喜歡這裏，雖然她根本就沒有聽進去馬瑞斯說的話。

我們都喜歡這裏，就連卡布瑞也是。

白色基調的房間鋪著豔麗的波斯地毯，牆上也懸掛著名家畫作：馬諦斯、莫內、畢卡索、喬托、熱里科。光是欣賞這些畫就足以耗上一世紀，阿曼德還不時替換它們，改變擺設的位置，從地窖拿出其他的珍寶。

潔曦也喜歡這裏，雖然她現在已經到仰光去找瑪赫特。

她曾經到書房來找我，直接告訴我她的立場，並要求我將書中的名字、包括泰拉瑪斯卡的眾人掩去不提。當然我不會照辦，我只是在她侃侃而談時靜默窺視著她的心靈，然後再把她提及的一切悉數打進電腦；而她還是坐在那裏，瞪視著暗淡的灰色地毯、維也納式的時鐘，以及牆壁上莫藍迪繪畫的冷清色彩。

我想，她知道我不會遵照她囑咐的話去做，但是那也無所謂。人們不會相信吸血鬼或超自然觀察機構的存在，除非大衛．泰柏特或阿倫．萊特納在他們面前一展神技，

如同當初阿倫在她面前所施行的技法。

至於「偉大家族」，如果他們剛好拿起這本書來看，充其量只會以爲作者撿拾了一些零碎的眞實資料，放進小說裏面。

這就是大家對於《夜訪吸血鬼》、我的自傳，以及這本《天譴者的女王》的感想。

這也是我現在所認同的，就像是瑪赫特所言，再也沒有留給上帝或惡魔的空間。所有的超自然現象都應該只是比喻附會，無論是神聖彌撒、聖派屈克教堂、浮士德在歌劇中出賣他的靈魂，抑或某個假扮成吸血鬼黎斯特的搖滾歌手。

沒有人知道瑪赫特把瑪凱帶到何處，大概連艾力克也不曉得。不過他答允潔曦，要在仰光與她會合。

在她離開索諾瑪野地之前，瑪赫特嚇我一跳。她悄悄地說：「當你在敘述雙胞胎傳奇的時候，平鋪直敘就好。」

那到底是許可，或是萬物爲芻狗的漠然，我實在摸不清楚。在那些痛苦莫名的時刻，除了思索書中的章節劇情，我啥都無法想。那是一張通往祕辛的路徑地圖，也是誘惑與苦惱的紀事本末。

在那個傍晚，瑪赫特看上去神祕引人。她到森林來找我，一身黑衣，裝扮時髦，化身爲人類世界中被注目賞識的誘人女子。她的纖腰與修長的雙手眞是迷人，套上黑手套更增添誘惑力。她小心地避開枝枒行走著，雖然她大可將那些阻住去路的樹木連根拔除。

她與潔曦、卡布瑞剛從舊金山回來，她們在人語喧嘩、燈光明淨的街道上愉快遊逛。她清脆的語音聽起來是多麼地現代化，渾然不似那個當時我在山頂房間見識到的、超越時間羈束的女性。

她坐在我身旁，詢問我何以獨自在此枯坐。爲何我完全不理睬其他人？我可知道他們是多麼憂心忡忡？

直到現在，他們還是不住地問我那些問題。

即使向來不被這些所困擾的卡布瑞也不例外，他們都想要知道我何時會復原，何時會說出所有的來龍去脈，何時會停止徹夜不斷的書寫。

瑪赫特說我們將會很快重逢，也許到了春天，我們可以造訪她位於布爾瑪的房子。或許，某個晚上她也會出奇不意地給大家一個驚喜。重點是，我們再也不會彼此孤立，無論我們漫遊於何方。

沒錯，這是大家都心照不宣的默契。即使是荒野一匹狼的卡布瑞，也同意這樣的約束。

至於瑪凱，她可會和我們圍坐在同一張桌子，以手勢與符號的語言交談？

在那場可怕的事件之後，我只見過她一面。當時完全出乎意料之外，我正要從森林回到房子裏，行將日出的天空透出薄而柔的紫光。

霧氣逐漸上湧，籠罩樹木的枝枒與野生花朵就在巨大枝幹的高處，溶入幽淡的微光。

此時，雙胞胎剛好從樹林裏走出來，挽著對方的臂彎。瑪凱穿著一件羊毛長裙，和她的姊妹一樣美麗，頭髮也梳得整齊服貼，散落在胸口與肩頭。

似乎是瑪赫特在瑪凱的耳邊低語，而她轉身看向我，綠眼圓睜，空白的表情讓人感到驚怖。我感到哀痛從心房處漂浮起來，像一陣風。

我無法明察自己的思緒，只覺得哀痛逾恆。瑪赫特擺了個溫和的手勢，示意我可以逕自走開。清晨將至，森林將我們包圍起來，珍貴的時刻所剩無幾。如同一聲抽身而出的呻吟，我的痛楚就在轉身走開的當下掉落出體外。

我回頭看這對身影一眼，看著她們被綽約的枝葉與淙淙的流水音色所吞沒。

原有的夢境影像片片剝離而去，當我現在想到她們，只會想到森林裏的一對精靈，而非葬儀中的狂飲魍魎。沒多久後，瑪赫特就把瑪凱帶走了。

我很慶幸她們已經離開，那表示我們也快要離去。我居留於此地的記憶是全然的哀痛，在那場災厄剛發生過的頭幾夜更是糟糕頂透。

很快地，大家的幽暗沉寂轉變爲喋喋不休的分析與詮釋，交換彼此的心得。那東西究竟被轉化爲什麼？當腦細胞已經潰散分離的時候，它可會居留在瑪凱體內的那個類似器官？心臟又會如何呢？

光采奪目的現代術語絡繹而出，什麼分子結構、核子構造、單子元素、原生質之類的。拜託，我們可是吸血鬼耶！我們吸飲著凡人的鮮血，殺人維生，而且熱愛這等感覺，無論我們是否當眞需要。

我無法忍受他們沉默的窺探，**他們想知道在那幾夜，我究竟是怎麼和她度過的**？但我也無法掉頭而去，索性離開他們。無論是他們陪伴在側、或是我獨自一人，總是倥傯難安。

對我而言，森林並不夠深邃。我在碩大的紅木叢中漫遊許久，然後行經橡木與潮濕的密林。但我無法遠離他們的聲音：路易斯坦白承認，在那些最驚心動魄的時刻，他完全喪失意識；丹尼爾只聽得見聲音，但無法目睹影像；潔曦在凱曼的懷中，見證了從頭到尾的經過。

他們也品味著那巨大的反諷：瑪凱什麼都不知道，但卻以人類的姿態打敗她的敵手。當她無知於任何不可見的力量時，卻能夠以非人的速度與蠻力揮下致命的一擊。

她任何部份，會不會殘留在瑪凱的體內？先別管瑪赫特所謂的「科學的詩意」，那才是我渴望知曉的謎底。還是說，當腦髓分崩離析之刻，她的魂魄也從肉身的疆域抽拔出來？

有時候，在黑暗的懷抱裏，就在蜂巢般的眾多房間當中，我會驀然醒來，確定她就在我的身側。就在體膚相親的距離，我看到她黑色瞳眸的深沉幽光。而當我摸索著她的形影，卻只有濕冷的牆壁。

然後我會想到可憐的珍克斯寶貝，想到**她**最後回首看著世界的那一剎，被多重色彩的光束環抱，消融於萬物的光環。那可憐的小飆車族怎可能幻想出此等視野？也許到頭來，我們都會歸鄉。

誰曉得呢？

如是，我們繼續著不朽、恐懼的生涯，揪住能掌握的事物。既然我們是僅存的吸血一族，風水輪流轉，全新的巢穴已經形成。

我們像是古老的吉普賽馬車戲團，由一列黑色跑車載著家當，高速奔馳於深夜的洲際車道。就在這趟漫長的旅程，他們告訴我一切的始末，每個人都同時發言，有時則不高明地相互議論。事情的全貌如同拼組成形的馬賽克紋飾，當我在絨質的椅背上打瞌睡，還聽得見他們談論自己的所見所聞。

最後，我們抵達頹廢無倫的南方之都。邁阿密，同時是天堂與地獄的諧擬所在。

我立刻將自己鎖在舒適的房間，被地毯、沙發、與皮耶・達拉・法蘭西斯的畫作包圍著。桌上擺著電腦，韋瓦第的音樂從隱藏式的音響湧現出來。還有私人的通道，通向晨眠時專用的地下室：鋼製的牆壁、黑色壓克力漆、燭光與棺材、白色蕾絲滾邊的亞麻帷幕。

血液渴慾，眞是難以抗拒之物。你未必當眞需要它，但卻無法抵擋它的驅力。這可能會持續到永遠，而且你比以前更加激灼多慾。

當我停下筆來，我會躺在灰色的軟椅上，從陽臺觀望隨風舞動的棕櫚葉，一邊傾聽它們的交談。路易斯軟語乞求潔曦再描述一次克勞蒂亞的幽靈，潔曦以慰藉而自信的語氣告訴他：「你知道，路易斯，那不是眞的！」

潔曦走後，卡布瑞最是悵然。她們常常一起到海灘上遊玩，數小時不發一言地共處。但是，我又怎能確定什麼？

卡布瑞會做一些取悅我的小事，例如說把頭髮梳得很漂亮之後放下來、在晨眠之前到我房間道別。她不時會以焦灼的眼光注視著我。

「你不會是想要離開吧？」我帶著恐懼發問。

「不，我喜歡這裏，很適合我居住。」當她躁動不安時，會到不遠處的島嶼去散心。但是，這不是她想說的重點。她一直想問我別的事情，有一回幾乎開口詢問。

「告訴我……」然後，她硬生生地住口。

「我是否愛著她？」我說：「這就是你想要知道的？沒錯，我愛她。」

但是，我還是不敢提及她的名字。

馬以爾去而復返。

離開一個星期後，他今晚又跑回來，在樓下和凱曼攀談著。凱曼風靡了大家，想想看，首代血族的所有力量，況且他還親身走過特洛伊的街道呢。

他的模樣總是一直震懾人心，希望這等說法不是自相矛盾的修辭。

他竭盡所能要讓自己看上去像個人類，在這麼溫暖的地方，穿長大衣似乎過於古怪，這實在不是簡單小事。有時候他會用赭紅色的原料與油混合起來，塗暗自己的皮膚；如此戕傷自己的容貌非常不該，但除此之外，也無法遮掩他峭拔特立於人類的模樣。

有時候，他會敲敲我的門。「不出來走走嗎？」他會看著電腦旁的厚重稿件，「天譴者的女王」字樣就印在上頭。他也會讓我檢視他零星片斷的記憶，毫不在意。我似乎讓他感到迷惑，但究竟是為了什麼，我也不曉得。他究竟想要些什麼？他總帶著駭人的聖徒微笑。

有時候他會駕著阿曼德那艘黑色快艇出海，在溫暖的港灣追逐星海。有一回，卡布瑞和他一起出遊，我真想竊聽他們的交談；透過遙遠的距離，他們的聲音既私密又親暱。不過我還是沒有那麼做，這樣不夠公平。

有時他會害怕自己的記憶又驟然遺落，如此他就找不到回來的路途。過去之所以發生這種情況，是因為承受不住痛苦之故，但他現在非常快活。他希望我們知道這一點。

似乎某個協議已經達成，此後我們不會隨意遊蕩，總會乖乖還巢。這就是我們的聖地、安全庇護所。他們開始設定一些鐵則：不再創造新的同類、不再寫書、雖然他們當然知道我在幹嘛，而我才不管那些雜七雜八的生活守則呢，我向來不管。

當「吸血鬼黎斯特」終於消失於媒體，他們大大地鬆一口氣。災難已被遺忘，沒有眞正的傷亡，大家都贏得漂亮，就連樂團也頂著先前的名字繼續巡迴演唱。

而那些騷動也已經平息，雖然無法提供滿意的解釋。

別再節外生枝、騷亂局面、介入怪事，這是現在的共同守則，也請你把獵物的屍體處理好。

他們向那個嘻嘻哈哈的丹尼爾說教，就算是快速膨脹飽滿的大都會，還是要小心爲上。

我可以聽到邁阿密的人類集體之音，高低不等的機械噪音，甚至可以集中詳述一組互異糾結的音色，分析出它們的來龍去脈。不過我還不預備使用它，正如同使用我的新力量。

但我喜歡接近這個城市，喜愛光銳的鋒芒，搖搖欲墜的旅館混跡於高樓大飯店，帶鹹味的風，甜膩的腐味。我傾聽這首永無結尾的都市歌曲，低沉的悸動之聲。

「那你幹嘛不下去玩？」

馬瑞斯。

我慢慢從電腦螢幕抬起頭來，只想惱惱他，雖然他是我們當中最有耐心的一位。

他站在陽臺前，雙手交握，足踝併攏，燈光撲灑在他的身後。太古的城市中，可有如此光景？光電網脈織成的城市，閃爍的燈樓如同古代點燃煤氣燈的柵欄。

他把頭髮剪短，穿著當代的衣服：灰色風衣與褲子，鮮紅色的套頭毛衣。

「我希望你先把那本書擺一邊去，加入我們。你已經自閉一個月以上。」

「有時候我會出去走走。」我喜歡看著他霓虹燈般的藍眼珠。

「這本書的目的何在？你可願意告訴我？」

我沒答話。這回他有策略地推動話題。

「難道說那些歌曲與你的自傳還不夠嗎？」

我猜想，或許是當他說話時聚攏在眼皮的細小紋路，使得他在說話的時候顯得如此溫柔慈祥。

巨大的眼睛一如凱曼，效果驚人。

我回頭看著電腦，電子符碼的語言，大概已經差不多了。他們也都知道這個，才會忙不迭地提供資訊。

「那又怎樣？」我說：「我要記下一切的始末，當你告訴我那是什麼樣子，我就記載起來。」

「但是這份紀事又是爲誰所書寫？」

我先想到演唱會場的那些歌迷，然後是那些心膽俱喪的時刻：就在她身旁，我屠殺了無數村民，成爲一個無名之神；雖然微風溫柔吹拂，我突然感到冰冷無比，她指控我們的自私與貪婪可是眞的？當我們希望世界一如往常，也只是爲了自身的需求？

「你自己知道這些問題的答案。」他略略挨進，手靠在我的椅背上。

「那是愚蠢的夢想吧？」要說出口還是很傷：「那決不可能實現，就算我們都遵奉她爲女神，事無不恭。」

「那是一場瘋狂，」他說：「早在她醒悟之前，這世界就會毀滅她。」

我無言以對。

「她無法覺悟到，這個世界根本不要她。」

「我猜想，到頭來她總算明白，無路可出，沒有任何歸屬之地。當她看穿我們的眼底，就明瞭這一點。況且，她不都小心翼翼地揀選最原始的地方充當試煉場？」

他點點頭：「你明知道自己的問題的答案。那又爲何把自己封鎖在悔恨？」

我什麼話也沒說，只是注視著他。

「你已經饒恕我的所作所爲？」

「這不能怪到你頭上，」他說：「她蟄伏在地底，眼觀四方，總是會擇時突襲。早在一切的肇始點，那就是意外一場，她不小心喚醒了那東西。」他嘆息著，苦澀的語氣如同事件剛結束時、過於哀痛的當下。「我早知道伺伏於此的危機，只不過我想要相信她是女神，直到她微笑著對我說話。」

他又想起冰層砰然作響、陡落在他身上的光景。如此長久的活埋。

他不著痕跡地移動到陽臺，往下望著景色。古老的吸血鬼都以這等姿態支頤嗎？

我跟著他看入底下的黑色波浪，熠熠發亮的天際。然後我看著他。

「你可知道那滋味嗎？長久以來的包袱終於得以卸下！」

我沒有答話，但我明白這種感受。本來我爲他感到害怕，以爲這就是他的生存意義，恰如「偉大家族」是瑪赫特的生命軸心。

「不是這樣，」他搖搖頭：「這就像是某個詛咒被破解了。原本我必須爲他們所作的一切行爲——焚香、獻花、祝禱——都不再必要，自從我體認到他們眞的遠去。」他停頓一下，思考著，然後看著頭頂的光線：「那麼你呢？你也自由了嗎？我眞希望能夠瞭解你。」

「你總是非常瞭解我。」我聳肩說。

「你因爲不滿而全身發燒，你不要我們的慰藉，要的是外面的大千人類、紅塵眾生。」他往外面一指。

「你們是我的慰藉，我無法想像沒有你們的話，會變得如何。但你知道嘛，我在舊金山的舞臺上……」我沒有說完，依依不捨地叨絮著又有何用？直到驟變產生之前，那都是我夢寐以求的光景。

「即便是他們根本不相信你？他們以爲你只是巧妙地扮裝，寫了那本小說。」

「他們叫著我的名字，傾聽**我的**聲音，看著**我**沐浴在鎂光燈下。」

「所以，你又寫了《天譴者的女王》。」

我沒接腔。

「讓我們陪你吧，來談談發生過的種種。」

「你自己也在現場目睹。」

我覺得有些困惑，感覺到他不願意顯示出自己的好奇心。他還是盯著我看。

我又想到卡布瑞欲言又止的模樣，天哪，我眞是個大傻瓜！他們想要知道在那幾夜，我和她獨處的時光究竟發生些什麼？她的血液帶給我那些影響？但是我絲毫不予透露，使得他們一無所知。他們也不知道亞辛的神殿外、橫七豎八的屍體，當我宰殺那些男人時的心盪神馳，以及最難以忘卻的最後一刻：她的滅亡。而我來不及救她。對於終局的執迷，又來了。她可看到我就躺在咫尺之遠，但拒絕援助她。還是說，就在首先的致命一擊，她的魂神已經飄離出竅？

馬瑞斯望著通往南方的水面，他正在思量著，如今的神力是他傾其恆久的時光所夢想的呀。剛開始只是與她的血液交融，大約一千年後他才能無所畏懼地往天空飛翔；而他現在想的是，每個不朽者的能耐都是南轅北轍的，連自己的體內蘊藉何等力量都不一定瞭然於心。

眞有禮貌，但我現在還不能向他、或任何其他人告解。

「這樣吧，讓我再哀悼一陣子，讓我塑造自己的黑色印記，然後我會加入你們的陣營，也許我還會遵守規定，其中一些吧，天曉得？順便一問，如果不遵守的話會有什麼後果呢？」

他相當震驚。

「你是我所見識過最該死的生物！」他低語著：「你讓我想到亞歷山大大帝，當他沒有新的土地可以征服時，當場嚎啕大哭。如果沒有規則可破的時候，你會不會也哭起來？」

「總會有破不完的規則。」

他笑不可遏。「把那本書燒了。」

「別作夢。」

我們對看許久，然後我溫暖地擁抱他，微笑著。他看上去如此誠摯而充滿耐心，而我與他都歷遭變故，承受陰暗而傷害性的許多過往。

主要的重點在於聖與邪的交纏與拉鋸，他當然無比了解，這就是當年他教導我的課題。他告訴我，吾等必須花費永恆的生命來與這些議題角力，我們不要草率簡單的解決之道。

我抱著他，因爲我愛他，想要與他貼近，而且我不願意他怒意沖沖地離去，對我滿懷失望。

「你會遵守規則吧，嗯？」他突然發問。

「當然啦，」我聳聳肩：「順便一問，那些規則是什麼？噢，我們不製作新同伴，我們要記得回巢，也要收拾殘局。」

「黎斯特，你是個小惡鬼！」

「我問你呀，」我把手掌握成拳頭，輕觸他的臂膀：「你那幅畫作，〈阿瑪迪歐的誘惑〉，藏在泰拉瑪斯卡的地窖……」

「怎麼樣？」

「你不想要回來嗎？」

「天哪，那是我黑色時期的紀念品。不，我不想拿回來，但我希望他們至少可以把它安放在恰當的位置，而不是藏在那該死的地窖。」

我笑起來。

他開始感到疑竇。

「黎斯特！」他尖銳地叫著。

「嗯，馬瑞斯？」

「你不要去招惹泰拉瑪斯卡。」

「當然啦！」我又聳聳肩，有何不可呢？

「我是認眞的，不要去挑釁這幫人，我們可以誠信以待吧？」

「馬瑞斯，你眞是好懂得要命。啊，已經午夜了，我總是在這時段散步，要不要一起來？」

我沒有等他回答，只聽到他發出可愛的歎息聲，然後我走出門外。

午夜的島嶼曼聲吟唱，我穿著卡其夾克與白襯衫，眼睛戴著巨大墨鏡，走過擁擠的店面，看著虎虎生風的遊客進出各色不等的店面。

在閃亮的噴泉旁邊，一個老女人坐在長椅上，手中握著一杯咖啡，艱難地將紙杯舉向自己的嘴唇。當我經過時，她以哆嗦的嗓音說著：「當你老去時，就不用睡覺了。」

一陣柔和的音樂從酒廊傳出來，一群年輕小混混在錄影帶店前廝混，血慾恣意橫生。行經過一家法國餐館時，我注意到裏面有個女子以優雅的手勢舉起香檳酒杯，無聲地笑著。劇場擠滿了黑白不等的高大身軀，都講著法文。

某個年輕女子經過我，有著暗色皮膚與性感的臀部。血慾蠢蠢欲動，我強迫它退回原位。**如此強壯的現今，我再也不需要飲血維生**。她坐在長椅上，赤裸的膝蓋從緊身襯衫的尾端冒出來，眼睛緊盯著我。

唉，馬瑞斯真是洞燭先機，明察秋毫。我確實被欲求不滿與孤寂所焚燒。我真想要將她從長椅上拉起來，對她吼叫著：**你可知道我是何等存在?!**不，切勿這麼做，不要勾引她到岩石叢集、驚濤裂岸的海邊，遠離塵世的燈光與安全。

我想起**她**所指控我們的，關於自私與貪婪的種種。如果我繼續流連此地，就會有人喪命。

就在走道的盡頭，我把鑰匙插入鐵門內。這裏剛好夾在販賣中國地毯的商店與菸草店之間，菸草店的老闆總是睡在成堆的荷蘭菸斗之間。

有人在彈鋼琴，我聽了好一陣子，認出來是潘朵拉。那音色帶著幽冥的甜味，曲調總是週而復始，建構著某一個從未到來的高潮點。

我踩著階梯，走入起居室。當然猜得出來這是吸血鬼之家，否則世上哪有人可以藉著星光與蠟燭在夜間玩樂?外面則是燈光如洪流的不夜之城。

阿曼德正在和凱曼下棋，已經快要輸陣；丹尼爾用耳機聽巴哈的音樂，偶爾湊過去看看棋局的進展。

卡布瑞獨自在陽臺，我走過去親吻她的面頰，看入她的雙眼，終於贏得我想要的詭祕微笑，然後我轉身走入屋內。

馬瑞斯坐在黑色皮椅上，像俱樂部的紳士一樣折疊著報紙閱讀。

「路易斯走了。」他說，還是埋首於報紙。

「走了？什麼意思？」

「他到紐奧爾良去。」阿曼德說，並沒有從棋盤上抬起頭來。「他到你那間公寓，就是潔曦看到克勞蒂亞的那地方。」

「飛機在等著你呢。」

「我的手下會送你到機場。」馬瑞斯說，還是專心致志於報紙。阿曼德還是專注於棋局。

「這是怎麼回事？你們兩個怎麼變得如此樂於助人？我又幹嘛去把路易斯帶回來？」

「我認為你還是把他接回來比較好，」馬瑞斯說：「讓他一個人待在那公寓不是什麼好事。」

「我是覺得你該出去走動走動，」阿曼德說：「你已經悶在這裏太久啦。」

「啊哈，我知道這是怎麼一回事，每個人都開始守望相助、相親相愛起來。如果這樣，一開始幹嘛讓路易斯去紐奧爾良？你們就不會阻止他嗎？」

我在凌晨兩點抵達紐奧爾良，來到在傑克森廣場。它變得乾淨許多：鋪石板地，以及柵門上的鐵鍊——這樣的話，那些浪民就無法比照兩百年前的方法，溜進去睡在草坪上。而觀光客塞擠「世界咖啡屋」的境況，就像是兩百年前河堤前方的那些酒館情狀。在那些可愛而齷齪的地方狩獵，眞是太棒了。那些女人和男人都是那麼強悍！

但是，我也喜愛它現在的模樣。我會永遠喜愛它。它的色調並未改變，即使在一月的峭寒，它還是帶有一貫的熱帶風味：平坦的步道、低矮的建築物、永遠流動不止的天空，還有那傾斜的屋簷，閃爍著冰冷雨珠的光澤。我慢慢地走下河堤，讓回憶彷彿自步道升起，聽見強勁的銅管樂聲自波本街響起。然後，我走進濕潤、黑暗且安靜的羅雅路。

在過往的時光，我不知有多少次循著這路徑，從河堤、歌劇院或劇場回來，正好站在這個位置，將鑰匙插入車門的鎖孔。

噢，就在這棟房子，我生活了相當於人類的一生；而在同樣的地點，我幾乎死了兩次。

在這幢舊屋的樓上有人。腳步輕柔，但還是使石板喀吱作響。

樓下的小店整潔且光線黑暗。在它關起的櫥窗後，羅列著小裝飾品、洋娃娃、蕾絲扇子。我抬頭仰視鐵欄圍繞的陽臺，想像著克勞蒂亞就在那裏，踮起腳尖往下看著我，纖小的指頭緊抓著柵欄。金色長髮鋪灑在她的肩頭，繫著長長的藍紫色絲帶，我年僅六歲、永生不死的小美人。她問我：**黎斯特，你到那兒去了**？

這就是路易斯在這裏所作的？描摹這些情景？

死寂的安靜——如果你聽不見在藤蔓圍繞的牆後、電視機播放的聲音，波本街上粗厲的噪音，還有在對街的一棟房子裏、一男一女正在激烈地爭吵著。四周無人，只有發亮的步道、關閉的商店、停在街角的笨拙大車。雨滴無聲淌落在彎曲的屋頂。

當我走過去、以老樣子輕盈地跳上陽臺時，沒有人瞧見我。我靜悄悄地走在地板上，透過骯髒的法式窗戶，往內窺看著。

一片空寂。班駁的牆壁，就像潔曦離開時的樣子。一塊木板釘在入口上方，彷彿有人試圖闖入、但被發現之後的預防措施。經過這麼多年後，還是瀰漫著燒焦的氣味。

我靜靜地拔下木板，但另一面卻上了鎖。現在我還能運用那股新獲得的力量嗎？我可以讓鎖打開嗎？爲何用力量讓我感到那般傷痛——因爲想到她，想到在最後、轉瞬即逝的那一刻，我原本可以幫她，可以幫她的頭顱與身軀合體。雖然她恨不得毀掉我，雖然她根本沒有開口要我的幫助。

我看著那個鎖，默想著：**打開罷**。當眼淚欲落時，我聽見金屬喀喀作響，門閂移動了。當我凝注著它時，腦中微起痙攣。然後那面古老、形狀扭曲的門開始砰然作響，鉸鍊發出哀鳴，彷彿裏面的一股氣流將它推開。

他站在廊道上，看著克勞蒂亞的房門。

他穿的外套也許比以往的方領外套短一些、單薄些，但是他的模樣幾乎就是十九世紀時的他。那使我感到難以忍受的痛楚。刹那間，我無法移動。他很可能也是這裏的鬼魂！他的黑髮就像以前一樣濃密、紊亂，綠色眼眸充滿憂傷的迷惘。他的雙手無力地垂落在身側。

當然，他並沒有完全貼近以前的情境。但是在這房子裏，他**是**個鬼魂！在這棟讓潔曦嚇壞的房屋，她感受到我永難忘懷的冰寒氛圍。

六十年來，我們這個邪魔家庭就住在這裏：路易斯，克勞蒂亞，還有黎斯特。

如果我試著聆聽，是否可以聽見她以大鍵琴彈奏海頓的音樂？而那些小鳥就會開始鳴唱，因爲音樂刺激了它們。音樂的聲浪撫過那些懸掛在油燈、風管、鐘琴，甚至後門鐵樓梯上的水晶飾品。

克勞蒂亞：一張適合放進頸鍊小盒裏的面容，或者一張放進小飾品裏的肖像畫，連同一叢金髮收入抽屜。但是，她可會恨死這種不仁慈的意象！

克勞蒂亞將匕首插入我的心臟，扭絞著刀刃，看著血流漫出我的襯衫。

死罷，父親。我會永遠將你放進你的棺材裏！

我的王子，我會先殺了你！

我看見那個瀕死的人類孩子，躺在散發疾病氣味的被蓋下。我看見黑髮的女王，在她的王座上動也不動。我親吻了她們，這一對睡美人！

克勞蒂亞，對了。你得喝下我的血，才會恢復健康。

阿可奇！

有人搖著我。

「黎斯特！」

困惑。

「噢，路易斯，請原諒我。」那廢棄的黑暗迴廊，我打了個冷顫。

「我來這裏是因爲……我擔心你。」

「沒關係。」他體貼地說：「這只是我必須遂行的小小朝聖。」

我的手指撫摸他的臉頰。吸血之後，它變得如此溫暖。

「她不在了，路易斯。」我說：「那只是潔曦的想像而已。」

「似乎如此。」他說。

「我們永遠活著，但是死者卻回不來了。」

他端詳我好一陣子，然後點點頭：「走罷。」

我們一起走下長長的迴廊。不，我不喜歡這樣，我不想在這裏。這裏鬧鬼。但是真的鬧鬼終究和鬼魂沒什麼關係，它和回憶的惡質有關。這裏是我的房間，我的房間呀！

他掙扎著要使朽壞的後門關好。我示意他站到門外，然後用心靈念力讓它關好。眞是悲哀。看到雜草漫生的後院、毀壞的噴泉，石砌的廚房危殆欲墜，而石板也灰滅爲塵土。

「如果你想要，我可以修整它。」我告訴他：「你知道，讓它變得跟以前一樣。」

「那不重要了。」他說：「你可以陪我散散步嗎？」

我們一道走下馬車路，水流淌在溝渠裏。我回顧一次，看見她穿著白衣，站在那裏，手拉著曳窗繩。她並未看到我。她以爲我已經死了，包裹在毯子裏。路易斯將我的遺骸扔進馬車。她要葬掉我。然而，她站在那裏，我們四目相對。他挨近我：「最好不要再停留在這裏了。」

我看著他妥當地關好門。然後，他眼睛濕潤地注視窗戶、陽臺，還有頭頂的天窗。他終於向過去道別了嗎？也許不然。

我們一起走到聖安路，走離河岸。並沒有說話，只是走著，就像以往的樣子。寒風啃咬他的雙手，但是他並沒有像現代人一樣將手插進口袋裏。他覺得那不太好看。

雨勢柔化成薄霧。

最後，他終於開口：「你有點嚇到我。當我看到你站在迴廊時，我以爲你是幻影。當我叫你時，你並沒有回答。」

「現在我們要去哪裏？」我將手插進卡其夾克的口袋。我再也不會覺得冷，但是這樣的感覺很棒。

「再一個地方就好。然後隨你要去哪裏，回去我們的巢穴也好。我們沒有太多黑夜的時間了。也許你可以留我在這裏，讓我完成我的哀悼。我一兩天後就會回去。」

「我們不能一起哀悼嗎？」

「可以呀！」他熱切地回答。

我到底想要什麼？我們走在門廊下，經過深綠色的舊窗板、剝落的石膏與裸裎的石板，通過俗麗的波本街燈光。然後我看見聖路易斯墓場：厚重、泛白的牆垣。

我要的是什麼？爲什麼當其他同伴都已經重建各自的平衡之後，我的心靈仍然隱隱作痛？就連路易斯也建構起某種新的平衡。而且，如同馬瑞斯所言，我們擁有彼此。

我很高興和他在一起，也很高興能走在這些古老的街道。但是，我爲何覺得少了什麼？

另一個門打開。我看著他用手指弄開門鎖，然後我們步入白色墳塚的城池，連同尖挺的墓碑、水甕、大理石的門扉。冗長的草叢在我們的靴底下吱吱怪叫。雨勢讓一切都看起來熠熠生輝，城市之光讓我們頭頂的雲層散發珍珠般的光澤。

我想看星星，可是看不到。當我低下頭，我看見克勞蒂亞。我感到她的手觸摸著我。

然後，我看著路易斯，看見他的眼瞳捕捉到遙渺的光芒。我瑟縮著。我再度撫摸他的臉、他的顴骨、黑睫毛底下的弓弧。他眞是個美麗的小東西呀！

「禮讚黑闇。」我突然說：「黑闇再度降臨。」

「是的。」他哀傷地說：「而我們總是統御著它。」

這樣還不夠嗎？

他拉起我的手——現在它的觸感如何？——引我走入窄小的走道。兩旁是最古老的墓碑，上溯殖民地時代的墳墓。當時，我和他漫遊在吞噬一切的沼澤旁，吸食殺手與惡棍的血液。

他的墓碑！我正在看著他的墓。他的名字以老式的斜體字刻鏤在大理石上。

路易斯．波因提．拉克

（一七六六—一七九四）

他倚著身旁的墓以及和他自己的墓碑類似的列柱式小殿。

「我只是想再看它一次。」

他伸手觸摸墳墓上的字體。

風雨的侵襲只讓它稍有磨損。塵泥使得字母和數字更清晰、更深暗。他可是在思索過往的時代嗎？

我想起她的夢想：寧靜的花園，繁花從濡血的土壤冒出來。

「現在，我們可以回家了。」他說。

家。我微笑起來。我摸著兩旁的墳墓，再仰頭看著雜亂雲層與城市之光所交輝出的柔暈。

「你不會是想要離開我們罷？」他的聲音因爲疑慮而尖銳起來。

「不，」我說。我眞想告訴他，書中的一切。「你知道，我們是情人，就像一對人類的愛侶。」

「當然，我知道。」他說。

我微笑，突然親吻他，被他溫暖、柔軟，近乎人類的皮膚觸感撩撥起來。天呀，我眞恨自己正在撫摸他的雪白手指。這雙手現在幾乎可以不費吹灰之力地毀滅他。我懷疑他是否知情。

我有好多事情想告訴他、問他，但是我不知道如何啓齒。以前他總是有那麼多問題，但是現在他得到許多答案，也許多過他所想要的程度。這對他的靈魂有何影響？我呆呆地瞪著他看。他站在那裏，充滿親愛與耐心的模樣眞是美好呀！然後，我像個傻瓜般地衝口而出。

「現在，你愛我嗎？」

他微笑。噢，看他微笑時臉龐柔和地亮起來的樣子，眞是令我渴望得心痛。

「是的。」他說。

「想來一場小小的冒險嗎？」我的心藏猛跳。如果這樣說，也許會更壯麗：

「想要打破規則嗎？」

「你這是什麼鬼意思？」他低語。

我開始以微微狂熱的調調兒笑起來。眞好，我一面笑，一面看他臉色微妙地轉變。現在，我讓他眞的憂慮了！事實上，我不知道自己還做不做得到。沒有她在，也許我會像依喀路斯❶一樣地墜落——

「得了罷，路易斯。我說，只是場小小的冒險。我保證，這回我可沒有設計要惡搞西方文明，或奪取兩百萬名搖滾樂迷的心。我只想作點小事……嗯，也許有點淘氣，但是我會作得很有格調。我的意思是，這兩個月來，我不是乖得要命嗎？」

「你到底在說啥？」

「你究竟要不要跟我一起去玩一玩？」

他輕微地搖搖頭，但那不是拒絕。他在思慮。他的手指掠過他的頭髮。這麼美的黑髮！這是除了他的綠眼睛之外，他首先吸引我的地方——不，那是謊言！最吸引我的，其實是他的表情：激情、純眞、纖細無比的心靈。我眞是愛死他了！

「這場冒險何時開始？」

「現在。」我說：「你有四秒鐘好下定決心。」

「黎斯特，現在都快天亮了！」

「是**這裏**快天亮了。」我說。

「你這是什麼意思？」

「路易斯，抱住我。如果我無法鬆脫，你就很安全。嗯，這樣就行了。遊戲嗎？下定決心啦，我要走了！」

他什麼都沒說，只是無比關愛地看著我，使我幾乎難以承受。

「要不要？」

「我也許會後悔，可是……」

「那就是要囉。」

我以雙手抱緊他，然後我將他飛離地面。他嚇呆了，往下看著我，好像他輕若無物。然後我把他放下來。

「**老天**。」他低聲說。

嗯，還等什麼？如果我不試試看，我就永遠不知道是否可行。突然間，我感到一股鈍重的痛楚，想起我和她一起飛升的情景。我慢慢地摔脫這個想法。

我還抱他的腰身，默唸：**上升**。我的右手伸出，但好像沒有必要。我們和冷風一起快疾地飛翔。墓園在底下舞動，像個碎片散落在樹叢的小玩具。

我見他驚駭的叫喊。

「黎斯特！」

「抱住我的頸子。」我說：「我們要往西飛，再往北。中途會浮游一陣子——總會遇到太陽尚未下降的時候。」

寒風吹拂。我早該想到他會受凍，但是他什麼都沒有表示，只專注地看著雲層與霧氣。

當他凝注著近在咫尺的星星時，我感受到他的興奮。他看上去像一座優美的雕像，除了他隨風飄逝的淚水。他已經不再驚恐，代之以全然的心蕩神馳。沒有必要告訴他該觀察什麼、該記取什麼。他自己就可以決定。多年前當我虜獲他時，他就可以自己洞察一切。後來他卻指責我沒有引導他。難道他不以爲那並沒有必要嗎？

我沉浸在身心的飄浮快感，感覺他緊貼著我，但又輕盈無比：純粹的路易斯，和我在一起，屬於我，而且沒有任何負擔。

我在導航飛行的路徑，正如她教導我的，同時想起許多事：當我首次看到他，他從紐奧爾良的一間酒館走出來，酩酊大醉、和別人爭執。我跟蹤他走入無底的暗夜。當我將他擁入懷抱的前一刻，他的眼眸緊閉：「你是誰？」我知道，第二夜我一定會回去找他，即使我得找遍全城，雖然我將瀕死的他留在石板路面上。我得擁有他，我要他，就像我要所有我想要的東西，想做我想做的一切。這就是問題所在。而無論是她賜予我的苦難、力量，或者到頭來的恐怖，都絲毫無法改變這一點。

＊

距倫敦四英哩遠。

日落後一小時。我們躺在草地上，遠處的房屋窗口隱隱透出微光。我眞喜歡這種歐式建築，難怪它們招惹了這麼多鬼魂。

他突然醒過來。在風的吹拂下，他無法抗拒那迷醉的滋味。他的聲音有點迷惘。

「我們在那裏？」

「泰拉瑪斯卡的總部。倫敦郊區。」

我在想，要用什麼方法才能激發最大的樂趣。

「我們在這裏幹嘛？」

「小小的冒險，我說過了。」

「等等，你沒說要來這裏。」

「我沒有嗎？它們的地窖裏收藏克勞蒂亞的日記，還有馬瑞斯的畫作。潔曦沒有告訴你嗎？」

「那又怎樣？你想闖進去，大肆奪掠一番？」

我笑了：「那並不好玩，聽起來頗無趣。我不想拿回日記，那是克勞蒂亞的東西。我想和總裁大衛・泰柏特談談。你知道，那些人是所有人類當中，唯一相信我們存在的少數。」

內在絞痛了一下，但是好戲就要開始上演了。

他震驚得說不出話，眞有意思。

「你不是當眞的罷？」他非常不悅：「黎斯特，別去挑逗這些人。這些人類以爲潔曦已經死了。她的家人寄了封信過來。」

「當然我不會揭穿這個。我只是想和大衛・泰柏特聊聊。他參加了我的演唱會。我想，他可能迷上我了。我想知道——甭提了，等著瞧罷！」

「黎斯特！」

「路易斯！」

我模仿他的語氣，站起來，也把他拉起來。並不是他需要我幫忙，是因爲他就是坐在那裏瞪著我、抗拒我，想搞清楚怎麼一回事，然後好控制我。唔，眞是浪費時間。

「黎斯特，如果你這樣做，馬瑞斯會氣瘋的！」他懇切地說著，他的面容變得更銳利，高聳的顴骨和綠眼睛燃成一幅絕美的圖畫。

「最嚴重的規則是——」

「路易斯，你讓它更加無可抗拒！」我說。

他揪住我的手臂：「瑪赫特會怎麼想？這些人類是潔曦的朋友！」

「她能怎麼做？派瑪凱來打碎我的腦袋，像砸破雞蛋一樣嗎？」

「你眞是一點耐心都沒有。」他說：「你到底有沒有從這些教訓裏學到任何東西呢？」

「你到底要不要和我一起進去？」

「你不可以進去！」

「你看到那窗戶沒？」我抱住他的腰，現在他可逃不掉了：「大衛・泰柏特就在上方的房間。他正感到困惑。他知道我們發生了一些事，但是他無法弄清楚是怎麼一回事。我們先溜進他隔壁的房間，再從窗戶裏進去。」

他想掙脫開，但我抱緊他。轉眼間，我們就飛進屋裏了。

我們站在一間臥室裏，凝視著伊利莎白時期的家具和火爐。

路易斯盛怒無比，狠狠地瞪著我，以迅速、憤惱的動作整理他的衣服。

大衛・泰柏特從他書房裏半掩的門縫瞪著我們。他穿著一件優雅的灰色夾克，手握著筆，呆若木雞地看著我們。

嘻，多麼可愛！

我走進書房，仔細地觀視他：深灰色頭髮、清澈的黑眼、線條英俊的臉、表情熱忱而且非常聰明，就像潔曦與凱曼的形容。

「你得原諒我。」我說：「我應該敲門。可是我覺得，這會面應該有隱私性。你當然知道我是誰。」

他一個字都說不出來。

我的目光移到桌上，看到我們的檔案。多麼熟悉的名字！「吸血鬼劇院」、「阿曼德」、「惡魔班傑明」與「潔曦」。

旁邊還有一封信，寄自潔曦的阿姨瑪赫特，說明潔曦已經去世了。

我等待著，考慮是否要強迫他開口說話，但是那不太好玩。他仔細地審視我，比我打量他時更緊張。他正在用超感念力背下這一切的細節，以便日後寫下所有的經過，不管現在他有多麼驚悚。

他長得很高，身材標準，有一雙形狀優美的大手，是個不折不扣的英國紳士。他喜歡西裝、皮革、深色木料、喝茶、屋外的潮濕與黑暗，以及整個屋內的感覺。

他大約六十五歲，很棒的年齡，知道許多青少年不知道的事情。正是馬瑞斯在遠古羅馬時代的年齡翻版。

路易斯還是留在另一間房裏，他也知道。他看看臥室，又轉過頭來看著我。

然後他站起來，把我嚇了一跳。他竟然伸出手，像初次見到陌生人的紳士說：「久仰大名。」

我笑了，禮貌地緊握他的手，觀測他的反應：當他接觸到我毫無生命感的冰冷雙手時，該有多震驚？

他是很驚懼，但是他又同時感到強烈的好奇與興趣。

然後他十分禮貌又順應地說：「潔曦沒死，對罷？」

我爲他的語言傾倒。英國男人眞是絕頂的外交家。我開始遐想這個國家的惡棍會是什麼德性？然而，這裏的氣氛充滿對潔曦的哀悼，我怎麼可以這麼輕忽他人的哀傷呢？

我嚴肅地看著他：「不，別搞錯。潔曦已經死了。」我堅決地與他對視，不能造成誤解：「忘記潔曦罷。」

他輕輕點頭，眼睛垂下一會兒。然後他又充滿好奇地盯著我。

我在房裏走來走去，瞥見路易斯在隔壁房裏倚著壁爐站立，以強烈的輕蔑與反對眼神看著我。但是現在可不是嗤笑的時機。我一點都不想笑，我想起凱曼說過的一番話。

我對他說：「我想請問你一個問題。」

「請說。」

「如果太陽升起時，我在你這裏，必須借用你的地窖避光，陷入無意識的沉眠——你知道那是怎麼一回事。你會怎麼辦？會不會殺了我？」

「我不會。」

「但是你知道我是誰，你對我的屬性絕無懷疑。你爲什麼不殺了我？」

「理由很多。」他說：「我想探索你，和你談話。我不會殺你，沒有理由這樣做。」

我搜索他的心靈。他說的都是眞話。他認爲殺掉我這麼神祕的東西，是不恰當且不高貴的舉止。

他輕笑：「一點也沒錯。」

心靈透視者，但力量不強。他只能透視表面思緒。

「別太肯定喔。」

又來了，但是他可眞是個君子。

「第二個問題。」

「請便。」

他的懼意已經煙消雲散了。

「你想不想要黑暗贈禮，也就是：成爲我的同類？」我的眼角瞥見路易斯，他向我搖頭，又轉身背對我。

「我並沒有說我一定會給你，但是你願意要嗎？如果我要給你。」

「不。」

「噯，得了罷！」

「再過百萬年我也不想，要以上帝爲證。」

「你又不信仰上帝！」

「這只是一種表示，但是我眞的不想要。」

我微笑。眞有意思，我亢奮地感受到體內的血液滾燙起來。不知道他有沒有察覺這一點？我看起來嚇人嗎？在我們的族類中，不知道有誰在興奮狀態時還看上去像個完美的人類！

「我不會改變主意。」

「你沒有多少日子可活，一百萬年太長了。」

他誠摯地笑著，但還是堅持原先的答案。

「我才不相信你。」

我打量他房裏的荷蘭風景畫，突然間，哀傷湧上心頭。一切都沒變，我只是因爲受不了孤寂才跑到這裏。我要站在他面前，我要聽他說出來，他知道我是什麼。

驟然間一片黑暗，我說不出話來。

「是的，」他柔緩的聲音響自我身後：「我**知道**你是什麼。」

我轉過頭，幾欲哭出來，只因爲這裏的溫暖、人類的氣味、人類的眼神。我硬生生地止住衝動。我不想讓情緒失控，那太蠢了。

「你讓我大惑不解。」我說：「你既不想消滅我，也不想變成我的同類。」

「沒錯。」

「我還是不相信。」

他的臉上出現些許陰霾，那是很有趣的陰霾。他在害怕我在他身上看出他並未察知的弱點。

我拿起他的筆：「借我好嗎？請再給我一張紙。」

他立即給我。我坐在他的椅子上，所有的一切都顯得如許純淨無瑕：墨水瓶、筆套，就像是站在我眼前的英國紳士。

「這是個巴黎的電話號碼。」我將寫好的紙放在他手上：「這個經紀人知道我的全名，黎斯特·狄·賴柯特，相信你的檔案也有。當然，他並不知曉我的屬性，但是他可以迅速地聯絡到我。」

他沒說什麼，只是默記下電話號碼。

「當你改變主意，想要永生不死時，打電話給我。我會再回來。」

他想出聲抗議，我制止他。

「任何事情都有可能發生。」我坐在他的椅子上，雙手交叉：「也許你會罹患絕症，也許你突然中風，也許你今晚會做惡夢，開始恐懼死後的空妄。沒關係，當你改變主意時，只消一通電話——但記住，也許我不會給你黑暗之吻——然後，我們就可以開始對話。」

「我們已經在對話了。」

「不，還沒有。」

「你以爲你不會回來嗎？我想，無論我有沒有打電話，你都會回來找我。」

眞令我驚異，稍微戳到我的自傲。我情不自禁地對他微笑，他眞是個有意思的男人。

「你這個花言巧語的英國混帳。」我說：「你居然敢對我用這種紆尊降貴的語氣說話，也許我現在就該幹掉你。」

是了，他震懾住了。我知道自己刻意微笑起來的樣子有多可怕。

他把那張紙摺好，放進夾克裏的口袋。

「請接受我的道歉。」他說：「我的意思是，我希望你回來。」

「那就打電話。」

我們互瞪許久。我終於詭笑起來，站起來瀏覽他桌上的檔案。

我問他：「爲什麼我沒有自己的檔案？」

他愣了一下，然後訝異地說：「噢，可是你已經有了那本書啦！」

他指著書架上的《吸血鬼黎斯特》。

「喔，謝謝你提醒我，但是我還是想要有自己的檔案。」

「我同意。」他說：「我會盡快做好，那只是……時間的問題。」

我又情不自禁地笑了。他眞有教養！然後我向他微一行禮，當作道別，他也優雅地接受。

然後，我以最快的速度飛掠過他，將隔壁的路易斯抱出戶外，然後降落在通往倫敦的一條寂寞小徑。

現在變得更冷、更幽黯，但我愛極了這純粹的黑闇。我看著通往倫敦的遠方燈火，禁不住沛莫難禦的歡愉。

「嗳，這眞是太美妙了。」

我撫摸著路易斯的手，甚至比我的手更冰冷，而他的表情更是讓我大喜若狂。

「你這該死的混帳，你怎能捉弄那個可憐的男人？你這魔鬼，黎斯特，你眞是欠揍！你該被關進酷刑室裏，永遠出不來。」

「嘿，得了罷，路易斯。」我笑不成聲：「你究竟要我怎樣嘛？再者，那個男人是個專研超自然事物的學者，他又沒有被嚇瘋。爲什麼大家都希望我變乖呢？」

我摟住他的肩膀：「走啦，我們去倫敦玩罷。路長得很，但是還很早。我還沒有到過倫敦耶，你知道嗎？我想去西端、梅菲爾區、還有倫敦塔！對了，我們去倫敦塔玩罷，而且我可要在倫敦飽餐一頓！」

「黎斯特，這可不是說好玩的！馬瑞斯會氣瘋的，沒有誰不會氣瘋的！」

我笑得不可休止。

終究，我們還是前往倫敦。走路眞有趣，這是其他行動無法取代的感覺。土壤就在你的腳下，附近的黑煙囪清理後的甜味，還有冬季特有的潮濕冷意。噢，眞是太棒了。當我們到市中心後，我要幫路易斯買件大衣，一件好看的黑色毛皮大衣，那麼他就會和我一樣舒服了。

「你有沒有在聽我說呀？」路易斯說：「你眞是無藥可救，甚至比以往更惡劣。」

更有趣的來了。我簡直笑不可遏。

然後，稍微清醒地，我想起大衛．泰柏特的話。也許他說得沒錯，我還是會回去找他，無論他有沒有撥那通電話。誰說我不能這麼做？

內在的苦澀再度升起，某種暈迷的哀傷似乎要沖走我的小小勝利。但我不允許。夜晚如許甜美，而路易斯的怒罵正逐漸白熱化。

「你是個完美的惡魔，黎斯特。」他說：「這就是你的原形，你就是撒旦本身。」

「是的，我知道。」我憐愛地看著他，欣悅地看見怒火使他充滿生命力：「而且，我愛死你這樣說了，路易斯。我想要聽見你這樣說，只有你可以說到這種地步。來罷，再說呀。我是個大惡魔。告訴我，我是多麼壞，這讓我覺得好棒呀！」

---

❶Icarus，希臘神話中的人物，以人造翅膀飛上天空，但過於接近太陽而將翅膀的塗蠟燒熔，因而墜海身亡。

藍小說㊸

天譴者的女王

著者——安·萊絲
譯者——洪凌
董事長
發行人——孫思照
社長——莊展信
出版者——時報文化出版企業股份有限公司
台北市108和平西路三段二四〇號四F
發行專線——(〇二)二三〇六—六八四二
讀者免費服務專線——〇八〇—二三一—七〇五
(如果您對本書品質與服務有任何不滿意的地方，請打這支電話。)
郵撥——〇一〇三八五四四～〇時報出版公司
信箱——台北郵政七九～九九信箱
電子郵件信箱——liter@mail.chinatimes.com.tw
網址——http://publish.chinatimes.com.tw/

主編——鄭麗娥
編輯——邱淑鈴
校對——黃嬿羽·洪凌
排版——凱立國際印刷股份有限公司
製版——凱立國際印刷股份有限公司
印刷——嘉雨印刷有限公司

初版一刷——一九九九年三月一日
定價——新台幣三八〇元

◎行政院新聞局局版北市業字第八〇號

Printed in Taiwan
ISBN 957-13-2840-5

國家圖書館出版品預行編目資料

天譴者的女王／安・萊絲(Anne O'Brien Rice)
著；洪凌譯. -- 初版. -- 臺北市：時報文
化，1999〔民88〕
面；　公分. --（藍小說；43）
譯自：The queen of the damned
ISBN 957-13-2840-5（平裝）

874.57　　　　88001565

寄回本卡，掌握藍小說系列的最新訊息

揮發感性筆觸；捕捉流行語調─湛藍的、海藍的、灰藍的……

藍小說

無限馳騁藍色想像空間——無國界的小說新地帶。

請沿虛線摺下裝訂，謝謝！

地址：台北市108和平西路三段240號4F
電話：（080）231-705（讀者免費服務專線）
（02）2306-6842・2302-4075（讀者服務中心）
郵撥：0103854-0時報出版公司

請寄回這張服務卡（免貼郵票），您可以——
●隨時收到最新消息。
●參加專為您設計的各項回饋優惠活動。

編號：AI 43	書名：天讙者的女王
姓名：	性別：________ 1.男　2.女
出生日期：　年　月　日	身份證字號：

________ **學歷**：1.小學　2.國 中　3.高中　4.大專　5.研究所（含以上）

________ **職業**：1.學生　2.公務（含軍警）　3.家管　4.服務　5.金融
6.製造　7.資訊　8.大眾傳播　9.自由業　10.農漁牧
11.退休　12.其他

地址：________ 縣（市）________ 鄉鎮區 ________ 村________ 里

________ 鄰 ________ 路（街）________ 段 ________ 巷________ 弄________ 號________ 樓

郵遞區號 ________________

（下列資料請以數字填在每題前之空格處）

________ **您從哪裡得知本書 /**
1.書店　2.報紙廣告　3.報紙專欄　4.雜誌廣告　5.親友介紹
6.DM廣告傳單　7.其他 ________

________ **您希望我們爲您出版哪一類的作品 /**
1.長篇小說　2.中、短篇小說　3.詩　4.戲劇　5.其他 ________

您對本書的意見 /
________ 內　容／1.滿意　2.尚可　3.應改進
________ 編　輯／1.滿意　2.尚可　3.應改進
________ 封面設計／1.滿意　2.尚可　3.應改進
________ 校　對／1.滿意　2.尚可　3.應改進
________ 翻　譯／1.滿意　2.尚可　3.應改進
________ 定　價／1.偏低　2.適中　3.偏高

您的建議 /

____

____

____

請沿虛線撕下後對折裝訂寄回，謝謝！